SYLVIA LOTT

Die Rosengärtnerin

AF178275

Sylvia Lott

Die Rosengärtnerin

Roman

blanvalet

Verlagsgruppe Random House FSC® N001967

1. Auflage
Copyright © 2019 by Blanvalet
in der Verlagsgruppe Random House GmbH,
Neumarkter Str. 28, 81673 München
Redaktion: Margit von Cossart
Umschlaggestaltung und -motiv: www.buerosued.de
JB · Herstellung: sam
Satz: Buch-Werkstatt GmbH, Bad Aibling
Druck und Bindung: GGP Media GmbH, Pößneck
Printed in Germany
ISBN 978-3-7341-0632-3

www.blanvalet.de

Bevor ich sterbe

Noch einmal sprechen
von der Wärme des Lebens
damit doch einige wissen:
Es ist nicht warm
Aber es könnte warm sein.

Bevor ich sterbe
noch einmal sprechen
von Liebe
damit doch einige sagen:
Das gab es
das muss es geben.

Noch einmal sprechen
vom Glück der Hoffnung auf Glück
damit doch einige fragen:
Was war das
wann kommt es wieder?

Erich Fried

1

Mon bijou,

seit ich von deiner Existenz weiß, ist kein Tag vergangen, an dem ich nicht an dich gedacht hätte. Mit so viel Liebe, dass mein Herz ganz wund ist. Mit so heftig ziehender Sehnsucht, dass nur mein schlechtes Gewissen mich daran hindern konnte, zu dir zu kommen. Immer war ich aber auch überzeugt davon, dass es besser für dich und deine Familie ist, wenn ich mich unsichtbar im Hintergrund halte. Deshalb hast du mich nie kennengelernt. Manchmal frage ich mich, ob du wohl trotzdem etwas von mir geahnt hast?

Ich habe es geschworen. Erst, wenn ich nicht mehr lebe, wirst du von mir erfahren. Wenn du diese Zeilen liest, werde ich also nicht mehr sein. Ich wünsche mir so sehr, dass du mich verstehen und mir verzeihen wirst. Dass meine Liebe dich auch dann noch erreicht, berührt … Und wer weiß schon, wie es nach dem Tode weitergeht? Vielleicht werde ich irgendwann als Molekül im Duft meiner Rosen um dich herumschweben. Diese Vorstellung gefällt mir, sie macht mir den Tod etwas annehmbarer. Wie auch die Hoffnung, einige geliebte Menschen wiederzutreffen. Ansonsten bin ich empört, ja zutiefst wütend über die Aussicht, bald sterben zu müssen. Denn ich lebe verdammt gern, obwohl sich diese Krankheit in meinem Körper ausbreitet und mich zunehmend einschränkt. Die Ärzte geben mir nicht mehr viel Zeit.

Eigentlich hätte ich schon viel früher damit anfangen sollen, wollen, mein Leben für dich aufzuschreiben. Es ist nur nicht so einfach. Ich habe schon mehrfach einen Versuch unternommen. Beim Erinnern geht man noch einmal durch alles hindurch – das Schlimme und das Schöne. Es wühlt auf, strengt an, man bleibt stecken, wo man sich gar nicht lange aufhalten wollte, und braucht wieder eine Weile, um sich davon zu erholen. Deshalb hab ich es wohl zu lange hinausgeschoben. Jetzt weiß ich nicht, ob mir noch ausreichend Energie für einen vollständigen Bericht bleiben wird. Aber was wäre schon wirklich vollständig? Erinnerungen sind immer lückenhaft, subjektiv, verfälscht.

Mein geliebter Schatz, du hast gelernt zu recherchieren. (Das weiß ich über dich, und ich weiß noch mehr. Nein, das muss dir nicht unheimlich sein.) Wo du Lücken in meinen Aufzeichnungen vermutest, frag meine Wegbegleiter. Sei neugierig, ich erlaube es dir, ich bitte dich sogar darum! Es geht nicht um mich, es geht am Ende vor allem um dich. Du wirst mehr über dich selbst erfahren, wenn du mich mit all meinen Stärken und Schwächen kennenlernst.

Ich hatte ein reiches Leben, mit mehr Facetten als der Kristallleuchter, auf den ich gerade blicke – das Abendlicht bricht sich in ihm, und kleine Regenbogen verzaubern den Raum.

Leider war nicht jede Facette so hübsch. Im Grunde habe ich vier Leben gelebt – das als Kind und junges Mädchen in den Weinbergen des Bordelais, das als Fremdarbeiterin während des Krieges an der deutschen Nordseeküste in Ostfriesland, anschließend das als Chansonsängerin in Paris und schließlich meine letzten Jahrzehnte als Baronin im Loire-Tal. Vier Leben, jedes mit seinen eigenen Schönheiten, Schwierigkeiten, Stimmungen. Nur das eine, welches ich mir am meisten gewünscht habe, das ist mir versagt geblieben. Davon konnte ich immer nur träumen. Dieses Unerfüllte hat mich wohl am meisten geprägt. Ihm oder besser der Sehnsucht *danach verdanke ich meine größten Erfolge. Kritiker und Publikum rätselten in den Fünfzigerjahren viel über »Jeannes Geheimnis«. Jetzt endlich will ich es lüften, für dich, mein geliebter Schatz.*

Wenn ich überlege, wo ich am besten anfangen soll, tauchen vor meinem geistigen Auge unsere Weinberge im Morgennebel auf. Ich sehe sie vor mir wie an jenem Junitag im Jahre 1942, als ich aufbrach, um mit Artur die letzten beiden Arbeitspferde des Weinguts Château d'Avril bei den deutschen Besatzern auf dem Rathausplatz von Bordeaux abzuliefern.

2

So früh morgens war es noch kalt, aber Jeanne zitterte auch ein wenig vor Aufregung. Sie zog eine fadenscheinige altrosafarbene Strickjacke über das Baumwollkleid, dessen Blümchenstoff schon lange verblichen war, und verbarg ihr schulterlanges kastanienbraunes Haar unter einem Kopftuch. Die Wellen mit ihrem rötlichen Glanz weckten immer gleich Aufmerksamkeit, und es war besser, nicht aufzufallen.

Als sie vor dem kleinen Wandspiegel in ihrer Schlafkammer den Sitz des Kopftuchs überprüfte, sah sie das Gesicht eines jungen Mädchens mit spitzem Kinn und hübschem kleinem Mund. Auf dem hellen Teint schimmerten Sommersprossen, die bis zur Weinlese sicher wieder kräftiger werden würden. Das Auffälligste an ihr waren die großen dunkelbraunen Augen, die immer gleich verrieten, was sie dachte. Jede Nuance ihrer Gefühle konnte man daran ablesen. Jeanne wünschte, sie könnte gucken wie Mata Hari – geheimnisvoll, undurchdringlich, rätselhaft –, und zog sich selbst eine Fratze. Sie schob das Tuch noch ein Stück tiefer über den Haarwirbel in die Stirn, dann griff sie nach ihrem Rucksack und ging in die Küche, um sich von ihrer Mutter zu verabschieden. Es roch nach gebackenen Maisbrötchen.

»Knall die Haustür nicht wieder, Jeanne«, mahnte ihre

Mutter, »*grand-père* schläft noch.« Dem Großvater ging es seit Wochen schlecht. »Willst du nicht frühstücken?« Jeanne schüttelte den Kopf. Es war doch kaum etwas da, sie wollte dem Großvater nichts wegessen, was ihn vielleicht wieder auf die Beine bringen konnte. Und bestimmt würde Artur einen Imbiss aus der Gutsküche mitbringen. »Setz dich«, befahl die Mutter. »Kind, du wirst immer magerer.« Jeannes Magen knurrte wie zur Bestätigung. Die Mutter reichte ihr eine Tasse mit Ersatzkaffee aus gerösteter Gerste und ein warmes *petit pain*. Auf dem Tisch stand ein Töpfchen mit Erdbeermarmelade. Sie schmeckte säuerlich, weil es kaum noch Zucker gab. Während Jeanne dennoch gierig ein Brötchen verschlang, mahlte die Mutter weiter Maiskörner zu jenem groben Mehl, mit dem sie inzwischen die meisten Mahlzeiten zubereitete. Ihr besorgter Blick verriet, dass sie ihrer Tochter zutraute, noch ganz andere Unannehmlichkeiten als nur Lärm zu provozieren. »Halt dich zurück, wenn du in der Stadt bist! Es wimmelt dort von Soldaten.«

»Natürlich. Ich soll ja nur für Madame etwas aus der Teppichreinigung abholen. Und Artur begleitet mich, er hat dort auch etwas zu erledigen.«

»Weiß Madame davon?«, fragte ihre Mutter misstrauisch. »Ich glaub, sie sieht es nicht mehr gern, wenn ihr Sohn so engen Kontakt zu dir hält.«

»Sie hat es sogar selbst vorgeschlagen«, entgegnete Jeanne auftrumpfend.

Ihre Augen funkelten unternehmungslustig. Sie war erst zweimal in der großen Stadt gewesen.

»Tatsächlich? Sollst du etwa einen der Aubussons aus der Reinigung holen?« Die d'Avrils besaßen etliche dieser kostbaren Wandteppiche. »Der ist doch viel zu schwer für dich. Außerdem gäb's jetzt wirklich Wichtigeres ...«

Kopfschüttelnd unterdrückte Jeanne ein Glucksen. »Ich hole nur einen Beutel Staub ab.«

In diesem Moment begriff ihre Mutter, was der Auftrag zu bedeuten hatte. Einen Moment lang glitzerte es in ihren Augen, ihre Mundwinkel zuckten, sie konnte ihre Schadenfreude nicht verhehlen. Im vergangenen Jahr hatte sie selbst dabei geholfen, nachts im Weinkeller der d'Avrils im engsten Kreis von Familie und vertrauenswürdigen Mitarbeitern Flaschen mit minderwertigen Abfüllungen einzustauben. Sie hatten feinen grauen Staub, der bei den Teppichreinigungen angefallen und auf Bitten von Monsieur gesammelt worden war, in Siebe gefüllt und ihn mit sanftem Klopfen wie Puderzucker auf die falsch etikettierten grünen Glasflaschen rieseln lassen. Die somit auf alt getrimmten Chargen waren den Deutschen wenig später für viel Geld als Bordeaux-Raritäten verkauft worden. Einige sollten sogar direkt in den privaten Weinkeller von Reichsmarschall Hermann Göring nach Deutschland gegangen sein.

Mit derartigen kleinen subversiven Aktionen wehrten sich die Winzer gegen die Demütigungen, die sie ertragen mussten. Es half nicht wirklich gegen das Gefühl der Beschämung darüber, innerhalb kurzer Zeit von den Deutschen, denen Frankreich auch noch selbst den Krieg erklärt hatte, besiegt worden zu sein. Aber zumindest tröstete es ein wenig über den Frevel hinweg, den die Besatzer trieben, indem sie Spitzenweine für sich reklamierten und bei ihren Besäufnissen runterkippten wie Bier.

Deutsche austricksen – das war ein neuer Volkssport geworden. Es gab keinen Franzosen, von einigen Kollaborateuren abgesehen, der sich daran nicht klammheimlich erfreute. Auch die Miene von Jeannes Mutter verriet, dass sie eine gewisse Genugtuung empfand. Doch schon nach wenigen Sekunden wechselte ihr Gesichtsausdruck, und sie schaute wieder gewohnt ängstlich.

»Sei in Gottes Namen nicht frech zu den *doryphores*! Provozier sie nicht!«

»Was für Ausdrücke du benutzt, *maman*«, erwiderte Jeanne gespielt vorwurfsvoll, doch mit einem verschmitzten Lächeln. *Doryphores*, »Kartoffelkäfer«, nannten sie die Deutschen, seit man für die Verwendung der abschätzigen Bezeichnung *»boches«* ins Gefängnis gesteckt werden konnte. Zeitgleich mit Hitlers Soldaten hatten zwei Jahre zuvor auch Heerscharen von Kartoffelkäfern Frankreich heimgesucht. »Mach dir keine Sorgen. Was sollte denn an einem Beutel voller Staub verdächtig sein?« Unbekümmert drückte Jeanne ihrer Mutter einen Kuss auf die Wange. »Es kann etwas länger dauern. Artur möchte auf dem Rückweg noch seinen alten Chemielehrer besuchen, aber wir sind auf jeden Fall vor Beginn der Sperrstunde zurück.«

Ihre Mutter seufzte. Sie wusste wohl, dass sich ihre siebzehnjährige Tochter, das letzte ihrer fünf Kinder, das noch zu Hause wohnte, keine Vorschriften mehr machen ließ.

Jeanne schulterte ihren leeren Rucksack und bemühte sich, leise mit ihren holzbesohlten Schuhen über den Steinfußboden zu gehen. Vorsichtig zog sie die Tür ins Schloss. Das sandfarbene Kalksteinhäuschen ihrer Eltern, die wie schon ihre Vorfahren als Weinbauern für die adlige Familie d'Avril arbeiteten, lag auf einer kleinen Anhöhe umgeben von Rebreihen. Ihr Vater wässerte wie immer vor dem Frühstück den Gemüsegarten. Mit der Gießkanne hinkte er zur Regenwassertonne. Das steife Bein war ihm nach einer Verletzung im Großen Krieg geblieben. Das und sein hohes Alter hatten ihn jetzt vor der Einberufung bewahrt. Jeanne winkte ihm zu. Doch

er reagierte nicht, wandte sich stattdessen seinen Bienenkörben zu, die er bald, wie jedes Jahr, im Park der d'Avrils
aufstellen würde.

Nach einigen flotten Schritten auf dem Pfad zum Châ-
teau blieb Jeanne stehen – was für ein Anblick, wie schön!
Sie spürte einen schmerzhaften Stich in der Brust. Früh-
nebel schwebte über den lang gezogenen Senken der
Weinberge. Die Farben der Schleier wechselten zwischen
Lachsrosa und Silbrig, sie schmeichelten dem Zartgrün der
Landschaft. So liebte Jeanne ihre Heimat. So wirkte das
Bordelais – das größte Weinanbaugebiet der Welt, das die
berühmten Bordeauxweine hervorbrachte – noch intakt
wie vor dem Krieg.

Jeanne schloss für einen Moment die Augen. Sie atmete
tief durch. In der weichen Luft lag ein berückender süß-
licher Duft, der ihr augenblicklich das Herz öffnete – die
Weinreben blühten. Ihre Knospenkaspeln mussten über
Nacht aufgeplatzt sein. Jeanne schnupperte konzentriert
wie ein Feinschmecker, der einen Spitzenwein verkostete.
Sie glaubte, auch eine Brise vom Meer wahrnehmen zu
können. Wie ein Versprechen von Frische und Freiheit.
Zwar hatte sie das Meer, das knapp sechzig Kilometer
entfernt lag, noch nie gesehen, aber schon von klein auf
meinte sie, an bestimmten Tagen seine vom Wind herbei-
getragenen Aromen ausmachen zu können.

Ja, und nun mischte sich noch ein Hauch Rosenduft in
die Komposition. Jetzt riecht es wie im Frieden, dachte
Jeanne beglückt und sog das Duftgemisch ein, das sie an
unbeschwerte Kindertage erinnerte.

Die Rosen liebte sie besonders. Schon als kleines Mädchen war sie deren Hüterin gewesen. Hatte Schädlinge
von ihren Blättern und Blüten geklaubt, sie gewässert, mit
Pferdedünger versorgt und mit ihrer Zuneigung gestärkt.

Voller Begeisterung hatte sie freiwillig dem Obergärtner der d'Avrils assistiert. Und irgendwann war ihr die Kontrolle der Rosenbüsche, die am Ende einer jeden Weinstockreihe wuchsen, übertragen worden. Eine große Verantwortung für ein junges Mädchen. Die dunkelrot blühenden Sträucher standen dort schließlich nicht, weil es schön aussah (was es natürlich trotzdem tat), sondern, um als Frühmelder den Befall mit Ungeziefer, Pilzen und andere Pflanzenkrankheiten anzuzeigen. Meist war es bei ihrer Entdeckung noch früh genug, die robusteren Weinreben wirkungsvoll zu schützen.

Die Kirchenglocke tönte aus dem Dorf herüber, sie schlug sechsmal. Jeanne musste sich beeilen. Artur wollte am Anfang der Eichenallee, die zum Weingut führte, mit den Pferden auf sie warten. Trotz der Morgenkühle geriet sie ins Schwitzen, als sie eine Abkürzung quer über den Weinberg nahm. Der Dunst begann sich aufzulösen. Und von Nahem waren die Veränderungen unübersehbar. Wein blühte nie sonderlich spektakulär, eher unscheinbar. Doch jetzt hatte Mehltau die Blätter der Rebstöcke mit weißlichen Flecken übersät. Da bedurfte es keiner empfindsamen Rosen als Frühwarnsystem mehr. Die Gefahr näherte sich nicht, sie war längst da.

Überall wucherte Unkraut. Hier und da hatten Weinbauern, die für das Château arbeiteten, versucht, zwischen den Rebreihen Hirse fürs Vieh und Gemüse für ihre Familien zu ziehen. An manchen Stellen waren sogar Rosen und Rebstöcke herausgerissen und durch Maispflänzchen ersetzt worden. Der karge, extrem wasserdurchlässige Boden eignete sich zwar ideal für den Weinanbau, aber überhaupt nicht für Gemüse. Entsprechend mickerten die Pflänzchen vor sich hin. Ihr Anblick erfüllte Jeanne mit Groll. Gequält stöhnte sie auf.

Es fehlte eben an allem – an Arbeitskräften, Spritzmitteln, Lieferwagen, Benzin ... Die Deutschen hatten die meisten Fahrzeuge beschlagnahmt, außerdem war Treibstoff streng rationiert. Gegen diese und so viele andere kriegsbedingte Erschwernisse kamen die besten Winzerfamilien nicht an. Sogar renommierte Weingüter wie das der d'Avrils befanden sich in einem erbarmungswürdigen Zustand. Arturs Familie besaß noch vier weitere Weingüter. Und jeder hier kannte die Redensart »Je mehr Châteaus du hast, desto ärmer bist du«.

Jedenfalls war das Bargeld immer knapp bei den d'Avrils. Bislang hatten sie ja noch Wein als Tauschmittel und zweite Währung gehabt. Doch neulich hatte Jeanne zufällig Monsieur große Befürchtungen äußern hören. Sie könnten in diesem Jahr von Glück sagen, wenn es ihnen gelänge, nur halb so viel Wein zu produzieren wie noch drei Jahre zuvor, im letzten Friedensjahr. Und jetzt verlangten die Besatzer auch noch, dass sie ihre letzten beiden Arbeitspferde ablieferten! Die Deutschen brauchten mehr Rösser, um Soldaten und Kriegsmaterial an die russische Front zu bringen.

Aufgebracht kickte Jeanne einen großen Kieselstein aus dem Weg. Für die Weingüter war das eine Katastrophe. Wie sollten sie das Unkraut pflügen, wie reife Trauben, Weinfässer und -flaschen transportieren? Ganz abgesehen davon wollte natürlich niemand seine Tiere fürs Schlachtfeld hergeben. Jeanne wusste, wie stolz Artur auf sein Pferd Lalott war. Mühsam hatte er der Stute beigebracht, mit genau dem richtigen Druck Furchen zwischen den Rebreihen zu ziehen.

Artur, der jüngste Sohn der d'Avrils, war ein Jahr jünger als Jeanne und für sie wie ein Bruder. Als Kinder hatten sie im Weinberg und in den Kellern miteinander gespielt, die

Arbeiterfamilien gehörten zur großen d'Avril-Weinguts-familie dazu. Sie schufteten gemeinsam, identifizierten sich mit »ihrem« Wein, und sie feierten gemeinsam. Natürlich gab es Unterschiede, jedoch nicht für die Kinder – zumindest so lange nicht, bis der adlige Nachwuchs auf weiterführende Schulen wechselte. Am privaten Musikunterricht der d'Avril-Kinder hatte Jeanne häufig ganz selbstverständlich teilgenommen. Sie war talentiert, konnte gut singen, gesellte sich einfach dazu, außer, wenn sie bei der Weinlese helfen musste.

Als einziges Arbeiterkind war Jeanne zunächst stillschweigend geduldet gewesen, schließlich akzeptiert. Sie bereicherte auch den Chor der d'Avril-Kinder, der immer dann zum Einsatz kam, wenn besondere Gäste das Weingut besuchten. Sie stellten sich am Eingang auf und sangen ein Begrüßungsständchen. Der Musiklehrer hatte Jeanne auch geholfen, sich das Lispeln abzugewöhnen. Nur manchmal, wenn man ganz genau darauf achtete, stieß ihre Zunge noch etwas mehr gegen die obere Zahnreihe als erforderlich. Aber seit jemand gesagt hatte, das klinge doch ganz reizend, störte es Jeanne nicht mehr.

Eine Lerche stieg über ihr empor und brachte sie auf andere Gedanken. Wie freudig sie zwitscherte! »*Alouette, gentille Alouette*«, begann Jeanne, frech und beschwingt, das beliebte Kinderlied zu singen.

Eigentlich sang sie fast immer. Wenn sie allein war, bei der Arbeit, in der Natur. Manchmal erfand sie ganz spontan mit Artur zusammen spaßige Texte zu bekannten Melodien. Sie freute sich auf Artur.

Eine schleichende Entfremdung hatte eingesetzt, seit Artur die weiterführende Schule in der nächsten Kleinstadt besuchte. Er lernte plötzlich Latein und Chemie, während Jeanne nach dem Abschluss der Dorfschule nur noch ihrer Mutter, Madame und dem Gärtner zur Hand gehen sollte. Doch vor Kurzem hatte Artur auf Geheiß seines Vaters die Schule abgebrochen. Es gab zu wenige männliche Arbeitskräfte auf dem Weingut. Die meisten jungen Franzosen befanden sich in Kriegsgefangenschaft. Und manche andere hielten sich versteckt. Bordeaux galt als Nest von Widerstandskämpfern, da wurde einiges gemunkelt, aber Jeanne wollte das alles gar nicht so genau wissen. Jedenfalls sahen sie und Artur sich jetzt wieder häufiger, und das war schön.

Ihr junger Freund stand auch tatsächlich schon wie verabredet unter den Eichen am Rande des lieblichen Parks, der das Château umgab. Ein sympathischer, mittelgroßer Junge mit verwuscheltem braunschwarzem Haar und dunklen Augen. Im Verhältnis zum Oberkörper waren seine Beine recht kurz geraten, doch er hatte etwas Tatkräftiges und Gewitztes. »Napoleon«, neckte Jeanne Artur manchmal. Das ehemals Schmächtige wuchs sich aus, sein Kreuz war in letzter Zeit deutlich breiter geworden, und die Pickel im Gesicht wurden weniger.

»*Bonjour*, Schnecke!« Artur kam mit den beiden ungesattelten Pferden näher. »Du bist spät dran.« Er grinste, aber Jeanne erkannte, dass er um die Nase herum ganz weiß war.

»Tut mir leid«, sagte sie, während sie ihre Strickjacke auszog und um die Taille knotete, »meine Mutter hat mich aufgehalten.«

»Hunger?« Er wies auf seinen prall gefüllten Rucksack.

»Jetzt nicht, danke.« Jeanne lächelte. »Aber ich freue mich schon auf die Rast.«

Artur hielt ihr seine Hände als Steigbügel hin, und sie schwang sich auf den Rücken des zweiten Pferdes. Sie war schon öfter ohne Sattel geritten, sogar ohne Zaumzeug, nur mit den Händen in der Mähne. Artur übergab ihr die Zügel, dann saß er geübt auf Lalott auf.

»In der Stadt sollten wir die Pferde führen«, sagte er, »sie kennen den Straßenlärm nicht.«

Jeanne nickte nur.

Im Schritttempo schaukelten sie nebeneinanderher. Der warme Geruch von Pferd und Lederriemen stieg Jeanne in die Nase, an ihren Schenkeln spürte sie das leicht kratzige Fell. Wenn der Anlass nicht so traurig wäre, dachte sie, könnte es ein schöner Ausflug werden. Die Sonne schien, Vögel jubilierten, und die nur mäßig verschlammte Landstraße schlängelte sich malerisch durch die Weinberge.

Vor Wochen hatten die d'Avrils bereits sechs Pferde abliefern müssen. Das hatte Arturs herzkranken Vater derart mitgenommen, dass er auf dringenden ärztlichen Rat dieses Mal seinen Sohn schickte. Die ganze Zeit über, während sie an schattigen Kiefernwäldchen und blumigen Weiden vorbeiritten, zermarterte Jeanne sich das Hirn, ob es nicht irgendetwas gab, das die Pferde vor ihrem Schicksal bewahren könnte.

Als sie schon ein Stück auf einer gepflasterten Straße zurückgelegt hatten, legten sie die erste Rast ein. An einem schattigen Plätzchen neben einer Stallruine bereitete Artur auf einem Baumstumpf ihr Picknick vor – etwas Brot, ein paar Radieschen, gerollte Crêpes, die mit Ziegenkäse und frischen Kräutern gefüllt waren, eine gebratene Taube und dazu würzig-fruchtige Konfitüre. Jeanne setzte sich ins Gras unter einen blühenden Akazienbaum, dessen Honigduft sie wie eine unsichtbare Laube umfing. Erleichtert schüttelte sie die unbequemen Schuhe von den Füßen. Artur füllte zum Trinken frisches Wasser vom Bach ab und tränkte noch die Pferde, bevor er sie an einem Baumstamm festband und sich endlich auch zum Essen niederließ.

»Das ist ja ein richtiges Festmahl!« Ohne falsche Scham langte Jeanne zu. »Es soll kaum noch frei lebende Tauben in Bordeaux geben, kannst du dir das vorstellen?«, sagte sie mit vollem Mund.

»*Pigeon rôti*, gebratene Taube – das wird als das Fleischgericht des Jahres in die Geschichte eingehen.« Artur grinste jungenhaft. Dann bekamen seine Augen einen schwärmischen Glanz. »Wie gern würde ich mal wieder in so'n richtig großes Stück Fleisch beißen. Mmh ... in ein leckeres *entrecôte* vom Rind ...«

Jeanne ging sofort auf das Spiel ein, sie malten sich oft köstliche Speisen aus. »Oder in eine knusprige Entenkeule.« Sie seufzte schmachtend.

»Zum Nachtisch dann bitte eine große Schale *mousse au chocolat*!« Artur biss ein Stück vom Brot ab und tat, als schmeckte er das erträumte Dessert.

»Oder Sandkuchen mit richtig viel Butter und Mandelsplittern. Und *cannelés*«, fabulierte Jeanne weiter, »mit süßer Karamellkruste und innen schön saftig ...«

»Mmh, ich schmeck schon die Vanille darin.«

»Butter! Ich möchte mir einfach mal wieder Butter auf der Zunge zergehen lassen, frische, fette, sahnige Butter.«

»Ja, und süße Schlagsahne ...«

»Überhaupt alles, was man aus Kuhmilch machen kann«, schwärmte Jeanne. »Käse, Quark ... Ach, auf einem Bauernhof müsste man leben, nicht auf einem Weingut!«

Artur zog seine Wangen nach innen und schluckte, offenbar lief ihm das Wasser im Mund zusammen. Komisch verzweifelt sahen sie einander an.

»Komm, lass uns von was anderem reden.«

Artur teilte das Täubchen mit seinem Winzermesser in zwei Hälften und reichte Jeanne das größere Stück. Sorgfältig knabberte er seines bis auf die blanken Knöchelchen ab und erzählte zwischendurch von einem Roman, den er gerade las. Es ging darin um den Ruin der Bordeaux-Weingüter im 19. Jahrhundert, als die Reblaus sämtliche Weinstöcke befallen hatte, und um den gelungenen Neustart wenige Jahre später. Die Franzosen hatten reblausresistente Weinstöcke aus Kalifornien importiert.

»Tja, aber bei der Gelegenheit haben wir uns auch den verdammten Mehltau ins Land geholt«, ergänzte Jeanne, die diese Geschichte oft von alten Leuten erzählt bekommen hatte.

»Stimmt, eine neue Plage, das war völlig überflüssig«, gab Artur zu. »Trotzdem … Kalifornien muss ein tolles Land sein. Dahin möchte ich unbedingt einmal.« Nachdenklich sah er Jeanne an. »Wovon träumst du? Außer natürlich davon, dass der Krieg endlich vorbei ist.« Er lächelte wissend. »Und mal abgesehen von deinem eigenen Rosengarten und der großen Liebe.«

»Vom Meer!«, antwortete Jeanne, ohne lange zu überlegen. »Mir ist, als würde ich es längst kennen. Aber ich hab's noch nie mit eigenen Augen gesehen.«

Sie stellte sich vor, dass es etwas in ihr auslösen würde, doch was genau, das wusste sie nicht. Es war nur eine Ahnung, eine ferne Verheißung, die sie manchmal in der Luft witterte – vielleicht ein Gefühl von Freiheit.

Artur nickte verständnisvoll. »Es ist grandios!« Gleich strahlte er kennerhaft. »Ich war doch als Kind mal mit meinen Eltern in Biarritz – Sandstrand, steile Klippen, hohe Wellen mit weißem Schaum! Es prickelt unter der Haut, wenn man drin badet. Selbst wenn's kalt ist, macht es Spaß. Man fühlt sich so … so …«, er suchte nach dem passenden Wort, »… so lebendig!«

»Welche Farbe hat das Meer?« Jeanne hatte sehr Widersprüchliches darüber gehört.

»Blau, ein kräftiges Dunkelblau. Aber es wechselt auch, je nach Tageszeit. Und da ist immerzu ein Brausen, als würde es atmen, das hört man noch im Schlaf.«

»Ich hab mal gelesen, man kennt das Meer erst dann, wenn man es bei Orkan und bei Windstille erlebt hat.«

»Mag wohl sein. Das ist wie mit Menschen, oder?«, erwiderte Artur, der gern philosophierte. »Na, dich kenn ich dann ja schon ganz gut.« Er hatte sie traurig und glücklich erlebt, gelangweilt und aufgeregt.

Jeanne grinste. »So wie ich dich«, gab sie zurück. »Deine Mutter braucht sich wirklich keine Gedanken zu machen.«

»Um Gottes willen! Natürlich nicht.«

Das stimmte. Wer wie sie als Kinder zusammen Doktorspiele ausprobiert, Weintrauben bis zum Erbrechen genascht, heimlich die erste Zigarette geraucht und Klingelstreiche im Dorf verübt hatte, war davor gefeit, sich in den anderen zu verlieben. Jeannes verstorbene Großmutter hatte sie beide immer in Schutz genommen, wenn sie nach einem Streich erwischt worden waren. »*Eh bien*, sie sind Kinder«, pflegte sie zu sagen, »und außerdem: Einmal ist noch keine Gewohnheit.«

Jeanne erinnerte sich, wie schlecht Artur als Kind Schmerzen hatte ertragen können. Auch die Schmerzen anderer hatten ihn immer sofort zum Einlenken gebracht. Sie waren gute Kameraden für den Rest ihres Lebens. Sie wussten auch voneinander, wer wann in wen verliebt war. Artur himmelte derzeit Fleur an, die Tochter des Dorfarztes, der seinen Vater behandelte. Das kapriziöse Mädchen mit den dunklen Mandelaugen erinnerte an eine Zirkusprinzessin. Klein, zierlich, eigensinnig und hübsch war sie.

Jeanne hatte Artur bereits Ratschläge für deren Eroberung gegeben. Unter anderem den, die Tintenflecke an seinen Fingern mit Bimsstein zu entfernen. Und neulich erst den, Fleur ein wirklich zu ihr passendes, ganz persönliches Geschenk zu machen. Daraufhin war Artur auf dem Dachboden verschwunden, um stundenlang nach einem seidenen Sonnenschirm mit Lochstickereien zu suchen, der einst den Teint seiner Großmutter geschützt hatte. Den vergilbten Schirm hatte er dann Fleur zum Geburtstag geschenkt, zusammen mit einem Seil, das er zwischen zwei Bäume im Park gespannt hatte, damit sie dort Seiltanzen üben konnte. Wie dieses Geschenk bei Fleur angekommen war, darüber hatte Artur sich bislang noch nicht geäußert. Jeanne drängte ihn nicht. Sie war sich sicher – sollte er es einem Menschen verraten wollen, dann ihr.

Umgekehrt war Artur der einzige Mensch, der damals mitbekommen hatte, dass Jeanne sich in den deutschen Offizier Georg Winterfeld verguckt hatte. Monatelang war der große Blonde aus Hamburg bei den d'Avrils im Château einquartiert gewesen. Die Deutschen hatten zwei Jahre zuvor kurzerhand das Haupthaus für sich requiriert und die französischen Besitzer damit gezwungen, in ein Nebengebäude umzuziehen.

Es waren aufregende Tage voller zwiespältiger Gefühle gewesen. Allein schon die Feststellung, dass die Feinde nicht wie Monster aussahen! Jeannes Gedanken schweiften zurück in jene Zeit.

In schneidigen Uniformen mit blank geputzten Koppeln marschierten die Soldaten auf dem Weingut ein. Einige lächelten die Frauen an. Jeanne war hin- und hergerissen zwischen Empörung, Scham und Faszination. Aus ihrem Versteck im Dachgeschoss des Pferdestalls beobachteten sie und eine Freundin, wie die Deutschen sich auf dem Hof mit freiem Oberkörper an den Brunnen erfrischten, sich bespritzten und lachten! Kichernd, seltsam erhitzt, schauten sie zu. Es waren gut gebaute, strahlende junge Männer, die meisten wohl gerade erst achtzehn, höchstens zwanzig, viele blond und groß. Sie erweckten den Eindruck, als könnten sie es selbst kaum fassen, dass sie so leicht durch Frankreich marschiert und nun, nachdem der Waffenstillstand sich schnell als Kapitulation Frankreichs entpuppt hatte, wirklich und wahrhaftig die Sieger waren.

Die kleinen Jungen auf dem Weingut spielten auf einmal nur noch »Deutsche«, sie wollten sein wie die Sieger. Abgesehen von einigen übereifrigen Kollaborateuren verhielten sich die meisten Erwachsenen wie in Schockstarre verfallen. Sie schwiegen gegenüber den Besatzern oder gaben sich zumindest äußerst schmallippig. So auch das Ehepaar d'Avril, das für Jeanne der Inbegriff von Vornehmheit und schlichter Eleganz war. Aber dann kam dieser Hauptmann, höchstens Mitte zwanzig, charmant, wohlerzogen. Sogar die d'Avrils behandelten ihn mit Respekt. Und da begann etwas in Jeanne, gegen die strengen Freund-Feind-Regeln zu revoltieren.

Gab es nicht überall Gute und Böse, in jedem Volk? Kam es nicht auf den einzelnen Menschen an? Immer kühner wurden ihre Gedanken. Waren sie denn nicht in erster Linie Mann und Frau? Nun, sie war noch keine richtige Frau, aber sie glaubte, schon wie eine empfinden zu können – alles in ihr drängte nach Liebe. Wenn der Hauptmann sie doch nur in den Arm nehmen und küssen, wenn er sich mit ihr unterhalten würde, dachte sie. Er würde staunen, wie reif sie schon war und was in ihr steckte.

Jeanne hielt fortan eigentlich immer Ausschau nach Georg Winterfeld. Details an ihm entzückten sie. Allein die blonde Haarsträhne unter seiner schief aufgesetzten Mütze! Und das leicht spöttische Lächeln, das wärmer

wurde, sobald sich ihre Blicke trafen. Manchmal zwinkerte er ihr zu. Sie suchte Vorwände, um in der Nähe des Châteaus zu sein und Georg Winterfeld begegnen zu können.
Am sandfarbenen, berankten Gebäude fand sich immer
etwas zu tun. Gewissenhaft lenkte sie den Efeu um die
weißen Fensterläden herum. Mit Hingabe pflegte sie, meist
summend oder singend, die in Pastellfarben blühenden
Rosenbäumchen vor der Fassade.

Außer ein paar tiefen Blicken, die bei ihr Herzrasen und
schlaflose Nächte ausgelöst hatten, geschah lange nichts.
Doch eines Tages sprach der deutsche Hauptmann sie vor
dem Portal an. Gerade, als sich ein Dorn in ihren Finger ge-
bohrt hatte. Er kam auf sie zu, nahm ihre Hand in seine und
entfernte behutsam den Stachel – aber er ließ ihre Hand
nicht gleich wieder los, sondern streichelte über die auf-
gerissene Stelle. Nur sekundenlang und doch eine Ewigkeit.

Sein Blick machte ihr merkwürdig weiche Knie. Ihr Herz
klopfte so heftig, dass es davon in ihren Ohren dröhnte.

»Wie heißt du?« Sein Französisch hatte einen starken
deutschen Akzent.

»Jeanne.«

»Jeanne …« Er wiederholte ihren Namen auf eine Weise,
lang gezogen, mit tiefer, samtiger Stimme, dass es ihr vorkam, als hörte sie ihn zum allerersten Mal. »Was für Augen!
Du singst sehr hübsch, Jeanne. Wie alt bist du?«

»Fünfzehn«, antwortete sie wahrheitsgemäß.

»Das ist verdammt jung«, erwiderte er und schenkte ihr
einen Blick, in dem aufrichtiges Bedauern lag. Aber ich
bin nicht zu jung, hätte sie am liebsten laut ausgerufen, im
nächsten Monat werd ich schon sechzehn! Doch sie konnte nicht einmal nicken, war wie gelähmt von der Energie,
die während dieser kostbaren Sekunden von seiner Hand
in ihre floss.

»Durst?« Artur riss Jeanne aus ihren Erinnerungen. Er reichte ihr über den Baumstumpf hinweg die Wasserflasche.

»Habt ihr mal was von ihm gehört?«, fragte Jeanne unvermittelt.

Der Offizier war nach einem Jahr Aufenthalt im vergangenen Juli an die Front nach Russland geschickt und durch einen dicken cholerischen Hauptmann ersetzt worden, dem man besser aus dem Weg ging. Seither war's vorbei mit dem höflichen Umgang, der die zu Beginn des Krieges noch weit verbreitete, beinahe sprichwörtliche Ansicht *Les Allemands sont corrects* (Die Deutschen sind korrekt) gefestigt hatte. Die ersten zwei Monate nach der Kapitulation waren chaotisch gewesen, Jeanne wusste es vor allem vom Hörensagen – Millionen Franzosen aus dem Norden des Landes auf der Flucht, Bordeaux völlig überlaufen, Plünderungen an der Tagesordnung. Fast jeder deutsche Soldat hatte siegestrunken Wein, Parfüm oder schöne Stoffe geraubt und nach Hause geschickt.

Seit August 1940 jedoch wurden Plünderungen streng bestraft. Die Deutschen hatten sich seitdem bemüht, als wohlorganisierte und großzügige Besatzer zu erscheinen. Doch auch diese Phase war nun vorüber. Der neue Offizier im Château machte mit seinen Männern Schießübungen im Salon der d'Avrils, sie zielten zum Spaß auf Ahnenporträts oder auch gern mal auf die Glocke der Dorfkirche. Die Willkür nahm zu, sie enthielt brutale und sadistische Züge.

Natürlich wünschte Jeanne den Deutschen nicht den Sieg. Aber sie betete jeden Abend, dass Georg Winterfeld nichts geschehen möge. Vielleicht lebt er nicht mehr, dachte sie, oder er liegt zerfetzt in einem Lazarett, mit verkrustetem Blut in seinem blonden Haar.

Artur wusste sofort, wen Jeanne meinte. Schweigend schüttelte er den Kopf. Zu hören war nur das Bienengesumm im Akazienbaum und fernes Pferdegetrappel. Jetzt pfiff die Dampflok, mit der sie später zurückfahren wollten. Auf der Landstraße näherten sich zwei Männer auf breiten Ackergäulen mit mehreren Pferden im Schlepptau, auch sie sicherlich auf dem Weg nach Bordeaux. Am Horizont tauchten weitere Reiter auf. Lalott knabberte vernehmbar frische Triebe vom Baum. Plötzlich erschien Jeanne alles ganz furchtbar traurig.

Artur spürte wohl ihren Stimmungswechsel. »Gleich nach dem Krieg werde ich dir das Meer zeigen«, versprach er.

Jeanne schaute abwesend in die Ferne. Ihr Blick blieb am Bachufer hängen. Dort reiften wilde Erdbeeren. Barfuß lief sie über einen Schotterpfad hin, zwei Beeren waren schon rot. Sie naschte eine und pflückte die andere für Artur. Auf dem Rückweg trat sie auf etwas Spitzes.

»*Merde!*« Jeanne beugte sich hinunter, nahm den Übeltäter in die Hand – und hatte eine Idee. »*Hé*, lass uns Lalott ein Steinchen unter einen Huf schieben!« Schon lächelte sie wieder. »Bis Bordeaux wird sie hoffentlich lahmen, und solche Zozzen wollen die Deutschen bestimmt nicht an der Front haben.«

»Ich weiß nicht«, Artur zögerte. Er nahm die Erdbeere und biss bedächtig hinein. »Das tut ihr weh, dann mag ich nicht auf ihr sitzen.«

»Du musst auf lange Sicht denken.«

Jeanne reichte Artur den scharfkantigen Stein, der sie gepiekst hatte. Er betrachtete ihn nachdenklich.

»Na gut, einverstanden«, willigte er schließlich ein. »Einen Versuch ist es wert.« Während Artur Lalotts rechten Huf hob, um ihr das Steinchen unters Eisen zu drücken, kam Jeanne wieder der geplante Besuch beim Chemie-lehrer in den Sinn. Sie kannte den Mann überhaupt nicht, und er hatte sie auch noch nie gesehen. »Soll ich eigent-lich mitkommen zu diesem ehemaligen Lehrer?«, fragte sie. »Warum willst du ihn überhaupt besuchen? Da steckt doch sicher irgendwas dahinter, oder?«

»Entschuldige bitte, Lalott«, murmelte Artur. Er klopf-te dem Pferd den Hals, wie um Zeit zu gewinnen. »Ist zu deinem Besten, glaub mir.« Umständlich setzte Artur sich wieder ins Gras. »Stimmt!« Er blinzelte gegen die Sonne an. »Du bist eindeutig die Schlauere von uns, Jeanne. Im Grunde hättest *du* auf die weiterführende Schule gemusst, nicht ich.«

»Lenk nicht ab«, erwiderte Jeanne, wenn auch insgeheim geschmeichelt. Sie würde gern mehr lernen.

Aber sie war ja »nur ein Mädchen«. »Die heiraten doch eines Tages und kriegen Kinder. Wozu also der Aufwand?«, sagten alle – ihre Eltern, der Pastor und die Lehrer. Jeanne sah das anders.

Auch Jungen heirateten eines Tages und bekamen Kin-der. Hinderte sie das etwa daran, etwas zu lernen? Mit diesem Hinweis war sie bislang allerdings nur auf Unver-ständnis und Unwillen gestoßen. Sie hatte nicht einmal eine ordentliche Gärtnerlehre machen dürfen.

Sogar der weise Marschall Pétain, der sich als Held von Verdun im Ersten Weltkrieg die Wertschätzung der Fran-zosen erworben hatte und nun als greises Staatsoberhaupt in der nicht besetzten *zone libre*, der sogenannten freien Zone des zweigeteilten Frankreich von Vichy aus regier-te, wurde nicht müde, »Arbeit, Familie, Vaterland« als die Ideale der neuen Zeit zu preisen. Frauen hatten sich um die Familie zu kümmern, sie sollten zu Hause bleiben und nicht egoistischen, eigenen Interessen folgen.

»Also gut, du darfst aber mit niemandem drüber reden, Jeanne«, hörte sie Artur mit gedämpfter Stimme sagen. Er beugte sich vor. »In Wirklichkeit hat mein Vater mich von der Schule genommen, weil … weil ich heimlich Kupfersulfat herstellen soll.«

Ungläubig sah Jeanne ihn an. »Du?«

Wie sollte ein Sechzehnjähriger das bewerkstelligen? Sie wusste natürlich, dass der Mehltau nur mit ausreichenden Mengen Kupfersulfat bekämpft werden konnte. Die Deutschen nannten das Mittel, das man damit herstellte, Bordelaiser Brühe. Es war die einzig wirksame Medizin. Aber es gab einfach nicht mehr genug vom Grundmaterial Kupfer, weil die Besatzer fast alle Metalle für die Rüstungsindustrie beschlagnahmt hatten. In ganz Frankreich konnte man legal kein Kupfer mehr erwerben. Schon zu Beginn des Krieges hatten die Winzer alte Stromkabel aus ihren Häusern gerissen, bestes Kochgeschirr, dekorative Beschläge, kunstvoll gehämmerte Reliefs geopfert, einfach alles, was aus Kupfer bestand, und es gegen Kupfersulfat eingetauscht. Anfangs war das noch erlaubt gewesen. Sogar Skulpturen waren eingeschmolzen worden. Doch jetzt? Keine Chance!

»Mein alter Lehrer Monsieur Lavalle soll uns helfen«, erklärte Artur den Plan. »Er hat schließlich Chemie studiert und kennt verschiedene Methoden, wie man das Zeug herstellt. Mein Vater hat schon mit ihm gesprochen. Grob gesagt, muss man nur Salpeter- und Schwefelsäure mischen und das dann mit Kupfer reagieren lassen.«

»Ihr seid ja irre!«, stieß Jeanne hervor, aber ihre Augen leuchteten. »Und wenn sie euch erwischen? Die sperren euch ein oder Schlimmeres.«

»Wenn wir nichts gegen den Mehltau unternehmen, werden wir bald unsere Leute nicht mehr bezahlen können«, sagte Artur ernst. »Auch deine Familie nicht, Jeanne.« Erschrocken starrte Jeanne ihn an. Das hätte sie niemals für möglich gehalten. »*Papa* sagt, wenn kein Wunder geschieht, muss er das Château d'Avril bald verkaufen.«

Jeanne atmete tief ein. »Und das Wunder willst du bewirken.« Es war keine Frage, sondern eine Feststellung.

»Genau.«

»Puh!«

»Wir richten uns ein kleines, einfaches Labor ein, in dem verlassenen Häuschen, in dem früher die Dumonts gelebt haben, das kennst du doch«, fuhr Artur fort. »Das liegt mitten im Weinberg, weit genug von anderen Häusern entfernt. Da können wir nachts experimentieren.«

Zwei offene Militärfahrzeuge rumpelten über das Pflaster, überholten die Reiter und Pferde, einige Soldaten feixten. Einen Moment lang befürchte Jeanne, sie würden anhalten, doch zum Glück fuhren sie durch.

»Ja, aber …« Sie stand auf und zog sich die Schuhe wieder an, sie war jetzt zu hibbelig, um weiter ruhig im Sitzen zuhören zu können. »Bleibt immer noch die Frage: Wie kommt ihr an Kupfer?«

Auch Artur sprang hoch. »Mein Vater kennt einen belgischen Diplomaten, der in Bordeaux lebt. Er ist Stammkunde bei uns und weiß einen guten Tropfen zu schätzen.« Er lächelte listig, während er die Pferde losband. »Belgien bezieht immer noch Kupfer aus Afrika, aus einer der Kolonien, die heißt Kongo. Und dieser Diplomat hat uns zugesagt, dass er auf Weintransportern, die zwischen Bordeaux und Belgien verkehren, Kupfer für uns schmuggelt. Wenn wir ihn dafür, natürlich unter der Hand, mit Wein bezahlen.«

»Ganz schön gewagt.« Jeannes Knie zitterten, als sie ihren Rucksack wieder schulterte und dann den Baumstumpf als Tritthilfe nutzte, um das Pferd zu besteigen.

Artur schwang sich wie ein Musketier auf Lalott. Ein breites Lächeln ließ sein Gesicht strahlen. »Schnecke, das Glück ist mit den Wagemutigen!«

Kurz vor Bordeaux begann Lalott tatsächlich zu lahmen. Artur prüfte die empfindliche Stelle im Huf, und Lalott bäumte sich entgegen ihrem Temperament auf. Der Himmel hatte sich zugezogen. Artur und Jeanne führten die Gäule am Halfter durch die Gassen der Stadt. Das Klackern der Hufeisen hallte von den Häusern wider. Auf dem Pflaster dampften frische Pferdeäpfel. Aus allen Richtungen strömten Bauern, Winzer, aber auch Leute, die wohl eher einen Handwerksbetrieb oder ein Geschäft besaßen, das Waren per Fuhrwerk transportierte, mit ihren Pferden herbei. »Mehr als tausend Jahre waren sie unsere treuesten Arbeitskameraden«, hörte Jeanne einen Mann verbittert sagen, »und jetzt geben wir sie her, als wären sie räudige Hunde.« Es schnürte ihr die Kehle zu.

Überall hingen Hakenkreuzfahnen. Auf dem Rathausplatz drängten sich Mensch und Tier. Es roch scharf nach Schweiß, Leder, Pferd, nach Angst und unterdrückter Wut. Jeanne sah viele versteinerte Mienen. Die Luft vibrierte von den mühsam beherrschten Emotionen ihrer Landsleute. Manch harter Kerl schien einem Tränenausbruch nahe. Deutsche Offiziere mit Listen und Schreibzeug nahmen Personalien auf und machten sich Notizen. Andere begutachteten die Tiere systematisch. Stets schaute einer ihnen ins Maul, umkreiste sie, prüfte die Flanken. Wenn er nickte, brachten Untergebene das Pferd fort.

»Das kann ja noch ewig dauern, bis wir drankommen«, flüsterte Jeanne, nervös zupfte sie ihr Kopftuch zurecht. »Die Teppichreinigung liegt doch ganz in der Nähe. Am besten gehe ich jetzt allein dorthin, sonst sind wir nachher

31

zu spät dran.« Madame hatte ihr den Weg vom Rathaus aus erklärt.

»Ja«, stimmte Artur zu. Auf seiner Stirn glänzten feine Schweißperlen. »Ist wohl besser so.«

Jeanne nickte und machte sich auf den Weg. Ein blonder Soldat hielt Wache neben dem Rathausportal. Er hatte Ähnlichkeit mit Hauptmann Georg Winterfeld. Sie konnte nichts dagegen tun, gleich schlug ihr Herz schneller.

»Haltet ihr Franzmänner uns für blöd?«, schrie plötzlich ein Uniformierter nur eine Armlänge von ihr entfernt in schlechtem Französisch. Jeanne schreckte zusammen. »Glaubt ihr etwa, wir kennen uns nicht aus mit Pferden?« Sie versuchte, sich schnell weiter durch die Menschenmenge hindurchzuschlängeln. Aber aus den Augenwinkeln sah sie, wie der Deutsche triumphierend mehrere kleine Steine hochhielt. »Dein Gaul lahmt nicht wirklich, Froschfresser!« Er versetzte dem Pferdebesitzer mit seinem Gewehrkolben einen Schlag in den Nacken. Der Mann schrie auf vor Schmerz.

O Gott, dachte Jeanne, und alles Blut schoss ihr in den Bauch, ich war nicht die Einzige mit dieser Idee, und schlimmer noch – diese Idee ist überhaupt nicht gut! Hoffentlich kommt Artur damit durch, hoffentlich tun sie ihm nichts! Sie spürte, wie die Schweißtücher unter ihren Achselhöhlen feucht wurden und ihr Puls raste. Aber sie durfte jetzt nicht umkehren, um Artur zu warnen. Dafür war es zu spät, damit würde sie ihn nur verdächtig machen. In diesem Zustand konnte sie jetzt auch nicht in die Teppichreinigung gehen. Jeanne zwang sich, ruhiger zu atmen und gemessenen Schrittes um den Block zu spazieren. Nach einer Weile ging es wieder.

Sie musste nach dem Weg fragen. Kurz darauf stand sie vor dem Geschäft, holte noch einmal tief Luft und trat ein. Eine hell klingende Ladenschelle meldete Kundschaft. »*Bonjour*«, begrüßte sie freundlich eine alte Dame, die aus dem Dunkel hinter dem Tresen auftauchte. Sie trug ihr graues Haar hochgesteckt wie wahrscheinlich schon in ihren besten Jahren vor dem Großen Krieg.

»*Bonjour*«, erwiderte Jeanne befangen. »Ich soll eine Kleinigkeit für Madame d'Avril abholen. Und sie lässt Ihnen beste Grüße ausrichten.«

Die alte Dame hob ihre an einer Kette vor der Brust baumelnde Stielbrille, um sie prüfend anzuschauen. »Ach ja, ich weiß Bescheid«, sagte sie dann und holte etwas unter dem Tresen hervor. »Ich habe es in eine Porzellanvase mit Deckel umgefüllt und zugebunden«, erklärte sie, »falls es heut noch regnet. Im Stoffbeutel würde die Lieferung sonst vielleicht matschig werden, und das wäre doch ein Jammer, nicht wahr?« Ein feines Kräuseln in ihren Augenwinkeln verriet, dass die Frau wusste, welch hehre Aufgabe dem Staub beschieden war. Jeanne lächelte schüchtern. Behutsam wickelte sie die Vase in ihre Strickjacke ein und stopfte sie in ihren Rucksack.

»Es ist keine Kostbarkeit«, sagte die Frau mit Blick auf das Gefäß. »Nur Fabrikarbeit und auch schon etwas angeschlagen.«

»*Merci*, Madame.« Jeanne knickste.

»Es ist mir ein Vergnügen. Mit den allerbesten Empfehlungen unseres Hauses. Und bitte grüßen Sie Madame d'Avril ganz herzlich von mir!« Die Dame ging voran, sie hielt ihr die Ladentür auf wie einer feinen Kundin. Jeanne errötete. »Nochmals vielen Dank, Madame. Auf Wiedersehen.« Sie presste den Rucksack vor ihren Bauch, um ihn im Gedränge besser schützen zu können.

Als sie den Rathausmarkt erreichte, kam ihr Artur entgegen – mit Lalott am Zügel! »Sie wollen sie nicht! Zu alt, zu lahm!« Er wedelte strahlend mit einem amtlich aussehenden Zettel, bemühte sich aber sofort wieder um einen gleichgültigen Gesichtsausdruck. »Hier hab ich's schwarz auf weiß«, sagte er Jeanne leise ins Ohr.

»Das ist ja wunderbar!« Ihr fiel ein Felsbrocken vom Herzen. Aufgeregt berichtete sie ihm, dass auch andere den Steinchentrick versuchten. »Ich hatte schon Befürchtungen, dass sie auch bei dir ...«

»Sie *haben* Lalotts Huf kontrolliert«, fiel Artur ihr ins Wort. »Aber vorhin, als wir die Stadt erreicht hatten, weißt du, da konnte ich meine Gute einfach nicht länger leiden sehen. Ich hab den Stein rausgepult und dir nichts davon gesagt. Ein bisschen lahmen wird sie trotzdem noch eine Weile.«

Jeanne knuffte ihn erstaunt, halb mahnend wie eine große Schwester, deren Anweisung nicht befolgt worden war, doch auch strahlend, denn sie fühlte sich unglaublich erleichtert.

»Schwein gehabt!«

Übermütig stimmte sie einen Schlager an, und beim Refrain fiel Artur in den Gesang ein, obwohl sie ringsum nur Kopfschütteln ernteten.

Da sie auf dem Rückweg mit dem Pferd nicht wie vorgesehen den Zug nehmen konnten, geriet ihr Zeitplan durcheinander. Sie erreichten das Haus des Chemielehrers, der in der nächstgelegenen Kleinstadt zum Château d'Avril lebte, später als angekündigt. Artur hielt es für klüger, allein mit Monsieur Lavalle zu sprechen.

»Je weniger Leute eingeweiht sind, desto geringer die Wahrscheinlichkeit aufzufliegen, sagt mein alter Herr.«

»Aber ich bin doch jetzt eingeweiht.«

»Das muss ja niemand wissen. Erst mal jedenfalls.«

»Du hast recht. Ich werde schweigen wie ein Grab.«
Jeanne sah sich in der Geschäftsstraße um. Selbst um diese
Zeit gab es vor einigen Läden noch Schlangen. Vor allem
Kinder, alte Frauen und alte Männer warteten. Die jüngeren Frauen, die ihre Familien allein durchbringen mussten, pflegten sich schon lange vor Geschäftsöffnung anzustellen. Nun, am späten Nachmittag, erhielt man oft nicht
mehr, was einem laut Lebensmittel- oder Bekleidungs-
karte offiziell zustand. Aber die Leute nahmen alles, was
sie bekommen konnten. Selbst wenn man etwas nicht benötigte, war es nützlich, denn man konnte es immer noch
gegen etwas anderes eintauschen. Jeanne schnaufte ungeduldig. Wie viel Lebenszeit verloren ging mit diesem
ewigen Schlangestehen und Tauschen! »Geh nur, Artur. Ich
werd mir hier schon die Zeit vertreiben.«

Vielleicht konnte sie sich nützlich machen und für
jemanden, der auf die Toilette musste, den Platz in der
Schlange freihalten. Allerdings fesselten gerade ungewöhnliche Schaufenster ihre Aufmerksamkeit. Gegenüber dem
Haus, in dem der Lehrer wohnte, befand sich ein Büro mit
Aushängen in den Fenstern. Während Artur die steile Stie-
ge zur Lehrerwohnung erklomm, überquerte Jeanne die
Straße. OFFICE DE PLACEMENT ALLEMAND stand
über der Tür. Es handelte sich um ein deutsches Werbe-
büro, das freiwillige Arbeitskräfte für Deutschland suchte.

Ein pinkfarbenes Plakat zeigte den Kopf eines edlen
Germanen mit Stahlhelm und unten, kleiner gezeichnet,
Reihen von arbeitswilligen Menschen. *Sie geben ihr Leben*,
verkündeten große Lettern – gemeint waren ganz offenbar
die Deutschen, die in Russland kämpften – und dann ging
es weiter mit der Aufforderung: *Gebt ihr eure Arbeit, um
Europa vor dem Bolschewismus zu retten*. Damit waren die
Franzosen gemeint. Jeanne atmete schwer aus.

Im anderen Schaufenster stand etwas von einer neuen Regelung. Für drei Franzosen, die freiwillig zum Arbeiten nach Deutschland kämen, sollte jeweils ein französischer Kriegsgefangener entlassen werden. Jeanne fragte sich, ob man sich wohl »seinen« Kriegsgefangenen aussuchten durfte. Dann wäre das Angebot sicher für manche Familie verlockend.

Die Tür wurde geöffnet, und ein jovial wirkender Mittvierziger im Anzug kam aus dem Büro. »Guten Tag, Mademoiselle!«, sagte er mit tiefer Stimme. Vielleicht hatte er sich gelangweilt und freute sich, dass mal jemand Interesse zeigte. Bei ihm jedenfalls stand die Kundschaft nicht Schlange. »Darf ich Sie ein wenig informieren? Ganz unverbindlich selbstverständlich.« Es sprach gut Französisch, aber man hörte den deutschen Akzent heraus. Jeanne zuckte mit den Achseln. »Möchten Sie vielleicht ein Glas Wasser, Mademoiselle?« Jeanne hatte tatsächlich Durst. Der Mann war der typische Vertreter, geschäftsmäßig liebenswürdig, offen und gewandt, letztlich nicht unsympathisch. Er wies ins Büro, und nach kurzem Zögern trat sie ein. Was sollte schon Schlimmes passieren? Jeder konnte durch die Fenster hineinblicken. Der Mann bat sie, auf dem Besucherstuhl vor seinem Schreibtisch Platz zu nehmen, und füllte für sie aus einer Syphonflasche Wasser in ein Glas. »Mein Name ist Müller.« Sie nickte, ohne ihren Namen zu nennen, und trank in kleinen Schlucken, um nicht zu gierig zu erscheinen. Jeanne erfuhr, dass es mittlerweile dreihundert solcher Werbestellen in beiden Zonen Frankreichs gab, vor allem, um französische Facharbeiter nach Deutschland zu holen. Herr Müller arbeitete selbstständig auf Provisionsbasis. »Sie erhalten ordentliche Verträge, das kann ich Ihnen zusagen, Sie arbeiten acht Stunden am Tag, haben Anspruch auf Urlaub und erhalten genauso viel Lohn wie Ihre deutschen Kollegen.«

»Ja, aber ...«, sagte Jeanne hilflos. Warum erzählte er ihr das alles? »Vielleicht, wenn ich ein junger Mann wäre ...«

»Oh, Mademoiselle, wir haben auch schon viele Frauen nach Deutschland vermittelt. Ungefähr zwanzig Prozent unserer Vertragsabschlüsse betreffen weibliche ...«

»Aber ich habe keinen richtigen Beruf erlernt«, warf Jeanne ein. Sie fand das alles durchaus interessant, doch natürlich dachte sie nicht im Traum daran, nach Deutschland zu gehen. Dennoch hörte sie aufmerksam zu. Bis es ans Fenster klopfte. Artur stand dort. Jeanne lächelte Herrn Müller höflich an. »Es tut mir leid, ich muss dann wieder.«

»Vielleicht kennen Sie jemanden«, sagte der Deutsche und stand auf, »vielleicht haben Sie Brüder, Freunde, Nachbarn ... Geben Sie weiter, was ich Ihnen erklärt habe. Und vielleicht sieht man sich ja auch mal wieder. *Au revoir,* Mademoiselle.«

»*Au revoir.* Und danke für das Wasser.« Eilig folgte Jeanne Artur zum Haus gegenüber, wo er Lalott vom Eisenring an der Fassade losband.

»Er macht mit!«, raunte ihr Freund aufgekratzt. »Lavalle kann uns auch die erforderlichen Apparaturen beschaffen. Nächste Woche fangen wir an.«

»Großartig!«

Jeanne freute sich mit ihm. Das war doch alles in allem prima gelaufen heute! Es stimmte wohl – das Glück war mit den Wagemutigen.

Als sie schon das Stadttor hinter sich gelassen hatten, blieb Artur plötzlich stehen. »Wo ist dein Rucksack?«

»Ach du Schreck!« Jeanne schlug sich an die Stirn. »Den muss ich bei diesem Herrn Müller vergessen haben!« Lalott nutzte die Gelegenheit, frisches Gras am Wegesrand zu fressen. »Ich lauf schnell zurück, warte hier auf mich.«

Außer Atem kam Jeanne an – gerade noch rechtzeitig. Herr Müller befand sich in Begleitung eines deutschen Soldaten, mit dem er sich vertraut unterhielt, und wollte gerade zum Feierabend die Tür abschließen.

»Mein Rucksack«, stieß Jeanne keuchend aus, »entschuldigen Sie bitte, ich habe meinen Rucksack bei Ihnen vergessen. Er muss noch neben dem Stuhl stehen.«

Der Soldat erwiderte ihr bemühtes Lächeln nicht. Herr Müller ging ins Büro und brachte ihr den Rucksack. Erleichtert drückte Jeanne ihn an sich.

»Darf ich mal sehen, was Sie darin haben?«, fragte der Soldat. Jeanne erstarrte. Dieser Tag hatte schon so viele Aufregungen gebracht, sie war müde und hungrig und erschöpft. Und jetzt das! Sie hob eine Hand gegen ihre Stirn, zupfte nervös mit zwei Fingern am Kopftuch. »Öffnen Sie Ihren Rucksack«, blaffte der Soldat.

Jeanne überlegte fieberhaft, wie sie reagieren sollte. Ungeduldig riss der Soldat ihr den Rucksack aus den Händen.

»Vorsicht!«, rief sie spontan. »Nein, bitte nicht!«

Das reizte den Mann offenbar nur noch mehr. Mit einem Ruck entzurrte er den Verschluss, dann beförderte er ihre Strickjacke hervor und wickelte die Vase aus – vorsichtig, als befände sich darin Sprengstoff. Entsetzt schaute Jeanne zu. Oje, was würde Madame sagen, wenn sie hörte, dass sie sich hatte erwischen lassen? Und dass der kostbare Staub, ihr Mittel zur Weinveredelung, nun verloren war? Gleich beim ersten Versuch gescheitert. Ob die Deutschen ihr mildernde Umstände zugestehen würden, wenn sie sagte, dass sie vorher noch nie etwas Unerlaubtes getan hatte? Der Spruch ihrer Großmutter schoss ihr durch den Kopf. *Einmal ist noch keine Gewohnheit.* Doch *grand-mère* war nicht mehr da, um sie zu verteidigen und zu retten. Jeanne kamen die Tränen.

Der Soldat starrte die Vase misstrauisch an. Er holte ein Klappmesser aus seiner Hosentasche und schnitt die Bindfäden durch.

»Meine Großmutter …« Jeanne begann zu weinen. Der Soldat hob den Deckel. Blickte verständnislos in das Porzellangefäß. »Es ist nur Staub!«, sagte Jeanne mit erstickter Stimme.

Der Soldat schien das Wort nicht zu kennen. Doch Herr Müller hatte wohl in diesem Moment ein Aha-Erlebnis. »Ihre Großmutter?«, wiederholte er. »Ist das ihre Asche?«

Jeanne war kurz perplex, dann begriff sie, welche Chance dieses Missverständnis bot. Der Deutsche verwechselte das französische Wort für Staub mit dem für Asche.

»Ja!«, stieß sie hervor. »Das ist die Asche meiner geliebten Großmutter!«

»Och, Kindchen!« Herr Müller legte ihr tröstend eine Hand auf die Schulter. »Es ist ja nichts passiert. Walter, gib ihr doch das Ding zurück. Du hast ja gehört – die Asche ihrer Großmutter.«

Angewidert streckte der Soldat ihr die staubgefüllte Vase, die für ihn nun eine Urne mit verbrannten sterblichen Überresten einer alten Französin war, entgegen.

»Oh, vielen Dank, ganz herzlichen Dank! Auf Wiedersehen!«

Hastig packte Jeanne die Vase wieder in ihren Rucksack und machte sich auf den Weg.

3

Loire-Tal, Gegenwart

»Hab ich dir eigentlich schon gesagt, wie unglaublich froh ich bin, dass du mitkommst?« Ella pustete eine Strähne zur Seite, die sich aus ihrem blonden Haarknoten gelöst hatte, und sah ihre Beifahrerin dankbar an.

»Seit Hamburg ungefähr neunundzwanzigmal, seit wir in Frankreich sind, etwa elfmal.« Anna lächelte. »Guck bitte nach vorn, Ella. Das da könnte ein Stau werden. Wollen wir die Strecke mit den Mautgebühren nehmen?«

»Na klar, laut Navi ist das der kürzeste Weg nach Cremont.« Ella konzentrierte sich wieder auf den stockenden Verkehr der Pariser Ringautobahn. Als voraussichtliche Fahrzeit bis zum Ziel an der Loire zeigte das Navi zweieinhalb Stunden an. »Kostet aber extra«, mahnte Anna. »In Anbetracht unserer knappen …«

»Ach was!« Ella lächelte gespielt herablassend. »Man erbt schließlich nicht alle Tage ein Château samt Dorf. Da sollte man auch standesgemäß anreisen.«

Selbstironisch warf sie einen Blick in den Rückspiegel. Ihr alter vollgepackter Mercedes-Kombi, der seit Jahren in Hamburg-Uhlenhorst auf der Straße geparkt wurde, wirkte wie immer verlottert – was Ellas Mutter, die auf dem Land mit Eigenheim und Garage lebte, stets entsetzte. »Wie magst du überhaupt mit einem derart verbeulten und versifften Auto durch die Gegend fahren?«, fragte sie stets. Vergeblich versuchte Ella jedes Mal wieder, ihr klarzumachen, dass es sich einfach nicht lohnte, ein von Lindennektar beträpfeltes Auto für fünfzehn Euro durch die Waschanlage zu jagen, wenn es einen Tag später doch wieder so aussehen würde wie vorher. Und da es schon einige Dellen hatte, brauchte sie sich keine Sorgen darum zu machen, dass es welche bekommen könnte. Sie fand das beruhigend, aber das verstand ihre Mutter nicht.

»Noch hast du es nicht geerbt«, korrigierte Anna, während sie beim Stop-and-go mit einem Franzosen auf der Überholspur flirtete und lässig an ihren kurzen dunklen Haaren zupfte. Anna war nicht nur etwas älter als Ella, schon Anfang vierzig, sie sah die Dinge meist auch realistischer. »Ehrlich gesagt verstehe ich nicht, weshalb du dir den Kasten nicht erst mal angesehen hast, bevor du mit Sack und Pack dahin übersiedelst.«

»Hab ich dir doch schon erklärt«, erwiderte Ella. »Weil ich keine halben Sachen mache.« Etwas kleinlauter fügte sie hinzu: »Und weil so eine Reise schließlich auch jedes Mal Geld kostet. Mir bleibt doch sowieso nur die Flucht nach vorn.«

»Wegen Sven, meinst du«, ergänzte Anna. Sie hatte sich wochenlang Ellas Liebeskummer seinetwegen anhören müssen. Es lief einfach nicht mehr rund. Ella wollte endlich mit ihm zusammenziehen, weil sie fand, dass es Zeit wurde, Nägel mit Köpfen zu machen, und sie die Hoffnung auf die große Liebe inzwischen aufgegeben hatte. Doch Sven druckste herum, es zeichnete sich immer deutlicher ab, dass er lieber seine Freiheit behalten wollte. Es nützte nichts, Ella konnte sich nicht länger vormachen, dass sie die gleichen Ziele verfolgten. Und nur guter Sex und ab und zu ein gemeinsames Wochenende, das reichte ihr nicht mehr. Sie musste endlich wissen, wohin sie gehörte.

Es fiel ihr nur verdammt schwer, konsequent Schluss zu machen. Ein Ortswechsel, so hoffte sie, würde ihr den Schritt erleichtern. »Wovon willst du in diesem Jahr in Frankreich eigentlich leben?«

Für Anna, die als Psychologin mit ihrem Mann, der Anwalt war, und zwei Kindern ein vorbildliches Leben mit eigenem Häuschen in Hamburg-Niendorf führte, waren geordnete finanzielle Verhältnisse das A und O. Und gesellschaftliche Reputation. In dieser Hinsicht verkörperte sie genau das Gegenteil von Ella, die gern liebenswert Verrückte und Künstlertypen um sich scharte. Mit rund zwanzig von ihnen hatte sie eine Woche zuvor in ihrer Zweizimmerwohnung ihren Abschied gefeiert. Die Freunde würden ihr furchtbar fehlen, das wusste sie jetzt schon. Die Wohnung war nun für ein Jahr untervermietet, ihre privaten Sachen und wenige Lieblingsstücke hatte Ella bei ihrer Mutter auf dem Südermarschhof untergestellt, ein paar Dinge vorausgeschickt nach Cremont.

»Och, das krieg ich schon irgendwie hin«, antwortete Ella vage. »Ich brauch ja nicht viel.«

Die Frauen kannten sich, seit sie vor Jahren in derselben Frauenzeitschriftenredaktion gearbeitet hatten. Das war in der Zeit vor #MeToo gewesen, bevor Frauen überall auf der Welt von den Belästigungen durch Vorgesetzte und mächtigere Männer berichteten und lautstark dagegen protestierten. Ihr Chefredakteur, ein Choleriker und Chauvi, hatte sie alle an den Rand eines Nervenzusammenbruchs getrieben. Damals durften Männer wie er noch ungestraft Sätze wie »Nun schieben Sie mal Ihre Titten aus dem Blickfeld« von sich geben.

Die Leidenszeit unter diesem Chef hatte die so gegensätzlichen Frauen zusammengeschweißt. Ella hatte schließlich gekündigt, um als freie Journalistin zu arbeiten,

Anna war schwanger geworden. Zweimal im Abstand von zwei Jahren. Sie hatte die Zeit genutzt, um beruflich umzusatteln und Psychologie zu studieren. Nun war sie als kassenfinanzierte Psychologin ständig ausgebucht und verdiente ordentlich. Auch ihr Umgang mit Geld stand in diametralem Gegensatz zu Ellas. Ella hatte nie welches, und wenn ihr doch einmal etwas zufloss, gab sie es aus, um dem Geld, dem Kosmos oder sich selbst zu beweisen, wie sehr sie den schnöden Mammon, nun ja, nicht direkt verachtete, aber eben nicht an die erste Stelle setzte.

In den vergangenen Jahren allerdings war die Situation für freie Journalisten immer schlechter geworden, prekär lautete das angesagte Wort dafür. Sogar Ella hatte angefangen, jeden Euro dreimal umzudrehen und sich erst vor Kurzem aus Verzweiflung beim *Krummerhörner Anzeigenblatt* in ihrer alten ostfriesischen Heimat beworben. Werbetexte für Anzeigenkunden schreiben, Jubelberichte über Firmenjubiläen, Fotos von Misswahlen mit Milchkühen, den Honoratioren die Füße küssen – all das hatte sie immer verachtet und vermeiden wollen. Den Hungertod allerdings auch. Und der war ihr nicht mehr allzu fern erschienen.

Ella hielt an der Mautstation, ließ das Fenster herunter und zog ein Ticket. Ein kühler Wind drang ins Auto. Es war Mitte Oktober, und der Herbst begann bereits, unangenehm zu werden.

»Soll ich dich mal ablösen?«, fragte Anna.

»Nö, danke«, sagte Ella. Sie waren am Vormittag nach einer Übernachtung in Maastricht und einem kleinen Bummel durch die niederländische Stadt gut ausgeruht weitergefahren, eine Autostunde vor Paris hatten sie in einem mittelalterlichen Städtchen Rast gemacht. »Der Kaffee vorhin war extra stark. Ich bin noch ganz fit.«

Nach dem leckeren Schokokuchen kniff ihre Jeans jetzt noch.

»Hast du endlich mit deiner Mutter gesprochen?«, hakte Anna nach. »Weiß sie, wie pleite du bist? Deine Familie besitzt doch immerhin diesen großen Hof da oben an der Küste, da kann sie dir doch mal was rüberschie...«

»Nein!«, fiel Ella ihr heftig ins Wort. Sie hatte schließlich ihren Stolz. »Außerdem ist das alles nicht mehr so doll wie früher.« Der große Hof mit einst siebzig Hektar Land und dreißig Kühen war im Laufe der Jahre immer weiter verkleinert worden. Nach dem Tod ihres Vaters, der vor fünf Jahren mit einem Sportflugzeug abgestürzt war, hatte die Bank einen Kredit gekündigt und ihre Familie damit gezwungen, noch ein Stück Land und das meiste Vieh zu verkaufen. »Milchwirtschaft lohnt sich nur noch, wenn du mehr als hundert Kühe hast und das quasi industriell betreibst«, erklärte Ella ihrer Freundin, die in Hamburg aufgewachsen war. »Diese alten Gulfhöfe wie unserer sind auch enorm aufwendig im Unterhalt, erst recht, wenn man ein bisschen Gespür für Tradition hat.«

»Die Tradition der Polderfürsten«, sagte Anna bedeutungsvoll. »Das Wort Polderfürst hab ich übrigens, als ich damals mit dir bei deiner Familie zu Besuch war, das erste Mal gehört.«

So hatte man früher in Ostfriesland die wohlhabenden Marschbauern genannt, deren Land dem Meer abgerungen worden war. Sie residierten gleich hinter den Deichen auf besonders prächtigen Höfen.

Den Rest des Familienerbes zu bewahren bedeutete für Ellas Bruder Ulfert und seine Frau Tomke ein ständiges Abwägen zwischen Stil und Finanzierbarkeit. Sie neigten mehr als Ella zum Modernen. Glatt und pflegeleicht sollte es sein. Ein Ideal, das ihre Mutter, der seit dem Tod des

Vaters alles gehörte, gern unterstützte. Sie hatten das riesige Dach mit spiegelnden Sonnenenergiekollektoren ausgestattet, etliche Ferienwohnungen in das große Wohnhaus und die Scheune eingebaut. Ulfert und Tomke betrieben nun gerade noch so viel Landwirtschaft mit Kühen, Hühnern, Hund und Ponys, dass sie guten Gewissens Urlaub auf dem Bauernhof für Familien anbieten konnten. Das war ja auch nicht das Schlechteste. Viele Bauern waren auf Maisanbau und Biogasanlagen umgestiegen. Andere Besitzer ließen ihre Gulfhäuser notgedrungen einfach verfallen, manche vermieteten sie an Oldtimersammler oder Trödelhändler, die meisten verhunzten sie bei der Instandhaltung mit billigstem Baumaterial. Wenn Ella dann auch noch die Verspargelung sah, die durch immer neue Windkraftparks bei aller ökologischen Nützlichkeit, die ihr durchaus einleuchtete, die Landschaft verschandelte, tat es ihr in der Seele weh.

Ellas siebzigjährige Mutter lebte mit Ulfert, Tomke und vier Enkelkindern auf dem Hof. Sie hatte die Hoffnung, dass ihre Tochter nach Ostfriesland zurückkehren würde, nie ganz aufgegeben. Doch für Ella fühlte sich diese Vorstellung wie ein Rückschritt an. Sie liebte ihre Heimat, keine Frage, aber irgendwie hatte sie immer schon das Gefühl gehabt, dort könne nicht ihr Lebensziel liegen. Schon als Kind hatte sie hinaus in die Welt gewollt. Immerhin, bis Hamburg war sie gekommen. Und in der Oberstufe hatte sie ein Jahr als Austauschschülerin in Paris verbracht. Nur mit Bauchschmerzen hatte sie sich dazu durchgerungen, eine Bewerbung ans *Krummhörner Anzeigenblatt* zu schicken. Zum Glück gab es dort ein paar witzige, liebe Kollegen, die sie noch von früher aus ihrer Volontärszeit in einer Lokalredaktion kannte. Damit hatte sie sich zu trösten versucht.

Und dann war das Wunder geschehen! Etwas, wovon man vielleicht mal träumte, aber nie glaubte, dass es wirklich geschehen könnte – Ella erbte plötzlich und unerwartet. In Frankreich! Ein schlossartiges Anwesen in der Touraine an einem Nebenfluss der Loire, zu dem etliche Nebengebäude und ein paar Dorfhäuser gehörten.

Zuerst hatte sie es gar nicht glauben wollen. Der Name der Frau, die ihr all das vermacht hatte, sagte ihr überhaupt nichts. Sie hatte auch erst einmal auf einer Karte nachgucken müssen, wo genau der Ort lag. Dann war sie von dem deutschen Anwalt einer international arbeitenden Kanzlei in Hamburg darüber informiert worden, dass die Erbschaft an eine Bedingung geknüpft war. Aha, Komplikationen!, hatte Ella gedacht und beinahe lachen müssen. Es konnte also doch wahr sein – Komplikationen passten zu ihr.

»Ella Marie Bohlmann«, hatte der Notar verlesen, »muss mindestens ein Jahr lang auf Cremont in Cremont-sur-Crevette leben, bevor es in ihren Besitz übergeht. Sollte sie dort nicht so lange wohnen oder während dieses Jahres ohne entschuldbaren Grund (wie Krankheit oder dringende Familienangelegenheiten) länger als zwei Wochen fernbleiben, fällt der Besitz an den Neffen meines verstorbenen Mannes, an Baron Eugène de Cremont.« Er hatte Ella kaum Zeit gelassen, die Nachricht zu verstehen, und darauf hingewiesen, dass sich das Gebäude, das er als Manoir, zu Deutsch »Herrenhaus«, bezeichnete, sowie die Nebengebäude und vermieteten kleinen Häuser, die einst überwiegend Gesinde- und Handwerkerunterkünfte gewesen waren, »in einem suboptimalen Zustand« befänden. »Da ist wohl seit Jahrzehnten nicht renoviert worden. Wollen Sie das Prüfungsjahr auf Cremont trotzdem antreten?«

»Ach, das kommt mir irgendwie bekannt vor«, war es Ella herausgerutscht. »Was ist denn, wenn während dieser zwölf Monate unaufschiebbare Dinge geregelt werden müssen, weil's irgendwo in die gute Stube reinregnet zum Beispiel?«

»Ein Anwalt aus Amboise ist für diese Zeit als Verwalter eingesetzt. Sein Budget dürfte allerdings übersichtlich sein. Größere Reparaturen wie die dringend erforderliche neue Heizungsanlage sind nicht drin. Doch immerhin ist das Gehalt der Hausdame noch so lange gesichert.«

»Hausdame?«

»Ja, Madame Violetta Bertrand. Sie hat die letzten zehn Jahre für die Baronin gearbeitet. Sie wird Ihnen sicherlich eine Hilfe sein.«

Eine Hausdame, dachte Ella, nicht schlecht. Sie hatte sich bislang noch nicht mal eine Putzhilfe leisten können.

»Und wenn ich das Jahr dort überstehe«, überlegte sie laut, »kann ich anschließend alles verkaufen und das Geld gehört mir?«

»So ist es. Abzüglich der Erbschaftssteuern et cetera, versteht sich.«

»Darf ich ein paar Tage darüber nachdenken?«

»Selbstverständlich«, der Jurist nickte verständnisvoll, »eine solche Entscheidung will gut überlegt sein.«

Kein Geld für angemessen stilvolle Instandhaltungen, das konnte Ella auch in Ostfriesland haben. Aber ein Herrenhaus in der Touraine, das klang natürlich viel verlockender. Allein der Grund und Boden war sicher schon einiges wert. Bestimmt ließ sich auch ein solventer Liebhaber solcher Anwesen finden. Deshalb war es letztlich keine Frage.

Ella wollte.

»Also«, wiederholte Anna hartnäckig und riss sie aus ihren Gedanken, »wovon willst du das Jahr über leben?«

»Ich muss keine Miete zahlen«, antwortete Ella. »Im

Garten könnte ich Gemüse ziehen. Neue Klamotten brauch ich nicht.«

Anna sah sie streng an. »Komm, so unrealistisch kannst du mit deinen siebenunddreißig Jahren nicht sein, oder? Du wirst trotzdem Bargeld benötigen.«

Ella seufzte lächelnd. »Okay, ich sag's dir. Aber es weiß sonst niemand. Und ich möchte nicht, dass noch irgendwer davon erfährt, ja?« Anna nickte. »Also, ich hab meine Lebensversicherung beliehen. Die haben mir ein Darlehen von zwanzigtausend gewährt. Das kann ich in ein oder zwei Jahren zurückzahlen, und dann ist alles am Ende wie vorher.«

»Und wenn nicht?«, fragte Anna streng. »Dann ist deine Lebensversicherung futsch, oder was? Ach, Ella!«

»Was sollte ich denn tun?«, verteidigte Ella sich. »Es wird sich schon irgendwas ergeben. Es geht immer irgendwie weiter.«

»Du bist so ein leichtlebiges Ding!«

»Und du beneidest mich darum, stimmt's?«

Sie mussten beide lächeln. Ella, gut mittelgroß, hätte äußerlich fast als typische Ostfriesin gelten können mit ihrem schulterlangen blonden Haar und der Stupsnase – sie wirkte nordisch klar und war meist ungeschminkt –, wenn da nicht die haselnussbraunen Augen und ein gelegentlich mit ihr durchgehendes Temperament gewesen wären. Du siehst aus wie eine Mischung aus Elke Sommer und France Gall, hatte ihr erster Redaktionsleiter gesagt. Wobei er das mit France Gall wahrscheinlich auch assoziierte, weil die Französin den Hit *Ella, elle l'a* gesungen hatte, was so viel wie »Ella, sie hat's eben« bedeutete. Ella kannte sie nur, weil ihr Name in diesem Song vorkam. Sie war gerade sieben Jahre alt gewesen, als er dauernd im Radio gespielt wurde. Elke Sommer hatte sie googeln müssen.

»Was willst du eigentlich die ganze Zeit über machen?«
Annas Talent, den Finger in offene Wunden zu legen, war
unübertroffen.

»Och, endlich hab ich mal Zeit zum Fotografieren. Vielleicht schreib ich einen Roman«, antwortete Ella leichthin.
»Davon träumt doch jede Journalistin. Oder ich recher-
chiere die Biografie meiner edlen Spenderin.«

»Die würde mich allerdings auch brennend interessieren«, bestärkte Anna sie. »Was hast du denn schon über
sie rausgefunden?« Regen setzte ein, als sie an der auto-
matischen Station die Mautgebühr bezahlten und dann auf
eine pfützenreiche Landstraße abbogen. Windböen trieben bunte Herbstblätter durch die Luft. Eigentlich hatte
Ella gehofft, dass sie noch ein paar Tage Goldener-Okto-
ber-Stimmung würden genießen können. Aber danach sah
es nicht aus. Viele Pappeln in der sanft gewellten Landschaft mit Wiesen und abgeernteten Feldern streckten ihre
Äste schon kahl in den grauen Himmel.

»Also, Baronin Jeanne de Cremont ist eben jene Jeanne,
die im Krieg bei meinen Großeltern auf dem Hof gearbeitet hat«, begann Ella. »Das hab ich dir ja schon erzählt.«

Anfangs hatte Ella sich das Hirn zermartert, wer ihre
Gönnerin gewesen sein könnte. Ob es vielleicht einen Zu-
sammenhang mit ihrer Austauschschülerzeit gab oder ob
sie unwissentlich während ihres Provence-Urlaubs mit
Sven irgendeine reiche Dame nachhaltig beeindruckt
haben könnte. Erst ihre Mutter hatte sie auf die richtige
Spur gebracht. »Jeanne ... So hieß doch die Amme deines
Vaters, die später Sängerin geworden ist!«, hatte sie gesagt.
»Er war immer ganz stolz darauf, dass er eine französische
Amme gehabt hat.«

Daraufhin hatte Ella begonnen, Nachforschungen

anzustellen. »Es ist ein Jammer, dass es in unserer Familie keinen mehr gibt, der damals dabei gewesen ist und den ich befragen könnte«, fuhr sie fort. »Was ich herausgefunden habe, ist Folgendes: Diese Jeanne kam als Fremdarbeiterin zu uns. Wobei ... Das ist eigentlich der Ausdruck, den die Nazis benutzten. Heute sagt man Zwangsarbeiter.« Sie schaltete den Scheibenwischer auf eine höhere Frequenz. »Was aber auch nicht in jedem Fall stimmt, weil es damals auch Arbeiter und Arbeiterinnen aus dem Ausland gab, die freiwillig nach Deutschland gekommen sind.«

»Mehr oder weniger freiwillig, schätze ich mal«, warf Anna skeptisch ein.

»Wahrscheinlich. Die werden aber heute vor lauter Political Correctness allesamt als Zwangsarbeiter bezeichnet, während sie damals sowohl die freiwilligen als auch die zwangsrekrutierten ›freie Westarbeiter‹ nannten. Das ist ziemlich verwirrend, wenn man recherchiert.« Ella schaltete das Fernlicht ein. »Na, jedenfalls hat Jeanne wohl zwei Jahre auf dem Hof in der Südermarsch gearbeitet. Sie und meine Oma waren ungefähr zur gleichen Zeit schwanger, aber meine Oma konnte dann nicht stillen. Das fand alles in der chaotischen Zeit gegen Kriegsende statt. Und da hat diese Französin eben auch meinen Vater gestillt.«

»Hmm ... Wieso war er denn stolz darauf?«, fragte Anna mit gelüpfter Augenbraue. »Er wird sich ja wohl kaum daran erinnert haben.«

Ella lachte. »Natürlich nicht. Aber in den Fünfzigerjahren kam Jeanne die Familie noch einmal besuchen. Direkt aus Paris. Sie hatte damals schon etwas Erfolg als Sängerin. Und sie sah wohl sehr schick aus.«

»Olala, kleiner Ostfriesenjunge ist beeindruckt ...«

»Genau.« Ella zuckte zusammen. Die Navistimme sprach die französischen Ortsnamen auf eine grauenvolle

Weise deutsch verballhornt aus. Sie bog ab in Richtung Tours. »Weißt du, was mir inzwischen auch wieder eingefallen ist?«

»Erzähl!« Anna sah sie neugierig an.

»Mein Opa hatte oben auf dem Heuboden ein Versteck, oder sagen wir einen Rückzugsort. Da saß er, wenn er seine Ruhe haben wollte, in seinem Lehnstuhl, genoss sein Feierabendbier mit Ploppverschluss, las Zeitung und hörte Musik. Er hatte nämlich einen altmodischen aufklappbaren Plattenspieler, der mit Batterien betrieben wurde. Und am liebsten hörte er französische Chansons. Komisch, oder?«

»Wieso komisch?«, entgegnete Anna. »Ich mag Chansons auch.«

»Ja, aber für einen ostfriesischen Bauern schon sehr speziell, finde ich. Als Kind hab ich ihm oft Gesellschaft geleistet. Gespielt, was gemalt oder gebastelt. Das war unsere Höhle.«

»Wie schön!«

»Ja, und mir fiel jetzt wieder ein, dass auf den Covern etlicher Langspielplatten der Schriftzug *Jeanne* stand.« Ella lächelte halb spöttisch, halb nostalgisch gestimmt. »Du kennst sicher dieses typische Fünfzigerjahredesign – die Sängerin im Existenzialisten-Look mit kurzem Pony, enger schwarzer Hose und schwarzem Pulli auf einem Barhocker oder verträumt in die Ferne blickend, im Hintergrund der Eiffelturm.«

Anna lächelte versonnen. »Was für eine Geschichte! Dann war die Baronin früher Chansonsängerin!«

»Vielleicht hast du ja mal was von ihr gehört.« Ella zeigte auf ihr Smartphone in der Halterung. »Geh auf das Notensymbol und dann auf Interpreten. Unter dem Namen ›Jeanne‹ ist alles, was ich finden konnte.« Anna tippte die Mediathek an. Und eine warme, tiefe, etwas heisere Frauenstimme erklang. Ella bekam eine Gänsehaut wie bislang jedes Mal, wenn sie sich die Chansons angehört hatte. Die Musik verwandelte die Herbstlandschaft um sie herum. Sie bekam etwas wohlig Melancholisches, schien auf einmal die perfekte Kulisse für eine bittersüße Liebesgeschichte zu sein. *Aber du siehst mich nicht*, lautete der französische Refrain auf Deutsch. Ella sang mit. »Das war ihr größter Erfolg, soweit ich weiß«, erklärte sie dann.

Es folgte ein Titel, der die Schönheit einer einzelnen Rose am Meer beschwor. Und ein schneller, leidenschaftlicher, aus dem nach anfänglicher Entrüstung trotzige Lebensfreude schallte – *Crétin*.

»Ich versteh kaum was von den Texten«, bedauerte Anna. »Im Gegensatz zu dir war ich ja leider nie längere Zeit in Frankreich. Aber es klingt wunderbar. Das meiste so sehnsüchtig, da kommt eine ganz eigene Stimmung rüber ...« Sie seufzte.

»Ihre Texte hat sie oft selbst verfasst, auch viele Kompositionen sind von ihr«, wusste Ella. »Ich bin echt neugierig auf diese Frau. Vielleicht schreibe ich wirklich ihre Biografie. Mal sehen, ob ich genug herausfinde.«

Anna nickte. Sie blätterte in ihrem Reiseführer, während weiter Jeannes Gesang ertönte. Ella überlegte, ob das Samenkorn ihrer Vorliebe für alles Französische nicht vielleicht damals gesetzt worden war, als sie mit ihrem Großvater die Platten gehört hatte.

Nach einer Weile bogen sie auf eine Straße ab, die direkt an einem breiten Fluss entlanglief. Auf einigen der zahlreichen Sandbänke wuchsen Gebüsch und hohe, schlanke Bäume.

Anna blickte interessiert von ihrer Lektüre auf. »Das ist sie also, die Loire. Europas letzter wilder Fluss. Nicht begradigt, nicht ausgebaggert. Keine großen Schiffe, nur kleinere flache Boote. Ein bisschen wie früher, finde ich.« Sie reckte neugierig den Kopf. »Diese lange Brücke da hinten sieht aus wie auf einem alten Gemälde. Guck doch mal, die Form wirkt wie aus vielen halbrunden Holzklötzchen gebaut.«

Ella lächelte. »Ich finde es faszinierend, dass an diesem Fluss jahrhundertelang französische Könige lebten, dass sie aus ihren Schlössern vom lieblichen Loire-Tal aus das Land regierten. Und wo der König residierte, ließ sich natürlich auch der Hofstaat nieder. Über fünfhundert Châteaus soll's an diesem Fluss heute noch geben. Von weltberühmt und bombastisch bis niedlich und verwunschen. Ist doch irre, oder?«

»Die Spannung steigt«, sagte Anna grinsend. »Wie wohl dein Hauptgewinn aussieht? Ist echt schade, dass ich nur eine Woche bleiben kann.«

Länger glaubte Anna ihre Klienten nicht ohne ihren Beistand lassen zu dürfen. Einige, meinte sie, seien gerade in einer besonders schwierigen Phase. Sie hatte vor, nach einer Woche per Zug von Tours aus nach Paris zu fahren. Dort wollte sie ihren Mann für ein romantisches Städtewochenende treffen und anschließend mit ihm nach Hamburg zurückzufliegen.

Es war schon dunkel, als sie endlich das kleine Dorf Cremont am Nebenfluss Crevette erreichten. Nur wenige Kilometer von der Mündung in die Loire entfernt, aber bereits abseits der touristischen Trampelpfade. Ihr Autoscheinwerfer warf Licht auf das rot umrandete weiße Ortsschild mit schwarzer Schrift. Gleich danach stießen sie auf eine kurvig verlaufende Querstraße, hielten kurz und folgten ihr im Bogen nach rechts.

Ella hatte sich auf einiges gefasst gemacht – Renovierungsstau, bemooste Dächer, bröckelnde Fassaden und holprige Straßen. Doch damit hatte sie nicht gerechnet. Sie nahm den Fuß vom Gas, um den Anblick besser erfassen zu können.

»*Mon Dieu!*«, entfuhr es ihr.

Das war alles, was sie bei der ersten Begegnung mit ihrer neuen Heimat für ein Jahr sagen konnte. Gerade überlegte sie, rechts ranzufahren, als es einen Knall gab, einen krachenden Aufprall, der ihr Auto einen Satz nach vorne machen ließ.

Ein Lieferwagen war auf sie aufgefahren. Jetzt setzte der Fahrer ein Stück zurück, stieg aus und kam fluchend näher. Er trug einen verdreckten Arbeitsoverall.

»Bist du okay?«, fragte Ella ihre Freundin.

Der Ruck hatte sie in die Sicherheitsgurte gedrückt. Zum Glück waren sie nicht gegen die Scheibe geprallt. Anna drehte prüfend ihren Hals nach rechts und nach links, dann nickte sie noch leicht geschockt. Die Schimpfkanonade des Franzosen wurde lauter. Ella löste ihren Gurt und stieg aus. Die einzige Straßenlaterne in der Nähe, die aussah wie aus einem alten Kinderbuch, verbreitete ein schwaches gelbliches Licht. Das dunkle Haar des Mannes stand wirr in alle Richtungen ab. Ob sie noch bei Trost sei, einfach so auf der Straße anzuhalten. Und das auch noch direkt hinter einer Kurve. Er wirkte aufgebracht, schien aber immerhin nicht verletzt zu sein. Temperamentvoll diffamierte er Frauen am Steuer in Bausch und Bogen.

Ella schaute sich das Malheur genauer an. Sie ging in die Knie, betrachtete die Schnauze des Lieferwagens, die keine Unfallspuren aufwies. Ihr Diesel, vor Jahren günstig einem alten Ostfriesen abgekauft, zeigte dagegen ein oder zwei Dellen mehr. Das war ihr eigentlich egal. Aber der

Ton, in dem dieser Kerl neben ihr sprach, machte sie aggressiv. Was für ein Blödmann!, dachte sie.

»Ich habe lediglich das Tempo verlangsamt«, sagte sie kühl in holprigem Französisch und lüpfte eine Augenbraue, wie sie es immer machte, wenn sie auf jemanden herabblickte. In die Sprache würde sie sich erst wieder einfinden müssen. »Und außerdem gilt ja wohl die Regel: Wer auffährt, hat Schuld. Aber wenn Sie wollen, können wir die Polizei rufen.« Sie baute sich vor dem Mann auf, als ginge sie in die Ausgangsposition für einen Judokampf. Mit einer Kopfbewegung warf sie ihren Pony zurück, ihr Haarknoten löste sich dabei auf.

Der Mann wirkte verblüfft. Abwechselnd schaute er auf die Autos und auf Ella. Er lachte kurz auf. Dann schüttelte er den Kopf, grummelte etwas, das wie »Lernt erst mal unsere Regeln« klang und öffnete die Tür seines Wagens, um wieder einzusteigen. Hinten auf der offenen Ladefläche lag Schrott – ausgediente Fensterrahmen, Steine und altes schmiedeeisernes Zeug.

Ella bekam ein schlechtes Gewissen. Es stimmte immerhin, sie hatte das Tempo ziemlich abrupt gedrosselt. »Tut mir leid!«, räumte sie ein. »Aber ist doch auch nichts Schlimmes passiert.« Sie erntete einen grantigen Blick.

»Aus dem Weg«, knurrte der Mann. »Kommen Sie mir bloß nicht wieder in die Quere.«

Mit einem über die Schulter geworfenen »Phh« machte Ella kehrt. »Von dem lass ich mir doch meinen Start in Cremont nicht vermiesen«, sagte sie zu Anna.

»Wieso vermiesen? Der sah doch ganz süß aus«, bemerkte die Freundin anzüglich.

»Findest du? Ist mir nicht aufgefallen. Außerdem steh ich nicht auf Männer mit schlechten Manieren.«

55

»Na, du warst ja auch nicht gerade die Höflichkeit in Person!«

»Hey, halt gefälligst zu mir!«, mahnte Ella scherzhaft.

Sie fuhr das Auto rechts neben die Fahrbahn, stellte den Motor aus und genoss endlich den Anblick, der sich ihnen bot.

4

Mein liebster Schatz,

wie du dir vielleicht schon gedacht hast, war ich damals in Bordeaux doch ziemlich naiv. Ich erinnere mich aber noch genau, wie ungeheuer reif und erwachsen ich mich schon fühlte. Vielleicht gab mir genau das diese gewisse schlafwandlerische Sicherheit, die mich so manches Mal knapp an einem Abgrund vorbeigeführt hat.

Gerade frage ich mich, ob ich dir die Erlebnisse aus meiner damaligen oder heutigen Sicht schildern soll. Allerdings kann ich nicht mehr immer exakt rekonstruieren, was ich vor Jahrzehnten gedacht oder empfunden habe, und so wird es wohl ein Durcheinander werden. Jede Frau verändert sich im Laufe des Lebens, weil sich ihre Bedürfnisse verändern. Und weil neue Erfahrungen sie prägen. Ich komme mir manchmal vor wie ein Baum mit vielen Jahresringen. Die unterschiedlichen Alter sind ja alle noch da, tief in mir! In einigen Momenten komme ich mir vor, als wäre ich fünf oder zwanzig, dann bin ich wieder wie fünfzig oder schlicht zeitlos. In solchen Augenblicken kann ich nur den Kopf schütteln über die Zahl, die mein angeblich wahres Alter zeigt.

Du kannst dich schon mal auf solche Wechselbäder gefasst machen, je älter du wirst, desto häufiger. Es erfordert einige Disziplin, sich den Schrecken nicht anmerken zu lassen, wenn man gefühlt gerade achtundzwanzig ist, äußerlich aber zweiundachtzig. Trotzdem sehe ich einen großen Unterschied zwischen den Generationen. Ihr jungen Leute heute sucht alle

das Glück. Mir scheint, das ist eher hinderlich für eine Exis-
tenz in Zufriedenheit. Wir wollten damals einfach nur über-
leben. Für uns kam dann so vieles noch obendrauf, was uns
mit Dankbarkeit erfüllte.

Auf jeden Fall und für welches Alter auch immer – ich
möchte mich nicht besser machen, als ich bin oder war. Ich
werde dir nichts verschweigen, was ich für wichtig halte, das
verspreche ich dir, selbst wenn es vielleicht ein ungünstiges
Licht auf mich werfen sollte. Das Lebensgefühl von damals
war ein anderes. Wie kann ich dir das nur vermitteln?

Am Anfang meines Frauseins stand die verwirrende An-
ziehungskraft des Feindes, auch körperlich, das gebe ich zu. Es
ist heute nicht populär, so etwas zu sagen: Ein gut aussehender
Offizier in Uniform löste bei mir damals ähnliche Reaktionen
aus wie eine Frau in schwarzen Dessous bei Männern.

Alle Empfindungen waren in jener Zeit überlagert von
Angst. Die Angst schwand nie ganz. Angst, etwas Falsches zu
sagen, zu tun oder an einen Unmenschen zu geraten. Angst,
einer Denunziation, Willkür, einem Angriff oder einer Ver-
geltungsaktion zum Opfer zu fallen. Angst, nicht genug zu
essen zu haben. Angst, einen geliebten Menschen zu verlieren.

Es ist heute sicher nur schwer verständlich, weil es wider-
sprüchlich klingt. Aber es gab noch ein weiteres ausgeprägtes
Gefühl – das Vergnügen beim Überlisten feindlicher An-
ordnungen. Wie aus dem Spaß bitterer Ernst wurde, das hätte
ich beinahe zu spät bemerkt.

Weil meine Mutter beim kranken Großvater bleiben woll-
te, durfte ich helfen, die Weinflaschen zu bestäuben. Leider
hatte ich zu meiner Mutter nie das liebevolle Verhältnis, das
ich mir wünschte. Sie nahm mich nie einfach mal so in den
Arm, sie bereitete mir nie mein Lieblingsessen. Aber sie küm-
merte sich, hielt die Familie zusammen. Heute verstehe ich

sie besser. Mein Vater war psychisch angeschlagen aus dem Großen Weltkrieg zurückgekehrt, meine Mutter musste sich um alles kümmern. Ich kam als Nesthäkchen unerwünscht, mehr als einmal hörte ich als kleines Kind, dass sie schon gehofft hatte, mit der Kinderkriegerei durch zu sein, als ich mich ankündigte. Sie machte nie einen Hehl daraus, dass Kinder großzuziehen eine mühselige Angelegenheit war.

Nun gut, ich kannte es nicht anders. Und manches Mal spürte ich durch ihre Strenge hindurch doch etwas wie Zuneigung. Außerdem hatte ich ja meine Großmutter, die mich als Kind beschmuste, liebte und beschützte. Von ihrem Verlust erholte sich auch mein Großvater nie wieder richtig. Meine Mutter pflegte ihn also, und so fiel mir die Aufgabe zu, den d'Avrils zu helfen. Es waren Hunderte von Flaschen, die minderwertige Tropfen der 1930er-Jahrgänge enthielten. Sie heimlich hinten im alten Weinkeller, quasi unter den Augen der Besatzer, zu veredeln, erfüllte mich mit dem prickelnden Gefühl, etwas Abenteuerliches zu tun.

Ihre wahren Bordeaux-Schätze, Flaschen aus der goldenen Ära vor dem Reblausbefall, vor allem die der Jahrgänge 1864, 1865 und 1870, versteckten die d'Avrils. Ebenso die bereits als Jahrhundertweine geltenden Jahrgänge 1928 und 1929. Die 1930er-Weine waren allesamt wegen verregneter Sommer nicht besonders gut ausgefallen. Eine Charge hervorragender 1929er verkaufte Monsieur lieber unter der Hand einem Landsmann zu einem niedrigen Preis, jedoch mit einem Vorkaufsrecht nach dem Krieg.

Mit seinen Weinen konnte er nicht nur das Kupfer aus dem Kongo bezahlen, sondern auch die Reagenzgläser und Apparaturen des primitiven Laboratoriums, in dem Artur und sein Chemielehrer nun experimentierten. Statt nach der Arbeit im Weinberg heimzugehen, blieb Artur oft draußen und verbarg sich. Sobald es dunkel wurde, verschwand er im

Dumont-Häuschen. Das Material schmuggelten wir in oder unter Weinfässern, die wir mithilfe der guten alten Lalott auf einem Karren transportierten.

Wie zuvor meine Teilnahme am Musikunterricht wurde auch meine Mitwirkung an den konspirativen Aktionen nach und nach selbstverständlich. So schien es mir jedenfalls. Ich führte den schnauzbärtigen Monsieur Lavalle, der die sechzig überschritten hatte und einen Gehstock benötigte, nach der Sperrstunde heimlich durch den Weinberg zum Häuschen. Ich brachte Artur und ihm aus der Gutsküche etwas zu essen. Ich prüfte, ob der Wind günstig stand, damit die Rauchentwicklung und die Schwefeldämpfe sie nicht verraten konnten. Manchmal saß ich auch nur daneben und schaute zu, wie es zischte und dampfte. Wenn sich die Männer beim Umgang mit der unverdünnten Kupferkalkbrühe kleinere Verätzungen der Haut zuzogen, leistete ich Erste Hilfe. Zum Glück hatte Fleur, die Arzttochter, auf Arturs Bitten aus den Beständen ihres Vaters etwas Desinfektionsmittel und Verbandszeug abgezweigt.

Nach einer Weile war Artur in der Lage, beträchtliche Mengen an Kupfersulfat auch ohne die Hilfe von Monsieur Lavalle herzustellen. Endlich konnten sie auf den Weingütern der d'Avrils den Mehltau wieder wirkungsvoll bekämpfen. Arturs Vater war glücklich. Er hatte nun noch eine weitere »zweite Währung«.

Da Monsieur d'Avril und der Chemielehrer sich offenbar sympathisch fanden und ein gemeinsames Interesse an der französischen Literatur entdeckt hatten, riss der Kontakt nicht völlig ab. Die Männer tauschten Bücher aus. Gelegentlich erhielt ich den Auftrag, Monsieur Lavalle einen Roman vorbeizubringen oder Lesestoff bei ihm abzuholen. Ich erinnere mich noch, wie ich Madame für ihren Gatten ein abgegriffenes Exemplar von DER GRAF VON MONTE CHRISTO überbrachte.

5

»Ach, du armes Mädchen!« Madame nahm das Buch entgegen und strich Jeanne in einem Anfall von Sentimentalität übers Haar. »Deine Generation ist wirklich zu bedauern. Nirgends mehr geeignete junge Männer zum Verlieben. Dies sollten die schönsten Jahre eures Lebens sein. Ihr solltet Walzer tanzen! Stattdessen …« Sie unterbrach sich. »Du hast ein kluges Gesicht und schöne Schultern. Hübsches Haar … Na ja, und ziemlich viele Sommersprossen.« Strenge mischte sich in ihren gerade noch milden Blick. »Mein Sohn ist nichts für dich«, mahnte sie mit gesenkter Stimme. »Das weißt du doch, oder?«

Jeanne unterdrückte ein Lächeln. »Ja, Madame«, erwiderte sie brav. »Das ist mir bewusst.« Und um nicht als bedauernswertes Mauerblümchen dazustehen, gab sie ein wenig an. »Raphaël hat mich gefragt, ob ich mit ihm die Weinlese feiern möchte.«

Die Gelegenheiten zum Feiern waren in der Tat rar geworden, doch ein kleines Fest mit Musik und Tanz erwarteten auch in diesem Jahr alle, die im Weinberg geschuftet hatten. Raphaël war schon einundzwanzig und ein guter Fassmacher, der einmal den Betrieb seines Vaters im Dorf übernehmen würde. Er konnte im Wein den Geschmack des eigenen Fasses erkennen, und seine mit Kastanienbast verzierten Holzringe, die typisch für

Bordeaux-Fässer waren, galten weithin als die schönsten. Der gutmütige junge Mann machte Jeanne schon seit einiger Zeit ungeschickt den Hof. Verliebt in ihn war sie nicht, aber seine Verehrung tat ihr doch gut. Außerdem spielte er Banjo, sein Bruder beherrschte das Akkordeon, und es machte ihr Spaß, dazu zu singen.

Erleichtert atmete Madame auf. Sie wusste offenbar noch nicht, dass ihr Sohn in Fleur verliebt war. Jeanne fragte sich, ob wohl eine Dorfarzttochter Madames Ansprüchen genügen würde. Die finanzielle Auffrischkur, die sie sich gewiss von einer günstigen Heirat ihres Sohnes erhoffte, könnte Fleurs Familie ihr wohl kaum bieten.

Jeanne mochte Fleur. Sie hatte in Wirklichkeit wenig von einer Zirkusprinzessin. Im Gegenteil, am liebsten begleitete sie ihren Vater bei seinen Hausbesuchen und assistierte ihm bei chirurgischen Eingriffen. Ihre Mutter war bei ihrer Geburt gestorben, vielleicht behandelte der Vater sie deshalb schon lange wie eine Erwachsene. Nach dem Krieg wolle sie studieren und Ärztin werden, hatte Fleur ihr einmal erklärt, völlig ernst, als wäre es eine Tatsache, kein Wunsch, und Jeanne damit nachhaltig beeindruckt.

Immer häufiger wurde Jeanne für Erledigungen in die Kleinstadt geschickt, in der der Chemielehrer wohnte. Sie radelte ins Dorf und nahm von dort aus den Zug. Während der Fahrt las sie mit roten Ohren in den Romanen, die sie überbringen sollte. Sie wiesen allesamt schon Gebrauchsspuren auf, aber Jeanne blätterte trotzdem sehr vorsichtig darin. Gezielt suchte sie nach den Stellen mit Liebe. Nach einem kurzen Besuch bei Monsieur Lavalle schaute sie auch immer, ob Neuigkeiten im Schaufenster des Werbebüros aushingen. Sie nickte höflich zurück, wenn Herr

Müller sie vom Schreibtisch aus grüßte. Wenn er wenig zu tun hatte und nicht gerade vorgeladene Arbeitslose abfertigte, kam er auch vor die Tür, um ihr die aktuellen Bestimmungen zu erläutern. So wie eines Tages im Oktober.

Im September war ein neues Gesetz verabschiedet worden, das sogenannte Dienstpflichtgesetz. Danach mussten Franzosen zwischen achtzehn und fünfzig Jahren für eine Zeit von zwei Jahren jede Arbeit annehmen, die ihnen der Staat zuwies.

Herr Müller lächelte. »Theoretisch gilt das Gesetz übrigens auch für Frauen.« Erschrocken sah Jeanne ihn an. »Theoretisch«, wiederholte der Arbeitsvermittler. »Es bietet die gesetzliche Handhabe, auch ledige Französinnen zwischen achtzehn und fünfunddreißig zum Arbeitsdienst ins Deutsche Reich zu schicken. Aber praktisch werden erst einmal die jungen Männer dran sein.«

Wenige Wochen später traf dieses neue Gesetz Jeannes Familie direkt. Ihr jüngster Bruder Henri, der in einer benachbarten Weinkellerei gearbeitet hatte, musste an die Küste und beim Bau des Atlantikwalls mitarbeiten. Das bedeutete: den ganzen Tag graben und schaufeln wie ein Sträfling. Ein breiter Landstreifen entlang der Küste war jetzt aus militärischen Gründen für normale Bürger verbotene Zone, man kam nur noch mit Sonderausweis dort hin. Die Deutschen verstärkten ihre Stellungen zur Flugabwehr. Wenn sie feuerten, hörte man es bis in die Weinberge. Ab und zu stürzte in der Nähe sogar ein Kampfflugzeug der Alliierten ab.

»Der Atlantikwall wird eine gigantische Festungsanlage, so was wie die chinesische Mauer an den Küsten Europas gegen die Feinde Deutschlands«, prahlte Herr Müller bei ihrer nächsten Begegnung. »Alles nach einem Plan des

Führers, eine Verteidigungslinie vom Süden Frankreichs bis hoch in den Norden Norwegens.« Jeannes Herz fühlte sich bei seinen schwärmerischen Schilderungen an wie zusammengezurrt. Aber sie gab sich Mühe, eine neutrale bis freundliche Miene aufzusetzen. Und ständig knurrte ihr Magen. Herr Müller lächelte nachsichtig. »Gehen Sie jetzt schon nach Deutschland, junges Fräulein«, riet er ihr. »Die freiwillige Anwerbung ist mit dem neuen Gesetz ja nicht vorbei. Sie suchen auch nichtgelernte Arbeiterinnen, wenn sie nur fleißig sind und sich willig anstellen. Gehen Sie aufs Land, auf einen Bauernhof. Da werden Sie wenigstens nicht verhungern.«

»Kann man sich denn aussuchen, wo man hinkommt?«, fragte Jeanne erstaunt.

»Nein«, gab Herr Müller in gedehntem Ton zu. »Eigentlich verteilen die Arbeitsämter nach dem Zufallsprinzip. Natürlich haben auch der Ortsbauernführer oder Betriebsleiter und der Ortsgruppenleiter der Partei Einfluss auf die Zuweisung.« Er zwinkerte vertraulich. »Aber ich könnte vielleicht ein bisschen was dran drehen. Der Raum Bordeaux ist der Patenbezirk des Gaus Weser-Ems, da hab ich ein paar Beziehungen.« Jeannes Blick verriet ihm offenbar, dass sie mit der geografischen Bezeichnung nichts anfangen konnte. »Das ist ein Landstrich im Nordwesten, ganz oben links in Deutschland, an der Nordseeküste. Es gibt hauptsächlich Landwirtschaft dort, viele Kühe.«

Kurz tauchten verlockende Bilder von Butter und Sahne vor Jeannes geistigem Auge auf. »Ach nein, ich weiß nicht«, antwortete sie. Am Ende landete sie vielleicht in einer fürchterlichen Fabrik. Es gab ja längst einige Franzosen, die sich von den Anwerbeversprechen hatten locken lassen und die dann aus ihrem Heimaturlaub einfach nicht wieder nach Deutschland zurückgefahren waren, weil die Wirklichkeit ganz anders aussah. Sie hielten sich nun versteckt. Jeanne wusste, dass sie vieles nicht wusste. Sie war vielleicht naiv, aber nicht dumm. Und überhaupt, das fehlte gerade noch, dass sie für den Feind arbeitete. Aber andererseits ... Tat sie das nicht sowieso schon? »Ich bin noch nicht volljährig«, wandte sie ein. »Mein Vater würde mich nicht gehen lassen.«

»Kein Problem«, erwiderte Herr Müller. »Für Minderjährige unterschreibe ich, das mache ich jeden Tag, das geht schon in Ordnung.«

»Aber ich kann meine Familie nicht im Stich lassen.«

»Ein Esser weniger hilft doch Ihrer Familie«, entgegnete Herr Müller. »Und Sie können Ihren Leuten jeden Monat Geld schicken. Die starke Reichsmark zahlt sich beim Umtausch aus.« Jeanne lächelte voller Unbehagen. Sie schüttelte den Kopf. »Bald werden Sie ohnehin müssen«, trumpfte der Anwerber auf.

Im November erschütterte ein neuerlicher Vormarsch der Deutschen ganz Frankreich. Hitler ließ über Nacht auch die sogenannte freie Zone besetzen. Der belgische Diplomat kündigte wenig später seine Vereinbarung mit Monsieur d'Avril auf, er wollte nicht weiter Kupfer liefern. Es war ihm zu riskant, die Deutschen hätten bereits Verdacht geschöpft, teilte er Arturs Vater mit.

Jeannes Großvater starb. Der Hunger und die harte Hand der Besatzer machten die Lage noch verzweifelter. Dieses Weihnachten war das traurigste, das Jeanne je erlebt hatte.

Nur durch Zufall ergab sich wieder ein kleiner Hoffnungsschimmer für das Château d'Avril. Auf der Landstraße zum Dorf begegneten Artur und Jeanne einem Schrotthändler, der mit seinem hoch beladenen Karren nicht weiterkam, weil sein Muli streikte. Auf Arturs Nachfrage behauptete er, Kupfer besorgen zu können. Natürlich unter der Hand und nur gegen Bezahlung mit Bordeaux-Weinen. Der Schrotthändler, der seinen Namen nicht nannte, und Artur, der seinen Namen ebenfalls nicht preisgab, wurden sich schnell einig.

Und so konnte die kleine Hexenküche im Weinberg bald erneut Kupfersulfat herstellen. »Weißt du eigentlich, wo der Mulimann sein Kupfer herbekommt?«, fragte Jeanne einmal, als sie Artur im Labor assistierte.

»*Non!*«, antwortete Artur. »Das will ich auch gar nicht. Und ebenso wenig will ich wissen, wie unser Lieferant heißt.« Falls einer von ihnen erwischt wurde, erklärte er ihr, konnte er wenigstens nicht den Namen des anderen verraten. »Die Leute vom Maquis«, so nannten sie eine Gruppe von Partisanen und Widerständlern, »die sagen immer, wenn man von den Nazis geschnappt und gefoltert wird, muss man versuchen, wenigstens zwei Tage durchzuhalten. Zwei Tage lang keine Namen verraten. Dann haben die anderen Zeit genug, um unterzutauchen.«

Jeanne spürte, wie sich die Härchen im Nacken und an ihren Unterarmen sträubten. Ihr waren die kleinen verbotenen Aktionen, an denen sie sich beteiligte, nie richtig schlimm vorgekommen. Doch wenn sie Artur so reden hörte, wurde ihr ganz anders. Folter! Sie selbst würde wahrscheinlich sofort in Tränen ausbrechen, und ihr Freund war auch noch nie gut im Schmerzenertragen gewesen.

Jeanne schüttelte sich. Sie zog es vor, die Gefahr zu ignorieren. Und bislang hatte sie schließlich auch immer irgendwie Glück gehabt.

Trotz aller Bemühungen offizieller Stellen meldeten sich nicht genügend Franzosen zum freiwilligen Arbeitseinsatz in Deutschland. »Was für'n Wunder!«, spottete Artur. »Die Geschichte mit dem Tausch von drei Zivilarbeitern gegen einen Kriegsgefangenen hat ja auch nicht richtig geklappt. Am Ende haben sie für sieben junge Fachkräfte nur einen Kriegsgefangenen entlassen, und der war meist auch noch alt und krank.« Diese *relève* genannte Aktion war ein großer Misserfolg. »Mein Vater sagt, um noch einigermaßen ernst genommen zu werden von der Bevölkerung, aber auch von den Deutschen, muss das Vichy-Regime schleunigst seine Autorität demonstrieren.«

Und tatsächlich wurde im Februar 1943 von Staats wegen eine neue Organisation ins Leben gerufen – Service du Travail Obligatoire, kurz STO genannt. Sie begann damit, junge Männer im Alter von einundzwanzig bis dreiundzwanzig Jahren zum Arbeitsdienst einzuberufen. Unter Jeannes Bekannten im Dorf herrschte helle Aufregung. Wohin auch immer die Deutschen jetzt junge Franzosen zur Arbeit schickten, auch zum Beispiel in Rüstungsbetriebe nach Deutschland, sie durften sich nicht verweigern.

Herr Müller fand das gut. »Das ist doch nur gerecht«, erklärte er, als Jeanne wieder einmal vor seinem Schaufenster stand. »Die Franzosen leisten schließlich seit der Kapitulation keinen Wehrdienst mehr.« Es sei die patriotische Pflicht der jungen Franzosen, in Deutschland Flugplätze und Ähnliches zu bauen. Jeanne hatte Mühe, dieser Logik zu folgen. »Ganz Europa arbeitet inzwischen in Deutschland, wir haben eine europäische Arbeitsfront.« Wie er es sagte, klang es kolossal – nach einem gemeinsamen Aufbruch. Herr Müller glaubte anscheinend wirklich, was er da verbreitete. »Die Russen haben die sozialistischen Ideale verraten. Aber im Reich ist ihre Verwirklichung schon zum Greifen nah.« Er gab Jeanne Broschüren mit.

Zu Hause legte sie sich bäuchlings auf ihr Bett und studierte aufmerksam die schönen Fotos von dem fremden Land. Es sah dort idyllisch aus, gar nicht nach Krieg. Sie las die praktischen Informationen über die angeblichen Vorzüge des Arbeitseinsatzes in Deutschland. Es gab auch einen kleinen Sprachführer darin. Jeanne begann, ihn auswendig zu lernen.

Sie stellte sich vor, durch ein Wunder Georg Winterfeld wiederzubegegnen und ihn mit Sätzen wie »Heute ist ein schöner Tag« zu verblüffen.

»Du glaubst doch wohl diesen Mist nicht, oder?«, fragte ihre Mutter, als sie sie beim Vokabelpauken überraschte.

»Nein, natürlich nicht!« Ärgerlich schüttelte Jeanne den Kopf. Sie fühlte sich ertappt. »Aber es kann ja nicht schaden, ein paar Brocken Deutsch zu kennen, oder?«

»Mir reichen ›Stillgestanden!‹ und ›Zu Befehl!‹«, erwiderte die Mutter kühl.

Eine Welle des Protests lief durch das Land. Viele junge Franzosen entzogen sich dem Arbeitsdienst, indem sie einfach abtauchten. Sie versteckten sich. Einige wurden dadurch den im Untergrund operierenden Widerstandsgruppen geradezu in die Arme getrieben. Auch Raphaël verschwand plötzlich. Jeanne war betrübt, sie sorgte sich um ihn. Doch wenn sie ganz ehrlich war, fehlte er ihr nicht sonderlich.

Mit Razzien in Cafés oder Lichtspielhäusern machten die Deutschen und die mit ihnen zusammenarbeitenden französischen Polizeibeamten, die in halb militärischen Uniformen genauso schlimm auftraten, Jagd auf die jungen Männer. Die Zwangsrekrutierten wurden zur nächsten Sammelstelle gebracht und mussten, so wie sie waren, nach wenigen Tagen die Reise zu ihrer verordneten Arbeitsstelle antreten. Artur hatte noch eine Schonfrist, bis sein Jahrgang an der Reihe war.

Die Wut auf die Deutschen wuchs. Jeanne schloss aber immer noch den blonden Hauptmann in ihre Nachtgebete ein.

Ein Militärfahrzeug hielt direkt vorm Eingang zum Weinkeller. Jeanne besprühte gerade Rosenbäumchen, die neben dem Portal standen, gegen Mehltau, Artur arbeitete im Weinberg. Die zwei Deutschen, die ausstiegen, waren in Zivil. Sie wirkten wie Pat und Patachon, doch mochte niemand darüber lachen. Monsieur d'Avril trat dem unerwarteten Besuch entgegen.

»*Bonjour*, was führt Sie zu uns?«

»Heil Hitler! Wir setzen Sie hiermit darüber in Kenntnis, dass Sie künftig die Hälfte Ihrer Weine für die Herstellung von Industriebenzin und -sprit abzugeben haben«, erklärte ihm der lange Dünne in amtlichem Ton. In seiner Rechten hielt er einen Messbecher, der kleine Dicke trug einen schweren Kanister. Monsieur d'Avril wurde noch blasser, als er ohnehin schon war.

»Wie bitte? Nein, das können Sie nicht verlangen!«, rief er entsetzt. »Doch nicht Sprit aus Bordeaux-Weinen! Haben Sie eine Ahnung, wie viel Arbeit und …« Doch die Männer marschierten schnurstracks in den Weinkeller hinein. Sie öffneten das erste der alten Eichenfässer, füllten akkurat bis zum Strich einen Liter aus dem Kanister ab und gossen die nach Dieselöl stinkende Flüssigkeit hinein. Monsieur d'Avrils Kopf verfärbte sich dunkelrot. »Nein!« Wild mit den Armen fuchtelnd, wiederholte er verzweifelt »nein, nein!«.

Nach einigen Schrecksekunden lief Jeanne hinüber

ins Nebengebäude, um Madame zu alarmieren. Der Arzt würde gebraucht werden, das war ihr klar.

Fleur hatte Telefondienst, sie versprach, ihren Vater, der gerade im Dorf einen Hausbesuch machte, sofort zu informieren. Als Jeanne und Madame im Weinkeller ankamen, hatten die Deutschen bereits die Hälfte aller Fässer unbrauchbar gemacht.

»Wir kennen eure Tricks!«, sagte der Lange triumphierend. Die Männer stiegen wieder in ihr Fahrzeug. »Ihr versucht immer, euch aus allem herauszumogeln. Aber nicht mit uns!«

Monsieur griff sich ans Herz, Schmerz verzerrte sein Gesicht. Er sackte auf dem Kopfsteinpflaster im Hof zusammen, seine Frau sank neben ihn, legte seinen Kopf auf ihren Schoß und redete ununterbrochen auf ihn ein. Etliche Mitarbeiter, die den Auftritt verfolgt hatten, platzten beinahe vor Wut. Jeannes Speiseröhre krampfte sich zusammen, Tränen stiegen ihr in die Augen. Armer Monsieur, arme Madame, armer Bordeaux-Wein!

Und nicht nur um den Wein tat es ihr in der Seele weh. Auch die wertvollen alten Eichenfässer waren ja durch das Dieselöl für alle Zeiten verdorben. Wenn sie nur daran dachte, mit wie viel Sorgfalt Raphaël seine Fässer herstellte. Das Öl würde ins Holz eindringen und die *barrique*-Aromen zerstören.

Endlich traf der Arzt ein. Er bestätigte, was zu befürchten gewesen war – Monsieur hatte einen Herzinfarkt erlitten. Nachdem der Kranke in sein Bett gebracht worden war, half Jeanne, ihn zu versorgen.

»Er braucht jetzt vor allem Ruhe«, sagte der Arzt abschließend.

Was Ärzte immer so sagen, dachte Jeanne. Wie sollte der Winzer denn nach so einem Vorfall ruhig bleiben? Als

Madame den Doktor hinausbegleitete, schlug Monsieur d'Avril die Augen auf. Sein Gesicht wirkte wächsern, doch er sah sie mit festem Blick an.

»Jeanne, komm näher«, befahl er leise. »Sag Artur ... wir unterstützen den Maquis. Ich weiß nicht, ob ich ...« Er konnte kaum weitersprechen und atmete schwer. »Sag Artur, die Leute vom Widerstand dürfen von heute an ihre Waffen bei uns im Weinkeller verstecken. Lavalle weiß Bescheid, aber verrate ... sonst niemandem etwas ...« Dann fielen ihm die Augen zu. Jeanne starrte ihn erschrocken an. Er war doch nicht ...? Nein, er atmete weiter, flach und unregelmäßig, aber er lebte.

»Hast du gewusst, dass dein Vater den Widerstand unterstützt?«, fragte Jeanne, nachdem sie Artur alles erzählt hatte.

Sie spazierten trotz des Nieselregens durch die ausgrünenden Rebreihen, denn hier draußen konnte sie niemand belauschen.

»Ich wusste, dass er Sympathien hegt«, erwiderte Artur, »und dass er verschlüsselte Botschaften der Résistance weitergibt.«

»Wie das?« Jeannes Augen funkelten neugierig.

»In den Romanen, die zwischen ihm und Monsieur Lavalle hin- und hergetauscht werden.« Artur schien fasziniert zu sein, hatte aber offenbar auch ein schlechtes Gewissen. Jeanne verstand nicht sofort. »Du meinst, zum Beispiel in *Der Graf von Monte Christo*?« Sie schüttelte den Kopf. »Das kann nicht sein. Es lagen nie Briefe oder Zettel darin.«

»Aber versteckte Nachrichten.« Entschuldigend neigte Artur den Kopf. »Tut mir leid, Schnecke. Sie haben mit Bleistift über bestimmten Buchstaben Punkte gesetzt, eine Art Geheimschrift.«

Jeanne schnappte nach Luft. »Was? Und ich war die Botin, ohne den Schimmer einer Ahnung zu haben?« Wie viel erhabener würde es sich angefühlt haben, hätte sie damals schon gewusst, dass sie in geheimer Mission unterwegs war. »Warum habt ihr mir denn nichts gesagt?«

»Um dich zu schützen! Du solltest es nicht wissen, so konntest du auch nicht aus Versehen etwas ausplaudern.«

»Phh, aus Versehen!« Jeanne schüttelte erbost den Kopf. »Und auch nicht, falls die Deutschen mich geschnappt und gefoltert hätten, was?« Das war ja wirklich ein starkes Stück!

»Ja, wir haben dich gefährdet, das war nicht richtig«, gab Artur zerknirscht zu. »Ich wollte es dir sagen, aber die anderen waren dagegen.«

»Frechheit! Wenn ich schon ein solches Risiko eingehe, dann will ich es auch wissen!«

»Ich wusste immerhin, dass es in deinem Sinne war«, wandte Artur kleinlaut ein.

»Unglaublich!« Jeanne war empört. Insgeheim jedoch musste sie Artur recht geben.

»Und dein alter Chemielehrer ist also auch dabei«, konstatierte sie. Das wiederum überraschte sie nicht.

»Er gibt nur die Botschaften weiter«, erklärte Artur. »Wir sind alle kleine Rädchen in einem Uhrwerk. Niemand kennt die Namen der nächsten, schon gar nicht die der großen Räder.«

Jeanne schnaufte durch. War ja auch irgendwie spannend. »Und Raphaël?«, fragte sie. »Ist er auch im Widerstand?«

Sie versuchte, sich ihn irgendwo in den Bergen oder in der Macchia, der undurchdringlichen mediterranen Buschlandschaft vorzustellen, die dem Maquis seinen Namen gegeben hatte, weil sich Verbrecher, aber eben auch Untergrundkämpfer vorzugsweise in der Wildnis verborgen hielten. So richtig gelang es ihr nicht, doch den braven Raphaël umwehte in ihren Gedanken kurz eine ungewohnt kühne Aura.

Artur schob seine Unterlippe vor. »Ich glaub nicht. Nicht dass ich wüsste jedenfalls. Er soll sich einfach irgendwo bei entfernten Verwandten versteckt halten.«

»Hmm ...« Das passte eigentlich auch viel eher zu Raphaël.

»Und was sind das für Botschaften?«, wollte sie dann wissen.

»Meist militärischer Art. Wo die Deutschen welche Stellungen bauen oder Waffenlager haben zum Beispiel. Solche Informationen gehen dann weiter nach England, nach London, damit die Alliierten ihre Angriffe besser planen können«, antwortete Artur. »Manchmal geht's auch darum, Verfolgte in Sicherheit zu bringen.« Er berichtete, dass monatelang Juden, Kommunisten, Gewerkschafter und Besatzungen abgestürzter Flugzeuge der Alliierten in Weinfässern über die Demarkationslinie in die freie Zone geschmuggelt worden waren, die nun nicht mehr existierte. »Genaueres weiß ich nicht. Es ist eben ein ziemlich undurchschaubares Netzwerk.« Artur wischte sich die Stirn. »Bislang hat mein Vater sich immer geweigert, hier in unserer Gegend Sabotageakte zu unterstützen, die mit Gewalt zu tun haben. Meist stecken ja Kommunisten dahinter, und mit denen hat er's nicht so. Deshalb wollte er auch nie, dass bei uns Waffen versteckt werden.«

Jeanne nickte verständnisvoll. Hinhalten, mal absichtlich falsche Lieferungen verschicken, ein bisschen betrügen, sich lustig machen über die Deutschen – so hatte es angefangen. Und jetzt Waffen.

»Dieses verdammte Dieselöl in seinem Wein«, führte sie Arturs Gedanken fort, »das hat nun tatsächlich das Fass zum Überlaufen gebracht.«

Artur nickte. »Er hat vieles ertragen, doch so was darf man einem Winzer nicht antun.« Und dann schmunzelte er. »Hast du wirklich geglaubt, mein alter Herr verschlingt auf einmal Romane?«

Wenige Wochen später, als Jeanne sich abends im Du-mont-Häuschen einfand, um Artur bei der Herstellung des Kupfersulfats zu unterstützen, traf sie dort auch Fleur an. Zu ihrem Erstaunen versetzte es ihr einen kleinen Stich. Hier war schließlich ihr Terrain! Hektisch baute das junge Paar die Apparaturen ab.

»He, was ist los?«, fragte Jeanne erstaunt. »Wieso reißt ihr das Labor ein?«

Fleur verstaute die Reagenzgläser in einem mit Stroh ausgepolsterten Holzfass. Artur breitete eine Plane auf dem Boden aus. Angespannt sah er hoch.

»Sie haben den Schrotthändler gefasst«, erwiderte er ernst. »Fleur hat es von ihrem Vater, der wiederum hat es von einem Patienten gehört, der zufällig in der Nähe ge-wesen ist.«

»Was heißt ›gefasst‹?«

»Der Mulimann hat sein Kupfer regelmäßig aus einem Lager der Deutschen geklaut, er ist auf frischer Tat er-tappt worden.«

»*Merde!*« Jeanne ließ sich auf die Chaiselongue sinken. »Was für ein Glück, dass er deinen Namen nicht kennt.«

»Aber er kann Artur beschreiben«, wandte Fleur ein. »Auf wie viele junge Männer hier in der Gegend trifft die Beschreibung wohl zu? Und wer könnte Interesse an dem Metall haben – ein junger Winzer vielleicht? Ist doch logisch, dass die Deutschen ihm ganz schnell auf die Spur kommen werden.«

»*Mon Dieu!*« So weit hatte Jeanne noch nicht gedacht. »Wir müssen alle Beweise verschwinden lassen!« Sie sprang auf, um den beiden zu helfen.

»Wir vergraben das Zeug hinterm Haus«, knurrte Artur, während er die Plane mit einem schweren Behälter darauf zur Tür zog.

Sie hatten nur einen Spaten und gruben abwechselnd. Jeanne zog die Strickjacke aus, weil sie ins Schwitzen geriet. Sie versuchte die Gefahr realistisch einzuschätzen.

»Wäre es nicht das Beste, du würdest dich verstecken, Artur?«, fragte sie.

»Das war auch mein erster Gedanke«, gab Artur zu. »Aber das darf ich meinem Vater nicht zumuten, die Aufregung würde ihn umbringen. Außerdem muss sich doch jemand um das Château kümmern, während er das Bett hütet. Meine Geschwister sind schon vollauf mit den anderen Weingütern beschäftigt.«

Jeanne begriff, dass ihr Freund diese Situation auch als Chance begriff, den Vater von seinen Führungsqualitäten zu überzeugen.

»Und selbst wenn sie Artur verdächtigen würden«, überlegte Fleur, »solange sie ihm nichts nachweisen können …« Sie ließ den Satz unbeendet.

Jeanne atmete tief durch. »Vielleicht ist es am klügsten, du bleibst und machst so weiter wie immer«, sagte sie mit einem mulmigen Gefühl.

»Genau«, bekräftigte Artur, »alles andere würde nur Verdacht erregen.«

Es war schon früher Morgen, als sie endlich die Erde über den vergrabenen Utensilien festklopften. Im Westen zogen dunkle Regenwolken auf, doch im Osten leuchtete der Himmel wie ein tiefblauer Edelstein. Ein heller Streifen am Horizont kündigte den neuen Tag an, die ersten Vögel sangen. Ebenso erschöpft wie stolz blickten sich die drei jungen Leute an. Sie standen um das versenkte Labor herum und reichten einander für einen kurzen Augenblick stumm die Hände.

Als sie sich auf den Rückweg machten, begann es zu regnen. Ein Schauer durchnässte sie im Nu bis auf die Haut. Jeanne fror, aber sie freute sich.

»Der Regen schwemmt unsere Grabungsspuren weg!«, frohlockte sie.

Trotzdem fühlte sie sich unbehaglich. Du kannst nicht immer Glück haben, flüsterte eine kleine Stimme in ihr.

Jeanne schlief schlecht in den folgenden Nächten. Sie hatte sich im Regen eine heftige Erkältung zugezogen. Nachdem eine Woche seit der Verhaftung des Schrotthändlers vergangen und nichts passiert war, entspannte sie sich allmählich.

Jeanne fand sich an diesem Nachmittag vor der Sommerküche des Château d'Avril ein, um beim Einkochen zu helfen. Anschließend wollte sie mit den Frauen aus der Gemeinde Päckchen für die Kriegsgefangenen in Deutschland packen. Einmal im Monat durfte jeder Gefangene ein Päckchen aus der Heimat empfangen.

Als Jeanne ihr Rad über das holprige Kopfsteinpflaster des Hofes schob, umfing sie eine eigenartige bedrückte Stimmung. Wo sonst Leute arbeitsam umherwuselten, war es menschenleer. In diese Stille drang das Schnaufen eines motorisierten Ungetüms, das in die Allee einbog. Das Vehikel, durch einen außen montierten Holzofen angetrieben, überholte Jeanne und hielt wenige Meter vor ihr an. Der Fahrer war ein Nachbar und Freund der Familie. Während er aus seinem Fahrzeug stieg, stürmte Madame, als hätte sie ihn erwartet, aus dem Nebengebäude.

»Endlich, Gustave!«

Er nahm ihre Hände zwischen seine. »Ich bin sofort losgefahren, meine Liebe.«

O Gott, dachte Jeanne, Monsieur d'Avril ist gestorben! Sie zögerte weiterzugehen. Madame sah sie aus verweinten Augen an. »Die Polizei ist hier gewesen«, sagte sie. Ihre Stimme zitterte. »Ich mag es überhaupt nicht meinem Mann sagen – sie haben Artur mitgenommen!«

Der Nachbar beachtete Jeanne nicht. Er versuchte, Madame zu beruhigen. »Lass uns ins Haus gehen und gemeinsam überlegen, was wir tun können.«

Jeannes Herz hämmerte. Monsieur lebt, aber sie haben Artur … Ich muss weg! Das war alles, was sie in diesem Moment denken konnte. Sie drehte sich auf der Stelle um und radelte zurück.

Bis zur Sperrstunde blieb sie draußen im Weinfeld und beobachtete ängstlich ihr Elternhaus. Doch weder französische Polizisten noch Deutsche ließen sich blicken. Ob Artur es schaffte, zwei Tage lang nichts zu verraten?

Jeanne sagte ihrer Mutter, dass die Erkältung wieder schlimmer geworden sei und sie deshalb früh schlafen gehen wolle. Sie nahm ihr Abendessen mit aufs Zimmer. Hastig packte sie ihre Sachen, auch eine Hose für den Winter. Sie erinnerte sich an die praktischen Ratschläge, die sie in den Broschüren gelesen hatte. Kleidung wurde nicht gestellt. Dann versuchte sie, noch etwas Schlaf zu finden.

Es war dunkel, als der Hahn das erste Mal krähte. Jeanne zog ihr gutes, groß kariertes Jackett über ihr braunes Sonntagskleid und setzte den einzigen Hut auf, den sie besaß. Sie zog die grüne Steppdecke über ihrem Bett glatt, strich zum Abschied über den altertümlich verschnörkelten Metallrahmen, als könnten ihre Fingerspitzen die Erinnerung speichern, und nahm ihr Köfferchen. Mit den Schuhen in der anderen Hand schlich sie hinaus, warf einen letzten Blick in die vom Mond schwach beleuchtete Wohnküche, auf die blau-weißkarierte Wachstuchdecke, die Kaffeekanne aus Emaille, all die Dinge, die ihr so vertraut waren, dann verließ sie ihr Elternhaus.

Sie hatte überlegt, dass es besser war, sich nicht von Vater und Mutter zu verabschieden. Es brach ihr fast das Herz, sich auf diese Art hinauszustehlen aus dem Leben ihrer Eltern. Aber mit der Wahrheit würde sie die Familie in Gefahr bringen. Sie hatte einen kurzen Abschiedsbrief an sie vorbereitet, den sie am Bahnhof in den Briefkasten werfen wollte.

In der Dämmerung radelte sie zum Dorf. Wieder blühte der Wein, doch sie war so verschnupft, dass sie ihn nicht riechen konnte. Durch einen Schlitz in der blau bepinselten Fahrradlampe fiel nur ein schmaler Lichtstreifen auf den Weg. Irgendwie idiotisch, dachte sie, alles wegen der Verdunklungspflicht. Vorm Schlachtergeschäft und vor der Bäckerei standen bereits die ersten Frauen an. Jeanne wollte nicht auffallen mit ihrem Köfferchen. Deshalb ging sie in die Kirche.

Lange saß sie einfach nur so da. Ihr Kopf fühlte sich vernebelt an, aber ihr Entschluss stand fest. Sie wusste, dass Artur keine Schmerzen ertrug. Und selbst wenn er über sich hinauswachsen würde – die Nazis brauchten nur damit zu drohen, seinem Vater oder seiner Mutter etwas anzutun, dann würde er alles aussagen, was sie wissen wollten. Die Flucht nach vorn war ihre beste Chance. Schließlich betete Jeanne. Für Artur. Für ihre Familie. Und für sich selbst.

Lieber Gott, mach, dass alles gut geht.

Nachdem das Licht der Morgensonne durch die Kirchenfenster von rosig über gelblich zu hellweiß geworden war, erhob sie sich.

Mit großen Schritten ging sie zum Anwerbebüro. Sie widerstand der Versuchung, bei Arturs Chemielehrer zu klingeln und sich nach dem Stand der Dinge zu erkundigen. So wenige Spuren wie möglich hinterlassen, nichts Verdächtiges unternehmen. Das war das Einzige, was sie für die anderen jetzt noch tun konnte.

Sie öffnete die Tür. In ihrem Bauch kribbelte es, ihre Schläfen waren eiskalt. Sie fühlte sich einer Ohnmacht nahe.

Überrascht schaute Herr Müller hoch. »Guten Morgen, meine kleine Freundin, heute schon so früh? Und mit Koffer?«

»*Bonjour*«, sagte Jeanne mit einem gefassten Lächeln. »Sie haben mich überzeugt. Ich möchte mich zum freiwilligen Arbeitsdienst in Deutschland melden.«

6

Alle Fassaden an der kleinen französischen Dorfstraße waren mit Lampions und bunten Lichterketten geschmückt. Im Vorgarten eines der mittelalterlichen Häuser lockten Miniaturwelten mit Puppenstuben, Elfen und glimmenden Blüten scharenweise Besucher an. Über allem thronte auf einer Anhöhe das Manoir Cremont, angestrahlt und ebenfalls festlich geschmückt. Auf der Grünfläche davor stand ein großes weißes Festzelt. Eine Mauer umgab das Grundstück, das schmiedeeiserne Doppeltor mit Pförtnerhäuschen und Schranke war weit geöffnet. Und höchst malerisch bewegte sich ein Laternenumzug von vielleicht hundertfünfzig Menschen, darunter viele Kinder, auf der gewundenen Auffahrt nach oben. Die gelben und roten Lichter der Laternen leuchteten im Kontrast zum Dunkelblau des Oktoberhimmels.

»Ist das nicht romantisch?«, sagte Ella entzückt. »Wie auf einem Gemälde von Otto Modersohn!« Es regnete nicht mehr, die Temperaturen waren milder als erwartet.

»Wow«, rutschte es Anna raus. »Das nenn ich mal einen Empfang.«

Ein Fanfarenzug spielte einen Marsch, den Ella schon allein deshalb originell fand, weil er schmissiger als die deutschen Märsche klang, die sie von Schützenfesten auf dem Land kannte. Sie lachte. »Für uns kann das nicht gedacht sein. Die Hausdame, Madame Violetta Bertrand, rechnet erst nächste Woche mit uns.«

»Warum das?«

»Ach, ich wollte nicht, dass sie sich extra Mühe macht und viel Aufwand treibt. Ich möchte alles gleich so kennenlernen, wie's wirklich ist.«

»Sag mal, da oben, da wirst du nun ein Jahr lang wohnen?« Das zweistöckige Gebäude aus hellem Tuffstein war im klassizistischen Stil erbaut, hatte fast bodentiefe, von Holzläden gerahmte Sprossenfenster und im Mansarddach heimelig wirkende berankte Gauben. Der runde Seitenturm mit einem Kegeldach aus grauem Schiefer stammte, wie Ella bereits erfahren hatte, aus dem Mittelalter. Anna wirkte beeindruckt. »Dieses Herrenhaus sieht für mich schon aus wie ein veritables Schloss.«

»Ja, das ist es«, antwortete Ella aufgekratzt. In ihren Adern fanden gerade Millionen winzigster Explosionen statt, als schäumten darin Champagnerbläschen. Bislang war ihr alles wie ein Spiel erschienen. Aber jetzt stand sie hier, die Abendfeuchtigkeit vom nahen Fluss stieg ihr in die Nase, sie hörte einen etwas schräg gespielten französischen Marsch, und Cremont war auf einmal wirklich Wirklichkeit. Aufgeregt nahm sie Anna bei der Hand. »Hab ich dir eigentlich schon gesagt, wie froh ich bin, dass du mitgekommen bist?«

Anna lachte und umarmte sie. »Ich gratuliere dir! So oder so – dich erwartet ein echtes Abenteuer.«

Als sie wieder ins Auto stiegen, fiel Ellas Blick auf ein Plakat, auf dem ein »Fest der 1000 Lampions« in Cremont angekündigt wurde. Der größte Programmpunkt nach dem Laternenumzug war ein Feuerwerk.

»Na, dann«, sagte sie vergnügt. »Wir kommen genau richtig.«

Madame Bertrand – »Nennen Sie mich Violetta!« – war untröstlich, dass sie nichts vorbereitet hatte für die Ankunft der offenbar schon mit Spannung erwarteten Erbin. »Noch nicht einmal die Betten sind bezogen!« Die Hausdame, Ende vierzig, das dunkelblonde hell gesträhnte Haar locker zur Banane gedreht, tippelte in ihrem figurbetonten Kleid eilig und zielstrebig durch die Empfangshalle. Ihre grünen Augen waren gekonnt geschminkt, die lange Nase gepudert, sie hinterließ eine starke Parfümspur. Zwischendurch pustete sie immer mal wieder auf ihre frisch lackierten Fingernägel. Trotzdem strahlte sie noch eine Gelassenheit aus, die Ella gleich für sie einnahm.

»Das können wir doch auch selbst machen«, sagte sie lächelnd, »wenn wir hier schon unangemeldet mitten in das Fest des Jahres platzen.« Noch dazu so leger, vollendete sie in Gedanken. Sie wirkte mit Jeans und Sweatshirtjacke alles andere als elegant. »Geben Sie uns einfach die Bettwäsche, wir machen das schon.«

»Kommt üüüberhaupt nicht infrage«, widersprach Violetta energisch. »In einer Stunde beginnt das Feuerwerk am Fluss«, ihr kleiner entschlossener Mund bekam etwas Weiches, »das ist sooo schön. Das sollten Sie sich nicht entgehen lassen. Haben Sie Hunger? Ich könnte Ihnen rasch einen Salat mit geräucherter Entenbrust zubereiten.« Sie unterhielten sich halb auf Französisch, halb auf Englisch.

Anna zeigte nach draußen, durchs Fenster sah man einen Grill und einen Crêpe-Stand. »Da gibt's doch auch was zu essen. Das ist perfekt.«

»Ja, es riecht appetitlich«, fand auch Ella. »Und ansonsten gucken wir uns erst mal das Feuerwerk an, und danach sehen wir weiter.«

»Die Baronin hat das Feuerwerk immer von der Loggia

im ersten Stock aus beobachtet und sich anschließend unters Volk gemischt.«

»Dann machen wir das auch so«, sagte Ella.

»Ich schlage vor, Sie nehmen erst einmal die Gäste-zimmer oben«, sagte Violetta. »Wenn Sie das Haus besser kennen, Madame Bohlmann, können Sie entscheiden, wo Sie auf Dauer wohnen möchten.«

Sie ging voran auf einer bogenförmig geschwungenen Treppe, die aus der Empfangshalle zur Gemäldegalerie und zu den Gästezimmern im ersten Stock führte.

Eine Dreiviertelstunde später hatten Ella und Anna sich frisch gemacht, ihre Betten waren bezogen, und auf einem Tischchen in der von alten japanischen Papierlaternen be-leuchteten Loggia standen Buchweizen-Crêpes, gefüllte Champignons und würzig duftende Bratwürste, dazu Ka-raffen mit Wein und Wasser.

»Wollen Sie sich nicht zu uns setzen, Violetta?«, fragte Ella. Die Hausdame zögerte. Ella war sich nicht sicher, ob sie zögerte, weil sie als Hausdame mehr Distanz ge-wohnt war. Nahm man das heute noch so streng? Zurzeit ihres Austauschjahres hatten die gutbürgerlichen Pari-ser viel Wert auf Etikette gelegt. Aber das war lange her. Woher sollte sie wissen, wie heutzutage die Gebräuche in adligen Häusern waren? Vielleicht überlegte Violet-ta ja auch, weil sie eigentlich verabredet war. Ella ent-schloss sich, einfach ganz offen zu sein. »Oder nein ... Sie sehen aus, als hätten Sie heute Abend etwas vor«, sagte sie lächelnd.

»Ach, Madame, wissen Sie, dieses Fest ist hier in der Ge-gend Kult. Es gibt eine Clique von Freunden, die es seit der Schulzeit feiern.«

»Und Sie gehören dazu?«

Violettas Augen sprühten, als sie nickte. »Viele leben

längst woanders, aber kommen einmal im Jahr mit Kind und Kegel zur Lampion-*fête* nach Hause.«

»Dann lassen Sie sich bitte nicht von Ihren Ritualen abhalten.« Ella schmunzelte verständnisvoll.

»Sind Sie sicher? Ich würde selbstverständlich auch gern, wenn Sie es wünschen … Also, ich könnte Ihnen gleich einige Leuten vorstellen oder Ihnen schon mal …«

Ella unterbrach sie. »Nein, um Gottes willen! Gehen Sie ruhig! Wir können uns ja morgen oder«, ihr Lächeln wurde breiter, »von mir aus auch übermorgen näher kennenlernen. Ich finde es sogar ganz schön, einfach so hier anzukommen. Feiern Sie bitte!« Ella ließ sich in einen behaglichen Gartensessel sinken, Anna nahm auf einem Zweisitzer daneben Platz.

»*Bon. Merci*, Madame!« Violetta strahlte, drehte voller Vorfreude auf dem Absatz um, kehrte aber gleich darauf zurück. »Hier ist der Schlüssel für die Seitentür, falls Sie doch noch ausgehen möchten. Ach, und die Kiste, die Sie mit der Spedition geschickt haben, ist auch schon angekommen. Steht im Billardzimmer. Also dann – bis morgen.«

»Bis morgen!« Ella winkte ihr nach.

»Tschüs!« Anna biss hungrig in die Bratwurst. »Mmh, lecker! Ich glaub, das ist eine Merguez, die lieb ich ja. Aus Lamm und Rind, super gewürzt.«

Ella hob ihr Glas, die Freundinnen prosteten sich zu. »Auf Cremont!«

»Auf Cremont!«

Der Wein tat gut. Ella spürte, wie sich die Anspannung nach der langen Anreise löste. »Meinst du, ich hätte Violetta das Du anbieten sollen?«, fragte sie nach einer Weile verunsichert.

»Quatsch«, antwortete Anna. »Ein bisschen Distanz kann nicht schaden. Siezen sich nicht heute noch in vielen vornehmen französischen Familien sogar die Ehepaare und auch die Kinder und Eltern?«

»Ach, stimmt. Das hatte ich ganz vergessen.«

»Im Übrigen gibt's hier niemanden über dir. *L'etat c'est moi* – der Staat, das bin ich. Hat schon der Sonnenkönig gesagt. So viel ist bei mir noch aus dem Geschichtsunterricht hängen geblieben.« Anna grinste. »Jetzt bist du hier die Chefin und bestimmst die Regeln.«

»Ehrlich?« Diese Rolle war Ella nicht gewohnt. »Ist ja auch noch nicht raus, ob ich das Jahr durchhalte. Eigentlich bin ich ja danach erst die Chefin.«

»Natürlich wirst du durchhalten!« Anna schüttelte entschieden den Kopf. »Kein Zweifel. Und Chefin bist du ab sofort. Ich bin stark, ich bin stark, ich bin stark. Positive Affirmation. Das musst du dir einfach jeden Morgen sagen.« Anna behandelte als Psychologin nicht nur Patienten in ihrer Praxis. Sie verdiente auch viel Geld mit Kursen, in denen sie Führungskräften von Großkonzernen beibrachte, wie sie durch ein ausgeklügeltes Belohnungssystem ihre Untergebenen motivieren konnten. Eigentlich hielt Ella nicht viel davon. Sie hatte sich von ihren Chefs immer nur gewünscht, dass sie ihr genug Freiraum ließen und ihr etwas zutrauten. Aber das hatte sie Anna nie gesagt, um sie nicht zu kränken. Und die Affirmationssprüche, mit denen man sich selbst motivieren konnte, fand sie schließlich auch gar nicht schlecht.

»Ich bin stark, ich bin stark … Wie gut, dass ich dich als Coach dabei hab.« Ella verzog belustigt das Gesicht. »Aber wenn das nicht reicht?«

Anna grinste. »Dann denkst du eben: Ich bin stark, ich bin stark … und völlig pleite.«

»Ja, das motiviert mich wahnsinnig!« Lachend drückte Ella das Kreuz durch, dann nickte sie gespielt hoheitsvoll.

»Brauchst ja nicht gleich hochnäsig zu werden.«

»Hochnäsig, ich?« Ella griff nach zwei Wolldecken, die auf einem Hocker lagen, warf Anna eine zu und wickelte sich selbst die andere um den Leib. »Ich weiß überhaupt nicht, wie das geht!« Dann kuschelte sie sich wieder gemütlich in den Sessel und probierte einen Crêpe. »Mhm ... auch köstlich!« Sie war schließlich keine zwanzig mehr, sie würde das schon hinbekommen.

Anna seufzte zufrieden. »Jetzt weiß ich endlich, wie sich Gott damals in Frankreich gefühlt hat.«

Der Wein wirkte. Entspannt schauten sie hinunter auf das Treiben rund ums Festzelt. Durch den Eingang konnte man Teile einer Theke und einer Tanzfläche sehen. Davor unter einer Lampionkette nahe am Grill erkannte Ella den Mann wieder, der ihr aufgefahren war. Er unterhielt sich lebhaft mit einem elegant gekleideten Herrn, jetzt lächelte er sogar.

»Siehst du den Rüpel von vorhin? Hat sich anscheinend wieder abgeregt.«

Ella beobachtete ihn weiter. Er war um die vierzig, trug eine Lederjacke, bewegte sich lässig. »Ich finde den Typ neben ihm spannender«, sagte Anna. »Der ist ja so was von elegant.«

»Du bist verheiratet«, sagte Ella in strengem Ton, »und freust dich auf ein Liebeswochenende mit deinem Angetrauten in Paris.«

»Wahrscheinlich ist der sowieso schwul«, antwortete Anna.

Nun hörte der Fanfarenzug auf zu spielen. Die Leute sammelten sich schwatzend und lachend neben dem Zelt. Erwachsene nahmen kleine Kinder auf den Arm und schauten erwartungsvoll in das Dunkel Richtung Fluss.

Mit einem lauten Pfeifen begann das Feuerwerk auf der

gegenüberliegenden Uferseite. Es folgte ein Knisterregen, der die Crevette und die Bäume in güldenes Licht tauchte. Einige Sekunden lang fühlte sich Ella wie Sterntaler im Märchen. Sie atmete tief ein.

Begleitet von lang gezogenen Ooohs und Aaahs aus dem Publikum jagten sich Feuerschweife, Kracher und gleißendes Licht. Kinder riefen aufgeregt durcheinander. Einmal gab es eine längere Unterbrechung, vermutlich hatte der Pyrotechniker, sicher jemand von der örtlichen freiwilligen Feuerwehr, mit einem Problem zu kämpfen. Ella lächelte in sich hinein. Das kannte sie aus ihrer Lokalredakteurszeit. Provinz war sich überall auf der Welt ähnlich.

Mit Krawumm ging's weiter. Das Spektakel dauerte insgesamt vielleicht zehn oder fünfzehn Minuten, es endete mit einer farbenfrohen Schluss-Apotheose. Alle applaudierten. Der Wind trug Rauch und Schwefelgeruch zu ihnen herüber.

»Möchtest du noch rausgehen?«, fragte Ella gähnend.

Die lange Anreise und der Wein hatten sie müde gemacht. Ein paar Leute schauten zur Loggia hoch. Ella winkte ihnen scherzhaft zu. Sicher fragte sich mancher, wer wohl die beiden Unbekannten waren, die sich anmaßten, in der Loge der Baronin zu sitzen.

»Nö«, erwiderte Anna. »Wenn's am schönsten ist, soll man ins Bett gehen. Brauchst du Ohrstöpsel? Ich hab auf Reisen immer 'ne Großpackung dabei.«

Im Zelt drehte ein Diskjockey die Musikanlage hoch. Violetta und ihre Clique drängten auf die Tanzfläche. Jetzt ging die Party richtig los. Dankend nahm Ella einen Satz Ohrstöpsel an.

Irgendwann gegen Morgen entfernte sie die drückenden Stöpsel wieder aus den Ohren. Es war ruhig. Schlaftrunken tapste sie kurz ins Bad und legte sich wieder hin.

Ella erwachte von einem seltsamen Geräusch. Als hätte jemand vergessen, eine elektrische Zahnbürste auszuschalten. Sie setzte sich auf und sah sich staunend um. Das Zimmer wirkte großzügig, leicht frivol, verlebt und doch nonchalant. Wie eine in die Jahre gekommene Lebedame, die einen verrutschten seidenen Morgenmantel aus besseren Tagen trägt, dachte Ella. So hohe Decken! Und was für ein Parkett! Wunderbare, verblichene Stores mit eingewebtem Liliendekor, abgewetzte Samtpolster auf zierlichen Stühlen und einer Chaiselongue.

Gefiltert vom Herbstlaub der Bäume ringsum fiel durch zwei hohe Fenster ein angenehmes Licht in den Raum. Die Wände, halbhoch holzverkleidet, reflektierten es durch vielerlei Goldverzierungen, die auf eine großblumige Tapete in Türkistönen geprägt waren. Unter der Marmorumrandung des Kamins stand ein Elektroheizofen, der aus den Fünfzigern stammen musste. Ella dachte an ihre Freundin Sina, die im Hamburger Museum für Kunst und Gewerbe arbeitete. Sie wäre entzückt vom stromlinienförmigen Design des Ofens, der bestimmt verboten viel Strom fraß.

Die Einrichtung bestand aus Antiquitäten verschiedener Epochen und ein paar moderneren Stücken, die auch schon einige Jahrzehnte alt waren. Nichts passte so richtig zusammen, aber es machte als Ganzes doch Eindruck. Ella sprang auf und lief zum Fenster. Die verwitterten Holzläden schlossen nicht richtig, an einer Seite wuchs sogar eine Weinranke ins Zimmer. Alles Hölzerne schien verzogen zu sein. Aber der Blick! Er ging in einen verwilderten Park hinaus. Als wäre die Zeit stehen geblieben. Gleich würden hier Kavaliere mit Gehröcken und Damen in langen Kleidern entlangflanieren. Hinter prächtigen hohen Bäumen schimmerte Wasser, vielleicht ein Teich.

Draußen unter dem Fenstersims gurrten Tauben. Doch das war nicht das Geräusch, das Ella seit dem Aufwachen irritierte.

Sie ging ins Bad. Der Porzellanknauf der Tür war schwergängig und quietschte. Das hatte sie am Vorabend bereits bemerkt. Das Licht brannte noch. Und das Geräusch hörte man hier lauter. Prüfend schaute sie sich um in diesem verbauten, sicher erst nachträglich eingerichteten Badezimmer, bei dessen Renovierung das Geld bereits knapp gewesen sein musste. Auf den außergewöhnlich breiten Rand der Wanne konnte man zwar viele Kerzen stellen, aber man musste von der Schmalseite aus einsteigen. Und sämtliche Rohre lagen über Putz.

Ella knipste das Licht im Bad aus, das Geräusch verschwand. Sie schaltete es wieder an. Das Geräusch kehrte zurück. Aha, der Nervton kam von einer verdeckten Neonröhre über dem Waschbecken! Kaum hatte Ella nach einer nicht ungefährlichen Kletteraktion in der Wanne geduscht und sich abgetrocknet, klopfte es an der Tür. Anna spazierte gut gelaunt herein.

»Was für eine charmante Bruchbude!«, rief sie. »Ich hab schon eine Spinne rausgeworfen. Hast du die wunderbaren Linden und Silberpappeln gesehen? Und den Glasanbau unten? Der ist doch bestimmt Jugendstil! Komm, wir gehen auf Entdeckungstour.«

Violetta – in schlichter grauer Hose und Strickjacke – trug eine Sonnenbrille. Aber der Hausdame war es gelungen, trotz ihres Katers für Ella und Anna ein Frühstück im Wintergarten auf der Rückseite des Hauses vorzubereiten. Sie erklärte auf Annas Nachfrage, dass dieser Glasanbau vom Grand Palais in Paris, das zur Weltausstellung 1900 errichtet worden war, inspiriert sei. »Sie finden hier ganz unterschiedliche Stilrichtungen versammelt«, sagte Violetta lachend. »Cremont begann als Burg im Mittelalter, aus jener Zeit stammt noch der Turm. Um 1800 wurden große Teile abgerissen und durch ein neues Haupthaus ersetzt. Seitdem hat jede Generation irgendetwas hinzugefügt. Mal einen Wintergarten im Stil der Belle Epoche, mal neue Bäder. Aber das werden Sie ja gleich alles kennenlernen.«

Die Hausdame ließ sie in Ruhe frühstücken. Ella sah hinaus in einen ungepflegten, teils überwucherten Rosengarten.

»Ziemlich viel Gestrüpp«, bemerkte Anna. »Aber ich wette, darunter verstecken sich jede Menge alte Rosensorten.«

Ella tunkte ihr Croissant in den Milchcafé. »Mensch, Anna«, sagte sie zufrieden seufzend, »ich fühl mich wie im Urlaub.«

Als sie fertig waren, kam Violetta herein. Sie trug keine Sonnenbrille mehr.

»Na, geht's besser?«, fragte Ella. »Wie war das Fest?«

»Genial!« Die Hausdame lächelte, aber der Ausdruck fiel noch ein wenig gequält aus. Sie räumte ab, und als sie zurückkam, schlug sie eine Führung vor. »Haben Sie Lust, Mesdames? Dann zeige ich Ihnen jetzt Haus und Hof.«

7

Mon bijou,

während der Eisenbahnfahrt nach Deutschland war ich fürchterlich erkältet. An vieles erinnere ich mich nur verschwommen.

Aber ich weiß noch, wir brauchten drei Tage, weil der Zug immer wieder außerplanmäßig anhalten musste. Mein Abteil war vollgepfropft, ziemlich chaotisch. Bis Aachen erzählten die Reisenden einander ihr Leben. Einmal wurden wir bombardiert und entgingen den Detonationen nur knapp. Als wir durchs Ruhrgebiet fuhren, war es ganz still im Abteil. Ruinenfelder, nichts als Häusergerippe und Schuttberge! Menschen mit leeren Gesichtern. Wie viel Zerstörung es schon gab in den deutschen Städten, durch die wir rollten! Ich war erschüttert.

Da erst begriff ich, dass es wirklich um Leben und Tod ging. Hier war richtig Krieg. Ich sah fast nur Baracken – einige mit Stacheldraht eingezäunt, andere nicht – rechts und links der Bahngleise. Ganz Deutschland schien mir ein Land voller Notunterkünfte zu sein. Im Vorbeifahren konnte man nicht erkennen, was für Menschen dort lebten. Aber es waren wohl Quartiere für Kriegsgefangene und Zwangsarbeiter wie auch für Ausgebombte und Flüchtlinge.

Hitze stieg mir in den Kopf, ich fieberte. Der Husten verschlimmerte sich. Es gab weitere Verzögerungen, weil kriegswichtige Transporte Vorrang hatten. Oder weil Eisenbahnarbeiter mit großen schwarzen Handschuhen über die Gleise stapften, um Schäden zu reparieren. So richtig bekam ich das *gar nicht mit. Ich dachte an Artur und schickte Stoßgebete gen Himmel. Auf einem deutschen Bahnhof war es, dass ich mich übergeben musste und an Durchfall litt. Ich reiste ja nicht in einer bewachten Gruppe, sondern allein mit meinem bezahlten Ticket, fünf Reichsmark und einer Zuweisung. Ich sollte mich bei der Kreisstelle Aurich des Gauarbeitsamtes Weser-Ems beziehungsweise beim Reichsarbeitsdienst melden. Wegen der Übelkeit hing ich aber auf einer Toilette am Bahnhof fest.*

Wenn sich damals nicht eine Französin, die etwa gleichaltrig war, meiner angenommen hätte – ich weiß nicht, was aus mir geworden wäre! Meine Retterin hieß Odile und hatte wunderschöne rote Haare. Sie hielt mich, sie half mir, mich zu säubern, und stützte mich auf dem Weg zu unserem Anschlusszug. Ich war ihr unendlich dankbar.

Irgendwann ging es mir etwas besser, und wir konnten uns unterhalten. Odile erzählte, dass sie aus einem Industrievorort von Paris stammte. Sie kehrte aus dem Heimaturlaub nach Bremen zurück, wo sie schon seit Längerem arbeitete. Ich erwiderte, dass ich auf dem Weg zum zweijährigen Arbeitsdienst in Ostfriesland sei und auf eine gute Anstellung auf einem Bauernhof hoffe.

»Ostfriesland?«, wiederholte Odile mit spitzem Mund. »Ihh! Da oben ist doch nichts als Wildnis, Moor und Schlangen!« Ich war mir nicht sicher, ob es stimmte, doch diese Ankündigung hob meine Stimmung nicht gerade. Als ich Odile fragte, was genau sie mache, lächelte sie, zog sich ungeniert die Lippen nach und antwortete, sie sei im Unterhaltungsgeschäft tätig, in einem Vergnügungsetablissement. »Ich habe gern Spaß«, bekannte sie kokett, »wenn ich mir aussuchen kann, mit wem.« Da fiel bei mir der Groschen. Odile war das, was man bei uns zu Hause als »leichtes Mädchen« bezeichnete. Aber sie hatte mir geholfen, und ich mochte sie wirklich. »Du

bist hübsch, aus dir könnte man was machen«, fügte sie hinzu. »Du brauchst nur mehr Speck auf den Rippen.« Odile gab mir eine Anschrift, unter der ich sie in Bremen erreichen könnte, falls ich einmal eine andere Arbeit suchen würde. »Was ich mache, wird bestimmt besser bezahlt als das Schuften beim Bauern.« Ich steckte den Zettel sorgfältig weg. Es war tröstlich, schon mal einen Menschen im Reich zu kennen. Schließlich hatte ich keine Ahnung, was mich erwartete. »Wenn sie dich fragen, wer du bist oder was du kannst«, gab mir Odile dann noch mit auf den Weg, bevor sie in Bremen ausstieg, »gib dich als die aus, die du sein möchtest.«

Erschöpft und abgemagert stand ich endlich auf dem Marktplatz von Aurich, das letzte Stück von Oldenburg aus war ich mit einem Bus gefahren. Während der Fahrt hatten mich neue Eindrücke überflutet. So viele blonde Menschen. Die Landschaft ganz flach. Viele Wasserläufe, schnurgerade Kanäle. Und diese weiten grünen Weiden mit Herden schwarzbunter Kühe! Auch hier gab's Baracken aus Holz oder Wellblech, aber vor allem Häuser aus rotem Backstein mit Dächern aus rotbraunen Ziegeln statt grauem Schiefer.

Ich war inzwischen so heiser, dass ich nur noch flüstern konnte. Mit der Adresse einer Unterkunft, in der ich mich einzufinden hatte, auf einem Zettel ließ ich mir von Passanten den Weg zeigen.

Zwei oder drei Nächte verbrachte ich in diesem Zwischenlager, dem umfunktionierten Festsaal einer Gaststätte, mit anderen Ausländerinnen. Darunter befanden sich auch zwei Frauen aus Wallonien, Belgiens französischsprachigem Teil, mit denen ich mich unterhalten konnte. Sie erklärten mir das Notwendigste – wo sich die Duschen befanden, wo es was zu essen gab, wie man zum Arbeitsamt kam und ähnliche Dinge.

Bei der Ausländerbetreuung der Deutschen Arbeitsfront befragte mich eine Übersetzerin, vermutlich eine Romanistikstudentin, die währenddessen mit der Schreibmaschine ein Formular ausfüllte. Der Amtsarzt untersuchte mich und bescheinigte, dass ich abgesehen von der Erkältung gesund sei. Am Ende erhielt ich ein »Arbeitsbuch für Ausländer«, in das ich Versicherungsmarken kleben und auf das ich gut aufpassen sollte. Heimaturlaub, so hieß es noch, dürfe ich frühestens nach einem Jahr nehmen. Und sollte ich die Arbeit verweigern, käme ich in ein Arbeitserziehungslager hinter Stacheldraht. Auf unmoralisches Verhalten und Rassenschande stünden Zuchthaus oder sogar die Todesstrafe. Was für ein Willkommen!

In dieser Zwischenunterkunft schlief ich hauptsächlich, ich hatte auch einige wirre Träume. Heute bin ich überzeugt davon, dass mein Fieber vor allem eine seelische Reaktion war. Der Kulturschock machte mich krank. Ich kann deshalb nicht beschwören, dass alles hundertprozentig so geschehen ist. Für meine ganz persönliche Lebenserinnerung jedoch ist die Szene, wie ich für den Südermarschhof ausgewählt wurde, zutiefst wahr.

Der Mann, der diese Wahl traf, gefiel mir sofort. Es gab später einen berühmten deutschen Schauspieler, Curd Jürgens, der auch in Frankreich viele Bewunderer hatte. Ihm ähnelte der Ostfriese, der mein Schicksal bestimmen sollte.

8

Ostfriesland, Juni bis Juli 1943

Jeanne befand sich in einem frisch gebohnerten Saal. Sie stand in ihrem verschwitzten, zu weiten Sonntagskleid auf einer Bühne, und sechs Männer, einige in Uniform, schritten eine Reihe von vielleicht acht oder zehn ausländischen Frauen ab, die zum Arbeitsdienst auf verschiedene Betriebe verteilt werden sollten. Die Männer machten allesamt einen wichtigen Eindruck. Sie scherzten untereinander, verglichen die Frauen mit dem, was die Formulare in ihren Händen wohl an Angaben zur Person enthielten.

Vor Jeanne blieben sie länger stehen. Als einer laut sagte, dass sie Französin sei, machten einige Männer anzügliche Bemerkungen, das konnte sie auch ohne Sprachkenntnisse verstehen. Oh, là, là, rief ein Uniformierter, und ein anderer verdrehte die Augen. Ein Mann mit glimmender Zigarre im Mundwinkel umfasste ihren Oberarm und zwickte sie in den Hintern, als wäre sie ein Stück Vieh, das es zu beurteilen galt. Empört drehte sie sich zur Seite, stieß seine Hand weg und wollte ihn beschimpfen. Doch ihre Stimme versagte nun vollends. Sie schnappte nach Luft, heraus kam nur ein erbärmliches Kieksen. Die Männer sahen sie missbilligend an. Einer nach dem anderen schüttelte den Kopf und ging weiter.

Jeanne spürte, wie ihre Empörung einem anderen

Gefühl wich. Ihr Hals verengte sich, ihr Herz klopfte schneller, eine plötzliche Schwäche in den Beinen ließ sie fürchten, jeden Moment zusammenzusacken. Dabei wäre sie am liebsten fortgerannt. Noch nie hatte sie sich so ausgeliefert und wehrlos gefühlt. Was, wenn keiner sie wollte? Es war Angst, was sie empfand, blanke Angst. Tränen schossen ihr in die Augen.

Nun betrachtete sie ein großer blonder Mann, vielleicht Ende dreißig, der als Letzter hinter der Gruppe herschritt. Nüchtern, sachlich. Er fragte sie etwas, das sie nicht verstand. Dieser Mann trug keine Uniform, sondern ein weißes Hemd ohne Kragen, eine dunkle Hose und eine dunkle Weste mit goldener Uhrkette. Er hatte buschige, struppige Brauen. Geduldig wiederholte er seine Frage. Dieses Mal machte er mit den Händen Melkbewegungen und sagte »Muh«. In seine tief liegenden klaren Augen stahl sich ein kleines Lächeln.

Jeanne nickte. Bislang hatte sie zwar nur ab und zu eine Ziege gemolken, aber eine Kuh würde ja wohl im Prinzip genauso zu behandeln sein. Sie dachte an Odiles Rat. *Oui*, formten ihre Lippen. Sie sah dem Mann in die Augen. Blau mit hellsilbrigen Spalten und dunkelblauem Rand, klar bis auf den Grund. Intelligent, menschlich. Dieser Mann besaß Anstand. Ihm konnte sie vertrauen. Er wirkte wie einer, den nichts erschüttern konnte. Er reichte ihr die Hand. Trockene Innenfläche, schwielig und rau, fester Druck.

»Ich bin Edo Bohlmann.«

Ihre Angst löste sich auf.

Es war der erste Sonntag nach Jeannes Ankunft auf dem Hof. Sie hatte frei. Heute endlich würde sie das Meer sehen! Mit schmerzenden Gliedern von der ungewohnten Arbeit und der harten Strohmatratze stand sie auf, reinigte sich am Waschtisch mit Schüssel und Wasserkanne. Ein geflochtener Binsenteppich schützte ihre nackten Füße nur etwas vor der Kühle des roten Steinfußbodens. Ihre Gesindekammer war schlicht – weiß gekalkte Steinwände, ein kleines Stallfenster, ein einfaches Bettgestell, grob gezimmerter Schrank, ein Tisch –, aber sie musste sie mit niemandem teilen.

Der Schlafbereich für das Gesinde schien noch relativ neu zu sein, als hätte man ihn bei einem Umbau vor wenigen Jahren erst von der großen Scheune abgetrennt, die mit dem Vorderhaus, wo die Bauernfamilie wohnte, unter einem Dach lag. In der Kammer neben Jeanne schlief die Polin Wanda und dahinter, mehr in einem Verschlag, ein Ehepaar aus der Ukraine, Ludmilla und Oleg. Jeannes Zimmer grenzte an einen Querflur, der den Mittelteil des Gebäudes vom Stall trennte. Zu diesem Bereich mit den Wirtschaftsräumen gehörte die große Sommerküche. Hier trafen sich alle Arbeiter zu den Mahlzeiten. Wanda machte einen freundlichen Eindruck, Ludmilla rauchte wie ein Schlot und lachte wie ein Pferd. Oleg hatte als Kind Pocken gehabt, was ihm ein furchterregendes Äußeres gab, doch er schien gutmütig zu sein.

Allmählich fand Jeanne sich in dem Riesengebäude zurecht. Am meisten Raum nahm die gewaltige, vielfach unterteilte dreischiffige Scheune ein, eine Art bäuerliche Kathedrale. Das Dach ruhte auf einem beeindruckenden Holzständerwerk. Durch ein großes Tor konnte ein hoch beladener Erntewagen hineingefahren, auf der Dreschdiele entladen und geradeaus wieder hinausgefahren werden. Über dem Heulager befand sich ein offener Heuboden. Jeanne hatte an ihrem zweiten Tag heimlich den Bauern dabei beobachtet, wie er sich einem Zirkusartisten gleich an einem verknoteten Tau, das am Dachbalken befestigt war, vom oberen Heuboden abstieß, durch die Lüfte schwang, über den Abgrund flog und mit sichtlichem Vergnügen ins untere Heulager fallen ließ. Diese Szene bekam sie nicht mehr aus dem Kopf.

Im Kuhstall an der einen Längsseite herrschte gähnende Leere, weil das Vieh derzeit auch nachts draußen auf der Weide blieb. Jeanne hatte helfen müssen, den angetrockneten Mist wegzuschrubben, weil der Stall neu geweißt und mit frischem Stroh ausgelegt werden sollte.

An die Sommerküche grenzte die Kammer mit der zentralen Wasserstelle, wo auch die Milchkannen standen und die Butter hergestellt wurde. Jeanne waren fast die Augen übergegangen, als sie zum ersten Mal ein großes Fass mit frischer Butter gesehen hatte. Bilder davon waren in der ersten Nacht durch ihre Träume gegeistert. Sie erinnerte sich daran, weil sie, immer wieder von Hustenanfällen geschüttelt und von der ungewohnten Überdecke beinahe erdrückt, mehrfach aufgeschreckt war. In der vergangenen kühleren Nacht dagegen hatte sie das dicke, blau-weiß-karierte bezogene Federbett schon fast gemütlich gefunden.

Hinten in der Scheune befand sich das Plumpsklo, daneben ein kleines Stalltor, durch das Jeanne jetzt nach draußen ging. Es roch nach Misthaufen und Holunderblüten. Rings um den Südermarschhof verlief ein breiter Graben, an dem unter hohen Eschen viele doldenübersäte Holunderbüsche wuchsen.

Das also war nun das Zentrum ihres Lebens. Jeanne legte eine Hand auf die weiß gefugte Hausmauer. Die roten Backsteine fühlten sich warm an, sie speicherten die Sonnenwärme. Sie lief um das Gebäude herum nach vorne. Die Wohnräume der Bohlmanns im Vorderhaus waren für das Gesinde, absehen vom Hausmädchen, tabu. Auf den Fensterbänken blühten rote Geranien in

goldverzierten weißen Porzellanübertöpfen mit Löwen-
köpfen. Durch hohe, weiß gerahmte Fenster mit gerafften
Spitzengardinen erhaschte sie einen Blick ins Wohnzimmer. Schöne, schwere Möbel aus polierten Edelhölzern
standen darin.

Von der Hofinsel führte eine schmale Holzbrücke über
den Graben zur Zuwegung. Hier pustete ihr ein frischer
Nordwestwind ins Gesicht. Der Gulfhof der Bohlmanns
lag nur wenige hundert Meter von der Nordsee entfernt.
Jeanne marschierte auf den Deich zu. Dieser mit Gras bewachsene Erdwall hatte ihr bislang den Blick aufs Meer
versperrt. Immer wieder sah sie sich verwundert um. Was
für eine seltsame Landschaft!

So ... leer.

Als hätte Gott diesen äußersten Zipfel Deutschlands
geschaffen, als er schon erschöpft gewesen war vom
Landschaftenmachen. Schnell nur noch das Nötigste zu-
sammengefügt – Erde, absolut platt, und Himmel. Ein riesiger Himmel allerdings, mit ganz viel Platz für Wolken.
Der Schöpfer hatte sich nicht mehr mit filigranem Zier-
rat aufhalten. Überall sah man großzügige Flächen. Grüne
Weiden, so weit das Auge reichte, auch einige Felder und
Äcker. In der Ferne schimmerten durch den Dunst wind-
gebeugte Baumreihen an schnurgeraden Straßen. Dazwischen Gräben, Wasserwege und vereinzelt wie Inseln,
leicht erhöht, von alten Bäumen umgebene stolze Bauern-
höfe. An ihre zwei- bis dreistöckigen Vorderhäuser waren
mit gleich hohem First breitere ausladende Scheunen
angebaut, deren Dächer tief hinunterreichten. Dadurch
wirkten die Anwesen wie der Südermarschhof der Bohlmanns trotz ihrer Ausmaße auch etwas geduckt und so, als
könnten sie jedem Sturm trotzen.

Am Deich entlang verlief zur Landseite hin eine

Schotterstraße. Von ihr zweigten die baumbestandenen Zuwegungen zu den Höfen ab, jeder noch in Sichtweite zum Nachbarn. Jeanne überlegte, warum diese Hausinseln wohl um einige Meter erhöht lagen. Schwappte das Meer manchmal über? Vermutlich sollten die Bewohner vor Überschwemmungen geschützt werden.

Vor einem Kartoffelacker neben der Zuwegung ging Jeanne in die Hocke. Sie nahm eine Handvoll Erde und betrachtete sie. Fast schwarz, klebrig-feucht und schwer. Offenbar sehr fruchtbar, denn alles Gemüse im Bauerngarten und auf dem Feld gedieh prächtig – also genau das Gegenteil zu der kiesigen Erde, die sie von Zuhause kannte. Im Weitergehen warf sie den Klumpen zurück.

Schade, dass sie noch nicht wieder richtig riechen konnte. Sie hätte gern jetzt schon das Meer, auf das sie so gespannt war, geschnuppert. Nach einigen Schritten blieb sie erneut stehen, wandte ihr Gesicht dem Wind entgegen, der an ihrem Haar zauste, und lauschte angestrengt. Einige Wasservögel piepten, kreischende Möwen kreisten über ihr. In der Ferne bellte ein Hund, Schafe blökten. Doch das immerwährende Dröhnen oder Rauschen des Meeres, von dem Artur ihr vorgeschwärmt hatte, vernahm sie nicht einmal ansatzweise. Ob die Erkältung auch ihr Hörvermögen beeinträchtigte? Schlimm genug, dass sie vor Heiserkeit nicht sprechen konnte. Natürlich hätte sie hier ohnehin kein Mensch verstanden. Aber trotzdem. Sie hätte wenigstens ein bisschen singen können. Wenn sie sang, floss der Kummer aus ihr heraus. Sie konnte etwas ausdrücken, das ihr mit Worten nicht gelang. Beim Singen war sie ganz bei sich, spürte, dass ein lebendiger Kern in ihrem Innern beatmet wurde.

Jeanne dachte an ihren neuen Monsieur, Edo Bohlmann, und musste lächeln. Sie verstanden sich auch ohne

Worte. Sie unterhielten sich mit den Augen und mit Gesten. Ihr war nicht entgangen, dass seine Familie wenig Begeisterung über seine Wahl aufbrachte. Bei ihrer Ankunft
hatte es einen Disput gegeben. Jeanne erinnerte sich.

Edo Bohlmanns Frau Gesine sagte etwas, das sie ihrem
Gesichtsausdruck nach mit »Hättest du nicht was Hand-
festeres mitbringen können?« interpretierte. Ihre helle
klare Stimme kippte leicht ins Schrille und verriet Enttäuschung. Der Bauer verteidigte Jeanne beziehungsweise
seine Entscheidung, aber das lief ja letztlich auf dasselbe
hinaus. Die Sprache der Ostfriesen klang anders als das
Deutsch, das Jeanne von den Besatzern kannte. Die Menschen hier redeten wohl in einem besonderen Dialekt.

Die Eltern des Bauern – man konnte an der Ähnlichkeit
erkennen, dass sie Edos Eltern waren –, machten ebenfalls
kritische Bemerkungen. Die Großmutter war eine respekteinflößende Matrone mit Birnenfigur, die ein unförmiges
dunkles Kleid mit einem Blumenmuster aus winzigen weißen Pünktchen trug. Der Großvater sah aus wie jemand,
dessen Mimik just in dem Moment eingefroren war, als er
gen Himmel blinzelte und missmutig registrierte, dass es
schon wieder regnete. Am Ende gab Edo Bohlmann etwas
von sich, das wie »Das wird jetzt gemacht, wie ich es will«
klang.

Gesine schien vergrätzt, ihr Mann fasste sie an den
Schultern. Seine hohe breite Stirn gab ihm etwas Eigen-
sinniges und Dickschädeliges, doch sein entschlossener,
schön geschwungener Mund lächelte, und ein Grübchen
im Kinn verlieh ihm ebenso Charme wie seine Lachfalten.
Er drückte Gesine einen Kuss auf die Schläfe, dabei blitzten seine Augen. Er nahm die Bedenken seiner Lieben
offenbar nicht wirklich ernst, sondern sagte etwas, machte

einen Witz und lachte in die Runde. Damit löste sich dann die Anspannung.

Jeanne nahm sich vor, sich wirklich Mühe zu geben. Mit dem Melken klappte es in den ersten Tagen noch nicht so richtig. Ohne die Hilfe der polnischen Melkerin Wanda wäre sie überhaupt nicht fertig geworden. Aber sie würde es schon lernen. Sie wollte Familie Bohlmann nicht enttäuschen.

Auch die Ausländer mussten versuchen, sich in diesem seltsamen Plattdütsch, wie man den Dialekt nannte, zu verständigen – Kriegsgefangene, zwangsrekrutierte, dienstverpflichtete und freiwillige zivile Fremdarbeiter, die nach einer bestimmten Hierarchie, die Jeanne noch nicht richtig durchschaute, behandelt wurden. Die Nationalsozialisten hatten ja beschlossen, dass Menschen unterschiedlich viel wert waren. Westarbeiter, zu denen sie als Französin gehörte, galten weniger als Skandinavier, aber auf jeden Fall mehr als Ostarbeiter, deshalb durften sie auch mehr.

Es gab auf dem Südermarschhof einen französischen Kriegsgefangenen, der nur drei Tage die Woche kam und sonst auf einem anderen Hof arbeitete. Er musste jeden Abend um sieben wieder im fünf Kilometer entfernten Lager sein. Früher war er, so hatte Jeanne verstanden, wie andere Franzosen von einem bewaffneten Wachmann auf den Hof gebracht und wieder abgeholt worden. Jetzt durfte er den Weg allein gehen. Jeanne wusste nur, dass er Pierre hieß. K. G. F. stand in weißen Buchstaben aufgedruckt auf seiner Kluft. Sie hatten noch kaum Gelegenheit gehabt, miteinander zu reden. Jeanne hatte allerdings fast den Eindruck, dass er sie mied und überhaupt keinen Wert auf eine Unterhaltung legte. Dabei könnte er mir sicher vieles schneller erklären, dachte sie.

Die Herrin auf dem Hof, Gesine Bohlmann, verkörperte

das Ideal einer Arierin. Mittelgroß, stämmig und wohlgeformt, würde sie – trotz ihres fortgeschrittenen Alters, das irgendwo zwischen Mitte und Ende dreißig liegen mochte, und obwohl sie sich ohne jeden Hauch von Eleganz kleidete und bewegte – auch in Jeannes Heimat als Schönheit gelten. Denn sie hatte etwas einnehmend Mütterliches, ihr Körper wirkte warm und weich, und ihr Gesicht war bildschön. Mit einer hohen, leicht gerundeten Stirn und goldblondem Haar, einer hübschen kleinen Nase, guten Zähne und seelenvollen blauen Augen. Sie hielt ihr Haar an den Seiten mit zwei Kämmchen zurück, sodass es hinten modisch zu einem lockigen Kranz aufsprang. Gesine und ihr Mann Edo schienen gut miteinander zu harmonieren. Das war gewiss auch von Vorteil für die Stimmung auf dem Hof.

Eine tief fliegende Möwe holte Jeanne aus ihren Gedanken zurück. Beherzt schritt sie weiter. Nur noch wenige Meter bis zu ihrem ersten Rendezvous mit dem Meer. Voller Vorfreude erklomm sie den Deich und schaute … ins Nichts.

Da war buchstäblich NICHTS!

Wie konnte man denn nichts sehen? Jeanne rieb sich die Augen. Es blieb alles grau. Diffus diesig grau wie durch eine Milchglasscheibe betrachtet. Nur ein kleiner heller Kreis schimmerte hindurch. Das musste die Sonne sein. Je länger Jeanne ins Nichts schaute, desto mehr konnte sie unterscheiden. Sie entdeckte eine zart angedeutete Trennlinie zwischen Himmel und Darunter. Das Grau musste dann wohl das Meer sein, an einigen Stellen reflektierten gleißende Flecken Sonnenlicht. Das Grau über dem Horizont war anders strukturiert, mehr wie gewischt.

Keine Wellen, kein Gebraus, kein kräftiges Blau. Und kein Gefühl von Freiheit. Jeanne stöhnte auf. Was für eine

Enttäuschung! Eine Weile stand sie einfach nur da wie vor den Kopf gestoßen. Schließlich wagte sie sich über den Deich in das Nichts hinein. Wo der Erdwall aufhörte, verlief ein schmaler Pfad, und dahinter begann gleich, etwas tiefer gelegen, feuchter dunkelgrauer Schlamm. Zaghaft setzte sie einen Fuß darauf. Als sie merkte, dass dieser zähe Brei keinen Halt gab, sondern im Gegenteil einen Sog entwickelte und sie hinabziehen wollte, wich sie zurück. Bei genauerer Betrachtung konnte sie nun kleine mäandernde Wasserläufe im Matsch ausmachen.

Hier – war – gar – kein – Meer!

Hatte man sie belogen? Aber warum? Verwirrt stieg Jeanne wieder hoch auf den Deich. Das Nichts wirkte befremdlich, doch irgendwie ... hob es sie wie der Anblick einer Fata Morgana auf eine traumhafte Weise aus der Wirklichkeit heraus. Vielleicht fällt man, wenn man weitergeht, dahinten von der Erde runter, überlegte Jeanne. Ich glaub, ich bin tatsächlich am Ende der Welt gelandet.

Sie wusste nicht, wie lange sie schon in Gedanken versunken war, als sie Männerstimmen vernahm, die sie kurz an ihrem Verstand zweifeln ließen. Denn die Sprache war Französisch. Schemen tauchten aus dem Grau auf. Jeanne beobachtete, wie zwei Männer mit Stangen durch den Schlamm stapften, an einem der Gräben mit Stöcken hantierten, die ein Dreieck bildeten. Ruckartig traten sie ab und zu mit einem Fuß ins Wasser.

Nein, das war keine Halluzination!

»*Bonjour*, Messieurs«, rief sie aufgeregt mit heiserer Stimme, Gott sei Dank funktionierte sie wieder halbwegs. »Was machen Sie denn da?«

Die Männer schauten hoch, ebenso erstaunt wie sie, schulterten ihre Gerätschaften und kamen zu ihr.

»Wir fangen Butt«, sagte er einer. »Einfach drauftreten

und aufspießen.« Er zeigte in seinen Eimer, in dem flache breite Fische zappelten. Alles hier ist anscheinend platt, dachte Jeanne.

»Und was machen Sie hier?«

»Ich arbeite auf dem Südermarschhof«, antwortete sie, »neuerdings.«

»Freiwillig?« Auf dem Ärmel seiner Jacke standen wie bei Pierre aufgedruckt die Buchstaben K. G. F.

Sie nickte. Angewidert verzog der Erste sein Gesicht. Er nahm den Kopf etwas zurück, schmatzte, schnellte vor und spuckte sie an. Sein Auswurf traf sie zwischen Brust und Hals.

»Spinnst du?«, stieß Jeanne hervor. »Was soll das?«

Der andere Mann sah sie nur verächtlich an. »Hure!«, schimpfte er, bevor sie beide ohne ein weiteres Wort weitergingen. »Vaterlandsverräterin!«

Mit dem Unterarm wischte sie die eklige Spucke von ihrem Kleid.

»Du Schwein!«, rief sie ihm hinterher.

Das konnte nicht wahr sein! Sie hatte doch niemandem was getan. In diesem Moment begann ihr Körper unkontrolliert zu zittern. Sie schluchzte auf, lief bis zu einem großen Holunderbusch und kauerte sich schutzsuchend unter seine Zweige. Endlich ließ sie den seit Tagen unterdrückten Tränen freien Lauf.

Das flachsblonde deutsche Hausmädchen mit dem geflochtenen Haarkranz hieß Else. Wann immer sie sich sahen, versuchte sie, Jeanne etwas Deutsch beizubringen. Jetzt stellte sie ihr einen Teller mit Haferflockenbrei hin.

»Brei«, sagte sie laut. Jeanne wiederholte es. Else nickte aufmunternd. Jeanne malte mit dem Finger die drei Buchstaben auf die Tischplatte und sah sie fragend an. »K. G.

F. – Kriegs-ge-fan-ge-ne«, Else betonte jede Silbe wie ein Lehrer im Unterricht.

Und sie sagte etwas, das vom Tonfall her beruhigend klang. Sie war eine Verwandte der Familie Bohlmann, stammte von der nicht weit entfernten Insel Juist und durfte im Vorderhaus im ersten Stock wohnen. Jeanne löffelte heißhungrig – Else hatte sogar etwas Honig und einen Klecks Butter in die Mitte gegeben. Als niemand guckte, leckte sie den Teller ab. Endlich wieder satt zu essen! Und dieser Brei schmeckte auch noch himmlisch.

Ihre erste Mahlzeit auf dem Hof hatte sie mit gemischten Gefühlen verspeist – ein fürchterlich versalzener öliger Fisch, den sie nicht kannte, und junge Kartoffeln. Meist gab es herzhaften Eintopf. Die Großmutter kochte anständig. Nicht mehr dauernd diesen nagenden Hunger zu spüren, das war einfach wunderbar. Ein warmes sattes Gefühl machte sich in Jeannes Bauch breit. Ihre Stimmung stieg.

Ja, sie wollte zufrieden sein. Die Verachtung ihrer Landsleute gründete auf falschen Annahmen. Keiner von ihnen konnte wissen, weshalb sie aus der Heimat geflüchtet war. Aber ihr dämmerte jetzt, weshalb Pierre sie so beharrlich anschwieg. Auch er musste sie für eine Kollaborateurin seines Feindes halten.

Es war wirklich erstaunlich, was allein ein süßer Brei vermochte. Ach, dachte Jeanne zuversichtlich, den Pierre werde ich schon noch so weit kriegen, dass er sich darauf freut, mit mir zu reden!

Sie ging früh zu Bett. Schließlich musste sie um fünf Uhr wieder aufstehen.

Doch auch in dieser Nacht konnte sie nicht durchschlafen. Erst stachen sie Insekten, dann musste sie aufs Plumpsklo, und es war unheimlich, im Dunkeln ganz bis ans Ende des Stalls zu gehen. Später in der Nacht erwachte sie wieder, diesmal von einem unheimlichen Brummen. Es kam von draußen, aus der Luft, und näherte sich, immer dröhnender, bis es ohrenbetäubend laut war. Die Wände begannen zu vibrieren. Jeannes Puls raste. Die Welt war aus den Fugen geraten. So kurz erst in Deutschland, und schon würde sie sterben! Panisch verkroch sie sich unter ihrem Federbett, hielt sich die Ohren zu und verfiel in eine Art Starre.

Bis jemand an dem Holzgestell ruckelte. Schweißgebadet nahm Jeanne die Finger von den Ohren und schob die Bettdecke zur Seite. Das unheimliche Geräusch war nicht mehr zu hören. Wanda stand vor ihrem Bett, wohl in der Absicht, sie zu beruhigen. Mit Händen und Füßen erklärte die Polin ihr, dass feindliche Flugzeuge über sie hinweggebraust waren, um Bomben abzuwerfen. »Große Städte, Deutsches Reich«, erklärte Wanda. »Krefeld. Emden. Kommen fast jeden Tag. Gewöhnen.« Jeanne nickte verstört. »Wenn Sirene, juijuijui, dann alle Mann in Scheune«, Wandas Finger tippelten über Jeannes Decke. »Schnell in Motorenraum.« Jeanne verstand wenig von dem, was sie sagte. Intuitiv begriff sie nur, dass aktuell keine Gefahr mehr drohte. Dass sie aber Wanda folgen sollte, sobald es »Juijuijui« machte. »Wenn kommen zurück«, Wanda breitete ihre Unterarme zu Flügeln aus, »dann Vorsicht. Manchmal schmeißen Bomben, was übrig ist. Machen einfach weg damit!«

Die Arbeit und die ständig drohende Gefahr, dass Brandflaschen oder Bomben vom Himmel fallen könnten, verhinderten, dass Jeanne in Selbstmitleid oder eine Depression versank. Sie begriff immer mehr, wie ihre neue

Umgebung funktionierte. Beim Melken draußen auf der Weide war sie schon bald eine Hilfe.

Manches fand sie absurd. Beispielsweise rostete am Hausgraben, etwas versteckt im Gebüsch, ein Haufen Altmetall vor sich hin. Schulkinder hatten ihn sammeln müssen, aber niemand kam, um ihn abzutransportieren. Sogar Kupfer entdeckte Jeanne darin. Sie musste lachen, als eines Tages eine ganze Schulklasse mit Lehrer antrat, um Kartoffelkäfer zu sammeln. Kartoffelkäfer bei den *doryphores*! Natürlich verstand kein Mensch, weshalb sie das zum Lachen fand. Der Lehrer machte Fotos, auch von ihr und Wanda bei der Melkarbeit, allerdings nur draußen, weil es keine Blitzlichter mehr zu kaufen gab. Da sich die Milchkammer, in der sie die lauwarme Milch durch ein Sieb in größere Kannen umfüllten, gleich hinter der Sommerküche befand, huschte Jeanne manchmal hinein, wenn niemand guckte, und trank schnell einen Schöpflöffel voll Milch. Von Tag zu Tag kam sie mehr zu Kräften, trotz der schweren Arbeit.

Und sie verliebte sich ein bisschen in Edo. Sie wusste, dass er unerreichbar war. Eigentlich auch viel zu alt und überhaupt vollkommen unpassend für sie. Sein Haaransatz war schon gelichtet. Aber das machte nichts. Es war schön, an ihn zu denken, abends, kurz bevor sie einschlief. Und ihn anzusehen, sich mit den Augen zu unterhalten, jeden Tag auch mit ein paar Worten mehr. Selbst wenn es dabei immer nur um Arbeitsanweisungen ging. Ich versteh dich schon, Mädchen, sagte er unausgesprochen. Du bist schön und klug, und wenn die Verhältnisse anders wären, würden wir anders miteinander umgehen.

Das zumindest verstand Jeanne. Gesine verhielt sich ihr gegenüber zwar korrekt, trotzdem kurz angebunden. Die Großmutter war inzwischen etwas freundlicher, und der Großvater, der sich nach einem Schlaganfall linksseitig nur eingeschränkt bewegen konnte, scherzte sogar manchmal mit ihr. Trotz seines griesgrämigen Aussehens hatte er Humor. Er imkerte noch etwas, und da Jeanne den Umgang mit Bienen von zu Hause kannte, half sie ihm gelegentlich.

Grundsätzlich aber herrschte kein Zweifel daran, dass man Distanz hielt. Die Familie aß in ihrer Wohnstube im Vorderhaus, das Personal in der Sommerküche, wobei der Franzose Wert darauf legte, nicht mit Ostarbeitern an einem Tisch zu sitzen, und dafür in Kauf nahm, allein im Flur zu essen. Jeanne setzte sich zu Else, Wanda, Ludmilla und Oleg, aber sie lächelte Pierre jedes Mal an, wenn sie sich begegneten, sagte *bonjour* und wünschte höflich *bon appetit*.

Schon in der zweiten Woche hatte Jeanne im Ziergarten vor dem Wohntrakt einen fast abgestorbenen Rosenstrauch entdeckt. Ein paar bräunlich verfärbte Knospen ließen noch ahnen, dass er rötlich blühte. Nach der Arbeit, wenn sie sich unbeobachtet fühlte, kümmerte sie sich um ihn. Sorgfältig befreite sie den Strauch immer wieder per Hand von Schädlingen. Sie mischte heimlich Pferdeäpfel als Dünger in die Erde. Es ist die falsche Erde, dachte sie jedes Mal. Viel zu schwer und klebrig. Aber wir werden hier schon überleben!

Edos Stiefel knarzten, als er an einem kühlen Julitag in die Sommerküche trat. In der Luft hing noch der Duft frisch gekochter Stachelbeermarmelade, Dutzende abgefüllter Gläser standen zum Abkühlen nebeneinander. Else, Wanda und Jeanne bereiteten Erbsen und Wurzeln fürs Einmachen vor. Edo musste etwas den Kopf einziehen. Er trug eine Wehrmachtsuniform und sah umwerfend aus. Beeindruckt und überrascht schaute Jeanne ihn an. Offenbar war er zur Abreise bereit.

»Ich muss zurück zu meiner Einheit«, sagte er knapp. »Nach Russland, an die finnische Grenze.«

Else und Wanda brachen in Tränen aus und wischten sich mit ihren Schürzenzipfeln übers Gesicht. Jeanne schluckte. Der Bauer gab ihnen der Reihe nach die Hand und bat sie, auf sich, auf Gesine, seine Eltern und den Hof aufzupassen. Für jede hatte er auch ein persönliches Wort. Jeanne wünschte er viel Glück mit dem Rosenstrauch. Sie lief rot an, er hatte es also doch bemerkt, und dann lächelte sie mit verschwommenem Blick.

»*Bonne chance*, Monsieur!«

Nach der Erkältung war ihrer Stimme etwas Heiseres geblieben, das sie einfach nicht loswurde. Jetzt klang sie noch rauer. Spontan gab sie ihm einen Kuss auf die Wange, wie man es in Frankreich machte. Wanda und Else schnappten nach Luft ob dieser Vertraulichkeit, Edo sah sie mit einem langen seltsamen Blick an, und das Feuer in Jeannes Wangen verstärkte sich. Dann ging er hinaus, um sich von seiner Familie zu verabschieden.

Nachts im Bett konnte Jeanne sich nicht mehr erinnern, wie eigentlich der Hauptmann Georg Winterfeld ausgesehen hatte. Sie übertrug alles, was ihr an ihm gefallen und was sie von ihm erhofft hatte, auf den Ostfriesen Edo Bohlmann. Aus Gesprächsfetzen, die sie im Laufe des Tages aufschnappen konnte, reimte sie sich zusammen, dass der Bauer wegen einer Lungenentzündung einen längeren Genesungs- und Heimaturlaub gehabt hatte. Wenn ich das nur früher gewusst hätte, dachte sie, dann hätte ich mir alles genauer eingeprägt – sein Gesicht, wie er sich bewegt und wie es sich anfühlt, wenn er in meiner Nähe ist. Von nun an betete sie jeden Abend für Edo Bohlmann.

9

»Die Baronin hat im Erdgeschoss gewohnt«, erklärte Violetta bei der Führung durchs Herrenhaus, die sie Anna zuliebe auf Englisch machte. Nur dort funktionierte, anders als im ersten Stock, eine altertümliche Zentralheizung zumindest in ein paar Zimmern noch so, dass sie auch im Winter angenehm zu temperieren waren. »Ihr Reich bestand aus drei Räumen – dem Schlafzimmer neben dem Wintergarten, der Bibliothek, die zugleich als Arbeitszimmer diente, und dem kleinen Salon.«

Ella verliebte sich auf Anhieb in die Bibliothek mit ihren hellblauen Seidentapeten, Mahagonimöbeln und einem wunderschönen Kristallleuchter über dem antiken Schreibtisch. Von hier konnte man in den Rosengarten und den dahinterliegenden Park sehen, eine bodentiefe Doppeltür führte auf die Terrasse. An einer Wand zwischen den Bücherschränken hingen Auszeichnungen, die Jeanne für ihre Chansons erhalten hatte, Fotos und drei Goldene Schallplatten.

»Was ist das denn für ein Instrument?«, wollte Anna wissen. Sie wies auf ein altertümliches Miniaturklavier.

»Ein Cembalo«, erwiderte Violetta. »Der Baron hat darauf gespielt. Leider war er schon verstorben, als ich damals ins Haus kam. Aber ich bin ja im Nachbardorf aufgewachsen, aus der Ferne kannte ich ihn natürlich.«

»Hat die Baronin denn noch gesungen in den letzten Jahren?«, fragte Ella neugierig.

»Selten«, erwiderte Violetta im Weitergehen, »und wenn, dann nur privat. Sie gab keine Konzerte mehr. Zum Schluss war sie auch zu krank.«

Sie betraten die Empfangshalle, die sie bereits am Vorabend kennengelernt hatten. »In diesem Kamin müsste man eigentlich ganze Baumstämme verfeuern, damit die Proportionen stimmen«, kommentierte Ella beeindruckt.

Violetta erzählte, dass sie den repräsentativen Raum seit Jahren für Hochzeitszeremonien oder Empfänge vermieteten. »Ich habe auch nach dem Tod der Baronin noch Termine angenommen«, sagte sie. »Ich hoffe, es ist Ihnen recht. Mit den Einnahmen können wir die laufenden Heizkosten bezahlen.« Die Hausdame lächelte entschuldigend. »Die Saison, in der man draußen feiern kann, geht gerade zu Ende. Manchmal hat die Baronin den Hochzeitspaaren gestattet, im Park ein Zelt zum Feiern aufzubauen. Allerdings weit genug entfernt von ihrem Schlafzimmer, damit sie den Lärm nicht hören musste.«

»Und die anderen Räume?«, frage Anna leicht irritiert. »Wie viele gibt es denn überhaupt?«

»Ehrlich gesagt, ich habe sie noch nie gezählt. Zu viele, wenn Sie mich fragen. Vor allem, wenn man dort staubsaugen muss«, antwortete Violetta mit einem entwaffnenden Lächeln. »Die meisten der Zimmer, die nur durch Kamine zu beheizen sind, haben wir abgesperrt. Früher waren immer Gäste im Haus, manche blieben wochen- oder monatelang. Damals hatten wir natürlich mehr Personal, allein, um die Kamine in Gang zu halten. Aber auch in der Küche und für die Raumpflege.« Violetta ging voran nach draußen, um sie mit den Nebengebäuden vertraut zu machen. Sie grüßte einige Männer, die damit beschäftigt waren, das Festzelt abzubauen und aufzuräumen. Mit kaum verhohlener Neugier starrten sie die beiden fremden Frauen an. Ella grüßte ebenfalls freundlich. Weder der Pferdestall noch die anderen Gebäude wurden genutzt. »Der Gutsbetrieb ist vor Jahren eingestellt worden«, erklärte die Hausdame. »Die Ländereien sind verkauft oder verpachtet.«

In der Ferne konnte man Charolais-Rinder und Pferde erkennen. Ella blieb kurz stehen. Sie atmete tief durch. Der Ausblick in die sanft gewellte Auenlandschaft mit grünen Weiden und herbstlich verfärbten Wäldern ließ ihr Herz weit werden. Daran würde sie sich gewöhnen können.

»Dort hinten«, fragte sie Violetta, »sind das Weinreben?«

»Ja, die letzten. Der Weinberg drüben gehört aber nicht mehr zu uns. Ist alles verkauft. Ganz früher, vor dem Krieg, haben die Barone von Cremont eigene Weine angebaut. Sehr gute, sagt man. In der Höhle unten am Fluss, wo heute Pilze gezüchtet werden, hatten sie ihre Kellerei.« Sie steuerte eine große Scheune an. Darin standen eine Kutsche und ein paar Sammlerstücke von historischen Jahrmärkten – alte Karussellpferde, Hau-den-Lukas-Stände und bemalte Stellwände mit ovalen Löchern, durch die man sein Gesicht stecken konnte, um sich als Herkules, Frau mit Bart oder Siamesischer Zwilling fotografieren zu lassen. »Alles noch Hinterlassenschaften des Barons«, erklärte Violetta. »Seine Witwe konnte sich nie entschließen, die Erinnerungsstücke zu verkaufen.«

»Er hatte einen ausgefallenen Geschmack«, sagte Ella, während sie ein altes Glücksrad drehte.

Im nächsten Nebengebäude war eine komplette Werkstatt eingerichtet. Eine dicke Staubschicht überzog Werkzeuge und andere Gerätschaften.

»Spinnen haben hier ein glückliches Leben«, sagte Anna.

»Mäuse und Katzen auch«, ergänzte Violetta lachend.

Sie betraten einen abgetrennten Bereich, der leer stand. »Hier haben früher während der Weinernte Wanderarbeiter übernachtet.« Mit einem bedauernden Achselzucken öffnete sie die Tür zu veralteten Waschräumen. »Es wird alles schon lange nicht mehr genutzt.« Sie gingen weiter. »Die Scheune dort hinten ist verpachtet als Lager, da können wir jetzt nicht reinschauen. Aber wenn Monsieur Brissac das nächste Mal hier ist, werde ich Sie miteinander bekannt machen.«

Zuletzt zeigte sie ihnen das Gärtnerhaus, das allein schon ausgereicht hätte, Ella in Entzücken zu versetzen. Warum hatte sie nicht einfach nur dieses Cottage geerbt, das würde doch völlig reichen! Aus Naturstein, mit weiß lackierten Sprossenfenstern und mintgrünen Klappläden, von rosa Kletterrosen berankt, mit breitem Kaminschornstein, einer schlichten, in einem Rosenholzton gestrichenen Haustür, und auf der Rückseite beschattet von einer großen Birke.

»Der Ausblick ist fantastisch«, sagte Anna. Der Küchengarten allerdings wirkte vernachlässigt und das kleine Gewächshaus darin ungenutzt.

»Ich wohne mit meinem Sohn in der rechten Hälfte«, erklärte Violetta, »links hat der alte Obergärtner gelebt. Der ist leider schon ein halbes Jahr vor der Baronin gestorben.«

»Warum ist die Wohnung denn nicht wieder vermietet?«, fragte Ella. »Das ist doch hinreißend hier!«

»Sie müsste gründlich renoviert werden. Der Gärtner hat vierzig Jahre darin gewohnt, die meiste Zeit als Witwer. Die Baronin war schon zu krank, als er starb. Und ich wollte Ihnen nicht vorgreifen, Madame.«

Violettas Blick machte Ella bewusst, dass von ihr Entscheidungen erwartet wurden.

Sie gingen zurück in den Wintergarten und tranken Kaffee. Anna erhielt einen Anruf ihrer Tochter Lea. Sie ging mit dem Smartphone auf die Terrasse, um ungestört reden zu können. Offenbar hatten Mutter und Tochter eine Auseinandersetzung.

Ella befragte Violetta zur Baronin. »Ich würde gern mehr über diese Frau erfahren. Wie war sie? Gibt es Fotoalben und persönliche Unterlagen?«

Violetta bekam feuchte Augen. »Für mich war sie eine wunderbare Frau, wichtiger als meine eigene Großmutter. Sie nahm mich auf, als ich als alleinerziehende Mutter in mein Dorf zurückkehren musste. Sie hat mir Arbeit gegeben und mich immer unterstützt.« Sie blinzelte, um ihre Tränen zurückzuhalten. »In der Bibliothek finden Sie ein paar Fotoalben. Ursprünglich stammte Madame aus der Gegend von Bordeaux. Dass sie mal eine bekannte Chansonsängerin war, wissen Sie ja, nicht wahr?« Ella nickte. Darüber hatten sie schon am Telefon gesprochen, als sie von Deutschland aus angerufen und vorab ein paar organisatorische Dinge geklärt hatte. »Die Baronin lebte in den letzten Jahren recht zurückgezogen, aber zufrieden. Sie liebte ja ihren Rosengarten über alles.« Violetta stand auf, sie nahm ein gerahmtes Foto von der Wand. »Sehen Sie hier, ein Schnappschuss, da ist sie bei der Gartenarbeit, so hab ich sie in Erinnerung!«

Es zeigte eine alte Dame mit halblangem, an der Seite gescheiteltem silbergrauem Haar und feinen Zügen. Der faltige Teint war von Sommersprossen oder Altersflecken übersät. Hinter einem Ohr trug sie eine Rose wie ein junges Mädchen. Sie lächelte den Betrachter an. Man hatte den Eindruck, als wäre nichts Menschliches ihr fremd gewesen. Die dunklen Augen verrieten Erfahrung, aber auch Interesse an der Welt und eine ansteckende Lebensfreude.

»Was für eine sympathische Frau!«, sagte Ella bewundernd.

»Sie hat sich jeden Tag eine frische Blume aus dem Garten hinters Ohr gesteckt«, erinnerte sich Violetta schmunzelnd, »je nach Saison, was eben gerade blühte. Auch mal Kirschen, wenn ihr danach zumute war.«

Diese Marotte gefiel Ella. Sie schwieg eine Weile nachdenklich. »Violetta«, fragte sie dann, »haben Sie eine Ahnung, weshalb die Baronin mich als Erbin auserkoren hat?«

Die Französin schüttelte den Kopf. »Nein, ehrlich gesagt, hab ich mich das auch gefragt.« Sie hob die Schultern. »Mit mir hat sie nie darüber gesprochen. Ich war immer davon ausgegangen, dass der Neffe des Barons alles bekommen würde.«

»Sie ist die Amme meines Vaters gewesen«, erklärte Ella. Aber es klang in diesem Moment in ihren eigenen Ohren nicht überzeugend genug. »Während des Zweiten Weltkriegs hat sie auf dem Hof meiner Großeltern gearbeitet. Und wissen Sie, was ich überlege? Wenn sie ein Baby stillen konnte, dann muss sie doch selbst auch ein Kind gehabt haben. Was ist mit diesem Kind? Was ist aus ihm geworden? Warum erbt nicht das Kind oder dessen Nachkommen? Wissen Sie Näheres?«

Violetta schaute sie erstaunt an. »Ein Kind? Die Baronin?« Sie schüttelte den Kopf. »Nein, davon habe ich nie gehört. Nicht mal eine Andeutung.«

Ella lehnte sich zurück. »Kennen Sie eigentlich das Testament?«

»Nein, jedenfalls nicht alles«, erwiderte die Hausdame. »Nur soweit es mich betrifft. Mein Gehalt läuft noch ein Jahr lang weiter, außerdem hat sie mir einen kleinen Geldbetrag hinterlassen.«

»Sind Sie noch alleinerziehend?«

»Nein, ich habe einen Lebensgefährten«, antwortete Violetta. »Wir wohnen getrennt, noch jedenfalls. Er arbeitet in Nantes als Versicherungsberater und sucht einen Job in der Nähe. Mal sehen …«

»Und Ihr Sohn?«

»Er studiert in Paris. Aber wir, also ich …« Violetta räusperte sich. »Ich … würde trotzdem gern länger am Park …, also im Gärtnerhaus wohnen bleiben.«

»Ach, den Park gibt's ja auch noch, den hab ich noch gar nicht richtig erkundet.« Ella ging aus Verlegenheit auf das Unwichtigere zuerst ein. Sie unterdrückte ein kleines Stöhnen. Diese Erbschaft war schön und aufregend, doch sie begann zu ahnen, dass Cremont auch einige Verantwortung mit sich brachte. Das war sie nicht gewohnt, bislang hatte sie immer nur für sich allein sorgen müssen. »Über Ihre Zukunft entscheiden wir in ein paar Monaten, denke ich«, sagte sie. »Ein Jahr lang wird es sicher keine großen Veränderungen geben. Ich würde mich freuen, wenn wir gut miteinander auskämen.«

Violetta sah sie erleichtert an. »Sagen Sie mir einfach, wie ich Sie unterstützen kann. Im Grunde bin ich hier so was wie das Mädchen für alles. Und ich mache das wirklich gern.«

»Prima.« Ella schaute nach draußen. Anna lief auf der Terrasse hin und her und debattierte hitzig am Telefon. Eine pubertierende Tochter zu haben war offensichtlich auch für eine gefragte Psychologin eine Herausforderung. »Können Sie mir noch ein bisschen was über das Dorf sagen, Violetta?«

»Natürlich. Wenn Sie mögen«, schlug die Hausdame vor, »machen wir heute Nachmittag einen Rundgang, und ich stelle Ihnen die Leute vor.«

Ella schüttelte den Kopf. »Nein, vielen Dank, so hab ich

das nicht gemeint. Lassen Sie mich langsam ankommen. Ich möchte am liebsten erst mal inkognito alles kennenlernen.« Sie lächelte. »Vermutlich wäre heute auch nicht der optimale Zeitpunkt. Ich schätze, die meisten Leute erholen sich noch vom Lampionfest.«

»Vermutlich.« Violetta lächelte. »Gut, dann sagen Sie mir einfach, wenn ich aktiv werden soll. Ansonsten ... Unser Dorf hat heute noch sechsunddreißig Einwohner, die meisten sind schon älter. Vor vierzig Jahren lebten hier zweihundert Menschen. Es gibt kaum Arbeit, jedenfalls keine bezahlte. Es sei denn, man bringt sie sich mit. Alle Gebäude gehören zu Cremont, sie sind auch kulturhistorisch bedeutsam und sollten deshalb erhalten bleiben. Der Verwalter in Amboise weiß, wie sich all das hier genau verhält.« Violetta kratzte sich am Hinterkopf. »Ich glaube, man kann nicht einfach ein Gebäude einzeln verkaufen, das hat mit dem Denkmalschutz zu tun.«

Ella nickte. So was hatte sie sich schon gedacht, der Anwalt in Deutschland hatte bereits etwas Ähnliches gesagt. Sie würde dem Verwalter demnächst einen Besuch abstatten. Ihr wäre es sowieso am liebsten, wenn sie in einem Jahr alles auf einen Schlag verkaufen könnte.

Sie besprachen gerade Violettas künftige Arbeitszeiten, als Anna mit verärgerter Miene in den Wintergarten zurückkehrte.

»Mann!« Sie stöhnte mit Blick auf Ella. »Sei froh, dass du keine Kinder hast. Die rauben dir den letzten Nerv! Du glaubst nicht, was für eine absurde Idee meine Älteste jetzt für ihre berufliche Zukunft hat.«

Violetta verabschiedete sich. Ella schlug ihrer Freundin vor, einen kleinen Spaziergang zu unternehmen. »Dabei kannst du dich abregen, und wir gucken uns ganz in Ruhe die übrigen Attraktionen von Cremont-sur-Crevette an.«

Das Wetter war durchwachsen, deshalb zogen sie beide ihre Steppjacken über. Doch immer mal wieder kam die Sonne durch und tauchte das Dorf in ein mildes Licht. Die Dorfstraße, an beiden Seiten eng mit kleinen, weit zurückliegenden Häusern bebaut, verlief parallel zum Uferweg. Diese Schotterstraße hatte einen besonderen Reiz, weil sie für Autos gesperrt und zum Fluss Crevette hin von einem breiten Grünstreifen gesäumt war. Unter vereinzelten hohen Pappeln standen ein paar Picknicktische und -bänke.

»Guck mal«, sagte Ella, als sie an die Biegung des Flusses kamen, »sieht aus, als wäre hier mal ein Ausflugslokal gewesen.«

Die Außenterrasse war unmöbliert. Sie schauten durch ein Verandafenster. Die Stühle standen auf den Tischen, über einigen Möbelstücken hingen Laken. NUR IM SOMMER GEÖFFNET stand auf einer Tafel im Eingangsbereich. Vor dem Lokal lud ein Holzsteg Paddler ein, festzumachen und eine Pause einzulegen.

»Ja, ein Jammer«, stimmt Anna ihr bei, »dabei ist das 'ne geile Lage. Es wär bestimmt auch im Winter schön, hier einzukehren.« Sie wirkte immer noch vergrätzt.

»Also, schieß los«, ermunterte Ella sie. »Was hat deine Tochter vor?«

»Lea will Floristin werden«, sagte Anna entrüstet.

Ella lachte hell auf. »O Gott, und ich dachte schon, es ist was Schlimmes – Bardame, Burlesquetänzerin, Controllerin oder sowas. Was hast du gegen den Floristenberuf? Ist doch schön und kreativ.« Ella konnte Leas Berufswunsch gut nachvollziehen.

Anna rollte mit den Augen. »Ach, Ella, du weißt doch, wir können ihr alle Möglichkeiten bieten. Sie darf studieren, was sie will. Sie kann ins Ausland gehen. Ihre

Großeltern haben schon studiert, ihre Eltern. Also, ich will wirklich nicht …« Sie atmete mit einem heftigen Stöhnen aus. »Aber wie kann sie so dumm sein? Blumenbinden, ich bitte dich, das ist höchstens ein nettes Hobby. Sie verdirbt sich alle Chancen! Lea will nicht mal mehr das Abitur machen.«

»Bis zum Abi sollte sie schon noch durchhalten«, fand auch Ella. »Sie ist sechzehn, richtig?«

»So gerade eben«, regte Anna sich auf. »Wenn sie jetzt von der Schule geht, hat sie nicht mal die Mittlere Reife!«

»Das wäre wirklich nicht gut. Aber ansonsten, komm mal runter von deinem hohen akademischen Ross.« Ella bedachte Anna mit einem ernsten Blick. »Du siehst doch, wie viele in unserem Bekanntenkreis trotz Studiums am Existenzminimum herumkrebsen. Handwerker sind oft viel besser dran. Und wenn Lea die Sache mit Begeisterung macht, wird sie bestimmt auch gut darin und glücklich damit.« Ella selbst hatte im Abschluss an ihr Volontariat ein Studium begonnen, aber gleich nach dem ersten Semester Romanistik und Publizistik ein Praktikum in der Frauenzeitschriftenredaktion gemacht, in der sie Anna kennengelernt hatte. Dort war sie durch ihr Schreibtalent aufgefallen. Der Chefredakteur hatte ihr zunächst eine Schwangerschaftsvertretung, danach eine feste Redakteursstelle angeboten. Sie stupste ihre Freundin von der Seite an. »Dafür ist Lea viel zu sehr deine Tochter. Lass sie doch die Ausbildung machen.«

»Nein.« Anna kickte ein paar am Wegesrand liegende Kastanien in den Fluss. »Das darf ich als Mutter nicht zulassen. Ich muss Strenge zeigen, später wird sie mir dafür dankbar sein.«

»Denk noch mal in Ruhe darüber nach, Anna.« Ella hob eine Kastanie auf. »Hey, das sind Maronen, Esskastanien!

Stell dir vor, eines Tages eröffnet deine Tochter den schicksten Floristenladen in Blankenese.« Anna musste wider Willen lächeln. Sie atmete tief durch, sagte aber nicht mehr zu dem Thema. »Schlaf erst mal in Ruhe darüber! Du hast jetzt diese Woche hier, und die wollen wir genießen. In der Zeit lässt du alles sacken. Das rätst du doch auch immer deinen Klienten.«

Anna hakte sich bei ihr unter. »Ich will's versuchen«, versprach sie.

Über dem Flussufer, dort, wo die felsige Anhöhe begann, auf der das Herrenhaus stand, entdeckten sie den Eingang zu einer Champignonzüchterei. Reklametafeln verkündeten, dass die Pilze in Tuffsteinhöhlen gediehen und in alle Welt geliefert wurden. Neugierig betraten sie den Laden im vorderen Gewölbe. Ella fragte die Verkäuferin, ob sie die Höhlen besichtigen dürften. Es gebe einmal in der Woche eine einstündige Führung durch das Höhlensystem, erklärte ihr die Französin, sie müsse sich jedoch dafür anmelden. Aber sie war so freundlich und ließ die beiden zumindest in eine der hell erleuchteten Höhlen hineinlugen. Im kontrolliert feucht-kühlen Klima gediehen verschiedene Pilzsorten. Ella kaufte gleich ein Körbchen voll fürs Abendessen.

Als sie wieder ans Tageslicht kamen, glitt auf dem Fluss ein hölzernes Hausboot vorüber. Die Sonne schien gerade, und sie setzten sich auf eine Picknickbank, um die friedliche Herbststimmung zu genießen und zuzusehen, wie ein Ruderer auf eine begrünte Insel zusteuerte. Um ihre Füße herum pickten bald ein freilaufender Zwerghahn und ein paar Perlhühner.

»Guck nur!«, sagte Anna. »So was hab ich seit meiner Kindheit nicht mehr gesehen!«

»Violetta hat nie etwas von einem Kind der Baronin

gehört«, platzte es unvermittelt aus Ella heraus. »Aber sie muss doch eines gehabt haben als Amme.«

Anna dachte wie immer praktisch. »Erkundige dich beim Standesamt deiner Heimatgemeinde«, riet sie ihr. »Oder beim Einwohnermeldeamt, das für deine Familie zuständig ist. Geburten und Todesfälle – das muss doch alles da verzeichnet sein. Und bestimmt gab's damals nicht viele Jeannes, die gerade Mütter geworden sind.«

Im ersten Moment war Ella begeistert von der Idee. Dann fiel ihr eine Geschichte ein, über die sie als Lokalredakteurin berichtet hatte. »Geht leider nicht«, antwortete sie. »Das Gemeindebüro ist in den letzten Kriegstagen in Flammen aufgegangen. Man munkelte was von Brandstiftung, weil auch Naziakten vernichtet werden sollten.«

»Das ist ungünstig. Na, dann weiß ich auch nicht.«

Ella stand wieder auf. »Tja, wäre auch zu schön gewesen. Komm, wir gucken mal, was man sonst noch shoppen kann in Cremont.« Sie gingen auf einem schmalen Querpfad zwischen mehreren Häusern mit kleinen Gartengrundstücken hindurch, vorbei an hohen Buchsbaumhecken und verwitterten Pumpen, und wanderten die noch lampiongeschmückte Hauptstraße entlang. Sie wirkte wie ausgestorben, etliche der Fensterläden waren geschlossen. Stille lag über dem Dorf. »Fehlen nur noch diese rollenden Trockenbüsche, die man aus den Western kennt«, witzelte Ella. »Ich komm mir vor wie in High Noon.«

»Ist ja auch Mittagszeit.« Anna zeigte auf ihren senkrechten Schatten. Ella studierte die alten Häuschen mit den hohen Kaminschornsteinen und Tuffsteinquadern an den Ecken und um Türen und Fenster herum. Hier und da zierte halb verputztes Fachwerk einen Giebel. Stilvoll, aber es bröckelte wirklich überall.

»Ich glaub, die meisten Gebäude werden nur noch

von den Kletterrosen zusammengehalten«, spöttelte sie. »Einen Anstrich könnte hier alles gebrauchen, vor allem die Fensterläden.« Ganz in der Nähe schlug eine Turmuhr – allerdings nicht zwölf.

»Das klang wie halb«, meinte Anna.

»Kann nicht stimmen«, widersprach Ella und sah sich um. Eine große Uhr mit altmodischem Ziffernblatt prangte am Türmchen über dem Portal eines Gebäudes, das früher vielleicht das Bürgermeisterhaus oder eine Schule gewesen war. Die goldenen Zeiger standen auf halb eins. Unten im Gebäude befand sich ein Tante-Emma-Laden. »Oh, der hat sogar geöffnet«, freute sie sich. »Da müssen wir rein!«

Eine ältere Frau begrüßte sie freundlich. Sie sahen sich um, Ella kaufte etwas Obst. Anna entdeckte in einer Ecke mit Flohmarktartikeln eine hübsche kleine, blau emaillierte Milchkanne.

»Ist die süß!«, rief sie entzückt und kaufte die Kanne.

»Geht die Turmuhr richtig?«, fragte Ella.

Die Ladenbesitzerin lächelte entschuldigend. »Ach, sie muss mal wieder zurückgestellt werden. Der alte Charles macht das immer. Aber er repariert die Uhr umsonst, deshalb darf ich ihn nicht hetzen.«

»Ach so, verstehe.« Ella griente. »Lebt Charles auch im Dorf?«

»Ja. Er ist pensionierter Uhrmacher und repariert jetzt nur noch historische Uhrwerke, das macht ihm Spaß. Seine Werkstatt hat er im ehemaligen Pförtnerhäuschen.« Vertraulich beugte sich die Frau über den Ladentisch. »Aber wissen Sie, so schlimm ist das auch wieder nicht. Hier im Dorf wissen nämlich alle, dass die Uhr vorgeht.« Sie giggelte. »Ich hab schon erlebt, dass sich jemand beschwerte, als die Uhr wieder richtig lief, womit er nicht gerechnet hatte.«

»Na dann ...« Lustiges Völkchen, dachte Ella amüsiert.

»Wenn Sie solche alten Dinge mögen«, sagte die Frau zu Anna, »dann hätte ich einen Geheimtipp für Sie. Am Ende der Straße, gegenüber von Buchantiquariat und Bistro, an dem kleinen Platz mit der Eiche, da finden Sie ein Geschäft mit noch viel mehr und schöneren Sachen. Mein Mann führt es.« Sie lächelte listig. »Sind Sie Mitglied in der *société*?«

Ella übersetzte für Anna. »Was für einer *société*?«, fragte sie nach.

»Na, der zur Würdigung alter Dinge. Der Laden meines Mannes ist eigentlich nur zugänglich für Mitglieder.«

Ella und Anna machten betrübte Gesichter. »Nein, leider nicht. Wie schade, wir hätten gern gestöbert.«

Die Ladenbesitzerin nahm ihr Telefon zur Hand. »Ich könnte meinen Mann anrufen und Sie ankündigen«, sagte sie in vertraulichem Ton. »Dann macht er sicher eine Ausnahme.«

»Ehrlich, das würden Sie tun?«, erwiderte Ella vergnügt. »Ja, bitte, legen Sie ein gutes Wort für uns ein!«

Zehn Minuten später erreichten die Freundinnen den Antiquitäten- und Trödelladen. Tatsächlich verkündete ein Schild neben dem Eingang, dass der Eintritt nur Mitgliedern der *société* gestattet war. Ein gebeugter älterer Mann mit Schnauzbart kam nach draußen geschlurft.

»Ah, da sind Sie ja schon, meine Frau hat mich informiert. Willkommen im Klub.«

Er lud sie ein, sich in Ruhe umzusehen, und setzte sich wieder an seinen Arbeitstisch, wo er alte Filmzeitschriften sortierte.

Anna entdeckte zwischen Teilen einer Friseurladeneinrichtung einen halb blinden Spiegel mit vergoldetem Rahmen. »Der würde toll in unser Ferienhaus passen, Ella, findest du nicht auch?«

Ella, die gerade einen mehrarmigen Kerzenleuchter bewunderte, nickte zustimmend. Sie führte für Anna die Verkaufsverhandlung. Dabei stellte sich heraus, dass der Ladenbesitzer sich äußerst ungern von seinen Objekten trennte.

»Eigentlich möchte ich ja überhaupt nichts verkaufen«, gestand er. »Aber meine Frau hat mir gedroht, wenn ich all die schönen Sachen weiter in unserem Haus ansammle, zieht sie aus. Der Trödel oder ich, das waren ihre Worte. Deshalb hab ich die Gesellschaft gegründet.«

»Welche Ehre für uns, dass wir trotzdem hier kaufen dürfen«, sagte Ella schmunzelnd. »Ich wäre an diesem Kerzenleuchter interessiert. Wie viel wollen Sie dafür haben?«

»Ich verkaufe nur an Menschen, die meine Schätze zu würdigen wissen.« Mit einem treuherzigen Blick flirtete er doch tatsächlich ein bisschen mit ihr. »In Ihrem Fall, denke ich, kann ich das verantworten.« Sie einigten sich auf einen Preis, den Ella als günstig empfand.

»Sie haben eine hervorragende Menschenkenntnis, Monsieur«, lobte sie beim Abschied augenzwinkernd. »Ich würde gern Mitglied werden, ist das möglich?«

»Aber selbstverständlich! Ich gebe Ihnen den Anmeldebogen mit.«

Erfreut zogen Ella mit Kerzenleuchter und Pilzkörbchen und Anna mit ihrem halb blinden Spiegel und dem blauen Milchkännchen von dannen.

»Ach«, empfing Violetta sie amüsiert, als sie mit ihren Beutestücken in die Empfangshalle kamen. »Sind Sie Louis und Louise auf den Leim gegangen?«

»Wieso? Wir haben doch tolle Schnäppchen gemacht«, erwiderte Ella.

Lachend nahm Violetta ihr die Pilze ab. »Mögen Sie Pilzomelette?« Sie schnupperte an den Champignons, Anna und Ella nickten. »Die beiden Lous sind ein eingespieltes Team. Sie verkaufen großartig, seit sie die Nummer mit der *société* durchziehen. Louise schickt Touristen weiter zu ihrem ›Geheimtipp‹, sie verspricht immer, ein gutes Wort für sie einzulegen.«

»Na, wenn schon«, murmelte Anna, während sie sich glücklich in ihrem Fünfzigerjahrespiegel betrachtete, »ist doch eine klassische Win-win-Situation.«

»Ja, wenn man's so betrachtet.« Violetta grinste. Dann wurde ihre Miene ernster. »Die Leute im Dorf machen sich Sorgen, Madame Bohlmann. Sie wissen nicht, was passieren wird. Ob sie ihre Häuser verlassen müssen, ob Sie verkaufen, endlich renovieren oder sogar richtig investieren wollen, und wie die Mieten steigen.«

Ella setzte ihren Kerzenleuchter ab. »Tja, das ist nachvollziehbar. Hab mir schon so was gedacht. Ich würde gern alle einladen, damit wir uns besser kennenlernen. Könnten Sie das organisieren? Am besten abends, so gegen Ende der kommenden Woche.«

»Sehr gern.« Violetta nickte. »Ich werde alle zusammentrommeln. Soll ich ein kleines Büfett vorbereiten?«

»Ja, das wäre nett«, antwortete Ella. »Aber Sie müssen nicht jeden Tag für mich kochen. Ich bin es gewohnt, das allein zu machen.«

»*Pas de problème*, Madame«, erwiderte Violetta. »Ich werde dafür bezahlt. Und für mich muss ich sowieso kochen. Es macht viel mehr Spaß, wenn man für mehr Leute in der Küche steht.«

»Ehrlich?«, fragte Ella. Für sie bedeutete In-der-Küche-Stehen Arbeit. Sie erntete einen missbilligenden Blick von Anna und verstand. Sie sollte sich keine Blöße geben. Ach, herrje, dachte Ella, ich bin, wie ich bin. »Na gut«, sagte sie. »Dann nehme ich das Angebot dankend an. Ich sag dann vorher Bescheid, wenn ich mal nicht hier sein werde.«

Neugierig durchstreifte Ella gemeinsam mit Anna den Park des Herrenhauses. Auch er wurde schon seit einiger Zeit vernachlässigt. Am besten gefiel ihr letztlich doch der Rosengarten direkt hinter dem Haupthaus. »Da muss nur mal ordentlich ausgeholzt und zurückgeschnitten werden«, kommentierte Anna, die schon seit Jahren einen kleinen Stadtgarten ihr Eigen nannte. »Aber der Lavendel dazwischen ist ganz wunderbar.«

Jelängerjelieber und üppige Clematis, auch unerwünschte Baumwürger durchrankten und umschlangen die Rosenbögen, die Kletterrosen an der Rückfassade und etliche der hochstängeligen Stammrosen. Hier wartete jede Menge Arbeit.

»Leider hab ich überhaupt keine Ahnung von Rosenpflege.« Ella seufzte.

Hohe Buchshecken umgaben den Rosengarten, nach den Seiten hin öffneten bogenförmige Durchgänge den Weg in kleine Nebengärten. In dem einen roch es herrlich, ohne dass Ella hätte sagen können, weshalb und woher.

»Wenn man das als Parfüm abfüllen könnte ...«, schwärmte Anna. »Damit würde ich mich sofort einsprühen.«

In dem anderen Garten stolperten sie beide, denn es gab darin eine stufige Absenkung, die von Brombeersträuchern und Ähnlichem verdeckt war. »Möchte mal wissen, was die Grundidee für diese Anlage gewesen sein soll.« Kopfschüttelnd kehrte Ella zurück in den Rosengarten. Über die östliche Hecke hinweg konnte man in die Ferne schauen, denn sie war im abschüssigen Bereich des Gartens angelegt worden und wellenförmig geschnitten. Ein Rosenbogen überwölbte das Tor, durch das sie nun in den Park kamen. Es gefiel Ella, dass die Grünanlage über unterschiedliche Höhen moduliert nach hinten hin sanft anstieg. Gemächlich wandelten die Freundinnen durch einen von verblühten Schlingpflanzen überdachten Rundbogentunnel. »Was mag das sein?«, überlegte Ella.

»Keine Ahnung. Vielleicht Goldregen«, vermutete Anna. »Oder Glyzinien. Lass dich überraschen im nächsten Frühjahr.«

Am Ende des Tunnels betraten sie einen zur Wildwiese mutierten Rasen mit vereinzelten Baumriesen. Sie folgten einem Bächlein, das den Park der Länge nach durchquerte. Es speiste einen Teich in einer Senke und schlängelte sich dann weiter in Richtung Westen auf den Fluss Crevette zu.

Ella zupfte an einer der Buchsbaumkugeln, die wie eine Großfamilie am Ufer versammelt standen, vom imposanten Urahn bis zum niedlichen Kleinkind. Sie hatten ein paar braune Stellen und benötigten dringend einen Schnitt.

»Was für ein seltsames Türmchen!« Anna zeigte auf ein vielleicht drei Meter hohes Bauwerk mit winzigen Fenstern unter dem Dach.

»Vielleicht wohnt Rapunzel darin«, scherzte Ella.

Auf dem allerhöchsten Punkt am Ende des Grundstücks erhob sich ein rundes offenes Tempelchen. »Ah, ein Monopteros«, sagte Anna in gespielt blasiertem Upper-Class-Ton. »So was kennt man natürlich.«

»Angeberin!«

Sie stiegen hinauf und deklamierten zwischen den Säulen abwechselnd ein paar Verse. Ella genoss den weiten Rundumblick, erkannte sogar den Kirchturm des größeren Nachbarortes und konnte erahnen, wo die Crevette in die

Loire mündete. Hier oben grenzte der Park an eine Viehweide, durch die das Bächlein herbeifloss. Es wurde noch
auf der Weide von einem Stauwehr reguliert, das auch
Wasser für die Viehtränke ableiten konnte, und plätscherte
fröhlich in den Park hinein, strömte, an seinen Ufern von
Schwertlilien bewachsen durch die Wiese, die wohl mal
ein Rasen gewesen war, und sprang als kleiner Wasserfall
über eine künstlich angelegte Felsenwand in den Teich.
Sein Glucksen, Gurgeln und Rauschen hatte etwas Be-
ruhigendes.

Dort unten im Wasser spiegelte sich neben Stauden und
Kirschbäumen auch eine auffällige, rot lackierte japani-
sche Brücke. Teile des Geländers und des geschwungenen
Baldachins in der Mitte waren hellgelb und türkis bemalt.

»Knapp am Kitsch vorbei«, befand Anna gewohnt kri-
tisch.

»Du hast recht«, stimmte Ella ihr zu, »aber überaus poe-
tisch. Ich finde, diese Brücke macht gute Laune!«

Übermütig breitete sie die Arme aus und lief die Wiese
hinunter. Aus dem Rapunzelturm flogen weiße Tauben auf.

»Ach, das Teil ist ein Taubenschlag!« Anna folgte ihr.
Keuchend und lachend fielen sie sich um den Hals. »Du
hast recht, es ist herrlich hier, Ella!«

Arm in Arm spazierten die Freundinnen über die Brücke. »Aber selbst wenn ich von morgens bis abends arbeiten würde«, sagte Ella schließlich, »ich könnte das alles hier
nie allein in Schuss halten. Wie soll ich bloß verhindern,
dass Park und Garten bis zum nächsten Jahr komplett ver-
wildern?«

»Ich könnte Kurse für gestresste Hamburger Manager
organisieren«, blödelte Anna. »Zurück zur Natur – Ent-
decke deine Ressourcen – Teambuilding vor königlichem
Hintergrund ...«

Ella ging sofort darauf ein. »Oder ›Ausbildung an der Motorsäge‹ mit Übernachtung im französischen Herrenhaus.«

Sie lachten. Doch Ella ahnte, dass es so einfach nicht werden würde.

Als sie nach dem Abendessen im Dunkeln einen Spaziergang durch den Ort machten, trafen sie keinen Menschen. Aus den Fenstern flackerte bläuliches Licht von Fernsehern oder Computerbildschirmen. Hier und da krähte Federvieh, irgendwo schrie ein Pfau »Lio, lio!«. Es begann wieder zu regnen.

»Abends ist hier echt tote Hose«, murmelte Ella, die seit Jahren das quirlige Leben in Hamburger Szenevierteln gewohnt war.

Sie versuchte das mulmige Gefühl, das sie beschlich, zu verdrängen.

10

Mon bijou,

Woche für Woche lebte ich mich weiter ein in die fremde Welt. Ab und zu ging ich nach der Arbeit zum Deich. Inzwischen wusste ich, dass sich die Nordsee bei Ebbe weit zurückzog und sechs Stunden später wieder bis zum Deich flutete. Ich hatte das Meer nun schon zu verschiedenen Tageszeiten und bei unterschiedlichem Wetter gesehen – manchmal zeigte es sich silbergrau und spiegelglatt, manchmal schlammig braun und kabbelig, bei blauem Himmel auch blaugrün mit weißen Schaumkronen. Am Wasser konnte ich besser durchatmen, das erhoffte große Freiheitsgefühl stellte sich jedoch nur ansatzweise ein. Eigentlich verstärkte der Horizont über den Wellen nur mein Verlangen nach irgendetwas, das ich so ganz genau eben auch nicht benennen konnte. Uns ist eine Ahnung eingepflanzt ... Ich sehnte mich jedenfalls immer stärker nach diesem Etwas, das ich nicht kannte.

Was ich übrigens mehr und mehr mochte, das war der unglaublich weite Himmel. Du kennst ihn ja von klein auf, mein Schatz – geht dir nicht das Herz auf, wenn du dorthin zurückkehrst? Jeden Tag malt die Natur in anderen Farben und feinsten Nuancen, mal wie mit einem groben Borstenpinsel, mal verwischt oder wie gesprüht, neue Kunstwerke, spielt mit Lichteffekten, lässt Bäume und Vogelschwärme wie Schattenrisse vor der großen Bühne wirken.

Das war meine erste Kulisse. Ich sang nur für mich, leise oder auch laut, bekannte und spontan erfundene Lieder.

Wenn ich gegen meine Einsamkeit ansang, inhalierte ich den Geruch von Meer, Acker und Wiesen.

Zuweilen stimmte die Nordsee mich melancholisch. Oft dachte ich an meine Eltern, fragte mich, wie es wohl Artur ging und was aus Monsieur, Madame, Fleur und all den anderen geworden war. Trotzdem schrieb ich meinen Lieben nicht. Wenn ich meine Adresse angegeben hätte, hätte das immer noch gefährlich werden können – für meine Familie und meine Freunde ebenso wie für mich selbst. Es war das sprachloseste Kapitel meines Lebens.

Dort oben auf dem Deich trocknete der Wind meine Tränen, wenn ich es vor Heimweh kaum mehr aushielt oder wenn ich mich allein und beschnitten fühlte, weil ich mich nicht in meiner Muttersprache ausdrücken konnte. Aber ich kehrte stets in der Seele gestärkt zurück.

Ich hoffe sehr, mein Schatz, dass es dir ähnlich geht. Ich hoffe, dass auch du eine Landschaft gefunden hast, in der du auftanken kannst. Falls nicht, dann lass augenblicklich alles stehen und liegen und such sie!

Etwas, das man wohl nachfolgenden Generationen nie vermitteln kann, ist die Beklemmung, die wir wegen der allgegenwärtigen Bedrohung durch Luftangriffe empfanden. An die fast täglich über uns hinwegfliegenden Bomber der Engländer und Amerikaner gewöhnte ich mich nicht wirklich, aber ich sprang auch nicht mehr wie anfangs jedes Mal, sobald ich das Brummen hörte, in einen Wassergraben. Ich lernte zu unterscheiden, je nach Flughöhe, wann man Angst haben musste und wann nicht.

Manche Schreckensstunde verbrachte ich mit den anderen Hofbewohnern im Motorenraum. Dieser Teil der Scheune war von Heuballen umgeben, die gefährliche Bombensplitter abfangen sollten. Manchmal flüchteten sich auch Menschen, die gerade in der Nähe gewesen waren, zu uns. Je nach Erntezeit halfen ja auch Frauen und Kinder armer Landarbeiter oder zu Sondereinsätzen abkommandierte Gruppen. Man hörte Stoßgebete in vielen Sprachen, aber auch die neuesten Flüster-witze.

Gut einen Monat nach Edos Abreise sah ich einmal Gesine weinend in der Lindenlaube sitzen. Vor ihr stand eine Scha-le mit Pflaumen, zum Entkernen bereit. Doch sie hielt sich nur den Unterleib, wie Frauen es tun, wenn Menstruations-krämpfe sie quälen. In diesem Moment ging mir auf, dass es außer ein paar ärmlich gekleideten Jungen und Mädchen von Landarbeitern keine Kinder auf dem Hof gab. Und offenbar hatte es wieder nicht mit dem Nachwuchs geklappt. Bald spürte ich immer deutlicher, wie schwer die Kinderlosigkeit des Bauernpaares auf der Familie lastete. Ich bekam dann auch die eine oder andere Anspielung mit, die Gesine sehr schmerzen musste.

Wir lebten damals in einer seltsamen Welt mit einer ganz eigenartigen Atmosphäre. Idylle und Grausen lagen dicht bei-einander. Selbst in der tiefsten Provinz kam mehr als die Hälf-te derer, die in der Landwirtschaft arbeiteten, aus anderen europäischen Ländern – fast alle gegen ihren Willen.

Die Landfrauen trugen mehr Verantwortung als je zuvor. Während ihre Männer im Krieg waren, gaben sie Zwangs-arbeitern Befehle. Das nährte bei der Obrigkeit und Sitten-wächtern, wohl auch bei den Männern an der Front, die Sorge, zwischen ihnen könnten sich unerwünschte Gefühle entwickeln. Und weil Menschen nun mal Menschen sind, ge-schah genau das. Ich beobachtete solche Entwicklungen sehr aufmerksam. Es gab für mich ja kein Kino mehr, keine Ro-mane, keine Zeitung.

Noch immer lächelte ich meinen Landsmann an, wenn ich ihm das Essen brachte, und wünschte ihm einen guten

Appetit. Doch Pierre war ein zäher Brocken. Nie erwiderte er mehr als einen Gruß. Eines Tages ertrug ich sein Schweigen nicht länger.

Am Ende, so denke ich heute, habe ich es der Reaktion dieses Idioten zu verdanken, dass aus mir eine richtige Sängerin geworden ist. Na gut, nicht ihm allein, sondern auch einer gehässigen Pastorenfrau und einer alten ostfriesischen Orgel.

11

Ostfriesland, August 1943 bis März 1944

»Pierre, lass uns doch reden«, bat Jeanne, als sie ihm eine Schüssel Buttermilchbrei mit Graupen und Zuckerrübensirup auf den kleinen Tisch im Flur stellte, an dem er immer aß. »Wir sind beide Franzosen. Sei nicht so stur.«

Endlich öffnete er den Mund. »Du hast das Recht verwirkt, dich Französin zu nennen«, sagte er geringschätzig auf Französisch.

»Ich liebe mein Land genauso wie du«, erwiderte sie empört. »Vielleicht sogar mehr. Wie willst du das beurteilen können?«

»Du suchst doch nur deinen eigenen Vorteil, dafür verrätst du unsere Ideale!« Sein harter Blick und die Arroganz darin verletzten sie. Was bildete er sich eigentlich ein?

»Ich habe Frankreich nie verraten!« Im Gegenteil, hätte sie ihm am liebsten entgegengeschleudert, ich habe Botschaften der Résistance weitergegeben, ich habe geholfen, dass weiter guter Bordeaux gewonnen werden kann, gegen alle Regeln, ich weiß, wo der Maquis Waffen versteckt. Aber sie beherrschte sich. Denn wenn das die Falschen mitbekamen, würde es ihr auch hier in Deutschland immer noch Schwierigkeiten bereiten können. Wenn die Nazis sie in die Mangel nahmen, würde sie vielleicht Artur, Monsieur, Fleur und den Chemielehrer belasten. »Du beschuldigst mich völlig zu Unrecht!«, verteidigte sie sich lediglich.

»Das kann jeder behaupten«, sagte Pierre verbittert. »Aber die Realität ist klar zu sehen. Ich muss jede Nacht mit zwanzig Männern auf dem Fußboden einer scheißkalten Holzbaracke schlafen. Wir hausen da wie die Schweine auf ein bisschen Stroh. Jeden Tag muss ich fünf Kilometer hin und fünf Kilometer zurück durch Matschwiesen laufen und dann hier schuften wie ein Pferd. Du dagegen schlummerst in einer Kammer mit Federbett im Steinhaus. Warum wohl?«

Überrascht von Pierres unerwartetem Redefluss, zog Jeanne ihre Strickjacke enger um sich. Sie wusste mittlerweile, dass der Grund für den Disput innerhalb der Familie Bohlmann bei ihrer Ankunft vor allem darin bestanden hatte, dass sie befürchtete, sie müsste in einem entfernten Lager für Arbeitsdienstleistende schlafen und würde morgens erst nach der Melkzeit kommen. Dabei hatte Edo längst mit dem Ortsgruppenleiter der NSDAP und dem Landrat ausgehandelt, dass sie wie Wanda und das ukrainische Ehepaar auf dem Hof übernachten durfte. Pierre war immerhin ein Kriegsgefangener, kein Zivilist.

»Warum?«, wiederholte Pierre aufgebracht. »Weil du den Deutschen schöne Augen gemacht hast. Du mit deinen großen braunen Augen! Und immer das Haar schütteln, mit dem Arsch wackeln und die Titten rausstrecken. Aber ich fall darauf nicht rein!«

Jeanne schnaubte wütend. »Du bist ein Idiot«, fuhr sie ihn an. »Ich muss dich nicht mögen, bloß weil du Franzose bist!«

Sie ließ ihn einfach stehen, aber den ganzen Tag rumorte es in ihr weiter. Am Abend ging sie vor dem Einschlafen an den Deich. Ein kräftiger Wind blies ihr entgegen. Sie rannte in den Sonnenuntergang hinein, bis sie außer Atem an eine Absperrung kam. Der Zutritt war verboten, weil sich hier eine militärische Funkanlage befand, zu deren Füßen eine Baracke für Soldaten lag. Auch in die entgegengesetzte Richtung konnte sie nicht allzu weit wandern, denn dort begann ein Flakbezirk. Nachts konnte man die Suchscheinwerfer sehen. Jeanne kehrte um. Das Haar peitschte ihr ins Gesicht. Mit ausgebreiteten Armen stemmte sie sich gegen den unsichtbaren Druck und hoffte, dass der Aufruhr in ihr fortgeweht wurde.

»Nimm das Böse mit!«, rief sie auf Französisch. Sie dachte an Pierre und seine Anschuldigungen. »Verschwinde aus meinem Leben!« Daraus wurde ein rhythmischer Sprechgesang, zuerst empört und frech, dann trotzig und immer fröhlicher. »Nimm das Böse mit!« Jeanne begann zu hüpfen und zu tanzen. »Deinetwegen werde ich nicht leiden, denn du bist ein Idiot.«

Pah! Sie würde sich ihre Lebensfreude nicht nehmen lassen! So entstand ein Lied, dass sie *Crétin* nannte – Idiot. Pierre würde fortan Luft für sie sein, beschloss sie, sie würde ihn auch nicht mehr grüßen.

Wenige Tage später – Jeanne war wieder nach dem Abendbrot ans Meer gegangen – erblickte sie auf der Straße am Deich Großmutter Bohlmann, ganz allein. Sie sagte manchmal abends, sie müsse sich noch ein wenig die Beine vertreten. Dann nahm sie immer einen Beutel mit, doch sie blieb nie lange fort. Jeanne war aber aufgefallen, dass der Beutel hinterher stets leerer aussah als zuvor. Sie hatte sich schon gefragt, was das zu bedeuten hatte. Nun hielt sie sich versteckt und wartete ab. Nach kurzer Zeit nahm die alte Frau etwas aus ihrem Beutel und ließ es, während sie das Gebüsch am Wegesrand streifte, wie zufällig fallen.

Sie spazierte noch ein kleines Stück weiter, bevor sie umkehrte.

Nach einer Weile machte auch Jeanne sich auf den Rückweg. Sie sah sich die Dinge im Gebüsch an. Es waren ein in Zeitungspapier gehülltes Butterbrot, fünf Kartoffeln und ein Paar alte Socken.

Jeanne legte alles wieder an seinen Platz zurück. Ihr dämmerte, was das zu bedeuten hatte. Hier entlang trieben Wachleute oft morgens und abends Arbeitskommandotrupps. Es waren meist ausländische Männer, die in Barackenlagern schliefen und zu Straßen- oder Entwässerungsarbeiten eingesetzt wurden. Diese Gefangenen hielten auf dem Weg immer rechts und links Ausschau nach verwertbaren Fundsachen. Dass Großmutter Bohlmann ihnen helfen wollte, obwohl es verboten war, nahm Ella sehr für sie ein.

Im Hochsommer schickte man den Bohlmanns junge Marinesoldaten, die noch in der Ausbildung waren, als Ernteeinsatzhelfer. Einige mussten mit aufs Feld, andere halfen beim Melken. Die Arbeit ging mit dieser Verstärkung viel leichter von der Hand. Sie lachten, scherzten und flirteten auch ein wenig. Nach Feierabend spielten zwei der jungen Männer Mundharmonika. Für kurze Zeit kam eine Stimmung wie im Frieden auf. Selbst die Geräuschkulisse hatte etwas Friedliches. Irgendwo schärfte jemand mit schnellen, lang gezogenen Strichen die Sense, zwitschernde Schwalben fütterten ihre Jungen unter der Regenrinne, ein Star schmetterte auf dem First sein Abendlied.

Einer der jungen Männer, der schon den ganzen Tag über mit Jeanne geschäkert hatte, bat sie, mit ihm spazieren zu gehen. Hannes hieß er, und er hatte ein nettes

Lächeln. Schüchtern legte er einen Arm um ihre Schultern. Als sie hinter den hohen Eschen angekommen waren,
blieb er stehen, streichelte und küsste sie. Jeanne ließ sich
seine Liebkosungen gern gefallen, erwiderte sie aber nur
zaghaft.

Tage später kam ein anderer Matrose und wollte sie
gegen ihren Willen küssen. Sie wand sich aus seiner Umarmung.

»Ach, stell dich nicht so an«, sagte er, »du bist doch Französin.«

Sie gab ihm eine Ohrfeige. Anscheinend hielten sie alle,
egal, welcher Nationalität, für eine, die leicht zu haben
war. Immer wieder musste sie sich gegen Grapschereien
wehren, wie man sich gegen die Fliegen im Kuhstall und
die Bremsen auf dem Feld wehren musste. Konnte es sein,
dass auch Gesine sie ganz falsch einschätzte?

An einem Samstag spätnachmittags war die Sommerküche abgeschlossen. Wasserdampf vernebelte die Fensterscheiben, der Vorhang war vorgezogen.

Jeanne klopfte. »Was ist los?«

»Ich bade!«, rief Else. »Willst du auch?«

»Warte, ich hol mir schnell frische Wäsche!«

Kurz darauf klopfte Jeanne erneut, und Else, mit einem
Handtuch um den Kopf, ließ sie herein. Es dampfte in
der Küche. Wanda kauerte in der kleinen Zinkbadewanne.
»Wasser zu kalt«, beschwerte sie sich. Else kippte vor-
sichtig aus dem großen Kessel kochend heißes Wasser
nach. Neben dem Eisenherd lag ein Sieb mit abgeseihten
Kamillenblüten. »Mit Kamillenwasser spül ich immer zum
Schluss meine Haare«, sagte Else. »Dann wird es blonder.«

»Oh, dann will ich auch«, scherzte Jeanne. »Endlich
blond!« Sie lachten.

Jeanne holte von der Wasserstelle frisches Wasser, es war eine ziemliche Schlepperei, bei der ihr Else half.

Als Jeanne mit dem Baden und Haarewaschen fertig war, öffnete sie das Fenster, damit die Feuchtigkeit besser abziehen konnte. Else saß vor der Sommerküche und ließ ihr Haar in der Sonne trocknen. Gesine gesellte sich zu ihr. Während Jeanne die Küche sauber machte, konnte sie das Gespräch der beiden mithören. Sie verstand nicht jedes Wort, aber vieles reimte sie sich einfach zusammen, anderes entnahm sie Gestik und Mimik.

»Könntest du mir wieder einen Haarkranz flechten?«, bat Else.

»Ja natürlich, gern«, erwiderte Gesine. »Schade, dafür sind meine Haare nicht lang genug. Ich lass sie jetzt aber wachsen, Dauerwelle gibt's ja nicht mehr. Muss wohl wie die anderen in Zukunft auch einen Dutt tragen.«

Die meisten Frauen auf dem Land steckten sich das Haar zu einem praktischen strammen Knoten zusammen.

Sorgfältig kämmte Gesine Elses langes Haar, und dann flocht sie es mit Hingabe. Jeanne empfand Neid und Sehnsucht. Warum behandelte die Bäuerin sie immer nur kurz angebunden?

An diesem Abend änderte Jeanne ihren Scheitel. Sie zog ihn statt seitlich nun in der Mitte und drehte das Haar wie eine Ostfriesin zu einem Dutt ein. Erstaunlicherweise stand es ihr gar nicht mal schlecht.

»Du siehst aus wie heilige Madonna«, behauptete Wanda.

Jeanne gewöhnte sich an den Alltag auf dem Hof und lernte die Eigenarten seiner Bewohner besser kennen. Ludmilla zum Beispiel richtete es immer so ein, dass sie ihren freien Tag nicht gleichzeitig mit ihrem Mann hatte. Oleg, der nicht lesen und schreiben konnte, störte das offenbar nicht. Else war lieb, willig, aber ungeschickt. Sie ließ öfter mal Geschirr fallen oder beim Aufräumen die Türen knallen.

»Die Geranien sind durstig.« Jeanne machte sie eines Tages darauf aufmerksam, weil sie es nicht länger mit ansehen konnte. Sie zu gießen gehörte jedoch zu Elses Pflichten. »Und die Gläser funkeln nicht. Lass mich mal machen.«

»Danke«, sagte Else überrascht. »Kannst du vielleicht auch Silber putzen? Ich hasse das. Und irgendwie sieht es bei mir hinterher immer noch streifig aus.«

»Klar, kein Problem«, erwiderte Jeanne.

»Was willst du dafür?«, fragte Else.

»Mach ich gern für dich.« Jeanne lächelte, doch dann kam ihr eine Idee. »*Un moment* ... Dein *vélo!*«

Sie bat Else mit Händen und Füßen, ihr ab und zu ihr Fahrrad auszuleihen. Dann würde sie ihr öfter mal Hausarbeiten abnehmen, die ihr schwerfielen.

»Einverstanden.« Sie gaben sich die Hand drauf.

Jeanne kam nun ihre Zeit bei den d'Avrils zugute. Mit unaufdringlicher Aufmerksamkeit und einer gewissen Leichtigkeit machte sie sich mehr und mehr unentbehrlich im Vorderhaus. Wenn Gäste kamen, sollte immer häufiger Jeanne bedienen. Die Verständigung klappte von Tag zu Tag besser. Ihrem musikalischen Ohr und ihrer Lernbegierigkeit hatte sie es zu verdanken, dass sie schon bald ziemlich gut Plattdütsch verstehen und sich, wenn auch durchsetzt mit einigen polnischen und russischen Ausdrücken, passabel ausdrücken konnte.

Die Großmutter ließ sich nun lieber von Jeanne als von Else beim Kochen helfen. »Früher in meiner Jugend, da hatten wir ein Fräulein, das nur fürs Kochen zuständig war«, erzählte sie stolz, als sie einen Rote-Bete-Eintopf zubereiteten. »Mein Vater war Domänenpächter, er legte Wert auf eine gute Kinderstube. Wir haben damals Französisch gelernt.« Immer noch trug sie ihr silbriges Haar, seitlich von Wellenreitern geformt, zu einer Umschlagfrisur festgesteckt, was sie über die gewöhnlichen Dutttträgerinnen erhob. »Davon ist nicht viel hängen geblieben«, gestand sie, »aber es ist doch vergnüglich, es wieder auszuprobieren.« Ihr und Jeanne machte es Spaß, Wörter zu sammeln, die einst aus dem Französischen ins Plattdeutsche übergegangen waren. »Hör mal, Vater«, sprach die Großmutter ihren Mann an, »wir haben schon eine schöne Liste zusammen. Kompliment heißt *compliment*. Unser Plümo, die Überdecke, ist auf Französisch *plumeau*. Unser Mürker, der Maurer, ist abgeleitet von *le mur*, die Mauer. Zu Pläseer, unserem plattdeutschen Wort für Vergnügen, sagt Jeanne *plaisier*. Und wenn wir von Cloer reden, von Farbe, dann sagt sie *couleur*. Wie kann das angehen?«

Der alte Bohlmann interessierte sich sehr für Heimatgeschichte. »Das müssen die Franzmänner mitgebracht haben, damals, als so viele Calvinisten und Hugenotten nach Ostfriesland geflüchtet sind und sich hier niedergelassen haben.«

»Franzosen in Ostfriesland?«, staunte Jeanne. Sie hatte immer das Gefühl gehabt, als erste Französin bis an dieses Ende der Welt vorgedrungen zu sein.

»Jau, ist alles nicht so arisch, wie's sein soll«, sagte der alte Bohlmann augenzwinkernd.

»Und vergiss nicht, dass wir vor hundertdreißig Jahren sogar mal ein paar Jahre zu Frankreich gehört haben«, ergänzte seine Frau, »unter Napoleon. Der hat doch seine Soldaten und Verwaltungsbeamten hierhergeschickt.« Sie lächelte verschmitzt. »Als ich eine junge Frau war, Anfang unseres Jahrhunderts, da hatten wir ja dann plötzlich überall Entwelschung.« Jeanne sah sie verständnislos an. »Wir mussten alle französischen Wörter aus dem Hochdeutschen rausschmeißen. Es hieß dann nur noch Gaststätte statt *restaurant*, Gehweg statt *trottoir*, Bahnsteig statt *perron* und so weiter.«

»Das Plattdeutsche haben sie vergessen zu säubern«, knurrte der Großvater. Jeanne lachte unterdrückt. »Ohne frisches Blut gäbe es hier doch längst die reinste Inzucht«, fügte er hinzu. »Sind jetzt schon viel zu viele Idioten da.«

»Sei vorsichtig«, mahnte ihn seine Frau, »Feind hört mit!«

Doch sie dachte wohl ähnlich. Während die beiden sich weiter kabbelten, versuchte Jeanne, die Schlagzeile der Tageszeitung, die auf dem Küchentisch lag, zu enträtseln. *Polen gehören nicht in die Hausgemeinschaft* lautete die Überschrift.

Sie musste schlucken und dachte an Ewa. Immer wieder schlich sich die Sechzehnjährige von nebenan weinend zu Wanda. Beim kriegsuntauglichen Bauern Fritz, dessen Anwesen in Richtung Westen neben dem der Bohlmanns lag, wurden die Polen regelmäßig geschlagen. »Er immer brüllt. Sagt, wir arbeitsscheues Pack!«

Schlafen mussten sie dort noch in Butzen, altertümlichen Bettschränken, in der Sommerküche. Jeanne hatte Fritz ein paarmal aus der Ferne erlebt, ein verschlagener Mensch, der furchterregende Wutanfälle bekommen konnte. Sie mied ihn instinktiv. Ewa war zusammen mit ihrem ein Jahr jüngeren Bruder in ihrer Heimat direkt von der Straße aufgelesen und nach Deutschland transportiert worden. Beide schufteten als »freiwillige« Zivilarbeiter bei Fritz. Jeanne verdächtigte ihn, dass er das Mädchen auch noch zu anderen Dingen zwang. Aber Ewa schwieg verbissen, wenn Wanda sie darauf ansprach.

Die Ostfriesin dagegen, die mit ihrer Tochter auf der anderen Seite von ihnen einen großen Hof bewirtschaftete, hatte ein geradezu freundschaftliches Verhältnis zu den zwei Weißrussen, die ihr zugeteilt worden waren. Neulich hatte Jeanne in Großmutter Bohlmanns Auftrag ein Katzenfell gegen das Rheuma der Älteren rübergebracht. Als sie zur Mittagszeit in die Küche getreten war, hatten die Russen mit dem Rücken zum Tisch gesessen und von Tellern gegessen, die auf einem Nähmaschinengestell standen. Das hatte sehr merkwürdig ausgesehen.

»Moin«, hatte Jeanne gesagt.

»Moin! Ach, du bist das nur«, hatte sie zur Antwort erhalten.

Die Männer hatten sich umgedreht, ihre Teller auf den großen Esstisch gestellt und entspannt in trauter Runde mit den Frauen weitergegessen. Sie gehörten quasi zur Familie. Der eine ersetzte den Kindern ein wenig den Vater, der ausgerechnet an der russischen Front kämpfte, bastelte mit ihnen und brachte den Jungen Kraftspiele bei. Das war natürlich genauso streng verboten, wie gemeinsam zu den Mahlzeiten an einem Tisch zu sitzen. Sobald der Ortsbauernführer oder ein Parteibonze zu einem Kontrollbesuch kam, drehten die Russen den Frauen rasch den Rücken zu und platzierten ihre Teller auf den Nähmaschinentisch.

»Jeanne, träum nicht«, sagte die Großmutter und holte sie aus ihren Gedanken zurück. »Gibt mir mal noch ein paar Rote Beten rüber. Und dann bring den Abfall gleich in den Topf fürs Schweinefutter.«

»Jawohl.«

»Ach, und nicht erschrecken! Ab morgen kommt ein Russe dazu, um uns bei der Ernte zu helfen.«

»Bin schon Oleg gewöhnt«, scherzte Jeanne.

»Nein, nein«, die Großmutter schüttelte ernst den Kopf. »Er kommt aus Tannenhausen.« Mehr sagte sie nicht.

Der Neue, Jurj, sollte nur drei Wochen bleiben. Als Jeanne ihm im halbdunklen Stall begegnete, schreckte sie zusammen. Er sah aus wie der leibhaftige Tod. Schnell lief sie weiter.

Von den anderen ausländischen Arbeitern erfuhr sie dann abends beim Palavern an der Melkstee, dass manchmal slawische Gefangene, die in der Munitionsfabrik Tannenhausen arbeiteten, zur Hofarbeit abkommandiert wurden. Diese von ihren Aufpassern als »Untermenschen« behandelten Männer, sagten die anderen, glichen fast immer Gespenstern – ausgezehrt, halb verhungert. Die Lebensbedingungen im Arbeitslager der Fabrik mussten unvorstellbar sein. Beim Bauern wurden sie wieder aufgepäppelt, trotz der schweren Arbeit. Zweifellos wäre Jurj bald vor Entkräftung gestorben, wäre er nicht zu den Bohlmanns geschickt worden.

Wenn die Kost auch oft eintönig war, verhungern musste auf dem Hof niemand. Sobald Jeanne geneigt war, mit ihrem Schicksal zu hadern, rief sie sich das ins Bewusstsein. Letztlich ließ ihr die Arbeit jedoch wenig Gelegenheit zum Nachdenken über das große Ganze. Sie plante meist von Aufgabe zu Aufgabe, von Mahlzeit zu Mahlzeit. Aber sie wünschte sich sehr, auch mal etwas anderes zu sehen als immer nur Deich und Kuhstall und Küche.

An einem Sonntag, als es nicht nach Regen aussah, lieh Jeanne sich Elses Rad aus und fuhr auf schnurgeraden Straßen immer gegen den Wind zum Hafen Greetsiel. Gelegentlich hatte sie aufgeschnappt, dass er früher ein beliebter Ausflugsort gewesen war und schon viele Künstler angezogen hatte. Begrüßt wurde sie schon von Weitem von zwei großen Windmühlen, die sich am Ortsrand malerisch in einem Wasserlauf spiegelten.

Greetsiel lag an der Leybucht, geschützt hinter der Küstenlinie, durch eine kurze Wasserstraße mit dem Meer verbunden. Schön war es hier, Jeanne staunte. Hübsche historische Giebelhäuser standen um den kleinen Siel-hafen herum, einige Gebäude im Ortskern wiesen allerdings Bombenschäden auf.

Jeanne stellte sich vor, wie sie dereinst im Frieden in einem schicken Sommerkleid mit ihrer künftigen Familie hierher einen Sonntagsausflug unternehmen würde. In einem Krämerladen kaufte sie sich von ihrem Lohn ein Schulschreibheft und einen Bleistift. Damit setzte sie sich auf eine Bank mit Blick auf die Krabbenkutter. Von nun an wollte sie Tagebuch schreiben. Sie begann mit ihren Eindrücken von Greetsiel.

Das Tagebuchschreiben ersetzte ihr fortan die fehlende Freundin, die fehlenden Gesprächspartner. Es half ihr, sich über vieles klarer zu werden. Manchmal schaffte sie nur ein paar Stichworte. Doch alle wichtigen Erlebnisse wurden, wenn auch gelegentlich mit Verzögerung, festgehalten. Ebenso ihre Überlegungen.

Wollte sie wirklich eine eigene Familie? Sie war sich gar nicht so sicher. Ihre Eltern hatten es ihr nicht als etwas Erstrebenswertes vorgelebt. Eigentlich wollte Jeanne nur, dass sie selbst über sich bestimmen durfte. Das musste grandios sein. Frei sein. Entscheiden können, wo man lebte, was man machte, wen man liebte. Frei sein und trotzdem nicht allein.

Am glücklichsten fühlte sie sich, wenn sie mit Gleichgesinnten musizierte. Und wenn sie sich um Rosen kümmerte. Das wäre ihr ehrlichster Wunsch – singen und Rosen züchten! Natürlich wusste sie, wie vermessen er war. Hauptsache, der Krieg ging endlich vorbei. Aber es sah ganz danach aus, als würde er sich noch ewig hinziehen.

»Jeanne, du musst mir tragen helfen«, sagte Gesine eines Tages, »wir bringen meiner Schwester ein paar Sachen nach Emden.« Aufgeregt machte Jeanne sich fertig, denn sie wollten mit dem Bus in die Hafenstadt fahren. Endlich würde sie mal etwas anderes zu sehen bekommen. Unterwegs stiegen viele Männer in Arbeitskleidung ein. »Die arbeiten in den Rüstungsbetrieben und Werften«, erklärte Gesine leise. Sie saßen nebeneinander, und Jeanne freute sich, dass Gesine ihr gegenüber nicht mehr so kühl und distanziert wie am Anfang war. Während der Fahrt fielen ihr seltsame, höher liegende Runddörfer auf, aus deren Mitte stets eine trutzige viereckige Kirche mit separatem Glockenturm emporragte. »Vor tausend Jahren, als es noch keine Deiche gab, haben die Menschen kleine Hügel aufgeschichtet, um darauf ihre Häuser zu bauen«, erklärte Gesine ihr. »Meine Vorfahren haben sich bei Überschwemmungen und Sturmfluten in der Kirche verschanzt. Oder wenn feindliche Soldaten oder Piraten kamen.«

»Piraten? Hier ist doch überall Land!«

»Damals nicht. Viele der Dörfer hier waren früher Fischerdörfer, die lagen an einer Meeresbucht, die inzwischen verlandet ist.«

Begierig sog Jeanne alles Neue auf. Erst recht, als sie die Stadt Emden erreichten, deren prächtige Renaissance-bauten von jahrhundertelangem Seehandel und Wohlstand kündeten. Sie tranken bei Erika, Gesines Schwester, Tee – und mussten wegen Fliegeralarm in einen Hochbunker.

Es war jedoch nur Fehlalarm, die Stadt wurde nicht angegriffen, und bald gab es Entwarnung.

Auf der Rückfahrt erwies sich Gesine als geradezu gesprächig. »Stell dir vor, Edo hat geschrieben«, sagte sie. »Es geht ihm gut, wir sollen uns keine Sorgen machen.«

»Was für ein Glück!«, erwiderte Jeanne.

Sie freute sich mit der Bauersfrau. Sie lächelten sich an. Endlich war das Eis zwischen ihnen gebrochen. Vielleicht hat die Großmutter freundlich über mich geredet, überlegte Jeanne. Vielleicht ist Gesine auch nicht mehr eifersüchtig, weil Edo nicht mehr zu Hause ist.

An einem Sonntag im Herbst lieh Jeanne sich wieder Elses Rad. Diesmal fuhr sie zu einem der Runddörfer mit einer mittelalterlichen Kirche. Von draußen hörte sie, wie die Orgel gespielt wurde, und fühlte sich wie vom Donner gerührt.

»Angeblich«, so sagte ihr eine Frau, die ein Grab auf dem Friedhof pflegte, »ist das eine der ältesten Orgeln Europas.«

Jeanne setzte sich auf eine Bank, um zu lauschen. Die Sonne schien ihr durch das bewegte Laub einer Eiche ins Gesicht. Sie schloss die Augen. Es war, als würde der Wind singen! Mal säuselnd, mal inbrünstig, dann donnernd und dröhnend. Die Orgel brachte etwas in ihr zum Klingen, mehr als das – ihre Töne wirbelten alles durcheinander. Es war unerwartet schön und aufwühlend.

Dieses Erlebnis inspirierte Jeanne dazu, ihr erstes Lied zu komponieren. Sie erinnerte sich an den Musikunterricht mit den d'Avril-Kindern und versuchte, mit Noten festzuhalten, was sie in ihrem Innern hörte. Es wurde eine einfache, sehnsüchtige Melodie. Der Text, der ihr dazu einfiel, handelte von einer Frau, die ewig von der Liebe nur träumte. Das war Jeannes größte Angst – dass die Liebe sie hier am Ende der Welt nicht finden würde.

Wenn sie sich vorstellte, dass ein Mann sie umarmte und küsste, sie liebte und verstand, mit ihr lachte und tanzte, dann sah er aus wie Edo.

Schwer hatten es alle, auch Gesine und ihre Schwiegereltern. Wenn sie Besuch von Freunden oder Verwandten erhielten, durfte Jeanne den Ostfriesentee zubereiten und einschenken, der für solche Gelegenheiten gehortet wurde. Manchmal gab es auch selbst gebrannten Schnaps. Sie lernte die warme Wohnstube mit der blau-weiß gekachelten Feuerstelle, den gediegenen Möbeln und der gemütlichen Hängelampe schätzen, die neben einer nur selten genutzten, ungeheizten guten Stube lag. Dort hingen Ölgemälde von Segelschiffen, und in einem verglasten Schrank standen mehrere Reihen Bücher mit Ledereinbänden, die gelesen aussahen.

Vor dem Krieg hatte ein Freundeskreis der Bohlmanns einmal in der Woche vierstimmig gesungen, jetzt kam er nur noch unregelmäßig zusammen. Der Großvater, einst Mitglied des Norder Zitherklubs, spielte dazu, so gut es mit der linksseitigen Einschränkung ging. Jeanne hielt sich dabei gern lange unauffällig im Hintergrund auf, um die Gespräche zu belauschen. Sie machte sich an den Geranien auf den Fensterbänken zu schaffen, polierte das Tafelsilber und blieb immer aufmerksam, um schnell etwas Gewünschtes zu bringen. Auf diese Weise erfuhr sie Neuigkeiten, die unter Umständen lebenswichtig sein konnten.

Zuerst wurden die Nachrichten aus dem Feld ausgetauscht. Jeder sorgte sich um einen Mann, Bruder oder Sohn, der Soldat war. Viele betrauerten schon Gefallene in der Familie.

Bei einer Zusammenkunft an einem trüben Herbst-
nachmittag berichteten die Gäste von Bombenschäden
und Toten in Norden und Emden, von einem schrecklichen Angriff auf Esens, bei dem über hundert Schulkinder und fünfzig Erwachsene getötet worden waren, von
Flurschäden durch Spreng- und Brandbomben, die ihre
Ziele verfehlt hatten.

»Die Tommys und die Amis machen sich jetzt immer
öfter einen Spaß daraus, im Tiefflug auf alles zu zielen, was
sich bewegt«, klagte eine Nachbarin.

»Unser Pierre hat sich neulich auf dem Feld nur durch
einen Sprung unter den Leiterwagen retten können«, erwiderte Gesine sorgenvoll.

»An wichtigen Straßen bis nach Wittmund hin heben sie
jetzt im Abstand von fünfzig Metern Einmannlöcher aus«,
wusste ein Verwandter aus der Westermarsch zu berichten.
»Da kommt zur Befestigung jeweils 'ne Betonröhre rein.«

»Nee, die sind nur mit Steinen befestigt«, widersprach
dessen Frau. »Da kriegst du nasse Füße drin, wegen dem
Grundwasser. Der Beton wird oben am Rand drum rum-
gegossen.«

»Es gibt verschiedene Ausführungen«, behauptete die
spitznäsige Frau des Pastors. »Jedenfalls sollen in den Löchern Leute Schutz finden, wenn sie unterwegs von Tief-
fliegern überrascht werden.«

»Da kommst du doch gar nicht mehr schnell genug
rein«, spottete ein befreundeter Altbauer aus der Nachbarschaft und zeigte mit seinem Gehstock auf den Großvater.

»Wenn's drauf ankommt, Harm, bin ich flink wie ein
Wiesel«, konterte der alte Bohlmann.

Der für Deutschland ungünstige Kriegsverlauf in Russland und Nordafrika wurde nur verbrämt besprochen,
jedenfalls solange die Gäste nüchtern waren. Manchmal

sagten die Besucher auch Sachen, die Jeannes Temperament auf eine harte Probe stellten. Es wurden Naziparolen wiederholt, auch der Großvater gab Kommentare von sich, die Jeanne lieber nicht von ihm vernommen hätte. Sie durfte sich natürlich auch nicht äußern, wenn jemand behauptete, den Franzosen in ihren Lagern ginge es viel zu gut.

»Die bereiten ihre Kartoffeln in Schweinefett zu, das sie sich von zu Hause schicken lassen.«

Jeanne biss sich auf die Zunge. Von *pommes frites* hatte hier wohl noch nie einer gehört. Die Päckchen aus der Heimat halfen den Männern zu überleben. Und wenn die französischen Gefangenen sich nicht sonntags mit Fischfang auf primitive Weise wie die Buttfischer im Watt oder je nach Jahreszeit mit dem Sammeln von Kiebitzeiern, Beeren und Pilzen etwas zum Essen dazusuchen würden, wäre längst mancher von ihnen umgekommen. Einige der Franzosen hier verdienten sich in ihrer freien Zeit ein Taschen-geld, indem sie Dienstleistungen aus ihren erlernten Berufen anboten, den Deutschen etwa die Haare schnitten oder ihre Bäume fachmännisch stutzten.

Die Ostarbeiter durften so was nicht. Sie bekamen auch keine Post, geschweige denn Päckchen.

»Die aus'm Osten tragen keine Unterwäsche, kriegen auch keine«, wusste einer aus der Runde. »Aber die vermissen das nicht, die kennen das gar nicht anders.«

»Und wie die stinken! Die waschen sich nicht.«

»Wo sollen sie denn?«

»Och, unser Hinnerk wäscht sich auch nich gern.«

Alle lachten.

»Unsere Polen stinken elendiglich.«

Jeanne spürte, wie die Empörung ihr in den Kopf schoss und ihn zu zersprengen drohte.

»Trotzdem«, wandte jemand ein, »der Landrat hat neulich gesagt, sie wollen was tun ...«, mit veränderter amtlich klingender Stimme ahmte er nun den Lokalpolitiker nach, »... ›gegen die starke Verfilzung der Landbevölkerung mit den polnischen Arbeitskräften‹.«

»So? Was wollen sie denn unternehmen?«, fragte Großvater Bohlmann.

»Sie wollen sie öfter auswechseln.«

»Ach, lasst uns mal unsere Wanda«, warf die Großmutter ein. »Nun hat sie endlich gelernt, was wie geht und wo was steht.«

»Hat lange genug gedauert«, pflichtete der alte Bohlmann ihr bei. »Jeanne ist da viel fixer, sie spricht auch schon viel besser, obwohl sie noch nicht so lange da ist.«

Jeanne schämte sich, als sie das hörte, dann war sie ein bisschen stolz, und gleich darauf schämte sie sich wieder. Sie sah wohl die vielen ungerechten Abstufungen, sie sah auch den Unterschied zwischen ihren Landsleuten in den Lagern und ihrem eigenen Leben als freiwilliger Fremdarbeiterin, und es belastete sie. Doch was sollte sie tun? Sie konnte nichts daran ändern. Besorgt fragte sie sich nun aber, ob sie vielleicht auch bald einem anderen Arbeitgeber zugeteilt werden würde. Hoffentlich nicht.

Dann sangen die Ostfriesen wieder wie früher. *Sah ein Knab ein Röslein stehen* ... Jeanne brühte noch eine Kanne Tee auf, schenkte ein. Längst kannte sie alle Regeln dieser heiligen Zeremonie – von Kandis-zuerst-in-die-Tasse bis zum Sahnewölkcheneingießen mit dem Schwanenlöffel. *Knabe sprach, ich breche dich* ... Für die Frauen gab es außerdem selbst gemachten Johannisbeerlikör, was das Tremolo in den hohen Tönen verstärkte. *Röslein sprach, ich steche dich* ...

Jeanne hielt an sich, doch beim norddeutschen Liebeslied *Dat du min Leevsten büst* stimmte sie mit ein. Das war eines der Lieder, die sie bei der Ernte von ostfriesischen Landarbeiterfrauen gelernt hatte. Gekonnt variierte sie die Melodie des Refrains. Der kleine gemischte Chor sang gefasst zu Ende, einige sogar mit leuchtenden Augen. Doch dann, nach einigen Schweigesekunden, räusperte sich die spitznäsige Pastorengattin.

»Das Franzosenmädel hat etwas Dreckiges in der Stimme«, sagte sie.

Jeanne zog die Augenbrauen zusammen, sie presste ihre Lippen aufeinander. Da war ja wohl eher der Text schuld! Gewiss hatte sich an ihm die Fantasie der Sittenwächterin gerieben und entzündet. Denn darin forderte ein Mädchen seinen Liebsten auf, es heimlich um Mitternacht in seiner Kammer zu besuchen und schön leise zu sein, damit Mutter und Vater glaubten, das sei nur der Wind.

Jeanne hoffte, dass Gesine sie verteidigen würde. Doch die bedeutete ihr nur mit den Augen, das Zimmer zu verlassen. Auch die alten Bohlmanns äußerten sich nicht weiter. Gekränkt verzog Jeanne sich in die Scheune. Sie kletterte auf den oberen Heuboden, wo sie irgendwann einen durch Holzbretter abgetrennten Verschlag voller Gerstenstroh entdeckt hatte. Sie warf sich mitten hinein, weinte und hasste alles Deutsche.

Wie zum Protest entwickelte sich das Singen, meist allein am Deich, immer stärker zu etwas, das Jeanne Halt gab. Manchmal sang sie auch mit den anderen zusammen bei der Arbeit. Oder an Abenden, wenn sie nicht gleich todmüde ins Bett fiel, bei Hand- und Bastelarbeiten. Sie stopften und flickten nicht nur ihre Kleidung. Wanda konnte wunderschön sticken. Ein Franzose vom Nachbarhof schnitzte wochenlang an einem Stück Birnbaumholz, im

Laufe der Zeit wurde daraus ein von kunstvollen Intarsien verzierter Knauf für eine Bürste mit Fuchsborsten. Der eine der Russen von nebenan fertigte aus Holzspänen einen Feuervogel und bemalte ihn. Jeanne zog auf Briefpapier, das sie Else abgehandelt hatte, Notenlinien, damit sie später ihre Kompositionen festhalten konnte.

Sonntags fanden sich zuweilen Erntehelfer und andere Arbeiter von den Höfen ringsum zum Reden bei den trocknenden Milchkannen oder vor der Sommerküche mit ein. Die allgemeine Regel war, dass die Ostarbeiter ihre Nichtarbeitszeit hinter Stacheldraht bewacht in Baracken eingesperrt verbringen mussten – ausgenommen jene, die auf den Höfen übernachteten –, während Westarbeiter ihr Lager verlassen und sogar in Gaststätten gehen durften, auch wenn das von der Obrigkeit nicht gern gesehen wurde. Zu ihnen gehörten Holländer und Flamen. Es herrschte ein internationales Kauderwelsch – und man erfuhr erstaunlich viel. Auch Dinge, die die Deutschen nicht so schnell hörten.

Neulich erst hatte Jeanne an der Melkstee eine gruselige Geschichte gehört, die sich im benachbarten Landkreis abgespielt haben sollte. Ein Pole, der die Arbeit verweigert hatte, war nach einem Schnellgerichtsverfahren gezwungen worden, hinten auf einen Pferdewagen zu steigen. Sie hatten ihm eine Schlinge um den Hals gelegt, das andere Ende an einem Baum darüber befestigt, und dann hatten alle anderen Lagerinsassen auf Kommando »Hüh!« rufen müssen. Ebenso schrecklich war die Geschichte von der deutschen Frau, deren Verhältnis mit einem Polen aufgeflogen und die daraufhin wegen Rassenschande ins Gefängnis gekommen war. Verständlich, dass Else zu verheimlichen suchte, dass sie den Polen Karol gern hatte, der so gut Pferde einreiten konnte. Ludmilla war schon zweimal sonntags mit einem

Belgier in Greetsiel gesehen worden. Wanda hatte ein Auge auf den attraktiven Franzosen geworfen, der Raupenschlepper fahren konnte wie kein Zweiter – es war sehr schwierig, den schweren Kleiboden richtig zu bearbeiten. Man munkelte allerdings auch, er habe bereits zwei bildhübsche Tatarinnen geschwängert. Und Wanda konzentrierte ihre Zuneigung nicht auf einen einzigen Mann. Sie schloss ihre Kammer nie von innen ab. Manchmal hörte Jeanne nebenan ein Ächzen, das nicht der Wind machte.

Der Großvater erwischte eines Nachts einen von Wandas Liebhabern mit einer Zigarette im Heu. »Du zündest mir ja das ganze Haus an. Raus hier! Noch einmal, und ich melde dich!«, brüllte er.

Es war eines der seltenen Male, da Jeanne den alten Mann richtig wütend erlebte.

Nach der Kartoffelernte schälten und rieben Jeanne, Else und Wanda tagelang zentnerweise die Tuffels, um daraus in einer Wanne mit etwas Wasser übergossen Stärke zu gewinnen. Die brauchten sie beim Kochen und um die Schürzen und die Tischwäsche zu versteifen. Dann stampften sie Schnippelbohnen mit Salz in Fässer ein, und schließlich kochten sie in der Waschküche im großen Kessel aus Zuckerrüben einen klebrigen dunklen Sirup.

Plötzlich war der November da – eine fürchterliche Zeit, die sich endlos zog. Die Dunkelheit, das Grau, der Nebel, der Regen, die Kälte und die Einsamkeit krochen Jeanne ins Gemüt. Stürme fegten übers flache Land. Es ging einfach nur noch darum durchzuhalten, bis dieser Winter, bis dieser Krieg zu Ende war. Der einzige Grund, sich über tief hängende, schwere Wolken zu freuen, bestand darin, dass sie die Wahrscheinlichkeit eines Luftangriffs verringerten. Bei klarem Wetter kamen die Alliierten lieber.

Dann hinterließen die Geschwader fürchterlich schöne weiße Girlanden am Himmel.

Als Bomber, die von Angriffen auf westdeutsche Städte zurückflogen, kurz vor dem Watt ihre letzten Bomben abwarfen, trafen einige Splitter auch den Garten des Südermarschhofes und rissen Löcher hinein. Jeanne half dem Großvater bei Dauernieselregen, die Schäden zu beseitigen. Zum Glück war der Boden noch nicht gefroren. Jeanne staunte, als sie in weniger als einem halben Meter Tiefe blau schimmernde schwarze Erde erblickte.

»Was ist das?«, fragte sie.

»Sediment vom Watt«, antwortete der Alte. »Hier war früher Meer.«

An diesem Tag bat Jeanne Gesine, den Rosenstock umpflanzen zu dürfen. »Diese Erde ist nicht gut für die Rosen«, sagte sie.

Rosen waren Tiefwurzler und liebten durchlässigeren Boden. Jeanne hatte schon vor einiger Zeit bei ihren Spaziergängen eine Stelle mit Sand gefunden und wollte nun einen Sack davon holen und unter die Erde mischen.

»Wohin willst du sie denn pflanzen?«, fragte Gesine verwundert.

»Auf die Rückseite, ans Achterhus«, sagte Jeanne, »hinten an die Ecke der Scheunenmauer, gleich neben die kleine Tür.«

»Ja, aber die Erde ist doch da genauso«, wandte Gesine ein. »Außerdem gehören Rosen in den Ziergarten. Die kannst du doch nicht neben das Gestell setzen, auf dem immer die Milchkannen trocknen.«

Jeanne dachte, dass so was den Rosen sicher völlig egal war, für sie kam es gewiss auf andere Dinge an. Und sie selbst fand, dass Schönheit überall blühen sollte, besonders dort, wo man sie nicht erwartete.

»Rosen lieben die Sonne am Morgen«, argumentierte sie. »Und da hinten an der Ecke würden sie im Südosten stehen, das wäre ideal.« Das Vorderhaus dagegen schaute nämlich in Richtung Westen, zur Nordsee, zum ewigen Wind. Außerdem staute sich das Wasser vorne eher. Und nasse Füße mochten Rosen auch nicht.

Gesine leuchtete das offenbar nicht richtig ein. Sie erkannte aber wohl, dass es Jeanne sehr wichtig war. »Von mir aus«, erlaubte sie großzügig. »Der Strauch kränkelt schon lange, der erholt sich ja doch nicht mehr richtig.«

Doch, dachte Jeanne, er wird sich erholen. Laut sagte sie allerdings nur strahlend: »*Merci beaucoup!*«

Für den Winter deckte Jeanne das Stämmchen ihres umgepflanzten Rosenstrauches mit Reisig zu. Zuvor hatte sie noch etwas Erde um den Stamm gehäufelt. Sie hegte die Pflanze und verknüpfte insgeheim mit deren Schicksal ihr eigenes. Wenn die Rose es schaffte, dann schaffte sie es auch. Mehr noch, auch Edo würde es gut ergehen.

Es verging kaum noch ein Tag, ohne dass Kampfflieger über ihre Köpfe hinwegbrummten. Verrückt – ausgerechnet am Ende der Welt lag die Flugschneise der von England anrückenden britisch-amerikanischen Flugverbände nach Deutschland. Die Bewohner des Südermarschhofes hörten Flakgeschütze und Detonationen aus der Ferne. Manchmal konnten sie den glutroten Widerschein brennender Häuser am Nachthimmel erkennen. Immer wieder traf es Emden – wegen der Rüstungsbetriebe dort. Und immer häufiger wurden sie Zeugen dramatischer Luftschlachten, die sich zwischen Angreifern und deutschen Flugjägern abspielten, oft noch über der Nordsee. Dann schwebten schwarze Wölkchen von detonierenden Flakgranaten in der Luft. Drei der ostfriesischen Inseln waren ja zu Seefestungen ausgebaut worden. Von der Insel Norderney, die man vom Deich aus bei gutem Wetter ebenso wie die Insel Juist mit bloßem Auge erkennen konnte, stiegen Aufklärer, Jagd- und Nachtgeschwader der deutschen Luftwaffe auf. Außerdem gab es noch diverse Fliegerhorste auf dem ostfriesischen Festland. Gesine hatte neulich nach einem Arztbesuch in der Stadt Norden berichtet, dass viele Geschäftsleute in ihren Schaufenstern voller Stolz Propeller und andere Wrackteile feindlicher Maschinen ausstellten.

Von Edo hörten sie nichts. Monatelang erreichte die Familie kein einziger Brief von ihm. Oft lag Jeanne nachts komplett angezogen, für den Fall, dass es wieder Alarm geben würde, unter ihrem Federbett, das an der Kante steif gefroren war von ihrem Atem, und konnte nicht schlafen.

Aber sie überstand den harten Winter. Und bald würde sich zeigen, ob auch ihre Rose überlebt hatte. Jeden Morgen prüfte sie, ob sie etwas sprießen sehen konnte. So wie an diesem kühlen Frühlingstag, als sich dicke weiße Wolken am Himmel türmten. Jeanne ging in die Knie, um genau schauen zu können. Noch zeigte sich kein Grün. Es ist zu früh, redete sie sich selbst gut zu. Da hörte sie, dass jemand vorne aus dem Haus stürmte. Sie erhob sich, warf einen Blick um die Ecke.

Gesine rannte über die kleine Holzbrücke zur Zuwegung. Sie musste durchs Fenster den Postboten auf den Hof zuradeln gesehen haben. Er wedelte mit einem Brief. »Feldpost, Gesine!«, verkündete er keuchend.

Sie war schneller bei ihm, als er von seinem Dienstrad steigen konnte, entriss ihm den Umschlag, öffnete ihn an Ort und Stelle. Jeanne ballte beide Hände, presste sie gegeneinander und hielt den Atem an. Wenn Edo gefallen wäre, schoss es ihr durch den Kopf, würde dann nicht der Ortsgruppenleiter persönlich die Todesnachricht überbringen?

Hastig entfaltete Gesine den Brief, überflog die Zeilen.

»Edo kommt zurück!«, jubelte sie. »Mein Mann kommt nach Haus!«

Jeanne atmete mit einem langen tiefen Seufzer aus. »Edo kommt«, flüsterte sie glücklich.

12

Ella und Anna absolvierten das typische Touristen-
programm, um das Herzstück des Loire-Tals, die Touraine, wie die Gegend um die Stadt Tours genannt wurde,
kennenzulernen. Sie bummelten durch das mittelalterliche
Städtchen Amboise, das mit schmalbrüstigen Fachwerk-
häusern um einen belebten Marktplatz herum auch im
Herbst noch Gäste aus aller Welt anzog. Touristen schlepp-
ten sich den steinernen Treppenaufgang zum Schloss hinauf, unter Linden parkten Motorradfahrer, Jugendliche
schäkerten miteinander. Die Freundinnen setzten sich kurz
an einer geschützten Stelle auf eine Bank. Während Ella
dem Anwalt, der als Verwalter eingesetzt war, einen Ken-
nenlernbesuch abstatten wollte, hatte Anna vor, sich jahr-
hundertealte Höhlen anzusehen.

»Die Troglodyten genannten Wohnungen ...«, las Anna
aus ihrem Reiseführer vor, bis Ella sie unterbrach.

»Wie heißen die Dinger?«, fragte sie. »Diesen Zungen-
brecher werd ich mir nie merken können.«

»... wurden einst aus porösem Kalktuff gehauen«, zitierte Anna weiter, »als man daraus das Baumaterial für Häuser
und Schlösser gewann. Anschließend dienten die so entstandenen Höhlen als Lager- und Wohnstätten, vor allem
für arme Leute. Es existieren kilometerlange Höhlen-
systeme.«

»So sind dann wohl auch die Champignonkeller in Cremont-sur-Crevette entstanden«, sagte Ella. »Du, wir treffen uns in zwei Stunden wieder, da vorne am Marktplatz im *Salon de thé*, einverstanden?«

»Alles klar, *chérie!*«

Anna, ganz in Entdeckerlaune, machte sich beschwingt auf den ausgeschilderten Weg zu den Höhlen.

Der Anwalt arbeitete hinter einer schweren geschnitzten Tür an einem ebenso eindrucksvollen antiken Schreibtisch. Seine Kanzlei, seit drei Generationen in Familienhand, befand sich in einem der mittelalterlichen Fachwerkhäuser im Stadtkern. Der ältere grauhaarige Mann begrüßte Ella freundlich und erklärte ihr die Einzelheiten der Verfügungen, die die Baronin, offenbar mit seiner Unterstützung, ausgetüftelt hatte.

»Ich darf sagen, uns hat eine respektvolle Freundschaft verbunden. Sie gab mir noch einen Brief an Sie, den ich erst nach Ablauf des Jahres übergeben soll.«

»Ach«, erwiderte Ella, »es bleibt also spannend.«

Ob er mehr wusste, als er ihr verriet? Aber selbst wenn, überlegte sie, würde er als guter Anwalt natürlich nichts verraten.

»Die Baronin hat einen festen Etat verfügt für die Gastlichkeit, die war ihr immer wichtig. Madame Violetta Bertrand rechnet monatlich mit mir ab. Derzeit ist da noch viel Luft drin.«

»Tatsächlich?« Ella war überrascht. »Aber weshalb sehen dann der Garten und der Park so verwildert aus?«

»Da kam wohl einiges zusammen. Der alte Obergärtner starb, sie selbst wurde immer schwächer und konnte sich nicht mehr richtig um alles kümmern. Einer der beiden Gartengehilfen ging, weil er woanders einen leitenden

Posten bekam, und der andere, Pépin, ist eh nicht der Fleißigste und hatte zudem Pech.«

»Wie, da ist noch einer in Lohn und Brot, und trotzdem sieht es so ungepflegt aus?«

»Pépin hat sich das Bein gebrochen, irgendwas Kompliziertes, und war lange in der Reha. Er braucht ein wenig Anleitung. Aber lassen Sie sich nicht schrecken – ein Park wirkt schon nach Wochen ohne Pflege verwilderter, als er ist. Es muss nur nachgearbeitet werden.«

»Wenn man weiß, wie es geht.«

»So ist es.« Er lächelte.

»Und wenn man's nicht weiß«, ergänzte Ella, innerlich ein wenig seufzend, »dann muss man sich wohl in die Materie einfuchsen.«

Der Anwalt lächelte noch etwas breiter. »Da gebe ich Ihnen völlig recht, Madame Bohlmann.«

Ella lächelte zurück. »In Ordnung, niemand hat versprochen, dass es einfach wird. Ich will gern etwas tun und dazulernen. Wie sind denn nun die finanziellen Verhältnisse tatsächlich?«

»Vielleicht doch etwas besser, als Sie anzunehmen scheinen«, erwiderte der Anwalt. »Für Ihr Bewährungsjahr ist auf jeden Fall gesorgt. Sie dürfen nicht vergessen, Mieten und Pachtgelder gehen weiter ein. Das reicht, um die laufenden Kosten zu decken. Das Budget für die Gastlichkeit ist für bürgerliches Verständnis großzügig.«

Ella verkniff sich eine freche Bemerkung. »Beruhigend«, sagte sie nur.

»Es war der Baronin ganz recht, dass die Leute im Dorf, die Hausdame eingeschlossen, annahmen, ihr Barvermögen sei so gut wie erschöpft.«

»Weshalb?«

»Weil sie nicht ständig mit Renovierungswünschen

belästigt werden wollte«, erklärte er. »Sie sagte, wenn ich bei dem einen anfange, das Haus zu renovieren, muss ich es beim Nachbarn auch machen. Aber dafür reicht es nicht. Und alles andere würde im Dorf nur zu Neid und Missgunst führen.«

»Verstehe, ihr Gerechtigkeitssinn steckt dahinter«, Ella grinste. »Deshalb klingt auch die Zentralheizung im Manoir manchmal so, als würde im Rohrsystem ein Flugzeug durchstarten.«

Der Anwalt verzog kurz belustigt das Gesicht, dann hatte er sich wieder unter Kontrolle. »Der Park und der Rosengarten lagen ihr immer besonders am Herzen. Für einen leitenden Gärtner reicht das Jahresbudget auf jeden Fall.«

»Wie erfreulich! Darum werde ich mich bald kümmern. Haben Sie einen Tipp?«

Er schrieb ihr die Anschrift eines Gärtnerbetriebs auf. Seine Miene wurde ernster. »Dennoch, das Kapital für die erforderlichen Renovierungen und Instandhaltungen fehlt. Das sind andere Dimensionen als ein Gärtnergehalt. Wenn Sie nach Ablauf des Jahres das Anwesen behalten möchten, werden Sie mit großen Herausforderungen konfrontiert werden. Allein eine neue Heizungsanlage für das Herrenhaus würde locker mal vierzigtausend Euro kosten.« Ella schluckte. »Die Dächer und Badezimmer der Häuserreihe am Crevette-Ufer müssten bald einmal erneuert werden. Das Herrenhaus, der Park und die Häuser des Dorfes stehen unter Denkmalschutz, was die Sache nicht erleichtert.«

»Stimmt es, dass ich nicht nur ein Haus verkaufen darf, sondern lediglich das gesamte Ensemble?«

»Ja, es gilt als architekturhistorisch wertvoll.«

»Ich mag ja Herausforderungen«, sagte Ella. »Aber ich

denke, es ist das Vernünftigste, nach dem Jahr alles zu verkaufen.«

Der Anwalt nickte nachdenklich. »Einerseits erscheint mir das auch so. Andererseits …«, er rieb sich das Kinn, seine grauen Augen schauten in eine imaginäre Ferne, »… andererseits war die Baronin wirklich eine ganz außergewöhnliche Frau. Sie wusste ja um diese Schwierigkeiten und hat sich, davon bin ich überzeugt, etwas dabei gedacht, als sie ihr Testament in dieser Form aufgesetzt hat.«

Ella spürte eine Mischung aus Beklommenheit, zu großer Verantwortung, die sich wie ein Gewicht auf sie senken wollte, und aufblitzenden kleinen Freudefünkchen, als könne es gegen alle Vernunft doch noch eine gute Lösung geben.

»Wir werden sehen«, antwortete sie ausweichend.

»Möchten Sie die Abrechnung, die mir Madame Bertrand monatlich schickt, und meine Abrechnung samt der Kontoauszüge monatlich oder erst am Ende des Jahres?«

»Wissen Sie, ich bin auf einem großen Hof mit siebzig Hektar Land und mehr als hundert Tieren aufgewachsen. Es gehört weiß Gott nicht zu meinen Lieblingsbeschäftigungen«, Ella seufzte abgrundtief, »aber ich denke, wenn schon, dann sollte ich die Abrechnungen jeden Monat prüfen. Schicken Sie mir bitte alles, auch die Kontoauszüge.«

»Kein Problem«, antwortete der Anwalt leidenschaftslos. »Wie Sie möchten.«

»Herzlichen Dank!« Ella erhob sich. »*Au revoir.*« Sie reichte ihm die Hand.

»*Au revoir*, Madame Bohlmann. Ich wünsche Ihnen viel Glück.«

Insgeheim grauste ihr vor diesen Abrechnungen, aber

ihre Entscheidung war vernünftig. Sie kam sich sehr erwachsen vor, als sie die Kanzlei verließ.

Jetzt brauchte sie erst mal einen ordentlichen Tee.

»Diese Höhlenwohnungen sind *génial*! Zum Teil richtig schick eingerichtet, und sie vermieten auch an Urlauber. Da wohn ich bei meinem nächsten Besuch«, verkündete Anna begeistert, als sie sich im Teesalon wiedertrafen. Sie gönnten sich jede einen Liebesknochen, mit Schokolade überzogenes Brandteiggebäck, und, da die Ostfriesenmischung hier unbekannt war, ein Kännchen Ceylontee. »Darin fühlt man sich unglaublich geborgen.«

»Na also, bei deinem nächsten Besuch«, protestierte Ella, »wohnst du hoffentlich wieder bei mir im Manoir.«

Anna lächelte. »Stimmt, natürlich werde ich das.«

Ella berichtete von ihrem Besuch beim Verwalter. Anna lobte sie für ihre guten Vorsätze. »Aber bevor das Ganze in Arbeit ausartet«, sagte Ella, »wollen wir deine Tage hier noch wie Urlauberinnen verbringen und möglichst viel erkunden. Was sagt dein Reiseführer?«

»Oh, der sagt so viel, da muss ich wirklich noch mal wiederkommen!«

Sie schauten sich die schönsten Schlösser der Umgebung an, wandelten auf den Spuren Leonardo da Vincis, der seine letzten drei Lebensjahre in Amboise verbracht hatte, sahen sich das Schlafzimmer von Catherine de' Médici im Château de Chenonceau an, schritten durch die lange Galerie des Schlosses, die sich über den Loire-Nebenfluss Cher spannte. Sie hatte einst über die Demarkationslinie hinweg das besetzte Frankreich mit der freien Zone verbunden. Ella stellte sich vor, wie sich die Menschen gefühlt haben mussten, die während des Zweiten Weltkrieges durch die schwere niedrige Eichentür am Ende der Galerie in die Freiheit geschmuggelt worden waren.

Von den legendären geometrisch angelegten Renaissancegärten des Château de Villandry fühlten sich die Freundinnen überwältigt.

»Wie ein riesiger lebendiger Orientteppich«, fand Anna. Eigentlich hätten sie allein darin Tage verbringen können, waren sie sich einig. Ella fotografierte viel. Besonders faszinierte sie der Liebesgarten. Die Blumenarrangements symbolisierten vier Arten der Liebe – die tragische, die treulose, die zarte und die leidenschaftliche.

Während Ella und Anna abends geschmorte Lammkeule und Pflaumenpastete schlemmten, diskutierten sie ausgiebig darüber, ob die Liebe früher anders war als in der Gegenwart. »Es gibt heute keine wirklich tragische Liebe mehr, weil die Umstände anders sind«, behauptete Anna, »und das ist auch gut so.« Sie zeigte auf eine Amorfigur, die den Liebesgott als Putte mit Pfeil und Bogen darstellte. »Und dieser Kleine hier ist auch schon längst in Rente.«

»Was glaubst du«, fragte Ella, »wie viele Arten der Liebe kann eine Frau mit ein und demselben Mann erleben?«

»Alle«, spottete Anna, die Psychologin, »der Reihe nach. Es beginnt zart und endet treulos.« Sie lachten und prosteten sich zu. »Hast du eigentlich heute schon an Sven gedacht?«

Ella überlegte kurz. »Sven? Wer ist Sven?«

Tatsächlich hatte sie an diesem Tag noch nicht an ihn gedacht. In der Nacht davor schon, aber das verriet sie nicht.

Viel zu schnell war die Woche verflogen. Wehmütig brachte Ella die Freundin zum Bahnhof nach Tours. »In anderthalb Stunden bist du in Paris, in Montparnasse.«

»Ist doch prima, Ella. Das bedeutet auch, du kannst schnell mal in die Weltstadt, wenn dir deine Provinzidylle auf die Nerven geht.«

Ella nickte, sie fühlte sich zunehmend bedrückt. Nun würde sie ganz allein in ihrer neuen Heimat zurechtkommen müssen, das Urlaubsgefühl verabschiedete sich mit Anna. »Hab ich dir eigentlich schon gesagt, wie froh ich bin, dass du mich begleitet hast?«

Anna versuchte, ihre Rührung zu verbergen. »Gut, dass du's endlich mal erwähnst«, gab sie zurück. »Ich dachte schon, du bedankst dich überhaupt nicht mehr – für das große Opfer, das ich dir gebracht hab.« Sie umarmte Ella liebevoll. »Es war sehr, sehr schön mit dir und auf Cremont. Danke für alles.«

»Komm bald wieder! Und sei nicht so streng mit Lea.«

»Hier, für dich!« Anna drückte ihr eine Tüte in die Hand. »Viele dicke Kerzen und ein *bain-de-luxe*-Zusatz mit Rosenduft, für Orgien in deinem Bad – falls es dir zu kalt oder langweilig wird.«

Ella lächelte. »Danke, du bist ein Schatz!«

Die Zeit drängte, Anna stieg in ihren Waggon. »Geh schon, ich brauch kein Winke-winke!«

Ella blieb trotzdem stehen und schwenkte noch lange zum Abschied die Arme.

Als sie auf der Rücktour mit dem Auto durchs Dorf fuhr, fiel ihr auf, dass inzwischen alle Lampions abmontiert waren. Es regnete, das Pflaster glänzte wie in einem *film noir* von Jean Renoir. Das gelbe Licht der Straßenlaternen an ihren verschnörkelten schmiedeeisernen Aufhängungen spiegelte sich auf den feuchten Steinen. Fehlen nur noch diese alten Verbrecherautos, dachte sie. Ist doch erstaunlich, wie viele Frankreich-Klischees man immer noch bestätigt finden kann. In diesem Moment nahm ihr ein Lieferwagen mit offener Ladefläche die Vorfahrt. Es war genau das Fahrzeug, das ihr bei der Ankunft hinten draufgefahren war.

»Das kann ja wohl nicht wahr sein!« Ella hupte und gestikulierte wild. »Dieser Blödmann, der ist ja gemeingefährlich!«

Sie zeigte dem Fahrer einen Vogel, aber er war längst hinter der nächsten Kurve verschwunden.

Am Bahnhof in Tours hatte sie einen Roman gekauft: *La Pâtissière de Long Island*. Hoffentlich gelang es ihr, auf Französisch zu lesen. Sie musste sich langsam daran gewöhnen, und eine spannende Geschichte würde sie vielleicht von ihrer Einsamkeit ablenken. Sie konnte ein wärmendes Duftbad bei Kerzenschein nehmen und früh ins Bett gehen. Alles andere würde sich schon finden.

»Entschuldigen Sie bitte, Madame«, sagte Violetta nach dem Abendessen mit betretener Miene. »Mir ist noch etwas eingefallen. Es tut mir leid, dass ich jetzt erst darauf komme. Wahrscheinlich liegt es daran, dass meine grauen Zellen beim Lampionfest gelitten haben und weil Ihre Freundin hier war und so viel Wirbel. Ich weiß nicht, vielleicht bin ich auch in den Wechseljahren.«

Ella unterdrückte ein Lächeln und schaute sie gespannt an. »Was ist denn?«

»Die Baronin hat in ihren letzten Wochen viel Zeit in der Bibliothek verbracht und, wie es mir schien, einen sehr langen Brief geschrieben.«

»Wissen Sie, an wen er gerichtet war?«

Violetta schüttelte den Kopf. »Ich hatte eher den Eindruck, dass sie Rechenschaft ablegen wollte. Sie machte manchmal so Andeutungen. Vielleicht hat sie diesen Brief gar nicht abschicken wollen, ich meine, vielleicht liegt er noch irgendwo.«

»Wenn Sie bislang nicht auf ihn gestoßen sind, wo könnte er denn dann sein?«

»Na ja, zuerst würde ich in ihrem Schreibtisch nachsehen. Aber der war für mich immer tabu.«

Ella nickte nachdenklich. Sie erhob sich und ging in die Bibliothek. Violetta folgte ihr und schaute zu, wie sie die Schubladen des antiken Schreibtisches eine nach der anderen aufzuziehen versuchte. Doch alle waren verschlossen.

»Wissen Sie, wo der Schlüssel ist?«, fragte Ella. »Ich würde so einer schönen Antiquität ungern Gewalt antun.«

Die Hausdame hob nur ratlos ihre Schultern. »Non, keine Ahnung. Vielleicht im Schlafzimmer der Baronin?«

Die beiden Frauen durchsuchten alle Räume, in denen die Baronin gewohnt hatte. Doch vergeblich.

»Na gut«, befand Ella schließlich, »ich glaube, wir tun jetzt einfach mal so, als würde uns dieser Schlüssel überhaupt nicht interessieren. Dann taucht er vielleicht in den nächsten Tagen von allein wieder auf.«

Die Hausdame lächelte erstaunt. »Das hätte von der Baronin sein können«, sagte sie. »Die kam auch auf solche Gedanken.«

»Manchmal hilft es.« Ella zwinkerte ihr zu. »Gute Nacht, Violetta.«

Entgegen ihrem ursprünglichen Plan ging sie, ohne zu baden, schlafen. Im Gästezimmer war es empfindlich kalt. Den Fünfzigerjahreheizlüfter einzuschalten traute sie sich nicht. Am Ende gab es einen Kurzschluss oder Schlimmeres.

Beim Einschlafen plante sie, sich eine neue Matratze und ein vernünftiges Oberbett zu kaufen und ins Schlafzimmer der Baronin umzuziehen. Nicht nur wegen der besseren Heizung unten. Der in Cremetönen gehaltene Raum war auch schön hell und eher modern bis zeitlos elegant mit ausgewählten Antiquitäten eingerichtet. Mit ein paar neuen Hinguckern, vielleicht pinkfarbenen Kissen und einem schönen Überwurf, wäre er perfekt für sie. Von dort aus hatte man auch einen schönen Gartenblick. Eigentlich könnte sie sich endlich mal einen Hund zulegen, davon hatte sie schon immer geträumt. Hier gab's nun wirklich genug Auslauf. Mit diesem Gedanken schlief sie ein.

Ella träumte schlecht. Sie stritt mit Sven – und wachte auf. Ach, dieses Kapitel war doch nun beendet! Sie hatte wirklich schon seit Tagen kaum an ihn gedacht. Die Turm-uhr im Dorf schlug zweimal, also musste es halb drei sein. Der Mond war aufgegangen und schien ihr direkt ins Ge-sicht. Ella stand auf, um die Fensterläden zu schließen. Wie romantisch das silbrige Licht den Park beschien! Das musste sie unbedingt fotografieren.

Die Aufnahmen könnte sie auch gut ihrer Familie und einigen Hamburger Freunden schicken. Am besten wären sicher Motive von außen – das Manoir im Mondlicht. Ella zog sich warm an, mit Steppjacke und Stiefeletten war sie gut gerüstet für die Herbstnacht. Erst als sie mit ihrer Ka-mera die Treppe hinunterging, wurde ihr leicht schaudernd bewusst, dass sie seit Annas Abreise ganz allein in diesem Riesenhaus lebte. Sie nahm sich fest vor, einen Hund an-zuschaffen. Vielleicht einen Golden Retriever, die hatten immer etwas Freundliches. Aber würde der sie im Notfall auch verteidigen? Sie musste sich mal bei Hundekennern erkundigen. Unten in der Bibliothek knipste sie nur eine Stehlampe an und überlegte einen Moment, ob sie wirk-lich nach draußen gehen sollte. Die hohen, teils entlaubten Bäume, der Mond und die bizarren Wolken wirkten schon ein bisschen unheimlich. Andererseits sah es absolut groß-artig aus. Eine einmalige Gelegenheit! Die Journalistin in ihr kam durch.

Kurz entschlossen öffnete Ella die Terrassentür und ging hinaus. Die kühle Nachtluft roch nach regennassem Herbstlaub, Moos und Rinde. Ein Käuzchen rief. Im mondbeschienenen Park verlor sich das Bedrohliche. Das Licht in der Bibliothek wirkte sehr heimelig. Außerdem wohnte Violetta nicht weit entfernt im Gärtnerhaus.

Ella hatte schon eine Bildidee mit der japanischen Brücke. Die fotografierte sie aus verschiedenen Perspektiven mit dem Herrenhaus und den hohen Bäumen im Hintergrund. Dann die Spiegelungen von Brücke und Mond im Teich. Im Stehen schaute sie schnell die Digitalaufnahmen auf dem Minidisplay durch. Klasse!

Mit mehr Abstand könnten die Fotos noch besser werden, dachte Ella. Dann hätte sie hoffentlich den silbrig schimmernden Flussbogen in der Ferne mit im Bild. Sie stapfte weiter, nahm ihr Handy aus der Innentasche ihrer Steppjacke, schaltete die Taschenlampen-App ein und folgte dem Gartenpfad, der zur verpachteten Scheune führte. Als sie näher kam, meinte sie, dort ein schwaches Licht zu sehen.

Neugierig schlich Ella näher. Da war tatsächlich jemand. Um diese Uhrzeit! Ob da einer Sachen aus dem Lager stehlen wollte? Das Scheunentor stand offen. Eine Handlaterne flackerte. Ella beschloss, ein Beweisfoto zu machen und sich dann auf leisen Sohlen wieder davonzustehlen. Um sich nicht mit Blitzlicht zu verraten, stellte sie die Kamera auf Nachtmodus um. Wenn sie damit aus der Hand fotografieren würde, wäre das Ergebnis verwackelt. Deshalb nutzte sie den Vorsprung eines hohen Seitenfensters als Stativ. Mit angehaltenem Atem stand sie da und wartete.

Ella harrte nun schon einige Minuten lang aus. Noch hatte sie den Eindringling durch das kleine Scheunenfenster nicht sehen können. Ihr Finger auf dem Auslöser wurde allmählich steif. Plötzlich nahm sie einen fremden Geruch war, er erinnerte an Lakritz, und gleich darauf folgte ein Knacken.

»Hey!«, hörte sie eine tiefe Männerstimme. »Was tun Sie da?«

Erschrocken drehte sie sich um – die Kamera hielt sie mit beiden Händen, bereit, im Notfall damit zu schlagen oder zu werfen. Der Mann machte einen Schritt auf sie zu. Ein Adrenalinausstoß ließ sie ausholen, doch da erkannte sie ihn. Es war der Autorüpel.

»Das könnte ich Sie fragen!«, antwortete sie, empört über den Schrecken, den er ihr – wieder einmal – eingejagt hatte. »Was tun Sie hier mitten in der Nacht?«

»Sie schon wieder …« Er stöhnte qequält. »Hab ich Ihnen nicht gesagt, Sie sollen mir nicht mehr in die Quere kommen?«

»Na, hören Sie mal! Sie haben mir heute die Vorfahrt genommen, Sie sind eine Gefahr für die Öffentlichkeit!«, feuerte Ella zurück. »Erst brettern Sie mir aufs Heck, und dann hätten Sie mir beinah auch noch die Motorhaube eingebeult!«

Er lachte spöttisch auf. »Ach, Sie waren das? Nein, meine Liebe, an der Kreuzung haben Sie keine Vorfahrt. Sie hätten beinahe mich rasiert! Schauen Sie sich die Verkehrsführung morgen mal genauer an.«

Jetzt war Ella verunsichert. Hatte er vielleicht recht? »Trotzdem wüsste ich gern, was Sie hier um diese Zeit machen«, sagte sie, um eine feste Stimme bemüht.

»Ich finde zwar, dass Sie das überhaupt nichts angeht, aber da Sie mich so höflich bitten«, er lächelte ironisch, »will ich es Ihnen verraten.« Er ging zum Scheunentor und zog es weiter auf. »Hier, sehen Sie. Ich hab 'ne Ladung alter handgestrichener Steine gebracht. Ich handle mit historischen Baustoffen.«

Er nahm die Laterne und hielt sie hoch, um seine Schätze besser ins Licht zu rücken. Ella folgte ihm. Die Scheune war voll mit sorgsam aufgestapelten Steinen, Türen, Fassadenfiguren, altertümlichen Fliesen, Holzbohlen, schmiedeeisernen Balkongittern, Zäunen, Laternen, Fensterläden, Marmorbecken, verschnörkelten Brunnenplatten und vielem mehr. Staunend besah Ella die Raritäten. Schrott war das nicht.

»Dann müssen Sie Monsieur Brissac sein«, sagte sie schließlich.

Er hielt die Laterne vor ihr Gesicht. »Jetzt sagen Sie nicht, dass Sie die Deutsche sind, der unsere Baronin alles hinterlassen hat?«

Verblüfft fuhr er sich durchs Haar. Er stellte die Laterne in der Scheune auf einem Tischchen ab, das zwischen zwei Plüschsesseln stand.

Ella nickte. »Also, noch mal alles auf Anfang.« Sie reichte ihm lächelnd die Hand. »Ella Bohlmann.«

»Paul Brissac. Angenehm.« Er erwiderte den Händedruck. Auf dem Tischchen standen eine halb volle Flasche und ein Glas.

»Möchten Sie auch einen Pernod?«

»Danke, ich hab mir schon die Zähne geputzt.«

»Witzig sind Sie auch noch!« Jetzt lächelte er wie der junge Belmondo. Er nahm ein zweites Glas aus einer Tischschublade und ließ sich in einen Sessel sinken. »Na, kommen Sie, darauf müssen wir anstoßen!« Ella zögerte.

»Glauben Sie nicht«, sagte er halb entschuldigend, »dass ich hier nachts immer allein herumsitze und mich betrinke.«

»Das würde immerhin Ihren Fahrstil erklären.«

»Ich hab heute Geburtstag.« Er schenkte ihr einfach ein und sah sie mit einem entwaffnenden Blick an. »Das ist 'ne ziemlich einmalige Gelegenheit.«

»Na gut, überredet.« Ella machte es sich im anderen Sessel bequem und stieß mit ihm an. »Herzlichen Glückwünsch!«

»*Merci!*«

Er fuhr mit einer Hand durch sein kräftiges, gewelltes Haar. Es wirkte schwer zähmbar. Eigentlich ganz sexy, musste Ella insgeheim zugeben. Sie hatte eine These, wonach unkonventionelle starke Gedanken sich äußerlich fortsetzten und im Haarschopf eines Menschen Ausdruck fanden. Je langweiliger die Ideen in seinem Kopf, desto schlaffer das Haar. Eine zu wirre Mähne konnte allerdings auch Gefahr signalisieren. Aber das war nur eine These. Ella arbeitete noch daran, sie dem Realitätscheck zu unterziehen.

Zunächst machten sie ein wenig Small Talk. Sie berichtete von ihrer ersten Woche auf Cremont. Er erzählte von seiner Arbeit und dass er am Abend erst erfahren hatte, dass er eine Ladung zweihundert Jahre alter Backsteine bekommen könnte, wenn er sie noch vor dem Anrücken des Abrissunternehmens am nächsten Morgen abholen würde.

»Die hab ich vorhin abgeladen und in der Ecke da drüben gestapelt.« Sein staubiger Arbeitsoverall bezeugte es. »Meine Mitarbeiter sind in der Gewerkschaft, die haben längst Feierabend.«

»Und dann war ganz plötzlich der Geburtstag da?« Ella pflegte ihren Geburtstag immer vorzubereiten und groß zu feiern.

»Ich hatte andere Pläne«, antwortete Paul selbstironisch. Nun merkte man, dass er nicht mehr nüchtern war.

»Deshalb ertränke ich hier meinen Kummer.« Er schenkte ihr und sich nach. »Wissen Sie, dass Sie Ähnlichkeit mit ihr haben?«, entfuhr es ihm mit veränderter, rauerer Stimme.

»Mit wem?«

»Meiner Ex.«

»Das tut mir leid.«

»Na ja, so viel Ähnlichkeit auch wieder nicht«, sagte er gleich darauf beschwichtigend. »Allerdings, bei unserem ersten Zusammenstoß«, die Formulierung schien ihn kurz zu erheitern, »da dachte ich, Simone wäre zurückgekehrt. Als Ihre Haare so herunterfielen – die langen blonden Haare, genau wie bei Simone …« Er nahm einen großen Schluck. »Aber wenn ich Sie genauer anschaue, sind Sie doch ein ganz anderer Typ.«

Ella lächelte, der Alkohol versetzte sie in einen entspannten, angenehm beduselten Zustand. »Das erleichtert mich jetzt ganz ungeheuer.« Sie prosteten sich erneut zu. Eigentlich ist er ganz sympathisch, dachte sie, er sieht nicht nur gut, sondern auch intelligent aus.

»Und Sie? Sind Sie solo?«, fragte Paul.

Ella zögerte. »Wenn man das immer so genau wüsste«, antwortete sie ausweichend.

»Soso. Wie heißt denn derjenige, mit dem ich besser keine Ähnlichkeit haben sollte?«

Ella amüsierte zwar die Frage, aber ging das nicht ein bisschen zu schnell mit dem Austausch privater Informationen? Sie sahen sich eine Weile schweigend an.

»Sven«, sagte Ella schließlich.

»Sven. Aha.« Paul hob sein Glas. »Sven und Simone haben auf Cremont ab sofort Hausverbot«, verkündete er mit einem breiten Lächeln.

Ella schluckte. Wollte sie das? Sven nicht hierhaben? Ohne länger zu überlegen, erhob auch sie ihr Glas, um darauf zu trinken. Während sie sich weiter unterhielten, merkte sie nicht, wie die Zeit verging.

Paul erzählte, dass er im Nachbarort wohne. Er kam ihr bald vor wie ein alter Bekannter. Sie gehörten zu einer Generation, zur gleichen Witzgruppe. Ganz selbstverständlich gingen sie zum Du über. Sie unterhielten sich über die Baronin. Pauls verstorbener Vater, ein mittelberühmter Bildhauer, wie er erklärte, hatte sie angebetet. Irgendwann musste Ella gähnen, die Turmuhr schlug viermal.

»Oh, schon halb fünf«, sagte Ella und rappelte sich aus dem Sessel auf.

»Gratuliere! Wer sich mit unserer Turmuhr auskennt, ist schon so gut wie eingebürgert.«

»Ich glaube nicht, dass du noch Autofahren solltest«, bemerkte Ella mit schwerer Zunge. Paul stand ebenfalls auf, wortlos leuchtete er mit der Laterne in eine dunkle Ecke hinein. Dort stand ein antikes Bett. »Na, dann ist ja gut«, sagte Ella. »Dank dir für den Schlummertrunk. Und auf gute Nachbarschaft.«

»Ich bring dich rüber, zu Fuß. Für den Fall, dass Werwölfe unterwegs sind.« Paul grinste.

Ella lächelte, als sie nach draußen ging. Der Mond schien hell genug, sie konnte von hier aus das Herrenhaus über die offene Grünfläche erreichen.

»Vielen Dank, Paul, das ist nicht nötig. Und noch mal alles Gute fürs neue Lebensjahr.«

Seltsamerweise fühlte sie sich kein bisschen müde mehr, als sie durch die Terrassentür in die Bibliothek zurückhuschte. Ihr Blick fiel auf den Sekretär. Wo würde ich den Schlüssel für die Schreibtischschublade verstecken?, fragte sie sich und ging langsam durch den Raum. Sie stülpte alles um, was auf dem Kaminsims stand, tastete hinter eine

Buchreihe nahe der Tür. Wenn ich alt wäre und bestimmt keine Lust hätte, eine Leiter zu erklimmen, wenn ich jeden Morgen schnell den Schlüssel zur Hand und ihn jeden Abend rasch verschwinden lassen wollte – wohin würde ich ihn legen? Sie ging auf den Korridor hinaus und betrat von Neuem die Bibliothek, blieb nach zwei Schritten stehen, schloss die Lider halb und ließ sich einfach leiten. Irgendetwas führte sie, es war ganz einfach. Sie brauchte nur zu folgen.

Ella öffnete die Augen, hob den Deckel des Cembalos an – und siehe da, auf dem Rahmen am Rande des Corpus lag ein Schlüsselchen!

Der Rokokoschreibtisch hatte unter der Tischplatte drei nebeneinanderliegende gleich große Schubladen. Ella versuchte es zuerst bei der rechten. Treffer! Das Schloss war schnell geöffnet, die Lade ließ sich problemlos hervorziehen.

13

Mein lieber Schatz,

für die Menschheitsgeschichte war der Kriegssommer 1944 ganz sicher einer der furchtbarsten Sommer überhaupt. So viel Leid und Elend überall auf der Welt! Dem konnte sich ganz sicher kein halbwegs empfindsames Wesen entziehen, denkt man.

Doch für mich war es seit der Rückkehr Edos, als hätte jemand einen Schalter umgelegt, der über all die bedrückenden Entwicklungen hinweg Zuversicht leuchten ließ. Niemand glaubte damals noch ernsthaft, dass Deutschland den Krieg gewinnen könnte. Auch wenn einige Leute witzelten: »Genießt den Krieg, der Frieden wird fürchterlich!«, sehnte ich natürlich wie die meisten Menschen das Kriegsende herbei. Und es rückte näher, unaufhaltsam.

Fatalismus half enorm in diesen Tagen. Ebenso wie Verliebtheit, auch wenn sie nur von einer zufälligen Begegnung bis zur nächsten gedacht werden durfte. Doch Gefühle kümmern sich nicht um das, was erlaubt oder nicht erlaubt ist. Sie entwickeln ihre eigene Dynamik. Ich erinnere mich da an einen besonderen Maitag im Rapsfeld. Und an mehr.

Leider lässt meine Konzentration durch die Krankheit und die Medikamente viel zu rasch nach. Jeden Tag schaffe ich weniger, dabei gibt es so vieles, was ich dir noch schreiben will. Immer größer wird meine Angst, es könnte das letzte Mal sein, dass ich zum Federhalter greife.

Das Wichtigste, nur dass ich es dir einmal laut und deutlich gesagt habe: <u>Ich liebe dich!</u>

Und ich bitte dich, sieh dir meine Aufzeichnungen im Schulschreibheft an, das ich retten konnte. Sie sind oft nur in Stammelsätzen dahingeschmiert, aber du bist schlau und fantasiebegabt, du wirst sie schon entschlüsseln.

14

Jeanne sang, während sie Unkraut jätete. Weil Scharen hungernder Städter übers Land zogen, war das Gemüsebeet in diesem Frühjahr mitten im Rapsfeld angelegt worden. Jeanne nahm jedes Mal einen anderen Weg dorthin, um keine Spur zu hinterlassen.

»La vie est belle, lala lala«, improvisierte sie gedankenverloren.

Es roch nach aufgebrochener Erde, frischem Grün und intensiv nach blühendem Raps, süßlich und wächsern. Darunter mischte sich immer mal der Gestank vom Misthaufen oder eine Brise vom Meer.

Seit Edo zurück war, herrschte auf dem Hof eine ganz andere Stimmung. Plötzlich war das Leben bunter, leichter. Familie Bohlmann lachte wieder. Edo musste oder besser durfte eine Kriegsverletzung auskurieren. Er war offiziell »fürs Erste dienstuntauglich«. Welcher Art die Verletzung war, wurde dem Gesinde nicht mitgeteilt. Jeanne spitzte zwar die Ohren, wenn sie im Vorderhaus arbeitete, doch sie erfuhr weiter nichts über die Hintergründe. Zwei Tage vor Edos Ankunft hatte sie die ersten zarten Fiederblättchen an ihrem Rosenstrauch entdeckt, und seit dem Morgen zeigten sich zwei winzige Knospenansätze.

Edo hatte sehr blass ausgesehen, ausgemergelt, der Schrecken des Krieges spiegelte sich in seinen Augen wider. Und doch, er und Gesine freuten sich aneinander. Sie liebten und stärkten sich. Jeanne beobachtete es mit Freude, auch ein wenig mit Eifersucht oder Neid, aber es überwogen die guten Empfindungen, wenn sie das Ehepaar sah. Von Tag zu Tag erholte sich der Bauer mehr.

Es war Mai, die Sonne schien.

»*La vie ... l'amour ... toujours ...*« Jeanne warf singend herausgehacktes Unkraut in einen Eimer. Zarte Löwenzahnblätter sammelte sie gesondert.

»So ist's recht«, hörte sie plötzlich Edos Stimme.

Lächelnd trat er aus dem leuchtenden Gelb des Rapsfelds zwischen die Reihen mit sprießendem Möhrengrün. »Wanda harkt das Unkraut ja immer nur unter.«

Zum ersten Mal seit seiner Rückkehr waren sie allein miteinander. Jeannes Herz klopfte schneller. Edo sah schon viel besser aus. Am liebsten hätte sie ihn mit Fragen bestürmt. Wie furchtbar war's für dich im Krieg? Welche Verletzungen hast du? Ist es jetzt besser? Musst du wieder zurück? Hast du gespürt, dass ich immer an dich gedacht habe? Ist dir schon der Rosenstrauch aufgefallen? Jeanne suchte Halt am Stiel ihrer Hacke, sie stützte sich daran ab und wünschte in diesem Moment, sie hätte ihr Haar frisch gewaschen. Verborgen unter dem im Nacken verknoteten Kopftuch würde Edo es hoffentlich nicht sehen. Verlegen wischte sie eine Hand an ihrer Schürze ab.

»Dann wächst es noch schneller nach«, erwiderte sie und errötete unter seinem Blick.

Edo machte einen Schritt auf sie zu, er hatte schon etwas Farbe bekommen, denn er inspizierte seit einigen Tagen sein Land. Als er direkt vor ihr stand, sah er ihr tief in die Augen.

»Ich wollte dir etwas wiedergeben«, sagte er mit einem

kleinen, umwerfenden Lächeln. »Es hat mich überall hin begleitet.« Fragend schaute sie ihn an. Er neigte den Kopf zu ihr hinunter. Jeannes Herz schlug Trommelwirbel. Edo gab ihr einen Kuss auf die Wange. Sie spürte seine festen Lippen, warm und zärtlich, er ließ sich Zeit. Es kitzelte angenehm, und ein wohliges Rieseln durchlief ihren Körper. Unwillkürlich schloss sie die Augen, wartete auf mehr. »Der hat mich immer wieder aufgemuntert«, hörte sie Edo sagen. Schnell öffnete sie die Augen wieder. »Jetzt bringe ich ihn dir wohlbehalten zurück.« Er zwinkerte, und sie, zu verblüfft, um verschämt zu reagieren, lächelte einfach nur erfreut.

»*Merci*, Monsieur«, flüsterte sie.

Edo legte beide Hände auf dem Rücken zusammen und sah sich zufrieden um. »Das haben wir Veerteihn-Achtteihn, im ersten Krieg, auch schon gemacht – die Gemüsebeete im Feld versteckt.« Sein Blick fiel auf den Haufen sorgfältig gepflückter junger Löwenzahnblätter. »Wieso schmeißt du die nicht in den Eimer zum übrigen Unkraut?«

»Oh, Monsieur, das wird ein köstlicher Salat. Etwas Abwechslung für den Speiseplan.« Jeanne bot ihm ein knackig-zartes Blättchen an und biss selbst in eines hinein. »Probieren Sie mal.«

Zögernd nahm Edo den Löwenzahn, knabberte etwas ab und kaute. Seine Miene verriet, dass er es essbar, aber belanglos fand. »Na ja, wenn man Grünzeug mag«, sagte er gnädig.

»Ist auch gesund«, betonte Jeanne.

»Bring mal mit«, forderte er sie knapp auf. »Für uns alle.«

»Wirklich?«, fragte Jeanne erstaunt.

»Wir leben doch sowieso in gefährlichen Zeiten«, antwortete Edo grinsend.

Sie sahen sich an wie zwei Verschwörer. Und ein aufregendes Kribbeln erfüllte Jeanne.

»Nee!«, erwiderte Großmutter Bohlmann bestimmt, als Jeanne ihr wenig später mit den Worten »Salat für alle« einen Haufen Löwenzahnblätter aus ihrer Schürze auf den Küchentisch schüttelte. Die alte Frau lächelte halb amüsiert, halb bedauernd. »*Wat de Bur nich kennt, dat frett he nich.* Alte ostfriesische Weisheit.« Sollte bedeuten, dass niemand Jeannes Löwenzahnsalat essen würde. »Das Zeug gib mal den Schweinen.«

»Aber Monsieur Edo …«, Jeanne unterbrach sich. »Ich könnte den Salat doch erst mal zubereiten, und wir sehen, ob's schmeckt.«

Die Großmutter zeigte sich sonst durchaus willig, andere Zubereitungsarten, die Jeanne ihr vorschlug, auszuprobieren.

»Dafür ist mir die Salatsoße zu schade«, erwiderte die alte Frau streng.

Sie bereitete Joghurt mit Salz, Pfeffer, Honig und etwas Essig zu, Zitronen gab es ja nicht mehr, und schickte Else los, einen frischen Kopfsalat aus dem Garten zu holen. Jeanne wusch die Löwenzahnblätter trotzdem, tupfte sie trocken und stellte, als sie im Vorderhaus eindeckte, eine große Handvoll in einer Kumme auf den Tisch. Den Rest würde sie dann eben allein essen beziehungsweise den anderen in der Sommerküche anbieten.

Am Nachmittag standen alle, die nicht auf dem Feld zu tun hatten, auf dem gepflasterten Hofplatz, weil ein prämierter Zuchtbulle zum Decken bestellt worden war. Der Besitzer kam mit dem Tier aus dem Nachbarort. Zwei stierige Kühe waren schon mit Eisenketten an der Scheunenmauer festgemacht. Niemand wollte sich das Naturschauspiel entgehen lassen. Während der Altbauer, Edo und der Züchter miteinander über den Eintrag ins Herdbuch sprachen, wandte sich die Großmutter Jeanne zu.

»Edo hat den Löwenzahn gegessen«, sagte sie kopfschüttelnd. »Hat ihn mit dem Kopfsalat und der Soße vermischt und alles verputzt.«

Gesine nickte. »Da versteh noch mal einer die Welt«, sagte sie.

Jeanne lächelte nur. Der Züchter führte seinen Bullen am Nasenring zur ersten Kuh. Die Tiere wirkten nicht sonderlich erregt oder leidenschaftlich. Als der Bulle in Aktion trat, registrierte Jeanne, dass Gesine mit großer Nachdenklichkeit und innerer Anteilnahme zuschaute. Als Bauersfrau hatte sie den tierischen Akt sicher schon oft gesehen. Dennoch schien er sie irgendwie besonders zu beschäftigen. Nun besprang der Bulle die zweite Kuh. Die Besamung dauerte jeweils nur wenige Sekunden.

Als es vorbei war, wandte sich Gesine zur Seite, schaute Jeanne an, ihre Blicke trafen sich. Blitzschnell wich das Nachdenkliche in Gesines Ausdruck einer Art Scham. Doch gleich darauf wirkte sie auch schon wieder ganz normal.

»Hol uns eben den Schnaps und ein Glas, Jeanne«, bat sie.

Der Züchter trank seinen Schnaps im Stehen, er wollte sein Tier schnell wieder auf die Weide bringen. Während das Glas rundging, tauschten sie noch ein paar Neuigkeiten aus.

»In Holland sind gerade große Flächen unter Wasser gesetzt worden«, schnappte Jeanne auf. »Verwandte von uns mussten Hals über Kopf ihr Haus verlassen, sie wären sonst ersoffen.«

Jeanne frohlockte innerlich. Die deutschen Besatzer rechneten offenbar damit, dass die Alliierten bald auch zu Lande angreifen würden. Sie bereiteten ihren Rückzug vor.

Seit einigen Tagen war es vorbei mit der Harmonie zwischen Edo und Gesine. Ohne zu verstehen, um was es ging, konnte Jeanne sie streiten hören.

»Nein, das werde ich nicht!« Edo lehnte etwas ab, das Gesine wohl immer wieder von ihm forderte. Einmal hörte Jeanne, dass er mit Nachdruck sagte: »Gesine, du bist meine Frau!«

Wenn ihr euch schon liebt, dachte Jeanne ärgerlich, wenn ihr schon dieses sagenhafte Glück habt, warum seid ihr denn dann verdammt noch mal nicht auch glücklich miteinander? Wenn dieser Mann mich liebte, würde ich sonst gar nichts mehr verlangen.

Jeanne grübelte. Konnte es sein, dass Gesine wieder eifersüchtig auf sie war? Aber dazu hatte sie doch überhaupt keinen Grund.

Jeanne versuchte, in keiner Weise aufzufallen, um nicht noch mehr Gesines Unmut auf sich zu lenken. Sie ging Edo sogar aus dem Weg. Doch wenn sie einander begegneten und er dann einen lustigen Spruch an sie richtete, antwortete sie scherzhaft und leichthin. Sie hatten nun mal einen guten Draht zueinander. Wie sollte sie denn anders reagieren?

Die Bevölkerung wurde aufgerufen, Stoffe und Kleider für die Ausgebombten zu spenden. Jeanne musste den beiden Bohlmann-Frauen bei der Suche zur Hand gehen. Sie wühlten hinten in Schränken und Truhen und beförderten noch so manches brauchbare Textil zutage.

»Guck mal«, Gesine hielt ein kornblumenblaues Kleid

hoch, das in den Zwanzigerjahren einmal modern gewesen war. Sie reichte es Jeanne. »Da, nimm du es.«

Jeanne bedankte sich überschwänglich. Ihr gefiel der Crêpestoff, und sie sah gleich vor sich, wie man den Schnitt ändern musste, um es tragbar zu machen. Gesine hatte also doch nichts gegen sie. Das erleichterte sie und freute sie noch mehr als das Kleid.

Im Juni feierte die Großmutter ihren Geburtstag. Es war ein milder Tag, der übliche Kreis fand sich in etwas dezimierter Anzahl zusammen und tauschte Neuigkeiten aus. Else und Jeanne bedienten, es gab sogar Kuchen. Abends, als sich wegen der Sperrstunde schon alle Gäste verabschiedet hatten, saß Familie Bohlmann noch windgeschützt in der Lindenlaube. Der Großvater spielte auf seiner Konzertzither, Edo hatte eine Mundharmonika hervorgeholt. Gesine bat Jeanne dazu, und sie brachten der Großmutter alle zusammen noch ein Ständchen.

Wegen der Verdunklungspflicht zündeten sie kein Licht an, aber die Dämmerung schimmerte im Norden zu dieser Jahreszeit bis Mitternacht am Horizont. Großmutter spendierte eine Runde aus ihrem selbst aufgesetzten Kirschrumtopf. Gesine forderte Jeanne auf, *Dat du min Leevsten büst* zu singen. Ausgerechnet das Lied, bei dem die Pastorenfrau »das Dreckige« in Jeannes Stimme bemerkt haben wollte. Jeanne sträubte sich, sie fand es unpassend.

»Ach nein«, wand sie sich, »ich kenn auch nur die erste Strophe.«

Doch die Großeltern, die mit diesem Lied offenbar schöne Erinnerungen verbanden, wünschten sich ebenfalls, dass Jeanne es für sie sang. Edos Vater begann schon, die Zither zu zupfen, und so gab Jeanne schließlich klein bei. An der Stelle *Kumm bi de Nacht, kumm bi de Nacht* schaute sie absichtlich niemanden an, sondern in den

Sternenhimmel. Ihre Stimme, tief und warm und etwas heiser, klang sehnsuchtsvoll. Nach dem Vortrag sagte lange keiner etwas.

Eigentlich hatte Gesine ihren Mann zur Mühle begleiten und unterwegs Bekannten, die an der Strecke wohnten, ein paar Gläser mit eingemachtem Obst und Großvaters Rapshonig vorbeibringen wollen. Doch als Edo das Pferd schon angespannt und die Säcke mit Weizenkorn geladen hatte, sagte sie, sie sei unpässlich. Gesine bat Jeanne, mitzufahren und ihrem Mann zur Hand zu gehen. Jeanne wusch sich die Hände, band eine saubere Schürze vor und ein frisch gebügeltes Kopftuch um. Sie hatte mitbekommen, dass Edo und Gesine sich schon wieder gestritten hatten. »Ein für alle Mal«, hatte Edo die Auseinandersetzung mit einem Machtwort beendet, »ich will davon nichts mehr hören!« Wahrscheinlich ist Gesine jetzt bockig, dachte Jeanne, und hat keine Lust, ihn zu begleiten.

»Ist ja kein Wunder, dass sie sich nicht gut fühlt«, sagte Edo entschuldigend, als sie über die Deichstraße zuckelten. »Wir hatten diese Woche viermal nachts Alarm. Wann soll sie denn da ausschlafen?« Jeanne, die neben ihm auf dem Kutschbock saß, nickte. Dabei galt das ja für alle. Sie fühlte sich auch nicht ausgeschlafen. Der Großvater weigerte sich inzwischen schon, Schutz im Motorenraum zu suchen. Ist doch egal, begründete er seine Haltung, wenn's dich erwischen soll, dann erwischt es dich. Und genau das, wovor du am meisten Angst hast, das kriegst du auch. *Ik bliev hier.* »Wahrscheinlich geben dir die Leute, bei denen du gleich die Gläser ablieferst, frischen Fisch zurück«, erklärte Edo Jeanne. »Du solltest also an der Haustür nicht auf dem Absatz kehrtmachen, sondern ihnen Gelegenheit lassen, sich zu revanchieren.«

Wieder nickte sie nur. Sie fragte sich, weshalb er das Eingemachte nicht selbst überbrachte. Vermutlich waren solche Tauschgeschäfte unter der Würde eines Großbauern. Jeanne schwieg die meiste Zeit. Ihre Leichtigkeit war verflogen. Dabei genoss sie es, neben Edo zu sitzen, mit ihm durch die frische Luft zu fahren. Sie wollte nicht nachdenken. Sie wollte einfach nur in diesem Moment sein. Klack-klack, den rhythmischen Hufschlag der Pferde im Ohr, dazu Möwenrufe und Kiebitzschreie. Klack-klack. Edo neben sich spüren, auch wenn sie ihn nicht ansah. Die angenehm wärmende Sonne im Gesicht. Klack-klack-klack. Den Duft von Heu und Meer in der Nase. Von ihr aus konnte das jetzt noch stundenlang so weitergehen.

Doch auf einmal brach ein ohrenbetäubender Lärm über sie herein – Tiefflieger! Es krachte, Geschosse pfiffen. Feldarbeiter wurden von Bord aus beschossen, die Besatzung hatte dafür nur wenige Sekunden und feuerte aus allen Rohren. Ihr Pferd scheute.

»Runter!«, befahl Edo. Jeanne sprang vom Bock. »Dahin!« Sie rannten zum nächsten Einmannloch, während das Pferd durchging und mit dem schlenkernden Wagen davongaloppierte. Edo sprang ins Schutzloch, Jeanne schaute zum nächsten. »Komm!« Edo hielt seine Arme hoch, um sie hineinzuheben. Jeanne überlegte nicht mehr, sie sprang. Edo presste sie an sich, so passten sie zu zweit hinein. Beide zogen den Kopf ein. Jeanne empfand panische Angst, kniff die Augen zusammen. In ihrem Kopf wirbelte alles durcheinander. Das Dröhnen, das Getöse, der Boden bebte, es roch verbrannt. Irgendwo schrie jemand … Ein Mensch oder ein Tier? Und dann wurde das Brummen leiser, schließlich herrschte eine unheimliche Ruhe. »Vielleicht kommen sie zurück«, raunte Edo. »Oder es folgen andere.« Er hielt Jeannes Kopf mit einer Hand gegen seine Brust gedrückt. Sie konnte sein Herz hören, es raste wie ihres. Jeanne lauschte reglos, lange, ohne Zeitgefühl, bis sich sein Herzschlag allmählich beruhigte. In seiner Umarmung fühlte sie sich sicher. So musste es sein. Hätte ihr Vater sie doch nur einmal so in den Arm genommen! Edos Griff lockerte sich. »Ich glaub, wir können raus.«

Er kletterte nach oben. Auf dem betonierten Rand stehend sah er sich um, dann reichte er Jeanne die Hand, um sie hochzuziehen. Nachdem sie mit einem tiefen Seufzer wieder neben ihm auf die Füße gekommen war, bemerkte sie, dass sie am ganzen Körper zitterte und ziemlich derangiert war. Das vom Kopf gerutschte Tuch lag noch unten, ihr Haarknoten löste sich auf.

Sie sah Edo an. Das war verdammt knapp!, dachte sie nur. Er atmete heftig aus. Ist ja noch mal gut gegangen, erwiderte sein Blick. In diesem Moment musste sie einfach losweinen, die Tränen strömten nur so.

»Entschuldigung«, schluchzte sie, es war ihr peinlich.

Edo nahm sie wieder in den Arm. »Ruhig, ganz ruhig.« Er strich ihr übers Haar, sprach auf sie ein wie auf ein nervöses Pferd. »Sei froh, dass du noch weinen kannst.«

Jetzt erst begriff Jeanne, dass sie um ein Haar getötet worden wären. Aber sie lebten noch, sie lebten noch, und sie wollte endlich richtig leben! Schniefend blickte sie hoch zu Edo. Bestimmt sah ihre Nase rot und geschwollen aus, aber das war egal.

In Edos Augen konnte sie sehen, dass sich etwas verändert hatte. Küss mich!, dachte sie inbrünstig. Es zählt nicht. Wen interessiert noch Recht oder Unrecht – wir wären gerade beinahe gestorben. Wir könnten jetzt zerfetzt sein. Lass uns endlich leben!

Edo verstand, was in ihr vorging. Seine Augen waren wie

ein Spiegel ihrer eigenen Gefühle. Jeanne erkannte darin Lebensgier und dunkles Begehren. Das Blau funkelte, als ginge darin ein Sternenschauer nieder, das Schwarz seiner Pupillen erweiterte sich. Ihr Herz schlug heftiger. Edos Mund kam näher, sein Griff wurde fester.

Gleich ist es so weit, dachte Jeanne, halb ohnmächtig vor Erwartung, das Leben wird anders sein danach, ich weiß es; sie sehnte es herbei wie noch nie irgendetwas. Und dann endlich küsste er sie. So zärtlich.

Jeanne ließ sich in dieses Gefühl hineinfallen. In ihrem Bauch kitzelte es, ihr war wunderbar schwindlig. Wie gut, dass Edo sie so festhielt, sie spürte durch den kratzigen Wollstoff seiner Jacke hindurch seinen Leib an ihrem. Seine Lippen fühlten sich etwas rau an, er roch holzig-würzig nach Mann und Heu, nach Pferdeleder und Seewind. Jeanne schwebte in einer bislang unbekannten Empfindung. Als würde sie schwerelos Purzelbäume machen. Und sie war dabei nicht allein! Edo schwebte mit ihr. Die Einsamkeit, die Jeanne schon lange von allem getrennt hatte, löste sich in diesem Kuss auf.

»Es ist nicht richtig.« Jeannes schlechtes Gewissen meldete sich einen Tag später, während sie am Wassergraben Holunderblüten pflückte, und sie sagte es Edo, als er sie unter einem ausladenden großen Busch überraschte. Die anderen saßen schon beim Vespern in der Sommerküche. Sie wischte sich ein paar lose Haare aus der Stirn. »Es ist nicht richtig«, wiederholte sie. Ihr Herz klopfte schneller.

Edo stand vor ihr, charmant lächelnd, die Ärmel seines weißen Hemdes hochgekrempelt. »Jaja …«, antwortete er gedehnt, wobei er sich vorlehnte und ein paar störende Zweige auseinanderbog. Doch seine Augen blitzten vor Lust und Lebensfreude. Er nahm ihre Bedenken offenbar nicht ernst. Und eigentlich wollte sie das ja auch gar nicht. »Es muss doch niemand wissen«, flüsterte er und hielt ihr eine Dolde vor die Nase. Der spritzige zitronig-liebliche Duft machte übermütig. »Nur ein Kuss im Hollerbusch!«

Sie beugte sich vor, gegen alle Vorsätze, schloss die Augen und wartete sehnsüchtig darauf, seine Lippen auf ihrem Mund zu spüren.

Jeanne suchte Rechtfertigungen für ihr Verhalten, das sie moralisch nicht gutheißen konnte. Sie nahm Gesine doch nichts weg, verteidigte sie sich in Gedanken. Hatte Gesine nicht auch selbst Schuld? Was stritt sie dauernd mit Edo! Und solange es nur beim Küssen blieb, war es doch nicht wirklich schlimm. Es ist nur ein Spiel, redete Jeanne sich ein. Derart beschwingt ging ihr die Arbeit viel leichter von der Hand. So vergingen zwei oder drei wunderbar aufregende Wochen. Wo immer sich eine Gelegenheit bot, raubte Edo ihr einen Kuss.

»Bringst du ihn oder holst du ihn ab?«, neckte Jeanne ihn.

»Oh, ich hab den letzten Kuss verloren«, antwortete er gespielt betrübt.

»Kein Problem, ich kann jederzeit neue machen«, versprach sie ebenso großzügig wie kokett. »Hunderte, Tausende, *milliards*. Ich bin reich!«

Leise sang er eine Schlagerzeile. *»Ich bin ganz verschossen in deine Sommersprossen.«*

Sie lächelte verliebt.

Jeanne blühte auf, genau wie ihr Rosenbusch, der inzwischen seinen wahren Charakter, nämlich den einer Kletterrose zeigte. Rosenrot blühte er, nicht zu dunkel, nicht zu hell. Ein weibliches Rosarot, am Rand dunkler, viel Weiß und etwas Blau unter klassisches Rot gemischt. Jeanne assoziierte mit der Farbe den Lippenstift einer eleganten Pariserin. Die Blüten vertrugen schlecht Regen, aber es gab reichlich Knospen, und außerdem dufteten sie. Nicht sehr intensiv, doch edel und besonders. Einmal brach Edo eine halb erblühte Rose aus einem der üppigen Blütenbüschel ab und steckte sie Jeanne hinters Ohr.

Gesine schien von alldem nichts mitzubekommen. Sie zeigte sich erfreut über Edos gesteigertes Wohlbefinden und zankte auch, soweit Jeanne das beurteilen konnte, nicht mehr mit ihm. Manchmal wallte in ihr noch ein wenig schlechtes Gewissen der Bäuerin gegenüber auf, aber sie verdrängte ihre Bedenken auch schnell wieder. Beide gaben sich alle Mühe, sich vor den anderen nichts anmerken zu lassen. Die Gefahr, ertappt werden zu können, machte alles noch prickelnder.

Andererseits wünschte Jeanne sich, einmal richtig entspannt und in Ruhe mit Edo zusammen sein zu können. Es musste immer alles schnell und leise zugehen. Sie redeten kaum miteinander. Was sie sagen wollten, sagten sie mit den Augen.

Mit Imkerhut und qualmender Pfeife geschützt, half Jeanne dem Großvater, die Waben mit dem neuen Honig aus den Bienenkästen zu holen und zu schleudern. Sie hatte keine Angst vor den Insekten.

»Das machst du gar nicht schlecht«, lobte der alte Mann, dessen linker Arm noch immer nicht wieder seine volle Kraft zurückerlangt hatte.

»Mein Vater hält doch auch Bienen«, sagte sie, »er erntet vor allem Akazienhonig.«

»Ich hab ein Drohnenvolk auf Norderney, das muss

nach der ersten Augustwoche wieder abgeholt werden. Da könntest du eigentlich mitkommen und mir helfen.«

»Auf die Insel?«, fragte Jeanne mit großen Augen. »*Bien sur*, das würde ich sehr gern!«

»Ich sollte dich warnen«, Großvater Bohlmann zögerte einen Moment, »es könnte unangenehm werden. Die Tommys haben in letzter Zeit ein paarmal die Fähre nach Wangerooge angegriffen. Es gab Verletzte und einen Toten.«

»Na und?« Jeanne paffte eine dicke Qualmwolke in den Himmel und zitierte den alten Herrn. »Wenn's einen erwischen soll, dann erwischt es einen. Egal, ob hier oder da.«

Immer wieder musste Jeanne an den ersten Kuss denken, der etwas Unvergleichbares, Sagenhaftes berührt hatte. Ob sich diese Empfindung wiederholen oder sogar vertiefen ließ? Eine verheißungsvolle Ahnung, nicht richtig fassbar, lockte sie. Mit jeder Berührung steigerte sich bei Edo und ihr die Sehnsucht nach mehr. Die Verspieltheit schwand. Schließlich überlegte Jeanne von morgens bis abends und mehr noch von abends bis morgens, ob sie diesen letzten Schritt tun sollte.

Sie war anders erzogen worden. Katholisch. Ein braves Mädchen wartete bis zur Hochzeitsnacht. Und Ehebruch verstieß gegen die Gebote.

Aber sie hatte mittlerweile den Eindruck, dass alle mit allen schliefen. Der Krieg entfesselte eine unglaubliche Gier nach Leben, die offenbar genau darin ihren äußersten Ausdruck fand.

»Hab ich doch recht gehabt«, zischte ihr Pierre eines Tages im Flur zu. »Du *bist* eine Hure! Wenn das bekannt wird, geht's dir und dem Bauern an den Kragen.«

Jeannes Augen wurden zu Schlitzen. »Wage es nur, du

crétin! Der Bauer hat das Recht, dich zu prügeln, wenn er will. Außerdem braucht er nur zu behaupten, du hättest die Arbeit verweigert, und du landest in einem Sonderlager. Überleg es dir gut.«

Sie konnte förmlich sehen, wie ihr Landsmann den Schwanz einzog. Jeanne wunderte sich darüber, wie mühelos sie gemein sein konnte, aber es tat ihr nicht leid.

Durch Beobachtung versuchte sie herauszufinden, ob Gesine etwas ahnte. Doch die Bäuerin machte einen ausgeglichenen Eindruck.

»Jetzt bist du schon über ein Jahr bei uns, Jeanne«, sagte sie nur einmal an einem schwülen Julitag. »Du dürftest offiziell ein paar Tage Urlaub machen. Aber ich nehme an, du möchtest zurzeit lieber nicht verreisen.«

Schwang da etwa Ironie mit? Jeanne horchte genau hin. Nein. Gesine spielte wohl nur auf den Kriegsverlauf an.

Jeanne lächelte traurig. »Momentan ist es ziemlich ungünstig.«

Sie dachte an ihr Zuhause. Vor Kurzem waren die Alliierten an der Küste der Normandie gelandet. Amerikaner und Engländer rückten in Frankreich gegen die Deutschen vor. Dort mussten chaotische Zustände herrschen. Wie zerstört mochte ihre Heimat inzwischen sein? Wie viel würden die Deutschen auf dem Rückzug dem Prinzip der verbrannten Erde folgend noch kaputtmachen? Würde sie ihr Frankreich überhaupt wiedererkennen?

An diesem Abend konnte Jeanne nicht einschlafen. Der Mond erhellte ihre Kammer. Die Luft war stickig, obwohl sie das kleine Fenster weit geöffnet hatte. Stechmücken aus den nahen Wassergräben sirrten umher. Jeanne boxte in ihre Federbettdecke, strampelte sie zur Seite. Ihr Körper stand unter Hochspannung. Sie sehnte sich nach Edo. Schließlich sprang sie auf. Es hatte einfach keinen Sinn, sich noch länger hin und her zu wälzen. Jeanne warf sich ein leichtes Kittelkleid über. Sie musste nach draußen, sich bewegen, vielleicht wehte am Meer wenigstens eine kleine Brise. Entschlossen stapfte sie durch die Vollmond-nacht. Am Himmel türmten sich bereits Gewitterwolken. Hoffentlich entluden sie sich bald.

Jeanne setzte sich auf den Deich, zog das Kleid über ihre Knie und schaute übers Meer auf den Horizont. Dort braute sich ordentlich was zusammen. Bei diesem Wetter würden wenigstens keine Feindbomber aufsteigen. Die zu erwartenden Turbulenzen wären zu gefährlich. Sie atmete tief durch. Warten, immer warten. War das ihr Schicksal?

Ein Chanson von Jean Sablon ging ihr durch den Sinn. Leise sang sie es vor sich hin. »*J'attendrai, le jour et la nuit, j'attendrai toujours* ...«

Plötzlich spürte sie etwas, jemand setzte sich neben sie. Jeanne erschrak und unterbrach sich kurz – es konnte nur Edo sein, sie wandte den Kopf, ja, er war es –, lächelte ihn an, schaute wieder aufs Meer und sang weiter.

Als sie fertig war, nahm er ihre Hand. Mit zärtlichem Verlangen küsste er die Innenfläche. »Du kommst mir manchmal vor wie ein Zauberwesen«, sagte er. »Was be-deutet das, was du gerade gesungen hast?« Sie konnte sein Gesicht in der Dunkelheit nicht richtig erkennen.

»Ich werde dich erwarten«, flüsterte sie, »Tag und Nacht, immer.«

»Das bedeutet es?«

»*Oui.*« Sie legte den Kopf in den Nacken.

Da zog er sie an sich, umarmte sie leidenschaftlich, ihre Münder stießen aufeinander. Seine festen Lippen öffneten sich auf ihren, schon die erste Berührung ihrer Zungen-spitzen löste in Jeanne Kaskaden lustvoller Schauer aus. Der Kuss schmeckte salzig, sie spürte kratzige Bartstoppeln

an ihrem Kinn, und dann fühlte sie sich wie in einem dieser Strudel, die sie manchmal im Meer beobachtete, von
einem Sog ergriffen, gegen den sie nicht ankam. Über dem
Meer zuckten Blitze auf, in der Ferne grollte Donner. Abrupt hielt Edo inne. Er streckte seine Arme durch, um den
Abstand zwischen ihnen wieder zu vergrößern, offenbar
ein letzter Versuch, vernünftig zu sein.

»Jeanne, du weißt, dass es keine Zukunft gibt für uns«,
sagte er mit rauer Stimme. »Das ist dir doch klar, nicht
wahr? Ich bin verheiratet, ich liebe meine Frau.«

Wie betäubt sah sie Edo an. Noch ganz schwummrig
setzte sie sich wieder gerade auf. Sie brauchte etwas, bevor sie antworten konnte. »Ja, ich weiß«, stieß sie schließlich hervor. Und zuckte arrogant mit der Schulter. »Ich
würde sowieso nur einen Franzosen heiraten.« Edo lachte kurz auf.

»Und Zukunft?« Nun klang doch etwas Bitterkeit aus
ihrer Stimme. »Wer weiß denn schon, wie viel Zukunft
wir überhaupt noch haben?«

Wortlos saßen sie nebeneinander, zum Zerbersten angespannt. Jeanne dachte, wenn er mich nicht bald noch
einmal küsst, muss ich weggehen. Wie kann er nur so lange
zögern? Die Nordsee wurde immer unruhiger. Wellen mit
weißen Schaumkronen schwappten schon über den seewärtigen Deichweg. Der große runde Mond schaute kurz
zwischen schwarzen Wolken hindurch.

»Wir haben Springflut«, sagte Edo endlich. Sie verstand
es nicht auf Anhieb, weil die Natur ihre Lautstärke vervielfacht hatte. »Springflut!«, wiederholte Edo brüllend. Ein
Blitz erhellte ihre Gesichter, sie schauten sich an. Jeanne
sah sein Begehren, der Ausdruck in seinen Augen machte
ihr das Atmen schwer, steigerte ihre eigene Ungeduld und
Sehnsucht. Edo reichte ihr die Hand. »Komm!«

Die Wolke über ihnen brach, es begann zu schütten. Hand in Hand rannten sie los.

Wenig später erreichten sie den Hof, völlig durchnässt. Sie gingen zur kleinen Tür des Achterhus, wo Edo kurz innehielt. Seine Haare trieften. Lächelnd wies er auf den blühenden Rosenstrauch. Dann fiel sein Blick auf Jeannes Brüste, die sich unter dem nassen Kleid deutlich abzeichneten, und er stieß die Tür auf. Als sie an der Waschküche vorbeikamen, nahm er einen Stapel gemangelter Leinentücher mit. Ohne ein weiteres Wort folgte Jeanne ihm auf den oberen Heuboden in das Holzkabuff. Es war stockfinster, abgesehen von den Blitzen, die zwischen den Dachziegeln aufleuchteten.

Jeanne spürte mehr, als dass sie es sehen konnte, wie Edo ein Laken aufs Gerstenstroh warf, ihr eines reichte und begann, sich auszuziehen. Er rubbelte sich trocken, während sie immer noch angezogen tropfnass im Dunkeln stand. Sie überlegte, ob sie ihm sagen sollte, dass sie noch nie mit einem Mann geschlafen hatte. Als er ihre Scheu bemerkte, kam er näher, umarmte und küsste sie und begann dann, sie behutsam zu entkleiden. Während des Kusses verlor Jeanne ihre Hemmungen, sie reagierte einfach intuitiv und sank mit ihm auf das Laken.

»Ich pass schon auf«, versprach Edo.

Es war schön. Es gefiel ihr. Doch ihre Unsicherheit und Unerfahrenheit erlaubten ihr nicht, sich völlig hinzugeben. Ein paarmal flog sie eine Ahnung an, wie es sein könnte. Da fühlte sie sich, als würde sie am Tau über dem Heu, von Edo sicher gehalten, durch die Lüfte schwingen.

Vielleicht war er auch zu ungeduldig. Aber sie liebte seine Küsse, die sie berauschten, und das Gefühl von Haut auf Haut. Und dass sie umfangen und gestreichelt und liebkost wurde. Das Schönste daran, dachte sie hinterher, als sie wieder allein in ihrer Kammer lag, das Schönste ist, dass ich mich endlich nicht mehr einsam fühle.

Am folgenden Vormittag belauschte Jeanne bei der Arbeit im Vordergarten durchs Fenster ein Gespräch, das Vater und Sohn in der Wohnküche führten.

»Wir haben heut Nacht bei dem Gewitter alle angezogen mit der Versicherungstruhe auf dem Tisch in der Küche gesessen«, sagte der alte Bohlmann vorwurfsvoll. »Wo bist du gewesen, mein Sohn?«

»Das Jungvieh war ausgebrochen«, antwortete Edo überzeugend. »Jeanne ist zufällig auch auf gewesen. Wir haben die Tiere zusammen wieder eingefangen.«

»Na, wenn dat so is, dann is ja man gut.«

Jeanne hörte den Großvater weiterschlurfen.

Kurz darauf ging Edo nach draußen. Er streifte ums Haus, offenbar suchte er sie. Als er sie erblickte, kam er näher.

»Ich muss mit dir sprechen, wir treffen uns im Pferdestall.« Seine betretene Miene verriet ihr, was er ihr sagen wollte. Schlagartig fühlte sie in der Magengegend einen eiskalten Klumpen. Er bereut, was geschehen ist, dachte sie, ganz klar. Sie folgte ihm mit etwas Abstand, er erwartete sie in einer leeren Box. »Wir haben heute Nacht ausgebrochenes Jungvieh wieder eingefangen«, sagte Edo leise. »Falls dich einer fragt. Und, ja, äh … außerdem …«

Jeanne winkte ab. »Sie müssen mir nichts erklären, Monsieur«, kam sie ihm gekränkt zuvor. Trotzdem versuchte sie zu lächeln, als träfe es sie nicht besonders. »Wir vergessen es einfach. Schließlich … Einmal ist noch keine Gewohnheit.«

Tränen schossen ihr in die Augen, ein dicker Kloß in der Kehle hinderte sie daran, weiterzusprechen.

»Jeanne«, Edo umfasste ihr Gesicht, »du bist doch viel zu schade für solche Abenteuer.«

Ihr fehlten die Worte, um auszudrücken, was sie in diesem Moment empfand. Sie biss in seine Hand. Er schrie auf vor Schmerz. Jeanne musste beinahe würgen vor Enttäuschung. Wut und ein heißes, verzweifeltes Aufbegehren erfüllten sie, ihr Herz bekam in dieser Sekunde einen Riss.

Bin ich nun etwa doch zur Hure geworden?, fragte sie sich. Sie machte einen Schritt zurück, schloss die Augen, atmete flacher und schneller.

Edo packte sie an den Oberarmen, er schüttelte sie. Und ... sein Blick besänftigte sie augenblicklich. Das war ja die verdammte Krux mit ihnen! Sie konnten sich alles mit den Augen sagen. Von Anfang an war das zwischen ihnen so gewesen – ein tiefes Verständnis durch Blicke, die wahrhaftiger als Worte waren.

Jeanne erkannte, wie ungeheuer schwer es Edo fiel, diese Grenze zu ziehen. Aber er war eben ein Mann mit Prinzipien. »Du liebst Gesine, ich weiß«, sagte sie niedergeschlagen. »Du willst ihr nicht wehtun.« Das sprach ja sogar für ihn.

»Ich will auch dir nicht wehtun, süße Jeanne«, sagte er bewegt.

Seine Armmuskeln zuckten, als müsste er sich mit größter Anstrengung daran hindern, sie an sich zu ziehen. Sie sah und spürte es: Er begehrte sie nach wie vor, er hatte sie wirklich sehr gern, und er wollte ihr nicht schaden.

»Pas de problème. Ich habe verstanden, Monsieur.«

15

Cremont-sur-Crevette, Gegenwart

In der linken Schubladenecke lag neben einem grau marmorierten Füllhalter ein Stapel handbeschriebenes Briefpapier. Ella setzte sich, um ihn durchzublättern. Die Briefe,
auf Französisch verfasst, offenbar alle an denselben Emp-
fänger gerichtet, waren durchnummeriert. Vor Aufregung
bekam sie leicht feuchte Hände. Sie schaute auf die Tinten-
schrift – großzügig, mit starker Rechtsneigung und selbst-
bewussten Unterschleifen. Und dann begann sie zu lesen.

Mon bijou,
seit ich von deiner Existenz weiß, ist kein Tag ver-
gangen, an dem ich nicht an dich gedacht hätte. Mit so
viel Liebe, dass mein Herz ganz wund ist. Mit so heftig
ziehender Sehnsucht, dass nur mein schlechtes Gewissen
mich daran hindern konnte, zu dir zu kommen. Immer
war ich aber auch überzeugt davon, dass es besser für
dich und deine Familie ist, wenn ich mich unsichtbar im
Hintergrund halte. Deshalb hast du mich nie kennen-
gelernt. Manchmal frage ich mich, ob du wohl trotzdem
etwas von mir geahnt hast.
Ich habe es geschworen. Erst wenn ich nicht mehr lebe,
wirst du von mir erfahren. Wenn du diese Zeilen liest,
werde ich also nicht mehr sein. Ich wünsche mir so sehr,
dass du mich verstehen und mir verzeihen wirst. Dass

meine Liebe dich auch dann noch erreicht, berührt ...
Und wer weiß schon, wie es nach dem Tode weitergeht?
Vielleicht werde ich irgendwann als Molekül im Duft
meiner Rosen um dich herumschweben. ...

Ella las mit stockendem Atem. An wen richteten sich diese Zeilen? Manchmal musste sie Vokabeln per Smartphone im Internet nachgucken, doch die Lektüre wurde mit jeder Seite flüssiger.

Und mit jedem weiteren Brief verstärkte sich ihr Eindruck, dass diese Zeilen für sie, Ella Bohlmann, bestimmt waren. Einerseits völlig irrwitzig, doch andererseits hatte die Baronin schließlich, was ja auch schon ziemlich irrwitzig gewesen war, alles ihr vermacht und sich denken können, dass sie ihre Niederschriften entdecken würde. Aber wie hing das alles zusammen? Hatte ihr Vater Jan noch einen Halbbruder oder eine Halbschwester? Wartete irgendwo in Frankreich noch eine Tante oder ein Onkel auf sie? Ella las bis zum fünften Brief. Als sie an die Stelle mit der Unterstreichung kam – *Das Wichtigste, nur dass ich es dir einmal laut und deutlich gesagt habe:* <u>*Ich liebe dich!*</u> –, musste sie weinen. Aufgewühlt las sie den Brief zu Ende. *Und ich bitte dich, sieh dir meine Aufzeichnungen im Schulschreibheft an, das ich retten konnte. Sie sind oft nur in Stammelsätzen dahingeschmiert, aber du bist schlau und fantasiebegabt, du wirst sie schon entschlüsseln.*

Falls wirklich sie gemeint war – wie konnte jemand sie lieben, der sie nie getroffen hatte? Ella war zu aufgewühlt, um noch weiterzulesen. Und ihre Konzentration ließ rapide nach, denn es war schon fast sechs Uhr morgens. Sie wollte schlafen. Am kommenden Tag würde sie mit klarem Kopf alles in Ruhe studieren und auch das Schulheft suchen.

Es klopfte an ihre Zimmertür. »Madame? Sind Sie wach?«

»Jetzt schon, Violetta!«, antwortete Ella verschlafen.

Ihr Schädel brummte. Nacheinander fielen ihr die Begegnung mit Paul wieder ein, der Pernod, der Mond – und die Briefe der Baronin.

»Madame, es ist Besuch da!«

»Soll später wiederkommen.«

Violetta klopfte erneut. »Vielleicht möchten Sie sich erst seine Visitenkarte ansehen.«

Ella stand auf und sah an sich hinunter. Ihr Pyjama war zerknittert, da half kein Glattstreichen. Na, egal.

»Entrez!« Violetta kam herein und brachte ihr auf dem Silbertablett, das sonst eigentlich von einer Figur in der Empfangshalle gehalten wurde, eine Visitenkarte aus Büttenpapier. Ella musste lachen. »Ist das ernst gemeint?« Sie nahm die geprägte Karte. »Das ist nicht mal letztes, das ist ja vorletztes Jahrhundert!« Sie starrte auf die edle Schrift. *Baron Eugène de Cremont.*

»Der Neffe unseres Barons«, half Violetta ihr auf die Sprünge. Sie zog die Übergardinen auf und merkte wohl am Aufstöhnen Ellas, dass sie nicht in der besten Verfassung war. »Möchten Sie eine Kopfschmerztablette?«, fragte die Hausdame mitfühlend.

Ella nickte mit einem zusammengekniffenen Auge. »Alles, was hilft. Von mir aus auch Fledermausblut mit Eigelb und Rotwein.«

»Kommt sofort«, versprach Violetta. »Ich hab dem Baron in der Halle einen Platz angeboten und ihm einen Kaffee gebracht.«

Ella hatte bereits in Deutschland Erkundigungen über Eugène de Cremont eingezogen. Er war fünfzig Jahre alt und lebte unverheiratet auf einem Château, das in der Nähe von Saumur lag. Sein Familienzweig hatte den Weinanbau fortgeführt und hielt zudem beachtliche Anteile an diversen Unternehmen. Er selbst galt als internationaler Weinexperte, verfasste auch Bücher zum Thema und wurde gern zu Gourmetrunden gebeten, über die Lifestyle-Redaktionen berichteten. Dass er ihr nun ganz altmodisch seine Aufwartung machte, war immerhin ein netter Zug. Auch wenn er nicht am Hungertuch zu nagen schien, dürfte es ihn nicht erfreut haben, dass seine Tante ihr Erbe lieber einer Deutschen hinterlassen wollte als ihm.

»In Ordnung, Violetta. Bitten Sie ihn um ein paar Minuten Geduld.«

Der Baron erhob sich aus dem schweren Renaissancestuhl, der neben dem Kamin stand, als Jeanne, leger in Jeans und Strickjacke, die Treppe hinunterging.

»*Bonjour*, Baron de Cremont! Wie nett, dass Sie mich besuchen.« Sie streckte ihm die Hand entgegen. Er nahm und … küsste sie. Ella kam sich vor wie im falschen Film. Handkuss, wo gab's denn so was noch? Hatte sie noch nie bekommen, außer vielleicht als augenzwinkernde Geste eines Kollegen, der beim Presseball seine Weltläufigkeit demonstrieren wollte. Aber sie ließ sich nichts anmerken. Sollte er doch denken, sie bekäme ständig die Hand geküsst.

»*Bonjour*, Madame Bohlmann! Wie reizend, dass Sie Zeit für mich haben. Ich war gerade in der Nähe, und da dachte ich, es wäre doch schön, wenn man sich mal persönlich kennenlernen würde.«

»Sie haben recht«, erwiderte Ella liebenswürdig. Sämtliche Dialoge aus Filmen, die in Adelskreisen spielten, wurden gerade in ihrem Kopf reaktiviert. Als Journalistin hatte es ihr immer besonderes Vergnügen bereitet, sich in den unterschiedlichsten Kreisen zu bewegen. Sie hoffte nur, dass die Kopfschmerztablette bald wirkte. »Bitte nehmen Sie doch wieder Platz. Ich freue mich über Ihren Besuch.«

Ella ließ sich im Gegenstück zu dem Prunkstuhl nieder. Es hätte etwas wärmer sein können, aber als altes Adelsmitglied war der Gast sicherlich zugige Empfangshallen gewohnt. Violetta brachte auch ihr Kaffee.

»Möchten Sie vielleicht einen Cognac? Nein? Oder rauchen Sie? Bitte, es stört mich nicht.«

Ihr Gast lehnte dankend ab. Dann fiel ihr ein, dass er ein Weinexperte war, wahrscheinlich würde er seine Geschmacksknospen nicht mit Tabak belasten.

Eugène de Cremont war eine ausnehmend elegante Erscheinung – sehr aufrechte Haltung, geschmackvoller Zweireiher mit Einstecktuch, zurückgegeltes, an den Schläfen graues Haar, Seidenschlips und hoher Hemdkragen.

»Waren Sie nicht auch beim Lampionfest?«, fragte Ella. »Mir ist, als hätte ich Sie schon einmal gesehen.«

»Ganz recht«, antwortete er. »Nach vielen Jahren wieder. Als Kind habe ich es geliebt.«

»Warum dann erst nach vielen Jahren wieder?«

»Nun, das Verhältnis meines Vaters zu seinem Bruder und dessen letzter Frau war nicht das beste.«

»Wie schade.« Ella fragte sich, was wohl der Grund für das Zerwürfnis gewesen sein mochte. »Dann hat Sie das Testament der Baronin nicht besonders überrascht, oder?«

»Oh, keineswegs.« Er lächelte mit gesenkten Lidern. Ella nahm ein kostbares schweres Parfüm wahr. Sie schnupperte. »Entschuldigen Sie, dass ich frage … Aber wonach duften Sie?«

»Es ist eine Spezialkomposition, nachempfunden dem Parfüm von König Louis XV. Damals unterschied man nicht zwischen Parfüms für Männer und für Frauen.«

»Tatsächlich?« Nun war Ella doch beeindruckt.

»Sie sprechen unsere Sprache ganz passabel.«

Das hätte man nun auch etwas charmanter ausdrücken können, dachte Ella, aber sie lächelte zurück. »Danke, ich habe ein Jahr als Austauschschülerin in einer Pariser Anwaltsfamilie verbracht.«

»Das ist sicher hilfreich.« Er beugte sich ein wenig vor. »Glauben Sie mir, ich bin heilfroh, dass ich mit diesen Immobilien, die sich allesamt in einem desolaten Zustand befinden, nichts zu tun habe. Aber ich halte es für meine Pflicht, Sie zu warnen.« Ella nahm einen Schluck Kaffee und verbrannte sich dabei die Zunge. »Mein Onkel war ein Bonvivant, der sich nur den schönen Künsten widmete und alle wirtschaftlichen Bereiche sträflich vernachlässigte. Meine angeheiratete Tante kam aus kleinen Verhältnissen. Nun gut, sie durfte ein paar Erfolge als Sängerin feiern. Aber auch sie verstand nichts von Geschäften, Immobilien, Verwaltung.« Er seufzte.

Ella rührte in ihrer Kaffeetasse. »Und wovor wollen Sie mich warnen?«

»Hier müssen richtige Profis ran«, sagte er. »Sonst ist das Manoir bald vollends verloren. Darf ich fragen, wie Ihre Pläne aussehen? Gehe ich recht in der Annahme, dass Sie am liebsten alles so schnell wie möglich veräußern möchten?«

Ella sah nicht ein, weshalb sie diesen Mann in ihre Pläne einweihen sollte. Sie musste ihm nicht offenlegen, dass sie keinen müden Euro für Restaurierungsarbeiten übrig hatte. Wollte er vielleicht ein Vorkaufsrecht aushandeln?

Sie zuckte alles- und nichtssagend mit den Achseln. »Und wenn?«

»Sie werden das Jahr hier in der Einöde nicht durchhalten.« Es klang wie ein Urteilsspruch. Wenn er redete, bewegte sich nur seine Mundpartie, der Rest seines Gesichtes blieb unbewegt. Interessant, dachte Ella fasziniert von dieser seltsamen Mimik. Er will mich einschüchtern.

»Im Winter wird es hier ungemütlich, kalt und einsam«, fuhr er fort. »Die wenigen noch verbliebenen Dorfbewohner haben alle einen kleinen Dachschaden, und damit meine ich nicht nur den Zustand ihrer Häuser. Was glauben Sie, warum die Hälfte davon leer steht? Diese spleenigen Leute werden Ihnen den letzten Nerv rauben mit ihren Anforderungen, Reparaturen hier und Sonderwünschen dort.«

»Bislang fand ich es ziemlich pittoresk«, widersprach Ella, »und die Leute, die ich kennengelernt habe, waren liebenswürdig und originell.«

»Ha! Sie können ja nicht ahnen, wie viel Ärger Sie erwartet! Dieses Jahr wird sich zum Trauma Ihres Lebens entwickeln.«

Ella überlegte, was sie glauben sollte. Ein wenig machte ihr die Ansage des Barons schon Angst. Sie traf schließlich durchaus berechtigte Bedenken.

»In letzter Zeit sollen übrigens Diebstähle kulturhistorisch bedeutsamer Elemente zugenommen haben. Auf Sie kommt nur Ärger zu.« Ein drohender Unterton hatte sich in seine Freundlichkeit geschlichen. »Ich bin gekommen, um Ihnen ein Angebot zu machen.«

»Jetzt bin ich gespannt.« Ella versuchte, ein Pokerface aufzusetzen.

»Sie fahren zurück nach Hause, jetzt gleich am besten, aber auf jeden Fall vor Ablauf des Jahres«, sagte er, »und ich zahle Ihnen zehntausend Euro als Entschädigungspauschale für Ihre Reisekosten. Damit sind Sie alle Sorgen um das Erbe los.«

Ella warf den Kopf in den Nacken und lachte. »Ist das Ihre Art von Humor?«

»Ich meine es völlig ernst.« Er fixierte sie mit einem kalten Blick. »Nun gut, sagen wir dreißigtausend.«

»Sie bringen mich wirklich zum Lachen«, erwiderte Ella nun ganz ernst.

Sie erwiderte seinen Blick. Das hatte sie früher mit ihrem Hofhund Adda geübt – wer zuerst wegguckte, hatte verloren.

Mit einem betont gelangweilt wirkenden Lidschlag ließ ihr Gast seinen Blick durch die Empfangshalle wandern. »So, mein letztes Angebot: fünfzigtausend Euro.«

»Wir können gern bis heute Abend hier sitzen bleiben, wenn Sie in diesem Tempo Ihr Angebot verbessern«, sagte Ella mit feiner Ironie.

»Ich werde es nicht weiter erhöhen. Fünfzigtausend Euro. Das ist doch ein Vermögen für eine kleine erfolglose Journalistin. Überlegen Sie es sich gut.« Er bat sie um ihre E-Mail-Adresse, sie nannte sie ihm, er zückte sein Handy und gab etwas ein. »Ich sende Ihnen rasch meine Kontaktdaten. Ihre Generation kommuniziert ja am liebsten digital. Wenn Sie es sich überlegt haben, können Sie mich so jederzeit erreichen.«

Ella starrte ihn an. »Na dann!« war alles, was ihr spontan dazu einfiel. Offenbar hatte auch er sich vorab über sie informiert. Und plötzlich spürte sie es ganz deutlich – von diesem Mann ging eine böse Energie aus.

»Ich verstehe, dass es Ihnen lieber wäre, wenn ich mein Probejahr nicht durchhielte«, sagte Ella mit klarer Stimme. »Schließlich würden Sie dann alles erben. Ich kann mir auch gut vorstellen, dass Sie an altem Familienbesitz hängen, an Traditionen und so weiter. Aber das Testament ist nun mal, wie es ist. Und ich werde alles tun, was in meiner Macht steht, um den Wunsch der Baronin zu erfüllen.«

In diesem Moment gab ihr Gegenüber seine Tarnung

ganz auf. »Ha, der Wunsch der Baronin! Dass ich nicht lache. Diese Frau aus dem Tingeltangelmilieu war nie eine richtige Cremont. Ihre Fantastereien zählen nichts in einer über Jahrhunderte reichenden Familiengeschichte.« Die Augen des Mannes verengten sich zu Schlitzen. »Es geht hier um ganz andere Werte. Von Geblüt bin ich der nächste Verwandte der Cremonts. Und diese halbseidene ›Dame‹ gönnt mir gerade mal den Pflichtteil!«

»Das tut mir wirklich leid für Sie.« Ella konnte sich einen kleinen Seitenhieb nicht verkneifen. »Sicher hatte sie ihre Gründe dafür. Das muss man akzeptieren.«

Er stand auf. »Ich habe es wirklich nur gut gemeint«, sagte der Baron beherrscht. Ganz langsam zog er eine Augenbraue hoch. »Aber weshalb sollte ich mich mit dem Pflichtteil begnügen, wenn ich alles haben kann?«

Auch Ella erhob sich. Sie legte beide Hände ineinander. »Den Weg zum Ausgang finden Sie sicher allein«, sagte sie in höflichem Ton. In ihren Augen funkelte es kampfbereit.

Eugène de Cremont schritt zum Ausgang, wo er sich noch einmal umdrehte. »Mein Angebot bleibt bestehen. Fünfzigtausend. Schicken Sie mir eine Mail.« Mit theatralischer Geste warf er die Tür hinter sich zu, dass die Wände vibrierten.

Was für ein Ekelpaket, dachte Ella. Der spinnt doch! Sie ging auf die Terrasse. Von Violetta war weit und breit nichts zu sehen, wahrscheinlich kaufte sie auf dem Wochenmarkt im Nachbarort ein. Zügig lief sie minutenlang an der frischen Luft hin und her. Wie gut, dass Zahlen und Geld sie noch nie richtig beeindrucken konnten. Sie dachte immer nur in »zu wenig« oder »ausreichend«. Was über »ausreichend« lag, vermochte sie nie in ein realistisches Verhältnis zum Normalnullpegelstand ihres Vermögens zu setzen. Wahrscheinlich fehlten ihr im Hirn die

Windungen für die Relation von Summen und für die Ehrfurcht vor Reichtum. Ihr Bauchgefühl arbeitete wesentlich besser. Und das stand im Einklang mit ihrer Reaktion vorhin.

Die frische Luft tat gut. Als Ella sich endlich beruhigt hatte, nahm sie ein Croissant vom Frühstückstisch, schenkte sich noch einen Kaffee ein und setzte sich an den Schreibtisch in die Bibliothek, um weiterzulesen.

16

Mon bijou,

heute geht es mir schon wieder besser, und ich schöpfe Hoffnung. Nach meiner ersten Liebesnacht mit Edo schwebte ich – aber nur einen halben Tag lang, dann fand dieses demütigende Gespräch in der Pferdebox statt. Danach hoffte ich, dass niemand bemerkte, wie schlecht es mir ging. Es waren auch alle sehr mit sich selbst und den täglichen Improvisationszwängen beschäftigt, zudem nahm die Getreideernte uns voll in Anspruch.

Und das Leben veränderte sich in jener Zeit wirklich jeden Tag dramatisch. Nicht nur, was den Kriegsverlauf in Europa und weltweit betraf, sondern auch den Alltag auf dem Südermarschhof. Gesines hochschwangere Schwester Erika zog in eine überstürzt wohnlich hergerichtete Kammer im ersten Stock des Vorderhauses. Sie hatte in einem Textilgeschäft in Emden gearbeitet, Strickwolle und Stoffe verkauft, abends immer die Kleiderkartenpunkte der Kundschaft geklebt, bis das Gebäude kürzlich bei einem Angriff zerstört worden war. Ihr Mann galt als vermisst. Sie suchte nun kurz vor der Niederkunft Zuflucht bei ihrer großen Schwester und musste auf ärztliche Anweisung viel liegen.

Da war es fast schon wieder ein Glück, dass bei den beiden Frauen auf dem Hof nebenan Ausgebombte einquartiert worden waren. Unter ihnen befand sich eine ebenso sympathische wie resolute Hebamme, Helga Hansen aus Hamburg, die sich gern um Erika kümmerte und versprach, ihr bei der

Geburt beizustehen. Helga Hansen hatte starke Oberarme wie eine Olympiaschwimmerin und trug die Haare immer noch kurz, wie es in den Zwanzigerjahren modern gewesen war. Vom Feuersturm in der Hansestadt sprach sie als Inferno. Viele ihrer Freunde und Verwandten waren umgekommen. Sie erzählte, ihre Haare seien über Nacht grau geworden. Mit ihrer vier oder fünf Jahre alten Tochter Inge hatte sie zunächst einige Monate in Bayern verbracht, sich dort aber überhaupt nicht wohlgefühlt und es irgendwie geschafft, wieder in den Norden zu gelangen. Gesine, mit der sie über ein paar Ecken verwandt war, hatte sie dabei unterstützt. Auch deshalb war Helga Hansen wohl bemüht, sich zu revanchieren. Eine der anderen Frauen hatte bei einem Bombenangriff ihre Eltern und zwei ihrer vier Kinder verloren.

Angesichts solcher Schicksale spielte ein bisschen Liebeskummer keine Rolle.

Und dann verbrachte ich einen Tag und eine Nacht und einen Morgen auf Norderney. Auf das, was ich dort im August 1944 erleben sollte, war ich in keiner Weise vorbereitet gewesen.

17

Norderney, August 1944

Gesine hatte gerade den ersten Asternstrauß ins Haus geholt, als Großvater Bohlmann Jeanne zu sich rief. »Morgen geht's los, *min Wicht*«, sagte er und verzog die gesunde Gesichtshälfte zu einem Lächeln. »Ich hab für uns die Sondergenehmigung, dass wir nach Norderney fahren dürfen. Wir nehmen eine Schubkarre mit. Die darfst du schieben.«

»Damit transportieren wir den Bienenkasten?«, fragte Jeanne.

»Richtig.« Der alte Mann schmauchte an seiner Pfeife. »Wir müssen eine Nacht dableiben, weil das Flugloch nur abends oder frühmorgens geschlossen werden darf, wenn alle Bienen im Kasten sind.« Jeanne nickte verständig. »Pack also ein paar Sachen ein. Von mir aus auch einen Badeanzug, vielleicht ist ja Gelegenheit zu schwimmen.«

Jeanne wurde verlegen. »Ich kann nicht schwimmen. Und einen Badeanzug hab ich auch nicht.«

Der alte Bohlmann brummelte etwas Unverständliches vor sich hin. »Wir übernachten auf dem Gelände der Belegstelle, das ist eingezäunt«, erklärte er. »Darauf steht 'ne Hütte, da schlaf ich. Und dann ist da noch ein alter Badekarren, in dem schläfst du.«

Er hielt ihr einen kleinen Vortrag darüber, dass er sein Drohnenvolk jedes Jahr Ende Mai auf die Insel brachte, damit die männlichen Bienen im Sommer junge Bienenköniginnen derselben Rasse begatten konnten. »Imker aus allen Teilen Deutschlands schicken ihre Königinnen dorthin, mit nur kleinen Begleitvölkern. Zur gezielten Zucht dürfen die Honigbienen Urlaub machen, verstehst du?«, schloss er schließlich. »Da sind sie schön isoliert. Übers Meer schafft's keine Biene allein, so können wir sicher sein, dass wir die gewünschten Tiere zusammenbringen.«

Jeanne war gespannt auf die Insel, die sie immer nur aus der Ferne gesehen hatte. Sie sprach mit Else, die einen Badeanzug besaß und ihn ihr auslieh.

Am folgenden Morgen herrschten schon früh sehr warme Temperaturen. Großvater Bohlmann bewegte sich mühevoller als sonst an den Frühstückstisch. Es ging ihm nicht gut. Seine Frau machte sich Sorgen, dass die Unternehmung zu anstrengend für ihn werden könnte. »Wahrscheinlich wird's heute schwül. Der Schlag hat dich bei genau solchem Wetter getroffen«, mahnte sie. »Bleib lieber hier.« Sie wandte sich an ihren Sohn. »Edo, ich weiß, du hast nicht viel für Bienen übrig, aber ein bisschen Ahnung hast du auch. Und Jeanne kennt sich gut damit aus. Fahr du für deinen Vater rüber, *min leev*.«

Bei schönstem Urlaubswetter legte der Dampfer in Norddeich ab. Jeanne fühlte sich etwas schwummrig. Zum ersten Mal auf hoher See, und noch dazu mit Edo! Für Urlauber, Kurgäste und andere Zivilisten vom Festland war die Insel seit Kriegsbeginn gesperrt, an Bord befanden sich nur Insulaner, Soldaten und offenbar ein paar Handwerker. Die Sondergenehmigung war zum Glück problemlos auf den Sohn übergegangen, man kannte die Bohlmanns.

Sie saßen oben an Deck. Jeanne trug wie meist einen Dutt, doch der Fahrtwind zerzauste ihr Haar, immer wieder musste sie Strähnchen aus dem Gesicht streichen. Unsicher wich sie Edos Blicken aus. Auch er versuchte, einen unbefangenen Eindruck zu machen. Er las in einer klein gefalteten Zeitung, wirkte aber nicht sehr überzeugend. Trotzdem genoss Jeanne die einstündige Überfahrt – die Möwenschreie am blauen Himmel, den Geruch von aufschäumendem Meerwasser und die Sonne auf der Haut. Schnell rückte die Silhouette der Insel näher. Man konnte ein paar erhöht liegende Beobachtungsposten, militärische Anlagen und einen großen Seekran erkennen. Aber wie schön die Villen am hellen Sandstrand aussahen!

Jeannes Nervosität stieg, denn sie spürte Edos Gegenwart auch ohne Berührung oder Sichtkontakt geradezu körperlich.

Paradoxerweise schien der Boden zu schwanken, als sie auf der Wattseite der Insel von Bord gingen. Die kleine Inselbahn transportierte Munition für Geschützstellungen. Kahlgeschorene, hohlwangige Ostarbeiter löschten ein Stück weiter im Hafen die Ladung eines Frachters – Betonmischmaschinen, Kies und Zement.

»Norderney war früher ein Weltbad«, erzählte Edo, während sie zu Fuß vom Hafen zum Ortsrand gingen, wobei er die Karre schob. »Ein internationales Publikum logierte hier: Könige mit ihren Familien und ihrem ganzen Hofstaat, führende Politiker und viele berühmte Künstler.« Jetzt sahen sie Militäruniformen und Gefangenenkluft statt weißer Anzüge und eleganter Sommerkleider. Die zur Tarnung vor Luftangriffen in einem schmutzigen Grünton gestrichenen Villen, erklärte Edo weiter im Tonfall eines Fremdenführers, würden normalerweise strahlendes Weiß tragen. Sie bogen vor dem Ort ab und steuerten die Belegstelle inmitten bewachsener Dünen an. Dort sprach Edo mit einem Obmann und erledigte die Formalitäten. »Was

ist mit dem Strand?«, fragte er den Insulaner. »Ist alles gesperrt?«

»Dahinten zum Oststrand hin ist überall Sperrgebiet«,
erklärte der Einheimische, »aber bei der Georgshöhe
nicht.«

Edo richtete sich rasch in der Hütte ein, Jeanne legte
ihre Sachen in den Badekarren. Sie aßen belegte Brote aus
dem mitgebrachten Proviantkorb.

Jeanne schlug vor, die Bienen erst am frühen Morgen
einzusperren. »Je länger sie ihre Freiheit haben, desto besser.« Sie hob den Kasten probeweise vorsichtig an. »Ganz
schön schwer. Muss viel Honig drin sein.«

»Vom Strandflieder«, erwiderte Edo. »Der blüht hier im
Juli vor den Dünen.«

»Kenn ich nicht. Wie sieht der aus?«

»Helllila, hübsches Gewächs, anspruchslos.«

Jeanne bemühte sich, sachlich zu bleiben. »Wir sollten
vor dem Transport ein paar Waben herausnehmen, damit
die Bienen nicht verbrausen.«

»Verbrausen?« Edo schmunzelte. »Du kennst ja lustige
Wörter.«

»Und Sie sind der Sohn eines Imkers?«, konnte sie sich
dann doch nicht verkneifen zu fragen. »Wenn die Bienen
zu wenig Luft kriegen, wenn es zu eng im Kasten ist und
sie in Panik geraten, weil sie nicht in Freiheit dürfen, dann
steigt die Hitze im Inneren enorm an. *Une catastrophe!*«
Sie rollte dramatisch mit den Augen.

»Warum?«

»Weil dann das Wachs der Waben schmilzt und die Bienen sterben.«

»Oh, das wollen wir natürlich nicht. Wir halten das
Flugloch bis zuletzt geöffnet.« Edo lächelte. »Dann ab an
den Strand.«

Sie stapften in Badekleidung durch eine Wüstenland-schaft mit vielen kleinen Hügeln. Edo, in fast knielanger altmodischer Hose, ging voran. Jeanne trug den geliehenen Badeanzug, rot mit weißen Paspeln und gesmokt, der ihr um die Hüften zu weit und um den Busen zu eng war, was ein lässig umgeworfenes Handtuch, wie sie hoffte, ka-schierte. Sie kam aus dem Staunen nicht heraus. Da waren sie nur wenige Kilometer Luftlinie vom Südermarschhof entfernt und befanden sich in einer völlig anderen Welt. Kein schwerer dunkler Kleiboden, sondern feiner Sand rieselte zwischen ihren nackten Zehen. Die Leichtigkeit des Bodens strahlte auf unerklärliche Weise in die Um-gebung ab. Der Wind bewegte hohe grüne Dünengräser. Zwischen zwei Erhebungen öffnete sich der Blick auf die Nordsee. Jeanne ging schneller, erklomm eine Randdüne und blieb mit geöffnetem Mund stehen. Dort unten bade-ten ein paar Kinder und Männer, vermutlich Soldaten, die gerade freihatten. Ansonsten lag ein breiter flacher Strand fast menschenleer vor ihnen.

Und Jeanne sah das Meer, das sie nur mit grauem Matschrand kannte, völlig neu. In langen Wellen rollte es auf dem hellbeigefarbenen Sand aus. Es rauschte auch ganz anders, großzügiger, kraftvoller. Die Luft roch intensiver, frischer. Der Horizont war durch nichts begrenzt, nicht mal eine ferne Insel störte den Eindruck von Endlosigkeit. Aber das Allergroßartigste – die Nordsee glitzerte an die-sem Hochsommertag wirklich blau, intensiv blau!

»Du hattest recht, Artur!«, rief sie auf Französisch.

Dann setzte sie in großen Sprüngen die Düne hinunter und lief über den erst weichen, dann festen Strand bis an die Brandung. Edo folgte ihr in sportlichem Trab. Als sie sich kurz zu ihm umdrehte, grinste er breit.

Jeanne wagte sich bis zu den Knien ins Wasser. Frisch,

kalt, prickelnd war es. Die Wellen schwappten an ihr hoch. Überrascht stieß sie einen kleinen Schrei aus. Doch dann warf sie sich ins Wasser, plantschte, stützte sich mit den Armen ab, stand wieder auf und sprang wie ein Kind über die anrollenden Wogen. Edo ging tiefer hinein und tauchte unter einer Welle hindurch, dann schwamm er ein Stück hinaus.

»Komm!«, rief er.

»Ich kann nicht schwimmen«, erwiderte sie.

»Dann bring ich's dir bei.« Edo kehrte zurück, packte sie an der Taille, legte sie längs ins Wasser und hielt seine flachen Hände unter ihren Bauch. »Ist ganz einfach. Du kennst doch die Bewegungen, mach es wie ein Frosch.« Sie versuchte es. Er lachte, seine weißen Zähne blitzten. »Wer ist Artur?«, fragte er unvermittelt.

»Ein Freund.«

»Dein Freund?« War er etwa eifersüchtig? Sie vergaß den Beinschlag.

»Das sieht doch schon gut aus, weitermachen!«

»Nein, *ein* Freund.«

»Ach so. Nicht aufhören ... Ich lass jetzt los.«

»*Non, non!*«

Es war doch viel zu früh! Ein paar Züge lang blieb Jeanne über Wasser, doch eine Welle unterbrach ihren Bewegungsablauf. Sie schluckte Wasser, musste husten und strampelte.

»Keine Panik im Bienenhaus«, sagte Edo scherzhaft. »Komm her!«

Haltsuchend schlang sie ihre Arme um seinen Hals. Wassertropfen perlten von seiner Haut. Er hob sie auf den Arm wie ein Kind, sie sahen sich an. Seine dunklen Wimpern, zu feuchten Pinselchen geformt, rührten sie, lösten zärtliche Gefühle in ihr aus. Und wie wundervoll das Blau

217

seiner Augen leuchtete. Als wäre ein Stück vom Himmel darin, dachte Jeanne hingerissen, sie entdeckte auch silbrig funkelnde Tiefen, die nur darauf warteten, ergründet zu werden. So vieles stand darin geschrieben. Auch Edo konnte seinen Blick nicht von ihr losreißen.

»Es hätte keine Zukunft«, sagte er heiser.

»Aber heute ist heute.« Jeannes Mund lächelte ein wenig, ihre Augen blieben ernst. »Jetzt ist …«

»… jetzt«, vollendete er ihren Satz und drückte ihr seine Lippen auf den Mund.

Irgendwann in der Nacht machte Edo die Tür der Hütte auf und öffnete damit den Blick direkt aufs Sternbild Großer Wagen. Er kehrte zurück zu ihr auf das schmale Lager, nahm sie in den Arm. Jeanne schmiegte ihre Wange an seine Brust, eine wunderbare Körperstelle, fand sie, so warm und fest und doch weich. Während seine Fingerspitzen die Linie ihres Körpers nachzeichneten, rieselten ihr himmlische Schauer bis in die Zehenspitzen und unter die Kopfhaut.

Noch war die Hütte erfüllt vom Duft ihrer Liebe, von der Energie aus Hitze, Schweiß und Leidenschaft. Ein lauer Nachtwind brachte frische Luft herein. Das Meer rauschte lauter als am Tage.

»Du bist so schön«, Edo strich über ihr Haar. »Und deine Augen, diese unglaublichen Augen …«

»*Toi aussi*«, flüsterte sie. »*Un très bel homme.*«

Sie hörte an seiner Stimme, dass er lächelte. »Ich versteh dich zwar nicht, aber sprich nur weiter. Oder sing. Ich krieg immer eine Gänsehaut, wenn du singst.«

Sie rutschte etwas zur Seite, um den Kopf aufzustützen, ruckelte sich gemütlich zurecht. Leise, ganz innig, sang sie für ihn »*J'attendrai* …«

Und dann begann es von Neuem. Wie ein Tanz in perfekter Harmonie, der mit sanften Küssen begann und sich lustvoll in ungeahnte Höhen steigerte.

»Komm!«, flüsterte Edo ihr ins Ohr.

Jeanne stöhnte, manchmal rief sie etwas auf Französisch. Ihr Körper und ihre Seele erinnerten sich an etwas, das sie vor vielen Leben einmal erfahren hatte. Sie hörte das Klingen der Sterne. Ihr übervolles Herz öffnete sich weit, es stülpte beinah sein Innerstes nach außen. Alles, alles, was sie umgab, der gesamte Kosmos war von Liebe durchströmt, das spürte sie mit jeder Faser. Überall Liebe. Sie und Edo waren verbunden zu einem Wesen, waren durchdrungen von diesem göttlichen Gefühl, das über Wollust weit hinausreichte – überwältigend, beglückend.

Mochte die Welt um sie herum auch auseinanderfallen, in dieser Nacht fügte sich alles wieder zusammen.

18

Ella saß reglos da, den Blick in den Garten gerichtet, den sie nicht sah. Im Geiste befand sie sich anno 1944 auf Norderney. Eigentlich auch nicht wirklich dort. Sie versuchte nachzuvollziehen, was die junge Jeanne mit Edo, ihrem Großvater, verbunden hatte. Etwas Vergleichbares kannte Ella aus eigener Erfahrung nicht. Sie atmete tief durch.

Nach der Lektüre des sechsten Briefes hatte sie in der Schublade das Schulheft mit den Tagebuchnotizen gesucht und entdeckt. Es war wirklich schwer zu lesen. Dennoch, ihre Neugier hatte sie beflügelt. Hastig hatte Ella erst einmal alle früheren Einträge überblättert und gleich die Aufzeichnungen vom August 1944 gesucht. In der Tat handelte es sich nur um Andeutungen, aber diese waren doch ausreichend, um Ella eine Ahnung zu geben von der Ekstase und Seligkeit, die Jeanne und Edo erlebt haben mussten.

Die Menschen hatten damals anders gedacht. Hatten sie auch anders gefühlt? Waren ihre Gefühle nur deshalb so stark gewesen, weil die ständige Bedrohung ihrer Existenz ihr Inneres zu einer intensiveren Resonanz befähigte? Oder, auf diese Frage lief es ja letztlich hinaus, wäre es möglich, dass auch sie, Ella, heute noch so etwas erleben könnte?

Nach einer Weile wandte sie sich wieder dem Geschriebenen zu. Das Tagebuch endete im Sommer 1945. Ella beschloss, bevor sie es von Anfang an las, erst noch

Jeannes siebten Brief zu lesen. Er war der kürzeste und, wie es aussah, ihr letzter.

Mein geliebter Schatz,

weißt du, dass einen auch das Glück wie ein Schock treffen kann? Man sollte sich kein endloses Glück wünschen, der Mensch ist dafür nicht geschaffen. Es würde ihn aussaugen.

Dir wünsche ich Zufriedenheit, Harmonie, Ausgeglichenheit, Heiterkeit. Hoffentlich bewirken meine Zeilen nicht genau das Gegenteil. Sie werden sicherlich ein paar Gewissheiten deines Lebens ins Wanken bringen.

Ich möchte, dass du mich verstehst. Und ich werde es schon spüren, ob es gelingt.

Man kann einen Menschen, der gestorben ist, weiter lieben. Das weiß ich, das habe ich selbst erlebt. Jetzt verrate ich dir etwas Rätselhaftes, über das nur Eingeweihte sich austauschen: Man empfängt auch dann noch Liebe zurück. Es ist mehr als ein Echo. Glaub es mir einfach.

Ich hoffe so sehr, dass du mich trotzdem lieben kannst. Ja, ich werde es spüren, ma chère.

Bald sehe ich meinen Sohn wieder. Ob er mich erkennt? Doch, ich hoffe, mit dem Herzen wird er es. Auf mein Kind freue ich mich, und auf meinen Baron und noch ein paar Weggefährten, die mir schon vorangegangen sind.

Heute ist es sehr warm, und ich bin ziemlich erschöpft. Im Augenblick wünsche ich mir nur ein Eis. Tut mir leid, morgen versuche ich es wieder.

Adieu

19

Ostfriesland, August bis Oktober 1944

Sie schliefen nicht. Arm in Arm erwarteten Jeanne und Edo den Morgen. Irgendwann hörten sie das vertraute gefürchtete Bomberbrummen, ein paar Salven der Flak. Als der Sonnenaufgang sich mit einem lachsrosafarbenen Leuchten am Horizont ankündigte, mussten sie sich beeilen, um das Drohnenvolk für den Transport vorzubereiten. Edo sah schweigend zu, wie Jeanne das Flugloch schloss. Sie sprachen nicht über das, was sie in der Nacht miteinander erlebt, was sie empfunden hatten und was gerade erst begann, in ihr Bewusstsein einzusickern. Dafür gab es keine Worte. Das Ende des Inselaufenthalts nahte, ihr Heute war eigentlich schon ein Gestern.

Erst als sie wieder auf dem Dampfer waren, dieses Mal saßen sie mit dem Bienenkasten unter Deck, begann Edo zu sprechen. »Ich weiß es selbst erst seit ein paar Tagen. Hab's noch niemandem erzählt, auch Gesine nicht ...« Seine Stimme klang gepresst, er holte tief Luft. »Nächste Woche muss ich wieder an die Front.«

Jeanne stürzte aus ihrem Himmel ab. »An die Front ...«, echote sie schockiert.

Er nickte, schaute durchs Bullauge aufs Meer und fixierte den Horizont. »Bald wird der Krieg vorbei sein. Und, Jeanne – warte nicht auf mich. Kein *J'attendrai* mehr, versprich mir das.« Er wandte den Kopf, ihre Zustimmung erwartend. Sie biss sich auf die Unterlippe und nickte stumm. Es war ein gestohlener Tag gewesen, ein Tag außerhalb von Konvention und Zeit und moralischen Regeln. Sie sollten glücklich sein, dass sie ihn gehabt hatten. Jeanne atmete schwer durch. »Wenn der Krieg vorbei ist, gehst du nach Frankreich«, fuhr Edo mit aufgesetzter Munterkeit fort, »heiratest einen fleißigen Winzer und bekommst einen Stall voller Kinder.«

Jeanne ließ den Kopf hängen, ihr war das Herz so schwer. »Das kann ich mir gar nicht vorstellen«, flüsterte sie und schwieg eine Weile. Edo wieder im Krieg, wie entsetzlich! »Bitte bleib heil.«

»Werd mir alle Mühe geben, das kannst du mir glauben.« Edo lächelte selbstironisch. »Wir müssen jetzt alle tapfer sein. Nur nicht verbrausen. Du weißt doch – Panik führt zur catastrophe.«

Um nicht zu weinen, lächelte Jeanne mit zittrigen Mundwinkeln zurück.

Zum Abschied schenkte Edo ihr ein Heft mit richtigen Notenlinien, das er bei der letzten Besorgung vor seiner Abreise hatte auftreiben können, und seinen grau marmorierten Pelikan-Füllfederhalter. Als er schon fort war, entdeckte Jeanne mitten im Heft ein mit blauer Tinte geschriebenes Zitat. *Einmal lebt' ich wie Götter*, stand da in steilen Buchstaben und darunter *Hölderlin*. Von diesem Hölderlin hatte sie noch nie gehört, sie vermutete, dass er so was wie ein deutscher Molière war.

Ja, sie hatten erlebt, was den meisten Menschen nie vergönnt sein würde. Sie musste weinen, eine Träne tropfte auf das Heft und verwischte den Namen des Dichters.

Fein säuberlich übertrug Jeanne an den folgenden Abenden nach und nach mit dem Tintenfüller all ihre bislang

223

komponierten Lieder in das Heft. *Claque-claque. – Ich will leben! Jetzt! Mit dir!* – *Crétin* – *Milliards de bisous.* Und sie komponierte ein neues Chanson: *Komm!* Immer wenn Edo dieses Wörtchen ausgesprochen hatte, war etwas Wunderbares geschehen. Jeanne hütete das Heft wie ihren Augapfel, sie versteckte es zusammen mit dem Füllhalter eingeschlagen in einen Stoffrest unter ihrer Matratze.

Erstaunlicherweise empfand sie kein schlechtes Gewissen mehr gegenüber Gesine. Was geschehen war, war nichts, wofür man sich schämen musste, nichts Unmoralisches, sondern ein Geschenk. Selbstverständlich erzählte sie niemandem davon. Durch die Aufregung, die Edos erneute Einberufung und sein Abschied ausgelöst hatten, und durch die Geburt von Erikas Baby, einem Mädchen, das sie Gisela nannte, interessierte sich auch kein Mensch sonderlich für Jeannes Befindlichkeiten, und so fiel nicht auf, dass die junge Französin ihre Arbeit wie abwesend verrichtete.

Plötzlich fehlte Wanda. Niemand erklärte, weshalb. Als Jeanne sich nach ihr erkundigte, hieß es nur, sie käme bald zurück. Aus dem Volksempfänger, den der Großvater nun immer kurz vor der vollen Stunde einschaltete, weil der Deutsche Rundfunk dann die aktuellen Luftlagemeldungen durchgab, erfuhr sie, dass die Alliierten inzwischen bis Paris vorgerückt waren. Die Propaganda kündigte nämlich an, Paris »zurückzuerobern«. Das würde ihnen wohl nicht mehr gelingen. Jeanne jubelte innerlich.

Anfang September gab es einen verheerenden Angriff auf Emden, den bisher schlimmsten. Es begann zur Abendbrotzeit an einem warmen, fast windstillen Spätsommertag. Bombengeschwader donnerten in Formationen über den Himmel. In dieser Nacht sahen sie den Feuerschein weithin leuchten.

Ausgerechnet an diesem Tag befand sich auch Erika in der Stadt, um ihren Schwiegereltern das Baby zu zeigen, und sie wollte dort übernachten. Gesine verlor beinahe den Verstand vor Sorge. Sie tat Jeanne sehr leid.

Umso größer war die Erleichterung, als Erika vier Tage später mit der kleinen Gisela zumindest körperlich wohlbehalten wieder auf dem Südermarschhof eintraf. Die beiden hatten auf einem Kahn über Flüsse und Kanäle mitfahren können. Erika berichtete, dass der Stadtkern komplett zerstört war, weil die Angreifer erst Spreng- und dann in einer zweiten Angriffswelle Brandbomben abgeworfen hatten.

»All die schönen historischen Gebäude und sämtliche Kirchen liegen in Trümmern«, klagte Erika. »Kaputt, ausgebrannt. Aber es hat zum Glück nur relativ wenig Tote gegeben.«

Die Stadt mit dem Marinehafen und den Rüstungsbetrieben war gut vorbereitet gewesen, sie verfügte über besonders viele Bunker.

Im Gespräch mit anderen Fremdarbeitern erfuhr Jeanne, dass ausgerechnet jene Kriegsgefangenen und Zwangsarbeiter, die diese Schutzräume gebaut hatten, beim Alarm ausgesperrt worden waren. Aber anschließend waren diejenigen von ihnen, die überlebt hatten, dazu gezwungen worden, erneut unter Lebensgefahr die Ruinen und den Schutt zu räumen.

Auch Wanda kehrte zurück. Jeanne hörte sie in der Nacht weinen. Sie stand auf und klopfte an Wandas Tür. Die Polin hatte von innen abgeschlossen.

»Ich bin's, Jeanne«, flüsterte sie. »Magst du Pflaumen? Ich hab ein paar leckere.« Sie hatte bei der Ernte welche zur

Seite geschafft. Mit verweintem Gesicht öffnete Wanda ihr. Sie setzten sich nebeneinander aufs Bett. Jeanne reichte ihr zwei dicke reife Pflaumen, eine behielt sie für sich und biss hinein. Wanda schaute sie nur blass und traurig an. »Die schmecken köstlich, probier mal!«, ermunterte Jeanne sie. Als Wanda nicht antwortete, fragte sie: »Was ist passiert?«

»Sie haben es weggemacht«, brach es aus der jungen Frau heraus. »Ich nicht wusste, wer ist Vater. Haben gesagt, entweder ich bekomme Kind und geb freiwillig ab für Adoption. Oder sie machen vorher weg.«

»*Merde!*«

Wanda brach wieder in Tränen aus. Stammelnd berichtete sie von ihren Erlebnissen in einem Lazarett, das nur schwangere Polinnen aufnahm. »Viele Frauen … überleben nicht … Abtreibung«, schluchzte sie. »Ist nur Baracke … alles dreckig und primitiv.« Und die Neugeborenen würden keineswegs alle zur Adoption weitervermittelt, sondern müssten in einem fürchterlichen Heim leben, wo Krankheiten umgingen und Not herrsche. »Das ich nicht wollte. Leben geben, damit stirbt.« Zu Beginn des Krieges hätten die Deutschen noch alle Polinnen, die ein Kind erwarteten, nach Hause zurückgeschickt. Deshalb seien viele absichtlich schwanger geworden. Aber das nütze schon lange nicht mehr, berichtete Wanda, die durch die vom Weinen geschwollene Nase kaum noch Luft bekam. Zum Abschied habe der Arzt ihr gesagt, sie bräuchte sich künftig keine Sorgen mehr zu machen. Sie würde nie mehr schwanger werden. »Keine Kinder. Niemals«, flüsterte sie, »*nigdy.*«

Jeanne legte einen Arm um Wandas Schultern und weinte mit ihr.

Der Südermarschhof erhielt weitere Einquartierungen von Ausgebombten aus Emden. Die neuen Mitbewohner richteten sich oben im ersten Stock, auf dem Getreideboden und in der Scheune ein, aus Teilen der Stallungen machten sie notdürftige Kammern. Es wurde langsam eng. Einige besorgten sich bei einer staatlich organisierten Versteigerung günstig sogenannte Holland-Möbel, die per Bahn aus dem Nachbarland kamen. Sie hatten einmal Juden gehört.

Als zum »Volkssturm« aufgerufen wurde und sich auch Halbwüchsige und Greise zum Kriegseinsatz melden mussten, wurde sogar Großvater Bohlmann untersucht. Der Amtsarzt befand ihn für tauglich an der Heimatfront. Er musste fortan im Auftrag des Elektrizitätswerks immer dann aktiv werden, wenn der Strom ausfiel, weil Sicherungen aus dem Transformator, der an der Deichstraße stand, herausgesprungen waren. Meist geschah das mitten in der Nacht. Dann wurde der alte Mann geweckt und tapperte mit einer Taschenlampe zum Transformator. Da es keine neuen Sicherungen mehr gab, lernte er, sie mit Draht zu flicken. Er haderte damit, dass er keine heldenhaftere Arbeit leisten konnte.

Einmal bekam Jeanne mit, wie die alte Frau Bohlmann ihren Mann tröstete. »Mut ist nicht immer mit Gebrüll verbunden«, sagte sie ihm. »Wir Frauen wissen das besser als ihr Männer. Es ist ebenso mutig, sich still und leise zu sagen: Morgen versuche ich es wieder.«

Zu Beginn der Zuckerrübenernte fühlte Jeanne sich überhaupt nicht gut. Schon zweimal hatte sie sich in einen Graben übergegeben müssen. Sie rechnete nach – und wollte es nicht wahrhaben. Sie hoffte, dass es nur eine Verzögerung war. Das konnte doch gut sein bei all den

Aufregungen, dass die Monatsblutung mal ausblieb. Sie kam bei ihr ohnehin nie richtig regelmäßig. Jeanne versuchte, es nicht zu denken.

Aber ein paar Tage später musste sie sich der Wahrheit stellen. Jeden Morgen war ihr übel, ihre Brüste schmerzten. Es gab kein Vertun mehr – sie war schwanger.

Sie lief zum Deich. »*Merde, merde, merde!*«, schrie sie gegen die steife Brise an. Regen peitschte ihr ins Gesicht.

Edo hatte doch versprochen aufzupassen! Er war der Ältere, Erfahrene. Sie hatte sich auf ihn verlassen. Wie dumm. Aber auch er hatte nicht mehr denken können. Fast musste sie lächeln. Nein, sie konnte ihm keinen Vorwurf machen. Aber ein Kind bekommen, das wollte sie nicht. Das ging einfach nicht. In Zeiten wie diesen! Sie stellte sich vor, wie ihre Leute daheim reagieren würden, wenn sie nach dem Krieg mit dem unehelichen Kind eines Deutschen zurückkehren würde. Unmöglich. Da konnte sie ebenso gut die paar Schritte ins kalte graugrüne Meer machen und sich ertränken. Der Regen durchdrang ihren wollenen Mantel und die Kleidung darunter, er sickerte in die Gummistiefel. Ihr Herz fühlte sich an, als hingen daran Bleigewichte. Und diese Übelkeit ... Kam sie von der Schwangerschaft oder von ihrer Furcht?

Jeanne stapfte zurück zum Hof.

In den folgenden Nächten fand sie kaum Schlaf. Ihre Gedanken drehten sich im Kreis. Sie musste die Schwangerschaft beenden. Aber nicht auf die Weise, wie Wanda es erlebt hatte. Und wenn sie es doch bekäme und zur Adoption freigäbe? Nein, alles in Jeanne stemmte sich gegen diese Vorstellung. Niemals! Man konnte sein Kind nicht im Stich lassen. Wahrscheinlich käme es in eines dieser grässlichen Heime, oder falls es Adoptiveltern fände, wären das von den Nazis ausgesuchte Leute. Nein, nein, nein. Jeanne presste den Kopf ins Federkissen, um ihre Schreie zu ersticken. Sie wollte auch überhaupt nicht darüber nachdenken, dass ein Mensch in ihr heranreifte. Sie wollte über diese *catastrophe* nur denken wie über eine Krankheit, von der sie schleunigst genesen musste.

Mitten in der Nacht stand sie auf. Sie räumte die Waschschüssel zur Seite, kletterte auf den Tisch und sprang immer wieder hinunter – in der Hoffnung, dass die Erschütterungen wie Die-Treppe-Hinunterfallen wirkten. Am frühen Morgen, als noch niemand im Stall war, schlich sie auf den oberen Heuboden und sprang mit Anlauf nach unten ins Heu. Mehrfach. Doch nichts geschah. Ihre Blutung blieb weiter aus.

Jeanne ging Gesine aus dem Weg, vor allem ihr, denn sie hatte das Gefühl, die Bäuerin beobachtete sie in diesen Tagen. Sie mied auch die Hebamme Helga Hansen, die oft vorbeikam, um nach Erika und ihrem Baby zu schauen. Eine Frau, die so viel über das Kinderkriegen wusste, würde ihr womöglich die Schwangerschaft ansehen. Dennoch ließ sich der Kontakt nicht immer vermeiden. Jeanne musste regelmäßig frischen Quark in Erikas Kammer bringen, weil die junge Mutter durch das Stillen an einer Brustentzündung litt. Die kleine Gisela, die in der alten Familienwiege der Bohlmanns lag, war niedlich und lachte unglaublich süß. Jeanne verbot sich den Gedanken: So ein wunderbares Wesen könntest du auch haben, und es wäre von Edo. Nur einmal ganz kurz huschte er durch ihren Kopf. Und die andere Möglichkeit? Der Pfarrer würde sagen: Es ist eine Todsünde, es ist Mord.

Wieder wurde ihr übel, schnell lief sie nach draußen ins

Gebüsch hinter den Misthaufen und würgte die Reste des Mittagessens aus ihrem Magen.

Das in ihrem Schoß war doch noch kein Baby. Und den Luxus moralischer Überlegungen konnte sie sich nicht leisten. Sie musste es abtreiben lassen. Ihre Mutter war zweimal bei einer Engelmacherin gewesen. Im Gespräch mit einer verzweifelten Nachbarin daheim in der Weinlaube hatte sie sich einmal verraten, als Jeanne, damals noch ein Kind, in der Nähe gewesen war und heimlich mitgehört hatte. »Wie ich dich verstehe!«, hatte die Mutter gesagt. »Ich hatte auch keine Kraft für noch mehr Blagen. Ewig ist alles zu knapp, alles, außer Arbeit. Und wovon hätten wir denn satt werden sollen?« Aus solchen geflüsterten Frauengesprächen wusste Jeanne auch, dass das Herumstochern mit einer Stricknadel nicht nur schmerzhaft, sondern in den meisten Fällen ohne das gewünschte Ergebnis verlief, dass sich aber schon viele Frauen dabei innere Verletzungen zugefügt hatten. Einige waren daran gestorben, andere nie mehr schwanger geworden, auch später nicht, als sie es sich wünschten.

Diese Möglichkeit schied für sie aus, Jeanne konnte jedoch an nichts anderes mehr denken. Irgendwann nach dem Krieg wollte sie einmal eine Familie gründen. Mit einem unehelichen Kind sanken allerdings ihre Chancen, später einen anständigen Mann zu finden, der bereit war, sie zu heiraten.

Sie überlegte. Was machten andere Frauen in ihrer Situation? Manche suchten sich ganz schnell einen Mann, dem sie das Kind anhängten. Aber hier war weit und breit keiner, der auch nur annähernd infrage käme. Pierre? Um Gottes willen, lieber ginge sie in die Nordsee!

Jeanne hatte keinen Menschen, dem sie sich anvertrauen konnte. Sie grübelte, machte ungewohnte Fehler bei der Arbeit und redete sich damit heraus, dass sie sich den Magen verdorben hätte.

Ludmilla lief in diesen Tagen mit einem blauen Auge und Hautflecken in allen Regenbogenfarben herum. Oleg versuchte gar nicht erst, die Ursache zu verstecken. »Großes Stück Holz genommen«, knurrte er nur. »Frau hat Strafe verdient.«

Jeanne fragte sich, ob er erst jetzt gemerkt hatte, was längst alle wussten – dass Ludmilla sich mit einem anderen Mann traf –, oder ob irgendetwas das Fass zum Überlaufen gebracht hatte. Niemandem kam in den Sinn, Oleg zur Rechenschaft zu ziehen. Sogar ein »Untermensch«, sofern er ein Mann war, durfte seine Frau prügeln, wenn ihm danach war. Irgendeinen heiraten, nur um verheiratet zu sein? Nein! Alles in Jeanne begehrte dagegen auf, noch mehr Freiheit zu verlieren.

In der folgenden Nacht kam sie auf eine Idee. Sie erwachte und wusste schlagartig, was zu tun war. Sie musste nach Bremen zu Odile! Die hübsche Französin, die sich während der Zugfahrt nach Deutschland selbstlos um sie gekümmert hatte, würde sicher Rat wissen. Schließlich arbeitete sie in der Stadt, noch dazu in der Unterhaltungsbranche. Da tauchte dieses Problem doch häufiger auf. Jeanne schrieb Odile sofort einen Brief und bat um ihre »Unterstützung in einer delikaten Angelegenheit«. Sie wusste nicht, wie sie es anders ausdrücken sollte. Zu deutlich wollte sie nicht werden, falls ein Zensor mitlas. Sie lieh sich Elses Rad und brachte den Brief zum nächsten Briefkasten.

Jeden Tag fieberte sie nun der Ankunft der Postbotin entgegen. Doch die ließ sich überhaupt nur ein einziges Mal blicken, um etwas Amtliches für Großvater Bohlmann zu bringen. Auch Gesine wartete Tag für Tag um die gleiche Zeit hinter den Gardinen und hoffte vergeblich auf Feldpost.

»Momentan bleiben leider viele Briefe auf der Strecke«, sagte die Frau in Uniform, die ihren Kollegen abgelöst hatte. »Aber das kann ja für manchen auch ein Trost sein.«

Jeanne lief die Zeit davon. Nachdem sie zwei Wochen gewartet hatte, beschloss sie, aufs Geratewohl nach Bremen zu fahren. Odiles Anschrift hatte sie schließlich.

Nach dem Frühstück wandte sie sich an Gesine. »Ich würde gern ein paar Tage Urlaub nehmen.«

Bislang hatte sie nicht einen einzigen Tag freigehabt. Aber natürlich, man machte keinen Urlaub, außer man war Soldat und kam auf Heimaturlaub oder musste zu einem wichtigen Familienereignis.

»Was hast du denn vor?« Die steile Falte über Gesines Nasenwurzel vertiefte sich.

»Ich möchte eine Französin in Bremen besuchen«, erwiderte Jeanne. Sie beförderte ihre Bahnbekanntschaft Odile kurzerhand zu einer guten Freundin. »Wir schreiben uns ab und zu.«

»Ach, du meinst die eine Postkarte mit dem Roland drauf?«, fragte die Bäuerin.

Jeanne errötete. Natürlich ging alle Post durch Gesines Hände. »Odile hat mir gesagt, ich soll sie unbedingt mal besuchen.«

»Jeanne, ich glaube, dir fehlt da der Überblick.« Gesine schaute aus dem Fenster. Mit ernster Miene band sie sich eine Kittelschürze vor. »Komm, wir holen das Fallobst und unterhalten uns in aller Ruhe.« Draußen sammelten sie kleine Birnen vom Rasen auf, die sie später mit Bohnen, Kartoffeln und etwas Speck kochen würden. Jeanne legte die harten Früchte in einen Korb. Gesine berührte ihre Hand. »Jeanne, ich mache mir Sorgen um dich«, sagte sie mit sanfter Stimme. Ehrliche Sorge sprach aus ihren Augen. »Du bist verändert. Mir kannst mir doch alles sagen.«

»Ach, das war nur diese dumme Magengeschichte.« Jeanne mochte Gesine nicht ansehen. Sie schluckte und klaubte weiter Birnen auf. »In meinem Vertrag steht, dass ich Anspruch auf Urlaub habe«, sagte sie nach einer Weile trotzig.

Gesine schüttelte den Kopf. »Du kannst von mir aus ein paar Tage freinehmen. Fahr doch mal wieder nach Greet-siel oder nach Norden. Schlaf aus, verbring einen Tag ohne zu melken. Aber du reist nicht nach Bremen. Das ist viel zu gefährlich.«

In der Ferne hörten sie Bomber, die zu hoch flogen, um eine Gefahr für sie zu bedeuten. Jeanne verzog den Mund. »Risiko ist überall. Der Großvater sagt doch auch immer: Wenn's dich erwischen soll, dann erwischt es dich.«

Gesine steckte beide Hände in ihre Schürzentaschen, sie senkte den Kopf und seufzte aus tiefster Seele auf. »Ach, Jeanne!« Es klang so traurig und besorgt, dass Jeanne augenblicklich ein schlechtes Gewissen verspürte. »Ich möchte doch nur nicht, dass dir was passiert.« Mit einem eigenartigen Blick, schräg von unten hoch, musterte Gesine sie, als überlegte sie, noch etwas zu sagen, etwas, das sie dann aber nicht über die Lippen brachte. »Vergiss nicht, du kannst wirklich über alles mit mir reden«, wiederholte sie lediglich.

Einen Moment lang war Jeanne bereit, sich der Bäuerin anzuvertrauen. Aber das ging natürlich nicht. Es würde Nachfragen provozieren und außerdem … Hatte Gesine etwa Wanda geholfen, als sie schwanger gewesen war?

Jeanne nickte brav. »Nein, das vergesse ich nicht. Aber

ich möchte wirklich gern meine Freundin in Bremen besuchen, und in meinem Vertrag steht doch ...«

Gesine fiel ihr ins Wort. »Tut mir leid, das kann ich
nicht erlauben.« Empört wollte Jeanne widersprechen.
Mit einem funkelnden Blick drückte sie das Kreuz durch.
Durfte die Bäuerin das? Es ihr einfach verbieten? Wahrscheinlich nicht, denn sie war schließlich eine freiwillige
Zivilarbeiterin. Aber Jeanne wusste es nicht ganz genau,
sie hatte auch Respekt vor Gesine. »Ich fühl mich für dich
verantwortlich, Jeanne«, sagte sie.

»Phh!« Jeanne schnaubte aufgebracht. Doch so wie die
Machtverhältnisse lagen, war es wohl besser, keine Wider-
worte zu geben.

Dann musste sie eben zu einer List greifen.

Sie tat, als hätte Gesines Vorschlag sie überzeugt, nahm
den folgenden Sonnabend frei und kündigte an, dass sie
auch am Sonntag nicht melken könne. »Vielleicht geh ich
in Norden ins Kino«, sagte sie zu Gesine.

Die nordwestlichste Stadt Deutschlands war bislang
noch ziemlich glimpflich davongekommen, hier gab es
keine kriegswichtigen Industriebetriebe, die Bomber an-
lockten. Heimlich packte Jeanne ihr Köfferchen und
brachte es, bevor die anderen aufgestanden waren, an den
Deich, wo sie es unter einem Holunderstrauch versteckte.
Auf ihrem Waschtisch hinterließ sie einen Zettel, den man
erst auf den zweiten Blick finden würde. Darauf stand:
*Mache ein paar Tage Urlaub in Bremen. Komme bald zu-
rück. Jeanne.*

20

Bremen, Oktober 1944

Der Milchfahrer, der immer frühmorgens die vollen Kannen, die sie an die Deichstraße stellten, auf seinen Anhänger lud und der auch oft die Lehrerin zur Dorfschule mitnahm, beförderte Jeanne gern das größte Stück des Weges. Den Rest ging sie zu Fuß. Am Bahnhof in Norden wollte sie ein Ticket nach Bremen lösen.

»Das geht nicht«, erwiderte die stämmige Frau, die hinter dem Schalter Dienst tat.

»Warum?«

»Bremen ist zu weit weg. Das sind hundertsechzig Kilometer. Für alles, was über hundert Kilometer vom Wohnort oder Arbeitsplatz entfernt liegt, brauchen Sie eine Sondergenehmigung. Von der Partei oder vom Bürgermeister. Haben Sie die?«

Jeanne schüttelte den Kopf. »Was liegt denn neunundneunzig Kilometer von hier aus in Richtung Bremen?«

»Das weiß ich doch nicht«, erwiderte die Frau pampig. »Aber Stottern ist untersagt.«

Jeanne verstand nicht, was sie damit meinte. Hinter ihr bildete sich eine Schlange. Sie holte tief Luft und atmete langsam tief aus. Dann trat sie zur Seite, um die anderen Leute vorzulassen. Ratlos betrachtete sie eine im Schaukasten ausgehängte Karte mit den Haltestellen. Ein alter Mann, der das Gespräch verfolgt hatte, stellte sich neben sie.

»Die Reise in Abschnitten zusammenzustottern ist verboten«, sagte er mit einem aufmunternden Augenzwinkern.

Jeanne lächelte ihn dankbar an. Sie wandte sich wieder der Karte zu und schätzte grob, wo die Hälfte der Strecke erreicht sein mochte. Ein kleiner Ort namens Augustfehn befand sich dort. Na gut, dann würde sie eben bis Augustfehn fahren, grob achtzig Kilometer und anschließend noch mal achtzig. Allerdings, überlegte sie dann, würde sie in einem Dorfbahnhof wohl eher auffallen, was wiederum nicht so günstig war. Ihr Zeigefinger verschob sich bis zu der davorgelegenen größeren Stadt.

Sie ging zum Schalter zurück. »Einmal Leer bitte, einfache Strecke.« Noch wusste sie nicht, wann genau sie zurückfahren konnte. Die Reichsbahnmitarbeiterin sah sie skeptisch an.

»Da wollte ich immer schon mal hin«, sagte Jeanne mit einem harmlosen Augenaufschlag.

Sie erhielt ihre Fahrkarte. Während der Wartezeit am Gleis hoffte sie inständig, dass auf dem Hof noch niemand ihren Zettel gefunden hatte. Aber wahrscheinlich würde Gesine sich erst Gedanken zu machen, wenn sie nach Beginn der Ausgangssperre noch nicht zurück war. Ob sie ihr die Polizei hinterherschicken würde? Das glaubte Jeanne eigentlich nicht. Aber ganz sicher sein konnte man auch nicht. Sie kaufte eine Tageszeitung, um sich abzulenken.

Als die Dampflok einlief, sah Jeanne, dass der letzte offene Waggon mit einem Flakgeschütz bestückt war. Ihr wurde noch mulmiger zumute, als ihr ohnehin schon war. Im Abteil behielt sie ihren Hut auf. Sie versuchte, im *Ostfriesischen Kurier* zu lesen, schaffte aber immer nur wenige Zeilen. Die Brotration wurde für Normalverbraucher auf zweitausendzweihundertfünfundzwanzig Gramm pro

Woche und die Butterration von fünfhundert Gramm auf die Hälfte für einen ganzen Monat verringert. Nichtkriegswichtige Telefonanschlüsse konnten aufgehoben werden. Der Gegner hatte mit Aachen die erste deutsche Großstadt erobert. Während Jeanne auf einen Artikel mit Tipps für den Eigenanbau von Tabak starrte, schwitzte sie vor Angst, dass eine Kontrolle sie in Schwierigkeiten bringen könnte. In Leer stieg sie aus. Wieder studierte sie die Karte mit den Zugverbindungen. Bis Bremen waren es vielleicht noch hundert, vielleicht aber auch noch ein paar Kilometer mehr. Deshalb kaufte sie am Schalter ein Ticket bis zur nächstgrößeren Stadt davor, bis nach Oldenburg. Der Zug lief von einem anderen Gleis aus als ursprünglich angekündigt, beinahe hätte sie ihn deshalb verpasst. Sie sprang auf, während er schon rollte, und suchte sich mit klopfendem Herzen einen Sitzplatz.

Jedes Mal wenn die Tür zum Abteil geöffnet wurde, jedes Mal wenn der Zug anhielt, konzentrierte sie sich auf ihre Atmung, versuchte, ruhig zu bleiben und wie eine normale junge Deutsche zu wirken. Wenn sie die Spannung kaum noch ertrug, lehnte sie sich mit geschlossenen Augen zurück, als schliefe sie.

In Oldenburg stieg sie wieder aus und kaufte ein Ticket nach Bremen. Hier herrschte großes Gedränge. Zum Glück musste sie nicht lange warten, bis es weiterging.

Die Fahrkartenkontrollen verliefen reibungslos, kein Mensch außer den Schaffnerinnen sprach sie an. Sie erreichten die Hansestadt fahrplanmäßig, und das mitten im Krieg.

Bremens verwirrend großer Hauptbahnhof funktionierte. Jeanne fragte sich auf Plattdeutsch durch. Über ihr wölbte sich eine beeindruckend große Halle. Aber vom Bahnhofsvorplatz aus schaute sie auf ein einziges Trümmerfeld.

Das war die bittere Realität. Jeanne sackte das Herz tief und immer tiefer. Vermutlich war auch Odile nicht verschont geblieben. Deshalb hatte sie auf ihren Brief nicht geantwortet. Vielleicht existierte das Haus zu ihrer Adresse gar nicht mehr.

Jeanne fragte einen Schupo nach dem Weg. Erstaunlich, dass noch Frauen in Kostümen mit Nahtstrümpfen und Hüten durch diese Wüstenei aus Steinen und Schutt eilten. Zwischen Häusergerippen verkehrte eine Straßenbahn, die Jeanne mit ihrem Klingeln zu Tode erschreckte. Rasch sprang sie zur Seite. Sie fühlte sich wie eine Landpomeranze.

Wo sollte denn hier noch ein Vergnügungslokal geöffnet haben? Andererseits ... Vielleicht stieg ja der Wunsch der Menschen nach Ablenkung, je verzweifelter ihre Lage war. Jeanne straffte die Schultern und erkundigte sich abermals nach der Anschrift, die auf dem Zettel stand. Sie wanderte durch die Stadt, kletterte über Hindernisse, wie betäubt von dem Gewusel, Staub und Lärm, dem Gestank aus zahlreichen Industrieschornsteinen. Überall waren Arbeitskommandos im Einsatz, viele Ausländer darunter, auch Landsmänner von ihr. Aber sie traute sich nicht, sich ihnen gegenüber als Französin zu erkennen zu geben.

Schließlich erreichte Jeanne die Rembertistraße. Und an der Klingel stand tatsächlich Odiles Name. Kurz blitzte eine Erinnerung an ihr früheres Leben auf. Artur, du hattest recht, dachte Jeanne erleichtert, das Glück ist mit den Wagemutigen. Sie drückte auf den Knopf.

Odile, geschminkt, deutlich gealtert, doch immer noch sehr hübsch und kokett, konnte sich gar nicht wieder einkriegen. Nach kurzem Zögern hatte sie Jeanne wieder-

erkannt und herzte sie nun, als wären sie tatsächlich uralte Freundinnen.

»Du hast richtig Rundungen bekommen, *ma chère*. Dein
Bauernhof tut dir gut! Komm herein. Unser Haus ist zwar
schon überfüllt, aber auf eine mehr oder weniger kommt's
nun auch nicht mehr an.«

Sie teilte sich ein kleines Zimmer mit einer Kollegin,
wie sie sagte. Da sie unterschiedliche Arbeitszeiten hätten,
sei das aber erträglich. Sie setzten sich auf ein Polstersofa,
das Odile Jeanne auch gleich als Schlafgelegenheit für eine
Nacht anbot. Ihren Brief habe sie erhalten und umgehend
beantwortet.

»Bei mir ist nichts angekommen«, antwortete Jeanne.
»Aber dann weißt du ja wenigstens schon, worum es geht.«

Odile nickte ernst. Sie strich langsam über ihre ein-
gedrehte Stirntolle. »Hast du Geld?«

»Ja.« Jeanne hatte nicht viel von ihrem Lohn ausgegeben.
»Ich hoffe, es ist genug.«

Odile nannte den Preis. Es reichte so gerade eben. »Plus
fünfzehn Prozent Vermittlungsgebühr, wegen des Risikos.«
Odile machte eine bedauernde Geste. »Das ist schon mit
Rabatt, sonst nehme ich zwanzig Prozent.« Ernüchtert willigte Jeanne ein, damit blieb kein Pfennig mehr übrig. Aber
sie verstand Odile. Sie kannten sich kaum, sie waren nicht
wirklich Freundinnen, weshalb sollte sie ihr umsonst helfen? »Prima. Bin froh, dass du das verstehst«, sagte Odile,
nun doch ein wenig verlegen. »Man muss sehen, wo man
bleibt. Mein Varieté ist vor Kurzem geschlossen worden.«

»Dein Varieté?«

»Nein, nicht meines, natürlich. Das Varieté in der
Knochenhauerstraße, wo ich als Tänzerin aufgetreten bin.«
Odile machte schlängelnde Armbewegungen. »Zwischen
Zauberkünstlern und Jongleuren.«

»Muss aufregend gewesen sein.«

»Ja! Alle liebten meinen Tanz der Schleier.« Odile gig-gelte. »Aber die meisten Theater und Vergnügungsstätten sind ja nun geschlossen, weil sie inzwischen sogar Künstler als Kanonenfutter nehmen.«

»Und jetzt?«, fragte Jeanne.

Odile schaute betont geheimnisvoll. »Es gibt Dinge, die fragt man eine Dame nicht.« Sie lachte etwas zu laut, und jetzt sah Jeanne auch, dass Puder ihre unreine Haut nur schlecht kaschierte.

»Odile«, Jeanne räusperte sich, »wer kann mir denn nun helfen?«

»Frau Uhde«, erwiderte die junge Frau wie aus der Pis-tole geschossen. »Ich hab schon mit ihr gesprochen. Sie ist gelernte Krankenschwester, war früher bei einem morphiumabhängigen Frauenarzt beschäftigt, der auch schon Abtreibungen gemacht hat.« Odile senkte ihre Stim-me. »Nach seinem Tod hat sie das Geschäft übernommen – Kürettagen und Einleitungen. Sie praktiziert meist in ihrer Wohnung.«

»Ich möchte es so schnell wie möglich hinter mich brin-gen.«

»Das kann ich gut verstehen.«

»Warst du auch schon bei ihr?«

»Mehr als einmal«, erwiderte Odile, als ginge es um Zahnarztbesuche. »Es tut ein bisschen weh, aber sie ist sehr auf Sauberkeit und Akkuratesse bedacht.«

»Das ist gut«, murmelte Jeanne.

»Der schnellste Weg, sie zu treffen, führt übers Söllner. Das ist ein Lokal.«

Es war dunkel, als sie sich auf den Weg machten. Jeanne fand die schwach beleuchteten Straßen mit den Häuser-gerippen unheimlich. Sie wunderte sich, dass Odile sich nicht um die Sperrstunde scherte, aber sie mochte sie auch nicht darauf ansprechen, aus Angst, dass sie sonst Frau Uhde nicht ausfindig machen würden. Sie erreichten eine Straße, in der sich ein Lokal ans nächste reihte. Jedes Mal wenn jemand hineinging oder herauskam, fiel rötliches Licht auf den Gehweg. Gerade hängte ein feister älterer Mann das Schild »Wegen Überfüllung geschlossen« an die Tür des Söllner. Doch Odile kannte ihn, sie grüßten sich, und er schob den Vorhang zur Seite, um die beiden Frauen doch eintreten zu lassen in das verrauchte Lokal.

Ein Stimmengewirr von vielen unterschiedlichen Sprachen schwappte über ihren Köpfen zusammen, grell geschminkte Frauen, Männer mit gierigen Blicken und Betrunkene drängten sich in einer unverschämt offenen, sinnlich-ordinären Atmosphäre aneinander. Auf einem Podest spielte ein kleines Orchester, einige Gäste sangen und schunkelten zu *Wo die Nordseewellen …*, andere begafften die Neuankömmlinge. Odile grüßte scherzend hierhin und dorthin, arbeitete sich durch die Menge zur Theke vor und fragte einen der drei älteren Männer, die Getränke ausschenkten, etwas. Jeanne hatte Mühe, ihr zu folgen. Sie stieß mit einer Kellnerin zusammen. Immer wieder wurde sie angesprochen, was sie zu ignorieren versuchte.

»Möchtest du ein Bier?«, fragte Odile sie laut.

»Ist sie hier, die Frau Uhde?«, brüllte Jeanne zurück.

Odile schüttelte den Kopf. »Nein! Hein meint, sie ist in Sebaldsbrück. Ambulanter Einsatz.«

Jeanne war enttäuscht. Und der Trubel, so aufregend er einerseits sein mochte, stieß sie doch mehr ab und verstärkte ihre seit Wochen nie ganz schwindende Übelkeit.

»Können wir dann weiter?«

»In Ordnung!« Odile verabschiedete sich mit einem

Küsschen von Hein hinter der Theke, hakte sich bei ihr unter und zog sie in Richtung Ausgang.

Draußen schnappte Jeanne nach Luft. »Verkehren hier nur Ausländer?«

»Viele«, antwortete Odile vergnügt. »Aber nicht nur. Hierher kommen alle, die nicht einsam sein wollen. Soldaten auf Urlaub. Fremdarbeiter. Männer, die eine Frau suchen. Männer, die einen Mann suchen. Auch deutsche Witwen kommen.«

»Deutsche Witwen?«, fragte Jeanne verständnislos.

»Die tauchen meist zu zweit auf, mit einer Freundin«, erklärte Odile. »Erst trauern sie, klar. Aber das Leben geht weiter. Auch eine tapfere Kriegerwitwe braucht mal wieder einen Mann. Und sei es nur für eine Nacht.« Jeanne fragte, was es mit den Männern, die einen Mann suchten, auf sich habe, und Odile erklärte es ihr amüsiert. »Viele flanieren auch nachts auf der Suche durch die Wallanlagen. Hinter Bäumen und Gebüsch wird man sich schnell einig.«

Jeanne kam sich schon wieder vor wie ein dummes Landei, irritiert von einer Mischung aus Ekel, Abscheu, Staunen und Bewunderung, Protest, Sensationslust, Angst und Erregung. Was gab es doch für Abgründe, von denen sie bislang keine Ahnung gehabt hatte!

Mit einer rumpelnden Straßenbahn, die sie ordentlich durchschüttelte, fuhren sie nach Sebaldsbrück an den Stadtrand. Scheinwerfer der Flugabwehr suchten mit dicken Strahlenbündeln nach Feindbombern, bohrten helle Löcher in den dunklen Himmel, manche kreuzten sich. Gefesselt von diesem schaurig-schönen Lichtspiel, schwieg Jeanne die meiste Zeit. Odile unterhielt sich mit einem Bekannten, der das gleiche Ziel hatte wie sie. Ein junger Franzose, der, wie Odile ihr anschließend zuflüsterte, STO-Zivilarbeiter in einer Fabrik für Flugzeugmotoren war und im Lager wohnte, aber nachts »auf der Suche nach Abenteuern« umherstrich und nebenbei mit Lebensmittelkarten illegale Tauschgeschäfte betrieb. Jeanne fragte, ob er denn nicht um eine bestimmte Uhrzeit im Lager sein müsste. Da lachte Odile und erklärte ihr, dass auch die Aufpasser empfänglich für ein paar Extrazigaretten seien.

In Sebaldsbrück gingen sie auf eine Baracke zu, über der mit großen Buchstaben NUR FÜR AUSLÄNDER stand.

»Damit du mir nicht in Ohnmacht fällst«, Odile klopfte auf Jeannes eingehakten Unterarm, »sag ich's dir lieber gleich. Das hier ist ein Bordell, aber es wird von der Bremer Gesundheitsbehörde überwacht. Hat also alles seine gute deutsche Ordnung.«

Ach du meine Güte, dachte Jeanne zwischen Neugier und Abscheu hin- und hergerissen. Wohin bin ich bloß geraten? Ein paar Musiker spielten Akkordeon, im Saal saßen oder standen an die hundert Männer, meist mit einem Bierkrug in der Hand, und blasiert dreinschauende Frauen musterten Jeanne feindselig. Zielstrebig durchquerte Odile den Raum, grüßte zur Theke hin, auch hier war sie offensichtlich bekannt. Sie hielt Jeanne, die am liebsten weggelaufen wäre, fest an der Hand und betrat einen langen Korridor. Er war rot-weiß gestrichen, und an einer Seite gingen mehr als ein Dutzend Zimmer ab, wohl die Arbeitsplätze der Freudenmädchen. Ganz hinten gab es eine Art privaten Aufenthaltsraum. Frauen in knappen Unterhosen, farbigen Büstenhaltern und Stiefeln rauchten, unterhielten sich, aßen etwas. Eine – offenbar die Bordellchefin – saß in einem Polstersessel und schaute auf. Sie war schon älter und verteilte kleine Packungen mit der Aufschrift Fromms.

»Ah, Odile, was führt dich zu uns?« Sie musterte Jeanne wohlgefällig. »Suchst du Arbeit?«

»Non!« Entsetzt schüttelte Jeanne den Kopf.

Hinter ihr zischte eine Frau: »Frischfleisch.«

Wieder vernahm sie viele Sprachen, die sie nicht kannte, aber auch Französisch.

»Wir suchen Frau Uhde«, antwortete Odile. »Ist sie hier?«

Die Chefin wies mit dem Kopf in eine Ecke. Dort befand sich die Gesuchte im Gespräch mit einer stark geschminkten Frau, dem Akzent nach eine Holländerin. Die kühle Fünfzigjährige hatte ein knochiges Gesicht und dunkles Haar. Noch mit Dauerwelle, wie Jeanne registrierte – die durften Friseure aus kriegsbedingten Gründen eigentlich nicht mehr machen. Frau Uhde trug Schmuck und Schuhe mit Ledersohlen, zu ihren Füßen lag ein Boxerhund. Forsch erhob sie sich und begrüßte Odile, die sie miteinander bekannt machte. Sie nahm sich nicht einmal die Zeit, sich hinzusetzen, um mit ihnen in Ruhe zu reden, sondern kam gleich zum Geschäftlichen. Die Hälfte des Honorars verlangte sie vorab. Mit zittrigen Fingern zählte Jeanne die Summe ab, sie gab auch Odile ihren Anteil. Frau Uhde reichte Jeanne einen Zettel mit ihrer Adresse.

»Sie werden anschließend eine Nacht zur Beobachtung bei mir bleiben. Wäre gut, wenn jemand Sie wieder abholen kommt, falls Sie noch wacklig auf den Beinen sind.«

Jeanne nickte. Als es um den Termin ging, holte die Engelmacherin ihr Notizbüchlein aus der Handtasche, schaute hinein und schlug den Dienstag in zwei Wochen vor.

»Was, dann erst?«, sagte Jeanne erschrocken. »Es ist eilig. Ich bin extra ganz von der Küste hierhergekommen. Aber so lange kann ich unmöglich wegbleiben.«

»Ja, mein Gott, dann kommen Sie eben wieder!«, herrschte Frau Uhde sie an, während sie die Geldscheine sorgfältig wegsteckte. Jeanne zuckte zusammen, und die

Frau schien ihren Ton zu bedauern. »Es tut mir leid«, fügte sie hinzu. »Ich bin auch nur ein Mensch.«

»Geht's denn wirklich nicht ein bisschen früher?«, flötete Odile.

»Nein!« Frau Uhde drückte ungeduldig an ihrem Handtaschenverschluss herum. »Ich muss morgen für mindestens eine Woche nach Münster. Mein ganzer Zeitplan ist durcheinander. Mein Schwiegersohn ist gefallen, meine Tochter hat den Kopf in den Gasherd gesteckt.«

»Oh, *mon Dieu!*«, entfuhr es Odile. »Wie schrecklich! Mein Beileid!«

»Na ja, sie hat's überlebt«, erwiderte Frau Uhde. »Das Gas war zufällig gerade abgedreht. Aber ich muss hin, damit sie's nicht wieder tut, und muss mich um meine Enkelkinder kümmern.« Sie nahm erneut ihr Notizbuch in die Hand. »Soll ich Sie nun eintragen oder nicht? Oder wollen Sie das Geld zurück? Geht auch. Ich hab weiß Gott genug zu tun.«

Den Tränen nahe wehrte Jeanne ab. »Nein, nein, dann komme ich am Dienstag in zwei Wochen.« Irgendwie würde sie es schon hinkriegen, sie musste es hinkriegen.

»Also gut.« Frau Uhde machte sich einen Vermerk.

»Razzia!«, rief da eines der Mädchen durch die Tür.

Odile zerrte Jeanne in einen Hauswirtschaftsraum, sie kletterten durch ein Fenster nach draußen auf die Regentonne und sprangen. Von hinten schlichen sie um ein angrenzendes Lager mit Stacheldraht.

»Für italienische Militärinternierte«, flüsterte Odile. Sie sahen noch, wie Schupos ein paar Männer am Bordelleingang festhielten. Sie selbst entkamen unkontrolliert.

Später, als Jeanne unter einer Wolldecke auf Odiles Sofa lag, unterhielten sie sich noch eine Weile bei Kerzenschein.

Jeanne fand es schön, dass sie endlich einmal wieder in ihrer Muttersprache reden konnte. Odile nahm ihr ein bisschen die Angst vor dem Eingriff bei Frau Uhde und erzählte von anderen Französinnen, die sie in Deutschland kennengelernt hatte.

»Eigentlich arbeiten sie fast alle im Unterhaltungsgewerbe. Sind freiwillig gekommen, meist schon vor längerer Zeit. Ich meine, jetzt käme ja keiner mit Verstand mehr hierher, nur solche, die Dreck am Stecken haben und aus Frankreich wegmüssen, weil sie kollaboriert haben. Einige der Frauen sind auch vor die Wahl gestellt worden – entweder Internierungslager oder Bordell.«

»Ist der Arbeitsdienst in Deutschland denn für Französinnen noch immer nicht Pflicht?«, wunderte Jeanne sich. Herr Müller hatte damals ganz anders geklungen.

»Soweit ich weiß, nur auf dem Papier.« Odile pustete die rußende Kerze aus. »Einige haben wohl auch erst in einer Fabrik gearbeitet und dann gemerkt, dass sie auf andere Weise leichter und angenehmer Geld verdienen können.«

»Aha.« Jeanne dachte eine Weile nach. »Aber du, Odile, bist doch kein richtiges ... ähm ... kein Freudenmädchen, oder?«, fragte sie schließlich im Schutz der Dunkelheit.

»Ich verkaufe mich nicht im Bordell, wenn du das meinst. Da musst du ja jeden nehmen«, antwortete Odile ausweichend. »Aber ich würde gern als Freudenmädchen arbeiten, so im wahren Wortsinn, verstehst du?«

»Nein.«

»Kennst du das Moulin Rouge in Paris?«

»Ein Varieté, eine Music Hall, oder?«

»Meine Großmutter hat dort früher den *Cancan* getanzt. Und sie ist dabei gewesen, als vor vierzig Jahren nach einer Automobilausstellung im Grand Palais die Upper Class Europas gefeiert hat.« Odiles Stimme bekam etwas Schwärmerisches. »In dieser Nacht lernte sie meinen Großvater kennen. Beide sagen, es sei eine magische Nacht gewesen – für alle, die sie miterlebt haben. Die Menschen kamen im Theater zusammen, sie sangen, tanzten, teilten miteinander die Freude am Leben. Und alle bedauerten am Morgen das Ende dieser einzigartigen Nacht.«

»Ach, das Moulin Rouge ...« Jeanne seufzte. Sie hatte davon nur gehört, sie war ja noch nie richtig in Paris gewesen, nur einmal kurz zum Umsteigen auf dem Bahnhof.

»Mistinguett, die berühmteste Sängerin Frankreichs, trat dort zum ersten Mal auf«, schwärmte Odile weiter. »Und der kleine berühmte Maler Toulouse-Lautrec malte die Plakate. Ich möchte tanzen im Moulin Rouge, ich möchte auf den Plakaten stehen, das Leben feiern, Freude erleben und verbreiten. Das wäre mein Traum.«

Jeanne fühlte sich durch Odiles Redefluss in eine fremde, wunderbare Welt getragen. »Auf einer Bühne stehen und singen«, flüsterte sie, kurz bevor ihr nach dem langen anstrengenden Tag die Augen zufielen, »ja, das stelle ich mir auch traumhaft vor.«

Die Rückreise per Bahn »stotterte« Jeanne wieder mit Zwischenstationen in Oldenburg und Leer zusammen. Irgendwo in Ostfriesland wurden sie auf freier Strecke bombardiert.

»Tiefflieger, Bordbeschuss«, brüllte jemand.

Der Zug hielt, die Flak auf dem letzten Waggon feuerte zurück, alle Passagiere mussten ihre Abteile verlassen und suchten in der Nähe der Bahntrasse hinter Böschungen in Einmannlöchern oder Gräben Deckung.

Jeanne hockte sich in eine Kuhle, hielt ihr Köfferchen über den Kopf und kniff die Augen zusammen. Ihr Herz raste. Dieser ohrenbetäubende Lärm! Die Angreifer kehrten zurück. Wenn ich jetzt sterbe, dachte sie, dann soll's eben so sein. Vielleicht ist es Gottes Strafe, vielleicht nur saudummes Pech. Aber wenigstens habe ich es gehabt. *Einmal lebten wir wie Götter.* Ach, Edo, ob wir uns noch einmal sehen? Was würdest du sagen, wenn du wüsstest, dass ich ein Kind von dir erwarte? Ich liebe Gesine, ich werde sie nie verlassen, hörte sie ihn sagen.

Nicht weit von ihr entfernt schlugen Splitter in den Acker ein. Einer der Waggons hatte Feuer gefangen. Männer löschten den kleinen Brand. Ein anderer Waggon leckte. Dennoch nahmen die Passagiere, derangiert und bleich, nach einer Weile wieder ihre Plätze ein, und die Zugfahrt ging weiter.

Jeanne konnte sich ausrechnen, dass inzwischen irgendjemand auf dem Hof ihre Nachricht gelesen hatte. Ob Gesine sehr böse auf sie war? Wie würde sie bei ihrer Rückkehr reagieren? Ganz sicher gibt's Ärger, dachte Jeanne, aber noch schlimmer ist, dass Gesine in Zukunft aufpassen wird wie ein Luchs. Wie stelle ich es nur an, dass ich in zwei Wochen wieder nach Bremen komme?

21

In der Stadt Norden fand ein Großereignis statt. So viele blutjunge und alte Männer, teils in Uniform, hatte Jeanne noch nie zusammen gesehen. Sie machte einen weiten Bogen um die belebten Straßen im Stadtkern, vor allem um den Torfmarkt herum, auf dem neunzig alte Ulmen standen. Das hatte sie kürzlich erst in der Zeitung gelesen. Die Baumriesen sollten demnächst angeblich wegen der Ulmenkrankheit gefällt werden. Aber vielleicht brauchten die Nazis auch nur Holz für neue Gewehrkolben. *Das Volk steht auf, der Sturm bricht los.* Diese Überschrift hatte sie ebenfalls gelesen. Und die Ankündigung, dass der nun losbrechende Volkssturm den Heimatboden mit allen Waffen verteidigen werde.

Na, der Himmel über Deutschland gehört den Deutschen schon lange nicht mehr, dachte Jeanne, als sie zu Fuß aus der Stadt ging, auch vorbei an einem trostlosen Behelfsheim. Nur zu dumm, dass die Befreier von da oben nicht unterscheiden konnten, ob sie auf Deutsche oder Ausländer zielten.

Nach einer Weile begann es zu nieseln. Auf der Landstraße in Richtung Südermarsch hielt zum Glück ein Ackerwagen. »Willst du hinten rauf?«, fragte der Fuhrmann. »Hab noch 'ne Ladung Runkelrüben weggebracht.« Jeanne nickte erfreut. Sie kletterte auf die erdverschmierte Ladefläche und kauerte sich in eine Ecke, wo sie sich als Regenschutz eine Plane über ihren Kopf zog.

Die Landschaft, die an ihr vorüberzog, hatte sich verändert. Seit Wochen gruben ältere Jungen in Schulklassenverbänden hinter der Küstenlinie mit Spaten brusttief Schanzgräben als Abwehrstellungen aus. Wie ein schwarzer Lindwurm, der sich durch die grünen Weiden schlängelte, sah das Eingeständnis der Obrigkeit aus, dass man feindliche Soldaten erwartete. Jeanne war zu müde, um sich darüber zu freuen.

Oben an der Deichstraße vor dem Südermarschhof stieg sie vom Wagen. »Vielen Dank!«, rief sie dem Fuhrmann zu und winkte.

Sie machte sich auf ein Donnerwetter von Gesine gefasst. Wenn es ganz schlimm kam, konnte die Bäuerin sie wegen Arbeitsverweigerung anzeigen, und dann stünden ihr ein paar Wochen im Erziehungslager bevor. Doch das traute sie Edos Frau nicht zu.

Sie sah die Kinder der einquartierten Emder Familie auf dem Hof spielen, deren Mutter bereitete in der Sommerküche Essen zu.

Doch weit und breit fehlte jede Spur von Gesine, auch vom Rest der Familie Bohlmann. Jeanne betrat ihre Kammer. Ihre Botschaft lag noch genauso hinter der Waschschüssel, wie sie sie am Morgen zuvor hinterlassen hatte. War das wirklich erst einen Tag her? Eine völlig neue, fremde Welt, faszinierend und abstoßend zugleich, hatte sie in dieser kurzen Zeit kennengelernt.

Jeanne räumte ihr Köfferchen aus, dann wusch sie sich und sank auf ihr Bett. Einfach mal mitten am Tag ein Stündchen schlafen, dachte sie noch erschöpft, das ist wahrer Luxus.

Doch schon nach wenigen Minuten schreckte sie wieder

hoch. Das Geklacker von Pferdehufen, Wagenrumpeln und Satzfetzen kündeten von der Rückkehr der Bohlmanns. Alle einschließlich Gesines Schwester und dem Baby kehrten von einem Ausflug in der Familienkutsche zurück. Bald war ja auch Melkzeit. Seufzend stand Jeanne auf und zog sich für die Arbeit um. Sie ging in die Scheune.

»Na, hast du schon genug von deinem Urlaub?«, scherzte der Großvater, während er das Pferd ausspannte. Er trug eine Uniform aus dem Ersten Weltkrieg, aber mit dem NSDAP-Parteiabzeichen. Seine Augen blitzten.

»Wir kommen aus Norden«, sagte Gesine. »In der Stadt war eine Kundgebung mit wohl zweitausend Volkssturmangehörigen. Es gab einen großen Sternmarsch aus allen Stadtteilen.«

»Und jeder Mann hatte eine Panzerfaust geschultert«, fügte der alte Bohlmann hinzu.

»Die passten anschließend gar nicht alle in den Saal vom Deutschen Haus«, ergänzte Erika, »um sich die Reden anzuhören.«

»Wat'n Glück.« Die Großmutter schnaubte verächtlich. »Es ist traurig, alles so traurig. Nur Junge und Alte. Die sollen uns nun retten. Wie mag das noch werden?«

Jeanne atmete insgeheim erst mal auf. Es hatte wirklich niemand etwas von ihrer Bremen-Tour mitbekommen! Wie gewohnt erledigte sie ihre Arbeit. Als sie nach dem Abendbrot den Tisch im Vorderhaus abräumte, schaltete der Großvater den Volksempfänger ein.

»Feindliche Flugzeugverbände gesichtet über Norderney«, sagte der Sprecher. »Voraussichtliches Ziel: Bremen.«

Und dann übertrugen sie ein Lied von Zarah Leander. *Kann denn Liebe Sünde sein?* Jeanne spürte, wie ihre Emotionen nach den Erlebnissen der vergangenen Stunden sich nicht länger unterdrücken ließen. Ausgerechnet jetzt! Die Teetassen in ihren Händen fingen an zu klirren, ihre Nerven lagen blank. *Wenn man einmal alles vergisst, vor Glück* ... klang es aus dem Lautsprecher. Schnell ging sie hinaus, und kaum befand sie sich auf dem Flur, da löste sich in ihrem Bauch eine Woge. Die Gefühle überrollten sie, sie hörte sich aufschluchzen, die Tränen strömten. Jemand nahm ihr die Tassen ab, sie weinte hemmungslos. So etwas hatte sie noch nie erlebt, sie konnte sich gar nicht wieder beruhigen.

Gesine stand auf einmal vor ihr und nahm sie in den Arm. Sie drückte Jeannes Kopf an ihren weichen warmen Busen, sie roch gut. »Ja, wein ruhig«, murmelte die Bäuerin und strich ihr übers Haar. Sie war in diesem Moment wie eine liebevolle Mutter. Ihre Umarmung tat so gut. Wie sehnte Jeanne sich danach, sich einfach fallen zu lassen, sich einem Menschen anzuvertrauen und geborgen zu fühlen. »Es muss doch alles mal raus«, murmelte Gesine leise in ihre Tränenflut hinein.

Jeanne hob nach einer Weile den Kopf, beschämt, doch Gesine lächelte sanft. »Es ist in Ordnung.«

Was für schöne blaue Augen sie hat, dachte Jeanne, und dieser gütige Ausdruck darin! Wenn ich Edo wäre, würde ich Gesine auch nicht verlassen wollen. Bei diesem Gedanken brach sie erneut in Tränen aus.

Nachdem Jeanne sich beruhigt hatte, schlug Gesine vor, nach draußen zu gehen. »Die frische Luft wird dir guttun.«

Sie zogen sich ihre Mäntel über und spazierten auf einem Backsteinpfad durch den Garten bis zum inneren Ring am Hofgraben entlang. Der Nieselregen legte eine Pause ein. Jeanne dachte an Bremen. Sie atmete tief durch. Wie viel reiner die Luft hier war! In der feuchten Kühle kam sie schnell wieder zu Verstand. Verlegen blickte sie auf Gesine an ihrer Seite, sie konnte ihr Gesicht im Dunkeln nicht richtig erkennen. So viel Nähe zur Bäuerin schüchterte sie ein.

»Jeanne, ich glaube, ich weiß, was mit dir los ist«, begann Gesine das Gespräch. Sofort wollte Jeanne protestieren. Gesine drückte ihren Arm. »Halt! Sag jetzt nichts! Nein, ich will gar nicht wissen, wer der Vater ist.«

Jeannes Widerspruch fiel in sich zusammen, bevor sie ihn ausdrücken konnte. Und sie war es auch so leid, sich zu verstellen! Aber sie brachte kein Wort über die Lippen. »Ich möchte dir einen Vorschlag machen, Jeanne. Du musst mir nicht gleich antworten. Denk in Ruhe darüber nach, ja?«

Jeanne räusperte sich. »Ja«, versprach sie mit heiserer Stimme.

»Lass mich zuerst eine Frage stellen: Willst du das Kind?«

Jeannes Stimme klang höher, als sie »Nein« hervorpresste.

»Gut«, erwiderte Gesine, »das hab ich mir gedacht. Also: Du weißt doch, wie sehr Edo und ich uns ein Kind wünschen. Aber es klappt und klappt einfach nicht. Jetzt hab ich mir überlegt: Wie wäre es, wenn wir dein Kind großziehen würden? Die Großeltern wären auch selig, wenn sie endlich ein Enkelkind bekämen. Und Edo ... Hach«, Freude klang aus Gesines Stimme, »der würde erst jubeln! Zu wissen, dass sein Kind hier auf ihn wartet – die Nachricht könnte ihm draußen im Feld so viel Kraft verleihen!«

Jeanne durchfuhr es eiskalt. Weshalb sagte Gesine »sein Kind«? Wusste sie etwa doch Bescheid? Jeanne verspürte plötzlich Atemnot. Sie blieb stehen. »Ja, das ist der eigentliche Punkt«, fuhr die Bäuerin leise fort. »Es wäre für alle Beteiligten das Beste, wenn jedermann glaubte, das Kind wäre Edos und mein Kind.«

Jeanne schnappte nach Luft. Das war ungeheuerlich!

»Wie bitte?«

»Ich verstehe, dass du so reagierst«, sagte Gesine, »aber denk mal in Ruhe darüber nach. Zum einen hast du nicht die Schande mit dem unehelichen Kind, wenn du in deine Heimat zurückkehrst. Oder«, schob sie ein, »wolltest du es etwa wegmachen lassen?« Jeanne schwieg. »Zum anderen würden wir die Komplikationen vermeiden, die es bestimmt bei einer offiziellen Adoption gäbe. Noch dazu, weil wir nicht wissen können, wie arisch der Vater ist. Und du als Französin, na ja, du bist ja auch nicht ...« Gesine unterbrach sich bestürzt. »Oh, nein ... Nicht dass du glaubst, ich denke so! Ich versuche nur, mir den ordnungsgemäßen deutschen Verlauf einer solchen Angelegenheit vorzustellen. Das wird voller Tücken sein, mit unberechenbarem Ausgang.«

»Puh!«, stieß Jeanne hervor. Sie begann nachzudenken. Fakt war, dass sie in zwei Wochen einen Abtreibungstermin hatte. Auf diese andere Möglichkeit, die Gesine ihr da vorschlug, wäre sie nie gekommen. »Aber wie soll das funktionieren?«, fragte sie. »Warum sollten die anderen Ihnen abnehmen, dass Sie die Mutter sind?«

»Wir sind eben zur gleichen Zeit schwanger«, sagte Gesine triumphierend. »Edo war bis August hier, jetzt haben wir Ende Oktober. Es wäre doch gut möglich, dass ich schwanger bin. Vielleicht, weil ich im Sommer jeden Morgen ein Glas Petersiliensaft getrunken habe. Oder weil es göttliche Fügung war.« Sie setzten sich wieder in Bewegung, und Gesine spann ihren Plan weiter. »Vielleicht verkünde ich sogar als Erste, dass ich guter Hoffnung bin. Vor dir. Das ist die größere Sensation. Und erst eine Woche später lässt du die anderen von deinem Zustand wissen, wahrscheinlich geht die Nachricht dann sogar ein wenig unter.«

Wie gründlich Gesine bereits alles durchdacht hatte! »Aber mein Bauch wird wachsen«, gab Jeanne zu bedenken.

»Meiner auch!« Gesine lachte unterdrückt. »Ich hab schon eine Idee. Ich nähe mir an ein weites Unterkleid einen Bauchbeutel zum Festschnüren wie beim Känguru, und da stecke ich jeden Tag ein paar mehr Federn rein.«

Jeanne ließ sich kurz von der Vorstellung einfangen. »Wir könnten jeden Morgen einen Bauchvergleich machen. Ich zeig Ihnen meinen, und Sie stopfen entsprechend nach.«

»Ja, wäre das nicht ein Riesenspaß?« Es klang geradezu flehentlich. »Jeanne, das Kind hätte es gut bei uns. Du weißt das. Wir würden es von Herzen lieben, und später könnte es einmal den Hof übernehmen.« Sie flüsterte. »Fühlt es sich für dich nicht auch besser an, wenn du ihm das Leben schenkst, statt es ... statt es ...« Gesines Stimme versagte.

Der Wind fuhr durch die Blätter der Eschen über ihren Köpfen. Vor ihren Füßen raschelte es, ein aufgeschreckter Igel querte den Weg.

»Also, angenommen«, nahm Jeanne den Gesprächsfaden wieder auf, »angenommen, wir könnten während der Schwangerschaft wirklich alle täuschen, wie stellen Sie sich das mit der Geburt vor?«

»Wir kommen zur gleichen Zeit nieder. Und dann sagen wir, dass du dein Kind verloren hast«, erklärte Gesine. »Wie gesagt, Jeanne, ich möchte gar nicht, dass du dich jetzt entscheidest. Du bist aufgewühlt. Denk in Ruhe nach, und dann sag mir Bescheid.«

Jeanne nickte. Sie lauschte in sich hinein. Die Antwort wusste sie jetzt schon.

Sie schlief wunderbar in dieser Nacht und war früher als sonst hellwach. Eine große Last war von ihr genommen. Beim Aufstehen summte sie eine schöne Melodie vor sich hin. Das war die beste Lösung überhaupt. Das Kind würde leben, es hätte seinen richtigen Vater und eine liebevolle Mutter. Es würde auf einem großen Hof aufwachsen. Auf dem Weg zurück vom Plumpsklo ging Jeanne draußen ums Haus herum. Sie schaute nach der Rose, die immer noch vereinzelt Knospen trieb, schnupperte an einer Blüte und machte ein paar Tanzschritte. *La vie est belle ... lala, lala ...*

Auf der Schaukel, die der alte Bohlmann für die Kinder der ausgebombten Familien an einem Apfelbaum befestigt hatte, saß jemand und bewegte sich leicht hin und her. Jeanne ging näher heran. Es war Gesine, noch im Morgenmantel, das Haar hing ihr offen über die Schultern. Sie drehte sich zu Jeanne um.

»Oh, guten Morgen!« Offenbar hatte sie vor Aufregung nicht mehr schlafen können.

Sie hörte auf zu schaukeln. Wie hast du dich entschieden?, fragten ihre Augen ängstlich.

»Guten Morgen«, antwortete Jeanne. »Ist das nicht ein herrlicher Morgen?«

Sie schaute sich um. Noch nie hatte sie einen frischen, wolkenreichen Oktobertag als so schön empfunden. Sie lächelte Gesine an. Und die verstand.

»Ja?« In ihren blauen Augen leuchtete es glücklich, fast noch etwas ungläubig auf. »Wirklich?« flüsterte sie. »Bist du dir sicher?«

»*Oui*, ja«, sagte Jeanne überzeugt. »Es ist für alle das Beste.«

22

Cremont-sur-Crevette, Gegenwart

Ella legte das Tagebuch zur Seite. Sie verschränkte die Arme hinter dem Kopf und legte die Beine auf den Sekretär. »*Mon Dieu*, Jeanne!«, sagte sie leise. »Du bist meine Großmutter!« Das war ja eine Überraschung. Sie dachte an ihre geliebte Oma Ine, wie sie die Mutter ihres Vaters, nein, korrigierte sie sich, seine vermeintliche Mutter, genannt hatten. Die war eine wunderbare Großmutter gewesen, vielleicht immer ein bisschen zu besorgt, aber sie hatte ihre Enkelkinder verwöhnt, ihren Pfannkuchen in Herzform gebacken, Mützen gestrickt, Märchen erzählt. Ja, Märchen. Das größte Märchen war demnach ihre eigene Geschichte als Mutter gewesen. Aber andererseits hatte sie tatsächlich alles getan, sich jahrzehntelang gesorgt und gekümmert und war dadurch doch eine wunderbare Mutter und Großmutter gewesen. »Mensch, Oma!«, rief Ella aus und wusste selbst nicht genau, wen sie eigentlich damit meinte. Was für eine Wahnsinnsstory! Die musste sie unbedingt weiter recherchieren.

Sie sprang auf. Über die Terrasse ging sie in den verwilderten Rosengarten. Dornengestrüpp legte sich um ihre Hosenbeine, verhakte sich im Stoff und hielt sie immer wieder fest. So ist das auch mit Familiengeschichten, dachte Ella. Die holen dich ein. Du kannst ihnen nicht entkommen.

Sie dachte an ihren Vater. Was für ein Glück musste es damals für Gesine, für ihre Oma Ine, gewesen sein, dass er ganz nach den Bohlmanns geschlagen war – blond, groß, handfest war er gewesen, ein kluger norddeutscher Bauer. Und welche Ironie des Schicksals, dass ihr Vater ausgerechnet bei einem Flugzeugabsturz ums Leben gekommen war, als er nach Norderney unterwegs gewesen war, um sein Bienenvolk von der Belegstelle abzuholen. Kein Mensch hatte damals geahnt, dass sich hier ein Kreis schloss.

Oder vielleicht doch?

Jeanne schien erstaunlich gut darüber informiert gewesen zu sein, wie es den Bohlmanns nach dem Zweiten Weltkrieg ergangen war. Auch über sie, Ella, hatte sie viel gewusst. Woher eigentlich?

Sie betrachtete die Rosen, ließ sich bereitwillig von ihrer Vielfalt ablenken. Vielleicht um den Gedanken, die auf sie einstürmten, die Gelegenheit zu geben, sich zu ordnen. Sie musste sich wirklich dringend mit Rosenpflege beschäftigen. Sicher steckten einige botanische Schätze unter den Überwucherungen. Ella erinnerte sich an die Kletterrose am Achterhus. Sie existierte immer noch, heute stand darunter eine weiße Bank. Ihr Vater hatte gern dort gesessen und seine Feierabendzigarette geraucht. Ach, Papa, dachte sie leise seufzend.

Was für ein Jammer, dass sie ihren Vater nicht einfach anrufen konnte. Was hätte er wohl gesagt, wenn er erfahren hätte, dass die angehimmelte Sängerin aus Paris seine leibliche Mutter war? Aber vielleicht ganz gut, dass er es nicht erfahren hatte. Er und Oma Ine hatten immer ein inniges Verhältnis zueinander gehabt. Aber sie, Ella, hätte Jeanne zu gern persönlich gekannt. Etwas wie Ärger stieg in ihr auf – Jeanne hatte sich ihr einfach vorenthalten!

Ella nahm sich vor, später mit ihrer Mutter zu

telefonieren. Und mit ihrem Bruder. Auch er hatte ja nun eine andere Großmutter bekommen. Sie beide mussten ein Viertel ihres Genpools neu denken. Weshalb eigentlich hatte Jeanne in ihrem Testament nicht auch Ulfert bedacht? Weil er schon versorgt war?

Ella kehrte in die Bibliothek zurück und suchte aus einem der Fotoalben Bilder von Jeanne, auf denen sie ungefähr in ihrem Alter gewesen sein musste. Sie stellte sich damit vor einen Spiegel. Sah man eine Ähnlichkeit? Eigentlich nicht, außer vielleicht die Augenpartie. Wobei Ellas Augen nicht dunkelbraun, sondern hellbraun waren – mit grünen Einsprengseln. Bernsteinfarben, sagte ihre Mutter. Alle anderen Bohlmanns blickten mit blauen Augen in die Welt.

Vielleicht ähnelte sie ihrer leiblichen Großmutter eher vom Wesen her. Ja, das konnte sein. Ihre Sprunghaftigkeit, Begeisterungsfähigkeit, das Interesse für alles Künstlerische hatte sie möglicherweise von ihr. Das würde auch erklären, weshalb sie immer das Gefühl gehabt hatte, dass es nicht ihre Bestimmung sein konnte, ihr Leben hinterm Deich zu verbringen.

Ella telefonierte mit Anna, verspürte aber keine Lust, schon über ihre neuen Erkenntnisse zu sprechen. Sie wollte erst einmal alles sacken lassen. Am Abend, nachdem Violetta sich verabschiedet hatte, fühlte Ella sich einsam in dem großen Herrenhaus. Die Stille bedrückte sie. Das unangenehme Gespräch mit dem Neffen des Barons ging ihr wieder durch den Sinn – und eine alte Weisheit. *Es kann der Beste nicht in Frieden leben, wenn's dem bösen Nachbarn nicht gefällt.* Seine Drohung war unverhohlen gewesen. Ella rieb sich fröstelnd die Oberarme.

»Ich bin stark, ich bin stark«, memorierte sie ihren Affirmationsspruch.

Und dann schrieb sie eine Nachricht in ihre Whats-App-Freunde-Gruppe. *Kommt alle her, die ihr einsam und verloren seid, eine schlecht funktionierende Heizung nicht fürchtet, selbst kocht, aufräumt und eine Zeit bei mir wohnen wollt. Es gibt auch jede Menge Räumlichkeiten für die Künstler unter euch. Ich hänge ein paar Fotos an. Freue mich auf eure Gesellschaft! Herzlich, Ella.*

Zufrieden schlief sie ein. Bestimmt würden zwei oder drei Leute kommen. Und morgen konnte sie Jeannes Tagebuch zu Ende lesen.

23

»Jeanne, du sollst Quark zu Erika hochbringen«, rief Else durch den Flur. »Und ein kleines Glas Apfelkompott!«

Jeanne ging ins Vorderhaus zum Keller, der sich unter der Upkammer befand, dem erhöht liegenden Schlafzimmer der Großeltern. Sie musste sich beim Hinuntersteigen über die kurze Treppe in den halb oberirdischen Kühlraum bücken und gebeugt bleiben. Der Geruch nach feuchten Backsteinen und kleinen Kröten stieg ihr in die Nase, aber es roch auch nach frischer ausgerahmter Sahne, eingelagerten Äpfeln und Kartoffeln. Hier blieben die Speisen immer schön kühl. Und es war wichtig, dass die Quarkwickel kalt waren, sonst halfen sie nicht. Arme Erika, dachte Jeanne. Neulich schien die schmerzhafte Brustentzündung doch bereits abgeklungen zu sein. Und wieso braucht sie Kompott?

Als sie mit der Quarkschale und dem Kompott auf einem kleinen Tablett anklopfte, hörte sie schon, dass Helga Hansen wieder zu Besuch war.

»Herein!«, rief Erika fröhlich.

Sie hatte viel Ähnlichkeit mit ihrer großen Schwester, war nicht ganz so schön, aber dafür lustiger. Trotz aller Belastungen kam bei ihr immer wieder die Frohnatur durch. Die Frauen saßen um einen runden Tisch herum.

Auch Gesine war da. »Nimm bitte Platz«, sie wies auf

einen Küchenstuhl. »Wir brauchten nur einen Vorwand, um dich hierherzulocken«, sagte sie. »Helga und Erika sind in unseren Plan eingeweiht und wollen uns unterstützen.« Erika strahlte vor Begeisterung, Helga Hansen lächelte mit ernsten, aber freundlichen Augen. »Ich frag dich noch mal: Bist du dir wirklich sicher, Jeanne?« Gesine schaute sie ängstlich an.

»Es haben sich schon öfter Frauen umentschieden«, gab die Hebamme zu bedenken, »die zunächst einer Adoption zugestimmt hatten.« Anspannung, eine gewisse Erregung, lag in der Luft. Jeanne spürte geradezu körperlich, wie die Blicke der Frauen auf ihr ruhten. Zum ersten Mal fühlte sie sich von ihnen als gleichwertiger Mensch wahrgenommen. Es gefiel ihr, dass sich das Machtgefüge zu ihren Gunsten veränderte.

»Ja, ich bin mir sicher«, bestätigte sie. Odile und Frau Uhde hatte sie bereits Postkarten mit gleichlautendem Text geschrieben. *Komme doch nicht nach Bremen. Trotzdem herzlichen Dank und liebe Grüße! Jeanne.* Ihre Anzahlung und die Provision für Odile waren verloren, darüber machte sie sich keine Illusionen. Aber es bekümmerte sie nicht weiter. Es fühlte sich besser an so. Sie musste kein Leben töten. Allein die Vorstellung, wie Edo erfuhr, dass er Vater wurde, machte sie glücklich. Immer wieder malte sie sich aus, wie er im Schützengraben lag, Gesines Brief las und dadurch das Grauen ringsum ausblenden konnte. Nebenbei war Jeanne heilfroh, dass ihr eine weitere Höllenfahrt nach Bremen und der sicher nicht ungefährliche Eingriff bei Frau Uhde erspart blieben. »Ein Wort ist ein Wort«, sagte sie und hörte die Frauen aufatmen.

»Gut«, erwiderte Gesine erleichtert. »Helga wird uns bei der Entbindung helfen.« Die Hebamme nickte aufmunternd. »Sie ist inzwischen eine wirklich gute Freundin geworden. Und Erika brauchen wir als Verbündete im Haus.« Gesine lächelte. »Meine Schwester kann schweigen wie ein Grab.« Nun nickte Erika mit entschlossener Miene.

»Nur wir vier erfahren davon?«, fragte Jeanne. »Sonst niemand?«

»Nur wir vier«, bestätigte Gesine. »Das ist die Bedingung. Dass nie eine darüber spricht bis an ihr Lebensende. Dann wird es klappen.« Sie erhob sich und stellte sich in die Mitte des Zimmers. »Kommt, lasst uns schwören. Bitte sprecht mir langsam nach.«

Die Frauen standen auf, bildeten einen Kreis und fassten sich an den Händen. »Ich schwöre, dass ich unser Geheimnis bewahren und bis an mein Lebensende nie mit einem anderen Menschen darüber reden werde.«

Als Erste sprach Jeanne es nach, beklommen und feierlich. Dann wiederholten Erika und Helga die Worte. Sie sahen sich der Reihe nach fest in die Augen. Gesine neigte sich langsam vor in die Mitte, die anderen machten es ihr nach, bis ihre Köpfe sich oberhalb der Stirn berührten und stützten. Jeanne kam sich vor wie bei einer Zeremonie weiser Zauberinnen. Es hatte etwas Unheimliches, und doch ging eine Kraft davon aus, und irgendwie schimmerte sogar eine ferne Erinnerung durch, als hätten ihre Vorfahrinnen in grauer Urzeit Ähnliches getan.

»Ich schwöre es!«, wiederholten sie alle vier.

Die Bäuerin umarmte Jeanne. »Und du sagst von jetzt an Gesine und du zu mir.«

»So, zur Feier des Tages gibt's Quark mit Apfelkompott«, rief Erika vergnügt.

Damit war das ungewöhnliche Ritual beendet.

Die Nachricht, dass Gesine endlich, nach fünfzehn Jahren Ehe, doch noch schwanger geworden war, leuchtete als Hoffnungsschimmer über all dem Kriegselend, das die Bewohner des Südermarschhofes bedrückte. Gesine hatte recht behalten – als eine Woche später bekannt wurde, dass auch Jeanne ein Kind erwartete, hielt sich die Aufregung darüber in Grenzen. Nur Wanda drückte Jeanne gegenüber ihr tiefempfundenes Beileid aus.

»Was willst du machen?«, fragte sie betrübt.

»Ich werde es zur Welt bringen«, antwortete Jeanne lediglich.

Anfang November wurde es ungemütlich kalt. Jeanne fürchtete sich vor der zähen Zeit, in der alle Farben aus der Landschaft wichen, die Welt in Grautönen verschwamm, der ewige Wind an ihren Nerven zerrte und sie sogar im Bett fröstelte. Als sie das Laub vor dem Eingang zusammenharkte, kam die Großmutter nach draußen.

»Glück macht großzügig«, verkündete die alte Dame. »Willst du nicht heute Abend bei uns in der Wohnstube sitzen?«

Dieses Angebot glich einem Ritterschlag. Jeanne vermutete, dass Gesine dahintersteckte.

Gesine suchte ihre Nähe. »Wie geht's dir heute?«, fragte sie jeden Morgen.

Begierig lauschte sie, und kurz darauf täuschte sie eben diese Beschwerden oder Gelüste vor. Jeanne gefiel das. Auf die Art bekam sie, was sie sich wünschte. Nun durfte sie also den Feierabend mit Familie Bohlmann verbringen. Sie genoss das wohlig warme Torffeuer und die Gespräche. Natürlich saß sie, wie es sich gehörte, stets bescheiden mit einer Handarbeit Else gegenüber abseits an einem Tischchen, das von einer tief gezogenen Lampe beschienen wurde. Auf dem Sofa hinter dem großen Tisch nahmen Gesine und Erika Platz, im Schaukelstuhl der Großvater, der Polstersessel war der Großmutter vorbehalten. Zwischen ihr und Erika schlummerte in einer Wiege die kleine Gisela.

Man nahm Gesine die gute Hoffnung ohne Weiteres ab, denn sie hatte eine andere, freudigere Ausstrahlung als sonst. Weil alle sagten, sie müsse nun für zwei essen, wurde sie auch tatsächlich nach kurzer Zeit fülliger. Das Federkissen vor ihrem Bauch wirkte überzeugend.

»Herrje, diese Woche sind mir jede Menge Haare ausgefallen«, gab Gesine wieder, was Jeanne ihr berichtet hatte, »hoffentlich hält das nicht an. Und ich hab so einen Appetit auf saure Gurken!«

Erika sprang auf und kehrte kurz darauf mit sauren Gurken auf zwei Untertellern für die beiden Schwangeren zurück. »Oder steht dir etwa nicht der Sinn danach, Jeanne?«

Jeanne biss herzhaft in ihre Gurke. »Doch, vielen Dank! Gleichzeitig hab ich drolligerweise noch einen Jieper auf was Süßes«, gestand sie. »In meiner Heimat gibt's eine Art Stuten aus Hefeteig, *brioche*, an den muss ich ständig denken.«

»O ja«, pflichtete Gesine ihr bei, »was Süßes … Darauf hätte ich auch Appetit. Am liebsten möchte ich was mit Früchten!«

Am folgenden Tag bereitete die Großmutter ein Gericht zu, das Mehlpütt hieß. Sie wickelte einen dicken Hefekloß in ein Geschirrhandtuch und hängte es an einem Kochlöffel verknotet in einen Topf mit verdampfendem Wasser. Das Resultat hob sie für den Feierabend im Vorderhaus auf. Für Gesine und Jeanne gab es nach dem Abendessen als Überraschung ein extra großes Stück, dazu gekochte Birnen, warme Vanillesoße und einen Klecks Butter.

»Mmh ...«, schwärmten die beiden Schwangeren um die Wette.

»Das ist viel besser als der französische Stuten«, lobte Jeanne.

»Wie Weihnachten!« Gesine seufzte glücklich. Sie spielte ihre Rolle von Tag zu Tag überzeugender.

Wahrscheinlich, dachte Jeanne bei sich, glaubt sie inzwischen selbst schon über weite Teile des Tages, schwanger zu sein. Bei Tieren gab es das ja auch, sogenannte Scheinschwangerschaften.

Unterbrochen wurden ihre Gespräche von den Meldungen aus dem Volksempfänger zur vollen Stunde. »Na, Jeanne«, fragte der Großvater, als er das Radiogerät wieder ausschaltete. »Willst du uns nicht langsam mal verraten, wer der Vater deines Kindes ist?« Jeanne verschluckte sich. Sie hustete und lief rot an.

»Ich glaub«, sagte die Großmutter, »das will sie nicht. Aber war da nicht so ein flotter junger Marinesoldat, der uns beim Ernteeinsatz geholfen hat? Ihr habt euch wohl später noch mal getroffen?«

Jeanne wusste vor lauter Verlegenheit nicht, wohin sie gucken sollte. Nie durfte sie Edo verraten, niemals! Damit würde sie alles verderben. Gesine würde die Enttäuschung nicht überleben. Das konnte sie ihr, die inzwischen Freundin und Mutter zugleich für sie geworden war, nicht antun. Für die alten Bohlmanns würde ebenfalls eine Welt zusammenbrechen. Sie freuten sich doch so sehr auf ihr erstes Enkelkind, nachdem sie die Hoffnung beinahe schon aufgegeben hatten. Nun hatte endlich alles seine Ordnung. Für Edo würde es ebenfalls eine Katastrophe bedeuten, wenn die Wahrheit ans Licht käme. Bei seiner Rückkehr würde ihn eine zerstörte Familie erwarten. Und auch für sie selbst wäre alles verloren. Bestimmt könnte sie abends nicht mehr in der warmen Stube sitzen, wenn man sie erst wegen »GV-Verbrechen« oder »Verfehlungen auf sittlichem Gebiet« angezeigt hätte. Sogar Edo müsste in dem Fall mit einer Strafe wegen Rassenschande rechnen und öffentliche Ächtung befürchten, weil private Kontakte zu Fremdarbeitern »zur Wahrung von Ehre und Würde« zu unterbleiben hatten.

Ach, dieses schrecklichen Ausdrücke der Nationalsozialisten! Sogar ihr, der Französin, hatten sie sich längst in den Sprachschatz eingeprägt, sie würde sie nie wieder aus dem Kopf bekommen.

»Sag schon«, lockte nun auch Erika in scherzhaftem Ton, »wer ist der Papa?«

Jeanne presste die Lippen aufeinander. Sie schüttelte den Kopf. Allerdings, überlegte sie, war es keine üble Idee, die Aufmerksamkeit zur Ablenkung auf die kurze Begegnung mit dem Marinesoldaten zu lenken, auch wenn sie nicht mal die Bezeichnung Romanze verdient hatte.

»Der junge Mann sah ja auch ganz schneidig aus«, mischte sich Else treuherzig ins Gespräch ein.

Unbeteiligt fixierte Jeanne die mit Pappschablonen angefertigen Wandmalereien und seufzte auf eine Art, die alles oder nichts bedeuten konnte. Else nahm das leise kichernd als Bestätigung.

Zum Glück wechselte Gesine das Thema. »Was wünschst du dir denn mehr, Jeanne – einen Jungen oder ein Mädchen?«

»Ein Mädchen«, antwortete Jeanne spontan. Sie hatte es bisher selbst nicht gewusst. Aber es stimmte.

»Nein, also ich möchte am liebsten einen Jungen«, verriet Gesine, »einen Stammhalter. Und den Namen weiß ich auch schon. Wie möchtest du denn deine Tochter nennen?«

267

Jeanne überlegte. Ihr fiel der Vorname einer hübschen, klugen Frau ein, die als Gemahlin eines Barons von der Loire einmal zu Gast bei den d'Avrils gewesen war. »Ella!«

»Ach, das ist schön!«, sagte die Großmutter erfreut. »Das ist auch ein alter ostfriesischer Name. Eine liebe Tante von mir hieß Ella.«

»Unser Sohn soll Johann Martin heißen, nach meinen Großvätern«, erklärte Gesine, »und Ulfert nach Schwiegervater. Johann Martin Ulfert Bohlmann.«

»Wir Bohlmanns sind nicht sehr fantasievoll bei der Namensgebung«, räumte Erika belustigt ein. »Die Kinder werden seit Generationen meist nach ihren Großeltern benannt.«

»*Jau, so hört sück dat ok*«, kommentierte der alte Bohlmann. »Wir können ihn ja dann im Alltag immer noch anders nennen. Jan zum Beispiel, das ist schön kurz.«

Alle lachten. Das klingt ja fast wie mein Name, dachte Jeanne erfreut.

Glücklich ging sie an diesem Abend zum Schlafen in ihre Kammer. Die Großmutter hatte ihr noch ein Stück Mehlpütt eingewickelt. Gesine hatte ihr eine Bettpfanne mitgegeben und Erika ihr schon vor Tagen ein mit Kirschkernen gefülltes kleines Kissen geschenkt. Das konnte sie im Backofen aufheizen, damit es ihr im Bett noch Wärme spendete.

Wanda öffnete ihre Tür. »Warum darfst du?« Sie sah sie vorwurfsvoll an. »Warum darfst du nach vorne? Und …«, ein zutiefst verletzter Blick traf Jeanne, »… warum darfst du Kind haben?«

Augenblicklich war ihr Glücksgefühl verflogen. »Ach, Wanda!« Sie umarmte die Polin. »Es tut mir so leid mit deinem Baby.« Wanda fing an zu weinen. »Aber«, fuhr Jeanne fort, »wäre es dir denn im Ernst lieber, wenn meines auch weggemacht würde?«

Sie sah Wanda in die Augen. Der Ausdruck darin veränderte sich. So weit hatte Wanda wohl nicht gedacht. Und überhaupt war sie doch eigentlich ein gutherziger Mensch.

»Nein«, sagte sie erschrocken, »nein, natürlich nicht.«

»Na, siehst du.« Jeanne drückte sie. »Es ist, wie es ist, und der Krieg wird nicht mehr lange dauern. Bald sieht alles anders aus. Dann kannst du, dann können wir, endlich nach Hause.« Sie zögerte einen Moment, dann reichte sie Wanda ihr Stück Mehlpütt. »Hier, das hab ich für dich mitgebracht. Verrat es niemandem.«

Wanda wickelte die kostbare Leckerei vorsichtig aus, ihr gingen die Augen über. »Für mich?«

»Ja, lass es dir schmecken. Und hier, warte kurz«, sie ging in ihre Kammer, um das Kirschkernkissen zu holen, »hier ist noch was zum Wärmen.«

Ungläubig drückte Wanda auf dem Kissen herum, dann umarmte sie Jeanne und küsste sie auf die Wange. »Danke!«

Helga untersuchte Jeanne in Erikas Zimmer. »Ist dir noch übel?«

»Nein, im Gegenteil, ich fühl mich besonders gut«, antwortete Jeanne.

»Wie alt bist du eigentlich?«

»Zwanzig, ich hatte Ende Juli Geburtstag.«

»Also Sternzeichen Löwe?« Jeanne nickte.

»Du bist jung und kräftig«, sagte Helga. »Es sieht alles gut aus. Wenn der Geburtstermin näher rückt, ich tippe auf Anfang April, dann solltest du immer in der Nähe von Gesine sein. Das ist doch klar, oder?«

»Ja, natürlich.«

Kurz vor Weihnachten kam ein Brief von Edo. Nachdem der alte Bohlmann wie jeden Abend laut aus der Zeitung vorgelesen hatte, zitierte Gesine Teile aus dem Brief. Edo schrieb, er sei überglücklich, dass sie ihr erstes Kind erwarte. Inzwischen sei er von der Partisanenbekämpfung im russischen Witebsk nach Norwegen versetzt worden. Dort sei es nicht so gefährlich, sie sollten sich um ihn keine Sorgen machen. *Ich kann es kaum erwarten, euch in meine Arme zu schließen.* Bei dieser Stelle beugte Jeanne sich noch tiefer über ihre Handarbeit.

Alle Frauen nähten auf Anordnung der NSDAP im Rahmen der Aktion »Volksopfer für Wehrmacht und Volkssturm« aus alten Gardinenstoffen Kindergarderobe, viele trafen sich regelmäßig in Nähstuben, und die gelungensten Teile konnte man in Norden in den Schaufenstern bewundern.

Das Licht ging aus. Um diese Uhrzeit begann an drei Tagen in der Woche die Stromsperre. Nur noch die Glut der offenen Feuerstelle beleuchtete die Stube und die Gesichter.

»Wie dumm! Jetzt wird's schwierig mit den kleinen Stichen«, sagte Gesine und legte ihre Handarbeit, ein blaues Kinderjäckchen, aus der Hand. Jeanne mochte die »Schlummerstunde«, wie die Propaganda diese Zeit nannte, die man aus Energiespargründen möglichst sogar ohne Kerzenlicht verbringen sollte. In dieser Stimmung war die Familie sich besonders nah.

»Kennt ihr eigentlich die Geschichten vom alten Friesenkönig Radbod?«, fragte Großmutter Bohlmann in die Runde. Gesine und Erika kannten sie natürlich, sie zwinkerten einander zu, aber Else und Jeanne hatten noch nicht von Radbod gehört.

»*Vertell man, Moedder*«, brummte der alte Bohlmann

Pfeife schmauchend. Der Duft seines Tabaks erfüllte den Raum und verband sich mit dem des brennenden Torfs. Erika schenkte allen Tee in die dünnwandigen Tassen nach. Während andere Familien längst gezwungen waren, Ersatztees zu trinken, schafften es die Bohlmanns, sich durch Tauschgeschäfte mit Speck und Eiern wenigstens die Grundversorgung mit der heißgeliebten Assam-Mischung zu sichern.

»Radbod lebte vor vielen Jahrhunderten, manche nennen ihn auch Robelius. In unserer Gegend treibt er sich immer noch gern herum.« Einer der aufgeschichteten Torfziegel brach, glühende Fünkchen stoben auf. Jeanne stellte sich vor, dass die gepressten und getrockneten Pflanzenfasern des Moores, die in diesem Augenblick ihre Energie freigaben, jener Zeit entstammten, da dieser Friesenkönig tatsächlich geherrscht hatte. »In der Silvesternacht«, raunte die Großmutter, »da galoppiert er mit seinem fliegenden Wagen durch die Scheunentore der Gulfhöfe. Sobald er naht, öffnen sich die Scheunentore von selbst, er rast vorne hinein und am anderen Ende wieder durch die Lüfte hinaus. Seht euch vor in der Silvesternacht, kommt ihm nicht in die Quere!«

Die Standuhr schlug zur Stunde. Der Wind fuhr heulend in den Kamin und jagte Jeanne Schauer über den Rücken.

Solchen Geschichten lauschten sie oft bis zur Schlafenszeit. Manchmal sangen sie auch gemeinsam, oder die Familie bat Jeanne, allein für sie zu singen. Alle applaudierten ihr hinterher, was sie mehr freute, als sie zugeben mochte. Natürlich hütete Jeanne sich, die Chansons vorzutragen, die sie in Erinnerung an Edo komponiert hatte.

Mitunter sprach die Familie über Vorkommnisse vertraulich, als hätte sie Jeannes Gegenwart vergessen. Da war zum Beispiel die Geschichte von der Gärtnertochter in einem Fehndorf, die ein Kind von einem französischen Kriegsgefangenen bekommen hatte. Es war einem kinderlosen Ehepaar im selben Ort als Pflegekind übergeben worden. Und nach zwei Jahren war die Gärtnertochter erneut schwanger geworden.

»Nun ist sie weggekommen.«

Jeanne wartete auf eine Auflösung. Weggekommen ... Was bedeutete das? Die Geschichte musste doch irgendwie weitergehen. Jeanne wartete auch an den folgenden Abenden, dass jemand sie zu Ende erzählte. Ein Mensch konnte doch nicht einfach wegkommen wie ein Gegenstand, den man verlegt hatte. Dumpf ahnte sie es, ja, und nach einiger Zeit wusste sie es ohne eine weitere Erklärung. Die Deutsche war wegen Rassenschande abgeholt worden, eingesperrt, vielleicht in ein Zuchthaus oder ein Lager gebracht oder zum Tode verurteilt worden. Besser nicht nachfragen, besser nicht darüber reden.

Der Großvater hoffte nach wie vor auf die ominöse Wunderwaffe, mit der Deutschland im letzten Moment doch den Krieg gewinnen würde. Er glaubte an einen Führer, der ganz anders war als der Hitler, den Jeanne kannte. Aber sie hütete sich, etwas Politisches von sich zu geben. Alle anderen hofften einfach nur auf ein baldiges Ende des Krieges. Jene Begeisterung, die wohl auch in dieser deutschen Familie für die NSDAP geherrscht hatte, hatte sich inzwischen aufgelöst, war von Angst, Erkenntnis oder Ernüchterung durch Verluste und wachsende Not zerbröselt, zerfasert, zerfressen. Sie wurde nur noch unter dem Druck der Partei und eines einschüchternden Kontrollsystems müde zur Schau getragen.

Jeanne hasste die Nazis und ihre Ideologie zutiefst. Aber aus Selbstschutz nahm sie es den Bohlmanns nicht übel, dass sie deren verbrecherische Politik unterstützt hatten. Weil sie sonst nicht mit ihnen hätte zusammenleben können. Weil sie fürchtete, dass sie selbst sich an ihrer Stelle nicht heldenhafter verhalten hätte. Wäre sie konsequent wie Pierre, bestünde die Gefahr, dass sie am Hass erstickte, und das wollte sie nicht. Die Welt war ungerecht, ja, aber musste sie sich das Leben deshalb noch schwerer machen?

Wanda ließ sich mit kleinen Extras besänftigen, die Jeanne für sie von ihren neuen Vergünstigungen abzwackte. Für Ludmilla und ihren Mann reichte es allerdings nicht. Von ihnen bekam Jeanne ab und zu gehässige Bemerkungen zu hören, auch Else zeigte sich gelegentlich eifersüchtig und reagierte schnippisch. Pierre ließ Jeanne wissen, eines Tages würde sie schon die Rechnung für ihr unpatriotisches, unmoralisches Verhalten erhalten.

Aber das alles berührte Jeanne kaum. Durch die Schwangerschaft fühlte sie sich nicht nur geschützt, sondern geradezu unverwundbar. Als könnte ihr nichts geschehen, weil es so wichtig war, dieses Kind für Edo und Gesine zur Welt zu bringen. Sie genoss diese Zeit, so absurd das wahrscheinlich für andere geklungen hätte. Gesine nahm sie manchmal einfach so in den Arm. Erika behandelte sie liebevoll und mit warmem Humor. Sie halfen sich gegenseitig – und nicht nur beim Haarewaschen.

Jeanne träumte von Edo. Sie sehnte sich nach ihm, so wie sie sich nach Liebe sehnte. Aber sie erhob innerlich keinen Anspruch auf ihn. Von Anfang an war klar gewesen, dass er zu Gesine und auf seinen Hof gehörte. Und es war ebenso klar, dass sie, Jeanne, nicht nach Ostfriesland gehörte. Sie konnte das Erlebte nicht in Worte fassen. Wie soll man das auch beschreiben, überlegte sie, wenn der Geist fassungslos ist, wenn er eine Weile stillsteht, weil das Ungeheuerliche, das man gerade erfahren hat, mit nichts zu vergleichen ist, was man bislang kannte? Dass sie einmal diese allumfassende Liebe gespürt und den Himmel berührt hatte, bedeutete, dass es so etwas wirklich gab. Und es bedeutete, dass es ihr wieder passieren konnte.

Ja, es konnte noch einmal geschehen, warum denn nicht? Später, mit einem anderen Mann vielleicht. Vielleicht brauchte man nicht einmal unbedingt einen Mann, möglicherweise führten auch andere Wege zur Liebe. Das Gebet womöglich oder die Kunst? Es gab so viel zu erforschen. Wenn erst Frieden herrschte und sie wieder in Frankreich war, würde sie es herausfinden.

Jeanne ging immer noch auf den Deich, seltener allerdings, denn der Gang dorthin wurde beschwerlicher. Sie liebte das wechselnde Licht über dem Meer, die Zugvögel am Himmel und mochte inzwischen sogar den rauen Charme der Wintertage.

Im Januar erreichten die ersten Familien aus dem deutschen Osten die Küstenregion. »Rückgeführte« hießen sie im offiziellen Sprachgebrach, nicht Flüchtlinge. Eine sechsköpfige vaterlose Familie aus Ostpreußen wurde bei den Bohlmanns einquartiert. Der Getreidespeicher musste noch weiter umfunktioniert werden. Erika räumte ihr Zimmer. Sie schlief nun mit Gesine in deren Ehebett. Unter dem Bett lagerten die Kartoffeln. Der Keller wurde jetzt immer abgeschlossen, damit ihre Vorräte nicht gestohlen werden konnten.

Die Neubewohner halfen gegen Lebensmittel bei der Hofarbeit mit. Auch wenn sich alle Mühe gaben, blieben in der ungewohnten Enge Gereiztheiten nicht aus. Und Jeanne bemerkte in diesen Wochen manches, das sie nicht mitbekommen sollte. Alle anderen Bewohner und Arbeiter wurden aufs Feld geschickt, bevor der alte Bohlmann mit Erikas Hilfe im Frühjahr die Zisterne trockenlegte. Sie mauerten darin eine Munitionskiste ein, die wohl Wertsachen der Familie enthielt.

Helga Hansen kam regelmäßig rüber. Während ihre Tochter Inge mit der kleinen Gisela spielte, übten die verbündeten Frauen mit Gesine das Schwangersein – den beschwerlichen Gang, glaubwürdiges Klagen über Rückenschmerzen, seliges Fortträumen mitten am Tage –, und Helga bereitete sie auf die Geburt vor. Sie lachten viel dabei. Gesine ahmte mit großem Talent die ersten Wehen nach. Und sie trösteten sich, wenn eine von ihnen gerade mal die Kraft verlassen hatte.

Helga war eine lebenserfahrene Frau. »Auf den Krieg haben wir keinen Einfluss. Aber ob diese Geschichte ein Drama wird oder ein Glück«, meinte sie, »das liegt bei uns.«

»Das Wichtigste bei der Geburt ist, dass Großmutter sich nicht einmischt«, gab Gesine zu bedenken.

»Die werde ich schon mit anderen Dingen beschäftigt halten«, versprach Erika. »Soll sie Wasser kochen, Großvater beruhigen und trockene Handtücher bringen.«

An einem frostigen Märztag ging Jeanne an den Deich. Es herrschten Hochnebel und Nebel zugleich. Bald war es so weit. Sie spürte das Kind, die kleinen Füßchen traten gegen ihre Bauchdecke. Es erfüllte sie mit Freude. Durfte sie es denn trotz allem lieben? Ich tu's einfach, gab sie sich selbst zur Antwort. Es muss ja niemand erfahren.

Ich lieb dich einfach so, summte sie vor sich hin.

Sie schaute sich um, als müsste sie sich dieses Landschaftsbild einprägen. Es war ausnahmsweise einmal windstill, man ahnte die Sonne im glitzernden Raureif über den Stoppelfeldern und dem grob gepflügten Acker. Das Schilf am Wasser gelbbraunorange, die Geräusche gedämpft, vom ewigen Nordwestwind gebeugte blattlose Bäume wie verschwommene Scherenschnitte.

Und auf einmal löste sich der Nebel auf, innerhalb weniger Minuten schmolzen die Schleier dahin. Ein strahlender Tag mit hellblauem Himmel umgab sie. So viel Freiheit, Offenheit, Klarheit. Spiegelnde Eispfützen zwischen den Ackerfurchen, weite Sicht, nur noch am Horizont schimmerte es zart dunstig. Schwärme von Vögeln bevölkerten die Felder, die Weidenbäume an den Gräben präsentierten ihre ersten Silberpuschel. So ein Samtkätzchen müsste sich wunderbar anfühlen für das Baby, an seiner Wange, dachte Jeanne verträumt.

Ich lieb dich einfach so! Das Liedchen fand seine Melodie.

Ihr Blick fiel auf die hellen Stämme einer fernen Birkenallee. Wie elegant! Ach, Eleganz, ja, die französische Eleganz vermisste sie. Und die Weinberge. Das Klima ihrer Heimat mit den langen trockenen Sommern. Französische Rosengärten, die französische Sprache und Kultur. Leichtigkeit. Ihre Familie, Artur. Über ihr zogen Vögel in V-Formation hinweg. Sehnsucht stieg in ihr auf. Irgendwie werde ich diese Landschaft wohl auch vermissen, wenn ich wieder in der Heimat bin, überlegte Jeanne, aber ich muss hier weg.

Kaum hatte sie den Gedanken zu Ende gedacht, hörte sie das Brummen. Es ging ganz schnell. Ein Tiefflieger raste direkt auf sie zu. Jeanne rannte los, stolperte, rollte den Deich hinunter und landete in einem Graben. Die dünne Eisschicht brach unter ihrem Gewicht, sie sackte ein, versank völlig im eisigen Wasser. Ihr Gesicht tauchte wieder auf, hellwach, sie schnappte nach Luft. Und das Flugzeug war schon wieder verschwunden, ohne zu feuern, als wäre es nie da gewesen.

Jeanne hangelte sich mühsam an Sträuchern nach oben. So schnell es mit dem dicken Bauch möglich war, lief sie zum Hof zurück. Für kurze Zeit spürte sie eine Gegenreaktion, fast etwas wie Hitze, doch wenig später fror sie entsetzlich. Schneidende Kälte durchfuhr sie. Sie hörte ihre eigenen Zähne klappern, jede Bewegung kostete große Kraft.

»Jeanne! Jeanne!«

Entsetzt kam ihr Wanda entgegen, die anderen wurden wohl davon alarmiert. Jeanne hatte es bis etwa zur Hälfte der Auffahrt geschafft, als ein stechender Schmerz sie durchfuhr. *Merde!* Es ging los! Sie hielt ihren Unterleib, krümmte sich zusammen. Es wollte sie schier zerreißen. Sie schrie auf vor Schmerz.

24

Ella mochte die Bibliothek besonders. Sie hatte es sich gleich nach dem Frühstück mit einer Tasse Milchkaffee im Lesesessel bequem gemacht. Den ganzen Morgen über schon bekam sie neue Nachrichten und Rückfragen zu ihrer Rundumeinladung.

Meinst du das ernst? Mein Zeitvertrag im Museum ist nicht verlängert worden. Komme dich gern besuchen, schrieb ihre Freundin Sina, die Kunsthistorikerin. *Muss darüber nachdenken, was ich mit meinem Leben anfangen will.*

Suche dringend ein ruhiges Plätzchen, unser Mietblock ist eingerüstet, Handwerker hämmern schon morgens um sieben los. Ich kann so nicht arbeiten, meldete Jeannes Kollege Mark, der an einem Ratgeber schrieb.

Wollte immer schon die Gärten der Loire-Schlösser kennenlernen. Wäre es okay, wenn ich im Frühjahr käme und dein Manoir als Basislager für die Erkundungen nutzen würde?, fragte Konstanze an, eine Schulfreundin und die weltbeste Buchsbaumbeschneiderin. *Würde mir meine Aufträge dann entsprechend einteilen.*

Ella, du meine Retterin! Ich hab die geniale Idee, aber zu wenig Platz hier in meinem Atelier, antwortete Antonia, Malerin in Altona, liiert mit einem freischaffenden Künstler. *Würde Jacko mitbringen. Er will eine bewegte Plastik konstruieren.*

Ella lächelte vergnügt. Das Echo war lebhafter als erwartet. Sie schrieb allen zurück, ja, sie seien wirklich herzlich willkommen, müssten aber zusehen, wie sie mit den Unzulänglichkeiten der Immobilie zurechtkämen und dürften nicht jammern, falls es ihnen zu zugig oder unbequem würde. Sie stellte den Ton ab, um nicht weiter beim Lesen gestört zu werden.

»Madame, die Damen von der Rosengesellschaft!« Violetta stürmte in die Bibliothek. »Sie stehen schon vorm Eingang. Eine ganze Busladung!« Während sie beide durch die Empfangshalle eilten, erklärte Violetta ihr, dass die Damen zweimal im Jahr kämen, im Frühjahr und im Herbst. »In der kleinen Arbeitspause gibt's immer Kaffee und Cointreau sowie ein Stück eines Duftkuchens. Das Rezept hat die Baronin aus Deutschland mitgebracht, und nur Alma kann ihn zubereiten. Aber es ist ja schon viel zu spät, um jetzt noch damit anzufangen.«

»Wer ist Alma? Warum sind wir nicht vorbereitet?«

Violetta schlug die Hände über dem Kopf zusammen. »Und zum Schluss gibt's normalerweise immer ein Festessen, mit sieben Stunden gegartem Fleisch und etlichen Spezialitäten. *Mon Dieu*, das schaffen wir alles nicht mehr.«

Ella blieb vor der Eingangstür stehen. Man hörte, wie draußen Frauen lachten und redeten, Schritte kamen näher. »Violetta, dann improvisieren Sie bitte!«

»Alma war früher als Köchin hier angestellt, sie lebt im Dorf.«

»Können Sie sie anrufen?«

»Ja, mach ich sofort«, sagte Violetta. Ella hatte den Eindruck, dass ihr die Herausforderung zu gefallen begann. »Kaffee und Cointreau krieg ich noch allein hin, dann gibt's eben diesmal nur *galettes*. Selbst gemachte Butterkekse hab ich immer reichlich vorrätig.«

Es klingelte. Ella nickte Violetta ermutigend zu. Sie öffnete die Tür. Die Anführerin der Gruppe, eine kräftige Mittfünfzigerin mit großem Busen und freundlichem Gesicht, brauchte ihnen offenbar nur kurz ins Gesicht zu sehen, um Bescheid zu wissen. Sie drehte sich um.

»Du hattest recht, Germaine, wir hätten vorher anrufen sollen!« Sie nickte der Hausdame zu. »*Bonjour*, Violetta«, grüßte sie und wandte sich an Ella. »*Bonjour*, Madame. Es tut mir leid, dass wir Sie hier so überfallen. Sie haben wohl nicht mit uns gerechnet, was? Ich bin Simone Polnareff.«

Ella reichte ihr die Hand. »Ella Bohlmann. Herzlich willkommen, Madame Polnareff!«

»Sie sind also die Erbin aus Deutschland!« Madame Polnareff schien nicht überrascht zu sein, sie musterte Ella wohlgefällig. »Wir haben schon von Ihnen gehört. So etwas spricht sich ja rasch herum.«

Ella lächelte etwas ratlos.

Violetta versuchte, ihr Versäumnis zu rechtfertigen. »Tatsächlich bin ich überrascht, Mesdames, verzeihen Sie. Aber Sie wissen doch, dass die Baronin … Ich meine, Sie waren doch alle auf ihrer Beerdigung.«

»Natürlich, meine Liebe. Traurig, sehr traurig«, erwiderte Madame Polnareff. »Aber ihre Rosen leben noch, oder etwa nicht? Wollen wir doch hoffen! Das sind wir ihr schuldig, dass wir uns weiter um ihre Lieblinge kümmern.«

»Genau!«, meldete sich die Dame hinter ihr zu Wort. »Das ist die beste Art, ihr ein würdiges Andenken zu bewahren. Aber«, sie verzog komisch-verzweifelt das Gesicht, »ich fürchte fast, dieses Mal ohne den wunderbaren Duftkuchen?«

Eine der Damen aus dem Pulk, die fast alle aus der Mode gekommene hochwertige, praktische Kleidung trugen, rief etwas dazwischen.

»Dann nehmen wir eben ein Gläschen Cointreau mehr!«, schlug darauf einer der beiden Männer vor, die sich in den von Frauen dominierten Verein getraut hatten.

Ella lächelte. Das war ja eine lustige Truppe. »Möchten Sie vielleicht erst …«

Die Wortführerin ließ sie nicht ausreden. »Nein, erst die Arbeit, dann das Vergnügen!« Sie lachte laut. »Aber für uns ist ja die Arbeit in Jeannes Rosengarten reines Vergnügen, nicht wahr, meine Damen?«

Die Besucher kannten sich aus, Violetta ging zu ihnen hinaus und öffnete den Schuppen mit den Gartengeräten. Viele der Frauen hatten ihre eigene Rosenschere dabei. Die Männer holten Schubkarren. Alle stürzten sich mit Rieseneifer ins Gestrüpp.

»Hier ist aber lange nichts gemacht worden«, sagte eine Frau vorwurfsvoll.

»Wir haben noch keinen neuen Gärtner. Sie wissen, der alte ist kurz vor der Baronin verstorben. Und ich bin schließlich nur die Hausdame«, rechtfertigte sich Violetta, »für den Garten bin ich nicht zuständig.«

»Leider hab ich auch so gar keine Ahnung von Rosen«, gab Ella zu.

Das war für Madame Polnareff wohl das Signal, ihr einen Crashkurs angedeihen zu lassen. »Dann kommen Sie mal mit«, forderte sie Ella auf, spazierte von Rose zu Rose und unterrichtete sie. Am lebenden Beispiel begriff Ella schnell die Unterschiede zwischen Edelrose, Strauch- und Wild-rose, Hochstamm- und Kletterrose. »Man unterscheidet bei den Kletterrosen zwei große Gruppen«, erklärte Ma-dame Polnareff. »Zwischen denen mit harten Zweigen, die blühen mehrfach im Jahr, und den Ramblern, die weiche Zweige haben und meist nur einmal im Jahr blühen. Diese hier am Haus zum Beispiel«, sagte ihre Lehrmeisterin, »hat die Baronin aus Deutschland mitgebracht. Eine wundervolle Blüherin, die am Anfang nicht richtig gedeihen wollte – bis sie auf einer Rosa Canina veredelt wurde wie übrigens die meisten Rosen in Frankreich. Sie ist eher für Kalkböden geeignet. Seitdem wächst sie prächtig.«

Die Expertin zeigte Ella, was Veredelungsstellen waren und wo sie schneiden durfte. »Hier fehlen doch ein paar Statuen, oder täusche ich mich?«, fragte eine der Frauen.

Ella zuckte mit den Achseln. »Kann sein, keine Ahnung, wie es hier früher aussah.«

Während der Kaffeepause, für die Violetta flugs im Wintergarten eingedeckt hatte, schwärmten die Besucher von Baronin Jeanne.

»Sie war eine warmherzige, großzügige Frau und liebte ihre Rosen mindestens so wie den Gesang«, sagte einer der Männer. »Niemand verließ ihren Garten ohne Saat, Stecklinge oder Ableger.«

Der Cointreau lockerte die Stimmung, mit Schwung ging es weiter. Die Gruppe legte kleine Pfade frei, dekorative Fundstücke traten zutage. Und Ellas Blick auf den Garten veränderte sich. Auf einmal unterschieden Auge und Nase zwischen mächtigen Rambler-Rosen, ungefüllten Wilden und modernen Dauerblühern, zwischen romantischen gefüllten und betörend duftenden Damaszener Rosen. Wie schön ihre Farben vor der grünen Wand aus Buchsbaum leuchteten!

»Durch die Rosenbögen an den Seiten treten Sie in anders gestaltete Gartenzimmer mit eigenem Charakter«, sagte eine eher still wirkende Frau, der man ansah, dass sie Poesie liebte. Sie nahm Ella einfach an die Hand. »Hier kommen wir in den Duftgarten. Die meisten Pflanzen sind leider schon verblüht. Und wenn wir durch den anderen Rundbogen gehen, kommen Sie nur, dann betreten

wir den Musikgarten.« Hinter der Hecke schob sie Brom-
beer- und kriechendes Rankgewächs mit einer Harke zur
Seite. Sie verbargen im Dreiviertelkreis angelegte Stufen.
Dieser Garten war tiefergelegt – ein kleines Amphitheater
mit Bühne. »Als der Baron noch lebte, gab Jeanne manchmal Gartenkonzerte. Hier sang sie auch für uns nach der
Arbeit.« Beeindruckt und beschämt ob ihrer eigenen Blind-
heit gegenüber diesen Besonderheiten folgte Ella der Frau
zum dritten Rosenbogen, durch den es in den Park ging.
Sie verstand den Gartenplan jetzt ganz anders. »Sehen Sie,
hier öffnet sich alles! Französische Gärten sind meist von
schützenden Mauern und schmiedeeisernen Toren um-
grenzt. Das mochte Jeanne auch, aber sie sagte einmal:
An dieser Stelle brauche ich einen weiten Blick über das
Tal der Crevette und die grünen Hügel.«

Madame Polnareff gesellte sich zu ihnen. »Mir sagte sie,
an dunstigen Tagen würde sie sich vorstellen, dass dort hinten das Meer läge.«

Die Männer häckselten schubkarrenweise Gestrüpp
und brachten es in eine Kompostecke. Ella half ihnen.
Dann war auch der Nachmittag wie im Flug vergangen.
Violetta öffnete die Tür des Wintergartens und rief zu
Tisch. Alma und sie hatten alle Register gezogen. Auf den
eilig zusammengestellten Tischen standen Schüsseln voller
Köstlichkeiten, es duftete verführerisch. Auch an passen-
dem Wein fehlte es nicht.

Alle plauderten angeregt. Die Gesellschaft setzte sich
aus Rosenliebhabern mit und ohne eigenen Garten zusammen, sie kamen von überall her aus der Touraine. Die
Vorsitzende lebte auf einem Anwesen vor den Toren von
Amboise und lud Ella ein, sie zu besuchen. Sie fragte,
ob Ella denn nun bleiben würde, und sie nickte einfach
nur. Sie wollte ihr nicht die komplizierten Bedingungen

erklären. Auf die Frage, in welchem Verhältnis sie zur Verstorbenen stehe, antwortete Ella, sie seien verwandt gewesen.

»Leider habe ich die Baronin nie persönlich kennengelernt, Madame Polnareff. Wissen Sie, ich bin Journalistin, und das Leben dieser Frau fasziniert mich sehr. Ich würde gern ihre Biografie schreiben. Dafür müsste ich aber noch viel mehr über sie wissen.«

»Ach, da gab es doch mal diesen Musikhistoriker … Warten Sie … Germaine!«, rief sie über den Tisch. »Dieser Mann, der ein Buch über das französische Chanson in den Fünfzigerjahren schreiben wollte, wie hieß der noch?«

»Henri Ballou«, rief die Angesprochene zurück. »Er hat viele Interviews mit Jeanne gemacht. Er ist aus Tours und in seiner Branche als Experte bekannt.«

Madame Polnareff nickte zufrieden. »Henri Ballou, genau, so hieß er. Rufen Sie den doch einfach mal an. Eigentlich sollte er langsam fertig sein mit dem Buch.«

Ella notierte seinen Namen, bevor sie sich wie die anderen ganz dem Genuss der Aprikosentarte widmete, die Alma und Violetta als Dessert zubereitet hatten.

»Herzlichen Dank!« Ella verabschiedete sich am Ende des Tages mit Küsschen von jedem Einzelnen. »Sie haben mir die Augen geöffnet. Und bei Ihrem nächsten Besuch wird es auch wieder Mehlpütt geben. Oder wie Sie hier sagen: Duftkuchen! Versprochen!«

»Halten Sie das Erbe in Ehren, meine Liebe«, sagte Madame Polnareff. »Falls Sie Fragen zu den Rosen haben, rufen Sie mich gern an. Und passen Sie im Winter gut auf die Japanische Brücke im Park auf – zu viel Frost und Feuchtigkeit mag sie nicht. Sie war ein Geschenk des Barons zum Hochzeitstag, der Gärtner musste sie immer winterfest machen.«

Dankbar winkte Ella der Rosengesellschaft hinterher. »Ich freue mich schon auf Ihren Besuch im Frühling!«

Sie schaltete das Gartenlicht ein und machte sich noch einmal mit den verschiedenen Rosen bekannt. Müde, aber zufrieden nahm sie auf einer Bank Platz, um das veränderte Bild auf sich wirken zu lassen. Wie schön. Plötzlich empfand sie ein stilles Glück. Hier will ich sein, dachte sie. Hier möchte ich bleiben.

Ella duschte und machte es sich danach im Salon mit einer Wolldecke auf dem ausladenden Sofa gemütlich. Die Farbe des modernen Möbelstücks, ein tiefes Magenta, war wirklich mutig, aber in diesem Rahmen wirkte sie angemessen, geradezu königlich. Ella wollte gerade nach ihrem Glas Wein und Jeannes Tagebuch greifen, als Violetta, die noch aufgeräumt hatte, den Kopf durch die Tür steckte.

»Wenn Sie keine Wünsche mehr haben, geh ich dann. Morgen komme ich etwas später.«

»Danke, Violetta!«, sagte Ella lächelnd. »Sie haben das toll hingekriegt, auch die Köchin aus dem Dorf – einfach grandios.«

»Ja, es war fast wie früher«, erwiderte Violetta strahlend. »Endlich wieder Leben im Manoir! Alma wäre übrigens sehr glücklich, wenn sie öfter für uns kochen dürfte.« Violetta trat nun doch ein und kam näher. »Sie und ihr Mann brauchen das Geld. Aber es ist nicht nur deshalb. Alma trinkt ein bisschen zu viel. Wenn sie Ablenkung hat und kochen kann, hält es sich in Grenzen.« Ella schaute sie skeptisch an. »Das monatliche Budget, das die Baronin für die Haushaltsführung hinterlassen hat, würde das locker abdecken«, versicherte Violetta. »Davon könnten wir auch noch zehn Dauergäste üppig bewirten.«

»Seltsam, dass sie daran nicht gespart hat«, sagte Ella verwundert.

»Das finde ich überhaupt nicht seltsam«, erwiderte Violetta mit einem stolzen, zugleich nachsichtigen Blick, »das ist typisch französisch. Die Gastfreundschaft hat in diesem Haus immer eine große Rolle gespielt. Und bedenken Sie, Madame, die Baronin gehörte zur Kriegsgeneration. Bei meinen Großeltern spielte das Essen auch immer eine große Rolle. Da wurde vom Feinsten aufgetischt, und alle mussten pappsatt sein, wenn sie deren Haus verließen.«

Ella schmunzelte. »Ja, stimmt, das leuchtet ein«, gab sie zu. »Vielleicht kann Alma Sie bei den Vorbereitungen für das Büfett unterstützen.«

»Das ist eine gute Idee. Ich habe inzwischen alle Dorfbewohner informiert, dass sie am Donnerstag zum Kennenlernen eingeladen sind. Und es haben alle zugesagt.«

»Wie schön. Bin schon gespannt.« Und ein bisschen nervös, fügte Ella in Gedanken hinzu. Würden die Leute sie überhaupt ernst nehmen? »Dann erholen Sie sich gut, Violetta. Machen Sie morgen ruhig den ganzen Tag frei. Ich komme allein zurecht.«

»*Merci*, Madame. Dann gute Nacht.«

»Gute Nacht, Violetta!«

Nachdem Violetta das Haus verlassen hatte, breitete sich wieder diese lastende Ruhe aus. Das gelegentliche Zischen und Knacken in den Heizungsrohren machte sie nur noch deutlicher. Zum Alleinleben sind solche Kästen wirklich ungeeignet, dachte Ella und zog sich die Wolldecke bis unters Kinn. Sie griff nach dem Tagebuch, um endlich weiterzulesen.

25

Ostfriesland, März bis Mai 1945

Als der Schmerz in ihrem Unterleib so weit nachgelassen hatte, dass Jeanne wieder ihre Umwelt registrierte, lag sie auf einer Schubkarre. Oleg schob sie, Erika trieb ihn an, legte ihr ihren Mantel über die nasse Kleidung.

»Wanda«, rief sie aufgeregt, »fahr schnell mit dem Rad rüber und sag Helga Hansen, dass es losgeht! Beeil dich!«

Vor dem Hof angekommen, konnte Jeanne allein aufstehen. Jetzt war auch Gesine zur Stelle. »O Gott, es ist doch noch zu früh!«, entfuhr es ihr. Und dann fasste sie sich theatralisch an den federkissenprallen Bauch, als spürte auch sie ihre erste Wehe.

Die Großmutter riss das Fenster auf. »Was? Beide auf einmal? Erst mal ins Warme«, befahl sie. »Else, hol trockene Sachen!«

Die Geburt dauerte die ganze Nacht. Erst gegen Morgen kam das Kind zur Welt. Erika hatte mehr damit zu tun, Großmutter Bohlmann mit allerlei Ausreden und Aufträgen daran zu hindern, Gesines Schlafzimmer zu betreten, als mit der Geburtshilfe.

Helga Hansen war zufrieden. »Das hast du prima gemacht, Jeanne!«, lobte sie die junge Mutter. »Für das erste Mal war es eine unkomplizierte Geburt.«

O Gott, dachte Jeanne völlig erschöpft, wenn das

unkompliziert war, möchte ich nicht wissen, wie es ist, wenn es kompliziert wird.

Die Frauen hatten vorher lange darüber gesprochen, ob es klug wäre, Jeanne das Baby stillen zu lassen. »Einerseits ist es sehr wichtig für die Gesundheit des Kindes«, hatte die Hebamme betont, »andererseits stärkt es das Band zwischen Mutter und Kind.«

Sie waren sich einig darüber geworden, dass Jeanne abpumpen sollte. Zum Glück verfügte Helga in ihrer Ausrüstung auch über eine Muttermilchpumpe. Und Gesine sollte sagen, dass sie leider nicht stillen könne und ihrem Kind deshalb Jeannes Milch im Fläschchen gebe. Offiziell würde es heißen, dass Jeannes Baby, ein Mädchen, tot zur Welt gekommen sei. So weit der Plan.

»Was ist es?«, flüsterte Jeanne. Sie hatte den Klaps gehört und das kräftige Schreien des Neugeborenen.

»Ein gesunder Junge«, antwortete Gesine mit gerötetem und verschwitztem Gesicht. »Nicht besonders kräftig, aber er hat's ja wohl auch ein bisschen eilig gehabt.«

Sie lag ihr zugewandt auf der anderen Seite des Ehebetts. Das Blau ihrer Augen strahlte heller. Helga hatte das Kind gebadet. Erika trocknete es ab und hüllte es in ein Handtuch ein. Sie stand vor dem Doppelbett, schien zu überlegen.

Jeanne streckte die Arme aus. Und ohne zu zögern, legte Erika ihr das Kind auf den Bauch. Gesine protestierte nicht. Auch Helga stand nur da, ruhig, nach getaner Arbeit zufrieden, und sah mit feuchten Augen zu, wie die junge Mutter ihren Sohn leise begrüßte.

»*Voilà, mon petit chéri, bienvenue* – da bist du ja, mein kleiner Schatz. Willkommen!«

Das Schwierigste war, die trauernde Mutter zu spielen. Diesen Part hatte Jeanne vorher nicht ausreichend bedacht. Wenn sie den kleinen Johann Martin Ulfert sah, den jetzt schon alle Jan nannten, zerfloss sie fast vor Zärtlichkeit. Sie leuchtete von innen heraus und konnte gar nicht anders, als zu lächeln.

»Es ist ihr wohl noch gar nicht richtig zu Bewusstsein gekommen, dass ihr eigenes Kind tot ist«, hörte sie die Großmutter mitleidig flüstern.

Am dritten Tag nach der Entbindung musste Jeanne allerdings fürchterlich weinen. Ihr war zumute, als würde die Welt untergehen, dabei hatte sich seit dem Vortag für sie nichts Wesentliches verändert.

»Na, heute schon geheult?«, fragte Helga sie bei ihrem Besuch.

»Ja«, gestand Jeanne. »Ich bin himmelhoch traurig. Meine Gefühle fahren Riesenrad, mal ganz unten, mal ganz oben.«

»Das ist normal«, tröstete die Hebamme sie. »Das kann noch eine Weile anhalten, dein Körper ist durcheinander. Das färbt aufs Gemüt ab. Du darfst diese Gefühlsschwankungen nicht so wichtig nehmen.«

»Ich werde mir Mühe geben«, versprach Jeanne.

Erika und Gesine kamen herein. Erika brachte ein Kännchen Kräutertee. Gesine zog ihren Morgenmantel aus und schlüpfte wieder ins Bett, auf Edos Seite. Sie lehnte sich gegen das Betthaupt. Auch Jeanne setzte sich etwas höher.

»Sie haben heute die angebliche Totgeburt beerdigt«, sagte Gesine leise. »Das Kind war ja nicht getauft, deshalb lief alles ganz sang- und klanglos ab, ohne Namen. Nur ein schlichtes kleines Kreuz. Nicht in geweihter Erde, sondern hinten auf dem Acker. Wir müssen mal gucken, wenn die Zeiten wieder ruhiger sind, ob wir noch was melden und umbetten oder so.«

»*Mon Dieu!*« Jeanne bekreuzigte sich.

Erika zuckte mit den Schultern. »Das haben wir zumindest so den Großeltern erklärt. Und wir würden es wieder behaupten, falls uns jemand darauf anspricht.«

Jeanne atmete tief durch. Sie wusste Bescheid, vorher hatten sie ausführlich darüber geredet. Ihre Schwangerschaft war ja auch nie amtlich geworden. In Wirklichkeit hofften die Frauen, dass diese Angelegenheit im Chaos des nahenden Kriegsendes unterging und offizielle Meldungen bei Gemeinde und Kirche nie nötig sein würden.

»So, und jetzt zeige ich dir, wie du die Muttermilch abpumpen kannst«, sagte Helga. »Gesine möchte ihren Sohn endlich selbst füttern.« Das tat weh. Ihren Sohn. Aber so war die Vereinbarung. »Solange du regelmäßig abpumpst, bildet dein Körper weiter Milch. Willst du irgendwann abstillen, dann kannst du die Reste aus den Brüsten sanft ausstreichen, von oben nach unten. So, siehst du?« Sie gab ihr noch ein paar Ratschläge. Auch Erika steuerte einiges von ihren Erfahrungen bei.

Anschließend halfen die Frauen Jeanne, wieder in ihre Kammer umzuziehen. Erika, die mit Gisela die vergangenen Nächte in der Stube verbracht hatte, kehrte ins Schlafzimmer ihrer Schwester zurück. Auch Jan blieb nachts in der Wiege bei Gesine.

»Von mir aus hätten wir das noch länger fortsetzen können«, sagte Gesine entschuldigend. »Aber es macht nach außen hin doch einen seltsamen Eindruck – die Bäuerin und die französische Fremdarbeiterin im Ehebett, du verstehst?«

»Hitler hat befohlen, alles zu vernichten«, fasste der Großvater bleich die neuesten Nachrichten zusammen. »Wir sollen das Vaterland bis zum letzten Mann, bis zum letzten Blutstropfen verteidigen und dem Feind ein zerstörtes Land hinterlassen.«

»*Dumm Tüch*«, entfuhr es der Großmutter. »So-ein-dum-mes-Zeug. Da machen wir nicht mit.«

»Dann wirst du erschossen.«

»Papperlapapp.«

Der alte Bohlmann las einen Satz aus der *Ostfriesischen Tageszeitung* vor. »*Jeder, der in dieser Schicksalsstunde zur Waffenniederlegung auffordert oder die Bevölkerung mit defätistischen Äußerungen zu vergiften versucht, verdient die härteste Strafe, nämlich den Tod.*«

Es häuften sich Nachrichten, dass wichtige Straßen von den Deutschen selbst durch Zerstörung oder Barrikaden unpassierbar gemacht und Brücken in die Luft gesprengt worden waren. Sie erfuhren von Erschießungen wegen Fahnenflucht in Dörfern, die nicht weit entfernt lagen. Tausende von Flüchtlingen strömten mittlerweile in die Region. Selbst am Ende der Welt gab es keine Stunde Ruhe mehr. Ständig überflogen große Flugzeugverbände das Land, täglich waren Tiefflieger unterwegs.

Schutzsuchende Bekannte aus Emden berichteten den Bohlmanns, dass sie von der anderen Emsseite, wo die Feinde von Holland her näher kamen, pausenlos das Dröhnen von Panzern und Artilleriebeschuss gehört hatten. Mitte April erreichten alliierte Soldaten Ostfriesland.

Kanadisch-britische Bodentruppen, die von polnischen Einheiten unterstützt wurden, nahmen Leer ein. Hamburg ergab sich. Wenig später hieß es, der Führer sei tot.

Auch eine entfernte Verwandte aus Leer, eine Lehrerin, suchte bei den Bohlmanns Zuflucht. »Die polnischen Soldaten«, so wusste sie, »erkundigen sich jetzt bei den Zivilpolen, wie gut oder schlecht sie hier von ihren Arbeitgebern behandelt worden sind – und dann wird nicht lange gefackelt.«

Die Bewohner des Südermarschhofes einschließlich der Einquartierten richteten eine Grube weit hinten im Kornfeld als Versteck her. Sie brachten Strohmatratzen, Bretter, Teerpappe und Vorräte hin, sogar einen Bollerofen. Die Großmutter und Gesine suchten sämtliche NSDAP-Fahnen, -Uniformen, -Abzeichen und -Urkunden zusammen, um sie heimlich zu verbrennen. Unter den ausländischen Arbeitern machte sich Unruhe breit. Gesine schlief nur noch mit einem Beil auf dem Nachttisch.

Die Neuigkeiten überschlugen sich, man wusste nicht, was man glauben durfte und was nicht. Die Abende verbrachte Jeanne weiter im Vorderhaus. Pierre ließ sich nicht mehr blicken. Es hieß, einige Lageraufpasser erschienen nicht mehr zur Bewachung. Bei allen lagen die Nerven blank. Das Baby und die kleine Gisela brachten die einzige erfreuliche Ablenkung. Tagsüber lagen sie immer in der Nähe der Frauen in einem Körbchen oder im Kinderwagen.

An einem Tag Ende April allerdings schrie Jan ohne erkennbaren Grund aus Leibeskräften. Gesine versuchte, ihm das Fläschchen zu geben. Er schrie weiter. Gesine bemühte sich redlich, sie wiegte ihn, redete mit Engelszungen auf ihn ein, doch er hörte nicht auf. Jeanne nahm ihn auf den Arm und begann zu singen. »*Alouette, gentille alouette. Alouette, je te plumerai …*«

Und Jan beruhigte sich.

»Was heißt das, was du da singst?«, fragte die Großmutter.

»Oh«, Jeanne suchte nach den richtigen Worten. »Es heißt so was wie: Lerche, niedliche Lerche, ich werde dir die Federn ausrupfen.«

»Sehr charmant«, sagte Gesine bissig.

Mit den Worten »Jetzt bin ich mal dran« übernahm Erika den Säugling und fütterte ihn weiter mit dem Fläschchen.

Sie und Jeanne tauschten einen Blick. Jeanne verstand. Gesine sollte nicht gekränkt, das Misstrauen der Großeltern nicht geweckt werden.

»Das ist ja fast so, als hätte der Kleine drei Mütter«, rief die alte Frau Bohlmann kopfschüttelnd, doch mit einem nachsichtigen Blick.

»Drei Mütter und eine Großmutter«, korrigierte der alte Bohlmann, »wenn wir Helga noch mitrechnen, sogar vier Mütter. Armer Junge. Wenn das man keine Auswirkungen hat.«

»Welche zum Beispiel?«, fragte Erika. Sie hatte ihren kleinen Finger in Jans Händchen geschoben und freute sich sichtlich über die kräftige Umklammerung.

»Wahrscheinlich nur gute«, lenkte der Großvater ein. Er war zu mitgenommen von all den Aufregungen, um sich mit ihr anzulegen. »Jan wickelt die Frauen ja jetzt schon um den Finger. Ein richtiger Bohlmann eben.«

Das Grollen in der Ferne schien lauter zu werden. Man wusste nicht genau, ob die Vibrationen von Fliegerangriffen oder von der nahenden Front kamen. Großvater Bohlmann hörte die aktuellen Meldungen im Radio. Jeanne fragte sich, wann der alte Ostfriese endlich das Signal zum Aufbruch geben wollte.

Es klopfte an der Tür. Zwei der auf dem Hof einquartierten Frauen standen mit höchst beunruhigten Mienen vor der Wohnstube. Die Großmutter bat sie herein.

»Jeanne, mach du uns erst mal Tee«, sagte sie. »Wir haben doch gerade eine Sonderration gekriegt, damit wir besser durchhalten.«

Sie nahmen um den großen Tisch herum Platz. Der alte Bohlmann schaltete den Volksempfänger aus. Erika und Gesine setzten sich dazu, auch Helga, die gerade wieder zu Besuch war, aber anders als sonst einen nervösen Eindruck machte.

»Freigelassene Kriegsgefangene und Fremdarbeiter plündern überall die Geschäfte und Häuser«, sagte die Ostpreußin besorgt. »Und ... Sieger schrecken vor nichts zurück. Sie ...« Die Frau brachte den Satz nicht zu Ende. Ihr Blick verriet, dass sie wusste, wovon sie sprach. Ihre Stimme rutschte eine Oktave höher. »Hoffen wir, dass die Kanadier zivilisierter sind als die Russen.«

»Die Kanadier vielleicht«, warf die andere Frau ein, »aber die Polen? Was glaubt ihr, wie viel Hass sich jetzt Bahn bricht! Wer verteidigt uns und unsere Kinder?«

»Viele wichtige Männer sind längst abgetaucht«, warf Helga ein. »Und einige Wehrmachtssoldaten auch.«

»Wenn du einen Fahnenflüchtigen versteckst, machst du dich strafbar«, sagte Erika mit leichtem Sarkasmus. »Aber demnächst wird der Spieß umgedreht. Dann machst du dich strafbar, wenn du einen Parteigenossen aufnimmst.«

»Wenn sich einer im Heu versteckt, ohne dein Wissen, bist du trotzdem dran«, entgegnete der alte Bohlmann. »Oder wenn dich auch nur jemand anschwärzt.«

Sie alle fürchteten sich. Vor standrechtlichen Erschießungen aus nichtigen Gründen von der einen wie von der anderen Seite ebenso wie vor zwielichtigen marodierenden Gestalten – Befreite, Geflüchtete, Entwurzelte, die sich an keine Regeln mehr hielten.

»Ihr wollt also jetzt ins Versteck?«, fragte Gesine.

Die beiden Frauen nickten. »Besser sofort!«

Gesines Hände zitterten. »Was meinst du?« Sie schaute den Großvater an. Er schien unschlüssig.

»Meine Bäuerinnen verlassen auch heute noch ihren Hof«, sagte Helga unruhig. Jeanne konnte spüren, wie in der Runde Panik aufstieg. »Ich muss zurück, will Inge

294

nicht länger alleinlassen. Wir gehen mit in den Erdbunker.«
Helga stand auf. »Die beiden Weißrussen melken gerade
die Kühe wie immer. Ist doch nett, oder? Aber ich wette,
die machen sich heute noch auf und davon.«

Der alte Bohlmann atmete schwer. »Wenn's dich erwischen soll, dann erwischt es dich«, zitierte er sein
Lebensmotto – und erweiterte es, während er sich äch-
zend aus seinem Schaukelstuhl erhob. »Aber du sollst das
Schicksal auch nicht herausfordern. Denn man los!«

Als sie das Haus verließen, hörten sie aus der Sommerküche lauten Gesang. »*Kalinka, Kalinka!*« Wanda, Ludmilla und Oleg feierten mit anderen Ostarbeitern.

Jeanne schloss sich den Bohlmanns an. Das war für sie
keine Sekunde lang eine Frage. Sie musste sich doch um
Jan kümmern. Auch wenn Gesine das Kind trug und ihm
die Flasche gab.

»Jeanne, du brauchst nicht mitzukommen, wenn du
nicht willst«, sagte Erika. »Zur Not könnte ich noch ein
zweites Kind stillen.«

»Natürlich geh ich mit euch«, erwiderte Jeanne. »Ich
kann den Kleinen beruhigen, falls er schreit.«

Auf dem Weg durchs Kornfeld zu ihrem Versteck beobachteten sie, wie Helga über die Weide den Erdbunker
der Nachbarinnen ansteuerte, der sich hinter Gebüsch verbarg. Einer der Russen lief ihr hinterher und übergab ihr
einen offenbar vergessenen Mantel. Er machte kehrt, stieg
wie sein Landsmann, der ihn bereits erwartete, auf ein Rad,
und beide fuhren über die Deichstraße davon.

Es war kalt nachts. Immerhin konnten sie sich bei der Enge
gegenseitig etwas wärmen. Aber sie schliefen immer nur
kurz in ihrer Grube, und für die alten Leute bedeutete
die Unbequemlichkeit eine Qual. Die kleinen Kinder

quengelten, die älteren begriffen, dass Gefahr drohte, und schwiegen mit großen, ernsten Augen. Jeanne fand es unangenehm, unter diesen Umständen abzupumpen.

Keiner sagte was, als sie Jan stillte. Ihr Baby. Augenblicke großer Zärtlichkeit, Innigkeit. Sie liebte das Kind. *Ich lieb dich einfach so*, summte es in ihr. Wenn wir hier heil rauskommen, dachte sie flehentlich, und wenn dein Vater gesund zurückkehrt, dann werde ich zufrieden sein. Dann sollst du gern bei Gesine aufwachsen. Ich werde es nicht beklagen oder betrauern. Es ist in Ordnung. Ich lieb dich für immer und ewig, egal wo ich bin.

Mitten in der Nacht nahm Jeanne Brandgeruch wahr, der nicht vom Bollerofen kam. Der Wind trug ihn herbei. Mehrere Leute gleichzeitig bemerkten es. Südlich von ihnen loderten Flammen, schlugen höher und höher.

»Das ist der Hof von Fritz«, flüsterte der alte Bohlmann.

Auch der Nachbar, der in der Kreispartei einen hohen Posten innegehabt hatte, war nicht zu Hause. Schaudernd sahen sie von ihrer Kuhle aus zu, wie das Gebäude niederbrannte. Kein Mensch versuchte, es zu löschen. Die Feuerwehr ließ sich nicht blicken. Niemand riskierte zu helfen.

»Ich bin mir sicher, das war ein Racheakt«, sprach schließlich Erika aus, was alle dachten.

Nach zwei Nächten hörten sie weder Artillieriebeschuss noch Panzerdröhnen mehr. Aber das Brüllen des Viehs drang markerschütternd bis zu ihnen herüber. Der alte Bohlmann ertrug es nicht länger. Seine Kühe mit ihren prallvollen Eutern mussten dringend gemolken werden. Die Ostpreußin wollte mit ihren Kindern noch im Versteck bleiben, alle anderen brachen wieder auf.

Als sie ins Haus zurückkehrten, fehlte mehr als die Hälfte der Vorräte, außerdem etliches Kleinmobiliar. Schränke und Schubladen waren durchwühlt, der Aschenkasten vor dem Herd ausgekippt, weil man darin wohl versteckte Wertsachen vermutet hatte.

Wanda sowie Oleg und Ludmilla waren noch da. In der Sommerküche lagen leere Branntweinflaschen herum. Wanda und Ludmilla trugen schöne neue Kleider von Gesine, Oleg hatte sich Edos Sonntagsanzug angezogen und schmauchte an einer von Großvaters Pfeifen. Wanda errötete vor Scham.

Dem Großvater schwoll der Hals, seine Frau versuchte, ihn zu beschwichtigen. »Das wird doch nicht ewig dauern«, flüsterte sie ihm ins Ohr. »Sei froh, dass sie uns nicht den Hof überm Kopf angesteckt haben.«

Jeanne fühlte sich wie zwischen Baum und Borke. Sie half Wanda beim Saubermachen. Oleg entschuldigte sich am nächsten Tag bei den Bohlmanns. Er sei von den anderen Ostarbeitern angestiftet worden und durch den Alkohol im Siegesrausch wohl zu weit gegangen.

Wenig später, es war ein Freitag Anfang Mai, erschienen zwei Freundinnen von Erika, die in der Emder Frauenlöschtruppe Dienst taten, auf dem Hof.

»Wir wollen dich zu einer Kundgebung abholen«, sagten sie draußen vor der Tür, sie hatten keine Zeit reinzukommen. »Vielleicht will deine Schwester auch mit. Wir müssen jetzt das Schlimmste verhindern.« Sie berichteten, dass sie sich schon am Vortag mit vielen anderen Menschen spontan auf dem Torfmarkt in Norden versammelt hatten, um ihrer Angst und ihrem Unmut über die befohlene »Verteidigung bis zum letzten Blutstropfen« Ausdruck zu verleihen. »Die Polizei hat uns vertrieben, aber wir geben nicht klein bei.«

»Ist das nicht zu gefährlich?«, fragte Gesine.

»Ihr habt recht!« Erika war sofort überzeugt.

»Ich komme auch mit!«, sagte die Großmutter.

Auch eine der bei ihnen einquartierten Emderinnen schloss sich ihnen an. Jeanne musste insgeheim schmunzeln, als sie die Reaktion des alten Bohlmann sah. Der Großvater fasste sich an den Kopf. Protest! Das hatte es seit tausend Jahren nicht mehr gegeben. Und dann auch noch von Frauen!

»Da lass ich euch doch nicht alleine hin«, entschied er und ging mit.

Gesine und Jeanne warteten unruhig. Am Abend kehrten alle unversehrt zurück.

»Der Torfmarkt war voll mit Menschen«, sagte die Großmutter. Sie wirkte trotz der Anstrengung belebt. »Die meisten waren ausgebombte Frauen aus Emden und Wilhelmshaven. Und alle haben vor dem Rathaus lautstark ihre Bedenken kundgetan. Wir waren uns einig. Wir wollen nicht, dass jetzt noch alles zerstört wird. Das Leben geht doch weiter!«

Sie schaute auf den schlummernden Jan und die kleine Gisela, die fröhlich vor sich hinglucksend mit einem Stoffbällchen spielte.

»Und?«, fragte Gesine gespannt. »Was hat die Polizei gemacht? Die Partei sagt doch, dass gegen Unruhestifter unnachgiebig vorgegangen wird.«

»Nichts«, erwiderte Erika voller Genugtuung. »Von den Parteigrößen hat sich kein Einziger sehen lassen. Irgendwann kam der stellvertretende Bürgermeister aus dem Rathaus. Der wirkte ziemlich fassungslos, richtig durcheinander.« Sie lächelte aufgeregt.

»Die Polizisten standen einfach nur da und haben abgewartet«, bestätigte der Großvater. »Es gab wohl keinen Befehl zum Eingreifen.«

»Verrückt!« Gesine staunte.

»Ja«, berichtete Erika weiter, »und dann haben die Leute an dem Fahnenmast vorm Rathaus ein Bettlaken gehisst. Ein Polizist hat versucht, es wieder runterzureißen. Es gab ein Gerangel und später noch irgendwo Prügeleien. Aber sie weht … Jetzt weht in Norden die weiße Fahne!«

Die Großmutter ließ sich mit einem tiefen, zufriedenen Seufzer in ihren Sessel sinken. »Schließlich kam der Landrat und hat verkündet, dass Norden und das Norderland nicht verteidigt werden. Er ist auch gegen eine sinnlose Zerstörung und weiteres Blutvergießen. Die Panzersperren sollen abgebaut werden. Brücken werden nicht gesprengt und Schiffe nicht versenkt.«

»Jau«, schloss Großvater Bohlmann, »eine Kommission von honorigen Norder Zivilisten verhandelt mit den Kanadiern wegen einer kampflosen Übergabe.« Hoffnungsvoll sahen sie einander an.

Jeanne tänzelte zur Wiege, hob das Baby hoch und küsste es. Die in der Stube spürbare Erleichterung schien allem, was sich darinnen befand, Auftrieb zu geben. Es kam Jeanne vor, als schwebten nicht nur die Menschen, sondern sogar die Möbel ein paar Zentimeter über dem Boden.

Einen Tag später war es offiziell. Mit der Kapitulation der Deutschen Wehrmacht für den Raum Weser-Ems – wie für ganz Nordwestdeutschland sowie Holland und Dänemark – galten ab Sonnabend, dem 5. Mai, acht Uhr, auch Waffenruhe und Ausgangssperre. Der Großvater nagelte, wie von den Siegern verlangt, eine Liste mit den Namen und Geburtsdaten sämtlicher Bewohner an die Haustür.

Am Sonntag kam Helga querfeldein zum Südermarschhof gelaufen. Es war ein schöner Frühlingstag, zartes

Maigrün überzog die Bäume und Sträucher. Jeanne hatte am Morgen ihren Rosenstrauch begutachtet und es als gutes Omen genommen, dass über Nacht neue Blätter ausgetrieben waren. Auch ihre beiden kleinen Ableger machten sich gut. Erika und Gesine eilten aus dem Haus, um die Hebamme zu begrüßen.

»Kanadier und Exilpolen haben heute tatsächlich die Stadt Norden besetzt, ganz friedlich«, berichtete Helga atemlos.

»Mensch, Helga, lass dich bloß nicht erwischen«, rief Gesine, »ist doch Ausgangsverbot!«

»Einmal übern Acker, ist das schon Ausgehen?«, erwiderte Helga lässig. »Ich hab außerdem gehört, dass sie erst mal pauschal verhaften – Bürgermeister, Bauernführer, Betriebsleiter, Lehrer, werwolfverdächtige Jugendliche und so weiter.«

»Meinst du, sie verhaften auch Männer vom Volkssturm?«, überlegte Gesine laut.

»Wahrscheinlich nicht«, vermutete Erika. »Sonst müssten sie ja praktisch das halbe Volk einsperren. Hauptsache ist doch, dass der Krieg vorbei ist, oder?«

»Keine Bomben mehr!«, rief Gesine. »Ich kann's noch gar nicht richtig begreifen. Der Krieg ist aus, Mädels! Der Krieg ist aus!«

»Der Krieg ist vorbei. Frieden! Durchschlafen!« Erika warf lachend den Kopf in den Nacken.

Mein Kind wird in Frieden aufwachsen, dachte Jeanne, und ich kann endlich wieder nach Frankreich zurück.

»*La guerre est finie!*«, jubelte auch sie.

Die Frauen fielen sich um den Hals, hüpften vor Freude. Und dann tanzten sie, Jeanne mit Gesine und Helga mit Erika in ihren Holzschuhen Bauernpolka quer über den gepflasterten Hof.

Seit dem 8. Mai 1945 war in ganz Deutschland der Krieg offiziell beendet. Die Sieger nahmen sich, was sie wollten. Sie beanspruchten Häuser, Einrichtungen, Schreibmaschinen, Uhren und Lebensmittel. Jetzt studierte der alte Bohlmann in der Lokalzeitung die von der neuen Militärregierung veröffentlichten Verordnungen und Reglementierungen für die Zivilbevölkerung.

Wanda, Oleg und Ludmilla sprachen bei den Befragungen der Sieger gut oder zumindest nicht schlecht über die Bohlmanns. Insgeheim atmete die Familie auf. Eine erste große Aufgabe der neuen Herren, über die nun alle redeten, lautete offiziell »Repatriierung von *displaced persons*«. Jeanne fand diese Bezeichnung sonderbar. Sie war auch eine deplatzierte Person – wie eine Figur, die auf dem Schachbrett Europa auf dem falschen Feld stand.

»Wie wollen sie die Ausländer bloß alle wieder nach Hause kriegen?«, fragte der Großvater. »Das alte Polen gibt's doch gar nicht mehr. Und in Russland haben sie so schon nix zu fressen. Ist doch alles kaputt.«

Die ausländischen Zivilarbeiter und Kriegsgefangenen brauchten nun, bis sie gesammelt und organisiert auf die Heimreise gehen konnten, erst einmal keinen Handschlag mehr zu tun. Einige arbeiteten trotzdem, aus Gewohnheit, Einsicht oder Verbundenheit mit »ihren« Bauernfamilien. Viele kosteten den Sieg auch ganz anders aus.

»Wir wollen Einzelzimmer«, verlangte Ludmilla, noch oder schon wieder alkoholisiert. »Das steht uns jetzt zu. Neues Gesetz.«

Sie und Oleg fuhren mit der Familienkutsche der Bohlmanns los, um fein gemacht mit der neuen Kleidung, die ihnen ebenfalls zustand und von einer zähneknirschenden Gesine ausgehändigt worden war, Landsleute bei einer

anderen Bauernfamilie zu besuchen. Sie wollten dort feiern. Jeanne fürchtete, dass der Großvater bald einen weiteren Schlaganfall erleiden könnte, so sehr regte ihn das
alles auf.

Der kanadische Offizier, der den Südermarschhof gemeinsam mit einem uniformierten Polen nach Verdächtigen durchkämmte und anschließend Jeanne
befragte, sprach Französisch. »Sie haben Glück, Mademoiselle«, sagte er. »Die Westarbeiter können im Gegensatz zu
denen aus dem Osten schon bald in ihre Heimat zurück-
gebracht werden. Wir schaffen derzeit viertausend Menschen pro Tag nach Frankreich.«

»Was heißt ›bald‹?«

»Wenige Tage oder höchstens Wochen. Halten Sie sich
bereit.«

»Ja … aber«, stammelte Jeanne überrumpelt, »so bald
schon? Wie denn?« Sie war doch noch gar nicht bereit, sich
von Jan zu trennen.

»Wir bringen Sie mit Lastwagen oder in Zügen erst in
Transit Camps in Diepholz und Rheine und von dort über
Bedburg oder Bocholt weiter nach Belgien oder Frankreich.« Er betrachtete sie aufmerksamer. »Freuen Sie sich
denn gar nicht?«

»Oh, doch, *naturellement!*«

Und wenn ich Jan doch einfach mitnähme?, schoss es
ihr durch den Kopf. Zur Hölle mit allen Schwüren, er ist
mein Sohn! Aber was kann ich ihm bieten? Wie sicher
wäre er bei mir? Gleich fielen ihr all die schwerwiegenden
Gründe ein, die dagegensprachen.

Der Abreisetermin kam noch schneller, als Jeanne erwartet
hatte. Nur fünf Tage nach dem offiziellen Kriegsende sollte

es losgehen. Unten in das Köfferchen, mit dem sie in Ost-friesland angekommen war, packte Jeanne ihre Schätze – das Notenheft mit Edos Widmung und ihren Komposi-tionen, das Schulheft mit den Tagebuchnotizen, den Rest ihres Arbeitslohns, das Foto von Wanda und ihr.

Sie traf sich ein letztes Mal mit Gesine, Erika und Helga. Erika wollte Jan weiter stillen. »Mach dir keine Sorgen, Jeanne. Selbst falls die Milch nicht für zwei reichen sollte, was ich nicht glaube, dann könnte ich Gisela langsam auch etwas Brei zufüttern.«

Sie sprachen nur über praktische Dinge. »Mach dich darauf gefasst, dass ein schnelles Abstillen Beschwerden mit sich bringt.« Helga lächelte bedauernd. Sie gab ihr eine Packung mit Salbeipfefferminztee. »Der Tee lindert sie etwas.«

»Versuch's mit Quarkpackungen und kalten Kohl-wickeln«, riet Erika.

Gesine schenkte ihr einen der Ableger vom Rosen-strauch und ein Fläschchen mit Geraniumöl.

»Vom Öl nimmst du ein paar Tropfen auf einen feuch-ten Umschlag«, erklärte Helga. »Ansonsten: Sanft aus-streichen und den Busen schön fest hochbinden.«

Und mein Herz?, dachte Jeanne. Was mach ich damit?

»Viel Petersilie«, fügte Gesine noch hinzu. »Das hilft auch.«

Der Abschied von den Frauen und den alten Bohlmanns ging nicht ohne Tränen auf beiden Seiten ab. Die Großmutter hatte für Jeanne das Mehlpüttrezept aufgeschrieben. Der Großvater gab ihr Schinkenspeck, Schwarzbrot und Honig mit. Sie versprachen, einander zu schreiben. Jeanne bat die Familie, sie nicht bis an die Straße zu begleiten. Sie küsste ihren Sohn ein letztes Mal.

»Ich wünsche dir ein glückliches Leben«, sagte sie leise, »und dass du nie wieder Krieg erleben musst. *Adieu, mon bijou!*«

Als Jeanne allein an der Deichstraße auf den Lastwagen wartete, der sie hier aufnehmen sollte, klang ihr die Melodie ihres neuen Chansons im Ohr, *Ich lieb dich einfach so*, und sie fühlte sich ein wenig getröstet. Daran, ihr Kind weiterzulieben, konnte sie keine Macht der Welt hindern.

Sie entfaltete ein mehrfach geknicktes Blatt Papier, das Erika ihr im letzten Moment zugesteckt hatte. Es enthielt eine klitzekleine Haarsträhne von Jan – die aber der Küstenwind sogleich mit sich davontrug.

Alors, keine Sentimentalitäten, mahnte Jeanne sich. Sie zerknüllte das Papier und warf es über den Deich. Jetzt geht's nach Hause.

Endlich hielt der Lastwagen. Die Plane war, sicher wegen des schönen Wetters, zurückgeschlagen, hinten auf der Ladefläche saßen bereits Franzosen, nur Männer. Jeanne kletterte hoch, und sie traf fast der Schlag, als sie unter ihnen einen erkannte, dem sie niemals wieder hätte begegnen wollen – Pierre.

Er grinste diabolisch, rückte dabei etwas zur Seite, als wollte er ihr höflich Platz machen. Sie setzte sich so weit von ihm entfernt wie möglich.

»Darf ich euch diese Frau vorstellen?«, fragte Pierre voller sadistischer Vorfreude. »Ich hatte nämlich zwei Jahre lang das Vergnügen.«

Jeanne wusste, wenn er diesen leidgeprüften, soeben aus Kriegsgefangenschaft und Fronarbeit entlassenen Männern sagen würde, dass sie freiwillig für den Feind gearbeitet und sogar eine Liebesaffäre mit einem Deutschen gehabt hatte – dann würde diese Tour für sie zu einer fürchterlichen Tortur werden. Blitzschnell überlegte sie, ob sie ans Fenster klopfen und den Fahrer bitten sollte, anzuhalten. Oder ob sie von der Ladefläche springen sollte. Doch einer Eingebung folgend, erhob sie sich und begann mit einer Hand an der Gerüststange zu singen.

»*Allons, enfants de la Patrie, le jour de gloire est arrivé …*«

Begeistert fielen die Männer ein. Sie sprangen auf, hielten sich ebenfalls am Gestänge fest und sangen, getragen von einem euphorischen, erhabenen Gefühl, sämtliche Strophen der französischen Nationalhymne. Hinterher, als sie wieder saßen, ließ einer eine Flasche mit selbst gebranntem Schnaps kreisen. Jeder nahm einen Schluck. In diese Stimmung passte Pierres »Vorstellung« nicht hinein.

Jeanne atmete auf. Ein kurzer Aufschub. Nach einer Weile, als Pierre dann doch erneut anheben wollte, Jeanne zu verraten, stimmte sie ein beliebtes französisches Volkslied an. Wieder sangen die Männer mit. Und dann noch eins und noch eins. Als die Franzosen keine Lust mehr hatten, sang sie allein weiter. Das ging wohl zwei Stunden und noch länger so.

Nur am Rande registrierte Jeanne die Völkerwanderung auf den Hauptstraßen. Erstaunlich schnell hatten die Sieger Notbrücken errichtet. Aus Holland wurden deutsche Kriegsgefangene nach Ostfriesland getrieben, sie sah Flüchtlingstrecks, alliierte Militärkolonnen, ehemalige Lagerinsassen, dazwischen immer wieder Versprengte, vielleicht Heimkehrer, vielleicht Vertriebene. Jeanne trällerte und sang und summte. Als sie kaum mehr konnte, weil ihre Stimme heiser wurde, schlief die eine Hälfte der Männer, und die andere war zu bedröhnt, um sich noch von Pierre etwas sagen zu lassen. In ihrem ausgemergelten Zustand vertrugen sie keinen Alkohol mehr.

Der Fahrer hielt, weil ihm Männer signalisiert hatten,

dass sie sich erleichtern mussten. Jeanne hatte zwar keinen Alkohol getrunken, doch auch sie stieg vom Laster. Der Fahrer, ein junger frankokanadischer Soldat, lehnte an einem Baumstamm und zündete sich eine Zigarette an.

»Das war wunderbar, Mademoiselle«, sagte er. »Sind Sie Sängerin von Beruf?«

»Nein«, erwiderte Jeanne. »Ich singe nur zum Vergnügen. Ach, ich freue mich schon so auf zu Hause.«

»Ja, das verstehe ich sehr gut.«

Jeanne lächelte ihn an. »Es wird nur langsam ein wenig kalt auf der offenen Ladefläche. Ich würde mir gern etwas Wärmeres anziehen. Meinen Sie, ich könnte mal kurz ...?« Sie wies mit dem Kopf auf den Wald am Straßenrand.

»Natürlich, gehen Sie ruhig«, antwortete der junge Mann mit einem freundlichen Grinsen. »Ich pass auf, dass Ihnen keiner folgt. Und die anderen brauchen ja auch noch etwas.«

»*Merci!*«

Jeanne schenkte ihm ihr reizendstes Lächeln. Als sie nach ihrem Köfferchen griff, nahm sie nah an ihrem Gesicht eine Schnapsfahne wahr.

»Ich krieg dich schon noch«, zischte Pierre ihr ins Ohr. »Bald sind sie wieder nüchtern und wach. Spätestens im Transit Camp bist du dran. Bei den Gesundheitskontrollen werden sie feststellen, dass du erst vor Kurzem ein Kind bekommen hast. Sie werden Fragen stellen.«

Jeanne sah ihm direkt in die Augen. »Du bist und bleibst ein *crétin*«, sagte sie, bevor sie im Wald verschwand.

Die ersten hundert Meter ging sie noch langsam, um keinen Verdacht zu erregen, dann begann sie zu laufen.

26

Cremont-sur-Crevette, Gegenwart

Regen tröpfelte gegen die Fensterscheiben des Salons. Ella blickte hoch von ihrer Lektüre und schaute durch die bodentiefen Sprossenfenster in den beleuchteten Rosengarten. Unglaublich, was ein Tag Arbeit mit vereinten Kräften ausrichten konnte! Und welch ein Glück, dass die Damen der Rosengesellschaft noch im Trockenen hatten werkeln können.

Sie hatte Jeannes Tagebuch jetzt fast durchgelesen beziehungsweise durchgearbeitet, weil sie zwischendurch, oft an den spannendsten Stellen, Wörter oder Redewendungen nachgucken musste. Zuweilen ließ sich auch die Schrift nur schwer entziffern. Die Notizen waren offenbar oft in großer Eile, sicher auch bei schlechter Beleuchtung gemacht worden. Vor allem die Bedeutung der letzten Einträge im arg mitgenommenen Schulheft musste sie sich zusammenraten.

Ella bewunderte die junge Jeanne. Sie stand auf, um sich ein wenig die Beine zu vertreten, ging ans Fenster. Hoffentlich zerstörte der Regen nicht die letzten Rosenblüten. Gedankenverloren öffnete sie das Fenster, um frische Luft hereinzulassen. Es roch nach Herbst. Vielleicht sollte sie doch den großen hohen Kamin anmachen. Aber sie kannte sich damit nicht aus, am Ende wäre der ganze Salon verräuchert. Sie musste es sich erst mal zeigen lassen. Außerdem lag nicht mehr viel Holz auf dem Stapel daneben.

Was würde ich machen, überlegte Ella, ganz allein, ohne Navi und Google Maps zu Fuß in einem fremden Land, das gerade von einer Völkerwanderung überrollt wird? Hoffentlich hab ich ein paar von Jeannes mutigen Genen vererbt bekommen.

Es war so ruhig. Bei ihr zu Hause in Hamburg lief fast immer das Radio. Gab's hier eigentlich keine Musik? Und keinen Fernseher? Komisch, beides hatte sie bislang nicht vermisst. Neuzeitliche Unterhaltungs- und Ablenkungsgeräte schienen in dieses Ambiente nicht hineinzupassen. Sie ging an die deckenhohe Regalwand, die dem Sofa gegenüberlag, schob hier etwas zur Seite, klappte dort eine Schranktür auf – und siehe da, es gab einen großen Fernseher und auch eine relativ neue, hochwertige Musikanlage mit Plattenspieler und CD-Player. Eine Langspielplatte lag noch auf dem Plattenteller, sie hieß nur *Jeanne*. Ella schaltete das Gerät ein. Sie hörte die vertraute Stimme, das tiefe Timbre war unverwechselbar, samtweich und trotzdem manchmal etwas rau. *Je t'aime juste comme ça.*

Wow! Und was für ein Klang, raumfüllend, körperlich spürbar. So viel intensiver als Musik, die man sich vom Smartphone in die Ohren stöpselte.

Ella setzte sich wieder aufs Sofa und konzentrierte sich ganz auf das Chanson. Auf die Melodie, den Text, das Gefühl. Jetzt, da sie die Geschichte dahinter kannte, berührte es sie noch mehr. Jeanne hat dabei an meinen Vater gedacht, an ihr Baby. *Ich lieb dich einfach so.* Ella wischte sich Tränen von den Wimpern. Dann schenkte sie sich noch ein Glas Wein ein und machte sich daran, die letzten Seiten des Tagebuchs zu dechiffrieren.

27

Deutschland, Frankreich, Mai 1945

Endlich stieß Jeanne, schweißgebadet und außer Atem, an einer Lichtung auf einen matschigen Wirtschaftsweg, dem sie bis zur ersten beschilderten Kreuzung folgte. Im Straßengraben lag ein verlassener Panzer. Sie befand sich, wie sie einem der Schilder entnehmen konnte, in der Nähe von Lingen. Ringsum erstreckten sich Weiden und dunkle Moorabbauflächen. Die Straßenbäume waren mannshoch angesägt, fürs Fällen hatte den Ausführenden von Hitlers Befehl, den Feinden nur »verbrannte Erde« zu hinterlassen, offenbar die Zeit gefehlt.

Jeanne wanderte bis zum nächsten Bauernhof, ein halb zerstörtes Fachwerkgebäude mit Ställen und nieder-gebrannten Nebengebäuden. Welch ein Kontrast zum Frühlingsgrün! Versteckt hinter einer großen Eiche, be-obachtete sie den Hof, dabei verzehrte sie etwas vom Pro-viant. Ihre Brüste begannen zu schmerzen. All die guten Ratschläge mit kühlen Kohlwickeln, Salbeitee und Quark-packung ließen sich in dieser Situation schwerlich um-setzen. Drüben nahm eine Magd, vielleicht war es auch die Bäuerin, zwei Milchkannen vom Trockengestell, schob ihr Fahrrad aus dem Stall und befestigte die Kannen am Len-ker. Sie wollte gerade losfahren, als im Wohnhaus ein Kind losschrie, als wäre es hingefallen oder verletzt. Jedenfalls ließ die Frau alles stehen und liegen, um ins Wohnhaus zu eilen. Jeanne überlegte nicht lange. Sie lief zu dem Fahrrad, packte ihr Köfferchen auf den Gepäckträger, unter dem schon ein zusammengerollter Kittel klemmte, und radelte davon.

Das war nicht nett von ihr. Ihr erster richtiger Diebstahl. Aber es war nun mal ein Notfall. In Zeiten wie diesen war sich jeder selbst der Nächste. Sie trat kräftig in die Pedale, ohne zu wissen, in welche Richtung sie überhaupt musste. Als sie glaubte, der Abstand zum Hof wäre groß genug, machte sie Rast. Sie versteckte sich samt Rad im Gebüsch eines Windschutzwalls.

Das pralle Gefühl in ihren Brüsten war so unangenehm, dass sie sich an Ort und Stelle oben herum freimachte, vorbeugte und die Milch ausstrich. Sie sickerte langsam in die Erde. Anschließend zog sie sich um und verteilte ihre Sachen samt Proviantrucksack auf die Milchkannen. Sie zog den fremden Kittel über, tauschte auch den Hut gegen ein Kopftuch, um auszusehen wie eine Melkerin auf dem Weg zur Arbeit. Das Gesicht und die Haare machte sie sich mit Erde schmutzig, den Koffer ließ sie im Gebüsch zurück.

Im nächsten Dorf brachte sie in Erfahrung, dass die Grenze zu den Niederlanden knapp dreißig Kilometer entfernt war. Sie müsse sich Richtung Nordhorn halten, sagte man ihr. Unterwegs sah sie überall Spuren der noch nicht lange zurückliegenden Kämpfe, schwarze Mauerreste, im Asphalt Risse von Panzerketten. Eine Kolonne britischer Militärlastwagen kam ihr entgegen. Sie hielt an, zog das Kopftuch tiefer und betete an einem katholischen Wegekreuz. Bis zum Einbruch der Dunkelheit schaffte sie es bis in ein Dorf nahe der Grenze. Dort klopfte sie beim Pfarrer. Er ließ sie neben anderen Menschen, die auf der Flucht oder Durchreise waren, im Gemeindesaal übernachten. Es waren so viele, die Hilfe brauchten, auch Versehrte und

Kranke. Da blieb keine Zeit für Nachfragen. Unter den Leuten, die hier dankbar eine dünne heiße Suppe entgegennahmen, befanden sich auch Holländer, die sich zu Fuß auf den Heimweg gemacht hatten. Sie waren ehemalige zwangsrekrutierte Fremdarbeiter und wollten nicht abwarten, bis die Militärregierung ihre Repatriierung organisierte.

»Der Westen der Niederlande ist noch gesperrt«, sagte ihr ein blonder Kerl namens Piet, mit dem sie sich auf Plattdeutsch verständigen konnte. »Weil alles überschwemmt ist. Viele mussten ja Haus und Hof verlassen, da herrscht große Hungersnot. Aber ich will trotzdem versuchen, so schnell wie möglich zu meiner Familie zu kommen.«

Die Holländer nahmen Jeanne am folgenden Tag mit auf Schleichwegen über die grüne Grenze. Piet zeichnete ihr grob die Route bis zur belgischen Grenze auf. Sein Weggefährte, der aus dem niederländischen Maastricht stammte, gab ihr die Adresse und eine Art Empfehlungsschreiben für einen Schmugglertreffpunkt im Süden Limburgs.

Jeanne radelte allein weiter, wieder als Melkerin getarnt. Unterwegs fand sie Unterschlupf auf Bauernhöfen. Einmal begegnete sie am Straßenrand einer in Tränen aufgelösten Mutter mit vier kleinen Kindern. Alle weinten vor Hunger, die Frau war völlig erschöpft. Jeanne bot mit einer Geste an, ihr jüngstes Kind zu stillen. Dankbar nahm die Frau es an.

Sie fragte sie etwas in einem Dialekt, den Jeanne nicht verstand. Wahrscheinlich wollte sie wissen, was mit ihrem Baby geschehen war. Die Frau schaute sie mitleidig an, als glaubte sie, Jeannes Kind müsse wohl tot sein. Jeanne lächelte tapfer zurück, sie schüttelte nur den Kopf. Aber selbst wenn sie sich hätte verständigen können, das ging ihr in diesem Augenblick auf, hätte sie nichts sagen dürfen. Sie musste sich an die Vereinbarung halten, das hatte sie geschworen – nie mit einem anderen Menschen darüber reden.

Jeanne vermisste ihr Kind. Es geht ihm gut, versuchte sie sich zu trösten. Stell dir nur vor, welche Katastrophe es wäre, jetzt mit einem Säugling unterwegs zu sein.

Den Treffpunkt fand Jeanne nicht, aber als sie auf der Suche danach durch die Hügellandschaft des Geultals radelte, oft geschützt durch Hohlwege und Adlerfarn, stieß sie bei einer Wassermühle auf einen Grenzstein. In der Abenddämmerung überquerte sie den Bach, der Holland und Belgien trennte. Sie trug einfach das Rad und die Milchkannen nacheinander auf die andere Seite.

In Belgien bekam sie Fieber und Schüttelfrost. Sie verkroch sich in einem Stall im Strohlager. Der Milchstau hatte zu Verhärtungen und schmerzenden Entzündungen in den Brüsten geführt. Die Bäuerin ertappte sie. Da sie fürchtete, sich mit irgendwas anzustecken, half sie Jeanne nicht. Aber sie erlaubte ihr, weiter dort zu bleiben, und stellte ihr morgens und abends Wasser und Milch vor die Stalltür.

Ohne die Verpflegung, die Großvater Bohlmann ihr mitgegeben hatte, wäre Jeanne wohl verhungert. Etwas vom Wasser knapste sie für ihren Rosenableger ab. Sie fühlte sich elend, zu Tode betrübt. *Tiefpunkt. Versuche, das Gefühlschaos nicht ernst zu nehmen. Muss erst wieder zu Kräften kommen.* Das war alles, was sie für diese drei Tage ins Schulheft schrieb. Nach vier Tagen klangen die grippeartigen Beschwerden ab, und damit kehrte auch ihr Lebensmut zurück. Jeanne radelte weiter.

Sie verfügte zwar über eine gültige, von der Militärverwaltung in Norden ausgestellte Erkennungskarte, doch sie fürchtete trotzdem Schwierigkeiten bei der Einreise nach Frankreich. Unterwegs hatte sie mehrfach gehört, dass die gründlichen gesundheitlichen Untersuchungen sehr streng waren. Dabei musste man nicht nur unangenehme Entlausungsaktionen über sich ergehen lassen. Vielleicht würde man sie in Quarantäne stecken, und die Gefahr, sich dort eine Krankheit einzufangen, war groß. Vor allem aber fürchtete Jeanne Nachfragen, falls sie gynäkologisch untersucht werden sollte. Dass sie kürzlich entbunden hatte, würde dann doch noch aktenkundig werden und wahrscheinlich Probleme bringen. Deshalb wollte sie auch die Grenze nach Frankreich lieber inoffiziell überqueren.

Ihre Stimmung wechselte, wie Helga es vorausgesagt hatte. Obwohl das ungewohnt ausdauernde Radfahren anstrengte und Kraft kostete, schien es auch zu helfen und ihr neue Kraft zu geben. Es lenkte sie ab, und sie erlebte einige intensive Augenblicke mit allen Sinnen. Im Süden der Wallonie roch sie das frische Birkengrün, sah am Abend, wie die tief liegende Sonne aus den Wolken sank, glühend über dem Horizont schwebte und Nebel aus dem Tal vor einer Burgruine hochsteigen ließ.

Hier, im französischsprachigen Teil Belgiens, hörte sie sich vorsichtig um. Nahe Bouillon machte sie die Bekanntschaft eines Halbwüchsigen, der bereit war, ihr zu helfen. Sie gab ihm ihr letztes Stück Schinkenspeck und das Fahrrad samt Milchkannen dafür, dass er sie nachts durch einen Wald nach Frankreich in die Nähe von Sedan, einem kleinen Dorf kurz hinter der Grenze, führte.

Ihre Wertsachen trug Jeanne am Leib, im Rucksack noch etwas Kleidung, Honig, trockenes Brot und den Rosenableger. So wanderte sie mit drei weiteren Menschen, die aus welchen Gründen auch immer diesen Weg vorzogen, unter der Führung eines Fast-noch-Kindes durch einen von Tannen bewachsenen Teil der Ardennen zurück in ihr Heimatland. Sie sprachen kaum ein Wort. Jeanne merkte nicht, dass sie die Grenze überschritten. Ein Baum sah aus wie der andere. Jetzt hab ich überhaupt nichts mehr, dachte sie. Aber im Moment fühlt es sich eigentlich ganz gut an.

Während sie Schritt für Schritt ihrem Anführer folgte, ging ihr eine Geschichte durch den Kopf, die der Musiklehrer der d'Avril-Kinder ihnen einmal erzählt hatte. Vor über zweitausend Jahren, als die alten Römer Griechenland erobert hatten, befand sich auch einer der sieben Weisen auf der Flucht. Ein Mitreisender auf einem Schiff fragte ihn, wo denn sein Gepäck sei, und er antwortete: »*Omnia mea mecum porto.*« All meinen Besitz trage ich bei mir. Jeanne lächelte vor sich hin. Genau so war es. Auch sie besaß immer noch ihre Fähigkeiten, Talente, Gefühle und Erinnerungen.

Nach weniger als zwei Stunden Marsch überließ der Jüngling sie in einem Weiler namens La Chapelle ihrem Schicksal. Die Gruppe löste sich auf. Jeanne suchte sich einen trockenen Platz in einem Schuppen und schlief ein paar Stunden. Hahnenschreie weckten sie. Ich bin in Frankreich, dachte sie beim Erwachen ungläubig. Die Umgebung sah noch zu fremd aus, um große Gefühle in ihr auszulösen.

Ein Fuhrwerk nahm sie die acht oder neun Kilometer bis Sedan mit. Dort löste sie am Bahnhof ein Zugticket nach Bordeaux. Eine Trikolore schmückte die einlaufende Lok. Fast alle Abteile waren voll. Jeanne setzte sich auf einen der letzten freien Plätze. Sie schloss die Augen und lauschte dem Stimmengewirr – die Menschen um sie herum sprachen Französisch. Und auf einmal flutete sie ein unglaubliches Glücksgefühl. Endlich wieder zu Hause. *Vive la France!*

Im Zug schrieb sie die letzten Sätze in ihr Tagebuch. *Zurück in meinem geliebten Frankreich. Von heute an will ich nur noch nach vorne sehen. Jetzt beginnt ein neues Leben.*

28

Cremont-sur-Crevette, Gegenwart

Als Ella das Tagebuch zuklappte, hatte sie Tränen in den Augen. Ja, sie würde das Leben dieser Frau, ihrer leiblichen Großmutter, aufschreiben. Ihr Entschluss stand fest. Vielleicht hatte die Erbschaftsgeschichte nur diesen einen Zweck. Hörte man nicht gelegentlich, dass Romanstoffe sich ihre Autoren suchten statt umgekehrt?

Auf jeden Fall musste sie noch weitere Nachforschungen anstellen, zum zeitgeschichtlichen Hintergrund allgemein, aber ganz besonders über Jeannes Erlebnisse nach dem Krieg. Sicher schlummerten in Archiven eine Menge Presseberichte über die Chansonsängerin. Die Frage war nur, wie viel man davon glauben durfte. Ella war schließlich vom Fach und wusste, dass Promigeschichten überwiegend aus fantasievoller PR bestanden.

Im Internet fand sie ein paar vielversprechende Buchtitel, Fachliteratur, die sie gleich bestellte. Sie schrieb einen Brief an den Musikhistoriker, eine Mail schien ihr bei der Gewichtigkeit ihres Anliegens unpassend. Nach Auskunft von Madame Polnareff war er auch schon ein älterer Herr, und eine Anfrage mit Postabsender Manoir Cremont statt einer E-Mail-Adresse würde auf jeden Fall seriöser wirken.

»Was sagst du da?« Ellas Mutter fiel aus sämtlichen Wolken. »Das hätte ich Oma Ine nie zugetraut! Was hätte wohl dein Vater gesagt?« Sie war schockiert. Doch im Laufe ihres Telefonates begann sie, auch die positiven Seiten zu sehen. »Letztlich ist es dem Jungen ja immer gut gegangen. Toll, wie die Frauen damals zusammengehalten haben. Zu schade, dass ich Tante Erika und Tante Helga nicht mehr dazu befragen kann. Wie die uns alle über die Jahre an der Nase rumgeführt haben! Wirklich allerhand. Nee, also ich bin doch auch böse auf sie. So ein Betrug!«

Ella registrierte, dass jemand im Hintergrund dazwischenredete, während die Mutter aufgeregt die Neuigkeit weitergab.

»Das glaub ich nicht!«, hörte Ella ihren Bruder ausrufen. »Echt? Ist heute der 1. April, oder was?«

Dann sprach ihre Mutter wieder zu ihr. »Deshalb hat sie dir so viel vererbt. Ich frag mich nur, warum ausgerechnet dir und nicht Ulfert? Na ja, der soll auch man schön hier auf dem Hof bleiben.« Sie redete, wie ihr die Gedanken durch den Kopf purzelten. Ella hatte nichts anderes erwartet und hörte deshalb einfach nur zu. »Elly, wir wollten dich sowieso demnächst mal besuchen, Ulfert und ich, um uns alles anzugucken. Dein Bruder kann dir sicher gute Tipps geben.«

Jetzt war ein schrilles, amüsiert bis sensationslüstern klingendes »Neeiin!« ihrer Schwägerin Tomke zu vernehmen.

»Was is denn, was is denn?«, riefen die Kinder im Hintergrund.

Ella sah die Familie förmlich vor sich, wie sie da in der Wohnstube versammelt war und die Neuigkeit verkraften musste.

»Tomke kommt nicht mit nach Frankreich, sie kümmert sich um die Tiere, die Kinder und die Urlauber. Wir können auch nur zwei oder drei Tage wegbleiben.«

»Super, Mama! Ich freu mich auf euch. Platz ist hier auf jeden Fall genug. Gibst du mir bitte mal Tomke?«

Die Mutter reichte das Telefon weiter. »Hey, Tomke, liebste Schwägerin. Wie schade, dass du nicht mitkannst.«

»Du weißt doch, einer muss hier ja die Arbeit machen«, gab Ulferts Frau zurück. »Klasse, das mit deinen oder richtiger mit euren zwei Großmüttern. Endlich mal was los! Das wird hier in der Gemeinde einschlagen wie eine Bombe.« Tomke spottete gern ein bisschen, aber sie wurde nie gehässig. »Ich seh's schon im Heimatblatt ganz groß unter der Überschrift *Verfehlungen hiesiger Bürger!*«

»Ach«, erwiderte Ella, »glaubst du wirklich, das regt noch jemanden auf? Schließlich lebt keiner mehr, der damals dabei gewesen ist.«

»Na ja«, sagte Tomke nun etwas ernster. »Deinen Vater haben doch alle gekannt. Dass er nun ein halber Franzose sein soll, wird wohl für Gesprächsstoff sorgen.«

»O nein, bitte nicht!«, hörte Ella ihre Mutter. »Kinners, bitte haltet den Mund. Das muss doch wirklich nicht jeder erfahren.«

»Mir ist es egal, im Moment jedenfalls«, sagte Ella nachdenklich. »Ich werde mich sicher nicht mit dem Lautsprecher auf den Marktplatz von Norden stellen, um es zu verkünden. Aber, ehrlich gesagt, ich möchte es auch nicht verschweigen müssen. Das kannst du Mama sagen.«

»Hat sie gehört, ich hab das Telefon auf laut gestellt.«

»Wir lassen es einfach noch ein bisschen sacken, Mama, ja?«, schlug Ella vor.

Ihre Mutter antwortete etwas, das Ella nicht verstand. »Ja, unbedingt«, vermittelte Tomke, »wir lassen es erst mal sacken.«

»Du, ich wollte dich um etwas bitten«, fuhr Ella fort. »Könntest du mir bitte Bücher zu unserer Heimat- und

Regionalgeschichte im Zweiten Weltkrieg besorgen und sie Mama und Ulfert mitgeben?«

»Klar, das mach ich gern.«

»Danke dir, Tomke. Und beim nächsten Mal musst du es unbedingt so deichseln, dass du mitkommen kannst.«

»Versprochen!« Sie lachte. »Ich seh gerade, dass deine Mutter das Fotoalbum rausgekramt hat. Jetzt gucken wir uns diese Jeanne mal näher an. Und Jugendbilder deines Vaters.«

»Hallo, Elly, ich bin's noch mal«, meldete sich ihre Mutter. »Wir geben dir per WhatsApp durch, wann genau wir kommen. Ist das nicht verrückt? Und wir haben immer alle gesagt, dass Ulfert Oma Ine ähnlich ist. Das kann ja gar nicht angehen.«

»Tja, wenn man was sehen will ...« Ella fiel noch eine Frage ein. »Du, wer hat damals eigentlich die Idee gehabt, mich Ella zu nennen?«

»Das war Oma Ine. Sie sagte, eine Tante deiner Urgroßmutter hätte so geheißen, und ich fand den Namen gleich schön. Er hat Tradition, aber man kann ihn überall aussprechen.«

Was für ein nobler Zug von Gesine, Oma Ine, dachte Ella. Eine späte Hommage an Jeanne. Immerhin hatte die ihr ja damals gesagt, dass sie sich eine Tochter wünschte, die sie gern Ella nennen würde. »Kannst du mir bitte die Bilder, auf denen Jeanne zu sehen ist, oder am besten alle Fotos aus der Kriegszeit abfotografieren und rübermailen?«, bat sie ihre Mutter noch. »Ich schick dir welche von Cremont und von Jeanne, als sie schon älter war.«

»Ja, das mach ich, Elly. Pass gut auf dich auf.«

»Du auch, Mama. Ich freu mich auf euch. Tschüs! Grüß den Rest der Familie und alle, die von mir gegrüßt werden wollen.«

»Ja, mach ich! Tschüs, Kind!«

Eine Duftspur wie von Braten mit Rosmarin zog durchs Haus und lockte Ella in die Küche. Hier werkelten Violetta und Alma bereits den zweiten Tag für das Büfett am Donnerstag. Alma bereitete aus in Fett köchelndem Fleisch mit Suppengrün verschiedene Rillettes vor, offenbar eine ihrer Spezialitäten.

»Möchten Sie auch ein Gläschen Wein, Madame?«, fragte Violetta. »Wir mussten die Flasche öffnen, weil wir Rotwein zum Kochen brauchen.«

»Es ist wichtig, dass er die richtige Note hat«, fügte Alma hinzu und kostete konzentriert.

»Nein, danke«, lehnte Ella ab, »ist mir noch zu früh für Wein.«

»Aber es ist schon vier Uhr«, sagte Alma. »Trinken Sie nie Wein zum Mittagessen?«

»*Pardon*, aber das würde mich killen. Kein Alkohol vor achtzehn Uhr.«

Alma schenkte ihr einen mitleidigen Blick, den Ella innerlich schmunzelnd ebenso mitleidig erwiderte. Sie schenkte sich ein Glas Apfelsaft ein und setzte sich an die lange Holztafel gegenüber einer Wand, an der eine Batterie blitzender Kupfertöpfe hing. In die offene Feuerstelle war eine Spießdrehvorrichtung eingepasst, an der man ein ganzes Schwein grillen konnte. Der Eisenherd war sicher für jeden begeisterten Koch ein Traum. Doch Ella hätte nicht gewusst, wie er zu bedienen war, und es interessierte sie auch nicht wirklich.

Interessiert beobachtete sie stattdessen die Köchin. Sie trug eine Schürze vor ihrem mächtigen Busen, hatte schmale Hüften und kaum Taille und huschte, vorgebeugt mit gerundeten Schultern, behände hin und her. Der kurze Pagenschnitt war rostbraun gefärbt, ihre Mascara bereits wie am Vortag um diese Uhrzeit unter den Augen verlaufen. Die Falten in ihrem aufgedunsenen Gesicht zeugten davon, dass sie häufiger Weinaromen prüfte. Und trotzdem war Alma jetzt gerade ganz in ihrem Element. Sie dirigierte die Küchengeräte und -töpfe wie ein Orchester, schaute hier unter einen Deckel, schmeckte dort ab, veränderte die Kochtemperatur, rührte oder schnibbelte zwischendurch etwas. Und Violetta spielte versiert die zweite Geige.

»Wir bereiten nichts Großartiges zu«, sagte sie. »Nur ein paar gute ehrliche Gerichte der Region.«

»Genau«, pflichtete Alma ihr bei, »nur ein paar Pasteten und Terrinen, zwei Sorten Rillettes als Brotaufstrich, dann noch Teigtäschchen mit Schnecken, Kalbsnieren in Kräutern, und als Desserts Tarte tatin mit Quitten, na ja, und Macarons mit selbst gemachter Himbeer- und Pistaziencreme gefüllt.«

»Und ein herbstliches Pilzsüppchen natürlich. Die Baguettes haben wir aber beim Bäcker im Nachbardorf bestellt«, fügte Violetta hinzu. »Da sind sie besonders knusprig. Und die Brioche, die man dort bekommt, haben die Zartheit eines jungen Busens.« Die Französinnen kicherten vergnügt. »Möchten Sie den Wein aussuchen?«

Violetta tippelte auf hohen Absätzen über die schwarz-weißen Küchenfliesen und öffnete die Tür zum Weinkeller. Er war in den Felsen geschlagen.

»Nein, lieber nicht. Das überlasse ich Ihnen!« Ella lächelte selbstironisch. »In meiner Heimat wird nur zwischen Rotem und Weißem unterschieden, und wenn man in einer Dorfkneipe einen Rosé bestellt, mixt der Wirt Rot- mit Weißwein.« Das war zwar etwas untertrieben, denn in ihrer Hamburger Zeit hatte sie durchaus an der einen oder anderen Weinverkostung teilgenommen, aber die Vorbereitungen machten den beiden Französinnen so erkennbar Spaß, dass Ella überzeugt war, sie würden die bessere Wahl treffen. »Machen Sie, was Sie für richtig halten. Nur bitte keine Gänsestopfleber, die kommt mir nicht auf den Tisch.«

Ella hatte mal einen Bericht darüber gesehen, wie die Tiere zur Erzeugung dieser Spezialität qualvoll gemästet wurden. Alma und Violetta warfen sich einen Blick zu, der etwas wie »Die hat keine Ahnung« sagte. Doch sie nickten brav.

Später ging Ella nach draußen. Sie schaute vergeblich, ob Pauls Fahrzeug zu sehen war, und bummelte nachdenklich durch das Dorf. Was sollte sie den Bewohnern bei ihrem Treffen sagen? Auf der Hauptstraße fuhr ein älterer Renault Variant an ihr vorbei. Eine junge Frau mit Dreadlocks saß am Steuer und neben ihr – Ella traute ihren Augen kaum – eine angeschnallte Ziege. Kein Zicklein, sondern ein ausgewachsenes Tier, mit dem Rücken gegen die Lehne gedrückt, den Gurt überm Bauch, schaute es sie einige Sekunden lang ebenso neugierig an wie umgekehrt. Ella lachte lauthals.

Bevor sie sich weiter Gedanken über ihre kleine Rede am Kennenlernabend machen konnte, fesselte nun etwas anderes ihre Aufmerksamkeit. In dem Pförtnerhäuschen, an dem sich früher einmal Besucher des Manoir hatten anmelden müssen, schien Licht. Ein großer hagerer Mann mit weißen Haaren saß darin und arbeitete mit einer Lupe vor einem Auge. Das musste Charles sein. Er hob den Kopf, erblickte sie vor dem Fenster und lächelte. Ella hob die Hand zum Gruß. Er kam heraus.

»*Bonjour!*«

»*Bonjour*, ich bin Ella Bohlmann«, stellte sie sich vor. »Sie müssen Charles sein, der Uhrmacher. Wir sehen uns morgen Abend, hoffe ich.«

»Freut mich, Sie kennenzulernen, Madame Bohlmann. Natürlich werde ich kommen. Meine Frau ist schon sehr gespannt auf Sie.«

»Wie heißen Sie eigentlich mit Nachnamen?«

»Oh, bleiben Sie ruhig bei Charles, alle hier nennen mich so. Möchten Sie sich etwas umschauen?«

Stolz präsentierte er ihr seine Sammlung reparaturbedürftiger Zeitmesser. Sie reichte von kleinen Taschenuhren über Standuhren bis zu großen Kirchturmuhren, die an einer Mauer lehnten. In das vielfältige Ticken hinein drang ein Schlag von der Dorfuhr über Louises Tante-Emma-Laden – sie ging immer noch eine halbe Stunde vor.

Ella lächelte Charles an. »Sie könnten sie vielleicht einmal richtig einstellen, oder?«, fragte sie vorsichtig.

Der alte Mann schmunzelte. »*Oui, oui, bien sur*, das könnte ich wohl.« Er kratzte sich am Kinn. »Ich möchte um Himmels willen keine Gerüchte in die Welt setzen, aber wissen Sie, das große Uhrwerk muss auch jeden Tag regelmäßig mit einem Schlüssel aufgezogen werden, damit es richtig geht. Das ist die Aufgabe von Louise und Louis. Dazu muss man eine steile Treppe hochklettern. Ich möchte nicht völlig ausschließen, dass sie es gelegentlich versäumen, den beschwerlichen Aufstieg rechtzeitig genug auf sich zu nehmen.«

»Ach so!« Ella lächelte verständnisvoll.

»Aber ich will nichts behaupten«, wiederholte Charles mit einer abwehrenden Geste, »es ist nur eine Möglichkeit.« Sie wechselten einen vielsagenden Blick.

»Alles klar. Dann bis morgen, Charles!«

Sein Lächeln wurde noch breiter. »Wir kommen – pünktlich!«

Der Gärtnergehilfe Pépin meldete sich aus der Reha zur Arbeit zurück. Noch rechtzeitig genug, damit Violetta ihn beauftragen konnte, ordentlich Holz für den Kamin in der Empfangshalle herbeizuschaffen. Er half ihr auch, die Tische wie für eine Gemeinderatssitzung in U-Form aufzustellen. Der Enddreißiger hatte lichtes, in die Stirn gekämmtes Haar und einen unvorteilhaften Überbiss. Er schien nicht gerade der Hellste zu sein.

»Man muss ihm nur genau sagen, was er tun soll«, erklärte Violetta, »dann ist alles gut, das erledigt er dann auch zufriedenstellend.« Pépin war Junggeselle, er lebte bei seiner Mutter im Dorf.

So kannte Ella schon einige Dorfbewohner, als ihre Gäste am Donnerstagabend nach einem Glas Schaumwein zur Begrüßung in der gut geheizten Empfangshalle vor dem Kamin ihre Plätze einnahmen. Die meisten hatten sich bei ihrer Ankunft mit Handschlag vorgestellt. Ella, dezent geschminkt und das Haar glänzend gebürstet, trug ihren auberginefarbenen Hosenanzug, der sonst wichtigen Pressekonferenzen vorbehalten war. Sie saß am Kopf, in der Mitte, und ging in Gedanken alle durch, die sich jetzt auch noch gegenseitig begrüßten oder quer über die Tische mit Nachbarn redeten.

Da waren also Louise mit dem Tante-Emma-Laden und ihr Mann Louis mit der Vintage-Boutique der »Gesellschaft zur Erhaltung schöner Dinge«. Dann kam das Ehepaar, das den Champignonkeller gepachtet und vier kleine Kinder hatte. Natürlich gehörte Violetta zur Dorfgemeinschaft, und ihr Sohn, der aber fehlte, weil er in Paris studierte. Als Nächstes der Uhrmacher aus Leidenschaft, Charles mit seiner Frau, die eine ganz reizende ältere Dame zu sein schien, dann der Mann, der im Sommer mit seiner Familie – Frau und drei halbwüchsigen Kindern – das Gartenlokal am Fluss betrieb und ansonsten mit der Zucht von Zwerg- und Perlhühnern sowie Pfauen seinen Lebensunterhalt verdiente. Es folgten der Gärtnergehilfe Pépin mit seiner Mutter, einer verwitweten Rentnerin, der Buchantiquar mit seinem Mann, einem Lehrer, der außerhalb arbeitete und täglich pendelte. Die Köchin Alma saß nur kurz neben ihrem arbeitslosen Ehemann, weil sie sich um das Büfett kümmerte. Der Nächste war ein alleinstehender Keramikermeister, und neben ihm saß das Ehepaar Petit, das mit Unterstützung der Großmutter und zwei Kindern das Bistro am Dorfplatz tagsüber ein paar Stunden und nur noch an drei Abenden in der Woche und auf Anfrage für besondere Anlässe öffnete.

Mit etwas Verspätung traf die junge Frau mit den Dreadlocks ein. Sie wurde von drei sympathischen jungen Männern begleitet.

»Wo haben Sie Ihre Ziege gelassen?«, fragte Ella. Es freute sie, dass auch unkonventionelle junge Leute im Dorf wohnten.

»Beim Bock!«, antwortete die Frau und erntete allgemeines Gelächter. »Tut mir leid, dass wir etwas zu spät sind. Ich bin Séverine. Mein Bruder Philibert«, sie zeigte auf den jungen Mann mit Vollbart zu ihrer Rechten, »und ich, wir züchten Ziegen und gehen mit ihnen auf die Wanderschaft. Das hier sind Freunde, Tobie und Yanis, die Touren mit dem Hausboot anbieten. Wenn wir nicht unterwegs sind, leben wir in Cremont-sur-Crevette in einer Wohngemeinschaft.«

»Schön, dass Sie gekommen sind. Bitte nehmen Sie sich ein Glas Schaumwein.« Ella sah Violetta fragend an. »Sind wir dann vollzählig?«

»Fast«, erwiderte die Hausdame, »das Ehepaar, das die

Viehweide gepachtet hat, rief vorhin an, um abzusagen. Die beste Zuchtkuh ist krank. Ich hab auch dem Herrn Pfarrer Bescheid gesagt, der einmal im Monat vom Nachbarort herkommt, um in unserer kleinen Kapelle den Gottesdienst abzuhalten, und Paul Brissac, auch wenn er nicht im Ort wohnt.«

Wie aufs Stichwort hörte man von draußen den Türklopfer gegen das Holz schlagen. Violetta öffnete und ließ die beiden noch Fehlenden eintreten. Der katholische Geistliche schritt gleich zügig auf Ella zu, reichte ihr die Hand, stellte sich vor und bedauerte, dass eine dringende seelsorgerische Verpflichtung ihn aufgehalten habe.

»Unseren lieben Paul trifft keine Schuld. Er war pünktlich da, um mich abzuholen.«

Paul, an diesem Abend in Jeans mit weißem Hemd und gut sitzendem Sakko, lächelte einnehmend in die Runde. Sein Haar stand ihm nicht ganz so wirr vom Kopf ab wie sonst, er hatte es kräftig zurückgebürstet. Es fiel ihm in Wellen fast bis auf die Schultern und gab ihm das Flair eines kühnen Eroberers. Ihre Augen trafen sich, Ella lächelte zurück und spürte, dass ihr Herz plötzlich schneller klopfte. Was natürlich daran liegen konnte, dass sie nun endlich ihre Ansprache halten musste. Vor all den Leuten, die sie erwartungsvoll anschauten, nachdem auch die Nachzügler Platz genommen hatten.

Ella atmete kurz heftig aus, bevor sie sich erhob. »Guten Abend noch einmal. Ich freue mich sehr, dass Sie alle gekommen sind, dass wir uns in gemütlicher Runde beschnuppern und näher kennenlernen können. Ich bin also Ella Bohlmann, mir hat die Baronin Cremont hinterlassen.« Sie blickte einmal freundlich jeden Einzelnen an, ertrug das Schweigen, das entstand, und versuchte, sich wirklich jedes Gesicht einzuprägen, jedem an der Tafel das Gefühl zu geben, dass sie ihn meinte, ihm wohlwollend gegenüberstand, an ihm persönlich interessiert war und gut mit ihm auskommen wollte. Sie begann links außen und arbeitete sich langsam bis rechts außen durch. Dort saß Paul, der ihr aufmunternd zunickte. Schon wieder variierte ihr Herz seine gewohnte Schlagzahl. »Ja, also, ich komme ursprünglich aus Ostfriesland, das liegt an der deutschen Nordseeküste, aber ich habe die letzten zwanzig Jahre in Hamburg gelebt. Von Beruf bin ich Journalistin.« Ellas Lampenfieber war jetzt verflogen. »Sie möchten sicher wissen, was ich vorhabe.«

Ihre Gäste riefen alle durcheinander.

»Allerdings!«

»Ja, das kann man wohl sagen!«

»Wenn unser Lokal endlich mal vernünftig renoviert werden würde, könnten wir auch im Winter aufmachen.«

»Ach, das glaubst du doch selbst nicht. Auch wenn du die schicksten Toiletten der Touraine hättest, würden sich nicht mehr Leute in dieses Kaff verirren.«

»Um es ganz deutlich zu sagen«, unterbrach Ella das Geplänkel, »ich habe nicht die finanziellen Möglichkeiten, hier größere Renovierungen durchzuführen.« Die Anspannung der Zuhörer entlud sich in weiteren Kommentaren.

»Wollen Sie also verkaufen?«, fragte der Buchantiquar. »Dann bitte nicht an einen Konzern, der uns vor die Tür setzt, alles abreißt und unser Zuhause reichen Parisern als teure Ferienimmobilien verkauft.«

»Warum hat denn nicht der Neffe des Barons alles geerbt?«

»Um Gottes willen, bloß der nicht! Der kassiert alle Fördermittel, renoviert und verdreifacht die Mieten!«

»Wir wollen in unserem Alter nicht noch einmal umziehen müssen!«

Ella atmete schwer. »Es gibt nur eines, das ich Ihnen zusichern kann, denn das Testament enthält eine Klausel, wonach erst in einem Jahr über alles entschieden wird: Bis dahin wird sich erst einmal nichts ändern. Kleinere Reparaturen werden selbstverständlich ausgeführt, aber keine großen Sachen. Es gibt auch keine Miet- oder Pachterhöhungen.«

»Na, immerhin.«

»Aber aufgeschoben ist nicht aufgehoben. Was nützt es, wenn wir im nächsten Jahr doch verraten und verkauft werden?«

Der Ton und die Blicke einiger Dorfbewohner wurden aggressiver. »Es tut mir leid«, sagte Ella. »Ich kann mir ebenso wenig wie Sie das fehlende Geld aus den Rippen schneiden. Es ist, wie es ist. Ich kann nur versprechen, aufrichtig zu sein.« Sie strich sich das Haar hinters Ohr und bemühte sich, besonnen zu bleiben. »Sicherlich werde ich beim Verkauf, sollte es denn in frühestens einem Jahr dazu kommen, darauf bedacht sein, eine auch für Sie gute Lösung zu finden. Vielleicht hören Sie ja von Interessenten, die Ihnen genehm wären, dann sagen Sie es mir bitte.«

»Das kennt man doch«, murrte der Wirt. »Am Ende sind immer die Mieter die Dummen.«

»Mein Metier ist die Kreativität.« Ella breitete die Hände aus und hob die Schultern. »Vielleicht fällt uns allen gemeinsam noch etwas ein, das Cremont guttut.« Paul klopfte Beifall. Sie sah ihn dankbar an. »Bitte glauben Sie mir, dass mir das Anwesen und der Ort schon jetzt mehr am Herzen liegen als nur irgendeine Immobilie, die man meistbietend verkaufen will.«

»Warum sollten wir einer zugereisten Deutschen das glauben?«, spottete eine Frau.

»Weil … weil ich Baronin Jeannes Enkeltochter bin.«

Plötzlich herrschte Stille. Und dann steigerte sich ungläubiges Raunen zu lebhaftem Durcheinanderreden. Ella ließ den Leuten Zeit, Dampf abzulassen. Sie schnappte einige Sätze auf.

»Das kann nicht sein!«

»Die de Cremonts hatten keine Kinder.«

»Vielleicht hat er mit einer anderen Frau …«

»… oder sie mit einem anderen Mann. Skandalös!«

»Deshalb also ist der Neffe leer ausgegangen!«

»Es sollte in der Familie bleiben, Tradition ist Tradition.«

»Sie ist doch dann eine Verwandte …«

»Das glaub ich nicht.«

»Aber eine Deutsche!«

Ella zwang sich, Ruhe zu bewahren. »Ich habe es selbst erst vor Kurzem erfahren. Wenn wir uns besser kennen, werde ich Ihnen vielleicht einmal die ganze Geschichte erzählen. Vorerst bitte ich Sie, mir zu vertrauen.« Sie sah in die Gesichter. Einige schienen sich zu öffnen, andere schauten sie finster an. »Ich bin für alles zu haben und werde alles unterstützen, was Cremont nützt und schöner macht, sofern es im Rahmen meiner Möglichkeiten ist. Ich hoffe, wir kommen in den nächsten Monaten gut miteinander aus.«

»Sie kann doch nichts dafür, dass sie kein Geld hat. Ich hab ja auch nix.«

»Jetzt geht das Zittern also weiter!«

»Mist, nun weiß ich wieder nicht, ob ich noch in mein Lokal investieren soll oder nicht.«

»Mir hängt der Magen sonst wo. Wann wird denn das Büfett eröffnet?«

»Lasset uns beten!«

Die sonore Stimme des Pfarrers beendete das Gerede. Er sprach ein Bittgebet für alle Bewohner von Cremont und leitete nahtlos über in ein Dankgebet für das Abendessen. Nachdem sich die Katholiken bekreuzigt hatten, eröffnete Ella das Büfett.

Beim gemeinsamen Essen und Trinken führte sie im Laufe des Abends noch manches Gespräch. Sie erfuhr, dass der Baron immer nur von der Substanz gelebt hatte. Er sei ein Lebemann gewesen, der sich nach dem Tod seiner ersten Frau mehr in Pariser Vergnügungslokalen und Varietés aufgehalten hatte als in den Weinbergen oder auf den Ländereien von Cremont.

»Seine größte Leistung für die Heimat bestand darin, dass er in den Dreißigerjahren alles auf den mittelalterlichen Architekturstil unserer Region bringen ließ«, erklärte der Pfarrer. »Paul, du hast doch Kunstgeschichte studiert. Erklär mal.«

Kunstgeschichte? Ella stutzte. Dieser Paul wurde immer interessanter.

»Na ja«, sagte er, »was stilistisch nicht passte, wurde damals weggerissen. Die Nebengebäude, auch das Gärtnerhaus, stammen eigentlich aus den Dreißigerjahren, nicht aus dem Mittelalter, auch wenn es auf den ersten Blick so aussieht.«

»Und ausgerechnet das wird uns jetzt zum Verhängnis«, ergänzte der Wirt. »Weil wir ein kulturhistorisch interessantes Ensemble sind. Mancher im Dorf hätte sonst sein Haus oder seine Wohnung auch gern schon selbst gekauft.«

»Es ist aber doch auch schön, wenn alles zusammen erhalten bleibt«, sagte Ella. »Das macht Cremont zu etwas Besonderem.«

Paul sah sie aufmerksam an. »Das stimmt. Deshalb sollten wir aufpassen, dass nicht noch mehr verrottet oder gestohlen wird, was diesem Ort die Identität raubt.«

Louis, der Vintage-Händler, nickte mit betrübter Miene. »Viele Dorfbewohner ersetzen die gestohlenen Sachen mit billigen Nachbildungen oder unpassenden modernen Teilen. Oder überhaupt nicht. Es ist ein Jammer.«

»Die Skulpturendiebstähle hab ich schon vor längerer Zeit angezeigt«, warf Violetta ein.

»Was kann man sonst tun?«, fragte Ella. Sie überlegte einen Moment und lächelte dann. »Ich werde mir einen Wachhund anschaffen«, sagte sie. »Übrigens erwarte ich einige Freunde aus Deutschland. Ein paar von ihnen werden eine Weile hierbleiben.«

Am Ende des Abends hatte Ella ein ungefähres Gefühl für die Stimmung unter den Ortsansässigen. Sie schätzte, dass gut die Hälfte ihr freundlich gesinnt war, ein Viertel unentschieden und ein weiteres Viertel ablehnend.

Der Musikhistoriker schrieb ihr eine E-Mail. Er befinde sich kurz vor einem Krankenhausaufenthalt – sein Herz, eine sehr risikoreiche Operation. »Als Ihr Brief mich erreichte, hatte ich meinen Koffer fürs Hospital schon gepackt. Sollte ich überleben, melde ich mich wieder.«

»Puh!«, stieß Ella aus.

Knapp daneben. Oder fast jedenfalls. Es blieb das Prinzip Hoffnung. Ella bedankte sich sofort per Mail für die Antwort und wünschte ihm alles Gute.

Sina war die erste ihrer Freunde aus Deutschland, die eintrudelte. Eine aparte Schönheit mit hohen Wangenknochen, grünen Augen und dunkelblondem Bob, nach der sich alle intellektuellen Männer umdrehten. Ella zog mit neuer Matratze in Jeannes Schlafzimmer um, und Sina richtete sich in dem Gästezimmer häuslich ein, das Ella bewohnt hatte.

»Ist es nicht unglaublich, wie sich die Architektur auf die innere Verfassung auswirkt?«, fragte die Freundin, als sie nach ihrer ersten Übernachtung wie eine Königin zum Frühstückstisch schritt.

Ella pflichtete ihr bei. »Man atmet viel freier in solchen Räumen. Die Weite, die hohen Decken, die soliden Mauern. Aber auch der Ausblick ist überwältigend.«

»Da begreift man erst, welche Verbrechen tagtäglich an Menschen begangen werden, die eingeengt in Schuhschachteln leben müssen. Um wie viel mühsamer ist es, darin seine Gedanken frei fliegen zu lassen! Gegen solche Begrenzungen müsste man arbeiten, das wäre sinnvoll.« Während des Frühstücks schilderte die Kunsthistorikerin ausgiebig ihren Berufsfrust. Sina wollte länger bleiben. »Ich hoffe, dass ich hier für meine Zukunft auf eine neue Idee komme.«

Wenige Tage nach ihr trafen die Malerin Antonia und ihr Freund, der Bildhauer und Installationskünstler Jacko aus Altona, mit einem voll beladenen Anhänger ein. Antonia, lange dunkle Naturkrause, mit Hang zu mehrlagigen, wallenden Gewändern, war eine in jeder Beziehung starke Frau. Sobald der etwas jüngere Jacko, ein südländischer Typ, der aber breites Norddeutsch sprach, das Haus betrat, hatte man das Gefühl, ein Feuerball fegte durch Haus und Hof. Das Paar war begeistert von der fast leeren Scheune. Die verstaubte, voll eingerichtete Werkstatt trieb Jacko Tränen in die Augen.

»Ich stehe kurz vor meinem Durchbruch«, sagte er mit dramatischem Vibrato in der Stimme. »Das spüre ich, ganz deutlich. Das wird später in meiner Biografie als

Wendepunkt genannt werden: In Cremont-sur-Crevette fand er seinen unverwechselbaren Stil!«

Antonia und Ella lachten.

Das Paar zog in das Gästezimmer, das zuletzt Anna bewohnt hatte, die zwei hielten sich aber die meiste Zeit in der Scheune auf, wo sie sich dick eingemummelt in die Arbeit stürzten.

Für die Ankunft von Ellas Mutter und Bruder wurden zwei Zimmer im Turm aufgeschlossen und gründlich geputzt. Violetta bestellte den Schornsteinfeger, der bei dieser Gelegenheit auch die anderen Kamine kontrollierte. Pépin brachte Holz auf die Zimmer, er arbeitete in diesen Tagen mehr als Hausdiener denn als Gärtnergehilfe. Ella hübschte die Badezimmer schnell noch ein wenig auf, indem sie neue Seifenspender, Handtücher und Fußmatten besorgte.

Paul nahm sie mit zu einem Freund, der vornehme Porcelaine-Hunde züchtete. Nachdem der ihr erzählt hatte, welche Bedürfnisse diese und andere Rassen hatten, kamen ihr Zweifel.

»Weder gehe ich auf die Jagd, noch wollte ich mir gleich mehrere Hunde anschaffen, damit der eine sich nicht so allein fühlt«, sagte sie hinterher. Zu Hause hatten sich immer ihre Mutter und ihr Bruder um den Hofhund gekümmert. »Ich glaube, ich bin doch noch nicht reif für das Projekt.«

»Kann ich verstehen«, sagte Paul. »Im Moment stürmt ja auch viel Neues auf dich ein. Soll ich dir mal zeigen, wohin ich gehe, wenn mir alles zu viel wird?«

Mit einem Ruderboot, das noch am Ufer vor dem Ausflugslokal lag und in dem eines der Perlhühner sich offenbar einen Zweitwohnsitz eingerichtet hatte, setzten sie an einem nebligen Novembertag über auf die Flussinsel. Sie glitten mit leisem Glucksen auf eine bewachsene Sandbank zu. Die Stimmung mit den gedämpften Geräuschen erinnerte Ella an die ostfriesische Küste im Winter. Paul reichte ihr beim Aussteigen die Hand. Er schob das Boot weiter aufs Trockene. »Diese Insel ist Seevögeln als Zwischenstation vorbehalten«, erklärte er. »Und Seeschwalben, die hier brüten.« Ella schaute hoch. Schwarzpappeln ragten empor, ihre Kronen verschwammen im Nebel.

»Gibt's hier Wildschweine?«

»Manchmal. Sie können gut schwimmen. Heute wirkt es ein bisschen unheimlich, oder?«, sagte Paul.

»Vielleicht«, antwortete Ella. »Ach nein, eigentlich nicht. Nur einfach abgeschieden vom Rest der Welt. Erinnert mich an meine Heimat.«

»Für mich ist es ein kleines Paradies. Auch ideal zum Fliegenfischen.« Sie standen geschützt unter Auwald-Bäumen und blickten in Richtung Flussmündung, wo Buhnen die Strömung lenkten. »Bei klarem Wetter sieht man das Manoir und den Park in einer malerischen Perspektive.«

»Ist bestimmt schön.«

Nebeneinander gingen sie durchs Unterholz und dann am breiten sandigen Ufer entlang bis an die Inselspitze. Es fühlte sich gut an, vertraut. Sie schwiegen einträchtig. Das Gehen bekam etwas Meditatives. Es setzte im Inneren etwas frei, Ahnungen wehten Ella an.

Sie beschäftigte sich so intensiv mit Jeannes Geschichte, dass sie mittlerweile oft von ihr träumte. In der vergangenen Nacht hatte sie von deren Ankunft nach dem Krieg zu Hause bei den Eltern geträumt. Aber nur das hatte Ella beim Aufwachen noch gewusst, mehr nicht. Nun war es, als hinge dieser Traum zum Greifen nah im Nebel zwischen Pappeln und Erlen. War es der Traum, ihr eigenes Fantasiegespinst, oder eine ferne Erinnerung ihrer leiblichen Großmutter, die sich hier im Geäst der Zeit verfangen hatte?

29

Bordelais, Mai 1945

Es war später Nachmittag, als Jeanne mit ihrem Rucksack aus dem Zug stieg. Schon durchs Fenster hatte ihr das Wiedersehen der Weinberge Herzklopfen beschert. Bald würde sie mittendrin sein – zu Hause. Die Kleinstadt, die sie früher oft besucht hatte, um Erledigungen für die d'Avrils zu machen, wirkte kaum verändert. Wie kann das sein?, fragte Jeanne sich. Die ganze Welt hat in Flammen gestanden, noch glimmt und glüht es überall, und hier ist alles wie früher?

Nein, stellte sie bald darauf fest, es war doch einiges anders. Nirgendwo sah man mehr Hakenkreuzfahnen oder deutsche Uniformen. Stattdessen Symbole des stolzen Frankreich, überall Trikoloren. Ein Stück vor ihr huschte eine verängstigt wirkende Frau mit Kopftuch über die Fahrbahn und wurde plötzlich von einer Bande Straßenkinder umringt. Ein frecher Halbwüchsiger zog ihr das Kopftuch herunter – das Haar war nur streichholzkurz. Die Kinder stimmten einen lauten Spottgesang an und zeigten mit Fingern auf sie. Die Frau schimpfte, forderte vergeblich ihr Kopftuch zurück, brach in Tränen aus. Andere Passanten schauten zu. Jeanne wollte ihr zu Hilfe eilen. Doch eine andere Frau, die neben ihr stehen geblieben war, hielt sie zurück.

»Geschieht ihr recht, dieser Hure. Wie hat sie sich

aufgespielt, als sie noch das Liebchen des deutschen Kommandanten war!« Sie spuckte vor ihr aus.

Die Geschmähte lief schleunigst barhäuptig davon.

Übelkeit stieg in Jeanne auf. Im Zug hatte sie ein Gespräch belauscht und erfahren, wie sich ihre Landsleute gerächt hatten an jenen Französinnen, die sich auf eine Liebschaft mit deutschen Soldaten eingelassen hatten. So war wohl auch diese Frau gleich nach dem Rückzug der Deutschen Wehrmacht durch die Straßen getrieben worden, und man hatte ihr zur Strafe für die Schande, die sie mit der »horizontalen Kollaboration« angeblich über ihr Volk gebracht hatte, in aller Öffentlichkeit einen Glatzkopf geschoren.

O Gott!, dachte Jeanne entsetzt, hört das denn nie auf? Sie hatte sich ihre Rückkehr anders vorgestellt. Glücklicher, unbeschwerter.

Als sie durch die Straße kam, in der früher der Chemielehrer Lavalle gewohnt hatte, schaute sie nach seinem Klingelschild. Er würde ihr sicher helfen und vielleicht ein Fahrrad ausleihen können. Doch auf dem Schild stand ein anderer Name.

Gegenüber, wo Herr Müller Arbeitskräfte fürs Deutsche Reich angeworben hatte, befand sich jetzt ein Lebensmittelgeschäft. Jeanne erkundigte sich dort nach Monsieur Lavalle.

»Keine Ahnung, der ist verschwunden«, hieß es nur. »Den hat noch die Gestapo abgeholt.«

Was aus ihm geworden war, konnte ihr niemand sagen.

Jeanne machte sich zu Fuß auf den Weg nach Hause. Sie nahm eine Abkürzung durch die Weinberge. Der Zustand der Rebstöcke war beklagenswert, sie waren seit Jahren nicht beschnitten worden und ins Kraut geschossen. Doch das frische Grün zeigte andererseits, dass noch Kraft in ihnen steckte. »Das wird schon«, sprach Jeanne dem Wein und sich selbst Mut zu.

Es dämmerte bereits, als sie endlich ihr Elternhaus erreichte. Ihr Vater steckte in seiner Imkerkleidung und machte sich an den Bienenkörben zu schaffen. Jeanne lief schneller.

»*Papa! Maman!* Ich bin wieder da!« An der Gartenpforte streifte sie den Rucksack ab und ließ ihn fallen. »*Papa!*«

Ihr Vater richtete sich auf, stand da wie versteinert. Nur in Abständen aufsteigende Rauchwölkchen von seiner Pfeife verrieten, dass Leben unter dem Netzschleier des Imkerhuts steckte. Aus der Haustür trat ihre Mutter mit einem Geschirrtuch in der Hand. Jeanne wartete darauf, dass ihre Eltern die Arme ausbreiteten, sie wollte sich demjenigen an die Brust werfen, der sie als Erster öffnete.

»Du wagst es?«, fuhr ihre Mutter sie in schrillem Ton an. »Nach so langer Zeit? Nach der Schande, die du uns angetan hast?« Ihr Gesicht war zu einer hässlichen Grimasse verzerrt. »Hast du eine Ahnung, wie wir uns geschämt haben für dich?«

»Aber ... aber ... ich ...« Jeanne blickte auf ihren Vater. Konnte er sie nicht in Schutz nehmen, sein Gesicht zeigen, sich vor sie stellen und willkommen heißen? »*Papa* ...«, flüsterte sie hilflos. »Ich hab doch nichts Schlimmes getan ...«

»Du hast freiwillig für die *boches* gearbeitet! Dein Bruder hat sich die Knochen kaputtmachen müssen und du ...«

»Es gab gute Gründe, weshalb ich weggegangen ...«, versuchte Jeanne sich zu rechtfertigen.

Doch ihre Mutter ließ sie nicht ausreden. Ihr Vater sagte noch immer kein Wort. Nur die Rauchwölkchen über seinem Kopf stiegen in schnellerer Folge auf.

»Und keine Nachricht in der ganzen Zeit, kein Brief,

nicht mal eine Postkarte! Behandelt man so seine Eltern?«, kreischte ihre Mutter.

»Warum glaubst du mir nicht, dass ich auch dafür gute Gründe hatte? Warum vertraust du deiner eigenen Tochter nicht?«, schrie Jeanne, außer sich vor Enttäuschung, zutiefst verletzt zurück. »Begrüßt man so sein Kind?« Noch einmal sah sie ihren Vater an. »*Papa*, warum sagst du denn nichts?« Doch er schwieg weiter.

Da drehte sie sich um, schnappte ihren Rucksack und marschierte wieder davon. Sie lauschte angestrengt, während sie dem Pfad zum Château d'Avril folgte. Noch immer hoffte sie, die Eltern würden ihr folgen oder wenigstens hinterherrufen, es sei nicht so gemeint gewesen, sie solle doch zurückkommen. Aber nichts davon geschah. Jeanne weinte vor Wut, aber sie ging stramm weiter.

Das Château war verändert, vernachlässigt, es wurde von Franzosen bewacht. »Was ist mit den d'Avrils?«, fragte sie einen der Wachmänner.

»Der frühere Herr und sein Sohn sind tot«, antwortete er.

»Monsieur d'Avril und … Artur? Tot? Beide?« Jeanne konnte nur noch flüstern. »Artur?«, wiederholte sie ungläubig. »Er ist doch noch so jung, er kann doch nicht …« Natürlich konnte er. Der Tod schaute nicht aufs Alter. Jeanne schluckte schwer. »Und Madame?« Sie sah zu dem Schlossflügel, in dem die Familie zuletzt gewohnt hatte.

»Sie lebt bei einem ihrer anderen Söhne. Hier«, er wies mit seiner Waffe auf die Nebengebäude des Château, »sind jetzt deutsche Kriegsgefangene untergebracht. Die kommen demnächst an unsere Küste.« Er lachte grimmig. »Sie dürfen die Minen wieder ausbuddeln, die sie dort gelegt haben.«

Jeanne nickte verwirrt. »Aha. Danke. *Au revoir*.«

Nein, es war nicht zu Ende, nur weil die Kampfhandlungen eingestellt worden waren. Der Krieg ging weiter. Aber sie wollte damit so wenig wie möglich zu tun haben. Erschöpft legte sie den Weg durch die Weinberge bis zum Dumont-Häuschen zurück. Zum Glück stand das Gebäude noch, und es war leer. Jeanne kletterte durch ein leicht zu öffnendes Fenster hinein. Die alte Liege, auf der Artur manchmal übernachtet hatte, war ihr Lager für eine Nacht.

Am nächsten Morgen grub sie mit einer leeren Blechbüchse ein Loch, um ihren Rosenableger an der Ostseite des Häuschens einzupflanzen. Sie achtete darauf, dass die Wurzeln tief in die Erde reichten. »Ich hoffe, du kommst auch ohne mich zurecht«, sagte sie leise, als sie die Pflanze wässerte. Sie wollte ein Lied singen, aber ihre Lippen zitterten zu sehr.

Dann schnallte sie ihren Rucksack wieder um und brach auf nach Paris.

30

»Weinst du?«, fragte Paul erstaunt.

Ella wischte sich mit dem Ärmelrand über die Augen. »Ach, nichts von Bedeutung. Ich hab mich nur gerade an einen Traum erinnert, den ich heute Nacht hatte. Beim Aufwachen war er weg, nur noch so ein vages Gefühl, und gerade fiel mir alles wieder ein.«

Er schaute sie mitleidig, fast zärtlich an. »Ja, das kenne ich.« Sie gingen langsam auf der anderen Seite der Sandbank zurück. Paul machte sie auf einen kleinen Steinkreis aufmerksam, in dem ein Lagerfeuer gebrannt hatte. »Hier übernachte ich manchmal einfach so.«

»Wo schläfst du dann?«

»Meist unter freiem Himmel – mein Millionen-Sterne-Hotel. Wenn's nach Regen aussieht, nehme ich ein Wurfzelt mit.«

»Und wenn ein Wildschwein kommt?«

»Hätte es mehr Angst vor mir als umgekehrt.« Paul lächelte. »Wir leben in friedlicher Koexistenz.«

»Ich wünschte, das würden alle sagen.«

Paul legte ihr einen Arm um die Schulter und führte sie unter niedrig hängenden Zweigen hindurch in einen Hohlweg. Lianen verbanden das Geäst von Eschen, Erlen und Weiden über ihren Köpfen, formten einen hohen Tunnel.

Ella fragte sich, ob Paul versuchte, ihr näherzukommen.

War er schon so weit? Und sie selbst? Sie holte Luft bis in die Lungenspitzen, atmete geräuschvoll aus. Sie wusste es nicht. Ein Rabenvogel krächzte. Sie schauten nach dem Vogel, und dann trafen sich ihre Blicke. Dieses Glitzern in den Augen, das gefiel ihr, das könnte ihr gefährlich werden, wenn sie sich darauf einlassen würde. Charmante Lachfalten, dachte sie. Und schöne sinnliche Lippen hat er.

Doch dann beschleunigte sie ihren Schritt. »Meine Verwandtschaft kommt heute. Ich muss zurück.«

Angsthase, beschimpfte sie sich innerlich. Nee, ist schon besser so, antwortete die andere Seele in ihrer Brust.

Paul wirkte enttäuscht und erleichtert zugleich. Oder kam es ihr nur so vor?

Während der Rückfahrt legte er sich kräftig in die Riemen. Ella bot an, ein Ruder zu übernehmen. Lächelnd und eine Spur herablassend lehnte er ab.

Ellas Mutter fand alles faszinierend. Das Französische an sich, die Loire-Region, die vielen Châteaus und überhaupt. Sie begutachtete allerdings auch jedes Gebäude in Cremont-sur-Crevette gnadenlos auf seinen Verwertungswert und darauf hin, wie pflegeleicht es war. Ella sah das Herrenhaus zeitweilig mit anderen Augen, dessen Charme ging unter diesem Blick verloren, das Schäbige trat deutlicher hervor.

Violettas und Almas Kochkünste jedoch, die sie nun an einer Tafel mit den Freunden aus Hamburg genossen, fand ihre uneingeschränkte Begeisterung. Da es im Wintergarten zu kühl war, speisten sie im entstaubten Esszimmer zwischen Empfangshalle und Salon. Ella musste ihrer Mutter das Rezept für Wildschwein-Rillette von Alma besorgen und für sie auf Deutsch übersetzen.

Ihr Bruder erteilte ihr zahlreiche Ratschläge. Zu

Sonnenkollektoren auf den Dächern. Zur siebenfeldrigen Fruchtfolge, die er für die Bewirtschaftung des verpachteten Landes empfehlen würde. Zum Ausbau von Ferienappartements in den Nebengebäuden oder leer stehenden Häusern im Dorf. Und zur Berechnung der Rendite von Biogasanlagen. Das half ihr nicht wirklich.

»Du kannst nicht alles selbst machen«, sagte er, als sie ihm den Park zeigte und sich halbherzig dafür entschuldigte, dass sie nicht geharkt hatte. »Du musst dir die richtigen Leute suchen. Erst recht, wenn du modernisieren willst. Und das müsstest du.«

»Warum muss ich?«

»Weil sonst alles noch weiter den Bach runtergeht. Du selbst kannst noch so fleißig sein, das reicht nicht. Mit Arbeit allein kommt man heute nicht mehr zu Wohlstand. Du brauchst einen Plan und gute Leute, die für dich ackern.«

»Ich will ja gar nicht reich werden«, gab sie in gewohnter Schwester-Bruder-Geplänkel-Manier zurück. Er hatte noch immer nicht begriffen, dass sie nicht das Geld für solche Investitionen hatte. Sie wollte auch keinen Kredit aufnehmen, der ihr schlaflose Nächte bereiten würde. Vor allem aber, das verstand er wohl am wenigsten, verspürte sie so gar keine Lust, auch nur den Versuch zu unternehmen, die Ländereien, wie ihr Bruder es vorschlug, künftig mithilfe eines tüchtigen Verwalter selbst zu bewirtschaften. »Du würdest so vorgehen. Aber ich würde damit nicht glücklich werden«, fuhr sie fort. »Und das ... ist eine andere Maßeinheit für ein gelungenes Leben als das Einkommen.«

Nun fühlte Ulfert sich missverstanden. »Wollte dir nur helfen.«

»Ich weiß.«

»Wieso kriegst du eigentlich alles?«

Er grollte also doch. Ella konnte ihn verstehen. Andererseits – er würde schließlich eines Tages den Hof von der Mutter erben. Das war in Ordnung für sie, denn sie wollte ihn ja nicht übernehmen.

»Weiß ich auch nicht. Aber ich arbeite daran, es herauszufinden.« Sie blinzelte ihn an. »Hast du die Bücher mitgebracht, die Tomke zur Kriegsgeschichte in Ostfriesland besorgt hat?«

»Ja, hab ich.«

»Bist du sauer?«

»Ein bisschen schon«, gab er zu. »Aber nicht auf dich. Nur auf diese durchgeknallte Französin, die plötzlich meine Oma sein will und alles meiner Schwester schenkt.«

»Na, geschenkt ist es noch nicht. Ich hab ein Prüfungsjahr vor mir.« Ihr kam ein anderer Gedanke. »Brauchst du denn dringend Geld?«, fragte sie vorsichtig.

»Wer bräuchte das nicht?«, erwiderte er ebenso vorsichtig. Dann sah er sie offen an. »Na ja, eine kleine Finanzspritze für den Einbau einer Gästesauna mit Wellnessbereich würde mich schon freuen. Aber es geht uns nicht schlecht.«

»Und im Behelf ...«, begann Ella einen Spruch von Oma Ine zu zitieren.

»... steckt auch Erwerb«, vollendete ihr Bruder.

Sie lachten. Ella nahm sich vor, sollte alles gut werden, dann würde sie Ulfert so viel abgeben, dass er davon seine Saunaidee realisieren konnte. Aber sie mochte es ihm jetzt noch nicht versprechen.

»Ich bin und bleibe Oma Ines Enkel«, sagte er trotzig.

Ella nickte. Hoffentlich trieb diese Erbschaft nicht einen Keil zwischen sie. Das wäre es doch nicht wert. Schweigend wanderten sie weiter durch den Park.

»Ich hab nur einen Bruder«, rutschte es ihr schließlich heraus.

Ulfert schwieg weiter, bis sie den Rosengarten erreicht hatten. Die Stammrosen waren inzwischen alle gut eingepackt zum Schutz gegen den Frost.

»Du kommst doch Weihnachten nach Hause, oder?«, fragte Ulfert.

Erleichtert sah Ella ihn an. »Klar. Alle Jahre wieder.«

Sie telefonierte mit Madame Polnareff, die ihr zwei Gärtner empfahl. Ella bat die Männer zu einem Gespräch, entschied sich für den Jüngeren, der erst im Februar seinen Dienst antreten konnte, aber zusammen mit Pépin schon mal die Japanische Brücke mit Strohmatten und Planen vor dem Winter schützen wollte. Er war kräftig und selbstbewusst. Ein Mann mit Humor, den man ernst nahm. Er hieß Otto.

Inzwischen war auch Mark, der Journalist aus Altona, eingetrudelt. Ziemlich genervt, weil es seit Tagen regnete in Norddeutschland. Aber viel besser war es in der Touraine auch nicht. Sie feierten ihr Wiedersehen mit einem gemeinsamen Abendessen im Manoir.

»Na, Mark«, fragte Sina, die ihn aus Hamburg kannte, »hast du deine Schreibblockade endlich überwunden?«

Er verzog den Mund. »Nee, deshalb bin ich ja hier. Ich hoffe, dass ich in dieser Umgebung endlich meinen Glücksratgeber fertigbekomme. Und du? Zeitvertrag mit dem Museum ausgelaufen?«

Sina fuhr sich betrübt durchs Haar. »Ja, aber ist nicht sooo schlimm. Ich meine, ist natürlich schlimm. Aber ich hab auch gar keine Lust mehr auf Industriedesign.«

»Sie möchte was ganz anderes machen«, sagte Antonia. »Was?«

»Weiß ich noch nicht.« Sina sah nicht sehr glücklich aus.

»Irgendwas mit Einrichten vielleicht. Innenarchitektur. Aber wie soll ich mich bei einer Firma für Interior Design bewerben, ohne eigene realisierte Projekte vorweisen zu können?«

»Oh, da wüsste ich eine Herausforderung für dich!« Ella strahlte übers ganze Gesicht. »Du könntest dir was für die Gärtnerwohnung überlegen. Muss bis Ende Januar renoviert sein, sollte aber nicht zu teuer werden.«

»Ehrlich? In diesem süßen Cottage?« Mit einem Schlag saß Sina aufrecht. »Das wäre cool! Mit einem durchdachten Farbkonzept kann man schon unglaublich viel machen.«

»Ja, du hast freie Hand«, versicherte Ella. »Tob dich aus.«

»Ihr seid alle meine Zeugen.« Sinas Augen funkelten vor Begeisterung. Sie stießen mit einem Sancerre an. »Hoffentlich hört's bald mal auf zu regnen«, sagte Jacko. »Ich arbeite an einer Installation, an einer Maschinenfigur, die sich weiterbewegen kann. Will sie mal im Freien ausprobieren.«

»Klingt spannend.« Mark wippte mit dem Stuhl. »Übrigens hab ich gesehen, dass es hier ein Billardzimmer gibt. Da ist auch immer gut geheizt. Wer spielt 'ne Runde mit mir?«

So verstrichen die Tage. Ella war zufrieden. Die Freunde beschäftigten sich mehr oder weniger selbst, arbeiteten oder machten Fahrten in die Umgebung, obwohl der November die ungünstigste Zeit für Besichtigungen war. Doch immerhin hatten in den Städten Bistros, Cafés, Läden und Museen geöffnet, während in Cremont-sur-Crevette nur Louise mit ihrem Tante-Emma-Laden tapfer die Stellung hielt.

Ella recherchierte intensiv. Sie las viel, arbeitete sich in jene Zeit ein, da deutsche Soldaten Frankreich besetzt gehalten hatten. Vier Jahre lang. Was für ein Horror musste das für die Einwohner gewesen sein. Vieles hatte sie nicht gewusst, wie sie überhaupt nur wenig über den Zweiten Weltkrieg und den Alltag damals gewusst hatte.

Bei einer ihrer spätabendlichen Zusammenkünfte mit einem Absacker im Salon bat Ella die Freunde, sich im Dorf zurückzuhalten. »Spielt euch bitte nicht auf. Die Leute sollen nicht den Eindruck gewinnen, dass sich bei ihnen schon wieder deutsche ›Kartoffelkäfer‹ breitmachen.«

»Leben denn überhaupt noch welche, die sich an damals erinnern können?«, fragte Sina. Der Regen pladderte weiter gnadenlos gegen die Scheiben.

»Vergiss nicht, was man in Familien weitergibt«, sprang Antonia Ella zur Seite. »Denk dran, was du von deinen Großeltern, deinen Onkeln und Tanten, deinem Vater und deiner Mutter gehört hast. Dann weißt du, wie gegenwärtig die Vergangenheit immer noch ist.«

»Ich bin sowieso für mehr Fraternisation«, behauptete Mark, der seine Tage hauptsächlich damit verbrachte, Billard gegen sich selbst zu spielen. »Freiheit, Gleichheit, Brüderlichkeit!« Er lächelte unternehmungslustig. »Hab übrigens neulich 'ne hübsche Französin mit Dreadlocks gesehen. Die würde ich gern näher kennenlernen. Kann mir jemand sachdienliche Hinweise geben?«

»Madame, Madame!« Violetta, die eigentlich schon Feierabend hatte und in ihrem Häuschen sein sollte, stürzte in den Salon. »Der Teich im Park, er läuft über! Der Bach ist zum reißenden Fluss geworden! Ich glaub, die Brücke hält nicht mehr lange!«

»Rufen Sie die Feuerwehr!«

Ella lief los, um Regenjacke und Gummistiefel

anzuziehen. Kurz darauf folgten ihr die Freunde in den Park. Tatsächlich war der Bach schon über seine Ufer getreten, er strömte mit großer Geschwindigkeit. Dabei hatte ihr neulich noch der Pächter der Viehweide versichert, das Stauwehr reguliere den Wasserstand bestens, weil es oben je nach Bedarf Wasser zur Viehtränke oder zum Löschwasserreservoir umleiten könne.

Ella erreichte den Teich, blinzelte unter der triefenden Kapuze hervor. Die Brückenpfosten wankten, die Konstruktion begann sich zu verschieben. Sie überlegte, was sie tun könnte. Woher nur kam die Wucht des Wassers? Sie rannte weiter hoch zum Wehr und siehe da – die Schwelle war geöffnet, das Schott zum oberen Löschteich dagegen heruntergelassen. Dem Bach blieb nur der eine Weg, er musste mit Macht in den Park strömen. Ella kletterte auf dem rutschigen Boden näher ans Seitenschott. Wenn sie es öffnen könnte, würde schon mal etwas vom Druck genommen werden. Der Regen peitschte ihr ins Gesicht. Sie zog und zerrte an der Absperrung, ihr Rücken schmerzte, die Anstrengung ließ Arme und Knie zittern. Endlich, mit einem Ruck, sprang das Schott hoch. Ella beugte sich vor, keuchte erleichtert.

Jetzt brauchte sie es mit der anderen Trennwand nur noch genau umgekehrt zu machen. Vorsichtig hangelte sie sich wieder ein Stück tiefer und zurück. Kälte kroch ihr unter die Regenjacke, durch die Ärmelöffnungen war schon jede Menge Wasser in ihren Pullover gezogen. Sie hörte jemanden ihren Namen rufen. Suchend sah sie sich in der Dunkelheit um. Ihr schien, als würden die Freunde bei der Brücke versuchen, von beiden gegenüberliegenden Seiten die Schutzplanen zu straffen und zu halten, für den Fall, dass die Holzteile auseinanderbrachen und davongerissen wurden. Sie musste diesem verdammten Strom die Kraft nehmen. Er würde ja nicht nur die Brücke ruinieren, sondern auch viele empfindliche und seltene Pflanzen im Park ertränken.

Diesmal musste sie die hölzerne Absperrung hinunterschieben, nur so konnte die Umleitung gelingen. Ella machte einen Schritt – ins Nichts. Mit dem anderen Bein rutschte sie, sackte ab. Sie stürzte vor dem Wehr ins eiskalte Wasser, die Füße wurden ihr weggerissen, ein Strudel packte sie, schlug ihren Rücken gegen etwas Hartes. Die tückische Strömung verhinderte, dass sie Halt fand, ließ sie Purzelbäume unter Wasser machen, hielt sie gefangen in einer Wasserwalze. Sie verlor jede Orientierung. Panisch schnappte sie nach Luft, schluckte Wasser.

Hilfe, ich ertrinke!

Plötzlich spürte sie einen festen Griff um ihren Unterarm und gleich darauf einen Ruck, dass ihr Schultergelenk schmerzte. Jemand zog sie aus dem Wasser heraus. Ein Hustenanfall schüttelte sie, noch halb blind spuckte sie einen Schwall Wasser aus. Ihr Herz hämmerte. Sie schwankte. Starke Arme hoben sie hoch, Ella umklammerte einen Hals. Ein Mann. Er fluchte auf Französisch. Sie hielt die Augen geschlossen. Seine Wärme tat gut. Ihr feuchtes Gesicht an seinem Hals. Ich bin gerettet, dachte sie nur, die Gefahr ist vorüber. Dann verlor sie das Bewusstsein.

Sie war wohl nur wenige Minuten lang ohnmächtig gewesen. In dem Moment, als Ella auf ein Sofa gelegt wurde, dessen Federung unter ihrem Gewicht nachgab, und spürte, dass ihr die nasskalte Kleidung am Leib klebte, kam sie wieder zu sich. Benommen schlug sie die Augen auf. Um sie herum standen die Freunde mit besorgten Mienen. Violetta brachte Handtücher.

Von draußen hörte man die Sirene eines Feuerwehrfahrzeugs. Auch Paul stand da. Triefend nass. An der Art, wie er sie ansah, erkannte sie es – er war es gewesen, der sie aus der Wasserwalze befreit hatte. Seine Augen, von der Anstrengung gerötet, leuchteten.

»Bist du noch ganz bei Trost?«, fuhr er sie an. »Was machst du dich bei diesem Wetter am Wehr zu schaffen? Das ist lebensgefährlich!«

Ella saß der Schreck tief in den Knochen. »Danke«, murmelte sie. Und dann geschah etwas außerordentlich Seltsames. Mein Retter, dachte sie und fühlte sich innerlich ganz weich. Ich glaube, von nun an werde ich dich ewig lieben.

Es war völlig verrückt. So was passierte doch nur in Groschenromanen. Aber sie sah Paul, die Erregung in seinem feucht glänzenden Gesicht, das nasse Haar, seine straffe Haltung – wie ein Held aus alten Sagen. Ihr Herz öffnete sich ganz weit. Amors Pfeil hat mich getroffen, schoss es ihr durch den Sinn. Sie unterdrückte ein giggelndes Lachen. Sina hielt ihr eine Tasse heißen Tee vor den Mund, Mark half ihr, den Oberkörper etwas aufzurichten. Ein Wunder, dachte Ella. Da steht er, warum hab ich ihn nicht schon vorher erkannt? Paul, das Urbild eines Mannes, der, auf den ich immer schon gewartet habe. Ein verwundertes »Ha!« entschlüpfte ihr. Der kleine Liebesgott arbeitete doch noch, vielleicht ja nur im Loire-Tal, weil hier überall Figuren an ihn erinnerten. Ella freute sich so, dass sie weinen musste.

»O Gott, sie ist ja völlig durch den Wind«, sagte Antonia.

»Ella braucht erst mal trockene Klamotten und dann ein bisschen Schlaf.«

»Ich mach gleich Hühnersuppe«, kündigte Violetta an. Sina lief hinaus, kehrte mit Kleidung und einer

Wärmflasche zurück, die sie erst kürzlich für sich selbst angeschafft hatte.

»Raus mit euch!« Sie scheuchte alle aus dem Zimmer. Ella hörte auf zu weinen, schloss die Augen und lächelte.

Der Pächter der Viehweide versicherte, er habe die Schotten des Wehrs ganz anders eingestellt, als Ella sie vorgefunden hatte. Handelte es sich um Sabotage oder einen Streich? Die Feuerwehr hatte geholfen, die schlimmsten Schäden zu beseitigen. Die Brücke stand noch, wurde aber gesperrt, weil sie von einem Fachmann überprüft und neu befestigt werden musste. Letztlich war die Überschwemmung für den Park noch glimpflich abgelaufen. Und sie selbst konnte von Glück sagen, dass sie mit einem Schnupfen davongekommen war.

Ella telefonierte mit Anna, die immer noch vom Wochenende in Paris schwärmte. »Endlich mal wieder Zeit füreinander und zusammen was Neues entdecken, das war wie eine Frischzellenkur für unsere Beziehung.«

»Super, das freut mich. Und wie läuft's mit Lea, was machen ihre Floristenträume?«

»Unverändert. Wir zoffen uns ständig. Wir sind, glaube ich, mittlerweile jede für die andere wie ein rotes Tuch.« Anna stöhnte genervt.

»Schick sie doch mal für ein paar Tage zu mir, von mir aus mit 'ner Freundin. Ich würde die beiden am Bahnhof in Tours abholen. Ein bisschen Abstand kann doch ganz hilfreich sein.«

»Danke, daran hatte ich auch schon gedacht. Das wäre wirklich nicht schlecht. Vielleicht in den Osterferien im März.«

»Ja, von mir aus wirklich sehr gern.«

»Und du, wie sieht's bei dir aus, Ella?«

Auf diese Frage hatte sie gewartet. Sie musste endlich mit jemandem über ihre Gefühle sprechen.

»Anna, mich hat es voll erwischt!«

»Von jetzt auf gleich?«

»Ja. Du hast dich getäuscht neulich – Amor ist noch nicht in Rente.«

»Wahnsinn. Erzähl. Wer ist es?«

Ella berichtete. Anna hörte aufmerksam zu. »Das, was du für Liebe hältst, Ella, ist vielleicht nur Dankbarkeit für die Rettung«, warnte die Freundin. »Und die Todesangst hat wahrscheinlich Hormone freigesetzt, die du nun fehlinterpretierst. Überstürz nichts.«

»Du killst aber auch jede Romanik.«

»Nein, Süße, ich will dir nur Leiden ersparen.«

»Anna, glaub mir«, versicherte Ella. »In dem Moment war ich mir sicher. Ich hätte ihn auf der Stelle geheiratet. Es war ein ganz tiefes Gefühl von innen heraus, richtig glühend und mächtig – also, jetzt wo ich dir das erzähle, finde ich's ja selbst merkwürdig. Ein bisschen kitschig, fast peinlich.« Sie seufzte tief. »Aber du hättest ihn sehen müssen – wie er da stand, so vor Leben strotzend, zum Verlieben!«

»Um-Got-tes-will-len!« Anna atmete heftig aus. Ella merkte, wie sich die Freundin bemühte, ruhig zu bleiben. »Weiß er schon von deinen Gefühlen?«

Ella seufzte. »Das ist es ja gerade. Ich hab keine Ahnung.«

»Aha. Gut.«

»Wieso gut?«, gab Ella zurück. »Ich überleg die ganze Zeit, ob ich ihm nicht ein bisschen auf die Sprünge helfen soll. Ich meine, wir leben ja nicht mehr in der Ära der errötenden, die Augen züchtig niederschlagenden Biedermeiermädchen.«

»Natürlich nicht. Und ich bin absolut für Gleich-
berechtigung in der Liebe. Das sage ich auch immer meinen Klienten.« Anna holte hörbar Luft. »Aber wenn ich
dir als Paartherapeutin und Freundin eines raten darf, dann
dies: Halt dich zurück. Jedenfalls, wenn du mehr als nur
ein bisschen Spaß mit ihm willst.«

»Warum soll ich das scheue Rehlein spielen? Warum
kann ich nicht den ersten Schritt machen?«

»Weil. Er. Es. Dir. Nie. Verzeiht. Männer wollen erobern.
Punkt.«

Ella war geschockt von dieser Ansicht. »Ich dachte
immer, du bist Feministin, Anna! Wie kannst du so eine
vorsintflutliche These vertreten?«

»Aus Erfahrung. Was meinst du, wie viele Paare bei mir
in Therapie sind, die, wenn's bei der Aufarbeitung ihrer
Probleme in der Erinnerung zurück zu ihrer Kennenlern-
phase geht, feststellen, dass alles damals schon angelegt
war. Wenn der Mann nicht intensiv genug um die Frau ge-
worben hat, wenn er sie nicht erobern musste, dann nimmt
er es ihr später übel. Die Beziehung ist für ihn nicht so
viel wert.«

»Och nee ...«

»Und auch sie wird es ihm insgeheim immer verübeln.
Frauen wollen nämlich erobert werden. Mit Kniefall und
Rosen.«

»Phh ...«, war alles, was Ella auf die Schnelle dazu einfiel. Sie wollte sich Paul doch nicht an den Hals werfen!
Und gegen Kniefall und Rosen hatte sie ja gar nichts. Konnte es sein, dass Anna sie nicht richtig verstand?

»Gib ihm Gelegenheit, darauf zu kommen, dass er dich
erobern möchte«, riet die Freundin ihr. »Was hast du zu
verlieren? Ist er denn überhaupt schon wieder bereit für
eine neue Beziehung? Lass ihm Zeit, lass dir Zeit.«

»Na gut«, gestand Ella nachdenklich ein, »vielleicht hast du recht. Danke, auf jeden Fall. Ich weiß, du meinst es gut.«

Ella behielt ihre Verliebtheit also für sich. Sie wollte Paul Zeit lassen, sich von seiner unglücklichen Beziehung mit Simone zu erholen. Und sie wünschte sich, dass er den ersten Schritt tat. Vorerst reichte es ihr, ihn in der Nähe zu wissen. Sie lud ihn öfter abends ein, und er schien sich wohlzufühlen in der lustigen Runde. Wenn er dabei war, unterhielten sie sich meist in einem Mix aus Französisch, Deutsch und Englisch.

Die Zusammensetzung des Kreises wechselte beinahe täglich. Mal reiste eine Freundin oder ein Freund eines Freundes oder einer Freundin für ein Wochenende an, mal nistete sich ein Kollege für eine Woche ein, oder jemand hielt auf der Durchreise. Ella fand das herrlich. Sie freute sich nicht nur über so manches Wiedersehen. Fast jeden Tag lernte sie auch einen anderen interessanten Menschen kennen. Ihre Gäste erzählten von spannenden Projekten, von ihren Lebensträumen, tauschten Reisetipps aus, flirteten oder hatten, hauptsächlich beim gemeinsamen Essen und dem anschließenden Beisammensein, einfach nur Spaß. Wer sich gerade in einer Krise befand, wurde getröstet oder bei Bedarf in Ruhe gelassen.

Vor allem die Bekannten von Sina kamen zuhauf. Viele von ihnen arbeiteten meist schlecht bezahlt in Museen oder Galerien, einige auch als Designer, entwarfen mit mehr oder weniger Erfolg Lampen, Vorhangstoffe, Möbel und anderes. Nachdem Sina die Gärtnerwohnung mit luxuriösen Wand- und Holzfarben in Grün- und Cremetönen in eine behagliche, stilvolle Wohnoase verwandelt hatte, nahm sie sich mit ihren Leuten im Obergeschoss ein neues Zimmer vor. Diesmal sollten auch einige Veränderungen der Einrichtung realisiert werden. Ella besprach mit der Freundin den finanziellen Rahmen und ließ sie ansonsten gewähren. Manchen Expertentipp holte Sina sich von Paul.

Weihnachten verbrachte Ella bei ihrer Familie in Ostfriesland. Das Fest verlief harmonisch, ein wenig routiniert, aber schön.

Als sie am Silvestertag nach Cremont zurückkehrte, war auch die letzte ehemalige Dienstbotenbutze von Bekannten von Freunden belegt. Antonia stellte in der Galerie des Herrenhauses ihre ersten hier entstandenen Kunstwerke aus – große abstrakte Gemälde, die sie »Schichtungen« nannte. Man ahnte manchmal einen Garten, eine Landschaft, doch darunter schimmerte, teils wie aufgerissen, noch eine andere, eine Seelenebene durch.

Violetta und Alma hatten ein Büfett vorbereitet, feierten Silvester aber mit ihren eigenen Familien. Es wurde ein herrliches, unvergessliches Fest mit Musik und Tanz und einem Feuerwerk von der reparierten Brücke aus. Paul hatte die Einladung nicht angenommen, weil er schon Monate zuvor etwas mit seinen Freunden in einem Ferienhaus in der Bretagne abgemacht hatte. Ella fragte sich, ob er bei der Gelegenheit wohl seiner Ex Simone begegnen würde.

Am Neujahrstag sah es in der Empfangshalle, im Salon und im Park schlimm aus. Keiner der Gäste fühlte sich auch nur entfernt zuständig fürs Aufräumen und Saubermachen.

»Das erledigen die Dienstboten. So war das doch früher bei Hofe auch«, schnappte Ella von einer noch angeschickerten Partymaus auf, die sich halb nackt in der Küche selbst bediente.

»Ich finde, allmählich fressen sich hier ein paar Leute zu viel durch«, sagte Mark, der mit einer Bloody Mary vor dem Kamin im Billardzimmer seinen Kater bekämpfte. »Also, wenn das mein Haus wäre …«

»Was macht dein Glücksratgeber?«, fragte Ella. Sie schätzte Mark, den sie als Textchef kennengelernt hatte, seit vielen Jahren als klugen, unkonventionellen Freund.

»Ich bin ja quasi gerade Teil eines lebenden Experiments«, antwortete er. »Zunehmend scheint mir, man braucht für das Glück doch eine ausgewogene Balance zwischen Geben und Nehmen.«

Ende Januar erhielt Ella die Abrechnung des Verwalters. Das Dezemberbudget war deutlich überschritten worden.

Zwanzig bis dreißig Leute wohnten mittlerweile ständig im Haus und in den Nebengebäuden. Einige machten Kunst oder Kunsthandwerk, andere Urlaub oder Pläne für einen längeren Aufenthalt im Sommer. Pépin beschwerte sich, dass er vor lauter Feuerholzheranschleppen und Kaminereinigen nicht mehr zu seiner Arbeit im Park komme. Violetta fragte, ob sie noch eine Putzfrau fürs Grobe beschäftigen dürfe. Louise steckte Ella bei einem ihrer Einkäufe, dass einige der deutschen Gäste nachts laut grölend durchs Dorf gezogen seien und die Pfauen in ihrem Gehege zum Kreischen provoziert hätten.

Ella entschuldigte sich bei Louise und Gaston. Später sprach sie in einem Telefonat mit Anna darüber. »Ich finde, du musst mal gehörig auf den Putz hauen«, sagte die Freundin. »So geht das echt nicht weiter.«

»Jaaa.« Ella wickelte fast gelangweilt eine Haarsträhne um den Zeigefinger. »Aber weißt du was? Ich hab keine Lust dazu. Es ist mein Luxus, dass ich nicht den Erwartungen entsprechen und mich aufregen muss.« Sie atmete tief durch. »Trotzdem werde ich heute noch ein paar Takte dazu sagen.«

Beim allabendlichen Billardturnier nach dem Essen unterbrach Ella das Spiel. »Mir sind Beschwerden aus dem Dorf zu Ohren gekommen. Deshalb gibt's ein paar neue Regeln. Ich bitte euch, dass ihr euch mit weiteren Einladungen an Bekannte zurückhaltet, dass ihr euch öfter auf eigene Kosten verpflegt und bei den Arbeiten im Haushalt mithelft.« Sie hörte peinlich berührtes Gemurmel und Zustimmung. »Vor allem sollte jeder sein Zimmer selbst in Ordnung halten.«

»Machen wir doch schon längst«, behaupteten Gäste, die sie nicht näher kannte, maulig.

»Bitte zwingt mich nicht, einen WG-Putzplan aufzustellen«, sagte Ella. »Das würde den Geist des Hauses kaputtmachen. Ich möchte gern weiter an Freiheit und Kreativität in Gemeinschaft glauben.«

Im Februar erhielt Ella einen Brief von dem Musikhistoriker.

Sehr geehrte Madame Bohlmann,

endlich kann ich Ihnen etwas ausführlicher antworten. Wie Sie sehen, habe ich meine Herzoperation überlebt. Werde mich allerdings bald in eine längere Rehamaßnahme begeben müssen und eine Kur anschließen. Doch zuvor möchte ich Ihnen raten, sich wegen der Zeit nach dem Kriege bis Mitte der Fünfzigerjahre an eine Freundin Jeannes zu wenden. Die beiden wohnten damals in Paris zusammen. Die Freundin heißt Odile Bonel, sie lebt – ich hoffe, immer noch – in einem Altenheim für Künstler im Stadtbezirk Montmartre. Leider habe ich ihre genaue Anschrift nicht. Aber so viele Heime dieser Art wird es wohl nicht geben.

Das Phänomen Jeanne beschäftigt mich immer noch. Sie haben mir nicht geschrieben, in welchem Verhältnis Sie zu ihr stehen. Jeanne war bis 1956 eine gute und erfolgreiche Sängerin. Die meisten kannten sie zunächst als Partnerin von Yves Bretang. Erst mit ihrem Soloalbum, das Anfang 1957 unter dem Titel ALLEIN herauskam, startete sie richtig durch. Sie erfand sich neu. Oder besser gesagt: Damals fand Jeanne erst richtig zu sich. Es muss ein Ereignis gegeben haben, das die künstlerische Offenbarung ausgelöst hat. Einmal deutete sie mir gegenüber an, eine Reise nach Deutschland habe für sie den Wendepunkt bedeutet. Doch auf meine weiteren Nachfragen verschloss sie sich.

Jeannes Geheimnis ist ihr Geheimnis geblieben. Da Sie aus Deutschland kommen, wittere ich eine Verbindung. Vielleicht können wir uns einmal treffen und über alles reden, wenn ich mich richtig erholt und stabilisiert habe. Vorerst wünsche ich Ihnen bei Ihren Nachforschungen viel Erfolg.

Herzlich
  Ihr Henri Ballou

31

Odile Bonel saß in einem modernen Zimmer behaglich
zurückgelehnt in einem hochbeinigen Sessel am Esstisch
und rieb Spielkarten mit Eau de Cologne ab.

»Zuerst müssen Sie eine Runde Karten mit mir spielen«,
forderte sie fidel.

Ella fragte sich, ob man in diesem Alter eigentlich noch
von Natur aus rotes Haar haben konnte. Odile jedenfalls
hatte feines rotes Haar, kurz geschnitten, mit französi-
schem Pony. Konzentriert polierte die über Neunzigjährige
ihre Karten mit einem trockenen Tuch nach.

»Sie wirken erstaunlich beweglich und munter«, sagte
Ella.

»Das liegt am Tanzen«, erwiderte Odile, ihre Stimme
allerdings klang brüchig, »und am Kartenspielen. Das eine
für den Körper, das andere für die grauen Zellen.« Sie hielt
inne und blickte Ella aufmerksam an. »Hab mir manchmal
so was in der Art gedacht. Weil Jeanne damals plötzlich
doch nicht mehr nach Bremen kommen wollte, obwohl sie
schon die Hälfte bezahlt hatte. Aber sie wollte ja nie darüber sprechen.« Das zerfurchte Gesicht spiegelte die ab-
weisende Miene wider, mit der wohl Jeanne auf das Thema
reagiert hatte. »Ihr Baby sei bei der Geburt gestorben, hat
sie behauptet. Fertig.« Abwechselnd schimpfte und lachte Odile vor sich hin. »Dieses raffinierte Luder!« Dann

begann sie kopfschüttelnd die Karten zu verteilen. Es war nicht schwer gewesen, die alte Dame ausfindig zu machen. Ella konnte ihr Glück kaum fassen. Diese Odile, die für sie so was wie eine literarische Figur geworden war, die in grauer Vorzeit Jeanne auf der Zugreise durchs zerbombte Deutsche Reich geholfen hatte, lebte noch. Verhutzelt und leicht gebeugt zwar, doch sie machte einen geistig regen Eindruck. »Holen Sie uns bitte aus der Kaffeeküche ein paar Madeleines«, bat Odile. »Ach, und bitte stellen Sie auch die schönen Rosen, die Sie mitgebracht haben, in eine Vase.«

Ella stand auf. »Das mache ich gern.«

Sie begegnete auf dem Flur einer Mitarbeiterin des Altenheimes, die ihr half, das Gewünschte zu finden. Mit Blumenvase und Küchlein kehrte sie zurück.

»Sie bewegen sich wie Jeanne«, sagte Odile. »Sonst haben Sie nicht viel Ähnlichkeit, höchstens die Augenpartie. Aber ihre Augen waren dunkelbraun, seeehr ausdrucksstark.« Ella bot ihr die Madeleines an, Odile nahm eines und tunkte es in ihren Milchkaffee. »Dann wollen wir mal Erinnerungen aufleben lassen, was?«, sagte sie augenzwinkernd. Das Kartenspiel schien sie vergessen zu haben. »Jeanne hatte ja auch einen Rosenfimmel. Können Sie glauben, dass sie die ganze Zeit über einen Rosenableger mitgeschleppt hat, damals nach dem Krieg, als sie auf einem gestohlenen Rad von Deutschland nach Frankreich gefahren ist?«

»Ich hab's gelesen«, antwortete Ella, »in ihrem Tagebuch. Leider endet es mit ihrer Rückkehr gleich nach Kriegsende. Wissen Sie, wie es für sie weiterging?«

»Da, schauen Sie!« Odile wies auf ein Plakat, das gerahmt über ihrem Bett hing. Es zeigte leicht bekleidete Tänzerinnen – ein Reklameplakat für das Moulin Rouge.

»Eine von denen war ich, Ende 1945. Jeanne hielt sich damals auch in Paris auf, sie arbeitete in einem Tabakladen und wohnte in einer winzigen Kammer. Sie musste immer durch das Wohnzimmer der Ladenbesitzerin, um hineinzukommen, und die war ein fürchterlicher Drache, der alles überwachte.« Odile schien auf einmal von ihren Erinnerungen überrollt zu werden. Mit rosigen Wangen und weit auslandenden Armbewegungen erzählte sie weiter. »Jeanne wusste, dass ich davon träumte, im Moulin Rouge aufzutreten. Deshalb schaute sie bei ihren Spaziergängen regelmäßig in den Schaukasten – bis sie eines Tages mein Gesicht entdeckte. Sie passte mich am Künstlerausgang ab. Sie glauben ja nicht, was das für eine Freude war nach all dem Elend im Krieg! Ich wohnte recht jämmerlich, und so beschlossen wir zusammenzuziehen.«

»War sie denn damals sehr traurig?«

Ella konnte sich nicht vorstellen, dass man sein Kind für immer in der Ferne zurückließ und einfach fröhlich weiterlebte.

Odile schnaufte leise beim Kaffeetrinken. »Sie hat wohl manchmal geweint. Wenn uns ein Kinderwagen auf dem Trottoir entgegenkam, wechselte sie die Straßenseite. Oder sie wurde ganz plötzlich schweigsam. Aber, meine Liebe«, die alte Frau zuckte nonchalant mit den Achseln, »jeder hatte damals irgendwas verloren – die Familie, den Mann, die Gesundheit, das Zuhause oder seine Ehre ... Damit musste man klarkommen. Das ging irgendwie unter. Ach, wir wollten uns endlich des Lebens freuen!« Sie stellte die Tasse mit einem etwas zu heftigen Klirren ab. »Wir waren jung und hübsch. Nach dem Krieg war das Leben für uns wie ein Fest, allein, weil kein Krieg mehr herrschte. Dieses Gefühl ›Wir sind noch mal davongekommen‹, das haben wir voll ausgekostet.«

»Und«, begann Ella vorsichtig zu fragen, »sind Sie denn jetzt nicht böse auf sie, weil sie Ihnen nie die Wahrheit über ihr Kind gesagt hat?«

»Das ist alles so lange her ...« Odile stützte die Ellbogen auf den Esstisch. Sie legte ihre Hände aneinander, verschränkte die Finger und fuhr mit einem Zeigefinger immer wieder über ihren Mund. »Ja, ein bisschen schon. Aber sie wird ihre Gründe gehabt haben.« Sie dachte eine Weile nach, stützte den Kopf auf. »Wir waren damals wie Schwestern. Zwei oder drei Jahre lang lebten wir zusammen. Es gab keine Geheimnisse. Dachte ich jedenfalls. Und keine Tabus. Wir hatten Liebschaften und Abenteuer und erzählten uns davon.«

»Nichts Ernstes?«

»Nein, es gab kaum Männer zum Heiraten. Und zumindest ich war auch nicht wild darauf. Mir gefiel mein Leben, wie es war.« Sie lachte kurz auf. »Eigentlich ist es komisch. Denn ich fühlte mich immer unmoralischer als Jeanne. Aber uns verband natürlich auch unsere Sünde.«

»Was meinen Sie damit?«

»Dass wir freiwillig in Nazi-Deutschland gearbeitet hatten. Nicht deportiert, nicht als Juden oder Kommunisten gezwungen. Nach dem Krieg gab's ja eine Rangfolge der Helden. Alle wollten plötzlich für die Résistance gearbeitet haben.« Odile ächzte verächtlich. »Aber Jeanne, die tatsächlich Widerstand geleistet hatte, versuchte gar nicht erst, die komplizierten Zusammenhänge aufzuklären. Wir haben uns Geschichten ausgedacht, wenn das Thema aufkam, und uns gegenseitig gedeckt beziehungsweise über unsere Zeit in Deutschland geschwiegen.«

»Und warum fühlten Sie sich unmoralischer?«

»Ich arbeitete gelegentlich in einem *maison de tolérance*, was Jeanne nicht guthieß.«

»Das ist ein Freudenhaus?«

»Ja, aber ich verkehrte dort nur kurz, vertretungsweise und auch nur mit den besseren Kreisen.«

»Ah …«

»Letztlich zog ich es vor, in Eigenregie zu arbeiten. Und 1950 lernte ich einen Mann kennen, einen sehr gut situierten Juristen, der mir ein hübsches Appartement finanzierte.«

»Ein verheirateter Mann?«

»Natürlich. Das sind die Besten. Wenn sie Geld haben. Ich musste mich ein- bis zweimal die Woche für ihn bereithalten, die restliche Zeit konnte ich tun und lassen, was ich wollte.«

»Und Jeanne?«

»Hätte alle Möglichkeiten gehabt. Aber sie wollte ja nicht. Wir haben trotzdem viele herrliche Feste zusammen gefeiert.«

Fasziniert hörte Ella ihr zu. Bestimmt vergoldete die Erinnerung Odiles Erlebnisse. Aber war nicht selbst das eine Leistung?

»Jeanne arbeitete lange tagsüber in einem Lebensmittelgeschäft, später in einem Gewürzladen. Aber nie Vollzeit, sondern immer so, dass sie Gesangsstunden nehmen konnte. Und abends servierte sie im *Sans fin*, wo die Nächte wirklich endlos waren!« Odile warf den Kopf in den Nacken und lächelte. »So was gibt's ja heute gar nicht mehr. Wir waren beide an jenem Abend Anfang der Fünfziger da, als Yves Bretang dort sang.« Odile schob die Schale mit den Madeleines zu Ella rüber. »Nehmen Sie doch eines, *ma chère*, sonst esse ich sie alle, und das bekommt mir nicht.«

»Können Sie sich noch erinnern an diesen Abend?«, fragte Ella gespannt, während sie pflichtschuldigst ein Madeleine nahm, obwohl sie das Gebäck nicht mochte.

»Besser als an das, was gestern geschehen ist«, antwortete Odile mit einem gewitzten Lächeln. »Was vielleicht auch nur daran liegt, dass hier nie etwas Aufregendes passiert. Mein Kavalier gab mir immer ein bisschen Geld, damit ich mich nicht mit anderen Männern abgeben musste. Doch damit ging ich sparsam um, im Gegensatz zu vielen anderen Lebedamen. Das ist auch der Grund, weshalb ich mir heute dieses Zimmer leisten kann. Aber ich schweife ab. Nein, eigentlich doch nicht.« Sie kicherte leise. »Einmal in der Woche ließ ich einen Frisör in mein Appartement kommen, das war billiger, als einen feinen Salon zu besuchen. Er machte mir und Jeanne die Haare. An diesem Tag hatte Jeanne sich zu einem neuen Haarschnitt entschieden.«

»Trug sie noch die Madonnenfrisur mit Mittelscheitel und Knoten?«

»*Mon Dieu*, nein! Sie war ja immer chic und *à la mode*. Nach dem Krieg trug sie eine Mähne wie Rita Hayworth! Mit Seitenscheitel und langen Wellen, die über ihre schönen Schultern fielen. Alle Männer drehten sich nach ihr um. Ja, das war vielleicht ein Gepfeife, wenn wir zwei durch die Stadt gingen. O*h, là, là* ...«

»Und wie tauchte sie dann beim Auftritt von diesem Yves auf?«

»Das werde ich Ihnen erzählen, wenn Sie ein Gläschen Cognac mit mir trinken. Schauen Sie mal da vorne im Schrank, da müsste noch eine Flasche stehen, und die Gläser im Regal darunter.«

Odile spannte Ella auf die Folter, indem sie nach dem Kredenzen des Weinbrands wohl zehn Minuten lang mit einer Hand den unteren Teil ihres Glases erwärmte und über den Genuss eines echten Cognac dozierte. Endlich begann sie, die aufsteigenden Aromen zu schnuppern,

schwenkte die braune Flüssigkeit elegant im Glas, schnupperte erneut und ließ bei geschlossenen Augen den kostbaren Tropfen über die Zunge rollen.

»Ah!«, stieß sie zufrieden aus.

Ella machte alles nach und sagte zum Schluss ebenfalls »Ah!«.

»Also, es muss im Frühling 1951 gewesen sein. Der
Abend war schon fortgeschritten und die Stimmung im
Sans fin entsprechend ausgelassen.«

32

Frankreich, Mai 1951 bis Oktober 1954

»Da kommt er! Yves, wir warten schon auf dich!«

Odile hüpfte in die Höhe, um über die Köpfe der »Höhlenbewohner«, wie sie die Besucher des Kellerklubs nannten, hinweg einen Blick auf den Stargast zu werfen. Die Luft war zum Schneiden, Zigarettenqualm umwaberte die afrikanischen Masken an den Wänden, aus deren Augen Lämpchen in Gelb, Rot und Blau leuchteten. Sie verliehen ihnen etwas Mystisches. Ein amerikanischer Jazzkünstler hatte die Gäste in Stimmung gebracht, Tanzpaare blieben erwartungsvoll Arm in Arm stehen.

»Die Leute stapeln sich wieder mal«, raunte Jeanne, während sie mit einem Getränketablett überm Kopf an Odile vorübertänzelte. »Diese Bestellung noch, dann bin ich bei dir.«

Ein Gitarrist und ein Trompeter richteten sich derweil auf der kleinen Bühne ein. Als Yves Bretang sie betrat und Begrüßungsbeifall erhielt, setzten sich Jeanne und Odile auf Barhocker. Jeanne zupfte an ihrem frisch geschnittenen kurzen Haar. Sie fühlte sich so leicht damit und wahnsinnig modern. Ach, es war wunderbar, selbst entscheiden zu können. Sie genoss dieses Gefühl jeden Tag, seit sie in Saint-Germain-des-Prés lebte. Einfach sagen zu können: Haare ab, bitte! Oder: Ich trage jetzt diese gewagte enge schwarze Hose. Oder: Heute feiere ich mit Odile in ihren Kreisen, in den alten Künstlervierteln von Montmartre oder Montparnasse. Odile tanzte ja immer noch den Cancan im Moulin Rouge für amerikanische Touristen, die sich eben so Paris vorstellten, wie es sich in Pigalle mit den Varietés und Revuen präsentierte. Aber hier am Rive Gauche, dem linken Seineufer, spielte jetzt die Musik! Hier wehte ein frischer Wind, eröffneten jeden Tag neue Lokale, gab es über zweihundert Kleinkunstbühnen in Lagerräumen oder Hinterzimmern von Brasserien, verwandelte sich abends ein Gewürzladen in eine Bühne für hoffnungsvolle Nachwuchskünstler. Natürlich, schon vor dem Zweiten Weltkrieg hatten Leute wie Hemingway hier stilvoll die Nächte durchzecht, aber jetzt brodelte es richtig. Ihr Viertel war das intellektuelle und künstlerische Zentrum von Paris, von ganz Frankreich. Jeanne liebte vor allem die Musik, die man zu hören bekam. Viele Künstler wurden nur mit Zigaretten oder Getränken bezahlt, doch es konnte auch gut sein, dass am nächsten Tag schon einer von ihnen im Bobino oder im Baccara auftrat. Dass Édith Piaf einen neuen Star entdeckte, ihn zu ihrem Liebhaber machte, mit blauem Maßanzug, Krokodillederschuhen und goldener Uhr ausstaffierte und ihm auf der Bühne zum großen Erfolg verhalf.

Jeanne machte sich nicht viel aus den Existenzialisten. Aber es erfüllte sie mit Stolz, wenn sie am Deux Magots oder Café de Flore vorüberging und Jean-Paul Sartre oder Simone de Beauvoir jeder an einem Tischchen sitzen und neue Werke schreiben sah. Oder wenn das Paar umringt war von jungen Leuten aus aller Welt, die mit ihren Idolen über den Existenzialismus diskutieren wollten. Was Jeanne an dieser neuen Philosophie gefiel, war, dass es um gelebte Freiheit ging. Gib dem Leben selbst einen Sinn – das verstand Jeanne. Und dass die Beauvoir auch als Frau unverheiratet und gleichberechtigt genau das tat, was sie tun wollte. Die Beauvoir und Sartre liebten sich ohne Eheringe und erlaubten einander, auch andere zu lieben. Sartre hatte sogar zwei Liedtexte für seine Flamme Juliette Gréco verfasst.

Jeanne sang manchmal auch, mehr oder weniger umsonst, in einem der Keller oder im Gewürzladen nach Feierabend. Ihr Gesangslehrer sagte, sie mache gute Fortschritte und solle ihre Stimme nicht verschleißen oder vergeuden. Ihr stehe eine große Zukunft bevor. Nun ja, mittlerweile behauptete er das seit drei Jahren.

Odile schlürfte laut und genüsslich an ihrem Aprikosencocktail. Jeanne nahm einen großen Schluck Wein. Yves Bretang ließ sich Zeit mit dem ersten Stück, er begrüßte noch Freunde in der zweiten Reihe. Wenn sie doch selbst endlich dazugehören würde!

Ihre Chansons aus Ostfriesland ruhten in einem Hutkarton. Jeanne hatte festgestellt, dass es sie zu sehr aufwühlte, diese Melodien und Texte zu singen. Die Kompositionen lagen auf einem Stapel mit ihrem Tagebuch und einem Brief, den Gesine ihr Ende 1945 mit einem Foto geschickt hatte. Es zeigte die gesamte Familie Bohlmann. Edo war unverletzt aus dem Krieg zurückgekehrt – welche Freude! Und auf Gesines Schoß saß der kleine Jan, ein pausbäckiger süßer Junge mit blonden Locken. Der Anblick ihres Kindes machte seinen Verlust jedoch nur schlimmer. Dieser Schmerz, als würde ein Brandeisen ihr Herz markieren, war kaum zu ertragen. Jeanne dachte jeden Tag an Jan, oft auch an Edo, aber sie sprach nie darüber. Und deshalb konnte sie auch nicht davon singen.

Stattdessen komponierte sie neue Chansons, verfasste neue Texte. Nur zu Weihnachten noch schrieb sie nach Ostfriesland, bedankte sich für den letzten Brief und das

Foto und schickte herzliche Grüße. Jedes Mal wenn sie ein neues Foto erhielt, ging es ihr hinterher tagelang schlecht. Nach ihrem letzten Umzug hatte sie aufgehört, an die Bohlmanns zu schreiben.

»Möchtest du?«

Odile bot ihr eine Gauloise an. Jeanne, die nur gelegentlich rauchte, ließ sich von einem Kollegen Feuer geben und inhalierte tief den ersten entspannenden Zug.

»Ich vergess dich nie, *mon amour* ...«

Yves Bretang sang ein Chanson, das von der Verlogenheit der braven Bürger handelte. Erst beim Klang seiner Stimme wurde Jeanne aufmerksam. Auf der Bühne stand ein Mann von vielleicht Mitte dreißig mit lässig wildem Gesichtsausdruck, einem dichten dunklen Schnauzbart, Zigarette im Mundwinkel, die Hemdsärmel hochgerollt, die dunkle Weste aufgeknöpft. Seine tiefe Stimme klang spöttisch. Das Publikum sang den Refrain mit. Auch Jeanne.

Je länger sie ihm zuhörte, desto mehr beeindruckte er sie. Mit jedem Lied zog er sie mehr in seinen Bann. Seine Stimme, die Mimik, wie er sich bewegte – all das strahlte eine starke sinnliche Kraft aus. Sein Vortrag erotisierte Jeanne. Sie mochte das Unangepasste seiner Texte.

Jetzt sang er ein bekanntes Chanson auf eine ruppige Art, die ungezähmte Lebensfreude ausdrückte. Es war eigentlich ein Duett. Aus Übermut übernahm Jeanne frech im Hintergrund die zweite Stimme. Alle drehten sich nach ihr um.

Yves winkte sie nach vorne, und sie vollendeten das Chanson gemeinsam unter lauten Beifall. Als sie wieder an ihre Arbeit gehen wollte, hielt Yves sie zurück.

»Nein, nein, so leicht kommst du mir nicht davon.« Er lächelte bezwingend. »Was kannst du noch?«

»Was gewünscht wird«, erwiderte Jeanne leichthin.

Sie sangen noch drei Stücke. Ihre Stimmen harmonierten hervorragend. Das letzte Chanson handelte von Eifersucht, von einer Frau, die ihren Mann immer wieder herausforderte. Jeanne sah den Sänger über die Schulter hinweg an, er hatte dunkle glühende Augen, und die Luft um sie herum begann zu flirren. Kaum einem der Gäste im *Sans fin* konnte entgehen, dass soeben vor ihren Augen etwas Besonderes seinen Anfang nahm.

Nur der Wirt war offenbar immun, denn er kam an die Bühne und wies Jeanne grob darauf hin, dass dringend wieder serviert werden musste. Der Applaus, der sie auf ihrem Weg zur Theke begleitete, fühlte sich herrlich an. Er tat ihr so wohl! Jeanne drehte sich noch einmal um und verbeugte sich glücklich.

»Ich hoffe, du bist morgen wieder da«, rief Yves ihr zu, als er inmitten seines Hofstaats aus Musikern und Anhängerinnen das Lokal verließ, während sie Gläser wegräumte.

Mit Herzklopfen winkte sie zurück. »Bis morgen!«

»Wenn du mir jemanden zum Servieren besorgst«, brummte der Wirt, »kannst du von mir aus öfter mal singen.«

»Danke!« Jeanne strahlte. »Ich werde mich darum kümmern.«

»Bist du verrückt?«, schimpfte Odile, als sie untergehakt hinausgingen. »Du singst hier nicht zum Stundenlohn einer Servierkraft, du brauchst jetzt einen Manager.«

Am folgenden Abend sollte Yves Bretang wieder im *Sans fin* auftreten. Jeanne organisierte eine Servicevertretung für sich. Den ganzen Nachmittag überlegte sie, was sie anziehen sollte. Sie entschied sich für einen schwarzen

Bleistiftrock mit Seitenschlitz und einen schulterfreien, rot-weiß geringelten Pulli. Die Lippen zog sie im passenden Rot nach.

Weil sie so lange für ihre Garderobe gebraucht hatte, kam sie zu spät in die Kellerbar. Erhitzt stürmte sie in den Personalraum, der großspurig als Künstlergarderobe bezeichnet wurde, um ihre Ballerinas gegen hochhackige Schuhe zu wechseln – und lief Yves Bretang direkt in die Arme. Er ließ sie nicht sofort wieder los.

»Ich hab heut Nacht von dir geträumt, *ma belle*.«

Er roch angenehm, strahlte Wärme aus, Kraft und Standhaftigkeit. Jeanne fühlte sich kolossal gut an seiner Brust. Sie schaute hoch. Das Herz schlug ihr bis zum Hals. Am liebsten hätte sie ihn geküsst, am liebsten wäre sie mit den Händen durch sein volles schwarzes Haar gefahren, am liebsten wäre sie sofort mit ihm …

»*Oups!*«

Jeanne schlug sich eine Hand vor den Mund. Derart spontan Lust zu empfinden war ihr fremd. Noch immer hielt Yves sie fest. Erstaunt sahen sie sich in die Augen und wussten, dass es passieren würde. Die Frage war nicht, ob, sondern nur, wann. Die beiden Musiker kamen herein. Einer schnalzte anerkennend. Verwirrt löste Jeanne sich von Yves.

An diesem Abend bestritten sie das Programm zu gleichen Teilen. Jeanne war wie im Rausch, sie ging auf im Gesang, im Zusammenspiel mit erfahrenen Musikern. Davon hatte sie immer geträumt! Die Freude über die Harmonie, trotz gelegentlicher Stolpersteine wegen der fehlenden Routine, fühlten alle Besucher mit ihnen. Vom Publikum kam eine unglaubliche Energie zurück. Gemeinsam erlebten sie eine musikalische Sternstunde, die in der Darbietung eines Eifersuchtschansons gipfelte. Yves tanzte ein paar Tangoschritte mit Jeanne, stieß sie zurück, auf Knien flehte sie ihn an, warf sich auf den Boden, umklammerte einen Bistrostuhl, improvisierte eine Choreografie, stand wieder auf und lockte ihn, stolz und ganz verführerisches Weib, erneut. Es endete damit, dass er sie mit einem Ruck an sich riss und, den Mund nur wenige Millimeter von ihrem entfernt, schwer atmend festhielt. Das Publikum tobte vor Begeisterung.

Am Ende einer langen Nacht verließen sie das *Sans fin* gemeinsam. Seinen Tross wimmelte Yves ab. Er setzte eine Baskenmütze auf. »Lass uns noch ein wenig durch die Straßen gehen«, bat er Jeanne, reichte ihr sein Woll-jackett und legte wie selbstverständlich den Arm um ihre Schulter.

Ihre Schritte hallten durch die Seitengasse, etwas ent-fernt lachten andere Nachtschwärmer. Es war die Zeit, in der die Zeitungen gedruckt wurden und die Striptease-tänzerinnen sich wieder anzogen. Jeanne spürte es überall in ihrem Körper kribbeln. Sie kehrten in ein Lokal ein, in dem Arbeiter frühstückten und ein Straßenmusikant für Verliebte *Valse Musette*, den beliebten französischen Volks-tanz im Walzertakt, spielte.

Yves tanzte mit Jeanne, er beherrschte den Walzer sogar rückwärts. Jeanne schwelgte selig im Kreis, sie spürte Yves' Erregung. Hoffentlich küsst er mich bald, dachte sie, sonst werde ich wahnsinnig. Doch Yves hielt sich noch immer zurück. Sie tranken ein Glas Wein. Er erzählte, dass er aus der Auvergne stammte und »gelernter Tischler, aber geborener Sänger« war. Sie verriet nur, dass sie aus dem Bordelais stammte. Er bezahlte.

Sie bummelten weiter zur Seine, beobachteten zart-rosafarbene Schleier über dem grauen Fluss, rochen den Frühling in der Morgenluft. Unter einer Brücke blieb er stehen, endlich zog er Jeanne in seine Arme und küsste sie. Die Berührung seiner Lippen, seiner Zunge an ihrer, sein männlicher Duft, seine feste Umarmung – all das setzte sie innerhalb von Sekunden in Flammen. Sie wollte diesen Mann, sofort und mit Haut und Haar.

Sie küssten sich endlos. Er drängte sie gegen die Brückenmauer, küsste ihren Hals, ihre Schultern. Seine Hände glitten unter ihre Jacke, wanderten tiefer. Jeanne stöhnte vor Lust. Doch als es noch intimer wurde, wich sie zurück.

»Nein, nicht so, bitte.«

Yves atmete tief durch, senkte kurz die Augenlider und nickte dann zustimmend. Er sah sie voller Begehren an, dieser Blick brachte sie beinahe zum Zerfließen. Mit einem Finger hob er ihr Kinn.

»Du hast mich verhext«, flüsterte er mit rauer Stimme, »verhext und verzaubert.«

Immerhin eine ewig lange Woche schafften sie es, das erste Mal hinauszuzögern. Sie liebten sich leidenschaftlich in Jeannes kleiner Dachwohnung. Drei Tage verbrachten sie mehr oder weniger nur im Bett. Yves bewies, dass er auch zärtlich und einfühlsam sein konnte. Alles, was er machte, tat er mit einer Bestimmtheit, die Jeanne dankbar, wie erlöst, genoss. In den frühen Morgenstunden öffneten sie das Fenster und lauschten, fast akrobatisch und doch entspannt miteinander verschlungen, den Geräuschen der Stadt.

»Wir müssen aufstehen«, sagte Jeanne am Sonntagabend und rollte sich lasziv auf die Seite, »unser Auftritt beginnt in einer Stunde.« Yves lüpfte eine Augenbraue.

Sie sah, dass er schon wieder Lust hatte. Er strich mit seinem Zeigefinger über ihre Brust, hinterließ eine kribblige Spur um ihre Taille, glitt über ihren Po, dem er einen überraschenden Klaps versetzte, tiefer bis an die Hinterseite ihres Oberschenkels. Dort, wo sonst die Naht ihrer Seidenstrümpfe verlief, zeichnete er zart mit dem Fingernagel eine Bahn, und diese Berührung ließ sie in eine Art Luststarre fallen – vor lauter wollüstigen Schauern fühlte sich Jeanne wie gelähmt. Unfähig, sich zu wehren, blieb sie in Erwartung verharrend liegen.

Sie ließen ihren Auftritt sausen.

Von nun an waren sie ein Paar, musikalisch und im Leben. Sie traten gemeinsam auf, zogen in eine größere und komfortablere Wohnung mit Dachterrasse. Jeanne hatte das Gefühl, dass sie jetzt erst ihre Sexualität entdeckte. Das, was sie mit Edo auf Norderney erlebt hatte, war etwas völlig anderes gewesen. Es hatte eine spirituelle Dimension gehabt. Nie wieder war ihr seitdem etwas annähernd Ähnliches widerfahren.

Was sie mit Yves teilte, war Erregung ohne schlechtes Gewissen und grenzenlose Sinnlichkeit. Die Kraft ihres Frauseins auszukosten, sich auszuliefern, hinzugeben – all das Facetten einer großen runden Lebenserfahrung, für die sie genau jetzt reif war.

Yves stellte ihr gemeinsames Bühnenprogramm zusammen. Er bestimmte, welche Chansons Jeanne sang. Sie begriff langsam, welche Macht sie über Menschen hatte, wenn sie ihre ganze Seele in ein Lied legte. Yves drängte sie etwas mehr in die Rolle der *femme fatale*, als sie sich selbst sah. Aber er hatte mehr Erfahrung, sie vertraute ihm. Und sie trug auch schlüpfrige Textzeilen so ungezwungen mit einem Augenaufschlag vor, dass es nicht anstößig rüberkam.

Als der Sommer schon staubig geworden war, küssten sie sich noch immer die Lippen wund. »*Die Sängerin wirkte, als hätte sie erst kürzlich aufregende Dinge getan*«, las Yves ihr beim Frühstück eine Kritik vor, »*die Freude und*

Erregung darüber klang noch in ihrer Stimme nach.« Yves legte die Zeitung zur Seite und sah sie mit diesem dunklen Blick an, der allein schon ausreichte, um sie in Stimmung zu bringen. »Ich finde, Madame, Sie sehen aus, als würden Sie es bald wieder tun …«

Jeanne lächelte gespielt herablassend. »Wollen Sie damit andeuten, Monsieur, dass ähnliche Erlebnisse kurz bevorstehen?«

Und erneut fanden sie sich im Bett wieder. Dass Yves verhütete, war ihr recht. Denn jetzt, da sie endlich auf einer Bühne stehen und singen durfte, wollte sie dieses wunderbare Leben nicht so schnell wieder aufgeben.

Es dauerte eine Weile, bis Jeanne sich traute, ihm einige ihrer selbst komponierten Chansons vorzutragen. Sie gefielen Yves, er lobte sie. Doch er meinte, der Zeitgeist verlange etwas anderes. Er kannte angesehene professionelle Texter und Komponisten, die nun für sie beide arbeiteten – mit Erfolg. Sie wurden immer bekannter, erhielten Anfragen für Auftritte, mussten sich nicht mehr selbst anbieten. Ein Agent übernahm es, sie zu managen.

Sie genossen das Leben. Sahen sich gemeinsam amerikanische Gangsterfilme an und aßen gut. Yves' Freunde nahmen Jeanne mit offenen Armen auf. Am Nationalfeiertag zog die ganze Bagage trommelnd und pfeifend im Gänsemarsch durch ihre Wohnung, jeder hatte sich aus der Küche einen Topf, eine Pfanne oder zwei Topfdeckel geholt, der Letzte blies auf einem Kamm. Sie spielten die Marseillaise. Jeanne fiel ein, wie sie sich mit dem Anstimmen der Nationalhymne gegen Pierre und seine Enthüllungen gewehrt hatte. Sie setzte sich in einen Sessel in eine Ecke, während die Freunde weiter herumalberten. Schweigend schaute sie zu, dann leerte sie ihr Glas in einem Zug.

Yves wusste nichts von ihrer Zeit in Deutschland. Sie hatte ihm gesagt, sie sei ungewollt schwanger geworden, das Kind sei bei der Geburt gestorben. Aus Angst vor übler Nachrede habe sie ihr Heimatdorf verlassen, um in Paris zu leben. Das hatte er kommentarlos akzeptiert.

Jeanne lernte nach und nach die Größen der Musikbranche privat kennen. Sie war dabei, als Charles Aznavour, der für Édith Piaf als Mann für alles (nur nicht dafür) arbeitete, bei einem privaten Fest eine russische Tanzeinlage zum Besten gab. Sie lag vor Lachen unterm Tisch, als Georges Brassens *La cane de Jeanne* besang – die Ente von Jeanne, die in der Silvesternacht starb und schnell noch ein Ei legte.

Bald wechselten sie und Yves in bessere Aufführungsstätten. Sie traten im Bobino auf und nahmen eine Schallplatte auf. Sie feierten mit der Pariser Hautevolee die Wiedereröffnung des legendären Olympia. In diesem Theater traten fortan die größten Stars Frankreichs, Europas und Amerikas auf. Jeanne träumte davon, eines Tages auch dort auf der Bühne zu stehen.

Im Sommer 1954 landeten sie und Yves einen der Erfolgstitel der Saison. Sie gingen auf eine monatelange Frankreichtournee, die im angesehenen Alhambra begann. Einige Leute fragten, weshalb sie nicht heirateten. Jeanne tat es ab, verwies auf die Beauvoir und Sartre und die modernen Zeiten. Doch je öfter sie gefragt wurden, desto mehr beschäftigte es sie. Yves konnte das nicht entgehen.

Eines Nachts im Oktober, als sie gerade in Le Havre aufgetreten waren, gestand er ihr im Hotel, dass er bereits verheiratet sei in der Auvergne und zwei Kinder mit einer Frau habe, die er längst nicht mehr liebe. Er fühle sich jedoch für sie und die Kinder verantwortlich und schicke ihnen regelmäßig Geld. Jeanne war zuerst geschockt und dann enttäuscht darüber, dass er es ihr erst jetzt sagte. Sie machte ihm eine Szene. Anschließend irrte sie einsam durch die fremde Hafenstadt. Es war ein gefährliches Pflaster um diese Zeit, dazu blies ihr ein ungemütlich kalter Wind um die Ohren.

Und du, flüsterte ihr Gewissen mit feiner Stimme, hast du ihm denn die ganze Wahrheit über dein Leben anvertraut? Unangenehme Erinnerungen stiegen in ihr hoch. Le Havre – das war doch die Heimatstadt von Pierre, dem Kriegsgefangenen, gewesen. Was, wenn er wieder hier lebte, wenn er ein Plakat von ihr gesehen hatte und Yves aufsuchen würde?

Jeanne fühlte sich erbärmlich. Sie wusste, dass auch Yves in diesem Moment fürchterlich unglücklich war. Abgesehen davon – ein Bruch würde nicht nur privat, sondern auch beruflich alles verändern. Das wollte sie nicht.

Sie kehrte zurück ins Hotel. Der Nachtportier war eingenickt, sie musste gegen das Fenster klopfen. Als sie die Tür ihrer Suite öffnete und Yves anblickte, der mit einer Flasche Calvados auf dem Sofa ausgeharrt hatte, war alles gesagt. Erleichtert sprang er auf, sie flogen aufeinander zu, umklammerten und küssten sich wie zwei, die nur vom anderen vor dem sicheren Untergang gerettet werden konnten. Sie feierten ihre Versöhnung so leidenschaftlich, dass ihr Zimmernachbar vergeblich gegen die Wand klopfte.

Jeanne erzählte später nur ihrer Freundin Odile davon.

33

Paris, Gegenwart

»Das muss eine wahnsinnig aufregende Zeit gewesen sein«, sagte Ella, »jedenfalls für Jeanne. Ich gönne ihr noch nachträglich von Herzen ihren Erfolg. Und was für eine Liebe!«

»Eine *amour fou*«, korrigierte Odile, wobei sie ihr leeres Cognacglas mit einem Ruck auf den Tisch stellte und Ella bedeutete, ihr Glas erneut zu füllen. »Yves hat ihr nicht gutgetan. Karriere hätte sie auch ohne ihn gemacht.« *Amour fou*, dachte Ella und schenkte vorsichtig nach, eine verrückte, obsessive Liebe. Sollte man sich so was wünschen? »Es war eben keine Liebe, sondern Leidenschaft«, führte Odile weiter aus.

»Woher wollen Sie wissen, dass es nicht Liebe war?«, fragte Ella.

»Liebe ist, wenn es das Schönste im anderen hervorlockt«, erwiderte die einstige Lebedame.

»Verzeihung«, sagte Ella überrascht, »ich möchte Ihnen nicht zu nahe treten, aber ich hatte den Eindruck, dass die Liebe für Sie eher ein Geschäft gewesen ist.«

Odile sah sie scharf an. »Kommt darauf an, wie Sie Liebe definieren. Ich wollte nie abhängig sein von einem einzigen Mann, weder emotional noch finanziell. Im spießigen bürgerlichen Sinn mögen Sie also recht haben.« Sie verzog einen Mundwinkel. »Ich wollte Freude, Lebenslust und Liebe nach meiner Fasson.«

»Nach meiner Fasson ...«, wiederholte Ella nachdenklich. »So richtig kann ich mir das nicht vorstellen.«

Plötzlich breitete sich auf Odiles Gesicht ein Schmunzeln wie ein Sonnenaufgang aus. Sie summte etwas. *»Ich
weiß nicht, zu wem ich gehöre«*, begann sie leise auf Deutsch
zu singen. *»Ich bin doch zu schade für einen allein. Wenn ich
jetzt grad hier Treue schwöre, wird wieder ein anderer ganz
unglücklich sein.«*

Dann lachte sie. »Dieses Lied hat Jeanne mir zu meinem Geburtstag als Ständchen gebracht. Sie behauptete,
der Texter müsse mich gekannt haben.«

Ella kam das Lied vertraut vor. Hatte es nicht Mar-
lene Dietrich gesungen und stammte die Melodie des
langsamen Walzers nicht von Friedrich Hollaender? Kokett verträumt sang Odile noch eine Strophe. Ihre Augen
schimmerten ganz jung. Ellas Blick fiel auf eine Fotografie
neben dem Plakat, die wahrscheinlich aus den Fünfzigern
stammte und Odiles perfektes Profil vor dem Hintergrund
einer schwarzen, breiten Hutkrempe zeigte.

*»Ja, soll denn etwas so Schönes nur einem gefallen? Die
Sonne, die Sterne gehören doch auch allen. Ich weiß nicht,
zu wem ich gehöre. Ich glaub, ich gehöre nur mir ganz allein.«*

»Wunderbar!« Ella hatte eine Gänsehaut bekommen.
Sie applaudierte und saß eine Weile ganz ergriffen da.
»Aber wie kann man im wahren Leben mit so einer Ein-
stellung alt werden?«, fragte sie dann skeptisch.

»Wenn Sie so aufgewachsen wären wie ich, könnten
Sie es auch«, antwortete Odile lapidar. »Die romantische
Liebe, die Sie meinen, dieses Mit-Haut-und-Haaren-für-
immer-dein habe ich gefürchtet wie der Teufel das Weih-
wasser! Sie erschien mir wie eine ansteckende Krankheit,
vor der man sich hüten muss.«

Ella war entzückt von Odile. Sie fragte nichts mehr, weil sie deren Redefluss nicht abbremsen wollte.

»Einer meiner Liebhaber spekulierte erfolgreich an der Börse. Ich habe ihm stets gut zugehört und mein Geld entsprechend angelegt. Deshalb konnte ich es mir leisten, die Männer auf meine Weise zu lieben.«

»Sie wollten wohl keine Familie, keine Kinder?«

»Nein, diesen Wunsch habe ich einfach nie verspürt. Meine Freunde waren meine Familie. Wahlverwandte sind angenehmer als Blutsverwandte, und man kann sie zur Not austauschen.«

»Ihr Kontakt zu Jeanne blieb aber bestehen?«

»Ja. Sie hat übrigens ihren Baron auf einem Fest bei mir kennengelernt.« Odile zelebrierte erneut ihr Cognac-Genuss-Ritual und schnupperte am Glas. »Allerdings, nachdem sie aus Paris weggezogen war und in der Provinz lebte, entwickelten sich unsere Interessen in recht unterschiedliche Richtungen. Was interessieren mich Taubenhäuser und Birnenspaliere? Wir sahen uns leider auch seltener.«

»Ich hab mit einem Musikhistoriker namens Ballou gesprochen«, fiel Ella da ein. »Er meint, dass eine Reise nach Deutschland im Jahr 1956 ihren künstlerischen Stil verändert habe. Wissen Sie mehr darüber?«

»Die Reise nach Greetsiel, *oui, oui*«, Odile nahm einen Schluck, »nein, darüber hat sie nicht viel erzählt. Ich weiß nur, dass sie da war, wo sie im Krieg gearbeitet hat, um ihre Bauernfamilie wiederzusehen.« Sie lächelte amüsiert. »Gerade zu jener Zeit war ich sehr damit beschäftigt, mehrere Männer gleichzeitig zu lieben, die nichts voneinander wissen sollten. Da hab ich nicht großartig nachgeforscht.«

Ella fürchtete, dass Odile bald müde werden würde. Sie wollte die alte Frau nicht überstrapazieren. Aber eine Frage beschäftigte sie doch noch.

»Warum ist Jeanne eigentlich nicht länger mit Yves zusammengeblieben?«

»Ach«, Odiles Brust entrang sich ein tiefer Seufzer. »Das musste so kommen, früher oder später. Ich erinnere mich, wie Jeanne eines Nachts völlig verzweifelt vor meiner Tür stand. Das muss auch 1956 gewesen sein.«

»Vor der Reise nach Greetsiel oder danach?«

»Davor. Ich glaube, im Frühling.«

»Hat das Ende Sie nicht überrascht?«

»Nicht wirklich«, sagte Odile. »Es war nach fünf Jahren nur der Endpunkt einer Entwicklung, die man sogar als Außenstehender in Ansätzen schon lange vorher erkennen konnte. Vielleicht steckte das Ende sogar bereits im Anfang. Wer weiß das schon?«

34

Nach ihren meist ausverkauften Konzerten konnten Jeanne und Yves nicht sofort schlafen gehen, weil sie viel zu aufgeputscht waren. Sie feierten noch mit Musikern, Freunden, manchmal mit Fans und Honoratioren der Stadt, in der sie gerade gastierten. Immer häufiger bemerkte Jeanne, dass Yves schnell eifersüchtig reagierte. Wenn ein Bürgermeister ihr die Hand küsste, wenn sie einen Fotografen nach seiner Meinung zu lange anlächelte oder ein Verehrer ihr zu oft Blumen schickte, wurde er unleidlich. Sie musste ihn mühsam beruhigen und umschmeicheln, bis er wieder der Alte war. Mit ihren Körpern vertrugen sie sich besser als mit Worten. Damit standen ihnen zur Verständigung ungleich mehr Nuancen zur Verfügung als verbal. Yves spürte genau, wann er zärtlich sein musste und wann Jeanne es ein wenig härter mochte. Er lotete das Spiel an der Grenze zwischen Lust und Schmerz jedes Mal neu aus.

»Es ist wahnsinnig aufregend mit ihm im Bett«, verriet Jeanne Odile bei einem ihrer Bummel durch die Galeries Lafayette, dem prächtigsten Kaufhaus der Stadt.

Die erfahrene Freundin musterte sie besorgt. »Pass auf, Jeanne, du wirst ihm noch hörig!«

»Ach, du kannst dich doch überhaupt nicht richtig hingeben«, gab Jeanne gereizt zurück. »Mach deine Bindungsschwäche nicht mir zum Vorwurf.«

»Und sag du später nicht, ich hätte dich nicht gewarnt«, erwiderte Odile gekränkt.

Anschließend waren die beiden Frauen eine Weile schlecht aufeinander zu sprechen.

Immer deutlicher zeichnete sich ab, dass das Publikum lieber Jeanne hören wollte als Yves. Sie versuchte, es herunterzuspielen. Yves reagierte zunehmend beleidigt. Er trank mehr, als er vertrug. Und wenn er betrunken war, konnte es sein, dass er ihr gegenüber ausfallend wurde. Er beleidigte sie. Jeanne versuchte auf verschiedene Arten, seinen Beleidigungen zu begegnen. Mal verteidigte sie sich entrüstet, mal beteuerte sie ihre Liebe zu ihm, dann wieder wich sie ihm aus, versteckte sich sogar, und wenn es ganz schlimm kam, drohte sie, ihn zu verlassen. Doch am Ende lagen sie sich immer wieder aufgelöst in den Armen. Je heftiger sie sich gestritten hatten, desto intensiver fiel hinterher der Sex aus.

Was einmal auf der Bühne nur als spielerische Darstellung zum Eifersuchtschanson ihren Erfolg begründet hatte, lebten sie jetzt. Diese Spannung bedeutete Lust und Qual zugleich. Sie wurden süchtig danach, auf diese Weise ihre Begierde hochzupuschen und ekstatische Befriedigung zu finden. Doch die Dosis musste gesteigert werden. Wie bei jeder Sucht verringerte sich das Vergnügen, während der Preis, den sie dafür zahlen mussten, stieg.

Es gab Tage, da konnte Jeanne die Treppe nur rückwärts hinuntergehen, weil ihr alles wehtat. Wenn gelegentlich etwas von der dramatischen Seite ihrer Liebe an die Öffentlichkeit drang, beförderte das sogar noch ihren Erfolg. Die Leute fanden es aufregend, sich zu den Chansons die Leidenschaft auszumalen, die das Künstlerpaar privat verband. Die Verkaufszahlen ihrer Schallplatten stiegen, sie gaben viele Interviews.

Im Radio allerdings wurden im ersten Quartal 1956 Jeannes Chansons dreimal so oft gespielt wie Yves', und ihr gemeinsamer Agent drängte erneut, er möge seine Eitelkeit vergessen, Jeanne solle endlich eine Soloplatte aufnehmen. Yves betrank sich an diesem Abend in ihrer Pariser Wohnung. Er behauptete plötzlich, sie habe eine Liaison mit dem Agenten, sie habe ihm absichtlich den Kopf verdreht, um allein Karriere zu machen.

Und dann schlug er Jeanne.

Alles, was vorher gewesen war, verblasste – das, was man noch als Blessur im Eifer des Gefechts hätte deklarieren können, wofür Yves sich anschließend immer zu Tode betrübt bei ihr entschuldigt und was sie ihm auch jedes Mal verziehen hatte, um dann wieder im Bett eine dieser extremen Versöhnungen zu feiern. Dieses Mal hatte Yves sie nicht mit gezügelter Leidenschaft geschlagen, sondern kalt und berechnend.

»Ohne mich bist du nichts!«, schrie er.

Jeanne stürzte zu Boden, rappelte sich wieder hoch. Ihre Nase blutete, die Haut unter ihrem linken Auge war aufgeplatzt. Sie stand ihm gegenüber, schwer atmend. Schmerzerfüllt, fassungslos, gedemütigt. Aber der Schmerz war nicht das Schlimmste. Wie von allen Bühnenscheinwerfern gleichzeitig erhellt erkannte sie in diesem Moment die Wahrheit – Yves würde es wieder tun, wieder und wieder. Die Spirale der Gewalt würde sie immer weiter herunterziehen und am Ende zerstören. Sie musste ihn verlassen, solange sie noch die Kraft dazu hatte. Sofort. Jetzt, dachte sie, tu es jetzt, du kannst es.

Jeanne griff nach ihrer Handtasche und verließ die Wohnung. Auf der Straße rief sie ein Taxi. Sie ignorierte den fragenden Blick des Fahrers, hielt sich ihren dünnen Wollschal vors Gesicht und nannte ihm Odiles Adresse.

Zum Glück hatte die Freundin an diesem Abend keinen Herrenbesuch. »*Mon Dieu!*«, stieß Odile aus, als sie die Tür öffnete. Sie stellte keine Fragen, aber bestand darauf, dass Jeanne sich medizinisch untersuchen ließ. »Vielleicht ist deine Nase gebrochen«, sagte sie entschieden. »Das muss gleich gerichtet werden.« Sie reichte ihr eine Damastserviette, um die Blutung zu stoppen. »Eine junge Ärztin hat kürzlich die Praxis an der Ecke übernommen, sie wohnt mit ihrem Mann hier im Haus zwei Stockwerke tiefer. Komm!« Odile schob Jeanne hinaus auf den Hausflur. »Er ist ein Psychoanalytiker aus Wien, aber sie ist Französin, sehr nett«, flüsterte Odile. Obwohl es weit nach Mitternacht war, klingelte sie, ohne zu zögern, an deren Wohnungstür. Der Mann öffnete. »Dr. Strauß, bitte entschuldigen Sie die späte Störung. Ist Ihre Gattin da? Meine Freundin bräuchte dringend ihre Hilfe.«

»Fleur, Schatzerl, Kundschaft!«, rief der Mann über seine Schulter in den langen Flur.

Nach kurzer Zeit kam seine Frau im Morgenmantel mit verwuscheltem Haar schlaftrunken näher. Jeanne traute ihren Augen kaum – sie kannte die Frau. Und die Frau, nachdem sie einen Augenblick gestutzt hatte, erkannte sie auch.

»Jeanne?«, rief sie verwundert. »Dass wir uns so wiedersehen!«

»Fleur!«

Die Tochter des Dorfarztes, Arturs erste Freundin. Jeanne zuckte zusammen. Du hast es also geschafft!, hatte sie eigentlich sagen wollen, aber das Reden tat zu weh. Ihr Gesicht war angeschwollen.

»Wir haben alle eure Platten, neulich hab ich erst einen

Artikel über euch gelesen«, sagte die junge Ärztin. Ihr Blick fokussierte sich auf Jeannes Verletzungen. »Aber kommt erst mal rein. Ich muss mir das genauer ansehen.« Im hellen Flurlicht betrachtet, war der Fall für sie rasch klar. »Wir müssen in meine Praxis. Warte bitte eine Minute, ich zieh mir was an.«

»Ich begleite dich«, versprach Odile.

Kurz darauf schloss Fleur ihre Praxis auf, machte ein gleißendes Neonlicht an, wusch und desinfizierte die Hände, bevor sie betont nüchtern Jeannes Gesicht untersuchte. Jede Berührung schmerzte. Jeanne sprach kaum.

»Ich glaube nicht, dass die Nase gebrochen ist«, sagte Fleur schließlich, »aber ich möchte gern die Platzwunde nähen. Keine Sorge, du erhältst eine örtliche Betäubung.« Nachdem Jeanne mit Schmerzmitteln versorgt und verarztet war, setzte sich Fleur auf einen Stuhl direkt ihr gegenüber. Odile lag inzwischen eingerollt auf einer Untersuchungsspritsche. »Mensch, Jeanne, dass wir uns so wiedersehen!«

Das Schmerzmittel wirkte, und Jeanne konnte wieder etwas besser sprechen. »Ja, verrückt!« Sie nickte. »Danke dir!«

»Das wird wieder«, sagte Fleur aufmunternd. »Aber es braucht eine Weile. Vielleicht bleibt eine kleine Narbe unterm Auge. Aber es gibt Schönheitsinstitute, die wissen das zu korrigieren.«

»Wann kann ich wieder auftreten?«

»Das liegt an dir. Rein äußerlich, gut geschminkt, sicher in vier bis sechs Wochen.«

»Oh, so spät erst?«

In diesem Augenblick allerdings wurde Jeanne bewusst, dass sie ohnehin nicht mehr mit Yves gemeinsam auftreten wollte. Sie würde alle Konzerttermine absagen.

»Am besten gönnst du dir eine längere Auszeit«, schlug Fleur vor. »Mein Mann ist ja Psychoanalytiker, wir unterhalten uns oft über die Bedeutung der Seele für die Gesundheit.«

»Bei Krankheiten, ja, da gibt es sicher einen Zusammenhang«, erwiderte Jeanne.

»Den gibt es manchmal auch bei Verletzungen«, ergänzte Fleur mit sanfter Stimme, doch sie beobachtete sie wie ein Kriminalinspektor. »War es denn das erste Mal?«

Jeanne hob ratlos die Achseln. Was sollte sie antworten? Das erste Mal, dass Yves es kühl überlegt getan hatte, um ihr wirklich wehzutun. Aber viele Male zuvor bereits hatte er die Grenze zwischen Lust und Schmerz weiter ausgedehnt, als es ihr gefallen hatte. So wie er sie im Rausch mit Worten anfangs erregt, dann aber verletzt hatte – und sie trotzdem nie konsequent genug dagegen aufbegehrt hatte. Das konnte sie auf keinen Fall verraten. Sie schämte sich dafür. Und oft war sie dabei auch selbst nicht nüchtern gewesen.

»Gibt es vielleicht einen Grund, aus dem du insgeheim glauben könntest, dass du es verdient hättest, schlecht behandelt zu werden?«, fragte Fleur.

Jeanne verspürte plötzlich Atemnot. Konnte das sein? »Keine Ahnung«, antwortete sie schnell. »Müsste ich mal in Ruhe drüber nachdenken.« Sie wollte lächeln, aber spürte, dass es missglückte. »Hab ja jetzt Zeit genug.« Immer noch erstaunt über das unerwartete Wiedersehen, musterte sie Fleur. Eine hübsche, tatkräftige junge Frau war aus Arturs erster großer Liebe geworden. Ach, Artur … Er war ihr bester Freund seit Kindertagen gewesen, und noch immer wusste sie nichts Näheres über seinen Tod. »Wie ist er gestorben, Fleur?«, flüsterte sie.

»Artur?« Fleur wich zurück.

»Ja.«

387

»Du weißt es nicht?«

Jeanne schüttelte den Kopf. »Hab seit Jahren keinen Kontakt mehr mit zu Hause und meide das Bordelais.«

Fleur holte tief Luft. »Sie haben ihn abgeholt. Wie seinen Vater auch. Und Monsieur Lavalle, den Chemielehrer. Und«, sie schluckte, »auch meinen Vater.« Jeanne wagte nicht zu fragen. »Keiner von ihnen hat überlebt. Es ging nicht nur um dieses kleine Chemielabor, wo das Kupfersulfat hergestellt wurde.«

»Ich weiß«, warf Jeanne ein, »Monsieur d'Avril hat auch den Leuten vom Widerstand erlaubt, ihre Waffen in seinem Weinkeller zu verstecken.«

»Mehr noch.« Fleur legte die Hände übereinander. »Sie haben abgestürzten Flugzeugbesatzungen der Alliierten geholfen.«

»Durch die Weitergabe von Informationen«, ergänzte Jeanne unsicher mit einem Fragezeichen in der Stimme.

»Nein, auch noch auf andere Art, ganz praktisch und handfest.«

»Wie?« Davon hatte Jeanne nicht den Hauch einer Ahnung gehabt. »Ich dachte immer, sie wussten nur, dass es so ein Netzwerk zu deren Rettung gab. Aber dass sie selbst dazugehörten – meine Güte!«

»Sie haben sie versteckt, versorgt, und wenn sie verletzt waren, hat mein Vater sie ärztlich behandelt. Mithilfe des Maquis sind sie dann heimlich über die grüne Grenze durch die Pyrenäen nach Spanien gebracht worden.«

Jeanne fasste es nicht. »Warum …?« Sie schnappte nach Luft. »Wusstest du etwa damals schon davon?«

»Lange Zeit nicht«, antwortete Fleur. »Als ich meinem Vater dann einmal mitten in der Nacht assistieren sollte, einem englischen Piloten das gebrochene Bein zu schienen, da mussten sie mich ja einweihen.«

Jeanne fühlte sich auf einmal von aller Welt getäuscht. »Warum hat Artur mir nichts davon gesagt?« Zornig sprang sie auf.

»Weil er dich schützen wollte«, entgegnete Fleur mit Nachdruck. »Ich war übrigens oft eifersüchtig auf dich. Mit dir hat er so viel beredet, ihr wusstet alles voneinander. Ihr habt euch doch blind verstanden ... Schnecke.«

Es war wie ein Schlag in die Kniekehlen. Als sie den Spitznamen nannte, mit dem Artur sie immer geneckt hatte, konnte Jeanne die Tränen nicht mehr zurückhalten. Sie setzte sich wieder. Sie musste an ihren Ritt nach Bordeaux denken, an das Picknick, die gebratene Taube, die wilden Erdbeeren, an ihre abenteuerlichen Chemieexperimente.

»Ja«, pflichtete sie Fleur bei, »das haben wir. Gleich nach dem Krieg wollte er mir das Meer zeigen. Und er wollte unbedingt nach Kalifornien reisen, neue Methoden kennenlernen, um der weltbeste Winzer zu werden.«

Die Tränen strömten nur so über ihre Wangen, das Salz brannte in der Wunde. Sie schniefte, weil sie die lädierte Nase nicht putzen konnte.

»Artur hat keinen einzigen Menschen verraten.« Fleur setzte sich stockgerade. »Er hat mitansehen müssen, wie sein Vater beim Verhör einen Herzinfarkt erlitt und starb, und er hat kein Wort gesagt, obwohl sie ihn furchtbar gequält haben. Ich bin sehr stolz auf ihn.«

Die beiden Frauen sahen sich an, reichten einander die Hand und drückten sie fest.

»Woher weißt du das alles?«, fragte Jeanne schließlich.

»Aus den Akten«, erwiderte Fleur. »Nach dem Krieg sind Kollaborateure zur Rechenschaft gezogen worden, leider gab's ja auch bei uns Verbrecher, Franzosen, die mindestens so schlimm waren wie die Nazis. Denen ist der Prozess gemacht worden.« Fleur wischte sich über die Augen. »Der Chemielehrer nannte Namen, als sie ihm die Fingernägel zogen. Nein, deinen nicht. Aber den meines Vaters. Artur hat eisern geschwiegen.«

»Ehrlich?«

»Ja, obwohl sie ihn mehrfach bis zur Ohnmacht folterten.« Jeanne fühlte sich beschämt. Sie hatte fest damit gerechnet, dass Artur reden würde. »Nach ein paar Tagen haben sie ihm dann gesagt, er sei frei. Er ist aufgestanden …«, das Reden fiel Fleur schwer, »… und losgegangen … und dann … haben die Wachen das Feuer auf ihn eröffnet. *Auf der Flucht erschossen*, heißt es in seiner Akte.«

»O Gott«, hauchte Jeanne, »wie schrecklich!« Die Uhr über der Tür des Behandlungszimmers tickte, aus der Ferne war eine Ambulanzsirene zu hören. »Es tut mir auch für dich wahnsinnig leid, Fleur. Ihr wart glücklich, ihr habt so gut zueinander gepasst. Ich weiß noch, wie unsterblich verliebt Artur in dich war.«

»Ja.« Fleur lächelte unter Tränen. »Den vergilbten Seidenschirm für den Seiltanz halte ich immer noch in Ehren.«

Odile, die sie beide völlig vergessen hatten, richtete sich auf der Untersuchungsliege auf, schwenkte die Beine herunter und schnäuzte sich geräuschvoll.

Jeanne erhob sich. »Liebe Fleur, ich danke dir von Herzen.«

»War doch selbstverständlich.« Sie gingen zur Tür.

»Bist du noch manchmal in der alten Heimat?«, fragte Jeanne zögerlich. »Hast du was von meiner Familie gehört?«

Fleur schüttelte den Kopf. »Nein, leider nicht. Ich meide ebenfalls das Bordelais. Es weckt nur traurige Erinnerungen.«

»Ja, das verstehe ich. Man muss nach vorne sehen.«

Fleur blieb stehen, nachdenklich wiegte sie den Kopf. »Manchmal ist es aber auch besser, wenn man sich seinen Dämonen stellt. Wilfried, mein Mann, er sagt, man muss dem, wovor man am meisten Angst hat, mutig gegenübertreten.«

»Auch wenn du ahnst, dass es furchtbar wird?«

»Auch dann. Er sagt, du musst den Schmerz aushalten, damit du geheilt werden kannst. Aber ich weiß auch nicht, was richtig ist.« Fleur strich Jeanne über den Arm. »Meine Liebe, nimm dir Zeit für dich. Überleg, was dein bester Freund Artur dir in deiner jetzigen Situation raten würde.«

»Ja, das werd ich«, versprach Jeanne, bevor sie Fleur umarmte. »Schick bitte die Rechnung an Odiles Anschrift. Ich weiß noch nicht, wo ich in Zukunft wohnen werde. Aber lass uns in Kontakt bleiben.« Sie küssten sich zum Abschied auf die Wangen. »Gehst du nicht mit uns zusammen zurück ins Haus?«, fragte sie, als sie sah, dass Fleur keine Anstalten machte, sie zu begleiten.

Die junge Ärztin schüttelte den Kopf. »Ich kann jetzt nicht schlafen. Werde hier noch ein bisschen aufräumen.«

»Was für eine Nacht«, murmelte Odile, als sie auf das Trottoir hinaustraten und die kühle Luft einsogen.

Zwei Tage blieb Jeanne bei ihrer Freundin, ließ sich von ihr verwöhnen und aufbauen. Ihr entging nicht, dass Odile ihre Liebhaber diskret telefonisch auf andere Termine und Treffpunkte umdirigierte. Jeanne war klar, dass sie nicht ewig bleiben konnte.

»Würdest du bitte deine Kontakte spielen lassen?«, bat sie Odile. »Ich brauche zwei starke Männer.«

Schon einen Tag später ging sie mit Odile und zwei

Türstehern, die Odile schon lange kannte, in ihre Wohnung. Yves war zu Hause.

»Lass uns reden, Jeanne!«, bekniete er sie, als wären sie allein. »Ich hab mir solche Sorgen um dich gemacht. Es tut mir leid. Ich muss von Sinnen gewesen sein. So was kommt nie wieder vor, versprochen.«

»Es ist vorbei.« Jeannes Herz klopfte wie verrückt, als sie es sagte. Aber sie hoffte, dass sie einen kühlen Eindruck machte. »Für immer vorbei. Und ich werde auch niemals wieder mit dir auftreten.«

Yves flehte. Er drohte. Er wollte sie verklagen, weil sie bereits diverse Verträge für Auftritte unterschrieben hatte.

»Mach das«, antwortete sie nur.

Mit Odile und den beiden furchteinflößenden Kerlen an ihrer Seite fühlte sie sich stark. Sie packte ihre Garderobe in Koffer, nahm ihre wichtigsten Unterlagen, ein paar Erinnerungsstücke und Kleinmöbel mit. Sollte Yves ruhig den Rest behalten. Auch den Agenten konnte er von ihr aus in Zukunft für sich allein weiterbeschäftigen. Sie würde ganz neu anfangen. Wie und wo und was, das wusste sie in diesem Moment noch nicht.

»Jeanne! Denk doch daran, wie glücklich wir waren.«

Sie hörte die Verzweiflung in seiner Stimme. Es fiel ihr schwer, hart zu bleiben. Sie vermied es, Yves in die Augen zu sehen. Ihre Beschützer und Odile warteten schon schwer bepackt an der Wohnungstür auf sie. Jeanne warf den Schlüssel mit einer theatralischen Geste auf den Tisch, rief »Adieu!« und knallte die Tür hinter sich zu.

Bleich und mit zitternden Beinen fuhr sie im Pasternoster nach unten. Das Blut pochte in ihren Schläfen.

»Gut gemacht!«, lobte Odile.

Jeanne deponierte ihre Sachen erst einmal in einem Mietkeller. Für ein paar Monate Auszeit würden ihre

Rücklagen reichen. Was würde Artur mir raten?, überlegte sie.

»Du packst?«, fragte Odile, als sie von einem aushäusigen Treffen mit einem ihrer Verehrer zurückkehrte.

»Ja, ich bin dir lange genug zur Last gefallen.« Jeanne lächelte selbstironisch. »Ich reise jetzt erst mal nach Biarritz. Dort werde ich mir das Blau des Meeres ansehen, gegebenenfalls die Narbe korrigieren lassen und in Ruhe nachdenken.«

Odile umarmte sie. »Das ist eine sehr gute Idee. Hauptsache, du wirst nicht rückfällig.«

»Ich schwöre!« Jeanne hob die Hand. »Danke für alles, Odile. Du bist die beste Freundin, die man sich nur wünschen kann.«

35

Während der Rückfahrt von Paris ging Ella wieder ihre Unterhaltung mit Odile durch den Kopf. »Jeanne führte eigentlich immer Tagebuch, auch später noch«, hatte Odile am Schluss erwähnt. »Aber oft schrieb sie nur Stichworte auf die Rückseite ihrer Texte und Kompositionen, um den atmosphärischen Hintergrund zur Entstehung festzuhalten.«

Wo mochten denn solche Seiten noch zu finden sein?, grübelte Ella. Sie hatte ja bereits alles durchgesehen. Vor allem interessierten sie die nach Jeannes Trennung von Yves entstandenen Stücke. Vielleicht sollte sie den Musikhistoriker noch einmal anschreiben. Möglicherweise hatte er eine Idee.

Und dann sinnierte sie über die Verlockungen einer *amour fou*. Eine solche Berg- und Talfahrt der Gefühle sollte man sich wohl doch besser nicht wünschen. Ella dachte an Paul, und ihr Herz machte einen kleinen Freudenhüpfer, wie jedes Mal wenn sie an ihn dachte, seit er sie gerettet hatte. Das war ja etwas ganz anderes.

Inzwischen war sie schon zweimal bei ihm zu Hause gewesen. Sie hatte ein buntes Sammelsurium erwartet. Stattdessen bewohnte er ein von seinem Vater geerbtes umgebautes Bauernhaus, das überwiegend modern eingerichtet war. »Wenn du beruflich ständig mit

Baumaterialien verschiedener Epochen zu tun hast, braucht das Auge nach Feierabend Erholung«, hatte Paul erklärt. Einige Raritäten wie ein antikes Treppengeländer kamen dadurch umso mehr zur Geltung. Paul hatte für sie gekocht, sie hatten sich gut unterhalten – über seinen Traum, einmal zwei Monate lang durch die Ägäis zu segeln, auch darüber, dass man nach einer Trennung Zeit brauchte. Er war gut vernetzt, kannte interessante Leute, die interessante Gebäude besaßen. Sie hatten viel gelacht.

Aber Paul hatte keinen Versuch unternommen, mit ihr zu flirten. Dabei hatte sie sich zurückhalten müssen, ihn nicht einfach zu küssen. Ella nahm sich vor, nun erst recht Zurückhaltung zu üben, um ihn besser kennenzulernen. Denn natürlich wollte sie sich nicht wie Jeanne Hals über Kopf in eine Liebesgeschichte mit dem Falschen stürzen.

Der Frühling war im milden Klima des Loire-Tals schon weiter als im Norden. Die ersten Forsythien blühten, ein Hauch von Grün lag über der Natur. Als Ella auf Cremont ankam, fielen ihr ein paar neu hinzugekommene Fahrzeuge mit deutschen Kennzeichen auf, die neben der Kunstscheune parkten. Darinnen herrschte reges Treiben. Sie stattete Antonia einen Besuch ab. Die Malerin hatte ihre großformatigen Werke weiträumig ausgestellt und aufgehängt, zum Teil im Gebälk, und damit eine fantastische, märchenhafte Stimmung geschaffen. Jacko setzte seine Laufmaschine mit ungezählten Holzfüßen Ella zu Ehren für ein kurzes Stück in Bewegung. Auf Ella wirkte das Ding wie eine überdimensionale Kombination aus Gliederpuppe und Hamsterlaufrad.

»Die Figur bekommt noch Flügel aus Segeltuch«, erklärte Jacko, »meine erste windbetriebene Skulptur.«

»Dann wird sie dem Besitzer davonlaufen!« Ella lachte.

»Man muss auf sie aufpassen, klar«, erwiderte Jacko.

»Aber man könnte Spektakel am Strand veranstalten oder Events auf abgesperrten Plätzen.«

Ein paar Männer und Frauen werkten in der Scheune mit Farben und Leinwänden, mit transparenten Stoffbahnen und kleinen abgeschlagenen Birken, die sie aufhängen wollten.

»Das sind die Kollegen aus der Fabrik in Hamburg, von denen ich dir schon erzählt hab. Sie probieren alle was Neues aus. Wir arbeiten an einem Gemeinschaftsprojekt.« Antonia zwirbelte ihre nachlässig hochgesteckten Haare zurecht und stellte ihr die Künstler vor, die in einem abgetrennten Bereich ein Beduinenzelt aufgebaut hatten.

»Möchtest du einen Pfefferminztee?«, fragte eine der Frauen, die angefangen hatte, die Balken farbig zu bemalen, und hielt den Zelteingang zur Seite. Darin war es geheizt, Matratzen mit bunten Sitzkissen machten es exotisch und gemütlich.

»Vielen Dank«, sagte Ella, »ein anderes Mal gern. Ich komme gerade von einer anstrengenden Tour zurück.« Sie zeigte auf das Heizgebläse, das sich ab und zu einschaltete. »Passt auf, dass hier nichts Feuer fängt.«

»Natürlich. Paul war heute übrigens schon zweimal da, um sich nach dir zu erkundigen«, sagte Antonia mit einem geheimnisvollen Lächeln. »Er hat eine Überraschung für dich.«

Was konnte das sein? Gespannt ging Ella weiter zu Pauls Lagerscheune, doch die war verschlossen. Sie schnupperte. Es roch irgendwie verheißungsvoll, nach umgegrabener Erde und Frühling. Die ersten Magnolienbäume blühten. Otto, der neue Gärtner, hatte im Park bereits gut ausgelichtet. Er war begeistert gewesen von der renovierten Dienstwohnung und machte einen motivierten Eindruck. Besonders interessierten ihn die großen Buchsbäume, an denen Konstanze sich gleich nach ihrer Ankunft vor gut einer Woche zu schaffen gemacht hatte – oder interessierte er sich mehr für die Freundin? Nun prangte als Blickfang neben dem Taubenturm ein Buchs in Form einer Taube mit einem Kranz aus regelmäßig herausgearbeiteten Schwanzfedern.

Auf dem Weg ins Manoir versuchte Ella, Paul per Handy zu erreichen, doch nur seine Mailbox schaltete sich ein. Als sie die Empfangshalle betrat, hörte sie Gesprächsfetzen, das Klackern von Kugeln und Gelächter aus dem Billardzimmer. Es hatte sich als beliebter Aufenthaltsraum für alle, die sich aufwärmen wollten, und als Treffpunkt etabliert.

In den Salon kamen die Gäste, abgesehen von Ellas engsten Freunden, in der Regel nur auf Einladung. Das war ihr auch ganz recht, denn an manchen Abenden schätzte sie es, ihre Ruhe zu haben. Trotzdem war es an diesem Tag das erste Mal, dass Ella das Gefühl hatte, nach Hause zurückzukehren. Sie hielt kurz inne – ja, das Gesumme und Gebrumme im Herrenhaus erfüllte sie mit einem warmen Gefühl. Im ersten Stockwerk rief Sina Bekannten, die mit ihr die Turmzimmer umgestalteten, etwas zu. Ella musste lächeln.

Nicht nur Louises Geschäfte liefen inzwischen dank der deutschen Besucher besser als früher. Auch der Keramiker, der Buchantiquar und der Bistrobesitzer profitierten von ihnen. Und natürlich Louis. Besonders Sina und ihre von allen als »die Designer« bezeichneten Freunde stöberten dort regelmäßig. Jasmin, eine frühere Kollegin Ellas, die mittlerweile für Wohnzeitschriften arbeitete und leider schon wieder abgereist war, hatte sich während ihres Aufenthalts als wahres Dekorationsgenie entpuppt. Sie hatte es verstanden, kostbare Antiquitäten, originelle Vintage-Fundstücke und moderne Elemente so zu kombinieren, dass es einfach nur toll aussah. Überall im Haus zeugten davon neue, mit leichter Hand angeordnete Arrangements. In der Empfangshalle wachte nun eine uralte Schneiderpuppe in napoleonischer Offiziersuniform neben der ausladenden Truhe, auf der Ella immer ihre Schlüssel ablegte. Auf der groben Holzoberfläche, die vom jahrhundertelangen Gebrauch glänzte, standen jetzt neben einer Vase mit einem Strauß schillernder Pfauenfedern mehrere leere vergoldete Bilderrahmen. Durch sie wurde die handbemalte Tapete dahinter raffiniert zur Geltung gebracht. Scheinbar nachlässig dazwischengeschobene oder an die Wand gelehnte Bilder – ein ungerahmtes Ölgemälde von einer historischen Jagdszene und Schwarz-Weiß-Fotos von Jeanne aus den Sechzigerjahren –, machten das Stillleben perfekt. Zudem verströmten Potpourris in schön geformten Glasgefäßen einen angenehmen Duft.

Ella ging in die Küche. Violetta hatte ihr vom Abendessen etwas zurückgestellt und war schon gegangen. Sie gab Salat, Couscous und Gemüse in eine Schüssel, damit setzte sie sich aufs Sofa in den Salon. Müde schaltete sie den Fernseher ein und aß, während sie die Nachrichten guckte. Von Paul traf eine SMS ein. *Hab die Chance, Kacheln, Armaturen und Wanne eines Originaljugendstilbades zu retten. Haus befindet sich bereits im Abriss, musste mich beeilen. Sorry, bin in ein paar Tagen wieder da. Bis dahin, LG Paul.*

Schade. Und kein Hinweis auf die vermeintliche Überraschung. Sie schaltete den Fernseher aus. In der Plattensammlung entdeckte sie eine LP mit dem Lied, das Jeanne einst für Odile gesungen hatte. *Ich weiß nicht, zu wem ich gehöre.* Beim Zuhören bekam Ella wieder eine Gänsehaut.

Sie schrieb noch die Mail an Henri Ballou, dann sah

sie den Poststapel durch. In den meisten Briefen wurde um eine Spende oder um ehrenamtliche Mitwirkung gebeten. Baronin Jeanne hatte zahlreiche Institutionen finanziell unterstützt und Initiativen gefördert – einen Verein zur Unterstützung alleinerziehender Mütter, eine Gesellschaft zur Bekämpfung faschistischer Tendenzen, ein Hospiz für Künstler, Sprachkurse für Flüchtlinge, Tafeln für Bedürftige, musikalische Früherziehung für Kinder und mehr. Ella legte alle Anfragen auf den Stapel, der sich bereits angesammelt hatte. Ob und was sie weiter spenden würde, konnte sie erst im Herbst entscheiden.

Die Augen fielen ihr zu. Sie raffte sich auf und ging, zufrieden mit dem Tag, schlafen. Der Besuch bei Odile hatte sie ein ganzes Stück vorangebracht. Noch während sie überlegte, wie um alles in der Welt sie die *amour fou* in Jeannes Biografie ehrlich, aber dennoch diskret beschreiben konnte, und in den Dämmerzustand zwischen Wachen und Träumen glitt, hörte sie den langsamen Walzer als Ohrwurm. *Ich glaub, ich gehöre nur mir ganz allein ...*

»Guten Morgen, Ella! Schön geschlafen?«

Als sie sich zum Frühstück einfand, das wieder im Wintergarten eingenommen werden konnte, weil die Frühlingssonne den Glasvorbau erwärmte, waren die Frühaufsteher bereits fertig. Etwa zehn Leute saßen noch am Tisch.

»Wunderbar! Guten Morgen alle miteinander!« Es roch nach Kaffee und Rühreiern mit knusprigem Speck. Den Gästen zuliebe bereitete Violetta ein üppigeres Frühstück statt des typisch französischen *petit-déjeuner* nur mit Croissants und Milchkaffee.

Ella nahm zwischen Konstanze und Lea Platz. Sie freute sich sehr über den Besuch ihrer Schulfreundin, der großen schlanken Ostfriesin mit den kurzen braunen Haaren, die so gut zupacken konnte. Auch Lea, die verjüngte Ausgabe ihrer Mutter Anna, mit Pferdeschwanz und ebenso eigensinnig, war ihr von Herzen willkommen. Sie hatte eine gleichaltrige Freundin mitgebracht, ab Oldenburg waren sie mit Konstanze im Auto mitgefahren. Offenbar hatten sich die drei trotz des Altersunterschiedes schon angefreundet. Wahrscheinlich wegen des gemeinsamen Interesses an der Botanik.

»Wir wollen uns heute ein paar Schlossgärten ansehen«, sagte Konstanze aufgekratzt, »möchtest du nicht mitkommen?«

»Ein paar?«, erwiderte Ella mit hochgezogenen Augenbrauen. »Meist reicht ja ein Tag nicht für einen einzigen. Lust hätte ich schon, aber ich bin mit unserem Buchantiquar verabredet. Er wollte mir vergriffene Fachliteratur besorgen.«

»Schade.« Konstanze schenkte sich Orangensaft nach. »Ach, eine Frage noch: Gaston, der Wirt von dem Ausflugslokal unten am Fluss, hat mich gefragt, ob ich seinen Buchs in Form eines Hahns schneiden würde. Wärst du damit einverstanden?«

Ella lachte. »Klar, ich hab volles Vertrauen zu dir! Wenn's dir Spaß macht.«

»Auf jeden Fall! Das wollte ich schon lange mal, Figuren ausprobieren. Immer nur geometrische Formen, Kugeln und Quarder, das ist echt langweilig. Ich könnte mir hier gut eine ganze Serie mit Federvieh vorstellen«, Konstanze schmunzelte, »vom Küken bis zum Pfau.«

»Ich lass mich überraschen«, sagte Ella. »Wenn die jeweiligen Anwohner damit einverstanden sind, leg los!«

Eine kleine Gruppe brach auf. »Wir besuchen gleich mit Alma den Wochenmarkt im Nachbarort«, erklärte eine der Frauen. »Wir helfen ihr tragen. Sie zeigt uns, worauf man beim Einkaufen achten muss, und will uns heute beibringen, wie sie ihre Ente in Orangensauce zubereitet.«

Alma gab manchmal im Manoir Kochunterricht. Um sie herum bildete sich mehr und mehr ein Kreis von Genießern, die sich mit Vergnügen von ihr anleiten ließen. Neulich hatten sie gemeinsam Meeräsche aus der Crevette auf dem Grill zubereitet, dazu Buttersoße mit Rotwein und Charlotten – köstlich. Und zu gern dachte Ella noch an das in Gläsern servierte Dessert, das tagelange Vorbereitungen erfordert hatte – getrocknete Birnen, in Rotwein eingelegt, mit flüssiger dunkler Schokolade übergossen, im Kühlschrank erkaltet und dazu knusperzarte karamellisierte Blätterteigstangen. Erwartungsvoll rollte sie mit den Augen.

»Mmh. Da können wir uns ja heute Abend auf was Feines gefasst machen!«

Eine weitere kleine Gruppe traf Ella auf ihrem Fußweg ins Dorf. Bekannte von Jacko kletterten gerade in einen VW-Bulli. »Wir wollen nach Montrésor«, verkündeten sie unternehmungslustig. »Ein mittelalterlicher Ort mit einem Schloss. Warst du schon dort? Er soll besonders idyllisch an einem Nebenfluss der Loire liegen. Gehört angeblich zu den schönsten Dörfern Frankreichs. Komm doch mit!«

Wieder lehnte Ella dankend ab. Aber es freute sie, dass es diese Möglichkeiten gab. War das nicht überhaupt das Beste am schönen Leben – Möglichkeiten zu haben? Ob man sie nun sofort nutzte oder nicht, allein zu wissen, man könnte, wenn man wollte … Beschwingt klingelte sie an der Tür des Buchantiquars. Olivier Beaumont, mit dem sie sich inzwischen duzte, verbrachte viel Zeit in seinem Garten, er hockte nicht ständig zwischen den Regalen.

»Ist offen!«, hörte sie ihn rufen. Er erwartete sie bereits

und hatte eine Thermoskanne Kaffee gekocht. »Hier!«
Olivier legte einen Stapel Bücher auf einem Lesetisch
ab. »Alles zur Nachkriegszeit in Frankreich, wie du es gewünscht hast, und eine bekannte Star-Zeitschrift aus den
Fünfzigern. Da steht bestimmt auch was über die Sängerin Jeanne drin.«

»Das sieht ja vielversprechend aus. Danke dir, Olivier!«
Ella setzte sich an den Tisch. Sie schlug eine Doktorarbeit
über die Begleitumstände der Befreiung Frankreichs von
der deutschen Besatzung auf. »Hoffentlich ist es nicht
zu kompliziert geschrieben, französisch und dann noch
wissenschaftlich …«

»Ich helfe dir gern, wenn ich kann«, versprach er.

Ella versank in der Lektüre. Sie las, dass es nach der
Befreiung 1944 gegen Kollaborateure viele spontane Aktionen gegeben hatte, von Rachedurst geprägte Exzesse
mit Volksfestcharakter. Ungefähr zwanzigtausend Frau-
en, denen man Beziehungen zu Deutschen nachsagte,
waren kahlgeschoren worden. In einem anderen Buch las
sie, dass auch französische STO-Arbeitsdienstleistende
nach dem Krieg unterschwellig der Zusammenarbeit mit
den Deutschen verdächtigt worden waren. Man machte
ihnen Vorwürfe, fragte, weshalb sie sich denn nicht versteckt hätten, um dem Arbeitsdienst zu entgehen? Erst
2008 hatte der französische Staat sie symbolisch als »zur
Arbeit im Feindesland gezwungene Personen und Opfer
der Zwangsarbeit in Nazideutschland« anerkannt. Dafür
hatte der Ehemaligenverband der zivilen Zwangsarbeiter
jahrzehntelang gekämpft. Und er hatte sich dabei, um seinem Anliegen mehr Nachdruck zu verleihen, scharf ab-
gegrenzt von den wirklich freiwilligen Zivilarbeitern. Zu
denen hatte Jeanne offiziell gehört.

»Puh!« Ella stöhnte beim Lesen auf.

Opferhierarchien. Da Französinnen sich als Freiwillige hatten anwerben lassen oder, anders formuliert, da französische Frauen anders als französische Männer nicht bei Razzien festgenommen und deportiert, folglich nicht mit Gewalt zum Arbeitseinsatz im Deutschen Reich gezwungen worden waren, hatte man sie nach dem Krieg moralisch auf den hintersten Platz gestellt. Schlimmer waren nur noch Kollaborateure. Für diejenigen, die nach dem Krieg rechtmäßig verurteilt worden waren, hatte es jedoch insgesamt drei Amnestien gegeben. Schon wieder entfuhr Ella ein Ächzen.

»Du klingst, als könntest du eine kleine Unterbrechung vertragen«, sagte Olivier. »Die Sonne scheint. Lass uns nach draußen gehen.« Sie setzten sich mit einem Kaffee auf die Sitzbank vors Haus, das sich am Dorfplatz gegenüber dem Bistro befand. Obwohl in Frankreich seit fast zehn Jahren Rauchverbot in öffentlichen Gebäuden und Lokalen herrschte, kündete draußen noch eine verwitterte schmale Leuchtreklame, die sogenannte Karotte, davon, dass es sich hier einst um einen staatlich betriebenen Bar-Tabac-Laden gehandelt hatte. Inzwischen diente das Bistro, das wegen mangelnder Nachfrage nicht mehr jeden Abend geöffnet hatte, tagsüber auch als Paketstation, Kiosk und Brotdepot. Der dicke glanzköpfige Wirt, Théo Petit, winkte ihnen freundlich zu. Seine Familie machte gerade Frühjahrsputz. »Sie hoffen, dass es dieses Jahr noch mal reicht mit den Gästen. Sie haben ja auch Fremdenzimmer. Im Sommer verirren sich manchmal ein paar Touristen und Fliegenfischer hierher.«

Ella genoss die friedliche Stimmung. »Schade, dass der Dorfbrunnen nicht intakt ist«, sagte sie.

»Ja, schade«, erwiderte Olivier. »Die kleine Figur, die in der Mitte stand, ist auch gestohlen worden.«

Zuerst hörte man es nur – ein vielstimmiges Gemecker störte die Ruhe. Dann bog Séverine mit ihrer Ziegenherde um die Ecke. Und ... Mark begleitete sie. Auf dem Platz blieben sie stehen.

»*Salut*, Ella, *salut*, Olivier, wie geht's euch?«, rief Séverine.

»*Bonjour.* Möchtet ihr auch einen Kaffee?« Olivier ging in den Laden und holte Becher.

»*Salut*, ihr beiden. Na, Mark, neue Erkenntnisse in der Glücksforschung gewonnen?« Ella zwinkerte ihm zu. Sie wusste, dass Mark seinen Abgabetermin für den Ratgeber verschoben und stattdessen PR-Aufträge vorgezogen hatte, weil ihm einfach die Inspiration fehlte. Mit einem breiten Grinsen nahm er Platz. Séverine blieb stehen, wohl, um die weiß und braun gescheckten Tiere besser im Blick behalten zu können. »Was ist das für eine Rasse?«, fragte Ella interessiert.

»Das sind Cou Clairs«, sagte Séverine stolz. »Bald werden wir wieder losziehen, erst an der Crevette und dann immer an der Loire entlang.«

»Ist das nicht toll?« Begeistert kraulte Mark einer Ziege den Bart. »Séverine hat einen uralten Brauch wiederbelebt. Sie wandert als Ziegenhirtin mit den Tieren am Fluss entlang und lässt sie dort weiden. Manchmal müssen sie einen Kahn nehmen, um überzusetzen. Stell dir nur mal den Anblick vor.«

»Klingt, als würdest du am liebsten mitgehen«, sagte Ella.

»Ja, wer weiß ... Eine Reportage mach ich auf jeden Fall.« Mark und Séverine wechselten einen tiefen Blick. »Meinen ersten Käse hab ich übrigens auch schon hergestellt.«

»Wow, schmeckt bestimmt großartig.«

»Am besten wird er, wenn die Ziegen unter Akazien geweidet haben«, behauptete Mark fachmännisch.

»Mensch, du bist ja schon voll drin in der Materie«, sagte Ella lachend. »Übrigens, heute Abend gibt's Ente *à l'orange*. Falls du Lust hast, Séverine, komm doch einfach zu uns.«

Die junge Frau lächelte. »*Merci*, ich komme gern. Bis dahin.« Ihr Hütehund bellte, sie musste sich um die Herde kümmern.

»*Au revoir.*«

Ella kaufte Olivier bis auf eines alle Bücher ab, die er ihr besorgt hatte. Sie lud auch ihn und seinen Mann zum Abendessen ein.

Das Menü war gelungen. Sie genossen es bei angeregten Unterhaltungen im Schein großer mehrarmiger Kerzenleuchter. Séverine hatte verschiedene Sorten Ziegenkäse mitgebracht. Oliviers Mann Alain erzählte sehr witzig von seiner Arbeit als Lehrer und Leiter des Schulchors. Paul hatte sich noch nicht wieder gemeldet. Sie überlegte, ob sie ihm eine Nachricht schicken sollte. Aber dann dachte sie an Annas Warnung und bremste sich.

In den folgenden Tagen konzentrierte Ella sich ganz auf ihre neue Lektüre. Sie blieb die meiste Zeit in der Bibliothek, machte Notizen, ordnete das Material kapitelweise. Dann riss ein dicker Brief des Verwalters sie aus ihrer Arbeitsroutine. Er kündigte die schon seit Längerem geplanten Malerarbeiten an den Holzelementen der Gebäude im Dorf an und wollte wissen, ob Ella eine Farbpräferenz habe. Sie überlegte. Eigentlich wäre der Rosenholzton sehr schön, in dem die Eingangstür des Gärtnerhauses gestrichen war. Sie würde sich deswegen mit Sina besprechen.

Auf dem nächsten Blatt war die neue Monatsabrechnung aufgelistet. Ella las und schnappte nach Luft – der Betrag überstieg das Budget um mehr als das Doppelte! Im beigefügten Schreiben verlangte der Verwalter, dass sie in den folgenden Monaten den Verlust durch radikales Sparen wettmachte.

»Mist!«

Ärgerlich warf sie den Brief auf den Tisch.

Ihr Appell hatte überhaupt nichts gefruchtet. So ging es nicht weiter. Sie musste doch ein Machtwort sprechen. Ausgerechnet jetzt, da Konstanze und Lea zu Gast waren, wie unangenehm. Und in Kürze wurden auch noch die Damen der Rosengesellschaft wieder erwartet. Die konnte sie doch nicht hungern lassen, weil irgendwelche Bekannte von Freunden sich hier seit Wochen nutzlos durchfutterten! Zur Not musste sie etwas von ihrem privaten Geld zuschießen. Bislang hatte sie das Darlehen auf ihre Lebensversicherung kaum angegriffen.

»Hallo, ihr Lieben! Ich habe euch zusammengetrommelt, weil die Lage ernst ist.« Knapp dreißig Gäste, von denen Ella höchstens die Hälfte gut kannte, saßen am kommenden Abend vor ihr im Wintergarten. Es gab nur Gemüsesuppe und Baguette. Ella hatte Violetta angewiesen, sich strikt an ihren neuen Sparplan zu halten, und untersagt, Alma weiter zu beschäftigen. Aber natürlich standen die Weinkaraffen und Wasser auf dem Tisch. »Wir haben über meine Verhältnisse gelebt. Vor einigen Monaten hab ich euch gerufen – ihr seid gekommen. Ich danke euch dafür. Jeder hat sich hier eingebracht, und sei es nur mit seiner Gesellschaft«, Ella lächelte ironisch. »Jetzt ist das Budget verpulvert. Mehr als das, es klafft eine große Lücke in der Haushaltskasse.« Endlich verstummten die letzten

Nebengespräche. »Wer bleiben möchte«, fort Ella ernst fort, »muss sich ab Montag anteilig an den Nebenkosten und an der Verpflegung beteiligen. Violetta wird das Geld einsammeln. Ihr könnt es auch überweisen. Wer das nicht möchte oder kann, den bitte ich, seine Zelte hier abzubrechen.« Schlagartig sank die gefühlte Raumtemperatur. Ella blickte in lange Gesichter. Unbehagen und Ärger klang aus dem ersten leisen Gemurmel.

»*The party is over*«, übersetzte hinten jemand seinem Nachbarn.

Vorab hatte Ella die engsten Freunde – Antonia, Jacko, Mark, Sina, Konstanze und Lea nebst Freundin – in ihre Sparpläne eingeweiht und den Teenagern versichert, dass sie selbstverständlich weiter ihre Gäste seien. Die hielten sich nun mit Kommentaren zurück.

»Glaubt mir, es tut mir weh, das verkünden zu müssen«, schob Ella nach. »Aber ist es erforderlich, ich sehe keinen anderen Weg. Und«, sie versuchte es mit einem strahlenden Lächeln, »hatten wir nicht eine wunderbare Zeit? Darüber können wir uns freuen, und dafür bin ich dankbar. – Tja, so ist die Lage. Danke für euer Verständnis.« Doch es kam weder ein dankbares oder sonst wie geartetes Lächeln zurück. Als die Ersten aus der Runde Sätze sagten, die mit »Ja, aber ...« anfingen, stand Ella auf und verließ den Wintergarten.

Mit einem dicken Kloß im Hals ging sie durch den Park, um sich zu beruhigen. Sie stapfte am Bach entlang bis zum Monopteros, prüfte wie immer den Wasserstand und die Einstellung des Wehrs auf der Weide. Alles in Ordnung. Es war nie geklärt worden, wer die Wehrklappen umgestellt hatte. Insgeheim traute sie es dem Neffen des Barons zu. Auch als der Lieferant für Heizöl sie Anfang Januar tagelang hatte warten lassen, war sie das Gefühl nicht losgeworden, dass dieser Kerl etwas damit zu tun hatte. Aber nachweisen konnte sie ihm natürlich nichts, also hatte sie geschwiegen.

Ella dachte an ihre Gäste. Der Quasirauswurf tat ihr leid. Mancher hatte eben gerade kein Geld, obwohl er talentiert und liebenswert war. Sie ging langsam wieder zurück, um den Teich herum. Sie hatte Violetta gesagt, dass der Gärtnergehilfe Pépin künftig nur noch im Park arbeiten sollte. Schließlich wurde seine Arbeitskraft jetzt im Frühjahr draußen gebraucht. Otto war tüchtig, aber konnte nicht alles allein schaffen. Damit Almas Familie durch die finanzielle Einbuße nicht zu sehr litt, hatte sie Almas arbeitslosem Mann einen kleinen Job als Hausdiener angeboten. Er sollte künftig jeden Vormittag die Kamine im Haus reinigen, trockenes Holz auf die Zimmer bringen und kleinere Reparaturen ausführen. Seinen Lohn würde sie umlegen auf die Nebenkosten, die ihre Besucher künftig zu entrichten hatten.

»Nützt ja nix«, sagte Ella halblaut vor sich hin. »Wat mutt, dat mutt.« Alte ostfriesische Weisheit.

»Kannst du das mal übersetzen?«, hörte sie Pauls Stimme.

Sie fuhr herum. »Musst du immer so plötzlich im Park hinter mir stehen und mich erschrecken?«

Er lachte. Unter seiner Jacke schien er etwas zu verbergen.

»Mach die Augen zu«, bat er.

Ella gehorchte, mit dem Rücken an einen Pfosten der japanischen Brücke gelehnt. »Streck die Arme aus.« Sie tat, was er verlangte, und spürte auf einmal etwas Warmes, Wuscheliges, Lebendiges. Es jaulte leise. Ella riss die Augen auf. Ein unglaublich süßer Welpe!

»Oh, wer bist du denn?«, rief sie, drückte das Tier sanft

an sich und streichelte es. »Paul, was ist das? Wer … ich meine, für wen …«

»Den schenke ich dir.« Er strahlte übers ganze Gesicht, aus seinen dunkelblauen Augen blitzte übermütige Freude. »Es ist kein Jagdhund und kein Schoßhund, sondern ein Hirtenhund, ein treuer Familienhund.«

»Meine Güte, ist der niedlich! Ich bin schockverliebt!« Ella wiegte das rehbraune Tier in ihren Armen. »Was ist das für eine Rasse?«

»Das ist ein Briard.« Paul kraulte ihn hinterm Ohr. »Kräftig und doch elegant. Er hat ein ausgeglichenes Wesen, bekommt ein langes Fell, ist lebhaft, gewitzt, hat Geduld mit Kindern und ein ausgeprägtes Schutz- und Hüteverhalten.«

»Für mich?«, wiederholte Ella überwältigt.

»Sportlich ist er auch. Der zieht für dich den Schlitten und läuft nebenher, wenn du Rad fährst.«

»Klingt nach einem echten Traumpartner«, witzelte sie. »Womit hab ich das verdient?«

»Du wolltest doch schon länger einen ständigen Begleiter, und ich finde, dieser passt perfekt.« Paul lächelte umwerfend. »Sieh nur, er hat einen intelligenten und ruhigen Blick, ist sensibel, ein guter Beobachter. Ich kann ja leider nicht immer hier sein und auf dich aufpassen.«

Gerührt betrachtete Ella erst den Hund, dann Paul. »Stimmt. Die Ähnlichkeit ist verblüffend.«

Die Lächelfältchen um seine Augen vertieften sich. Durch halb geschlossene Oberlider betrachtete Ella Pauls Mund – die geschwungene Linie seiner Oberlippe und die winzigen Grübchen in den Mundwinkeln, die sie zu gern mit ihren Lippen liebkost hätte, und diese volle Unterlippe. Alles egal, dachte sie, jetzt muss ich dich einfach küssen.

Gerade als sie sich vorbeugen wollte, um ihren Mund auf seinen zu drücken, umfasste Paul vorsichtig ihre Schultern, zog sie samt Hündchen an sich und gab ihr einen wunderbar zärtlichen Kuss.

»Danke«, flüsterte Ella.

»Für den Hund oder für den Kuss?«

»Was denkst du?«

»Lass es mich noch einmal probieren.«

»Läuft er weg, wenn ich ihn runterlasse?«

»Ich würd's nicht tun, wenn ich er wär.« In aller Seelenruhe hakte Paul dem Welpen eine Leine ans Halsband, setzte ihn behutsam ins Gras und befestigte die Leine am Geländer. Dann küsste er sie noch einmal. Er unterbrach, schmeckte nach. »Nein, ich glaube, das ist kein typischer Danke-für-den-Hund-Kuss. Aber ich möchte ganz sicher sein.« Jetzt nahm er sie fest in seine Arme, zog sie eng an sich und küsste sie lange, innig, sicher. Ella erwiderte den Kuss. Ihre Körper schmiegten sich aneinander, die Proportionen passten perfekt. Mit geschlossenen Augen nahm sie Pauls Wärme wahr. Sternenstaub flirrte in ihr und um sie herum, wohlig kribbelnde Schauer durchliefen sie. Ella ließ sich fallen in dieses Gefühl. Gut, dass Paul sie hielt, denn in ihrem Kopf rauschte es nur noch, ihr Magen drehte sich, und die Planken der Brücken schienen gefährlich zu schwanken.

Irgendwann holte sie das Fiepen des Welpen zurück in die reale Welt. Lächelnd lösten sie sich voneinander, Ella nahm das Tier auf den Arm. »Na, du bist wohl nicht gern allein?«

»Ein Briard liebt seine Familie«, sagte Paul. »Er beschützt sie wie seine Herde.«

»Ach herrje. Ich hab meine Herde gerade in die Welt hinausgetrieben.« Ella seufzte. Sie erzählte Paul, was geschehen war.

»Da wird sich nur die Spreu vom Weizen trennen«, prophezeite er. »Die Mitesser machen sich vom Acker, die Guten bleiben.«

»Hoffentlich hast du recht.« Verliebt sah sie ihn an, und er erwiderte den Blick auf eine Weise, die ihr gleich wieder weiche Knie bescherte.

»Was macht eigentlich dein Wikinger?«, fragte Paul unvermittelt. Zwischen seinen Brauen bildete sich eine steile Falte.

Sie musste etwas überlegen, bis ihr aufging, dass er Sven meinte. Sie lachte. »An den hab ich tatsächlich schon eine ganze Weile nicht mehr gedacht. Und deine ...«, sie sprach den Vornamen nicht aus.

»*Passé.*« Paul legte den Arm um ihre Schulter, sie gingen durch den ausgrünenden Blauregentunnel. »Ich hätte ja schon gern vorher mein Glück bei dir versucht, aber du hast immer so widersprüchliche Signale gesendet.«

»Signale? Ich?«

»Ja, zum Beispiel auf der Flussinsel, da hast du von einem Traum erzählt, der dich an etwas erinnert hat, und beinahe wärst du in Tränen ausgebrochen. Ich dachte, du trauerst deinem Ex nach.«

»Ach, nein, der Traum hatte mit ihm überhaupt nichts zu tun!«

»Und beim Abendessen bei mir, da hast du ein paarmal betont, wie wichtig es ist, dass man sich Zeit lässt und aus seinen Fehlern lernt, wenn eine Beziehung zu Ende gegangen ist. Und dass du die Vorstellung, wochenlang zu zweit auf einem Segelschiff zu sein, eher beklemmend findest.«

»Oje. Ich wollte doch nur grundsätzlich Verständnis bekunden, falls du noch nicht gleich wieder bereit wärst für was Neues. Aber ...«

Sie kiekste, weil sie ein leicht hysterisches Lachen unterdrücken musste. Verrückt. Das kam dabei heraus, wenn man gute Ratschläge befolgte.

Paul blieb stehen. Er legte sanft seine Hände um ihr Gesicht und sah ihr tief in die Augen. »Liebe Ella, ich bin bereit. Aber so was von!«

Violetta vermeldete zu Beginn der folgenden Woche guten Erfolg. »Acht Leute sind abgereist, bis auf zwei haben alle anderen bezahlt, und zwar gern und ohne zu murren.« Sie strich nachdenklich über ihr Haar. »Ich habe den Eindruck, dass bei den Künstlern sogar einige für die anderen gesammelt haben.«

Ella atmete auf. Aber seit dem Kuss schwebte sie ohnehin ein paar Zentimeter über dem Eichenparkett. Sie konnte an kaum etwas anderes denken. Sie vermochte noch nicht einzuordnen, wie ernst die Sache mit Paul war oder werden sollte. Das machte es umso prickelnder.

Seit ihrer Bezahlankündigung herrschten Unruhe und verstärkter Gesprächsbedarf im Herrenhaus ebenso wie im Ort selbst. Mehrere konspirativ anmutende Treffen schienen stattzufinden, doch Ella blieb lieber in ihrer Bibliothek, um zu arbeiten. Was ihr allerdings auch nur in geringem Umfang gelang, weil der Hund, den sie Hugo genannt hatte, ständig ihre Aufmerksamkeit verlangte.

»Wer sind denn die zwei, die nicht bezahlen wollen?«, fragte sie.

»Moritz und Max, Künstler aus Berlin«, erwiderte Violetta mit leichter Ironie in der Stimme. »Angeblich hat Jacko sie eingeladen. Doch der sagt, das seien nur Facebook-Freunde. Sie wohnen seit zwei Wochen im blauen Turmzimmer.«

»Aha. Na, dann wollen wir doch mal sehen.«

Ella entdeckte die Berliner vor der Kunstscheune, wo der Jüngere gerade einen Joint rauchte. Er lag in einer Hängematte, der andere lungerte auf einem Gartensessel herum. »Bitte packt eure Sachen und reist ab«, sagte sie in ruhigem, nicht unfreundlichem Ton.

»Hey, warum verkauft du nicht einfach so'n olles Sofa oder 'nen Ölschinken«, sagte der Jüngere, »dann hast du unsere Unterhaltskosten für die nächsten Monate drin.« Der andere lachte.

»Ihr geht jetzt nach oben und holt euer Gepäck.« Ella drehte die Hängematte so, dass es unbequem für den jungen Mann wurde. »Sofort. Ich warte hier.«

»Blöde Alte«, murrte er.

Sie stupste ihn, damit er sich schneller bewegte. Langsam wurde sie wirklich ärgerlich. »Beeil dich, Freundchen. Ich hab beste Kontakte zur Pariser Türsteherszene – das sind solche Schränke! Ein Anruf, und in zwei Stunden sind die hier.« Sie nahm auf dem Gartensessel Platz und wartete ab, bis die beiden ihren Variant mit großen, prallvollen Beuteltaschen beladen hatten. Die Klappe hinten stand noch offen, als Ella aus einem Beutel einen der mehrarmigen Kerzenleuchter herauslugen sah. »Ich fass es nicht!«

Mit einem scharfen Blick verlangte sie die Herausgabe. Mürrisch drückte der Ältere ihr den Leuchter in die Hand. Mittlerweile waren andere Künstler aufmerksam geworden und beobachteten die Szene. »Haut bloß ab!«, rief einer. »Wer hat euch eingeladen? Habt Ihr eigentlich irgendwas Produktives geleistet?«

Jacko kam herbeigelaufen. »Ihr Arschlöcher ruiniert hier meinen guten Ruf!« Mit wütendem Gesicht hielt er die Fahrertür offen. »Habt ihr noch was geklaut? Her damit!« Da gab der Fahrer einfach Gas. Er wäre Jacko beinahe über den Fuß gefahren. »Ich zeig dich an!«, brüllte Jacko ihm hinterher. »Ella, es tut mir wahnsinnig leid, diese Typen haben sich einfach eingeschlichen.«

Sie klopfte ihm auf die Schulter. »Ach, reg dich ab. Mit etwas Schwund muss man immer rechnen.« Sie zuckte mit den Achseln. »Jetzt sind sie ja weg.«

Am Abend telefonierte sie mit Anna und erzählte ihr ganz beiläufig von dem Vorfall. Anna regte sich fürchterlich auf. »Du hättest das gesamte Gepäck durchsuchen müssen!«

»Nö«, antwortete Ella.

»Aber warum nicht?«

»Das ist unter meiner Würde. Für einen Kerzenleuchter mach ich mich nicht zum Affen. Wenn du erst mal anfängst, misstrauisch zu sein und andere zu kontrollieren – nein, das will ich nicht, das ist ein schleichendes Gift! Von solchen Typen lass ich mir doch mein Grundvertrauen nicht kaputtmachen.«

»Ella, du spinnst! ›Unter meiner Würde‹ – das ist ganz schön hochnäsig.«

»Es ist genau das Gegenteil: Ich glaube, dass jeder für sich selbst verantwortlich ist. Deshalb halte ich übrigens auch deine Motivationskurse für Blödsinn.«

»Wie bitte?« Anna schnappte hörbar nach Luft.

»Ja! Wer bist du denn, wer bin ich, andere zu bevormunden? Menschen mit Belohnung oder Bestrafung zu dressieren? Lass sie gewähren.« Einige Atemzüge lang herrschte Schweigen.

»Nun ja. Vielleicht«, Anna schaltete in den Therapeutinnenmodus, »vielleicht liegt es daran, dass du dich in letzter Zeit intensiv mit dem Thema NS-Zwangsarbeit beschäftigt hast. Deshalb verfällst du ins andere Extrem.«

»Ach, du Psychologin!« Ella fühlte sich unverstanden.

»Meine Liebe«, Annas Stimme klang sehr streng, »du musst genau darauf achten, dass auch wirklich jeder seinen finanziellen Beitrag leistet.«

Damit reizte sie Ella nur noch mehr, die Gegenposition zu vertreten. »Ich hab mich schon in Hamburg, als ich meist pleite war, geweigert, Geld für das Wichtigste im Leben zu halten. Soll ich etwa jetzt damit anfangen, kniepig zu werden?«

»Ja, das solltest du«, mahnte Anna. »Du musst lernen, Grenzen zu setzen. Sonst hast du dein Erbe nicht verdient.«

»Das seh ich anders«, gab Ella gereizt zurück. »Ich denke nicht daran, mich wegen solcher Blindgänger zu einer misstrauischen Erbsenzählerin zu entwickeln.«

»Ich an deiner Stelle würde sowieso nur den engsten Freunden erlauben, auf Cremont zu wohnen.«

»Anna, ich bin nur dieses eine Jahr hier. Das ist das Jahr meines Lebens!«

»Ich meine es nur gut«, erwiderte Anna schnippisch.

»Ja, ich weiß«, sagte Ella pampig.

Sie atmete scharf durch die Nase aus. Etliche Sekunden verstrichen in einer äußerst unangenehmen, angespannten Stimmung, bevor Anna wieder das Wort ergriff.

»Gut, dass Lea morgen mit Konstanze nach Hause zurückfährt. Tschüs.«

»Tschüs.« Verärgert legte Ella ihr Handy weg. So hatte sie noch nie mit Anna gestritten. Es bedrückte sie.

Zwei Tag später rief sie ihre Freundin am Abend wieder an. »Ich wollte nur fragen, ob Lea und ihre Freundin gut angekommen sind«, sagte sie. Die Mädchen hatten ihr längst eine fröhliche SMS aus Hamburg geschickt, aber sie brauchte einen Vorwand, um das Gespräch zu eröffnen.

»Ja, das sind sie«, antwortete Anna reserviert. »Es hat ihnen sehr gut gefallen. Noch mal herzlichen Dank für alles.«

»Oh, es war schön, sie hierzuhaben.« Ella zögerte einen Moment, dann überwand sie sich. »Es tut mir leid, Anna.«

»Mir auch.« Die Stimme der Freundin klang immer noch kühl.

Ella bedauerte, dass sie sich gestritten hatten, es fühlte sich scheußlich an. Allerdings, das wurde ihr, wie möglicherweise auch Anna in diesen Sekunden, klar: Gemeint hatten sie beide genau das, was sie gesagt hatten. »Ich wollte dich nicht beleidigen.«

»Ja, der Ton war nicht schön«, sagte Anna. »Manchmal sind eben auch Freundinnen unterschiedlicher Ansicht. Das muss man aushalten.«

So richtig versöhnt klang das nicht. Ella spürte schon wieder Ärger aufsteigen, dabei hatte sie doch eigentlich die Wogen glätten wollen. »Da geb ich dir recht«, erwiderte sie betont sachlich. »Ich weiß schon, dass du es nur gut mit mir meinst.«

»Hm.«

»Ich hoffe, dass Lea nicht unter unserer Meinungsverschiedenheit leiden muss.« Nun schlich sich ein bittender Ton in Ellas Worte. »Sie ist ein tolles Mädchen. Sie fühlt sich auf Cremont so wohl und hat mir gesagt, sie würde in den Pfingstferien gern wieder mit ihrer Freundin für ein paar Tage kommen. Das wirst du ihr doch nicht verbieten, oder?«

»Nein, natürlich nicht«, versprach Anna eine Spur milder gestimmt. »Es ist gut, wenn sie ihr Französisch verbessert.«

»Du kannst ja auch mitkommen.«

»Mal sehen«, antwortete Anna ausweichend. »Aber ich

glaube eher nicht. Ach nein, Pfingsten haben wir schon etwas vor.«

»Schade. Na, dann ein andermal.«

»Ja, gern, Ella. Bis dahin. Mach's gut.«

»Tschüs, Anna.«

Ella fühlte sich ein wenig erleichtert nach diesem Gespräch. Ihr Verhältnis war noch nicht ganz das alte, aber wenigstens konnten sie wieder normal miteinander reden. Sicher hatte Anna recht, eine gute Freundschaft musste so etwas aushalten können. Es würde sich im Laufe der Zeit schon zurechtruckeln.

Alma kam weiter ins Herrenhaus.

»Ich kann dich nicht mehr bezahlen«, sagte Ella.

»Ich arbeite gern hier«, erwiderte Alma. »Zu Hause langweil ich mich zu Tode, und dann ...« Sie machte eine Bewegung wie jemand, der ein Schnapsglas hebt.

Ella seufzte. »Na dann«, sagte sie lächelnd. »Du bist natürlich willkommen. Aber wir können auch mit den Zutaten nicht mehr so herumaasen.«

»*Pas de problème*, Madame!«

Almas Ehrgeiz war geweckt. Sie schlug vor, die große Küche zu nutzen, um Kochkurse zu veranstalten. Die Teilnehmer sollten dafür bezahlen. Der erste Kurs stand unter dem Motto »Viel Genuss für wenig Geld – französische Hausmannskost« und war ratzfatz ausgebucht.

Sina bot an, auf ihrem Computer Varianten für die Anstrichfarbe der Fensterläden, -rahmen und Türen im Dorf zu simulieren. Sie hatte sich nicht nur Software für eine dreidimensionale Darstellung von Inneneinrichtungen zugelegt, sondern konnte auch wie professionelle Architekten Renovierungen ganzer Häuserzeilen optisch darstellen. Zur Präsentation lud Violetta wieder in Ellas Namen alle

Dorfbewohner ein. Sie sollten mitentscheiden, was ihnen am besten gefiel. Auch Paul, der in diesen Tagen sehr beschäftigt und viel unterwegs gewesen war, kam. Ellas Herz klopfte schneller, als sie ihn sah, sie begrüßen sich aber vor den anderen nur gewohnt freundschaftlich mit Küsschen auf die Wangen.

Das Treffen in der Empfangshalle verlief fast schon routiniert, allerdings gab es dieses Mal nur Knabberzeug und etwas zu trinken. Im Kamin brannte ein Feuer, weil es Ende März abends doch noch recht kühl war. Sina zeigte mit einem Beamer, wie die Häuser im Dorf aussehen würden, wenn alle Fensterläden und Türen in einem Rosenholzton gestrichen wären, alternativ die Ausführungen in Dunkelbraun oder Mintgrün. Einige Zwischenrufe, mehr oder weniger ernst gemeint, animierten sie dazu, auch ein schrilles Lila oder mal für jedes Gebäude andere Farben auszuprobieren. Am Ende wurde abgestimmt, und eine deutliche Mehrheit sprach sich für den Rosenholzton aus. Ella war mit dem Ergebnis zufrieden.

Doch als sie die Sitzung schon für beendet erklären wollte, spazierten ihre deutschen Gäste im Gänsemarsch in die Halle. Sie brachten Stühle und Bänke mit, außerdem etwas zu essen und Geschirr. Die Dorfbewohner grinsten, offenbar waren sie in die Aktion eingeweiht. Sina klappte ihren Laptop zu und setzte sich, Mark ergriff das Wort.

»Liebe Ella, wir haben uns Gedanken gemacht. Wir durften hier eine geile Zeit verbringen, und du kannst nicht erwarten, dass ein Haufen Verrückter und Kreativer das einfach so hinnimmt.« Er lächelte breit. »Großzügigkeit und Freiheit für die Kunst haben Folgen – das ist so sicher wie ein ins Wasser geworfener Stein Ringe erzeugt.

Wir möchten dir und dem Dorf helfen, mehr Leben und Wohlstand nach Cremont zu holen.«

Ella starrte ihn überrascht an. Sie wusste nicht, was sie sagen sollte. Wie wollten diese lieben Idealisten, die doch selbst ewig zu wenig Geld hatten, das erreichen?

Jacko stand auf. »Wir haben Ideen gesammelt.« Ach so, dachte Ella enttäuscht. Eine Sekunde lang hatte sie tatsächlich gehofft, da würde etwas Handfestes kommen. Tapfer lächelte sie ihn an. »Neulich waren einige von uns in Montrésor«, fuhr Jacko fort. »Am Ortseingang steht ein Schild, das besagt, es ist anerkannt als eines der *plus beaux villages de France*.«

»Eines der schönsten Dörfer Frankreichs? Ja, und?«, fragte Ella.

»Diese Dörfer sind auf den Landkarten extra verzeichnet, Touristen klappern auf Rundfahrten genau diese Dörfer ab. Das sind Leute, die einen Sinn für das Originale und Besondere haben.«

So langsam fiel bei Ella der Groschen. Jacko setzte sich, und Antonia fuhr fort. »Wir haben uns erkundigt. Man kann sich bewerben, und dann kommt eine Kommission, und das Tollste ist: Das wird alles im Fernsehen gezeigt! Millionen Franzosen sehen sich jedes Jahr den Wettstreit der Top Ten der schönsten Dörfer an. Die Bürgermeister präsentieren dabei ganz stolz die Sehenswürdigkeiten, die Dorfgemeinschaft und das kulturelle Angebot.«

Jetzt mischte sich Olivier ein. »Es gibt zudem anerkannte Rosendörfer wie Chédigny, das gar nicht weit von hier liegt«, sagte der Buchantiquar. »Bei uns sind doch auch fast alle Häuser berankt, wenn auch zum Teil ziemlich vernachlässigt ... Auf jeden Fall könnten die besonderen Rosen der Baronin und der Park viele Rosenliebhaber anlocken.« Die Runde klopfte Beifall.

Gaston, der Federviehzüchter und Betreiber des Ausflugslokals, stand auf. »Seit Konstanze meinen Buchs beschnitten hat, nach dem Vorbild meines preisgekrönten Zwerghahns«, kurzes Gelächter unterbrach ihn, »kommen täglich Neugierige und fotografieren ihn – und sie wollen bei mir einkehren.«

»Du musst ihnen auch was Leckeres anbieten, mein Lieber«, rief Alma dazwischen. »Soll ich für dich kochen?«

»Nimm deutschen Apfelkuchen auf die Karte«, schlug jemand vorwitzig vor.

»Noch kurz eine Warnung an alle«, schob der alte Charles schmunzelnd ein. »Unsere Dorfuhr ist repariert. Sie schlägt derzeit wieder pünktlich!«

»Dann kommt man doch ganz durcheinander«, murrte Pépin im Hintergrund.

»Also, liebe Ella«, fasste nun Paul zusammen, »worum es eigentlich geht, ist Folgendes: Wir haben uns überlegt, dass wir uns dieses Jahr um die Anerkennung als eines der schönsten Dörfer Frankreichs bewerben wollen. Jeder trägt etwas dazu bei, Cremont aufzuhübschen – und vielleicht schaffen wir es ja unter die Top Ten!«

»Wir haben uns außerdem überlegt«, sagte eine Freundin von Sina, »dass wir die Holzläden, Rahmen und Türen selbst streichen können. So sparst du den Stundenlohn für den Maler.«

»Was sagst du, Ella?«, fragte Paul.

»Grundsätzlich, finde ich, ist das eine tolle Idee«, sagte Ella zögernd. »Aber angenommen, da fällt einer von der Leiter und verletzt sich. Wie ist das mit der Versicherung?«

»Darum könnte ich mich kümmern«, meldete sich Violettas Lebensgefährte zu Wort. Ella hatte ihn bislang gar nicht bemerkt und nickte ihm freundlich zu.

»Die Dorfbewohner, die fit genug sind«, versprach der Pächter der Weide, »werden natürlich auch mithelfen.«

»Und ich biete selbstverständlich in meinem Laden die Marmeladen an«, fügte Louise entschlossen hinzu.

»Welche Marmeladen?«, fragte Ella irritiert.

»Einige von denen, die bei Alma Kochunterricht genommen haben«, erklärte Sina, »wollen selbst gemachte Marmeladen, Chutneys, Rillettes und so weiter verkaufen.«

»Und ich meinen Ziegenkäse«, rief Séverine fröhlich.

Mark hob den Arm. »Ich mach die PR für das Dorf!«

Jetzt stand Ella auf. Ihre anfängliche Zurückhaltung war verflogen. »Wenn ihr wirklich glaubt, dass es möglich ist, bin ich dabei. Wollen wir noch abstimmen?«

Aber alle klopften und klatschten begeistert. Die Sache war entschieden.

Sie kosteten die Leckereien der Kochgruppe um Alma. Währenddessen sprudelten die Ideen nur so weiter.

Nachdem sich spät am Abend alle Dorfbewohner verabschiedet und die deutschen Gäste auf ihre Zimmer oder in die Nebengebäude zurückgezogen hatten, saßen Paul und Ella noch vor dem langsam ausglühenden Kamin. Hugo lag zu ihren Füßen. Sie tranken Wein und führten ein langes Gespräch über das Leben und die Liebe. Paul erzählte von seinem Vater und wie er sich jahrelang an dessen Dominanz abgearbeitet hatte, bis sie sich während der Demenzerkrankung des alten Herrn doch endlich als Vater und Sohn nahegekommen waren. Er verriet, dass er als junger Mann von einer Karriere als Schauspieler geträumt und Fechtunterricht genommen hatte.

»Aber heute mag ich mein Leben und das, was ich beruflich mache«, sagte er, »ich möchte nichts anderes tun.«

»Ich hab jetzt eine Chance, von der man sein Leben lang träumt, die man aber kaum für realistisch hält«, sagte Ella.

Sie vertraute ihm an, dass sie laut Jeannes Testament erst ein Jahr, bis zum Oktober, auf Cremont verbringen musste, bevor sie das Erbe antreten durfte, und dann alles verkaufen konnte beziehungsweise es musste. »Eigentlich ist mein Leben seit Jahren ein einziges Improvisieren, Durchhangeln, von Eisscholle-zu-Eisscholle-Hüpfen gewesen«, sinnierte sie. »Dass ich ganz nah dran bin, etwas nach meinen Vorstellungen gestalten zu können, das lässt mich manchmal ungläubig dastehen, und manchmal stimmt es mich euphorisch. Es ist, als würde mir plötzlich ganz viel Kraft zuwachsen.«

»Wie stellst du dir im Idealfall die Zukunft vor?«

»Im Idealfall? Da möchte ich leben wie jetzt. Das Anwesen müsste nur richtig restauriert sein und finanziell auf stabilen Füßen stehen. Ich würde mich freuen, wenn einige Freunde sich dauerhaft im Dorf niederließen, und möchte weiter ein offenes Haus führen für Bekannte und Künstler, die hier wohnen und auch eine Zeit lang arbeiten können. Ich würde vielleicht ein paar Zimmer oder Ferienwohnungen an Touristen vermieten, damit regelmäßig Geld reinkommt.«

»Wie sieht's mit Kindern aus?«, fragte Paul.

»Sind willkommen.«

»Ich meine, privat, für dich. Möchtest du welche?«

Ella errötete. »Wenn es sich so ergeben würde, ja, natürlich gern.«

»Geht mir genauso. Es hat sich irgendwie nicht ergeben bislang.« Er sah sie fragend an. Sie hielt dem Blick stand. Ihr Herz schlug schneller.

»Aber ich möchte auch nicht mein Lebensglück davon abhängig machen«, sagte sie dann. »Es gibt so viele spannende Sachen, die man machen, und so viele interessante Leute, die man kennenlernen kann.«

»Ich bewundere die Art, wie du mit Menschen um-
gehst«, sagte Paul. »Du siehst in jedem zuerst seine Stärken.«

Verlegen und geschmeichelt schaute Ella in die Glut. Sie
nahm einen Schluck Wein. Und nun bist auch du da, dachte sie, darauf habe ich ebenfalls lange gewartet. Schüchtern blinzelte sie zur Seite. Ihr Hirn begann vor Nervosität
lauter Bedenken zu produzieren. Werden wir heute Nacht
miteinander schlafen? Passt es wirklich? Was magst du im
Bett? Wie viel Nähe verträgst du, wie viel Freiheit lässt du
mir? Ob es vielleicht insgeheim doch noch ein Problem
wird, dass du Franzose bist und ich eine Deutsche? Wie
viel von der sogenannten Erbfeindschaft mag unseren Familien noch im Mark stecken? Hoffentlich hast du Kondo-
me dabei. Welche Unterwäsche trag ich heute eigentlich?

Puh! Sie atmete hörbar aus.

»Ella?«

»Ja?« Sie wandte den Kopf. Ihr Herz klopfte wie verrückt, als sie sich erneut in die Augen sahen. Paul schien
ihre Gedanken lesen zu können. »Denk nicht so viel.« Er
reichte ihr seine Hand. »Wir sind keine Staaten, die vorab
dicke Vertragswerke aushandeln.«

»Nein«, sie schluckte, »natürlich nicht.«

Paul stand auf, ohne ihre Hand loszulassen. Er zog sie
hoch, ganz nah an sich heran, drückte sie mit beiden Händen tief unten im Rücken gegen seinen Leib. Sie spürte
seine Anspannung, seine Wärme und Erwartung. Instinktiv erwiderte ihr Körper den Druck, und sie küssten sich.
Dann legte Paul seine etwas kratzige Wange an ihre.

»Ich möchte mit dir schlafen«, flüsterte er heiser.

»Jetzt?«

Was für eine dumme Frage, dachte sie noch, während
ihre Beine vor Aufregung weich wurden. Er hob den Kopf.

Ein kleines belustigtes Lächeln umspielte seine Lippen. In seiner Iris sah sie Begehren, einen sprühenden Funkenflug, der sie sofort erregte. Ja, dachte sie, ja, ja, ja. Und jetzt nahm sie ihn an die Hand.

Paul blieb über Nacht.

Dass am Morgen, eine Ewigkeit später, die Sonne besonders schön aufging und goldene Teppiche über die Wiesen legte, überraschte sie kein bisschen.

Ella erkundigte sich bei der Kommission, meldete Cremont an und erhielt zur Auskunft, dass die Prüfer des Schönheitswettbewerbs bereits zur Vorausscheidung mit einem TV-Kamerateam anreisen würden, und zwar im Juli. »Schade, Juni wäre besser gewesen, wegen der Rosenpracht«, meinte Louise, als Ella bei ihr Besorgungen machte. »Aber«, tröstete sie sich schnell, »dann blühen sie ja immer noch, und dafür auch vieles andere.« Sie packte Hefe und Hundefutter in ihre Einkaufstasche. »Letztlich ist es sogar besser. Dann haben wir noch gut drei Monate Zeit.«

Violetta bat nun doch wieder ganz offiziell und gegen Bezahlung Alma um Hilfe, damit sie den Mehlpütt, den hier alle Duftkuchen nannten, für die Rosengesellschaft zubereiten konnte.

Madame Polnareff und ihre Mitstreiterinnen waren entzückt von der Idee, dass Cremont sich am Schönheitswettbewerb der Dörfer beteiligen wollte. Sie arbeiteten geradezu beflügelt in Jeannes Rosengarten. Diesmal nahmen sie auch zahlreiche Ableger, die Ella anschließend an die Dorfbewohner zur Verschönerung ihrer Vorgärten verschenkte.

Der Countdown lief. Die mehrtägige Anstreichaktion geriet zu einer Art Dorffest. Am Ende luden die Künstler alle zur Besichtigung in die Scheune ein, und Sina und ihre Leute präsentierten die von ihnen umgestalteten Räume im Manoir. Während die unkonventionelle Fantasiewelt nicht jedem Dorfbewohner gefiel, fanden die neu gestylten Zimmer große Zustimmung.

Ihre engeren Freunde und ein paar der Hamburger Kreativen wollten bis zum Herbst auf Cremont wohnen bleiben. Zu ihnen gesellten sich immer mal wieder Besucher, die nur für ein Wochenende kamen oder gegen einen geringen Obolus ihren Urlaub bei Ella verbringen wollten – etwa ihre alleinerziehende Nachbarin aus Hamburg, die mit ihren beiden Söhnen bislang nicht weiter als an die Ostsee gefahren war, ihr Cousin aus Norden samt Familie, Kolleginnen, die in deutschen Zeitschriften für eine Flut von Reiseberichten über das Loire-Tal sorgten.

Konstanze kam in der Pfingstwoche, brachte wieder Lea und deren Freundin mit und zeigte Otto, wie er ihre Buchsfiguren nachschneiden konnte. Trotz Sprachschwierigkeiten verstand sie sich hervorragend mit dem Gärtner. Mit den Mädchen besuchte sie, zur Weiterbildung, wie sie sagte, Schloss Chenonceau.

»Da stehen die krassesten Blumengestecke überhaupt«, schwärmte Lea Ella hinterher vor, »für jeden Raum passend abgestimmt auf die Wandteppiche, auf die Gemälde, die Farben, die Stimmung der Zimmer – einfach toll!« Sie hatten erfahren, dass es dort eine eigene, ganz einzigartige Gärtnerei gab.

»Eigentlich ist das ein Atelier«, erklärte Konstanze, »und die Floristen, die da arbeiten, sind wirkliche Künstler. Ihre einzige Aufgabe besteht darin, sich von Tag zu Tag mit noch fantastischeren Kreationen für das Schloss zu übertreffen.«

»So was will ich auch machen. Da kann Mama sich auf den Kopf stellen«, sagte Lea bockig. Mit einem Augenaufschlag wechselte sie in den Liebes-kleines-Mädchen-Modus. »Ellaaa?«

»Jaaa?«

»Darf ich deinen Park plündern, um zu üben?«

Ella musste lachen. »Natürlich, solange du keinen Raubbau betreibst ... Mach nur!«

Begeistert stürmte Lea nach draußen.

Die Sechzehnjährige überraschte sie mit einigen nicht immer gelungenen, aber stets originellen Gestecken, die Empfangshalle und Salon schmückten. Lea stellte sich gut mit Otto, der inzwischen das Gewächshaus hinter dem Gärtnerhaus wieder in Betrieb genommen hatte und dort Frühgemüse, Salate, aber auch Blumen zog. Sie entdeckte ungewöhnliche Behälter für ihre Schöpfungen. Ihre Tischdekorationen waren kleine Kunstwerke, sie kombinierte Kohlblätter mit Rotbuchen- und Birkenzweigen, Wiesenblumen mit blühenden Sträuchern. Und von jeder ihrer Kreationen machte sie ein Foto, das sie ihrer Mutter nach Hamburg mailte.

Nach ein paar Tagen rief Anna ihre Freundin an. »Ich bin echt sauer«, eröffnete sie verärgert das Gespräch. »Hilft man so Freundinnen? Du solltest Lea ihre blöde Idee austreiben! Stattdessen ist sie jetzt besessener denn je von diesem Floristenquatsch.«

»Anna, hast du denn keine Augen im Kopf?«, fragte Ella. »Deine Tochter hat ein Riesentalent!«

Doch Anna beendete das Gespräch unversöhnt. Und dieses Mal rief Ella nicht zwei Tage später wieder an, um sich mit ihr zu vertragen.

Ella konnte den Verwalter davon überzeugen, dass er mit Blick auf den Wettbewerb einen Betrag für dringend erforderliche Schönheitsreparaturen zur Verfügung stellte. Mit Pauls Hilfe beschaffte sie eine stilistisch passende Figur für den Dorfbrunnen, den sie auch wieder in Gang setzen ließ. Sie bemühte sich, die schlimmsten Stilbrüche der Außenanlagen im Ort durch Gespräche mit den Bewohnern, denen sie zum Teil auch konkrete Ersatzangebote machte, auszumerzen. So wurden überall wieder die schmiedeeisernen Außenlaternen installiert.

Es war ansteckend. Jeder achtete plötzlich mehr auf das örtliche Erscheinungsbild. Wenn der eine Nachbar anfing, seine Rankgewächse auszuholzen oder eleganter am Haus entlangzulenken, dann folgte der andere bald.

Die Besucher arbeiteten meist zwei Stunden am Tag bei allem mit, was gerade anlag. Zum Beispiel dabei, den Park vollständig einzuzäunen. Das war nicht nur erforderlich, damit Hugo nicht entwischte, sondern auch, um die Pfauen frei laufen lassen zu können. Ella hatte eine entsprechende Vereinbarung mit Gaston getroffen. Durch die prächtigen Vögel gewann der Park noch mal an Attraktivität.

Seit April durften gegen eine Eintrittsgebühr am Wochenende auch Fremde in den Park. Die blühenden Kirschbäume spiegelten sich im Teich und waren zusammen mit der japanischen Brücke ein beliebtes Fotomotiv. Es gab auch Führungen durch den Duftgarten. Dabei erhielten die Besucher Seidentücher, mit denen sie sich die Augen verbinden mussten. Eine Freundin von Sina entdeckte während ihres Aufenthaltes das Seifensieden als Hobby. Louise nahm auch die Duftstücke in ihr Ladensortiment auf.

Ella fuhr mit Paul durch die Touraine, um weitere Anregungen zu sammeln. Mark schrieb fleißig Pressemitteilungen, postete Ausflugstipps im Internet und entwarf einen Flyer. Ohnehin lockten die ungewöhnlichen Buchsfiguren im Park des Herrenhauses sowie im Dorf und die Leckereien, die neuerdings in Gastons Lokal am Fluss angeboten wurden, immer mehr Ausflügler an.

Sina wurde vom Bistrobesitzer Monsieur Petit konsultiert, weil er den Fremdenzimmern über seinem Lokal einen frischen Anstrich gönnen wollte. »Meine Frau wird Ihnen demnächst Näheres dazu sagen«, bemerkte er.

Ella stand während dieser Unterhaltung zufällig in der Nähe. Sina versprach, dass sie dem Ehepaar Petit vorab gern ein paar Beispiele zeigen wollte. Schon seit einiger Zeit dokumentierte sie mit Fotos und Videos die Veränderungen, die sie bereits auf Cremont mit wenig Mitteln erreicht hatte, damit sie bei späteren Bewerbungen etwas vorweisen konnte.

In einem Telefonat schilderte Ella ihrem Bruder, welche Eigendynamik das Projekt entwickelte. »Was macht denn die Biografie unserer zweiten Großmutter?«, fragte er. Was sie ein wenig als Vorwurf auffasste. Ständig begeisterst du dich für etwas anderes, schien er sagen zu wollen. Bring doch mal eine Sache zu Ende. »Lesen möchte ich die ja schon gern.«

»Ich komme gerade nicht weiter, stecke mit den Recherchen im April 1956 fest«, gestand sie ein. »In meinem Leben ist momentan aber auch so viel los! Paul und der Hund und all die Besucher, die Aktionen …«

Ulfert lachte. »Immerhin nennst du den Hund erst an zweiter Stelle … Ist es denn was Ernstes mit diesem Paul?«

»Kann schon sein.«

»Und woher nimmst du das Geld für die Verschönerungen?«

»Ach, das läuft schon, viel Eigenleistung«, antwortete Ella. »Es kommt auch ein bisschen was rein, durch Eintrittsgelder und so.« Sie mochte ihm nicht sagen, dass sie zudem schon viel Geld aus dem Darlehen ihrer Lebensversicherung investiert hatte. »Ich hoffe, dass ich mich wieder mehr auf Jeannes Biografie konzentrieren kann, wenn erst die Beaux-village-Prüfungskommission hier gewesen ist. Das ist so was Ähnliches wie in Deutschland ›Unser Dorf soll schöner werden‹.«

»Das heißt bei uns schon seit Jahren: ›Unser Dorf hat Zukunft‹«, korrigierte ihr Bruder sie.

»Echt? Ist doch egal, Hauptsache, du verstehst, was ich meine.«

»Klar«, spottete er. »Überall Blumen in Waschbetonkästen oder ausgehöhlten Baumstämmen.« Dann erzählte er von einer Radtour, die er und Tomke kürzlich auf der Deutschen Fehnroute durch den Süden Ostfrieslands unternommen hatten. »Da waren viele Gruppen von Radlern unterwegs. Sicher gibt's auch für eure Region Veranstalter solcher Touren, sprich die doch mal an. Die bringen 'ne Menge wissbegieriger und ausgehungerter Leute ins Dorf!«

»Danke für den Tipp!«

Ella machte einen der Verantwortlichen für die Radrouten im Loire-Tal, Loire à velo, auf Cremont aufmerksam. Als er ihnen im Mai einen Besuch abstattete, führte sie ihn durchs Dorf, wo sie ihm einige Bewohner vorstellte. Und dann ging es weiter durch den Park, in dem gerade die Rhododendren in voller Pracht standen, der Glyzinientunnel in Hellblau bis Rosa blühte und seltene Pfingstrosen ihren zarten Duft verströmten. Der Tourismusexperte war begeistert. Er meinte, dass der Ort auch ideal als Station für eine bekannte Rallye von Classic Cars sei.

»Das ist ein anspruchsvolles Publikum, das nicht auf den Euro guckt. Wenn Sie denen noch ein Diner in Ihrer Empfangshalle anbieten, nur ein- oder zweimal im Jahr, das würde sicher laufen.«

Er wollte sich dafür einsetzen, dass Cremont-sur-Crevette als Zwischenstopp in die Streckenführung aufgenommen wurde.

Obwohl Otto sich sehr gelehrig angestellt hatte, oder vielleicht auch gerade deshalb, kehrte Konstanze alle vier Wochen nach Cremont zurück. Sie wohnte dann im Gärtnerhaus. Mark wanderte tatsächlich einmal eine Woche lang mit Séverine und ihren Ziegen an der Loire entlang. Hinterher konnte er endlich seinen Glücksratgeber fertigschreiben.

Es war Ende Mai, und vor dem großen Probelauf, den Jacko für den Abend angekündigt hatte, begutachteten sie noch alle gemeinsam die Neuerungen in der Kunstscheune, die mittlerweile an ein verwunschenes Königreich erinnerte.

»Fantastisch!« Ella fühlte sich verzaubert. »Wie ein traumhaftes Bühnenbild, nur dass man nicht davorsitzt, sondern hindurchgehen kann.«

»Wir bräuchten noch passende Livemusik, dann können wir richtig zu Events einladen«, sinnierte Antonia, als sie sich zur Wiese aufmachten, wo Jacko seine Laufskulptur das erste Mal auf einer längeren Wegstrecke bewegen wollte. Sie gingen im Pulk zu Fuß durchs Dorf, über die Hauptstraße, um dann im Bogen am Fluss entlang hinter dem Manoir wieder den Hügel hinaufzuwandern.

»Wir gründen eine Rockband«, schlug Marc vor. »Ich bin der geborene Schlagzeuger.«

»Es dauert zu lange, bis alle aufeinander eingespielt sind«, gab Séverine zu bedenken.

»Vielleicht was Historisches?«, überlegte Paul.

»Wir sind da völlig offen«, antwortete Antonia. »Man muss einfach das Gefühl haben, dass es harmoniert, dass es sich gegenseitig ergänzt und potenziert.«

»So wie wir«, flüsterte Paul Ella ins Ohr. Sie lächelte und küsste ihn auf die Wange.

»Was meinst du denn mit historisch?«, fragte Antonia.

»Es gibt im Loire-Tal einige nächtliche Historienspektakel«, erklärte Paul. »Da werden Videos an hohe Schlossmauern projiziert, da wandeln Leute in Rokokokostümen umher, und Musiker spielen auf alten Gamben und Zimbeln wie einst bei Hofe.«

»Da müssen wir unbedingt mal hin!« Ella hob ihren Arm und begann zu tippeln wie bei einem mittelalterlichen Tanz.

»Könnte was sein, oder? Das würde ich mir auf jeden Fall auch gern ansehen«, befand Antonia.

»Kennt ihr den Film *Die Kinder des Monsieur Mathieu?*«, fragte Séverine nachdenklich. »Den habe ich vor Jahren gesehen und geliebt! Es geht um einen Knabenchor und die versöhnende Wirkung des Chorsingens.«

»Ja, ich glaub, zumindest eines dieser Lieder kenn ich«, sagte Ella, »ein echter Ohrwurm.«

»Bei mir klingelt da auch was.« Antonia summte eine Melodie. »Haben die nicht alte französische Volkslieder gesungen? Ja, das wär doch genial!«

»Und wenn die Kinder während des Singens dann noch langsam aus verschiedenen Richtungen durch die Scheune schreiten würden, so wie beim Quempas-Singen zum Advent im Hamburger Michel, das wäre erst toll«, spann Ella den Faden weiter.

Antonias Augen leuchteten. Sie lief schneller, weil ein Stück vor ihnen Olivier mit seinem Mann Alain ging. Sie besprach sich mit ihm, erklärte die Idee. Er machte einen inspirierten Eindruck und gestikulierte mit den Armen, als würde er bereits vor seinen Schülern dirigieren.

Ella hakte sich bei Paul unter. »Ich freue mich schon auf die Aufführung!«

»Auf den Chorgesang in der Scheune oder auf die jetzt gleich?«

»Auf beide.« Ella schnupperte und sah sich um. »Sag mal, was riecht hier so betörend?« Die Linden standen in voller Blüte. Und an den Häusern wucherten Kletterrosen und Clematis durcheinander. Lupinen und Fingerhut blühten in den Vorgärten zwischen alten gefüllten Rosensorten. Die Wärme entlockte ihnen intensivere Duftnuancen. Besonders üppig wucherte eine mehrfarbig blühende Schönheit, die in der Loire-Region stark verbreitet war. Ella kannte dank Madame Polnareff auch ihren Namen – Ghislaine de Féligonde. Ihr intensiver Duft vermischt mit dem der Lindenblüten und hüllte das gesamte Dorf ein wie ein Parfüm.

Eine Französin mittleren Alters fuhr mit ihrem Wagen vor und stieg aus. Sie hatte einen Fotoapparat dabei.

»Super, dass Sie kommen konnten!«, rief Mark ihr entgegen.

Sie arbeitete für die Lokalzeitung, er unterhielt sich mit ihr und überreichte ihr auch gleich noch den Flyer über Cremont-sur-Crevette, der auf Angebote für Wochenendbesucher hinwies. Dazu gehörten ein Besuch in der Werkstatt des Keramikermeisters, eine Lesung im Buchantiquariat und eine zweistündige Ausflugsfahrt mit dem Hausboot von Philiberts und Séverines Freunden. Diese Flyer hatten Ella, Paul und ein paar Freunde schon mehrfach sonntags in Amboise auf dem Wochenmarkt verteilt. Es war jedes Mal ein großes Vergnügen gewesen, denn Ella liebte diesen Wochenmarkt, der unter hohen Platanen am Loire-Ufer sämtliche Klischees von appetitanregenden französischen Marktständen übererfüllte. Er lockte auch Scharen von Touristen an, und zumindest einige von ihnen sollten nach Cremont umgeleitet werden. Auch Jackos skurrile Skulptur würde sicher neue Aufmerksamkeit auf den Ort lenken.

Endlich waren sie angekommen. Fast alle Dorfbewohner und ein paar Neugierige aus der Umgebung hatten sich bereits am Rand der leicht abschüssigen, mit Klatschmohn übersäten Wiese versammelt. Sie gehörte zum verpachteten Land des Manoir, der Landwirt hatte sein Einverständnis für die Kunstaktion gegeben. Auf der Nachbarwiese trocknete schon der erste Heuschnitt. Antonia kehrte nach ihrem Gespräch zurück.

»Der Kinderchor kommt gleich nächste Woche zu einem Probeauftritt«, berichtete sie begeistert, »erst mal singen sie die Volkslieder, die sie schon kennen.«

Jacko schob seine Skulptur mithilfe von drei Männern über breite Bretter vom Anhänger eines Treckers aufs Feld. Während sie die in Türkis und Lila wie Schmetterlingsflügel bemalten Segel aufzogen, gesellte sich Louise zur Gruppe um Ella.

»Die Seife deiner Freundin kommt richtig gut an, Sina«, sagte sie. »Bringt mir gern mehr davon in den Laden.« Louise senkte ihre Stimme. »Habt ihr eigentlich schon gesehen, was Charles seiner Frau zum zweiundfünfzigsten Hochzeitstag geschenkt hat?«

»Nö, keine Ahnung«, antwortete Ella vergnügt voller Erwartung.

»Er hat den Efeu draußen um ihr gemeinsames Schlafzimmerfenster herum in Herzform geschnitten. Das Fenster liegt allerdings mehr in der rechten Herzkammer.«

Louise kicherte verstohlen, dann seufzte sie tief. »Hach! Auf so eine Idee würde Louis nie kommen. Naja, wir haben ja auch zwei Schlafzimmer. Weil er so schnarcht.«

Alle lachten.

»Aber dir zuliebe trennt Louis sich von seinen alten Schätzen«, sagte Ella tröstend. »Das ist doch auch was.«

Louise zwinkerte. »Stimmt, und er ist beschäftigt. Ist immer gut, wenn der Mann von der Straße weg ist.«

»Stimmt es, dass ihr eure Öffnungszeiten geändert habt?«, fragte Ella.

»Ja. Es kommen immer mehr Ausflügler am Wochenende. Darum machen wir jetzt samstags und sonntags ein paar Stunden auf, montags ist dafür geschlossen.« Louise schmunzelte. »Viele haben von den originellen Buchsfiguren gehört, die wollen sie alle sehen. Und das Efeuherz wird den Leuten sicher auch gefallen.«

»Gaston hat übrigens Alma engagiert. Sie kocht jetzt an zwei Abenden pro Woche im Ausflugslokal«, wusste Violetta zu berichten. »Nur für ein paar Stunden, zum Glück. Wir brauchen sie ja auch noch.«

»Unsere Mühe wird belohnt«, frohlockte Ella. »Es spricht sich herum, dass sich im einst verschlafenen Nest interessante Dinge tun.«

Das Ehepaar Petit vom Bistro nahm Kurs auf sie. »*Bonjour*, Sina«, sagte Madame Petit freundlich. »Neulich bei der Führung durchs Manoir hab ich die Gästezimmer bewundert, die Sie modernisiert haben. Respekt. Diese Farben – so delikat ausgewählt. Und der Stil … sehr französisch.«

»Oh, vielen Dank!«

Sina errötete, sie strich sich das Haar hinter das abstehende rechte Ohr. Das passierte nur, wenn sie aufgeregt war, eben, weil sie wusste, dass dieses Ohr abstand, mied sie die Geste eigentlich.

»Unsere Fremdenzimmer könnten auch eine Auffrischkur gebrauchen«, fuhr Madame Petit fort. »Mein Mann hat es schon angedeutet, nicht?«

Er nickte. »Einrichten ist Frauensache. Würden Sie das übernehmen?«

»Natürlich, gern«, erwiderte Sina. Ella erkannte, wie sehr ihre Freundin sich freute, obwohl sie versuchte, einen coolen, professionellen Eindruck zu machen. »Ich komme morgen mal vorbei«, kündigte Sina an, »dann besprechen wir alles.«

Ella stupste sie insgeheim mit dem Ellbogen an. Das war Sinas erster richtiger Auftrag! Und »sehr französisch« – was für ein Kompliment von einer Französin für eine Deutsche!

»Achtung, liebe Leute, darf ich um eure Aufmerksamkeit bitten?«

Jacko stand neben seiner mindestens drei Meter hohen Laufskulptur. Die Unterhaltungen verstummten. Fotoapparate und Handys wurden in Stellung gebracht. Jacko und ein Freund aus der Künstlergruppe setzten das Ungetüm in die Startposition, lösten Bremsen. Nach Jackos Berechnungen würde das Objekt, so hatte er es den Freunden vorher erklärt, lostrappeln, beschleunigen und nach etwa dreihundert Metern an der Stelle, wo die Steigung in ebenes Gelände überging, im Schritttempo weiterlaufen. Jacko blies in ein Horn.

Und das Ding lief los, knarzte, ratterte, die Tausendfüße trappelten wie vorgesehen, der Wind blähte die Segelflügel, und die ruckelige Fortbewegung ging in ein Gleiten, fast Schweben über. Wie ein Rieseninsekt durchkämmte die Laufskulptur das Mohnfeld. Der Farbkontrast war beeindruckend. Aus Sicht der Zuschauer stand der Klatschmohn im Gegenlicht der Abendsonne, was die

hauchzarten orangeroten Blütenblätter geradezu über-
irdisch erglühen ließ. Für Sekunden schauten sie einem
Märchen zu, das wahr geworden war, einer eigenartigen
Vereinigung von Technik, Spiel, Natur und Magie, völlig
zweckfrei, aber schön. Das Ding hob vom Boden ab, entwickelte ein Eigenleben, der Wind trug es weiter in die
Höhe und noch höher. Jacko rannte hinterher, und dann
fiel es krachend und scheppernd zurück auf die Erde, zer-
legte sich selbst.

Das Publikum stöhnte auf, Jacko brüllte wütend wie
ein angestochener Stier. Nur noch Einzelteile kullerten
in unterschiedliche Richtungen durch das leuchtende
Klatschmohnfeld.

»Ende Gelände«, kommentierte Mark gewohnt trocken.

Außer Atem blieb Jacko neben dem Trümmerhaufen
stehen. Sekundenlang hörte man nur eiernde Geräusche
langsam auslaufender mechanischer Teile aus der Ma-
schine, das Piepsen eines erschreckten Wiesenvogels und
dann – Stille.

»*Catastrophe*«, murmelte schließlich ein Zuschauer.

Als Jacko sich wortlos nach einem Teil bückte, begann
Ella zu klatschen.

Antonia lief zu ihm und umarmte ihn stürmisch. »Was
für 'ne geile Performance!«, rief sie.

Paul, Mark, Sina und die anderen Manoir-Bewohner
fingen ebenfalls an zu klatschen, immer mehr Leute fielen ein. Nur ein paar Bauern fanden die Vorstellung völlig
»gaga« und stapften kopfschüttelnd von dannen. Aber am
Ende applaudierten fast alle.

Verwundert ob des Beifalls hob Jacko den Kopf. Er schien
unter Schock zu stehen. Viele Zuschauer halfen ihm, die
Einzelteile aufzulesen und auf den Traktoranhänger zu hie-
ven. Gemeinsam zogen sie zur Kulturscheune. Dort legten

sie die Einzelteile geordnet im Arbeitsbereich ab. Antonia schaltete Musik ein, Rock- und Pophits, die sie und die anderen manchmal bei der Arbeit hörten. Sie drehte den Lautsprecher voll laut auf.

»Kommt«, rief sie, »wir tanzen!«

Jacko schüttelte sich die Enttäuschung aus dem Leib, er sprang umher, spielte Luftgitarre wie ein Berserker. Auch Ella und Paul und die anderen tanzten. Das Ereignis, egal, ob gelungen oder nicht, musste gefeiert werden.

»Die ganz Großen in der Kunstgeschichte sind alle mal krachend gescheitert«, versuchte Paul Jacko zwischendurch aufzumuntern. »Erst kommt das Scheitern und dann der Ruhm.« Wie von Zauberhand gab es plötzlich auch Getränke, offenbar hatte jeder irgendwo ein kleines Reservoir, das er nun großzügig zur Verfügung stellte. Ein Freund aus der Künstlergruppe zeigte Jacko, als er schließlich verschwitzt auf einen Sessel sank, auf dem Display seiner Videokamera einen Mitschnitt der Aktion. Der Anblick schien Jacko aufzuheitern. »Wow! Sah toll aus, oder? Leute ... ich kann das besser«, rief er in die Runde und sprang auf. »Ich bau ihn wieder zusammen!«

Er erklärte, dass wahrscheinlich nur die Flügel anders konstruiert werden müssten. Nun beeilten sich alle, ihm und sich zu versichern, wie denkwürdig dieser Probelauf doch gewesen sei. Es wurde noch eine lange Nacht, in der viel getanzt wurde.

»Für mich ist Cremont-sur-Crevette jetzt schon eines der schönsten Dörfer Frankreichs«, sagte Ella, als sie in der Morgendämmerung langsam mit Paul zum Herrenhaus zurückging. Sie streiften noch durch Jeannes Rosengarten. Immer wieder hielt Ella an, um die Kelche der unterschiedlichen Sorten zu betrachten und daran zu riechen.

437

»Nein«, widersprach Paul. »Es ist längst das schönste!«

»Oh, diese hier kenn ich!« Ella hielt ihm eine Rambler-Rose unter die Nase. Vielleicht war ja genau sie jener Ableger, den Jeanne aus Ostfriesland mitgebracht hatte. »Das ist ein Duft aus meiner Kindheit. Diese Rose blüht, seit ich denken kann, bei uns am Hinterhaus.« Paul schnupperte mit geschlossenen Augen.

»Blumig, fruchtig, holzig, warm – ein Hauch von Kräutern«, beschrieb er seine Wahrnehmung.

Ella nutzte die Gelegenheit und küsste ihn ganz zart auf die Lippen. Sie genoss die Sekunde der ersten Berührung, das magische feine Kitzeln – und Pauls Reaktion.

»Ich bin gerade so glücklich, dass ich heulen könnte.« Ella flüsterte es, damit die Götter es nicht hörten und neidisch wurden. Lange sahen sie sich tief in die Augen.

»Komm, die Sonne geht auf!«

Paul nahm sie bei der Hand und schlug den Weg zur japanischen Brücke ein. Sie tauchten ein in die paradiesische Stimmung des Morgens, in das Licht und das Vogelgezwitscher.

»O Gott, ich mag gar nicht daran denken, dass ich das alles in ein paar Monaten verkaufen muss«, entfuhr es Ella, als sie am Teich angekommen waren.

In der Mitte der Brücke blieb Paul stehen. »Ella, du kannst jederzeit zu mir ziehen«, sagte er. »In meinem Häuschen ist genug Platz.«

»Danke.«

Das war zwar ein schönes Angebot, doch Ella wollte jetzt nicht grübeln. Eine wunderbare Melodie erfüllte ihr Inneres.

»Welches ist eigentlich dein Lieblingschanson von Jeanne?«, fragte sie Paul.

»Schwer zu sagen. Das wechselt mit der Stimmung.«

Lächelnd strich er ihr übers Haar. »Im Moment das, wo es heißt: *Komm! Heute ist heute, und jetzt ist jetzt.* Und welches ist deines?«

Ella wandte ihr Gesicht, um ihn anzusehen, und gleich setzte wieder das Kribbeln ein, das sie jedes Mal überkam, wenn sie sich auf den Schwung seiner Oberlippe und die winzig kleinen Grübchen in den Mundwinkeln konzentrierte.

»Im Moment«, sagte sie leise, »glaub ich … *Milliards.*« Das Chanson von den Küssen.

Paul umarmte sie, ein zärtlicher Ausdruck lag in seinen Augen. »Hab ich dir eigentlich schon gesagt, dass ich dich sehr gern mag?«

»Mit Worten nicht«, flüsterte sie.

»Ich mag dich sehr, Ella.«

»Ich dich auch!«

Sie küssten sich. Und küssten sich und küssten sich. Keine Milliarden Mal – es war ein einziger Kuss, den man weder zählen noch sonst wie messen konnte.

Den Monat Juni über arbeiteten alle mit Hochdruck weiter an der Verschönerung des Dorfes. Jacko baute seine Laufskulptur wieder zusammen und fertigte neue Segel an. Sina zeigte Fotos der Fremdenzimmer über dem Bistro, deren Renovierung schon nahezu abgeschlossen war.

»Genial! Ich fürchte, nun wird dich uns wohl bald ein führendes Einrichtungshaus wegschnappen«, sagte Ella bewundernd. »Du hast dem gesamten Dorf etwas Leichtes, Heiteres zurückgegeben.«

Wer in die Kunstscheune wollte, musste fortan Eintritt zahlen. In Kombination mit dem Klangerlebnis Kinderchor, der jetzt einmal in der Woche auftrat, galt das innerhalb kurzer Zeit als Geheimtipp. Nicht nur für die

Familien der Sänger, sondern auch für Kulturinteressierte aus der Region.

Ella hatte inzwischen schon nicht mehr mit einer Antwort von Henri Ballou gerechnet. Doch im Juli, ausgerechnet am Morgen des Tages, an dem der hohe Besuch im Dorf erwartet wurde, erreichte sie ein großer Briefumschlag per Einschreiben. Der Musikhistoriker entschuldigte sich im Anschreiben mit seinem Gesundheitszustand, Komplikationen während der langen Kur und zunehmender Vergesslichkeit. Weiter teilte er Ella mit: *Diese Dokumente hatte Baronin Jeanne mir anvertraut – eingeschweißt in durchsichtige Folie und mit der Bitte, sie nicht zu öffnen –, weil ich in meinem leider noch immer nicht druckreifen Buch über das Chanson in den Fünfzigerjahren auch werkgeschichtliche Abbildungen, quasi die Geburtsurkunden, präsentieren wollte. Um ehrlich zu sein, mir ist, als fehlten noch ein oder zwei Dokumente. Aber ich kann mich beim besten Willen nicht erinnern, um welche Chansons es sich dabei handelt und wo sie geblieben sind.*

Vorerst hoffe ich, dass die beigefügten Schriftstücke Sie ein wenig inspirieren.

Ich wünsche Ihnen viel Erfolg und verbleibe mit den herzlichsten Grüßen

Ihr Henri Ballou

Ungeduldig öffnete Ella den zweiten Umschlag. Darin befanden sich in auf der Rückseite verstärkten Klarsichthüllen Originalkompositionen samt Chansontexten von Jeanne. Ella öffnete sie vorsichtig. Tatsächlich! Auf den Rückseiten hatte Jeanne etwas im Telegrammstil notiert. Es war auch noch ein größerer Bogen Papier klein gefaltet angehängt. Rätselnd saß Ella am Schreibtisch in der

Bibliothek davor. Einige Wörter waren französisch, aber etliche Ausdrücke nicht. Diese Sprache kannte sie nicht.

Sie las ein paar Zeilen laut – und da machte es Klick. Jeanne hatte Wendungen auf Plattdeutsch eingestreut! Allerdings so, wie eben eine Französin die Wörter nur dem Klang nach aufschreiben würde. Ein Plattdeutsch-Sprachexperte wäre sicher entsetzt. Ella musste lächeln. Dank der Tagebuchlektüre verfügte sie schon über eine gewisse Vertrautheit mit der Schreibschrift und bestimmten Abkürzungen, die Jeanne gern benutzte. Auch deshalb war sie als Ostfriesin, die Französisch sprach, wahrscheinlich einer von nur wenigen Menschen, die Jeannes Aufzeichnungen verstehen konnten. Den fehlenden Rest erschloss sie sich mit einer Mischung aus den Kenntnissen, die sie dank ihrer zeitgeschichtlichen Recherche gewonnen hatte und Einfühlungsvermögens.

Ella legte eine LP mit den Chansons auf, deren »Geburtsurkunden« ihr endlich vorlagen. Zuerst hörte sie *Je plaide coupable* – Ich bekenne mich schuldig. So hieß das Chanson, das Jeanne im Sommer 1956 in Biarritz geschrieben hatte.

36

Jeanne verbrachte mehrere Wochen in einem Ferienhäuschen am baskischen Strand in der Nähe von Biarritz. Sie
ging nur gelegentlich in die Stadt, die mit ihren mondä-
nen Hotels, eleganten Cafés, Restaurants, mit Theatern
und Museen Zerstreuung bot. Zum einen befürchtete sie,
jemand könnte sie in ihrem lädierten Zustand trotz der
großen Sonnenbrille erkennen und womöglich noch für
die Presse fotografieren, zum anderen wollte sie wirklich zu sich kommen. Immer wieder ging ihr Fleurs Frage
durch den Kopf: *Gibt es vielleicht einen Grund, aus dem
du insgeheim glauben könntest, dass du es verdient hättest,
schlecht behandelt zu werden?* Und ebenso oft dachte sie
an Fleurs Rat, sie solle überlegen, was wohl Artur ihr
raten würde.

Das Meer vor Biarritz war herrlich, oft wild und auf-
geschäumt. Das intensive Blau entsprach der Farbe, die
Jeanne sich vorgestellt hatte. Es erinnerte sie an Norderney. Der Strand allerdings eher nicht, denn hier gab es anders als in Ostfriesland schroffe dunkle Felsen und Klippen.

Jeannes äußerliche Verletzungen heilten schneller als
die ihrer Seele. Trotz allem fehlte Yves ihr. Sie fühlte sich
wie eine Süchtige auf Entzug. Plötzlich schien ihr Leben
leer. Sie erkannte, wie sehr ihre Eifersuchtsszenen und

Versöhnungen sie beschäftigt gehalten hatten. Auch die Auftritte fehlten ihr, das Publikum, die Tourneen. Plötzlich aus der Dauererregung katapultiert zu sein, das war schwer zu ertragen. Heftig lockte da die Versuchung, sich mit einer anderen Sucht wie Alkohol oder Glücksspiel abzulenken. Doch Jeanne spürte, dass sie jetzt eine große Chance hatte, in ihrem Leben aufzuräumen, die Richtung zu wechseln, und dafür brauchte sie einen klaren Kopf. Sie wusste auch, dass sie eigentlich die Antworten schon in sich trug, aber das Konfrontieren schmerzte, und so drückte sie sich davor.

Sie gewöhnte sich an, bei jedem Wetter vor dem Frühstück und vor dem Abendessen einen langen Spaziergang am Meer zu machen. Das tat ihr gut. Selbst wenn sie nicht nachdachte. Irgendetwas heilte dabei auch ohne ihr Zutun.

Nach einem milden April folgte ein kühler und regnerischer Mai. Doch an diesem Nachmittag strich ein warmer Wind übers Meer landeinwärts. Jeanne machte sich für den Spaziergang fertig und wollte den Müll mit rausnehmen. Auf dem Tisch stand noch eine leere Flasche. An den vorangegangenen Abenden hatte sie nach und nach einen sehr guten Bordeaux geleert – den besten Château d'Avril, den sie in einer Biarritzer Weinhandlung hatte finden können, einen Roten aus der Vorkriegszeit. Daneben lagen ein paar Notenblätter, denn sie versuchte, wieder zu komponieren und zu texten. Bislang allerdings ohne zufriedenstellendes Ergebnis.

Als sie nach der Flasche griff, kam ihr eine Idee. Statt sie in den Mülleimer zu werfen, spülte sie sie aus. Während die Flasche kopfüber auf einem Gestell abtropfte, setzte sie sich an den Tisch und begann, ein Notenblatt zu beschreiben.

Biarritz, Juni 1956

Zum Gedenken an meinen Freund Artur

Lieber Finder,
  Artur d'Avril hat immer davon geträumt, eines Tages nach Kalifornien zu reisen. Aus ihm wäre gewiss ein hervorragender Winzer geworden. Er war der beste Freund – liebenswürdig, gewitzt, mitfühlend und tapfer –, doch er musste viel zu früh sterben.
  Falls es dir möglich ist, lieber Finder, bitte nimm diese Flasche, die aus demselben Terroir stammt wie mein Freund, mit in die kalifornischen Weinberge. Vielleicht gibt es ja doch eine Verbindung und mehr zwischen Himmel und Erde, als wir uns träumen lassen.

Mit herzlichen Grüßen
  Jeanne

Sie steckte das Blatt gerollt in die Flasche und verkorkte sie. Erst als sie sich an dem kaum besuchten Strandabschnitt, den sie für diesen Spaziergang gewählt hatte, unbeobachtet fühlte, warf Ella die Flaschenpost von einer Klippe aus weit in den Atlantik. An diesem Tag sah das Meer eher grün aus wie das Glas der Bordeaux-Flasche.

»Siehst du, Artur?«, sagte sie halblaut lächelnd gen Himmel. »Du hast eine Chance. Vielleicht klappt's doch noch, wenn die Strömung günstig ist.« Sie stieg von der Klippe, um ihren Weg am Meeressaum fortzusetzen.

Und während sie so ging, war ihr auf einmal, als würde Artur neben ihr spazieren. Sie konnte sich tatsächlich mit ihm unterhalten.

»Du siehst aus wie damals«, sagte sie gerührt.

Du nicht, du bist fast doppelt so alt, erwiderte er verschmitzt.

Sie lächelte leicht gequält. »Tja, ich bin eine reife Frau geworden, über dreißig Jahre alt. Ohne Mann, ohne …« Sie hatte eigentlich sagen wollen: ohne Kinder. Aber das stimmte nicht. Fleur hatte gesagt, es tue weh, dorthin zu schauen, von wo die Heilung kommen könne. »Ich hab ein Kind, Artur«, sagte sie. »Einen Sohn.«

Allerhand.

»Ich hab ihn im Stich gelassen.«

Kann ich mir von dir gar nicht vorstellen.

»Na ja, es geht ihm gut. Das glaube ich zumindest. Aber ich habe ihn zurückgelassen, ich bin nach dem Krieg ohne ihn aus Deutschland nach Frankreich zurückgekehrt.« Plötzlich liefen Jeanne Tränen über das Gesicht. Sie hielt es in den Wind, der frisch zerstobene Gischt mitbrachte und einer weißen Wand aus Seenebel vorauseilte. »Wie kann eine Mutter nur ihr Kind allein lassen, Artur?«, fragte sie in heftiger Selbstanklage. Sie wandte den Kopf, um seine Reaktion zu sehen.

Du hast ganz bestimmt deine Gründe gehabt.

»Natürlich gab es Gründe. Sie waren alle gut. Ich besaß keinen Sou damals, es herrschte Chaos, ich hätte nicht für ihn sorgen können. Trotzdem kann ich es mir nicht verzeihen. Es ist ein Verstoß gegen die Naturgesetze. Ich habe mich versündigt.« Jeanne schluchzte auf. »Ich bekenne mich schuldig!«, schrie sie aufs Meer hinaus, sackte in die Hocke und weinte laut und hemmungslos.

Erst nach einer Weile sagte Artur wieder etwas. *Ich würde dich jetzt gern in den Arm nehmen und trösten, Schnecke. Aber das ist mir leider nicht möglich.*

Jeanne schniefte. Sie stand auf, suchte in ihrer Jacke nach einem Taschentuch und putzte sich die Nase. »Ich habe versucht, es zu verdrängen«, gestand sie. »Aber irgendwie denke ich doch jeden Tag an ihn. Ich fühle jeden Tag, dass mir etwas fehlt. Tag für Tag für Tag.«

Aber du sagst, es geht ihm gut. Dann brauchst du dir um ihn keine Sorgen zu machen.

»Das tut man als Mutter doch trotzdem. Immer.«

Immer? Auf einmal hatte Artur etwas Lauerndes im Blick. *Wieso traust du dann eigentlich deiner eigenen Mutter so etwas nicht zu?*

»Mon Dieu!« Aufgebracht stieß Jeanne mit dem Schuh gegen ein Knäuel zusammengewachsener Muscheln. »Musst du mir jetzt auch noch damit kommen?« Ihre Mutter hatte sie nicht gewünscht, in deren Augen war sie nicht viel wert gewesen. Und ihr Vater? Der war immer zu sehr mit sich selbst beschäftigt gewesen, unfähig, seine Familie zu lieben.

»Ich will nicht auf die Couch, ich hab keine Lust auf Freud und Psychokram!«

Artur sah sie kopfschüttelnd an. *Wie konntest du so tief sinken, dich von diesem Yves derart mies behandeln zu lassen? Das passt überhaupt nicht zu der aufrechten, mutigen Jeanne, die ich kannte.*

»Weil ...«, sagte Jeanne zögernd und inhalierte tief die frische Seeluft, »... weil ich wohl insgeheim geglaubt habe, dass ich es nicht besser verdiene. Punkt.« Gott, war das peinlich, es auszusprechen! »Und seine Strafe ... hat vermutlich den Schmerz um mein Baby und meine Scham über mein Verhalten überdeckt. Beides wäre sonst noch schlimmer gewesen.« Sie schaute in die Nebelwand über dem Meer, eine gefallene Wolke.

Schluss damit! Gut, dass du den Kerl verlassen hast!, rief

Artur. *Warum holst du deinen Sohn nicht zu dir?*, fragte er dann. *Heute hast du doch genug Geld, oder?*

Jeanne blieb stehen, ganz erschüttert von der Vorstellung. »Ja, ich könnte ihn ernähren. In jeder Beziehung ... Weißt du, all die Liebe, die ich ihm nicht geben konnte, die ... die ...« Schon wieder verlor sie die Fassung. »Aber ich hab versprochen, ihn seiner Ziehmutter zu überlassen, ich hab sogar geschworen, nie mit einem anderen Menschen darüber zu reden.«

Artur zuckte ungerührt mit den Achseln. *Ich bin nur ein Geist. Für mich gilt das nicht.*

Jeanne musste unter Tränen lächeln. »Immer noch der Alte!«

Ich finde, es sollte kein Gesetz geben, das über der Liebe steht, sagte Artur. *Ich jedenfalls würde es nicht akzeptieren. Die Liebe ist das Größte und Mächtigste.*

»Du bist ganz schön weise geworden im Jenseits.«

Artur grinste jungenhaft. *War ich doch immer schon.* Gleich darauf wurde seine Miene wieder ernst. *Was ist eigentlich mit dem Vater deines Sohnes?*, wollte er wissen. *Liebst du ihn? Liebt er dich?*

»Edo?« Jeanne dachte an den Ostfriesen wie an einen unerreichbaren Schatz. »Ich weiß es nicht, Artur.«

Dann finde es raus, verdammt noch mal! Vergeude nicht noch mehr Zeit damit, dich wegen unbeantworteter Lebensfragen zu quälen.

»Du hast recht, mein lieber Freund«, erwiderte sie. »Ich werde es anpacken. Eine Frage hätte ich noch. Wie ist es eigentlich so auf der anderen Seite?«

Neugierig sah sie ihn an, doch der Seenebel wallte nun in Schrittgeschwindigkeit über den Meeressaum auf den Strand und auf sie zu, Arturs Gestalt schien sich aufzulösen.

Adieu, Schnecke!, hörte sie den Freund noch wie durch Watte rufen. *Geh nach Hause, bevor du dich im Nebel verirrst. Bonne chance, und danke für die Flaschenpost!*

»*Adieu*, Artur«, flüsterte sie.

Eilig lief Jeanne zum Ferienhäuschen und packte ihre Sachen.

37

Cremont-sur-Crevette, Gegenwart

»Zu blöd!« Ella drehte und wendete nacheinander alle aus den Folien befreiten Blätter, die Henri Ballou ihr geschickt hatte. Aber sie fand nicht, was sie suchte. Es klopfte an der Tür. »Herein!«

Violetta betrat in schickem Kleid und Pumps die Bibliothek. »Die Leute vom Fernsehen und von der Prüfungskommission werden bald ankommen. Es ist alles so weit vorbereitet.«

Ella sah an sich hinunter. Sie trug Shorts und T-Shirt wie fast jeden Tag in diesem heißen Sommer. »Oh, vielen Dank, Violetta. Später also das informelle Essen bei uns im Wintergarten. Übernachten werden die Herrschaften im Dorf, nicht wahr?« Violetta nickte. »Alma und die Genießer werkeln schon seit Stunden.«

Von der Empfangshalle her hörte man eilige Schritte näher kommen. Paul stürmte an der Hausdame vorbei in die Bibliothek. »Hallo ihr beiden! Das Dorf funkelt wie ein geschliffener Diamant!« Er küsste Ella auf die Wange und warf sich auf die Chaiselongue. Auch er war schon für das Abendessen umgezogen, zwar ohne Schlips, aber mit Leinensakko, perfekt gebügeltem Hemd und edlen Lederschuhen. »Sieht so aus, als würde auch das Wetter mitspielen!«

Die offizielle Ortsbegehung sollte erst am folgenden

Vormittag stattfinden. Sie hatten für die Kommission ein abwechslungsreiches Tagesprogramm zusammengestellt.

»Wenn's so schön bleibt, könnten wir heute Abend die Türen des Wintergartens weit öffnen und einige der Fenster hochklappen«, sagte Ella. Pépins Aufgabe war es, beizeiten die im Rosengarten und überall im Park verteilten Lampions anzuzünden. »Ich bin schon so gespannt!«

Violetta entschwand und schloss die Tür hinter sich. Paul stand auf, um Ella zu umarmen und ausgiebig zu küssen. Dann fiel sein Blick auf Jeannes Handschriften auf dem Schreibtisch. »Kommst du gut weiter?«

»Im Prinzip ja«, antwortete Ella. »Die Notizen auf einer der Rückseiten hab ich enträtselt. Die hat sie vor der Reise nach Greetsiel gemacht hat, während ihres Aufenthaltes in Biarritz im April/Mai 1956.« Hier fanden sich nur wenige plattdeutsche Ausdrücke, wahrscheinlich hatte sie erst beim erneuten Aufenthalt in Ostfriesland ihre Sprachkenntnisse aufgefrischt. »Sie beschreibt die Umstände, wie ihr Hit *Ich bekenne mich schuldig* entstanden ist.«

»Bei dem Chanson durchfährt's mich immer«, sagte Paul. »Dieser Aufschrei einer verzweifelten Seele! Du musst mir unbedingt erzählen, wie's dazu gekommen ist.«

»Ja, das mach ich.« Ella strich über seinen starken Bizeps, erst gedankenverloren, dann mit sichtlichem Vergnügen. Sie lächelte und schmiegte ihre Wange daran. »Hmm ... schön!«

»Was ... meintest du gerade mit ›im Prinzip‹?«, fragte er, während seine Hände sie umschmeichelten.

»Da fehlt etwas. Denn das zweite und ausführlichere Dokument beginnt erst im Januar 1957, also nach der Reise nach Greetsiel. Da geht's um den Hit *Meine Rosen warten auf dich*. Eingebettet ist auch die Geschichte um

Ma maman. Das dritte stammt vom Juni 1957, es erklärt *Gib niemals auf.*« Ella drehte und wendete alle Dokumente, als könnte vielleicht noch ein zusätzliches Blatt herausfallen. »Aber ich wüsste doch zu gern, was damals 1956 bei ihrem Besuch in Ostfriesland gewesen ist. Als sie ihren Sohn, also meinen Vater, als Elfjährigen gesehen hat.«

»Das wüsste ich auch gern«, sagte Paul. »Und wie das alles mit dem geheimnisvollen Wendepunkt in ihrer musikalischen Entwicklung zusammenhängt. Hast du denn den letzten Text schon durchgearbeitet? Ich meine, vielleicht erschließt es sich ja daraus quasi rückwirkend.«

»Das könnte natürlich sein«, gab Ella ihm recht. »Einen großen Teil hab ich schon entziffert. Ich fürchte nur, wenn ich jetzt weitermache, vergesse ich glatt die Zeit und bin nicht pünktlich fertig, um die Kommission zu begrüßen.« Sie erwarteten vier Leute – die Leiterin der Prüfungskommission, ihren Assistenten, einen Fernsehjournalisten und dessen Kameramann. Ella wollte sich noch schick machen.

»Tja«, sagte Paul, »dann musst du jetzt wohl ins Badezimmer.«

»Bitte, nehmen Sie doch noch etwas von der Himbeermousse«, forderte Jeanne den Kameramann auf, der sich schon zweimal einen Nachschlag gegönnt hatte und jetzt sorgfältig die Reste aus seinem Dessertschälchen kratzte. Auch die Leiterin der Prüfungskommission, eine respekteinflößende Endvierzigerin, und ihr Assistent strahlten wie zufriedene Kater. Der attraktive Fernsehjournalist, Luc Durand, den viele Franzosen als Moderator kannten und der Ella ein wenig an Regierungschef Macron erinnerte, leckte sogar seinen Löffel sauber. »Almas Spezialität«, erklärte sie. »Das Menü, das sie uns heute zubereitet hat, gibt es übrigens auch einmal in der Woche in Gastons Ausflugs-lokal unten am Fluss. Natürlich saisonal angepasst.«

»Ich bin vorhin schon etwas durch den Ort gestromert«, sagte die Prüferin, »ganz inoffiziell. Es macht einen stilis-tisch einheitlichen, aufgeräumten und, wie soll ich sagen, einen lächelnden Eindruck.«

»Ach, das haben Sie aber schön ausgedrückt.« Paul ließ seinen ganzen Charme spielen. »So ist es wirklich – Cre-mont-sur-Crevette hat in den vergangenen Monaten wieder gelernt zu lächeln.« Er schenkte allen Wein nach. »Warten Sie nur, bis Sie morgen Louises' Tante-Emma-Laden sehen oder in Louis' Laden stöbern. Oder bis Sie mit Charles über seine Uhrensammlung plaudern. Wir haben übrigens auch eine junge Ziegenzüchterin, die wunderbaren Käse macht.«

»Am Fluss können Sie unter hohen Bäumen sitzen, wäh-rend Ihnen glückliche Zwerghühner um die Füße laufen«, versprach Ella. »Und die Kunstscheune wird Sie über-raschen! Ich hoffe, Sie haben genügend Zeit mitgebracht, um auch im Buchantiquariat zu stöbern.«

»In diesem Flyer steht, dass Ausflugsfahrten mit einem alten Holzhausboot möglich sind …«

»Ja, richtig! Das haben wir morgen eingeplant. Wenn Sie mögen, können Sie sich nach der Führung durch den Park bei einer kleinen Tour mit Picknick auf dem Wasser erholen. Es werden auch ein paar Honoratioren aus dem Ort mitkommen, die erzählen wunderbare Geschichten.«

Der Abend verlief überaus harmonisch. Die Gäste schienen sich wohlzufühlen und schon neugierig zu sein. Sie verabschiedeten sich relativ früh.

»Herzlichen Dank, es war wirklich schön«, bedankte sich Luc Durand mit einem Handkuss bei Ella. »Und ich habe mich besonders gefreut, Ihre Bekanntschaft zu ma-chen, Madame Bohlmann.«

»Hat der gerade mit dir geflirtet?«, fragte Paul gespielt entrüstet, nachdem die Besucher gegangen waren.

»Hehe! Und was läuft da zwischen dir und der Chefprüferin?«, erwiderte Ella neckisch. Hugo strich ihr jaulend um die Beine. Sie hob ihn hoch und kraulte ihn. »Der Hund muss noch mal raus.« Paul bot an, einen Spaziergang mit Hugo zu machen. Normalerweise wäre Ella mitgekommen, aber sie brannte darauf, weiter Jeannes Aufzeichnungen zu lesen. »Danke, das ist lieb von dir«, sagte sie deshalb. »Ich setz mich dann noch mal kurz in die Bibliothek.«

38

»Ruhe! Wir sind auf Sendung!« Es roch noch an-
geschmolzenem Lippenstift, er lag auf dem Schminktisch-
chen zu nah an den Glühbirnen. Jeanne schaute noch
einmal in den Spiegel. Sie sah ganz anders aus, als ihr Publikum sie bislang kannte. Die Haare waren inzwischen
kinnlang mit Seitenscheitel, die Augen mit Kajal dunkel umrahmt und die Brauen betont. Dazu trug sie roten
Lippenstift und ein helles Make-up, das ihre Sommersprossen verdeckte. Das schlichte schwarze Kleid umspielte locker ihre Figur, es wirkte jugendlich und elegant.
Als Begleitung brauchte sie kein Orchester, das hinter
dem Vorhang spielte, auch nicht Akkordeon und Klavier
oder Banjo wie die alten Chansonstars. Sie trat nur mit
einem Gitarristen auf.

Es war ein großes Risiko. Trotzdem hatte Jeanne eine
Langspielplatte ausschließlich mit ihren eigenen Liedern
aufgenommen. Die meisten stammten noch aus ihrer Zeit
in Ostfriesland, aber das wusste außer ihr niemand. Sie
hatte zudem ein paar neue geschrieben und aufgenommen.
Auch offiziell waren inzwischen alle Taue zu Yves gekappt,
ein anderer Manager kümmerte sich um ihre Karriere. Und
nun der erste Auftritt in einer Liveshow des französischen
Fernsehens mit einem Chanson, das sie erst nach ihrer
Rückkehr aus Greetsiel vollendet hatte. Das Fernsehen

galt jetzt als das neue Medium – Édith Piaf hatte ihm ihr Comeback zu verdanken.

Jeanne hörte, wie der Moderator die Zuschauer vor den Bildschirmen und die Gäste im Studio begrüßte. Ihr war schlecht vor Lampenfieber. Sie wurde angekündigt, ein junger Mann aus dem Team, der aufwendig verkabelt war, gab ihr ein Zeichen, und Jeanne trat durch einen schwarzen Samtvorhang auf die Studiobühne. Höflicher Applaus. Der Moderator plauderte zuerst ein wenig mit ihr. Sie sagte, Yves und sie hätten gefunden, die Zeit sei reif, dass jeder für sich etwas Neues ausprobiere. Dann war es so weit, die Lichter gingen aus. Nur ein runder Scheinwerfer fiel auf sie und blendete sie. Ein Nicken zum Gitarristen, er spielte einige Akkorde, und sie begann zu singen. Sicher, warm, sehnsüchtig.

»Ich hab dich gesehen, aber du siehst mich nicht. Ich hab dich gesehen, wie du strahlst neben ihr. Du strahlst und ahnst nichts von meinem Schmerz.«

Nur wenige Gesten begleiteten ihren Vortrag. Die Melodie, anfangs im Bluestempo, variierte ihre Geschwindigkeit und steigerte sich zur Hymne. Jeanne legte ihre ganze Seele in das Lied, entblößte ebenso verletzlich wie mutig das Wertvollste, was sie in sich trug. Sie vergaß, dass sie auf einer Fernsehbühne stand und dass vor ihr Zuschauer saßen. Die letzte Zeile sang sie ohne Musik.

»Aber du siehst mich nicht.« Sie verstummte mit ausgebreiteten Armen und geschlossenen Augen, senkte den Kopf, ließ langsam die Arme sinken.

Es war still im Studio. Jeanne fühlte sich erfüllt und leer zugleich, als sie wieder in die Gegenwart zurückkehrte. Es blieb still. Es hat ihnen nicht gefallen, dachte sie enttäuscht. Trotzig hob sie den Kopf – da brandete Beifall auf, die Leute sprangen von ihren Plätzen und klatschten viel länger, als im Ablaufplan vorgesehen. Die Kamera ging in Nahaufnahme auf einige Gesichter, vielen standen Tränen in den Augen.

Jeanne sog tief durch die Nase Luft ein. Sie genoss den Applaus, wies auf ihren Gitarristen, lächelte, schickte Kusshände ins Publikum. Und dann trat sie ab. Als sie sich hinter dem Vorhang befand, hörte sie noch den ergriffenen Moderator.

»Es gibt nur wenige Sängerinnen, meine Damen und Herren, die einem mit nur wenigen Takten so das Herz auswringen können. Danke, Jeanne!« Erneut klatschten die Leute begeistert. In diesem Moment wusste Jeanne, dass sie es geschafft hatte.

»Achtung!«

Gäste, die in der voraussichtlichen Flugbahn des Korkens standen, huschten lachend zu Seite und schauten auf den Barkeeper, den Odile für ihre Party gleich mitgemietet hatte und der jetzt hinter einer Pyramide aus Champagnergläsern zur Tat schritt.

»Huch!«

»Ja!«

»Pass auf!«

Einige Frauen kreischten, andere klatschten, als er eine Champagnerflasche sabrierte wie einst Napoleons Offiziere, wenn sie einen Sieg gefeiert hatten – mit einem einzigen Hieb eines stumpfen Säbels. Glaskopf und Korken der Flasche schossen meterweit durch den Saal. Der Zeremonienmeister schenkte das oberste Champagnerglas voll, und alle beobachteten, gebannt oder betont gelangweilt, wie die Flüssigkeit in Kaskaden weiterschäumte, bis auch die unterste Glasreihe gefüllt war.

Jemand reichte Jeanne ein Glas. Ihr eng anliegendes

schwarzes Satinkleid hatte ein paar Spritzer abbekommen, auch die lange Perlenkette. Ungerührt tupfte sie ihr Dekolleté mit einer Serviette trocken.

»Champagner gibt keine Flecken«, behauptete sie strahlend und stieß mit Odile an. »Ein wunderbares Fest! Und du siehst hinreißend aus in deinem Pailettenkleid. Dieses Rosa ist so hübsch zu deiner Haarfarbe.«

Ihre Freundin hatte das Fest ihr gewidmet, um fünf Wochen nach der Fernsehsendung die sensationellen Verkäufe der neuen LP und einer ausgekoppelten Single zu feiern. Jeanne konnte es noch immer nicht richtig fassen. Jeden Tag gab es wieder einen Moment, in dem sie nur zu träumen glaubte. Doch sogar auf der Straße wurde sie mittlerweile angesprochen, wildfremde Menschen dankten ihr. Selbst die Garderobiere. »Ich kann nicht singen«, hatte sie gesagt, »aber ich fühle genau das, was Sie singen. Sie holen es für mich aus meinem tiefsten Innern. Danke, Jeanne!«

»Ich gratuliere zu deinem Erfolg!« Odile küsste sie auf den Mund. Ein bisschen Provokation gehörte bei ihr zum Geschäft. »Wer hätte das gedacht, *chérie*, damals in Bremen?«, flüsterte sie mit einem Augenzwinkern und nahm einen großen Schluck.

Ella lächelte amüsiert. Es war lieb gemeint, das Fest zu ihren Ehren, und auch wieder ein Geschäft auf Gegenseitigkeit. Denn natürlich wurde erwartet, dass sie im Laufe des Abends etwas zum Besten gab.

»Auf deine Gesundheit, Odile!«

»Auf dich, Jeanne!« Stolz blickte Odile sich um. »Wie findest du dieses Lokal?«

»Schön, sehr elegant mit einen winzigen Hauch Chichi. Genau dein Stil, oder?«

»Richtig.« In Odiles Augen glitzerte es. »Ich hab mich hier eingekauft. Als stille Teilhaberin. Die Küche ist superb, und sie haben acht *chambres séparées* für diskrete Geschäftsbesprechungen.«

»Oder so.« Jeanne lächelte vieldeutig.

Odile neigte den Kopf und erwiderte das Lächeln. »Oder so.«

»Gratuliere! Das Lokal wird sicher bombig laufen.«

Ein Kellner brachte der Gastgeberin den Champagnerkorken, schon mit Ort und Datum beschriftet, wie es Sitte war, bevor man ihn als Glücksbringer aufbewahrte.

»Für dich«, Odile schenkte ihn Ella. »Da ist übrigens jemand unter den Gästen, ein Baron aus dem Loire-Tal, der dich nach deinem kleinen Auftritt wahnsinnig gern kennenlernen möchte.«

Sie hakte sich bei Jeanne unter. Während sie sich langsam durch die Grüppchen plaudernder Gäste nach vorne vorarbeiteten, wo der Gitarrist schon das Mikrofon und seinen Hocker aufbaute, hielten sie immer wieder an, weil Odile ihr Leute vorstellte. Darunter viele gut situierte Herren – Anwälte und Unternehmer in Begleitung attraktiver Damen, die wahrscheinlich überwiegend nicht deren Ehefrauen waren.

Jeanne trug drei Chansons vor. Die beiden Titel der Single – *Du siehst mich nicht* und *Crétin* – sowie *Ich lieb dich einfach so*. Die Gäste applaudierten und verlangten eine Zugabe. Sie sang noch *Claque-claque*, etwas Leichtes, eher Fröhliches.

Nachdem Jeanne sich an der Bar mit einem Glas Champagner erfrischt hatte, machte Odile sie mit Baron Frédéric de Cremont bekannt. Er war ihr auf Anhieb sympathisch. Ein älterer Herr um die fünfzig, gepflegt, gute Figur, mittelgroß, glatt rasiert, mit einem ausdrucksvollen Gesicht, das blitzschnell zwischen Melancholie und Verschmitztheit wechseln konnte. Irgendwie kam er ihr sogar ein wenig vertraut vor – wie ein entfernter Verwandter, den man lange nicht gesehen hatte. Vielleicht stand er öfter mal in den Gesellschaftsnachrichten der Zeitung.

Er küsste ihr die Hand. »Madame, darf ich Sie Jeanne nennen?«

»Selbstverständlich, alle Welt nennt mich so, Baron.«

»Dann nennen Sie mich bitte Fréd.«

Ella nickte huldvoll. Sie war daran gewöhnt, dass reiche Männer nur ihre Bekanntschaft machen wollten, weil sie hofften, mit einer bekannten Sängerin ein amouröses Abenteuer erleben zu können. Seit sie von Yves getrennt war, traten Vertreter dieser Spezies in Scharen auf. Nun ließ Odile sie auch noch allein.

»Sie ahnen nicht, wie ich mich freue, endlich Ihre Bekanntschaft zu machen«, sagte der Baron, dessen Stimme, mehr Bariton als Tenor, Vertrauen einflößte. »Ihre Lieder bedeuten mir sehr viel. Ich glaube, so geht es wohl allen, die Sie verehren. Sie erkennen ihr eigenes Unglück darin, aber zugleich schöpfen sie daraus auch Hoffnung.«

»Oh, *merci*.«

Obwohl es auch nur eine Schmeichelei hätte sein können, fühlte sich Jeanne durch die Art, wie er es sagte, berührt. Seine Augen verrieten, dass er es wirklich so meinte. »Sie haben mir das Herz herausgerissen. Alles, was Sie besingen, bekommt eine andere, eine tiefere Bedeutung.«

Jeanne schenkte ihm einen langen warmen Blick. »Ich danke Ihnen.«

Sie unterhielten sich noch eine Weile. Der Baron wusste, was in den Theatern lief, welche Kunstausstellungen einen Besuch lohnten, auf welcher Party man in der kommenden Woche *tout Paris* treffen würde. Ihn umgab eine Aura von Weltoffenheit und Kultiviertheit, die nicht einschüchterte, sondern den Geist beflügelte. Doch immer wieder unterbrachen Bewunderer das Gespräch.

»Ich möchte nicht stören, aber dürfte ich um ein Autogramm bitten?«

»Natürlich.« Freundlich erfüllte Jeanne den Wunsch.

Ein Journalist drängte sich vor. »Haben Sie, als Sie den Titel *Crétin* schrieben, an Ihren früheren Partner Yves gedacht?«

Das glaubten viele Leute.

»Nein«, antwortete Jeanne wahrheitsgemäß, »hab ich nicht.« Abgesehen davon hätte es ihr widerstrebt, öffentlich nachzutreten. Ihr war zugetragen worden, dass es für Yves Bretang seit ihrer Trennung nicht so gut lief.

»Wo haben Sie nur dieses hinreißende Kleid her?«, sprach eine Dame sie an.

Der Baron begann, vor Verzweiflung mit den Augen zu rollen. »Lassen Sie uns in Ruhe reden«, raunte er.

Als die Dame sich kurz abwandte, schlichen sie sich wie Verschwörer mit ihren Gläsern und einer Flasche Champagner davon, um in einem der Separees Zuflucht zu suchen. Kichernd über den gelungenen Streich, machten sie es sich gemütlich. Fréd de Cremont schenkte nach, und sie plauderten weiter. Vielleicht lag es an seiner von Herzen kommenden Liebenswürdigkeit, dass sie sich austauschen konnten wie Freunde. Sie sprangen von einem Gesprächsthema zum nächsten, brauchten oft Sätze nicht zu Ende zu sprechen, weil der andere längst verstanden hatte, was gemeint war.

»Das habe ich seit Ella nicht mehr erlebt«, sagte er schließlich staunend, und seine grauen Augen wirkten wieder jung.

»Ihre Frau?«, fragte Jeanne.

»Ja. Sie ist vor neun Jahren mit unseren drei Kindern tödlich verunglückt. Einfach so. Ein Autounfall.«

Er schluckte, fuhr sich durch das dunkle, an den Schläfen ergraute Haar.

»Wie grausam«, sagte Jeanne mit weit aufgerissenen Augen. »Das muss ein fürchterlicher Schock gewesen sein.«

»Seitdem hab ich nicht wieder Tritt gefasst. Seitdem lasse ich mich in Paris treiben, statt mich um das Gut meiner Vorfahren zu kümmern.« Er lächelte selbstironisch. »Ich suche die Zerstreuung und betäube mich mit Vergnügungen.«

Jeanne sah ihn mitfühlend an. »Ella ...«, sagte sie dann nachdenklich, »ein schöner Name. So wollte ich immer meine Tochter nennen, wenn ich eine bekommen hätte.«

»Haben Sie Kinder?«

»Ich hatte ... einen Sohn. Ich hab ihn verloren.«

»Tut mir leid.«

»Behalten Sie es bitte für sich. Ich weiß gar nicht, weshalb ich es Ihnen erzählt habe.«

Doch, sie wusste es. Um ihm zu zeigen, dass sie ahnte, was er durchgemacht hatte.

»Ich kann schweigen. Versprochen.«

»Es ist schon lange her. Ich habe einmal eine schöne kluge Frau gesehen, als ich noch ein Kind war, und die hieß Ella«, Jeanne erinnerte sich nur noch verschwommen. »Ich glaube, sie war auch adlig. Ich habe mit den d'Avril-Kindern immer für die Gäste ihrer Eltern singen müssen«, sie korrigierte sich, »singen dürfen. Wenn der Besitzer des Weingutes, für den meine Eltern gearbeitet haben, mich nicht am Musikunterricht seiner Kinder hätte teilnehmen lassen, säßen wir heute nicht hier.«

Der Baron schaute sie schon eine Weile merkwürdig an. »Sprechen Sie von den d'Avrils in der Nähe von Bordeaux?«

»Ja, kennen Sie das Château? Es ist, wie ich gehört habe,

inzwischen verkauft worden und nicht mehr in Familienbesitz.«

»Das waren wir!«, platzte es aus ihm hervor. »Meine
Frau Ella und ich, wir waren seit Mitte der Dreißiger gelegentlich dort. Dann sind wir zwei uns also schon einmal
begegnet ...«

Verblüfft sahen sie einander an. »Das ist ja ein Ding«,
entfuhr es Jeanne. »Unglaublich!«

Der Baron schenkte den Rest des Champagners ein
und drückte einen Knopf, um den Kellner herbeizu-
klingeln. Als der flugs erschien, orderte er eine weitere
Flasche. »Und ein paar Austern mit Baguette, bitte. Mögen
Sie Austern, Jeanne?« Sie schüttelte den Kopf. »Na, dann
ein paar andere Kleinigkeiten – Weinbergschnecken, *Foie
gras*.« Der Kellner verschwand, und sie leerten ihre Gläser, immer noch erstaunt über die Entdeckung, dass sie
einander vor zwanzig Jahre bereits begegnet waren. Als
die neue Flasche geöffnet in einem hohen Eiskübel neben
ihnen stand und der Kellner die Tür wieder geschlossen
hatte, unterhielten sie sich weiter. »Auch während des
Krieges pflegten wir Kontakt zu den d'Avrils, meine Familie war ja auch im Weingeschäft«, sagte der Baron mit
gesenkter Stimme. »Ich spreche sonst nicht über diese
Zeiten.«

»Niemand erträgt es, daran zu denken, wie es vor dem
Krieg war«, sagte Jeanne traurig. Sie konnte verstehen, dass
ein Baron erst recht ein Problem damit hatte. Seine alte
Welt gab es nicht mehr. Das alte Frankreich existierte nicht
mehr. »Wenn man ehrlich ist«, überlegte sie laut, »war der
Krieg für die meisten von uns doch eine moralische Katastrophe, auch wenn wir zu den Siegern gehören.« Sie
lächelte verächtlich. »Mir sind all jene suspekt, die sich
heute mit ihren Heldentaten in der Résistance brüsten.«

Sie brach sich ein Stück Baguette ab und bestrich es mit gesalzener Butter.

»Mein Freund d'Avril versorgte uns im Krieg heimlich mit einem Mittel gegen Mehltau«, verriet der Baron und wollte fortfahren, wohl um ihr zu erklären, was es damit auf sich hatte.

»Ha!«, unterbrach Jeanne ihn wie elektrisiert. »Wissen Sie, dass ich geholfen habe, dieses Kupfersulfat herzustellen?«

»Nein!«

»Aber ja!«

»Das wird ja immer besser! Dann sag ich's Ihnen nun doch – Cremont-sur-Crevette, meine Heimat, liegt ganz in der Nähe der Loire, also dort, wo die Demarkationslinie zwischen dem besetzten und dem nicht besetzten Frankreich verlief.« Der Baron sprach schon mit etwas schwerer Zunge. »D'Avril kannte Leute, die Verfolgten, Juden, abgestürzten Piloten der Alliierten und so weiter, zur Flucht verhalfen. Ein paar von denen haben wir in unseren Weinfässern versteckt und durch die deutschen Kontrollen über die Loire-Brücken geschmuggelt.«

»Gratuliere«, sagte Jeanne. »Dann gehören Sie ja zu den Guten.«

»Sehen Sie«, erwiderte der Baron, »deshalb schweige ich sonst lieber davon.« Er sah ihr in die Augen. »Aber was für ein Zufall! Das kann doch kein Zufall sein, oder?« Und dann sagte er ganz unvermittelt: »Heiraten Sie mich, Jeanne.«

Was für ein Witzbold! Sie hatte gerade einen Schluck Champagner genommen und prustete los. »Entschuldigung! Aber abgesehen davon, dass ich nicht die Absicht habe zu heiraten, aus vielerlei Gründen, die ich Ihnen nicht darlegen möchte, weil wir uns erst seit maximal zwei

Stunden kennen, lieber Fréd – Sie sind doch so viel älter als ich.«

»Na und? Ich bin auch so viel reicher als Sie. Stört Sie das wirklich?«

»Ich mag Ihren Humor!«

»Das war dann wohl eine Abfuhr.« Er seufzte komisch verzweifelt. Sie prosteten einander zu. »Aber Sie müssen mich unbedingt einmal auf Cremont besuchen«, sagte er.

»Ich denke, Sie sind immer in Paris?«

»Egal. Wann können Sie kommen?«

»Ich bin in den nächsten Monaten ständig unterwegs auf einer Tournee durch Frankreich.«

»Es sind zweieinhalb Autostunden von Paris aus, ein Katzensprung von Tours. Mir gehört ein angenehmer Landsitz mit einem schönen Park. Es wird Ihnen gefallen. Sie könnten sich dort ein wenig erholen.«

»Vielen Dank, vielleicht komme ich mal darauf zurück.«

Er legte seine Hand auf ihre. »Ich werde Sie nicht bedrängen, Jeanne«, sagte er sanft und plötzlich ernst. »Es wird nichts geschehen, was Sie nicht möchten. Ich spüre doch, dass Sie eine Melancholie umgibt. Meine Rosen warten auf Sie.«

Rosen? Plötzlich spürte Jeanne einen kleinen spitzen sehnsüchtigen Impuls.

»Früher habe ich von einem Rosengarten geträumt«, verriet sie. »Ich war schon als junges Mädchen auf dem Weingut verantwortlich für die Rosen am Ende der Rebreihen.«

»Kommen Sie, Jeanne, besuchen Sie mich«, wiederholte der Baron eindringlich. »Geben Sie mir nur kurz vorher ein Zeichen. Ich werde da sein, wann immer es in Ihre Pläne passt.«

»Vielen Dank.« Jeanne lächelte. Doch sie fühlte sich auf

einmal traurig, ohne zu wissen, warum. »Wer weiß, mög- licherweise im Juni. Da trete ich in Tours auf.«

»Das wäre wunderbar.«

Jeanne eilte von Auftritt zu Auftritt, von Erfolg zu Er- folg. Ab und zu schickte Fréd de Cremont ihr Blumen, gelegentlich rief er sie an, und sie unterhielten sich jedes Mal angeregt. Doch er wurde nie aufdringlich. Und es gab viele andere interessante Männer, die ihr den Hof mach- ten. Ab und zu erhörte sie einen für eine Nacht. Aber sie spürte, dass ihre eigenen Küsse ohne Zärtlichkeit waren.

Jeanne investierte alle Kraft in ihre Karriere. Neue Chansons fielen ihr beinahe im Schlaf ein. Oft hatte sie die Texte gleich nach dem Aufstehen fertig im Kopf und brauchte sie nur noch aufzuschreiben. Zum Beispiel auch für *Meine Rosen warten auf dich*. Der Triumphzug durchs Land berauschte sie. Sie spürte kaum die Grenzen ihrer Energie, weil die Begeisterung des Publikums sie trug. *Weihe ohne Pathos* schrieb eine Zeitung über ihren Vor- trag. Eine andere feierte ihren Blick auf der Bühne als den einer Blinden, die soeben das Sehen wiedererlangt hatte.

Wenn sie von Liebe sang, von der unbeschreiblichen Liebe, die sie einst mit Edo erlebt hatte, und von der Liebe zu ihrem Kind, von der Sehnsucht nach beiden, dann tat sie es nicht, um noch mehr Bewunderer zu gewinnen. Sie tat es, weil es aus ihr herausmusste. Endlich das aus- drücken zu dürfen, was sie so lange in sich verschlossen hatte, war wie eine Befreiung. Und weil das, was von Her- zen kam, Herzen berührte, eroberte sie immer mehr Men- schen. Ella liebte es, am Bühnenausgang Autogramme zu geben und zu hören, was ihre Lieder anderen bedeuteten. Sie freute sich über Post ihrer Anhänger. *Wenn ich Sie höre, weiß ich, dass dieses nicht mein wahres Leben ist, sondern nur eine Durststrecke*, schrieb eine Frau. »Du singst, und mir ist, als würde ich nach einer langen dunklen Nacht den strahlenden Sonnenaufgang sehen«, hatte ihr spontan die Angestellte einer Reinigung gesagt.

Jeannes aktuelles Programm umfasste zwanzig Titel, doch sie variierte es je nach ihrer eigenen Stimmung und der des Publikums. Mal besang sie eine unerreichbare Liebe so dramatisch, dass die Menschen mit ihr die Untröstlichkeit empfanden. Dann wieder schmetterte sie schnoddrig-unbekümmert freche »Trotzdem«-Texte und verbreitete eine kraftvolle Zuversicht. Auch in diesem Gefühl wurden sie und ihr Publikum für magische Minuten zu einer Einheit. Sie schenkte ihm ihre Gefühle und erhielt dafür seine plus Dankbarkeit zurück. Dann spürte sie wieder die universelle Liebe.

Manchmal absolvierte Jeanne zwei bis drei Auftritte an einem Tag. Hinzu kamen anstrengende Pressetermine, Interviews, in denen sie stets nach ihrem Geheimnis gefragt wurde, Fotosessions, Radiosendungen, Kleiderproben und Wohltätigkeitsveranstaltungen. Als Folge quälten sie oft hämmernde Kopfschmerzen, die sie mit schmerzstillenden Tabletten bekämpfte. Nach dem Konzert brauchte sie einen Absacker, oft auch mehr. Immer häufiger ersetzten Medikamente gegen eine kleine Formschwäche ihr die Mahlzeiten.

»Pass auf«, mahnte ihr Manager, »du wärest nicht die Erste, die an so was kaputtgeht.«

»Halt den Mund, Eduard, besorg du mir gute neue Verträge«, antwortete sie nur. »Ich hab das im Griff.«

Wochen und Monate vergingen so wie im Flug. Frenetischer Jubel und Wogen von Applaus trieben sie weiter.

Ausgerechnet nach einem Auftritt in Bordeaux hatte

Jeanne einen Tag Pause, bis sie weiterreisen musste. Sie nahm sich einen Leihwagen und fuhr ins Bordelais. Nur mal gucken, wie die Weinberge aussehen, dachte sie. Als sie ihre alte Heimat erreicht hatte, scheute sie sich davor, ihre Eltern aufzusuchen.

Zuerst wollte sie sehen, ob das Dumont-Häuschen noch stand und ob, was sie allerdings für ziemlich unwahrscheinlich hielt, der Rosenableger überlebt hatte.

Sie parkte am Rande einer Landstraße und wanderte durch den Weinberg. Die Rebstöcke machten wieder einen gepflegten Eindruck. Ihr Anblick, der typische Geruch, das Licht, all das löste widersprüchliche Gefühle in ihr aus. Einige Arbeiter beobachteten sie befremdet, sicher auch wegen ihrer städtischen Kleidung, grüßten aber respektvoll. Sie grüßte zurück und ging weiter, als wäre es das Selbstverständlichste auf der Welt. Endlich erreichte sie das Häuschen. Es war verwittert wie eh und je, das Gestein bröckelte, aber die Tür schien neu zu sein, offenbar wurde es wieder als Geräteschuppen genutzt. Knöterich berankte fast vollständig die Rückseite mit dem Fenster. Kein Rosenstrauch.

Enttäuscht schob Jeanne das wilde Rankzeug zur Seite, ungefähr dort, wo sie den Ableger gepflanzt hatte. Und ihr Herz machte vor Freude einen Hüpfer, als sie doch noch ein paar Zweige mit Knospen daran entdeckte. Eine Rose blühte sogar halb. Jeanne schnupperte an der Blüte – und alles war wieder da. Ein süßer Wind wehte durch ihr Herz.

Wie erschlagen lehnte sie sich gegen die Mauer. Sie dachte nicht nach. Vom Nachdenken hatte sie genug. Sie schloss die Augen und badete in der Schönheit des Rosendufts. Es war ein solcher Jammer, dass sie keinen eigenen Garten besaß.

Schließlich riss sie die Knöterichschlingen, die der Rose

467

das Licht raubten, weg. Sie kniff einen Zweig mit Knospe ab, obwohl die Dornen sie piksten, ging zügig zurück zum Auto und fuhr kurzentschlossen über holprige Wirtschaftswege zu ihrem Elternhaus.

Jeanne parkte neben dem Gartenzaun. Als sie ausstieg, stand ihre Mutter, die das Auto sicher hatte kommen hören, schon vor der Tür. Alt war sie geworden.

»Du?«, sagte sie in vorwurfsvollem Ton. »Hättest du nicht zwei Monate früher kommen können?«

Ging das schon wieder los? »Ich kann auch gleich wieder umkehren«, gab Jeanne patzig zurück.

»Nein, nein!«, erwiderte ihre Mutter rasch. Ihre Augen füllten sich mit Tränen. »Bleib. Bitte.« Sie kam näher. Jeanne umarmte sie, und nun konnten beide ihre Tränen nicht zurückhalten. Nach einer Weile löste sich die Mutter und schob Jeanne zum Eingang. »Ich mach uns erst mal einen starken Kaffee.«

Jeanne nahm mit suchendem Blick am Küchentisch Platz. Das Haus wirkte vereinsamt. »Wo ist *papa*?«

Ihre Mutter setzte Wasser auf und schüttete Kaffeebohnen in eine Mühle. Sie sah sie nicht an, sondern begann mit kräftigen Bewegungen zu mahlen.

»Er ist vor zwei Monaten gestorben«, sagte sie.

»Oh.«

»Er hätte sich so gefreut.« Jeanne weinte. »Zum Schluss war er verwirrt und hat immer nach dir gefragt.«

Ihre Mutter goss den Kaffee auf, dann ging sie hinaus. Sie holte ein Album aus dem Nebenzimmer. »Hier, er hat alles ausgeschnitten.«

Jeanne schlug das Album auf. Es enthielt nur Artikel über sie, am Anfang über sie und Yves. Fein säuberlich hatte ihr Vater die Zeitung und das Erscheinungsdatum danebengeschrieben.

»Ich dachte, ihr …«, Jeanne kam nicht weiter, sie holte tief Luft, »… ihr hättet euch für mich geschämt.«

»Wir haben uns geschämt. Ja.« Mit hängenden Schultern wandte sich die Mutter ihr zu. »Aber später nur noch für uns selbst.« Sie sah herzzerbrechend traurig aus. Jeanne stand auf und nahm sie in den Arm.

»Aber warum denn? Warum habt ihr keinen Kontakt zu mir aufgenommen?«

»Wir wussten deine Adresse nicht.«

»Ihr hättet an die Plattenfirma schreiben können.«

»Wir haben dich davongejagt, als du uns gebraucht hast. Das konnten wir uns nicht verzeihen. Wir haben ja erst bei den Prozessen, die später kamen, erfahren, dass …« Die Mutter musste sich die Nase putzen und setzte sich. »Also«, fuhr sie mit belegter Stimme fort, »die Tochter vom Dorfarzt, den die Nazis umgebracht haben, ebenso wie die beiden d'Avrils, die hat nach dem Krieg vor Gericht ausgesagt. Wir waren selbst nicht dort, aber so was spricht sich ja rum. Und dadurch erst haben wir erfahren, dass du über die vom Widerstand Bescheid wusstest und selbst mitgeholfen hast und nur nach Deutschland gegangen bist, damit sie dich nicht auch festnehmen …«

»Ach, *maman!*« Jeanne versuchte zu lächeln. »Und ich hab gedacht, du hast mich sowieso nie gewollt, und dann hab ich dich auch noch enttäuscht …«

Ihre Mutter versetzte ihr einen Klaps auf den Hinterkopf. »Du dummes Ding! Dich hab ich immer geliebt, du warst mir von allen Kindern am ähnlichsten. Genauso eigensinnig wie du bin ich als junges Mädchen auch gewesen. Weißt du das nicht?« Sie sah sie liebevoll an. »Und selbst wenn das mit dem Widerstand nicht gewesen wäre – du bist und bleibst doch meine Tochter!«

Jeanne umfasste ihre Hände, sie legte ihre Stirn an die ihrer Mutter. »Jetzt ist ja alles gut.«

Später unterhielten sie sich über die Familie. Darüber, wie es Jeannes Geschwistern ging. Dass der Bruder, der gezwungen gewesen war, an der Befestigung der Küstenlinie mitzuarbeiten und dabei seine Gesundheit ruiniert hatte, bald zur Mutter ziehen werde. Jeanne ließ ihr Geld da, das sie nicht annehmen wollte, und versprach, ihr Karten für das nächste Konzert zu schicken. Außerdem schenkte sie ihrer Mutter den Rosenzweig.

Jeanne überwies ihrer Mutter fortan monatlich Geld, damit sie sich das Leben etwas angenehmer machen konnte. Sie organisierte auch einen Fahrer, der sie für das nächste Konzert abholte, und brachte sie in einem feinen Hotel unter. Gemeinsam kauften sie neue Kleider für die Mutter. Die Versöhnung tat ihnen beiden gut. Was allerdings nicht bedeutete, dass sie sich, wenn sie über einen längeren Zeitraum hinweg zusammen waren, immer vertrugen. Das mussten sie bald feststellen. »Wir sind uns wirklich ähnlicher, als mir früher bewusst war«, sagte Jeanne einmal nach einem Wortgefecht. Doch sie wussten nun beide, dass sie sich gegenseitig verziehen hatten und dass sie sich liebten.

Jeanne schrieb ein neues Chanson – *Ma maman* –, ein Ohrwurm, ein bisschen sentimental und ein bisschen übermütig, jedoch auch dankbar. Es wurde schnell ein Hit.

Erst im Frühherbst fand Jeanne Zeit für einen Besuch bei dem Baron im Loire-Tal. Sie freute sich auf ein Wochenende auf dem Lande. Selbst sie sah ein, dass sie dringend etwas Erholung brauchte. Trotz der Beruhigungsmittel, die sie immer öfter im Wechsel mit aufputschenden

Medikamenten nahm, wurde sie ihre innere Unruhe nicht mehr los. Mit der Landkarte auf dem Beifahrersitz ihres grauen Citroën 2CV, auch Ente genannt, hatte sie es endlich bis an die Crevette geschafft. Ihr Manager meinte zwar, sie sollte aus Imagegründen ein Sportcabrio fahren, doch sie hing an diesem Auto, um dessen Beulen sie sich im Pariser Verkehr keine Gedanken machen musste.

Cremont war ein gepflegtes lebhaftes Dorf, über dem auf einem Hügel das Herrenhaus thronte. Jeanne hielt am Portiershäuschen vor einer Schranke. Der Wachmann musterte sie kurz, bevor er heraustrat.

»Sie werden bereits erwartet, Madame.« Mit einer Verbeugung überreichte er ihr zur Begrüßung ein Bouquet aus weißen Freesien und lilafarbenen Iris. »Herzlich willkommen! Die Blumen sind aus unserem Park.«

»Oh, wie schön. Danke! Und wie die duften!«

Der Mann salutierte, bevor er die Schranke hochkurbelte.

Amüsiert und auch ein bisschen beeindruckt, fuhr Jeanne auf das Manoir zu.

Der Baron empfing sie mit offenen Armen. »Ich habe für Sie das Rosenzimmer im ersten Stock vorbereiten lassen.« Sowohl die Tapete als auch der Stoff des antiken Himmelbetts wiesen ein Rosenmuster auf, was Jeanne vielleicht eine Spur kitschig, aber letztlich doch ganz zauberhaft fand. Nachdem sie sich frischgemacht hatte, bot der Baron ihr eine kleine Führung an. »Wir könnten mit dem Park beginnen, bevor es dunkel wird. Ich sehe, Sie sind darauf eingerichtet.« Sie trug eine enge weiße, fein gestreifte Hose und einen sportlich-eleganten schwarzen Pullover, dazu Ballerinas.

»Gern. Aber wo sind denn die anderen Gäste, Fréd?«, fragte Jeanne erstaunt.

Sie hatte inzwischen gelernt, dass zum Wochenende auf einen Landsitz meist ein Dutzend Freunde und Bekannte eingeladen wurden, um die Zeit in angenehmer Gesellschaft zu verbringen, und hatte ganz selbstverständlich angenommen, dass es auch auf Cremont so sein würde.

»Es gibt keine anderen Gäste«, antworte er. »Ich dachte, Sie wollten sich erholen. Ich meine, wirklich erholen.«

»Mit Ihnen allein?« Jeanne hob skeptisch eine Augenbraue.

»*Ma chère*, ich habe Ihnen schon einmal gesagt, es wird nichts geschehen, was Sie nicht möchten.«

Sie wechselten einen Blick, und Jeanne gab sich zufrieden. Schließlich war sie eine erwachsene Frau.

Der Baron führte sie durch den Park, von einem Monopteros schauten sie in die Ferne bis zur Mündung der Crevette in die Loire. »Mein Vater erzählte gern, dass er von hier aus die Lastkähne beobachten konnte, die vom Zentralmassiv herunterfuhren. Aber als die Schifffahrt Ende des 19. Jahrhunderts wegen der neuen Eisenbahnverbindungen zurückging, veränderte sich auch die Loire grundlegend«, erklärte er. »Man vernachlässigte den Fluss. Seitdem verändert er sich ständig, fast wie der Amazonas.« Er zeigte auf baumbestandenen Sandbänke. »Früher wurden Bäume früh genug gerodet, damit die Schiffe noch durchkommen konnten. Heute lässt man sie einfach wachsen.«

Jeanne hörte ihm gern zu, es entspannte sie. Und zugleich regte der Park ihre Fantasie an.

»Über den Teich müsste man eine japanische Brücke spannen«, sagte sie, »und ans Ufer japanische Kirschbäume pflanzen, deren Blüten sich im Frühling im Wasser spiegeln.«

Der Baron lächelte. Auf dem Rückweg durch einen Küchengarten erzählte er von den Kalksteinhöhlen unten am Fluss. »Als Kinder haben wir gern in den großen

Höhlen gespielt, dort befand sich damals unsere Weinkellerei. Von unserer Küche aus geht's heute noch in einen
Höhlenkeller.« Er wies auf einen moosbewachsenen, zu-
gemauerten Erdeingang inmitten der Gemüsebeete. Hohe
Gerüste für Stangenbohnen verdeckten ihn so, dass er
kaum mehr zu erkennen war. »Den brauchen wir nicht
mehr. Als die Deutschen hier waren, haben wir da manchmal Verfolgte versteckt, die über die Loire fliehen wollten.«

In Jeanne wurden Erinnerungen wach. »Die d'Avrils
haben damals eine Kellerecke mit Wertsachen zugemauert.
Sie stellten einen Schrank mit einer Marienstatue davor.«
Sie lachte. »Wir haben Spinnen gesammelt und in der Ecke
ausgesetzt – sie sollten schnell Netze weben, damit es aussah, als wäre alles schon seit einer Ewigkeit so.«

Der Baron machte eine ausladende Armbewegung.
»Hier im Küchengarten könnte man vielleicht ein kleines
Amphitheater einrichten. Wie würde Ihnen das gefallen?«

»Fantastisch!« Jeanne konnte es sich sofort lebhaft aus-
malen. »Musik mit lieben Gästen an einem lauen Sommer-
abend. Das wäre ein Traum!«

Ihr Gastgeber schmunzelte. »Und hier kommen wir in
den Rosengarten. Eigentlich schade, dass ich so selten hier
bin.« Sie gingen unter einem Rundbogen durch eine hohe,
akkurat geschnittene Buchsbaumhecke. Viele Rosen blühten noch, obwohl es schon September war. Sofort umfing
sie eine friedliche Stimmung. Und was konnte man noch
alles daraus machen! »Ist Ihnen schon mal aufgefallen, dass
manche Rosen zu bestimmten Tageszeiten unterschiedlich
duften? Diese hier zum Beispiel entfaltet im Frühsommer
gegen vier Uhr nachts ihren größten Charme.«

Jeanne strich mit der Fingerspitze zart über den
samtenen Kelch, in dem ein Käfer schlief. »Man möchte
direkt mit ihm tauschen!«

Es schloss sich eine Führung durchs Herrenhaus an. In der Empfangshalle hing ein Ölbild der verunglückten Baronin und der drei Kinder. Sie standen eine Weile schweigend davor. Dann gingen sie die breite Treppe hinauf zur Galerie. Im Plauderton machte der Hausherr auf die eine oder andere Besonderheit aufmerksam.

»Diese Bilder haben größtenteils schon meine Vorfahren angeschafft, als *conversation pieces* – um mit klugen Menschen davorzustehen und darüber zu reden.« Er lachte. »Es gab schließlich noch kein Fernsehen und kein Radio. Irgendwie musste man die Zeit ja herumkriegen.«

»Das Haus scheint mir dafür gemacht, Gäste auf angenehmste Art zu beherbergen.«

»Ja, es ist meine Schuld, dass es seine Aufgabe kaum noch erfüllen kann. Weil ich mich meist in meiner Pariser Stadtwohnung aufhalte, ist die Geselligkeit im Manoir Cremont untergegangen.« Er sah Jeanne ernst an. »Bislang gab es niemanden, mit dem ich mir vorstellen konnte, die Tradition wieder aufleben zu lassen.« Verlegen ging Jeanne weiter zum nächsten Gemälde, das weiße Pfauen zeigte, die im Park umherstolzierten. Der Baron hatte wohl gespürt, dass ihr das Unausgesprochene unangenehm war. »Nun, wie möchten Sie den Tag morgen am liebsten verbringen?«, fragte er in verändertem, munterem Ton. »Berühmte Schlösser in der Nähe besichtigen, Tennisspielen, den Tag verschlafen?«

»Ganz ehrlich?« Sie blinzelte ihn an.

»Natürlich. Lügen in diesen Mauern werden mit sofortigem Hausverbot bestraft.«

»Das allerdings erklärt seine Leere!« Jeanne lächelte schelmisch. »Also, am liebsten möchte ich morgen in Ihrem Rosengarten buddeln.«

»Wunderbar, sehr gute Wahl!«, lobte er. »Ich werde auf der Terrasse sitzen und Ihnen zuschauen.«

»Nein, bitte nicht. Ich möchte mich nicht beobachtet fühlen.«

»Na, dann lese ich eben.«

»Und heute Abend würde ich tatsächlich gern einmal früh zu Bett gehen.«

»*Pas de problème*, Madame.«

Jeanne hatte ein Cocktailkleid mitgenommen und andere Sachen, mit der sie sich palastfein hätte machen können. Aber für Gartenarbeit bot ihr Koffer nichts Passendes. Der Baron ließ ihr am folgenden Morgen eine Gärtnerhose, die allerdings zu groß war, einen Strohhut und eine Arbeitsschürze aufs Zimmer bringen. Als Jeanne die Treppe herunterkam, die Hose mit einem Gürtel in der Taille festgezurrt, die Hosenbeine hochgekrempelt, lachte er.

»Tut mir leid, dass ich nicht die passende Größe habe.«

Jeanne setzte den Hut auf und drehte sich auf den Stufen kokett wie ein Mannequin. »Aber der Hut reißt doch alles wieder raus, lieber Baron!«

»Sagen Sie: Fréd, bitte!«

»Fréd, bitte!«

»Der Gärtner hat schon sein Operationsbesteck für Sie bereitgelegt.« Auf dem Rasen stand eine Schubkarre mit Rosenscheren, Harke, Spaten, Abfallkorb und Gärtnerhandschuhen.

»Fréd, danke!«

Begeistert machte Jeanne sich ans Werk. Tatsächlich verbrachte sie den gesamten Tag im Rosengarten, während ihr Gastgeber auf der Terrasse saß, rauchte, las, döste und sie ab und zu doch beobachtete. Die Handschuhe waren ihr zu sperrig. Sie wollte fühlen, was sie machte. Jeanne zupfte, schnitt, knipste ab. Sie grub um und aus, häufelte an, besprühte, schnupperte, schaute, erfreute sich, lockerte Erde, trat sie fest, stach sich an Dornen, fluchte und schwitzte. Am Abend hatte sie Ratscher an den Armen, blutige Stellen an den Fingern, einen abgebrochenen Fingernagel, ihr Kreuz tat ihr weh – und sie fühlte sich wohl wie schon lange nicht mehr.

Als sie sich neben Fréd auf die Terrasse setzte, merkte sie, dass die innere Unruhe, die sie seit Wochen, außer während ihrer Auftritte, plagte, komplett verschwunden war. Mit dem Ärmel wischte sie sich ein paar Erdkrümel aus dem erhitzten Gesicht. Zufrieden atmete sie tief durch. Fréd schaute sie an, es war weniger als ein Lächeln, mehr ein freudiges Leuchten in seinem Blick, das ihr signalisierte: Ich weiß, wie du dich fühlst, und das gefällt mir.

Friedlich schweigend rauchten sie in der beginnenden Dämmerung noch eine Zigarette. Über dem Fluss stieg Nebel auf, den das letzte Sonnenlicht golden färbte, im Park schrien Pfauen, die sich in den Bäumen ihre Schlafplätze suchten, weithin hörbar »lio-lio«. So viel Paradies lässt sich allein wahrscheinlich nicht ertragen, dachte Jeanne. Ich würde auch die Flucht ergreifen und mich ins Pariser Getümmel stürzen.

Nach einem Bad und einem leichten Abendessen saßen sie mit einem Glas Wein im Salon, jeder auf einem der beiden mit dunkelblauem Samt bezogenen Sofas, die über Eck vor dem Kamin standen. Fréd erzählte aus der Vorkriegszeit, als seine Familie noch einen der besten Weine der Region angebaut hatte. Dennoch sei es nach dem Krieg durch verschiedene Umstände für ihn unwirtschaftlich geworden, das Winzergeschäft weiterzubetreiben.

»Ich habe mich einige Jahre auf die Pferdezucht konzentriert. Doch dann kam der Unfall, und seitdem war mir sowieso alles egal«, erklärte er. Jeanne nickte verständnisvoll. Sie nahm sich eine frisch geröstete Esskastanie. »Aber jetzt«, fuhr Fréd fort, »weiß ich, dass man insgeheim, solange man lebt, doch immer noch und immer wieder von der Liebe träumt. Dass plötzlich ein neuer Mensch in dein Leben tritt, und … du veränderst dich, du spürst wieder Dinge …« Er kniff die Augen zusammen, als schaute er in eine imaginäre Ferne. Langsam sprach er weiter. »Mein Herz war schon ganz vergilbt. Doch manchmal werden Träume wahr. Träume von der Liebe werden Realität.«

»Natürlich«, Jeanne nickte, »jeden Tag, überall auf der Welt.«

»Wenn jemand im Sterben liegt und noch denken kann, denkt er an die Menschen, die er geliebt hat und die ihn geliebt haben. Die Liebe ist das Wichtigste. Ihre Chansons haben mich daran erinnert.«

Jeannes Augen wurden feucht. Sie senkte den Kopf. »Es macht mich glücklich und demütig, das zu hören.«

Er hob sein Glas und prostete ihr zu. »Wovon träumen Sie, Jeanne?«

»Ach …« Das war sie schon einmal gefragt worden, ihre Träume hatten sich seitdem verändert. »Ich möchte einmal im ausverkauften *Olympia* singen!«

»Und privat?«

»Ich habe kein Privatleben«, antwortete sie unbestimmt. »Natürlich … möchte ich irgendwann einmal wissen, wohin ich gehöre.«

Fréd beugte sich vor und schaute ihr in die Augen. »Jeanne, könnten Sie sich vorstellen, hier mit mir zu leben?«

Sie holte tief Luft. War das ein Heiratsantrag oder nur ein Vorschlag zusammenzuleben? Noch einmal atmete sie durch, bevor sie antwortete. »Mein Herz ist wund. Es vernarbt gerade. Ich weiß nicht, ob ich je wieder einen Mann so lieben kann wie ...« Sie sprach nicht weiter.

»Eine enttäuschte Liebe kann man nur durch eine neue Liebe heilen. Wissen Sie das nicht?«

»Nein. Das kann ich mir, für mich jedenfalls, nicht vorstellen.«

»Jeanne, es ist eine unsichtbare Mauer um Sie herum. Aber ich sehe Ihre Verletzungen, spüre Ihre Trauer, Ihre Wut.« Sie fühlte sich erkannt, aber sagte nichts. »Ich sehe auch das Zarte und Feinfühlige, das Verschmitzte und Heitere. Ich bin verliebt in Sie, Jeanne, verliebt in die Frau, die Sie sind, aber mehr noch schätze ich Sie als Menschen. Bitte ...«, als er sich unterbrach, ahnte Jeanne, was er fragen wollte. Sie hoffte, er würde es nicht tun. »Bitte, heiraten Sie mich!« Eine feierliche Stille erfüllte den Raum.

Jeanne schüttelte den Kopf. »Es geht nicht.« Sie freute sich nicht, sie spürte kein Herzklopfen, kein Bauchkribbeln.

»Warum?«

»Es fühlt sich nicht richtig an«, sagte sie. »Ich habe jetzt endlich Erfolg. Ich liebe es, auf der Bühne zu stehen und für mein Publikum zu singen. Das sind die Augenblicke, in denen ich mich am lebendigsten fühle. Meine Lieder – das bin ich.«

»Ist da vielleicht ein Hoffnungsstreif am Horizont?«

»Vielleicht ... Im Moment kann ich Ihnen nur meine Freundschaft anbieten«, sagte sie sanft, um ihn nicht noch schlimmer zu verletzen, »mehr nicht.«

»Nun gut. Die nehm ich schon mal.« Er lächelte tapfer. »Wenn es irgendetwas gibt, das ich tun kann, um Sie zu erfreuen, lassen Sie es mich wissen.« Eine Weile lauschten sie dem Knistern des Kaminfeuers.

»Ja, ich hätte tatsächlich eine Bitte«, erwiderte Jeanne dann.

»Schon gewährt!«

»Ich möchte gern einen Rosenstrauch, der mir viel bedeutet, in Ihren Garten pflanzen.«

Verwundert sah er sie an.

»Er vegetiert so dahin an einer Ruine im Bordelais, wo ihn kein Mensch pflegt. Vielleicht kann man ihn noch retten.«

»Wir werden nichts unversucht lassen«, versprach der Baron.

Am nächsten Morgen wurde Jeanne vom Krähen der Hähne geweckt. Sie erinnerte sich an Fréds Versprechen, zog sich schnell an und ging nach unten. Die Stimmung zwischen ihnen war zum Glück nicht peinlich, wie sie nach ihrer ablehnenden Antwort befürchtet hatte. Im Gegenteil, ihr Gastgeber machte einen gut gelaunten Eindruck.

»Wir nehmen am besten die Göttin, ich hab mir gerade einen neuen Citroën DS zugelegt. *La déesse* ist schnell und bequem für die lange Fahrt.«

Jeanne holte Spaten, Eimer, Handschuhe und Rosenschere, außerdem packte sie ein feuchtes Tuch ein. Innerhalb von vier Stunden waren sie am Ziel, im Weinberg des Bordelais. Schnell hatten sie die Rose samt Wurzeln ausgegraben und im Kofferraum verladen.

»Sehr gut«, sagte Fréd mit einem Blick auf seine Uhr. »Wir könnten es noch schaffen.«

»Was?«

»Auf dem Rückweg einen Abstecher in die Gärten von Château de Villandry machen. Dort möchte ich Ihnen etwas zeigen.«

»Warum nicht?«, gab Jeanne unternehmungslustig zurück.

Während der Fahrt unterhielt er sie mit Anekdoten. »Früher musste man sich für den Bau eines Loire-Schlosses die Baugenehmigung direkt vom König holen. Er erteilte sie nur, wenn auch angemessen prachtvolle Räume für ihn persönlich eingeplant waren. Die Suiten für den König mussten immer für ihn bereit sein – für den Fall, dass ihn die Lust überkam zu verreisen. Eine exklusive königliche Hotelkette sozusagen.«

»Das würde mir auch gefallen«, sagte Jeanne heiter.

Fréd lächelte. »*Bon*. Ich werde in Zukunft stets das Rosenzimmer für Sie freihalten.«

Als sie am späten Nachmittag in Villandry ankamen, ließ der Baron Jeanne kaum einen Blick für das Renaissanceschloss und die streng geometrisch angelegten Blumen- und Gemüsebeete. Er nahm sie bei der Hand und steuerte direkt auf einen Bereich zu, der als Liebesgarten ausgeschildert war. Niedrige Buchshecken formten ihn zu Ornamenten im andalusischen Stil, die ganz verschieden ausgefüllt waren.

»Sehen Sie?«

»Was?«

»Jede Liebe ist anders. Hier sind vier Arten der Liebe mit Pflanzenarrangements dargestellt. Da vorne lodert, wie man schon am flammenden Rot der Blüten erkennen kann, die leidenschaftliche Liebe.« Jeanne entzog ihm ihre Hand. »Aber so muss es ja nicht immer und überall sein. Das da ist die tragische Liebe.«

»Wer will die schon!«

»Die Pflanzung daneben mit den gelben Blüten symbolisiert die flüchtige, treulose Liebe.«

»Darauf kann ich auch gut verzichten.«

»Und dieses hier«, er sah sie fast scheu an, »das ist die zarte Liebe.«

»Hübsch«, sagte Jeanne nur. Die bekannte Unruhe begann wieder, sich in ihr breitzumachen. Immerhin hatte sie drei Tage lang keine Tabletten genommen. Prüfend schaute sie auf den Sonnenstand. »Ich glaub, es wäre gut, wenn wir jetzt weiterfahren würden, dann kann ich die Rose heute noch einpflanzen.«

»Sie haben recht.« Falls er enttäuscht war von ihrer kühlen Reaktion, ließ er es sich nicht anmerken. »Sie müssen von nun an natürlich öfter kommen und schauen, ob sich der Strauch gut entwickelt.«

Jeanne lächelte nervös. Sie ärgerte sich, dass sie ihre Medikamente nicht eingesteckt hatte.

39

Cremont-sur-Crevette, Ostfriesland, Gegenwart

Beim Lesen hatte Ella völlig die Zeit vergessen. Es war schon spät, als sie wieder auftauchte aus jenem Kapitel im Leben ihrer Großmutter, da diese den Baron kennengelernt und genau wie erst wenige Monate zuvor sie und Anna die berühmten Liebesgärten besucht hatte. Paul und Hugo waren noch nicht wieder aufgetaucht. Ella stand auf, um nach den beiden zu suchen. Sie fragte im Billardzimmer, wo noch ein paar Freunde saßen und sich unterhielten. Doch keiner hatte sie gesehen.

Ella ging nach draußen. Sie sah Paul ein Stück entfernt im Schein einer Laterne mit Hugo auf dem Arm, er telefonierte. Sie wollte ihn nicht stören, deshalb machte sie kehrt und wartete im Salon auf ihn.

»Es war irgendwie eine merkwürdige Stimmung im Ort«, sagte Paul, als er zehn Minuten später endlich kam. »Hugo hat sich aufgeführt wie angepikt. Er ist mir schließlich entwischt, und ich musste in der Dunkelheit ewig suchen, bis ich ihn wiederhatte.« Das Telefonat erwähnte er nicht.

»Das ist ja fast schon wie bei einem alten Ehepaar in der Reihenhaussiedlung«, sagte Ella scherzhaft. »Der Mann dreht abends noch eine Runde mit dem Hund.«

Paul kam näher, umfasste ihren Rücken und riss sie temperamentvoll wie ein Tangotänzer nach hinten. »Und dann kommt er zu seiner Frau zurück«, raunte er mit theatralisch gerolltem R, »er küsst sie«, Paul züngelte an ihrem Hals, an ihrem Ohr, »und treibt sie in den Wahnsinn! Sie wird kein Auge zumachen vor Raserei, die ganze Reihenhaussiedlung wird kein Auge zumachen ...« Ella entzog sich ihm lachend, aber nur, um vor ihm im Bad und schnell im Bett zu sein. Dort begann Paul wenig später, seine vollmundige Ankündigung wahrzumachen. Doch während sie sich immer leidenschaftlicher küssten, begann Hugo zu jaulen. Eine Weile versuchten sie, es zu ignorieren. Dann war die Stimmung dahin. »Das hab ich nun davon«, sagte Paul seufzend. »Man sollte keine Welpen verschenken, wenn man eine Frau für sich allein haben will.«

Ella nahm den Hund aus seinem Korb und sprach auf ihn ein wie auf ein kleines Kind. Kaum hatte Hugo sich beruhigt und sie sich wieder ins Bett geschlichen, ging das Theater von vorne los. Es wiederholte sich noch einige Male.

»Eigentlich hab ich ja geschworen, dass mir niemals ein Hund ins Bett kommt«, murmelte Ella. Aber sie gab sich schließlich geschlagen und legte Hugo zu ihren Füßen auf eine Decke.

Paul schlief friedlich. Sein Smartphone, das auf dem Nachttisch lag, vibrierte plötzlich. Paul schien es nicht zu hören. Von Weitem schaute Ella aufs Display. Das Foto einer schönen blonden Frau identifizierte die Anruferin, der Name war auch zu erkennen – Simone. Aha, seine Ex, dachte Ella, deren Namen wir nicht mehr erwähnen wollten. Sie kämpfte mit sich, wie sie reagieren sollte. Sie hasste es, eifersüchtig zu sein. Ich will gar nicht erst damit anfangen, sagte sie sich, und entschied es einfach zu ignorieren.

Am Morgen schleckte der Hund sie wach. Paul stand angezogen vor ihr.

»Da stimmt was nicht«, sagte er mit ernster Miene, er lief nach draußen.

Ella setzte Hugo aufs Parkett und sprang aus dem Bett. Heute war die offizielle Ortsbegehung. Sie wollten die Kommission um zehn Uhr im Bistro abholen. Es war erst sieben. Immerhin, die Sonne schien. Schnell machte sich Ella fertig. Was sollte nicht stimmen?

Vor dem Manoir rannten und redeten einige Leute aus dem Dorf und deutsche Gäste aufgeregt durcheinander. Otto zeigte in Richtung Park. Nun sah Ella es auch. Grünflächen und Beete waren aufgewühlt, Blumenstauden zertrampelt – eine Spur der Verwüstung zog sich durch die Anlage.

»Eine Rotte von Wildschweinen hat sich da heute Nacht ausgetobt«, sagte der Gärtner. »Dabei hab ich den Kompost extra abgesperrt. Ich versteh das nicht. Auch der Zaun ...«

»Wildschweine haben solche Hauer«, der Charolais-Züchter zeigte mit seinen Händen einen halben Meter an, »die heben dir locker mal 'nen Zaunpfosten an. Die springen sogar einen Meter fünfzig hoch.«

»Trotzdem«, sagte Otto, »da muss einer was verstreut haben, das die Biester anlockt.«

»Das ist Sabotage!«, schimpfte der alte Charles mit hochrotem Kopf. »Habt ihr unsere Vorgärten gesehen?«

Ellas Magen zog sich zusammen. »Wieso, was ist damit?«

»Alles kaputt, mit Gift bespritzt. Welkes Kraut und abgeschnittene Knospen.«

»Das glaub ich nicht!«, rief Ella. »Wer macht denn so was?«

Sie lief den Hügel runter. Paul folgte ihr und holte sie ein. Atemlos blieb sie mit Seitenstichen am früheren Pförtnerhäuschen stehen. Hier begann die Hauptstraße, der ganze Stolz von Cremont-sur-Crevette, wo am Tag zuvor noch

Rosen und Clematis bezaubernd geblüht hatten, und jetzt – überall Blumenleichen, schlapp oder geköpft. Jemand war hemmungslos voller Zerstörungswut durch die Vorgärten gestapft, hatte Blüten gemetzelt und ganz offensichtlich Pflanzengift versprüht. Dem Hahnen-Buchsbaum vor Gastons Lokal war der Kopf abgesägt worden. Der klägliche Anblick trieb Ella Tränen in die Augen. Und sie wurde zornig. Paul sah sich wortlos und ebenso fassungslos um wie sie.

»Feuer!«, hörten sie da jemanden von der Kunstscheune schreien.

Paul rief sofort die Feuerwehr an, danach hetzten sie wieder hoch. Inzwischen mussten wohl alle Gäste und Dorfbewohner wach sein. Erstaunlich schnell bildete sich eine Menschenkette, die Eimer mit Löschwasser vom Bach zur Scheune weiterreichte. Jacko stürzte trotz aller Warnungen hinein und rollte seine Skulptur nach draußen. Antonia und die anderen Künstler standen entsetzt vor dem Gebäudeteil, der am heftigsten brannte – genau dort befanden sich ihre Bilder, die Arbeit von Monaten, in der so viel Herzblut steckte, und das Gemeinschaftswerk, die märchenhafte Fantasiewelt. Schneller atmend, mit erregtem Blick schaute Pépin in die Flammen, beim Löschen in der ersten Reihe lief er zur Hochform auf. Als die Feuerwehr ankam, konnte sie das Feuer zügig unter Kontrolle bringen. Endlich gab es Entwarnung.

Violetta und Alma versorgten die erschöpften Leute mit Frühstück. Paul kümmerte sich um einen Helfer, der sich den Knöchel verletzt hatte. Sein Handy klingelte.

»Entschuldige, ich muss mal kurz weg«, sagte er und ging.

Antonia saß kreidebleich auf der ramponierten Grünfläche. Ella ging zu ihr, um sie zu trösten. Doch schon erreichte sie die nächste Hiobsbotschaft. Erneut brannte es. Die Uniformierten liefen wieder zum Löschfahrzeug. Ein Funke war auf die Scheune übergesprungen, in der Paul seine Baumaterialien lagerte. Hier brannte ein abgetrennter Bereich, der einen eigenen Eingang hatte. Die Männer brachen die Holztür auf und richteten den Löschstrahl auf die Gegenstände – Statuen, Steinvasen, schmiedeeiserne Verzierungen, Außenlaternen und ... die vermisste Brunnenfigur.

Ella beschlich ein fürchterlicher Verdacht, ihr Brustkorb fühlte sich plötzlich an wie eingeschnürt.

»Violetta!«, rief sie.

Die Hausdame kam, folgte ihrem Blick und nickte mit zusammengepressten Lippen. Bald hatten die Männer auch dieses Feuer gelöscht. Noch immer bekam Ella nur schwer Luft.

»Das sind die gestohlenen Sachen«, sprach Violetta es aus.

»Wie kommen die dahin?«, fragte Ella. Unschlüssig hob Violetta die Schultern. »Ich werde Paul selbst fragen«, sagte Ella bestimmt und stapfte los.

Sie wollte nicht glauben, was auf den ersten Blick logisch erschien. Das konnte einfach nicht sein. Sie hatte ihr Handy nicht mitgenommen, also lief sie ins Dorf und hielt Ausschau nach Paul. Er war zu Fuß weggegangen, konnte also nicht allzu weit entfernt sein. Sie ging ins Bistro. Die Kommission und das Kamerateam waren gerade mit dem Frühstücken fertig und standen an der Rezeption.

»Es tut uns so wahnsinnig leid für Cremont«, sagte die Leiterin der Kommission. »Aber wir brechen dann mal wieder auf.«

Ella starrte sie an. Erst jetzt wurden ihr die Folgen des Desasters bewusst. »Keine schönen Bilder, keine Fernsehaufnahmen«, sagte der Kameramann bedauernd.

Der sympathische TV-Moderator legte Ella eine Hand auf den Unterarm. »Es ist eine Gemeinheit, ich fühle mit Ihnen. Aber vielleicht klappt's ja im nächsten Jahr.« Er reichte ihr seine Visitenkarte. »Rufen Sie mich an, wenn Cremont wieder im Rennen ist.« Er zwinkerte ihr aufmunternd zu. Dann wandte er sich dem Wirt zu, um die Rechnung zu begleichen. »Auch das Frühstück für den Baron selbstverständlich«, sagte er.

Für den Baron? Ella schaute sich um. Der Neffe von Fréd de Cremont saß noch in der Gaststube vor einer Tasse Kaffee. Als sich ihre Blicke trafen, erhob er sich und kam langsam auf sie zu.

»Mein Beileid, Madame Bohlmann«, sagte er mit undurchdringlicher Miene. »Da haben Sie sich alle so viel Mühe gegeben. Und dann so etwas.«

»Was machen Sie denn hier?«, fragte Ella konsterniert.

»Nun, es war ein Fernsehbeitrag über den Ort Cremont geplant, den Stammsitz derer de Cremont. Ist es nicht verständlich, dass dann zur Tradition und Geschichte auch ein echter Baron de Cremont interviewt werden sollte?« Er seufzte affektiert. »Leider war ja nun alles umsonst.«

»Hat man Sie deshalb angesprochen?«, wollte Ella wissen.

»Manchmal ist es hilfreich, sich selbst ins Gespräch zu bringen«, gestand er unumwunden ein. »Halten Sie sich nicht auch einen PR-Mann? Ich habe in der Lokalpresse von Ihren niedlichen Ambitionen gelesen.«

»Hätte ich nicht von Ihnen erwartet, dass Sie sich ebenfalls für ›niedliche‹ Aktionen zur Verfügung stellen«, fauchte Ella.

»Ich verbinde gern mehrere nützliche Dinge miteinander.« Eugène de Cremont lächelte maliziös. »Heute habe ich noch eine Verabredung mit diesem Paul

Wie-heißt-er-noch-gleich, der mit diesen historischen Baumaterialien handelt. Er beliefert mich immer artig mit authentischen Objekten. Hat seinen Preis, aber nun gut.« Ella schluckte schwer. Nein, das konnte nicht sein. »Meine frühere Assistentin ist seine Partnerin. Simones Antiqui- täten – kennen Sie das Geschäft vielleicht? Eine der besten Adressen in der Region. Falls Sie mal ein spezielles Stück suchen, kann ich es nur empfehlen.« Ella spürte, wie er sich weidete an ihrem kaum noch verhohlenen Entsetzen. »So, Sie entschuldigen mich. Ich muss mich nun wieder wichtigen Dingen zuwenden.«

Benommen wankte sie nach draußen. Warum sollte Paul sich ihr gegenüber so hinterlistig verhalten? Es musste eine andere Erklärung geben. Sie ging langsam weiter in Rich- tung Fluss. Der Anblick der zerstörten Vorgärten brachte sie wieder zum Weinen. Sie nahm eine Abkürzung quer durch die Hintergärten, wo zum Glück noch alles in Ord- nung war, und erreichte das Ufer der Crevette. Am An- leger stand Paul mit einer hübschen blonden Frau – und die beiden küssten sich.

Ella blieb sekundenlang unbewegt. Ihr war, als zöge ihr jemand mit einem scharfen Messer die Haut vom Her- zen. Mit einem Ruck machte sie kehrt und lief hoch zum Herrenhaus. Sie hatte genug. Oben riefen Freunde nach ihr, aber sie kümmerte sich nicht darum. Ruckzuck packte sie ein paar Klamotten in ihren Koffer, rannte in die Biblio- thek, warf Laptop, Jeannes Tagebücher, Aufzeichnungen, die Originale, die ihr Henri Ballou geschickt hatte, in eine Tasche. Durch einen Nebeneingang schlich sie hinaus, stieg in ihren alten Diesel und fuhr los. Zurück nach Ostfries- land. Nur raus aus diesem Albtraum!

Sie hatte gut gelebt, bevor sie überhaupt gewusst hatte, dass Cremont-sur-Crevette existierte. Sie würde auch in

Zukunft wieder ohne das alles leben. Und Paul konnte sie mal kreuzweise! Mit einem Tränenschleier vor den Augen gab sie Gas.

Unterwegs fiel ihr ein, dass sie nicht an Hugo gedacht hatte. An der nächsten Raststätte schrieb sie Violetta, dass sie auf dem Weg nach Deutschland sei und dass sie sich bitte um den Hund kümmern möge. *Ich weiß noch nicht, wann ich zurückkomme,* fügte sie an.

Und dann stellte sie ihr Handy lautlos.

Nach einer Übernachtung in Holland erreichte Ella am folgenden Tag nachmittags den Südermarschhof, gerade pünktlich zur Teestunde der Familie.

»Was machst du denn hier?«, fragte ihre Schwägerin überrascht und stand gleich auf, um eine zusätzliche Tasse aus dem Schrank zu holen.

Ihre Mutter und Ulfert hörten auf, ihren Rosinenstuten zu essen.

»Moin, Ella!«

»Moin!« Sie umarmte alle zur Begrüßung und setzte sich auf die Eckbank zu ihrer halbwüchsigen Nichte.

»Du siehst nicht gut aus«, sagte ihre Mutter.

»Ist alles ziemlich blöd gelaufen«, erwiderte Ella. »Bitte fragt mich nicht. Ich erzähl schon noch, aber nicht jetzt.«

Alle nickten und begannen zögernd, ihre Unterhaltung über erwartete Feriengäste fortzusetzen. Tomke schenkte ihr Tee ein, Ella nahm sich eine Scheibe gebutterten Rosinenstuten vom großen Teller in der Mitte des Tisches und war einfach nur froh, zu Hause zu sein.

»Du kannst im Ferienappartment Friesenrose wohnen«, sagte ihre Mutter. Ellas altes Zimmer diente längst als Kinderzimmer für eine ihrer Nichten. Sie musterte ihre Tochter besorgt. »Schlimm? Du kannst da auch gerne länger wohnen. Dann quartieren wir die Gäste einfach um.«

»Danke, Mama, mal sehen.«

»Neulich, als ich für die Begrüßung unserer Stammgäste in Norden den neuesten Ostfriesenkrimi von Klaus-Peter Wolf und Marzipanseehunde im Café ten Cate gekauft hab, ist mir der Chefredakteur vom *Krummhörner Anzeigenblatt* begegnet«, sagte Tomke. »Der bedauert, dass es nicht geklappt hat mit euch. Falls du es dir also überlegen willst …«

»Lasst sie doch erst mal ankommen«, brummte ihr Bruder, und ihre Nichte streichelte ihr zaghaft tröstend den Rücken.

Die Ferienwohnung befand sich dort, wo früher der Heuboden gewesen war. Es berührte Ella seltsam, ihr Elternhaus jetzt mit Jeannes Augen zu betrachten und sich vorzustellen, wo sie damals übernachtet oder wo sie ihren Großvater geküsst hatte. Sie stattete auch dem Rosenbusch einen Besuch ab – und wurde von einem Heulkrampf überwältigt. Schnell schnappte sie sich ein Rad und fuhr zum Deich. Wie Jeanne konnte auch sie mit frischem Wind um die Nase und Blick aufs Meer freier atmen.

Sie versuchte, das Chaos in ihrem Innern zu ordnen. Dabei sparte sie das Thema Paul erst einmal aus, weil es zu sehr wehtat. Vielleicht hatte eines der Heizgebläse das Feuer in der Scheune ausgelöst. Insgeheim hatte sie so etwas immer befürchtet. Andererseits fand sie die Häufung der Katastrophen an einem Tag verdächtig. Vielleicht war es Brandstiftung gewesen. Sie schickte dem Verwalter eine Mail und fragte ihn, ob die Scheune versichert gewesen sei.

Als sie wieder in der Wohnung war, erhielt sie seine Antwort. Im Prinzip ja, schrieb er, aber aus dem Klein-gedruckten gehe hervor, dass die Versicherung trotzdem nichts zahlen werde. Indem Ella die Nutzung als Kunst-scheune gestattet hatte, war gegen die Brandschutz-bestimmungen verstoßen worden. Der Verwalter schätz-te grob die Schadenssumme, einen immensen Betrag. Ella wurde ihrer Familie gegenüber noch wortkarger.

Auch Violetta schickte eine Nachricht. *Der Verwalter und einige Dorfbewohner haben Anzeige gegen unbekannt wegen Vandalismus erstattet. Experten prüfen derzeit die Brandursache. Viele deutsche Gäste sind abgereist. Ich passe gern auf Hugo auf und hoffe, dass Sie bald zurückkehren. Herzlich, Violetta.*

Danke, Violetta. Bitte kontaktieren Sie mich nur in ganz dringenden Fragen. Ich brauche eine paar Tage Ruhe, schrieb Ella zurück.

Alles, was von Paul kam, löschte sie umgehend. Als es ihr zu viel wurde, schaltete sie das Handy ganz aus.

»Ich spiel nicht mehr mit!«, rief sie trotzig gegen die Wand.

Ihr Bruder stattete ihr einen Besuch ab. Er setzte sich in den Fernsehsessel. »Kann ich dir irgendwie helfen?« Sie schüttelte den Kopf. »Was ist mit der Biografie von Jeanne?«

Sie reichte ihm die Seiten, die sie schon geschrieben hatte. »Ist noch nicht korrigiert. Und noch immer nicht fertig. Vielleicht lass ich das auch ganz. Hat ja doch kei-nen Sinn.«

Ulfert sah sie nachdrücklich an. »Was man anfängt, bringt man auch zu Ende.«

»Phh, verschon mich mit Kalendersprüchen.«

»Ist aber doch meist was dran.«

Ella fühlte sich unbehaglich, weil sie wusste, dass er recht hatte.

»Also, ich will ja nicht in dich dringen, Ella. Ich schätze mal, es hat mit diesem Paul zu tun. Aber deshalb musst du doch nicht alles sausen lassen!«

»Hmm.« Das meiste Geld aus dem Darlehn ihrer Lebensversicherung war verloren. Die Kosten für die Renovierung der Scheune bereiteten ihr große Bauchschmerzen. Aber das Schlimmste ... Sobald sie die Augen schloss, sah sie wieder, wie Paul und Simone sich küssten. »Ich bin fertig«, sagte sie mit dumpfer Stimme, »echt, gescheitert auf der ganzen Linie.«

»Aber der Käpt'n verlässt das sinkende Schiff als Letzter.«

»Noch so'n Spruch ...«, erwiderte Ella aufgebracht und verletzt. »Ich bin da kein Kapitän. Nur eine dumme zugereiste Deutsche. Soll ich mich etwa noch mehr blamieren?«

»Du redest Quatsch.«

»Ach, lass mich in Ruhe!«

Nachdem ihr Bruder kopfschüttelnd das Zimmer verlassen hatte, googelte sie Simones Antiquitätengeschäft. Sie entdeckte eine Adresse in Tours. Das Foto der Besitzerin auf der Website bestätigte ihr, dass es sich um die hübsche blonde Frau handelte, die sie mit Paul zusammen gesehen hatte. Unter »Über uns« gab es sogar ein Foto von den beiden. Strahlend trugen sie gerade ein Rokokomöbel in die Antiquitätenausstellung. Darunter stand zu lesen, dass die Besitzerin enge Kontakte zu hervorragenden Experten pflege, unter anderem zu dem Kunsthistoriker und ausgewiesenen Fachmann für historische Baumaterialien Paul Brissac. Die beiden lächelten sich an wie Verliebte. Einfach widerlich!, dachte Ella und knallte den Deckel ihres Laptops zu.

Am folgenden Morgen hatte Ulfert Ringe unter den Augen. »Du bist schuld, dass ich die ganze Nacht kein Auge zugetan habe.«

»Ja, das ist ein Trend. Aktuell hab ich an allem schuld, was schlecht läuft.«

»Quatsch! Das ist superspannend, was du da geschrieben hast. Nicht nur, wenn man der Enkel dieser Frau ist. Mach weiter, Ella. Ich will unbedingt mehr lesen.«

»Echt?« Zum ersten Mal seit ihrer Ankunft freute Ella sich über etwas. »Findest du wirklich?«

Ulfert nickte. »Auch das mit den Zwangsarbeitern bei uns, das hab ich so nicht gewusst. Schreib weiter!«

»Na, dann.«

Ella ging in ihre Wohnung und machte sich daran, den Text auf dem gefalteten Doppelbogen zu enträtseln, der auf die Rückseite von Jeannes Noten für das Chanson *Gib niemals auf* geklebt war.

40

Fünf Zugaben hatte Jeanne schon gesungen, und der Applaus wollte noch immer nicht enden. Sie stand mit ausgebreiteten Armen auf der Bühne des *Olympia* und nahm den Beifall entgegen wie warmen Sommerregen nach einer Dürreperiode. Seit zwei Monaten trat sie, inzwischen auch mit großem Orchester hinter dem Vorhang, an sechs Abenden pro Woche in der berühmten Music Hall auf. Mehr ging nicht. Jedenfalls in Frankreich. Das Olympia war der Olymp für Künstler wie sie. Sie hob noch ein paar Blumensträuße auf, die ihr Verehrer vor die Füße warfen. Ein Assistent flitzte herbei und nahm ihr auch diese ab.

»*Merci, merci, merci!*« Mit Kusshand trat sie ab.

Kollegen in den Kulissen gratulierten ihr, sie bedankte sich bei ihnen für ihre Unterstützung. Marie, die Garderobiere, hielt ihr schon die Tür auf. Erschöpft sank Jeanne auf den Stuhl vor ihrem Schminktisch. Blumenbouquets erfüllten den Raum mit Duft. Von denen mit Lilien bekam sie schnell Kopfschmerzen. Sie empfand keine Freude mehr über die Blumen, war aber gekränkt, wenn sie an einem Abend einmal weniger als sonst bekam.

»Marie«, bat sie, »bringen Sie die Friedhofsgestecke nach draußen.«

Sie machte sich frisch, zog ein anderes Kleid an und spülte schnell noch mit einem Glas Wasser eine Tablette hinunter. War die jetzt eigentlich für mehr Energie oder für mehr Ausgeglichenheit?, fragte sie sich. Manchmal kam sie schon ganz durcheinander. Und ihr Arzt wollte ihr keine Medikamente mehr verschreiben, weshalb sie andere Ärzte aufsuchen musste, um ihren Bedarf zu decken.

Gut war das nicht. Das wusste sie. Aber sie konnte nicht jeden Tag auf die Minute, auf den Punkt in Topform sein. Inzwischen hing jedoch das Wohlergehen so vieler Menschen davon ab, dass sie ihre Arbeit gut machte, erwarteten so viele Besucher, dass sie ihr Bestes gab und das hohe Eintrittsgeld es auch wert war, sie zu hören, dass sie eben nachhelfen musste.

Als Jeanne sich wenig später mit Freunden und Bekannten in Odiles Etablissement traf, war sie wieder der strahlende Star. Sie aßen eine Kleinigkeit, tranken etwas. Ein Bekannter, der eigentlich zum Hofstaat von Édith Piaf gehörte, berichtete, dass die Diva schon mehrfach Entziehungskuren gemacht hätte.

»Was nimmt sie denn?«, frage Jeanne möglichst unbeteiligt.

»Alles. Tranquilizer, Schmerzmittel, Alkohol, Morphium.« Er wirkte sehr niedergeschlagen. »An manchen Tagen ist sie wie eine verwirrte Marionette. Neulich hat das Publikum sie ausgepfiffen.«

»O Gott, wie furchtbar!«

»Sie hatte eine Bauchfellentzündung, die Ärzte mussten eine Notoperation vornehmen.«

Die Stimmung am Tisch wurde immer gedrückter. »Ach, der Spatz von Paris hat sich noch jedes Mal berappelt«, sagte Jeannes Manager Eduard betont munter. »Sie erfindet sich immer wieder neu. Wir werden bestimmt noch viele Comebacks erleben.«

»Aber sie ist schon über vierzig«, warf Odile ein. »Und

an schlechten Tagen wirkt sie wie sechzig. Habt ihr mal auf ihre gichtigen Hände geguckt?«

»Ich bin müde«, sagte Jeanne überraschend für die anderen am Tisch. »Tut mir leid, bleibt ihr ruhig noch. Ich ruf mir ein Taxi.«

Zu Hause nahm sie das Telefon mit ans Bett. Doch plötzlich fing alles um sie herum an zu schwanken. Sie fühlte sich unwohl, setzte sich. Ihre Hände begannen zu zittern, erschrocken starrte sie darauf. Das Zittern ging über auf ihre Arme, dann erfasste es den gesamten Körper. Hilfe, was ist das?, dachte sie. Ihr Herz schlug unregelmäßig. Sie hatte Angst, grauenvolle, panische Angst, ein dunkler Abgrund tat sich auf. Sie kroch unter die Decke, ihr brach der Schweiß aus, auf einmal konnte sie ihre Arme nicht mehr richtig bewegen, sie verkrampften sich in einer unnatürlichen Stellung vor der Brust. Entsetzt registrierte sie, dass sie diese Haltung auch mit aller Kraftanstrengung nicht verändern konnte. O Gott, was passierte mit ihr?

Nach einer gefühlten Ewigkeit ließ der Krampf nach, schwand die Panik. Völlig erschöpft lag sie eine Weile einfach nur so da, mit dem Gefühl, knapp dem Tode oder dem Verrücktwerden entgangen zu sein. Irgendwann stand sie auf, trank etwas Wasser, zog sich ein trockenes Nachthemd über. Sie schlief ein.

Als sie nach einer Stunde wach wurde, dachte Jeanne an die Piaf. Und sie sah ihren eigenen Weg im Schicksal der hochverehrten Meisterin vorgezeichnet. So ähnlich würde es ihr auch ergehen. Was wollte sie denn noch erreichen? Es konnte doch höchstens eine Wiederholung des bereits Erlebten sein. Musste man denn ein zweites Mal Weltmeister werden, wenn man es einmal geschafft hatte?

Sie begriff in diesem Moment, dass der Applaus jetzt

ihre Droge war. Eine Sucht, wie damals mit Yves die Leidenschaft. Der Preis für die empfundene Lust und das Glück schraubte sich immer höher. Jeanne spürte, dass sie erneut an einem Wendepunkt in ihrem Leben stand und sofort handeln musste.

Sie brauchte einen Freund ... Fréd.

Plötzlich vermisste sie den Baron ganz schrecklich. Wo war er eigentlich in den vergangenen Wochen gewesen? Hoffentlich ging es ihm gut. Obwohl es vier Uhr nachts war, rief sie Fréd an. In seiner Pariser Wohnung nahm niemand ab. Seit dem Frühjahr hielt er sich öfter auf Cremont auf, das wusste sie. Sie versuchte es dort.

Ein Bediensteter antwortete schlaftrunken. »Der Herr Baron schläft bereits.«

»Kann ich mir vorstellen. Bitte leiten Sie das Gespräch trotzdem weiter. Es ist dringend.«

Nur wenige Sekunden später hatte sie Fréd am Hörer. »Verzeihen Sie, dass ich Sie störe.«

»Jeanne«, seine Stimme klang besorgt. »Was ist los? Geht's Ihnen gut?«

»Ich glaube, ich brauche etwas Erholung. Mein Engagement im Olympia endet am Sonntag«, sagte sie. »Ist das Rosenzimmer frei? Kann ich nächste Woche für ein paar Tage kommen?«

»Natürlich. Das wissen Sie doch.«

»Danke!« Sie hatte ihn sträflich vernachlässigt.

Mehrfach hatte Fréd ihre Konzerte im Olympia besucht, war dann aber, weil sie nie mit ihm allein weggehen wollte, sondern immer mit einem Tross von Leuten durch die Nachtlokale zog, schließlich weggeblieben. Jetzt fiel es ihr wieder ein: Bei ihrer letzten Begegnung war sie ziemlich heftig geworden. Weil er versucht hatte, sie auf ihren Medikamentenmissbrauch hinzuweisen.

»Hören Sie auf damit, Sie zerstören sich«, hatte er gesagt. »Ich werde dabei nicht länger zuschauen!«

»Das können Sie überhaupt nicht beurteilen«, hatte sie aufbrausend entgegnet. »Mischen Sie sich nicht in meine Angelegenheiten ein!«

Natürlich. Jeanne erkannte den Zusammenhang. Nach dieser Auseinandersetzung war er fortgeblieben. Wie hatte sie das alles nur so lange verdrängen können?

»Es tut mir leid, wie ich mich beim letzten Mal aufgeführt habe«, sagte sie jetzt. »Sie hatten recht. Ich sehe es ein.«

»Ist schon in Ordnung.« Ihr schien, dass er sie mehr fragen wollte, aber noch zögerte.

»Wie geht es Ihnen?«, fragte sie schnell. »Was machen Sie so?«

»Ich reite wieder. Und ich hab mir ein paar schöne Pferde zugelegt, mit denen ich eine neue Zucht aufbauen will.«

»Das klingt spannend.« Jeanne fühlte sich fürchterlich. Was war sie für eine egozentrische Person, dass sie sich nicht um sein Wohl gesorgt und von all den Veränderungen kaum etwas mitbekommen hatte. Das ließ sich nur unzureichend mit dem Erfolgsrausch entschuldigen. Es war wohl auch der Tablettensucht zuzuschreiben. Und sie hatte es nicht ein einziges Mal geschafft, wieder nach Cremont zu fahren, um nach dem Rosenstrauch zu schauen. »Was macht meine Rose?«, fragte sie.

»*Comme ci, comme ça*«, antwortete er ausweichend. »Sie werden es ja dann sehen.«

»Ich freue mich schon.«

»Ich mich auch, Jeanne.«

Wenn er ihren Namen aussprach, wurde ihr warm ums Herz. »Soll ich Ihnen irgendetwas aus Paris mitbringen, Fréd?«

»Nein, ich habe festgestellt, dass man auch ohne die Segnungen der Hauptstadt gut leben kann.«

»Noch mal danke. Schlafen Sie schön.«

»Sie auch, liebe Jeanne.«

Erleichtert legte sie auf.

Bis zur Fahrt nach Cremont wuchs Jeannes Vorfreude jeden Tag. Am Abend ihres umjubelten letzten Auftritts freute sie sich mehr darauf, sich mit Fréd zu unterhalten, mit ihm in der Bibliothek zu sitzen und zu lesen und natürlich im Rosengarten zu arbeiten, als über die Ovationen des Publikums. Auch Fleur und ihr Mann waren zum Abschlusskonzert gekommen. Sie feierten anschließend noch mit Jeanne und ihrer Entourage den Erfolg.

»Manchmal wage ich kaum zu atmen, wenn du singst«, sagte Fleur, als sie beide auf dem Weg zum Puderraum waren.

Jeanne nahm die junge Ärztin zur Seite. »Kannst du dir vorstellen, mich beim Tablettenentzug zu unterstützen?«

»Wie schlimm ist es denn?« Fleur schaltete gleich auf den sachlichen Medizinerton um, obwohl sie schon Champagner getrunken hatten.

Jeanne beschrieb ihr wahrheitsgemäß, welche Mittel und wie viel davon sie regelmäßig einnahm.

»Besser wäre es, du würdest eine Klinik aufsuchen, die darauf spezialisiert ist«, riet ihr Fleur.

Jeanne verzog unwillig das Gesicht. »Nur im Notfall. Könnte ich es nicht erst einmal allein versuchen?«

»Na ja, ich denke, es gibt gefährlichere Abhängigkeiten. Rein körperlich wäre es relativ schnell überwunden, obwohl es natürlich kein Zuckerschlecken wird. Das Problem ist wohl eher, dass du mental einen gesunden Ersatz brauchst, etwas, das die Lücke füllt.«

Sie gab ihr einige Ratschläge, versprach, sich bei Experten zu erkundigen und wieder bei ihr zu melden.

»Könntest du dir vorstellen, eine oder zwei Arbeitswochen auf Cremont zu verbringen? Ich würde dich dann anrufen.«

Fleur nickte. »Aber komm vorher noch mal zu mir in die Praxis, damit ich Blut abnehmen und ein paar Tests machen kann.«

Als Jeanne das Ortschild von Cremont-sur-Crevette passierte, klopfte ihr Herz schneller. Es fühlte sich an wie Nachhausekommen. Sie und Fréd umarmten sich zur Begrüßung, küssten sich auf die Wangen und strahlten um die Wette. Während der Hausdiener das Gepäck ins Rosenzimmer trug, gingen sie um das Manoir herum, weil Jeanne die Juniblumenpracht bewundern und endlich nach ihrer Rose sehen wollte. Sie traten durch die hohe Buchshecke von der Seite in den Rosengarten ein. Gleich umfingen sie liebliche und süße Düfte. Ihr Blick fiel als Erstes auf die Stelle zwischen zwei Fenstern, wo sie neun Monate zuvor den Strauch gepflanzt hatte.

»Oh!«, jubelte sie. Er war deutlich gewachsen, und mehr als das – Dutzende rosaroter Rosen leuchteten ihr entgegen. »Sie hat's geschafft!«

Jeanne sprintete zu dem Strauch und vergrub ihre Nase in einem Büschel üppiger Blüten, die schon Blütenblätter verloren. In diesem Stadium verströmten sie sich wie Liebende auf dem Höhepunkt ihrer Lust.

»Kein Wunder«, brummte Fréd, der seine Rührung zu verbergen suchte. »Ich hab dem Gärtner damit gedroht, dass ich ihn höchstpersönlich schreddern werde, wenn er diese Rose nicht durchbringt.« Er lächelte grimmig. »Er hat sämtliche Tricks angewandt, damit sie hier Wurzeln schlägt. Er hat nicht nur Stecklinge genommen, sondern auch noch einen widerstandfähigeren Zwilling gezüchtet – auf einer anderen Unterlage veredelt, hat er gesagt. Also deine Rose irgendwie auf eine andere Wildrose mit robusteren Wurzeln aufgepfropft. Weiß der Teufel, wie das genau geht. Hauptsache, sie blüht.«

»Ach, Fréd, das ist so schön!« Jeanne spürte eine flirrende Leichtigkeit, ihr Brustkorb weitete sich. »Ich fühl mich gerade wie eine Schneekugel, die jemand ganz kräftig geschüttelt hat.«

»Ich glaub, das hier ist kein Schnee, sondern Blütenstaub.« Er stupste einen Finger auf ihre Nasenspitze und nahm sie in die Arme. Seine Wange lag an ihrer. Er roch nach Sandelholz, Leder und Farn. Und dann küsste er sie zärtlich mit weichen Lippen.

Es war angenehm. Jeanne bekam keine weichen Knie, spürte kein Kribbeln, ihr Magen blieb ruhig. Doch sie fühlte sich warm und sicher, gut aufgehoben, beschützt, angenommen und angekommen.

»Ich muss mir diese verdammten Tabletten abgewöhnen«, sagte sie leise. »Wird bestimmt nicht leicht.«

Dass sie Fleur hergebeten hatte, um den Entzug zu begleiten, würde sie später erzählen. Ihr Plan war, sich durch intensive Arbeit im Rosengarten abzulenken.

»Das schaffen Sie, liebste Jeanne.« Er strich ihr übers Haar. »Sie haben schon so viel geschafft.«

»Ich will diese anstrengenden Tourneen nicht mehr. Die ganze Hektik. Aber ich werde nie ganz aufhören zu singen. Ich muss singen.«

»Das weiß ich doch«, sagte er liebevoll. »Brauchen Sie denn Tausende von Zuhörern?«

»Nicht mehr«, antwortete sie nach kurzer Überlegung, »seit ich im *Olympia* gesungen hab. Aber ich brauche diesen magischen Moment, wenn die Energie zwischen dem Publikum und mir hin und her geht.«

»Dann picken Sie sich eben in Zukunft nur noch die Rosinen unter den Auftritten heraus.«

»So läuft das Geschäft nicht. Wenn, dann muss man richtig mitspielen.« Jeanne seufzte. »Das Publikum wird mich vergessen.«

»Sie kann man nicht vergessen, *ma chère*.« Der Baron lächelte. »Und außerdem ist schon alles vorbereitet für den Bau unseres eigenen kleinen Amphitheaters. Dahin laden wir Gäste ein, wenn uns danach zumute ist.«

Jeanne fühlte sich beklommen. Hoffentlich gelang alles, was sie sich so schön ausmalten. Hoffentlich war es ihr möglich, mit einem Mann zusammenzuleben, der nur ihr bester Freund war.

»Wird bestimmt nicht leicht«, wiederholte sie.

Fréd lachte. »Ich wüsste schon einen Titel für Ihr nächstes Chanson.«

»Ich werde Sie an den Tantiemen beteiligen, wenn es Erfolg hat. Wie lautet er?«

»*Gib niemals auf.*«

41

Ostfriesland, Gegenwart

»Hast du noch irgendwo die alten Platten und den Platten-spieler von Opa?«, fragte Ella abends beim Fernsehen ihre Mutter.

Sie wohnte schon seit über einer Woche wieder zu Hause, half Tomke beim Herrichten der Ferienwohnungen und ihrem Bruder beim Ponystriegeln und Ställeausmis-ten, aber ihre Gedanken kreisten doch ständig um Cre-mont.

»Kann sein, dass irgendwo auf dem alten Getreideboden was liegt. Musst mal gucken.«

Ella machte sich auf die Suche, stieß dabei immer wie-der auf andere Erinnerungsstücke, was manchmal lustig, manchmal auch mental anstrengend war. Endlich wurde sie fündig. Mit Ulferts Hilfe brachte sie das alte Gerät in ihre Wohnung und setzte es wieder in Gang. Sie legte eine LP von Jeanne auf, auf der auch *Gib niemals auf* war. Auf der Rückseite der Plattenhülle stand, dass das Chanson 1959 erstmals aufgenommen worden war.

Gemeinsam mit Ulfert lauschte sie andächtig. Der Text besagte, dass es keinen Rosengarten ohne Arbeit gebe. Sie habe geblutet, geschuftet, geschwitzt und gelitten, sang Jeanne, doch nun besitze sie ein Stückchen Himmel auf Erden.

»Gib niemals auf, dann kann aus Freundschaft tiefe

Zuneigung werden. Dann sprießen aus dornigen Zweigen die schönsten Blüten. Du bist mein Rosengarten, du schenkst mir Frieden. Gib niemals auf.«

»Ohh, das trieft ja …« Ulfert stöhnte, nachdem Ella ihm den Text übersetzt hatte. Doch sie war berührt, vor allem von der Melodie und Jeannes Stimme, die warm, rau und intim klang, als sänge sie das Lied ganz privat. »Schade«, sagte Ulfert, »dass Tante Erika nicht mehr lebt.«

»Ja, sie hätte sicher noch manches erzählen können«, antwortet Ella, »wenn sie denn dazu bereit gewesen wäre.«

Vier Frauen hatten 1945 geschworen, nie über Jeannes Baby zu sprechen – Jeanne, Gesine, also Oma Ine, deren Schwester Erika und die Hebamme Helga Hansen. Drei von ihnen lebten nicht mehr.

»Was ist eigentlich aus der Hebamme geworden?«, fragte Ella ihren Bruder.

»Keine Ahnung, frag Mama«, schlug Ulfert vor. »Die kennt sich doch aus mit allen Verwandtschaftsbeziehungen zwischen Emden und Norddeich bis zurück ins zehnte Glied.«

Ihre Mutter erinnerte sich. »Ja, Helga, die kam doch immer zu Oma Ine! Die war Kriegerwitwe und wurde dann Helga Müller, sie hat hier einen Heimatvertriebenen aus Pommern geheiratet.«

Tomke hörte interessiert zu. »Gehörten die Müllers nicht zu den ersten in Leybuchtpolder?« So hieß ein kleines Dorf, das inzwischen als Stadtteil von Norden eingemeindet worden war.

»Ja«, bestätigte die Mutter. »Ihr Mann hat nach dem Krieg geholfen, den Störtebekerdeich zu schließen. Drei Jahre haben sie dafür gebraucht.«

Ella erinnerte sich an den Heimatkundeunterricht. Und ihr ging auf, dass Jeanne eine völlig andere Küstenlinie gesehen haben musste als sie heute. Denn die einst von Sturmfluten aus dem Land gerissene Leybucht war nach etlichen Eindeichungen deutlich kleiner geworden. Von 1947 an hatten Einheimische und Heimatvertriebene gemeinsam der Nordseebucht ein großes Stück Land abgerungen und es anschließend zu gleichen Teilen besiedelt. Bei der Vergabe waren diejenigen bevorzugt worden, die mit harter körperlicher Arbeit zur Landgewinnung beigetragen hatten.

Einmal hatte Ella ein Extra der Lokalzeitung zum Jubiläum des 1954 gegründeten Dorfes betextet und Leute interviewt. Einige hatten ihr damals für die Veröffentlichung alte Aufnahmen geliehen, die sie ganz vorsichtig aus den Fotoecken ihrer Familienalben herausgenommen hatten, Aufnahmen von hoffnungsvoll dreinschauenden Männern, die mit geschulterten Spaten auf den Deich zusteuerten. Über fünfzig Landstellen, knapp dreißig Arbeiter- und Handwerkerstellen waren vergeben worden. Man hatte eine neue Schule, eine Kirche und eine Sporthalle errichtet.

Diese Gründungsgeschichte erinnerte Ella immer an Storys aus dem Wilden Westen. Dass man einfach so neues Land schaffen und an Siedler verteilen konnte, war doch abenteuerlich. Und dass Fremde und Einheimische sich zusammengetan hatten für eine gemeinsame neue Zukunft ... Ob so etwas heute noch möglich wäre?

»Helga Müller hat lange als Hebamme gearbeitet, aber sie ist schon vor Jahren gestorben«, fügte Ellas Mutter hinzu. »Ihre Tochter Inge lebt aber noch. Sie ist mit einem de Vries verheiratet, einem Landwirt. Die war früher oft mit ihrer Mutter hier im Haus.«

»Ach, Tant' Inge ist ihre Tochter?« An sie erinnerte Ella sich.

»Müsste ein bisschen älter sein als ich, so Ende siebzig«, schätzte ihre Mutter. »Sie ist noch ganz munter, besuch sie doch mal.«

Einen Tag später saß Ella mit Inge unter einem Sonnenschirm in deren Garten. Es war ein ungewöhnlich heißer Tag, und statt Tee gab es eisgekühlte Limonade. Nach dem üblichen Begrüßungsgeplänkel und ein paar sentimentalen Erinnerungen an Oma Ine kam Ella schnell zur Sache.

Inge, eine handfeste Landwirtin mit kurzen grauen Haaren und modischer Brille schlug mit der flachen Hand auf die Armlehne. »Dass ich das noch erlebe!« Aus ihren Augen blitzte es. »Diese Geschichte hat für mich immer was Romantisches und Geheimnisvolles gehabt. Ich musste meiner Mutter fest versprechen, nie darüber zu reden. Aber heute lebt ja keiner der Beteiligten mehr.«

»Was weißt du, sag schon!« Ella platzte fast vor Neugier.

»Ich kannte eure Jeanne ja schon, als ich noch ein Kind war. Damals, als wir bei euren Nachbarn als Ausgebombte aus Hamburg untergebracht waren, gingen wir ja öfter rüber zu den Bohlmanns, weil meine Mutter und deine Oma sich gut verstanden. Und wegen Tante Erika und der kleinen Gisela. Ach, was waren das für Zeiten!«

»Bitte schweif nicht ab, Tant' Inge.«

»Ja, also, die Jeanne, die war immer sehr fleißig und lieb, und schön fand ich sie auch.«

»Hmm …«, machte Ella ungeduldig.

»Erst recht natürlich, als sie dann nach dem Krieg in den Fünfzigern wieder zu Besuch kam – da war sie ja eine richtige Erscheinung. So schick und elegant, eben wie eine Pariserin.« Ungeduldig blubberte Ella mit dem Strohhalm Luft in ihre Limonade. »Mama hätte sich natürlich auch gefreut, sie wiederzusehen. Aber Jeanne ist ja überraschend kurz vor ihrem Treffen wieder abgereist.«

»Tant' Inge, kannst du bitte mal auf den Punkt kommen?«, bat Ella mit einem flehentlichen Lächeln.

»Ja«, die alte Frau sah sie kokett-verschämt an. »Also, ich war mit meinem Freund oben im Heu, wir haben ein bisschen poussiert. Und da wurden wir Zeugen eines hässlichen Streits zwischen Gesine und Jeanne. Ich hab nicht alles verstanden und es auch nicht richtig begriffen.«

»Was hast du denn verstanden?«

»Jeanne sagte immer: Wieso? Wie konntest du nur? Und Gesine flehte geradezu: Nimm ihn mir nicht weg! Er ist doch mein Ein und Alles!«

»Und dann?«

»Irgendwann war der Streit vorbei. Und wir sind auf dem Heuboden geblieben, damit uns keiner erwischt.« In der Erinnerung lächelte Inge mädchenhaft, doch gleich darauf wurde sie wieder ernst. »Später hab ich meiner Mutter erzählt, was ich mitgehört hatte. Natürlich nicht, dass ein junger Mann bei mir im Heu war. Und dann hat sie mir etwas anvertraut, und ich musste ihr versprechen, niemals darüber zu reden.«

Ella war kurz davor, unhöflich zu werden. »Tant' Inge, was hat sie dir anvertraut? Heute kannst du es doch sagen.«

»Dass Edo und Jeanne mal was miteinander gehabt haben. So, jetzt ist es raus.«

»Und?«

»Was – und? Ist doch wohl skandalös genug, oder?«

»Sonst nichts?«

Ella war enttäuscht. Inge schien anzunehmen, dass Jeanne Gesine den Mann hatte wegnehmen wollen. Da wusste sie doch schon lange mehr.

»Na ja, und dass Jeanne ihre große Liebe nicht vergessen konnte und nur deshalb eine berühmte Sängerin geworden ist, jedenfalls in Frankreich. Ach!« Inges Miene hellte sich auf. »Hätte ich ja fast vergessen. Da kam dann auch immer einmal im Jahr so ein Mann, ein Privatdetektiv aus Bremen. Der hat meine Mutter und Tante Erika ausgefragt, wie es der Familie Bohlmann geht. Der wollte immer alles ganz genau wissen.«

»Ein Privatdetektiv?« Ella staunte.

»Ja, der hat wohl jedes Jahr seine Berichte geschrieben. Irgendwann löste ihn ein jüngerer Mann ab, und dann kam noch mal ein anderer. Aber sie wollten immer wissen, wie es Edo und Gesine und deinem Papa ging, und später natürlich auch, was die Enkelkinder so machten.«

Ella setzte sich zurück und ließ die Rückenlehne wippen. »Das ist ja 'n Ding, Tant' Inge! Danke, dass du mir das erzählt hast.«

Immerhin leuchtete ihr jetzt ein, weshalb Jeanne auch über sie, Ella, so gut Bescheid gewusst hatte. Die Erbschaft und die daran geknüpften Bedingungen waren gut überlegt und auf sie persönlich zugeschnitten. Sie bekam Sehnsucht nach Cremont, nach den Menschen dort, nach der Landschaft, dem Park und dem Klima. Die Heiterkeit und Leichtigkeit des Loire-Tals wurden ihr im Kontrast zur norddeutschen Marsch erst richtig bewusst.

In der Ferienwohnung Friesenrose hörte Ella noch einmal die Langspielplatte, immer wieder hob sie die Nadel zurück, um sich *Gib niemals auf* anzuhören. Alles kein Zufall. *Ich hab geblutet, geschuftet, geschwitzt und gelitten.* Man musste kämpfen. Für sein Zuhause, für seinen Rosengarten. Natürlich. Ob nun in Leybuchtpolder oder in Cremont-sur-Crevette. Bald waren vierzehn Tage vergangen. Das Aufenthaltsjahr galt am Ende nur, wenn sie nicht länger als zwei Wochen gefehlt hatte. Vor Ellas geistigem Auge tauchte der Neffe des Barons auf, wie er hämisch grinsend auf eine Stoppuhr schaute. Nur noch zwei Tage.

Nein, so schnell würde sie sich nicht geschlagen geben! Und die Sache mit Paul? Einerseits wollte sie noch immer nicht wirklich an seine Schuld glauben. Doch selbst wenn … Cremont war auch ohne ihn liebenswert! Sie würde kämpfen. Solange sie nicht aufgab, hatte sie nicht verloren.

Ella schaltete ihr Handy wieder ein. Jede Menge Nachrichten hatten sich angesammelt. Aber es würde nur unnötig Zeit kosten, sie alle zu lesen und zu beantworten. Sie packte ihre Sachen zusammen.

»Mama!«, rief sie, während sie das Gepäck die Treppe hinuntertrug.

Ihre Mutter und Tomke kamen aus dem Vorderhaus.

»Was ist los?«

»Ich fahre wieder zurück nach Cremont«, verkündete Ella. »Danke für alles! Ich halt euch auf dem Laufenden. Tschüs!«

Ihre Mutter seufzte und lächelte zugleich. »Dieses Kind. Immer so sprunghaft!« Sie umarmten sich. »Tschüs, min Wicht. Und fahr vorsichtig. Ruf kurz an, wenn du angekommen bist.«

42

Obwohl Ella müde von der Fahrerei in der Hitze war, musste sie, als sie endlich auf die Hauptstraße von Cremont-sur-Crevette einbog, laut lachen. Da begrüßten sie zwei in einen Buchs geschnittene längliche Gesichter, die aussahen wie Figuren von den Osterinseln. Offenbar hatten Konstanze und Otto eine rettende Idee gehabt. Auch den geköpften Zwerghahn vor Gastons Lokal hatten sie umgearbeitet – aus dem Gockel war eine Legehenne geworden, mit dem Kopf dort, wo vorher die Schwanzfedern gewesen waren. Die Vorgärten sahen noch traurig aus, waren aber von Verwelktem befreit. Es gab noch Lücken, doch man sah auch schon wieder frisches Grün und neue Knospen sprießen.

Neben dem Manoir parkten einige Autos mit deutschen Kennzeichen, also waren nicht alle Gäste abgereist. Violetta begrüßte Ella mit hoch erhobenen Armen, Hugo überschlug sich vor Begeisterung. Als sie ihn auf den Arm nahm, wollte er ihr immerzu das Gesicht abschlecken.

»Du hast ja einen richtigen Schub gemacht, mein Kleiner«, sagte Ella gerührt, »und schon richtig lange zottelige Haare gekriegt.«

»Ja, es wird immer schwieriger, ihn zu bürsten«, erklärte Violetta. Aber sie strahlte. »Wie schön, dass Sie wieder da sind! Es gibt so viel zu besprechen. Haben Sie Hunger?«

Wenig später saß Ella mit einem Glas Rosé auf der Terrasse, ihre Freunde setzten sich auch dazu und brachten sie nach einigen Vorwürfen, weshalb sie denn nichts von sich habe hören lassen und nicht auf Anrufe reagiert habe, auf den neuesten Stand. Mark hatte einen neuen Buchauftrag an Land gezogen.

»Es wird halb ein Reiseführer, halb ein Selbstfindungsbuch. Arbeitstitel: Als Ziegenschäfer an der Loire entlang.« Sina berichtete, dass sie im November eine Anstellung als Innenarchitektin in einem Düsseldorfer Einrichtungshaus antreten werde, ihre Gestaltungbeispiele aus dem Herrenhaus und dem Dorf hatten überzeugt. Tina, jene Freundin von Sina, die das Seifensieden für sich entdeckt hatte, wollte gern in einem der leer stehenden Häuser am Fluss einen Pop-up-Shop eröffnen.

»Mit Erzeugnissen aus Rosenblüten, also Seifen, Cremes, Sirup, Parfüms, aber auch mit Büchern über Rosen, entsprechenden Dekostoffen und Geschirr – eben mit allem rund um Rosen. Ist das okay?«

»Find ich großartig«, sagte Ella. »Aber ihr wisst nach wie vor, auch wenn ich inzwischen am liebsten für immer hierbleiben möchte, dass ich im Herbst alles verkaufen muss.«

Aber erben, das wollte sie. Bei der Vorstellung, dass durch ihre Verbocktheit beinahe alles Eugène de Cremont in den Schoß gefallen wäre, wurde ihr noch nachträglich ganz anders.

Violetta stellte einen großen Teller mit Häppchen auf den Gartentisch. »Das Wichtigste zuerst«, sagte die Hausdame. »Mein Lebensgefährte braucht dringend ein paar Unterschriften von Ihnen wegen der Versicherungen, die er abgeschlossen hat, als das mit der Dorfverschönerung losging. Er sieht eine Chance, dass der Schaden in der Scheune dadurch gedeckt ist.«

»Ehrlich?« Ella konnte es kaum glauben. »Da würde mir ein Stein vom Herzen fallen.«

Sie sah Antonia mitfühlend an. »Es tut mir so leid um euer tolles Gemeinschaftsprojekt und um deine Bilder.«

»Muss es nicht.« Antonia lächelte geheimnisvoll. »Wir machen was Neues, und das wird noch geiler.« Die Kuratorin eines Garten- und Kunst-Festivals, das jedes Jahr rund um ein berühmtes Loire-Schloss und in seinen Nebengebäuden stattfand, hatte die Traumweltinstallation vor dem Brand gesehen und Kontakt zu Antonia aufgenommen. »Sie möchte, dass wir nächstes Jahr beim Festival mitmachen. Wir kriegen ein Nebengebäude nur für uns. Von Mai bis Oktober werden wir dort vertreten sein. Das ist so cool!«

»Meine Laufmaschine kommt auch mit, sie hat außerdem demnächst einen Auftritt in Nantes«, ergänzte Jacko stolz.

Eine andere Künstlerin erzählte, dass auch die Dorfbewohner sie unterstützten. »Die Frau vom Uhrmacher Charles bastelt immer so kleine Figürchen mit winzigen Lichtquellen, die sie einmal im Jahr zum Fest der Lampions in ihren Vorgarten stellt.«

»Ja, die kenn ich«, Ella erinnerte sich, »hab gleich an meinem ersten Tag in Cremont Bekanntschaft damit gemacht.«

»Diese ältere Dame kam nach dem Brand zu uns und schenkte uns einen großen Karton voller Elfen, Kunstblüten und Zwerge. Ist das nicht süß?«

»Kombiniert mit unserer Avantgardekunst wird die neue Installation eine unvergleichlich schräge Note bekommen«, schwärmte Antonia. »Im Übrigen – meine Bilder haben durch Hitze, Ruß und Löschwasser erst ihre ultimative Transformation durchlebt. Also, einige jedenfalls. Diejenigen, die nicht völlig verbrannt sind.«

»Sie haben jetzt etwas Dramatisches, Archaisches, Elementares«, stimmte einer aus der Künstlergruppe zu.

»Wow«, sagte Ella.

»Tja, du weißt doch – Kunst ist, wenn man aus Scheiße Gold macht«, Antonia zwinkerte ihr zu. »Komm rüber und guck es dir an.« Sie gingen gemeinsam zur Scheune.

»Ein Teil ist abgesperrt, wegen Einsturzgefahr«, erklärte Jacko. »Die Polizei meint ja, dass es Brandstiftung war. Sie wissen nur noch nicht, wer gefackelt hat.«

Eine Lücke im Dach war provisorisch mit Planen geschlossen. Ella sah sich um, es roch noch nach kaltem Rauch. Die alte Installation war versengt oder angeschmort.

»Oje. Sieht einfach nur traurig aus«, sagte sie ehrlich.

»Noch«, erwiderte Antonia gelassen. »Noch. Aber einige der Bilder sind jetzt echt genial.« Sie zeigte auf eine an die Wand gestellte Reihe von Höllenfantasien. Auch die Leinwände und Holzkreuze der Gemälde waren vom Feuer angefressen.

»Ich möchte so ein Inferno zwar nicht im Schlafzimmer hängen haben«, gab Ella zu. »Aber ich finde, die Bilder strahlen eine wahnsinnige Energie aus. Man kann lange davorstehen und darüber sinnieren. Die werden bestimmt ihre Abnehmer finden.«

»Sie kosten jetzt doppelt so viel wie vorher«, sagte Antonia selbstbewusst.

»Was hat die Polizei denn sonst noch herausgefunden?«, fragte Ella mit einem mulmigen Gefühl. Bislang hatte niemand Paul erwähnt.

»Na ja, die Gegenstände in der Lagerscheune waren tatsächlich alle gestohlen«, erklärte Mark. »Paul sagt, dass er diesen Bereich nie genutzt habe und auch keinen Schlüssel dafür besitze. Irgendwer meinte, dass da zuletzt der alte Gärtner empfindliche Pflanzen überwintert habe.«

»Sehr merkwürdig«, fand Ella.

»Der jetzige Gärtner wusste nichts davon.«

»Übrigens«, warf Sina ein, »hat sich herausgestellt, dass jemand den Zaun in der Nähe vom Tempelchen aufgeschnitten und überall im Park so ein Lockmittel verteilt hat, das für Wildschweine unwiderstehlich ist.«

»Also alles keine Zufälle«, fasste Jacko zusammen.

»Und das Pflanzengift in den Vorgärten?«, fragte Ella.

»Wird von der Polizei im Labor untersucht«, wusste Jacko. »Die Ermittlungen laufen noch. Ein Mensch allein hätte kaum in so kurzer Zeit so viel Unheil anrichten können. Die Polizei meint, es waren mindestens zwei Täter.«

Bildete sie sich das nur ein? Ella fand die Art und Weise, wie sie alle nicht von Paul sprachen, auffällig. Hatten die anderen ihn vielleicht sogar wegen mehr als nur der Diebstähle in Verdacht? Schließlich hätte Paul auch genug Zeit gehabt, sich am Vandalismus zu beteiligen, als er nachts noch so lange mit dem Hund unterwegs gewesen war. Oder sagten die Freunde nichts, weil auch sie Paul und Simone verliebt gesehen hatten, Arm in Arm oder gar knutschend im Dorf?

Bedrückt sog Ella Luft ein, stockend wie ein Kind, das getröstet werden musste. Das Verrückte war, dass sie einfach nicht glauben konnte, dass Paul sie so hintergangen hatte. Es musste eine andere Erklärung geben. Vielleicht hätte sie Pauls Nachrichten doch nicht alle ungelesen löschen sollen. Andererseits … den Kuss hatte sie doch mit eigenen Augen gesehen!

Hör auf damit, steig nicht wieder in dieses Gedankenkarussell ein, mahnte Ella sich selbst. Es führt doch zu nichts, es tut nur weh.

»Ach, kommt«, forderte sie die Freunde auf. »Wir machen noch 'ne Flasche Wein auf. Ist schön, wieder hier bei euch zu sein. Ich glaub, ich betrink mich zur Feier des Tages.«

Am folgenden Morgen wurde Ella vom Klingeln ihres Handys geweckt. Henri Ballou rief an. »Ich hoffe, ich störe Sie nicht, Madame Bohlmann.«

Ella setzte sich auf und drückte eine Hand vor die schmerzende Stirn. »Nein, überhaupt nicht«, presste sie hervor. Ihr war übel. »Wie schön, von Ihnen zu hören, Monsieur Ballou. Wie geht es Ihnen?«

»Bestens, bestens«, erwiderte der Musikhistoriker gut gelaunt. »In der Kur haben sie mich praktisch runderneuert. Ich walke sogar inzwischen jeden Tag. Kann man sich das vorstellen?« Er lachte. »Aber deshalb rufe ich nicht an. Als ich wieder zu Hause an meinem Schreibtisch saß, fiel mein Blick auf die gesammelten Devotionalien und Erinnerungsstücke aus der Chansongeschichte, die bei mir gerahmt an der Wand hängen.«

Schlagartig vergaß Ella ihren Kater. »Ja?«

»Und da hing beziehungsweise hängt immer noch die erste Seite mit den Noten von Jeannes größtem Hit, der ihr den Durchbruch und eine Goldene Schallplatte beschert hat. *Aber du siehst mich nicht.*«

»Ehrlich? Wie toll! Nur das erste Blatt oder noch mehr?«, fragte Ella.

»Ich nehme an, die anderen Seiten und der Text sind dahinter versteckt«, erwiderte Ballou. »Aber Jeanne hatte mich ja gebeten, den Rahmen nicht zu öffnen und nur die erste Seite für das geplante Buch abzufotografieren. Tja ... äh ...«, er wurde ein wenig verlegen, »irgendwie hab ich's dann wohl versäumt, ihr das Original zurückzugeben. Eigentlich wollte ich es nur mal eine Zeit lang vor Augen haben, ganz ehrlich. Sie wissen vielleicht, wie

Sammler ticken. Es tut mir wirklich leid.« Er lachte um Verständnis heischend. »Dadurch kann ich Sie natürlich gut verstehen. Dass Sie so leidenschaftlich an der Biografie arbeiten, meine ich. Und da es mir wieder besser geht, dachte ich, vielleicht sollten wir uns endlich persönlich kennenlernen.«

»Oh, ja, sehr gern, Monsieur Ballou! Soll ich zu Ihnen kommen, oder sind Sie mal hier in der Gegend?«

»Ich könnte nach Cremont rausfahren«, antwortete er. »Ist ja auch eine schöne Gegend bei Ihnen an der Crevette.«

»Auf jeden Fall. Zum Walken ideal. Sie können gern hier im Manoir übernachten. Bitte seien Sie mein Gast!« Ella gab sich keine Mühe, ihre Neugier zu zügeln. »Wann könnten Sie es einrichten?«

»Na ja, um ehrlich zu sein ... ich hab momentan keine wichtigen Termine.«

»Wunderbar! Dann packen Sie doch einfach Ihre Sachen und fahren Sie los, Monsieur Ballou.« Ella stieg mit dem Handy am Ohr aus dem Bett. »Ich erwarte Sie heute Nachmittag zum Tee. Oder Kaffee, wie Sie mögen. Und ich habe auch eine Überraschung für Sie!«

Ella zog sich an und ging in die Küche, wo sie Violetta vorfand. Sie besprach einige Dinge mit ihr. Und dann fragte sie doch.

»Haben Sie etwas von Paul gehört?«

»Na ja«, sagte Violetta langsam, »er war ziemlich angefressen, glaub ich. Bitte entschuldigen Sie den Ausdruck. Er wollte wohl erst mal Urlaub machen, segeln gehen, hat er gesagt. Hat er Ihnen denn nicht geschrieben?«

»Doch, doch«, beeilte sich Ella zu versichern. »Ich dachte nur, vielleicht hat man hier in den letzten Tagen noch was Neues erfahren.«

Violetta gab sich große Mühe, so zu tun, als fände sie das alles nicht merkwürdig, und Ella bemühte sich, so zu tun, als fiele ihr das nicht auf.

Henri Ballou erschien pünktlich zum Nachmittagstee. Violetta führte ihn auf die Terrasse, wo Ella bereits am Teetisch im Schatten der Bäume auf ihn wartete. Er war ein sympathischer, etwas verschrobener Mann Ende sechzig. Die wenigen weißen Strähnen, die ihm noch verblieben waren, trug er sorgfältig über lichte Stellen frisiert und mit Haarspray fixiert. Sein Gebiss war eines Hollywoodstars würdig. Als er Ella anlächelte, erinnerte er sie an den Charmeur Maurice Chevalier. Nach einer herzlichen Begrüßung nahm Henri Ballou Platz und bat um einen Kräutertee.

Ella fühlte sich wieder besser. Während sie ihren Ostfriesentee mit Kandis genoss, unterhielten sie sich zunächst eine Weile über Ballous Ambitionen und seine Interviews mit Jeanne, die er seit seiner Jugend bewundert hatte. Als Ella ihm eröffnete, dass sie die Enkeltochter der Sängerin sei, zeigte er keine besondere Reaktion.

»Ich hab mir schon so was gedacht«, sagte er vielmehr zufrieden. »Nur in etwas wirklich Schicksalhaftem konnte Jeannes Geheimnis liegen – eine verbotene, eine unglückliche Liebe, das Getrenntsein von einem geliebten Menschen ...« Ella erzählte erst in groben Zügen die Geschichte, dann von ihrer Arbeit an Jeannes Biografie, wie hilfreich die Aufzeichnungen auf den Rückseiten der Originale waren und von den Lücken, die sie noch hatte. Ballou nickte immer wieder ergriffen. »Dann hoffe ich«, sagte er schließlich und nahm den in Luftpolsterfolie eingeschlagenen Bilderrahmen aus seiner Ledertasche, »dass Ihnen das hier die fehlenden Mosaiksteine liefert. Darf ich das Manuskript denn einmal lesen?«

»Ja, gern«, versprach Ella, behutsam nahm sie das Original entgegen, »wenn ich das Gefühl habe, dass es einigermaßen fertig ist. Vielleicht fällt Ihnen ja noch etwas auf, das falsch ist oder die Geschichte ergänzt. Wie sieht es denn mit Ihrem Buch aus?«

»Eigentlich hatte ich die Hoffnung schon fast aufgegeben, es je zu vollenden«, gestand der Musikhistoriker, »aber jetzt, da ich wieder zu Kräften komme, und ehrlich gesagt, auch durch Ihr Interesse, juckt es mich doch gewaltig in den Fingern.« Er leerte seine Tasse. »Ich vermute, Sie möchten sich jetzt gern mit den Notenblättern befassen. Und ich würde am liebsten ein wenig ruhen. Und danach etwas walken.«

Ella lächelte dankbar, sie konnte ihre Neugier kaum noch zügeln. »Natürlich. Ich hoffe, wir sehen uns zum Abendessen um halb acht. Ein paar Freunde aus Deutschland sind auch da, außerdem kommt heute der Buchantiquar aus Cremont mit seinem Mann, der musikalisch sehr interessiert ist. Es wird bestimmt eine nette Runde.«

»Wunderbar, bis dahin also.«

»Ja, bis dann. Fröhliches Walken!« Kaum war der Franzose gegangen, schenkte Ella sich noch einen Tee ein und ging mit der Tasse und dem Rahmen unterm Arm schnurstracks in die Bibliothek. Vorsichtig löste sie die Verpackung, dann die verleimte Rückenverstärkung, und nahm die Notenblätter heraus. Es waren samt handgeschriebenem Liedtext mehrere Seiten, alle von hinten eng beschrieben. »So, liebe Jeanne, *chère grand-mère*, jetzt bin ich mal gespannt!«, murmelte Ella und begann zu lesen.

43

Greetsiel, Juli 1956

Während der Fahrt nach Ostfriesland hatte Jeanne sich Zeit gelassen, unterwegs dreimal übernachtet und immer wieder gestaunt, wie viel in Deutschland schon wieder aufgebaut worden war. All die Schuttberge, an die sie sich erinnerte – verschwunden nur elf Jahre nach Kriegsende. Ihre Gedanken drehten sich um die Vergangenheit, um die Zukunft. Sie malte sich verschiedene Versionen aus, wie Edo auf ihre Ankunft reagieren würde und wie Gesine, und wie wohl die ganze Geschichte ausgehen könnte. Ihre liebste Version war die, dass Edo und sie mit ihrem Sohn eine richtige Familie werden würden. Und auch dazu malte sie sich verschiedene Möglichkeiten aus. Mal würden sie in Ostfriesland leben, noch ein bis drei Kinder bekommen, glücklich bis ans Ende ihrer Tage. Mal würden Edo und der kleine Jan ihr nach Paris folgen. Halt, nein – Edo in Paris, dauerhaft, das konnte sie sich beim besten Willen nicht vorstellen. Also den Film noch mal von vorne drehen.

Edo und Jan würden mit ihr nach Frankreich kommen, und sie würden irgendwo, vielleicht in der Normandie auf einem Gutshof an der Küste, ein neues Leben beginnen. Oder sie würde nur ihren Sohn mitnehmen. Noch war er jung genug, um Französisch und die anderen Sitten und Gebräuche zu erlernen. Während sie auf Tournee ginge, könnte er in einem vornehmen Internat – Unsinn, sie konnte doch nicht allen Ernstes ihren Sohn zu sich holen und ihn dann gleich in ein Internat stecken! Jan würde sie begleiten, sie würde es in ihren Verträgen zur festen Bedingung machen, dass ihr Sohn mitreiste. Überhaupt würde sie weniger auf Tournee gehen, mehr Auftritte in Paris und im Rundfunk anstreben. Das wäre doch optimal, dann könnte sie tagsüber mit ihrem Kind zusammen sein und abends, wenn es schlief, arbeiten gehen. Aber vielleicht lebte Edo ja nicht mehr. Oder er war dick und alt geworden. Vielleicht würde sie auch nur ganz allein einen Spaziergang am Hafen machen und wieder nach Paris zurückfahren, ohne die Bohlmanns überhaupt getroffen zu haben.

Am späten Nachmittag erreichte sie Greetsiel. Es war Waschtag, überall an den Leinen flatterte Wäsche im Nordseewind. Jeanne hatte Glück, dass sie im Gasthof Zur Börse noch eines der Zimmer bekam, die hier vermietet wurden. Schließlich war Hochsaison im malerischen Fischerort an der Leybucht. Sie wohnte mitten im Ort, direkt an der Brücke, die über das kanalähnliche Sieltief führte, gegenüber dem Glockenturm der Kirche. Von ihrem Zimmer im zweiten Stock aus konnte sie bis zum belebten Kutterhafen schauen.

Jeanne packte ihren Koffer aus und machte sich frisch. Sie bürstete das immer noch kurze, aber schon nachgewachsene Haar, malte sich die Lippen rot, brachte die Augenbrauen in Form, aber verzichtete auf Lidstrich und Mascara. Die Sonne von Biarritz hatte sie bereits gebräunt und die Sommersprossen vermehrt. Sie zog ein rot-weiß-schwarz gestreiftes Sommerkleid mit weitem Rock an, dazu bequeme Sandalen. Leichtfüßig spazierte sie durch Greetsiel, durch die Gassen mit den hutzeligen Häuschen und dann um den Hafen herum, wo Fischer ihre Netze flickten oder Krabben ausluden – genauso wie sie es sich damals im Krieg vorgestellt hatte. Mitten im Frieden. Noch dazu war sie finanziell unabhängig, kein Mensch konnte ihr befehlen, was sie zu tun und zu lassen hatte. An einer Bude kaufte sie sich ein Fischbrötchen, biss beherzt hinein und dachte, dass es eigentlich gar nicht so schlecht gelaufen war.

In ihrer Nähe beobachteten sechs oder sieben alte Fischer mit Pfeifen im Mundwinkel, lässig aufgestützt auf die Hafenmauer, die einlaufenden Kutter und kommentierten das Treiben ringsum. Es bereitete Jeanne Freude, wieder Plattdeutsch zu hören. Sie war entzückt, dass sie das meiste noch verstand, auch den Spruch von der »flotten Biene«, die bestimmt aus der Stadt käme und die man nicht von der Bettkante stoßen würde. Jeanne machte sich einen Spaß daraus, zunächst freundlich auf Französisch zu grüßen. Die Männer tippten grinsend an ihre Mützen und schienen sich recht weltmännisch vorzukommen. Sie waren daran gewöhnt, dass Besucher ein Schwätzchen mit ihnen halten wollten, mochten es wohl auch selbst gern, weil sie sich dann noch wichtig und nicht zum alten Eisen gehörig fühlten.

Nun wurden ihre Kommentare ein wenig anzüglicher. Doch welche Überraschung, als Jeanne, obgleich schon als Französin identifiziert, plötzlich Plattdeutsch redete. Sie sagte etwas über das Wetter. Einige der Männer wurden verlegen, andere lachten oder schmunzelten. Jeanne lächelte ein wenig, um zu zeigen, dass sie nicht nachtragend war. Sie unterhielt sich mit den Männern über den Krabbenfang, über die Künstler im Ort und die Badegelegenheiten. Trotz wortkarger Antworten der Ostfriesen entwickelte sich ein munterer Austausch, und dann endlich erkundigte Jeanne sich nach den Bohlmanns vom Südermarschhof.

»Wie geht's der Familie? Sind alle wohlauf?«

»Jau, soviel ich weiß«, sagte der Wortführer, dem vorne ein Zahn fehlte. »Edo mischt ja mit bei denen, die noch mehr Utlanders nach Greetsiel holen wollen. Gibt da so'n Komitee.«

»Er meint nicht Ausländer«, ergänzte sein Nebenmann, um Missverständnissen vorzubeugen, »sondern Feriengäste.«

»Verstehe. Und die alten Bohlmanns, leben die noch?«

»Jau, jau. Er ist immer noch mit seinen Bienen am Gange.«

»Und Gesine und der Sohn Jan?«

»Jau, alles gut.«

Jeanne atmete insgeheim auf. Zugleich stieg die Spannung. Sie erkundigte sich nach der Schule, die der Elfjährige besuchte. Die Männer beschrieben ihr den Weg.

»Vielen Dank, und einen schönen Abend noch!«, verabschiedete sie sich.

Jetzt stand Jeanne schon den zweiten Nachmittag an der Schule. Am Vortag hatte sie hier vergeblich nach Kindern Ausschau gehalten – es waren Sommerferien. Aber der Hausmeister hatte ihr gesagt, dass sich viele Jungen nachmittags auf dem Sportplatz nebenan zum Fußballspielen träfen. Jetzt wartete sie also wieder etwas versteckt hinter den Bäumen und beobachtete den Platz. Nach und nach trudelten die Jungen ein, bolzten, balgten, machten Blödsinn. Ob Jan unter ihnen war? Welcher mochte es sein? Würde ihr Mutterherz ihn instinktiv erkennen?

Sie ging nun doch näher an den Platz heran, damit sie die Gesichter besser sehen konnte. Es war kühl, sie zog den

Bindegürtel ihres Sommermantels enger. Da! Der braun-haarige Junge mit dem blauen Pullover – er sah hübsch aus und intelligent, das Alter kam auch hin.

Die Jungen riefen sich etwas zu, einer schrie: »Jan, pass doch auf!«

Tatsächlich, der Braunhaarige reagierte, flitzte los, trieb den Ball geschickt vor sich her durch die gegnerische Mannschaft. Aber dann trickste ihn ein Gegenspieler aus und schoss ein Tor. Sein Kumpel knuffte ihn freundschaft-lich.

»Gar nicht schlecht, Gerd!« Oh, dachte Jeanne ent-täuscht, das ist er also nicht.

Ein verspäteter Junge kam an den Rand des Spielfelds, Jeanne stellte sich möglichst beiläufig neben ihn. »Moin. Welcher ist eigentlich Jan Bohlmann?« Der Junge blinzel-te sie an, als wäre er schwer von Begriff. »Kennst du Jan?«

»Jau«, sagte der Junge misstrauisch. »Hat er was aus-gefressen?«

»Nein!« Sie lächelte freundlich. »Nur so. Ich kenn ihn von früher, als er noch klein war.«

»Sie sprechen so komisch.«

»Ich komme aus Frankreich.« Jeanne versuchte es noch einmal. »Na, welcher Junge ist denn Jan?«

»Der da, spielt meist als Verteidiger.«

Er zeigte auf einen blonden Jungen mit dunkelblauem Trikot, dann lief er los, um mitzuspielen. Jeanne setzte sich auf eine Parkbank. Sie ließ den blonden Verteidiger nicht aus den Augen. Er war groß und kräftig für sein Alter, sportlich, mit einem frischen Gesicht und blit-zenden blauen Augen. Wie sein Vater, dachte Jeanne er-staunt und ein kleines bisschen enttäuscht. Von mir hat er auf den ersten Blick nichts. Sie war immer überzeugt gewesen, zumindest ihre dunklen Augen hätten sich durchsetzen müssen. Jemand schoss den Ball aus Versehen in ihre Richtung.

»Der eiert!«, rief der Schütze zu seiner Entschuldigung.

Sie sprang auf, fing den Ball ab und hob ihn hoch.

Ausgerechnet Jan kam auf sie zugelaufen. Er sah sie erwartungsvoll an. Natürlich glaubte er, sie würde den Ball zurückwerfen. Ihr Herz hämmerte. Fasziniert davon, ihm ins Gesicht sehen zu können, flogen Jeanne tausend Gedanken durch den Kopf. Was für ein sympathischer Junge er ist mit seinen geröteten Wangen. So gesund. Und schöne weiße Zähne hat er, einer steht etwas schief. Dieser aufgeweckte Blick. Und die widerspenstigen Haare um einen Wirbel am Hinterkopf. Wie oft hat Gesine wohl schon versucht, sie mit einer feuchten Bürste glattzubekommen. Vielleicht stammen ja die Sommersprossen von mir. Erstaunt lächelte sie, alles um sie herum lief im Zeitlupentempo.

Jan blieb direkt vor ihr stehen und wies auf den Ball. »Darf ich den wiederhaben?« Außer Atem zog er kurz die Nase hoch. Jeanne sah ihn weiter an. Was für ein großartiger Junge! Und sie hatte ihn auf die Welt gebracht. »Den Ball!« Er lachte spitzbübisch und nahm ihn ihr einfach aus den Händen. »Danke!«

»Ja, *naturellement*. Bitte, Jan.«

Erstaunt sah er sie wieder an. »Woher kennen Sie mich?«

Jeanne mochte seine Stimme. Eine klare Jungenstimme, noch vor dem Stimmbruch.

»Oh, das ist eine lange Geschichte«, antwortete sie.

Er runzelte die Augenbrauen – ganz genau wie Edo. In diesem Augenblick wusste Jeanne sicher, dass dieser Junge ihr Sohn war.

»Mensch, komm endlich!«, rief ein Fußballer. »Wir wollen weiterspielen, Jan!«

»Sind Sie die neue Lehrerin?«

Sie schüttelte den Kopf und lächelte ihn erneut an. »Geh schon, lass deine Freunde nicht warten.«

Eine Weile saß sie noch auf der Bank und schaute zu. So etwas Eigenes und Schönes ist durch mich auf der Welt, dachte sie überwältigt, als würde sie zum ersten Mal ansatzweise begreifen, was für ein Wunder es war, Leben weiterzugeben.

Offenbar störte ihre Anwesenheit das Spiel, die Jungen fühlten sich beobachtet. Vor allem Jan, der immer wieder irritiert zu ihr herüberschaute und dadurch unkonzentriert agierte. Sie wollte nicht schuld daran sein, dass seine Mannschaft verlor und er heute Nacht vielleicht schlechter schlief. Deshalb ging sie nach einem zaghaften Winken in seine Richtung zur Straße zurück. Bevor sie mit ihrer Ente davonfuhr, zündete sie sich mit zittrigen Fingern eine Zigarette an und inhalierte tief.

Und jetzt?, fragte sie sich beim Spaziergang auf dem Deich. Was mach ich jetzt? Rufe ich an oder fahr ich einfach hin? Und dann? Sag ich: Hallo, ich möchte meinen Sohn nach Paris holen? Nein, so plump ging das auf keinen Fall. Sie musste irgendwie eleganter an die Sache herangehen. Nur wie?

Ganz normal, nahm sie sich vor. Ich rufe an, sage, ich bin in der Gegend und wüsste gern, wie es euch geht. Das wäre doch normal, oder?

Die Möwen über ihr schrien, der Himmel war weiter und größer als an irgendeinem anderen Ort, den sie inzwischen kennengelernt hatte. Aber sie spürte auch wieder die Schwere und den Sog des Marschbodens. Jeanne fühlte sich zurückversetzt. Die alten Melodien gingen ihr durch den Kopf. Ich muss ja nichts überstürzen, dachte sie. Leise sang sie vor sich hin.

Jeanne saß abends unten in der Gaststätte, in der sie ihr Zimmer gemietet hatte, etwas abgesondert von den Einheimischen, und aß Krabben mit Spiegelei auf Schwarzbrot, als die Tür aufging und Edo hereinkam. Immer noch ein stattlicher Mann, weißes Hemd, dunkle Weste. Edos suchender Blick schweifte durch die Gaststube, wo Männer bei Bier und Schnaps Skat spielten, rauchten und der Wasserhahn des Spülbeckens ununterbrochen tropfte. Seine Wangen waren ein wenig gerötet, als hätte er sich gerade frisch rasiert, vielleicht auch vor Aufregung. Jeanne legte das Besteck auf den Teller und schob ihn zur Seite. Rasch fuhr sie sich mit den Händen durchs Haar. Zu spät, um die Lippen nachzuziehen. Sie tupfte den Mund mit der Serviette ab.

In diesem Moment trafen sich ihre Blicke. Ein Leuchten erhellte Edos Gesicht. Mit ein paar großen Schritten war er bei ihr.

»Du bist es!« Ungläubige Freude strahlte aus seinen Augen, das Blau darin schimmerte immer noch wie das Meer vor Norderney an einem Sommertag.

»Ja, ich bin's.« Jeanne konnte nur ganz flach atmen. »Nimm doch Platz.«

Er setzte sich ihr gegenüber. Der Wirt brachte ihm ungefragt ein Haake Beck. »Möchten Sie noch etwas?«, fragte er Jeanne, während er das Geschirr abräumte.

Sie schluckte. »Nein, danke.«

»Lass uns nach draußen gehen«, schlug Edo vor, »ein bisschen an die frische Luft.«

Sie nickte, nahm ihre Strickjacke von der Stuhllehne und zog sie über ihr ärmelloses Kleid. Zunächst spazierten sie wortlos ein Stück an der südlichen Hafenseite auf dem Deich entlang. Es war Ebbe, kein Wasser im Hafen, die Kutter saßen auf dem Schlick fest. Am Ende des Deichs stand eine Künstlerin vor einer Staffelei. Scheinbar interessiert schauten sie ihr mit angemessenem Abstand zu. Edo räusperte sich. »Die Maler suchen sich immer diese Stelle aus«, erklärte er. »Von hier hat man den besten Blick – auf den Sielhafen mit den Kuttern im Vordergrund, und dahinter die Häuserreihe mit den alten holländisch-flämischen Giebeln.«

»Ja, von hier aus ist es besonders malerisch.« Ihr Hirn war Jeanne gerade keine große Hilfe. »Wie hast du mich gefunden?«

»Du bist seit Montag hier«, erwiderte Edo.

In seinen Augenwinkeln kräuselten sich Fältchen, die sie noch nicht kannte. »Es spricht sich schnell herum, wenn es eine hübsche Französin hierher verschlägt. Noch dazu, wenn sie Platt sprechen kann.« Jeanne lächelte. »Und spätestens, seit Jan uns berichtet hat, dass eine schöne ausländische Frau am Sportplatz war, die seinen Namen kannte, war mir klar, dass du es sein musst«, erklärte Edo weiter. »Er sagte: ›Die roch so gut und hat mich ganz lieb angelächelt.‹«

»Ich war auf Anhieb in ihn verliebt«, rutschte es Jeanne heraus. »Also, ich meine, er ist wirklich ein großartiger Junge.«

»Das ist er. Er macht uns viel Freude«, bestätigte Edo sichtlich stolz. »Das ulkige Auto mit dem französischen Kennzeichen ist für die Krummhörner natürlich auch eine kleine Sensation.«

»Natürlich …«

Verstohlen musterten sie einander immer wieder. Edo war älter geworden, keine Frage. Er hatte noch das letzte Kriegsjahr als Soldat erlebt. Außerdem hatte die Arbeit auf dem Feld bei Wind und Wetter Spuren hinterlassen. Wenn er lachte, blitzte hinten ein Goldzahn auf. Er war knapp fünfzig, hielt sich aber straff und aufrecht, und vor allem strahlte er noch immer das aus, was sie schon bei ihrer ersten Begegnung für ihn eingenommen hatte – eine vertrauenerweckende Mischung aus Anstand, männlichem Charme und Gelassenheit.

»Du siehst gut aus«, sagte er.

Jeanne lächelte. Komplimentemachen gehörte nach wie vor nicht zu den Stärken des Ostfriesen.

»Danke«, sagte sie selbstbewusst, statt zu erröten.

»Aber deine Haare sind ab. Ist wohl jetzt modern.«

»Jau«, erwiderte sie auf Ostfriesenart, und er musste schmunzeln.

Sie schauten eine Weile bei der Entstehung des Gemäldes zu. Die Malerin widmete sich gerade den geduckt hinter dem Deich stehenden Fischerhäuschen. Dann kehrten sie um und spazierten in der anderen Richtung um den Hafen herum. Immer wieder wurde Edo von Einheimischen gegrüßt oder auch kurz wegen irgendwelcher kommunalen Angelegenheiten angesprochen.

»Ich arbeite ehrenamtlich für den Fremdenverkehr«, sagte er zur Erklärung.

Sie unterhielten sich ganz allgemein über dieses und jenes. Er berichtete ihr von seinen Eltern, vom Hof, von den größeren Vorkommnissen seit Kriegsende. Jeanne erzählte von ihrer Rückkehr nach Frankreich mit dem gestohlenen Fahrrad, von ihren Erfolgen als Sängerin und ihrem Leben in Paris, sie verheimlichte auch nicht die Trennung von Yves. Inzwischen hatten sie den haarnadelförmigen Weg um den Hafen hinter sich gelassen. Sie wanderten weiter auf dem Deich, bis sie schließlich die Küstenlinie erreichten. Hier waren sie ungestört. Nur in der Ferne rutschte ein Fischer auf einem Schlickschlitten übers Watt, um seine Reusen zu prüfen. Die Einsamkeit und die reine Luft verstärkten Jeannes Wunsch nach Offenheit.

»Ich hab oft an euch gedacht«, sagte sie, »an dich. In das Notenheft, das du mir geschenkt hast, habe ich übrigens meine ersten eigenen Kompositionen geschrieben.«

Sie tauschten einen tiefen Blick. Unausgesprochen blieb seine Widmung, an die sie beide dachten. Edo atmete tief ein.

»Gesine ist völlig aus dem Häuschen, seit sie gehört hat, dass du hier bist.« Der besorgte Unterton in seiner Stimme war nicht zu überhören. »So kenn ich sie gar nicht.«

»Gesine …«, sagte Jeanne fast zärtlich. »Sie war sehr lieb zu mir während der Schwangerschaft, wie eine Freundin und Mutter zugleich.«

»Ich soll dich bitten, morgen Abend zu uns zum Essen zu kommen. Nach dem Melken, gegen sieben.«

»Gern, danke«, antwortete Jeanne. »Ehrlich gesagt, damals, als du wieder im Krieg warst, hatte ich oft ein schlechtes Gewissen ihr gegenüber. Wir haben sie betrogen, und sie kümmerte sich so liebevoll um mich …«
Sie sprach nicht weiter.

Edo blieb stehen. »Es tut mir leid, was du durchgemacht hast. Es muss sehr hart für dich gewesen sein.«

Jeanne nickte stumm. Sie fragte sich, ob er sich bei ihr bedanken würde, dafür, dass sie ihm einen Sohn geschenkt hatte.

Edo sah sie mit einem Blick an, der ihr weiche Knie machte. »Wenn wir allein auf der Welt wären …«, sagte er. Mehr nicht. Damals schon hatten sie sich das Wichtigste mit den Augen verraten. *Wenn wir allein auf der Welt wären, würde ich dich auf der Stelle küssen und bis ans Ende meiner Tage bei dir bleiben. Wir würden völlig anders leben als bisher, die Welt bereisen und verrückte Dinge tun.* Edo atmete schwer aus. Er gab sich einen Ruck. »Ich würde gern mal deine Lieder hören.« Das war alles, was er aussprach.

Jeanne drehte ihr Gesicht gegen den Wind. »Ich hab euch ein paar Schallplatten mitgebracht.«

»Sind da die Lieder drauf, die du hier komponiert hast?«

»Nein, es sind Schallplatten mit meinem bisherigen Partner Yves, die Musik stammt von anderen Komponisten und Textern.« Sie schauten aufs Meer hinaus. Der Horizont verlor sich in diesigem Grau. »Aber in Zukunft will ich meine eigenen Chansons singen, auch die von damals.«

»Du brauchst kein schlechtes Gewissen zu haben«, sagte Edo unvermittelt. »Gesine wusste damals Bescheid.«

»Wie?«, fragte Jeanne verblüfft. Sie brauchte einen Moment, bis sie weitersprechen konnte. »Über uns?«

»Ja.« Edo zögerte einen Moment. »Sie hat mich lange gedrängt. Wir lagen ständig im Streit deshalb. Ich hab ihr gesagt, das mach ich nicht, Gesine, du bist meine Frau und damit basta. Aber sie ließ nicht locker. Ich sollte unbedingt was mit dir anfangen, weil sie doch nicht schwanger wurde. Ich habe mich dagegen gewehrt. Und dann … und dann hab ich mich in dich verliebt …«

»Was?« Jeanne war empört, fassungslos. »Sie hat dich quasi auf mich angesetzt?«

»Sie hoffte, wenn du schwanger würdest, könnten wir das Kind adoptieren. Wenigstens wäre es dann dein Kind, hat sie zu mir gesagt, es wäre ein Bohlmann.«

»Als wär ich eine Zuchtkuh!« Jeannes Stimme bebte vor Zorn, ihr Temperament ging mit ihr durch. »Und tut dann so, als wär sie meine Freundin …« Welch ein Verrat!

»Jeanne, versuch doch, sie ein wenig zu verstehen«, bat Edo.

»Nein! Ich fasse es nicht!« Sie konnte sich gar nicht wieder beruhigen. »Dann bin ja ich die Betrogene.«

Gekränkt riss sie sich los, lief wütend hin und her. Gesine, diese Schlange!

Jetzt packte Edo sie doch mit seinen rauen, schwieligen Händen an den Armen, aber so wie man wie eine Verrückte hielt, die vor Schlimmerem bewahrt werden musste.

»Jeanne«, sagte er eindringlich, »sieh mich an, Jeanne!« Sie schaute ihm in die Augen. »Was wir zusammen hatten ... Dieses Unsagbare, Einmalige, das kann Gesine sich nicht einmal vorstellen.«

»Sie ... hat ... es ... gewollt«, stammelte Jeanne ungläubig.

»Ja, aber nicht das, das hat sie sicher nicht gewollt. Trotzdem hat sie es erduldet. Wir haben übrigens nie darüber geredet. Sie hat mir nie einen Vorwurf gemacht. Und dafür bin ich ihr unendlich dankbar. Dass sie mir dieses Glück mit dir erlaubt hat. Dafür liebe ich meine Frau umso mehr.«

»Und ich fühl mich jetzt doppelt betrogen.« Jeanne brach in Tränen aus.

»Nein, bitte nicht! Es macht doch das, was wir miteinander hatten, Jeanne, kein bisschen geringer«, sagte Edo. »Wovon andere Menschen ihr Leben lang nur träumen – wir haben es gehabt.« Er kickte ein paar getrocknete Schafsköttel vom Pfad. »Ach, Jeanne. Und was ist denn schon gerecht im Leben? Wie oft hätte einen von uns eine Bombe treffen können. Dafür mussten andere dran glauben. War das gerecht?« Für einen Ostfriesen redete er schon ziemlich lange und ziemlich leidenschaftlich. »Sollten wir es nicht einfach als Geschenk betrachten?«

Jeanne antwortete nicht. Sie war geneigt, Edo zuzu-
stimmen. Aber sie weinte und konnte kaum sprechen.

»Zum Glück ist Gesine dann ja doch noch schwanger
geworden.« Jeanne erstarrte. Was behauptete er da? Kannte er etwa nicht die Wahrheit? »Es tut mir so leid, dass
du dein Kind verloren hast, Jeanne«, sagte Edo sanft, er
schluckte und flüsterte: »Unser Kind. Es ist doch von mir
gewesen, oder?«

Ihr fehlten die Worte. Entgeistert starrte sie ihn an. Sie
hatte genug, die Welt war verrückt geworden. »*Merde! J'en
ai marre!*«

Jeanne drehte sich um, ließ Edo einfach stehen und lief
davon. Sie rannte auf dem Deich zurück zu ihrer Unterkunft. In ihrem Zimmer warf sie sich aufs Bett. Diese Va-
riante für ihren Besuch hatte sie sich vorher nicht aus-
gemalt. Sie packte das Kissen, hielt es sich über den Kopf
und weinte hemmungslos. Dann malte sie sich aus, wie sie
Gesine die Meinung und beim Abendessen endlich allen
die Wahrheit sagen und anschließend ihren Sohn mitnehmen würde.

Jeanne war so aufgewühlt, dass sie erst spät in den
Schlaf fand. Um halb sechs begannen die ersten Gäste in
ihren Zimmern zu rumoren, Schritte dröhnten, Wasser-
leitungen rauschten. Jeanne wälzte sich hin und her. Kaum
war es ihr gelungen, wieder einzuschlafen, klopfte es an
ihrer Zimmertür.

»Telefon für Sie!«

Jeanne zog sich schnell etwas über und ging nach unten.
Sie sah auf die Uhr. Acht Uhr morgens! In Paris würde es
kein Mensch wagen, sie vor elf Uhr anzurufen. Der Hörer
lag in der Wirtstube auf der Theke. Sie meldete sich.

»Hallo?«

»Guten Morgen. Ich bin's, Edo. Schön, dass du noch da

bist. Falls ich dich gekränkt haben sollte, Jeanne, bitte ich in aller Form um Entschuldigung. Ich war wohl etwas unsensibel.« Er wirkte ehrlich betrübt, zerknirscht.

Du hast wirklich keine Ahnung, warum ich gestern so reagiert habe, dachte Jeanne und lächelte schwach. »Hmm …«, antwortete sie.

»Du kommst doch heute Abend?«

»Ja, ich komme. Bis dahin.«

»Bis dann, tschüs.«

Als Jeanne auf den Hof der Bohlmanns fuhr, kam Edo ihr entgegen und hielt ihr die Autotür auf. Er holte sichtbar Luft.

»Bin ich froh, dass du trotzdem kommst«, sagte er leise, damit es die anderen nicht hörten, die ebenfalls zur Begrüßung aus dem Haus eilten. Jeanne hatte Zeit gehabt nachzudenken und beschlossen, sich erst einmal anzusehen, wie ihr Sohn lebte. Jan und ein Freund von ihm zeigten großes Interesse an ihrem Auto. »Möchtest du mal probesitzen?«

Die Jungen wippten begeistert auf den Sitzen und prüften die Klappmechanik der Seitenfenster.

Gesine kam und umarmte Jeanne. Sie war rundlicher geworden, was ihre herzliche, mütterliche Ausstrahlung noch betonte. Es fiel Jeanne schwer, ihr nicht auf der Stelle alles zu verzeihen. In einem blauen Chintzkleid, das aussah wie ihr Sonntagskleid, wirkte Gesine neben der schlanken Jeanne in ihrem türkisgrünen Jackenkleid nur wenig elegant. Ihr blondes Haar trug sie wieder kürzer und mit Dauerwelle.

»Jeanne, herzlich willkommen!«

Die Großeltern erwarteten sie in der guten Stube, ebenfalls in aufgekratzter Stimmung. Sie begrüßten sie wie ein lange vermisstes Familienmitglied, alle bekamen feuchte Augen.

»Jeanne, min Wicht!«

Die Tafel war mit dem besten Geschirr eingedeckt. Sie nahmen Platz. Jan, dessen Freund nach Hause gegangen war, saß neben Jeanne. Man hatte ihm bereits erklärt, dass die Französin eine Zeit lang seine Amme gewesen sei.

»Sie hat dich als Baby auf dem Arm gehalten und dir immer so schön was vorgesungen.«

Der Junge betrachtete alles an ihr neugierig – die Schuhe mit den halbhohen Pfennigabsätzen ebenso wie ihre langen lackierten Fingernägel. Er redete aber, wie es sich für Kinder gehörte, bei Tisch nicht ungefragt.

»Es gibt Mehlpütt zum Nachtisch«, sagte die Großmutter, »den mochtest du doch so gern.«

Ein Hausmädchen, das Jeanne nicht kannte, tischte Hochzeitssuppe, Mettwürste, knusprigen Schweinebraten, Gemüse, Kartoffeln und Soße auf.

Während des Essens tauschten die Erwachsenen höflich und gesittet Neuigkeiten aus. Das frühere Hausmädchen Else lebte verheiratet mit Mann und zwei Kindern auf der Insel Juist. Die Hebamme Helga hatte im neu geschaffenen Nachbarort Leybuchtpolder eine Heimat gefunden, ihre halbwüchsige Tochter Inge half nach der Schule oft auf dem Südermarschhof aus, weil sie gern in der Landwirtschaft arbeitete. Erikas Mann war nach Jahren aus russischer Kriegsgefangenschaft zurückgekehrt, an Leib und Seele gebrochen. Sie hatten ein Geschäft in Emden eröffnet. Vom weiteren Schicksal der Zwangsarbeiter und Kriegsgefangenen, die zu Jeannes Zeit auf dem Südermarschhof oder bei Nachbarn gearbeitet hatten, war nichts bekannt.

»Nur von Tatjana haben wir mal was gehört«, sagte

die Großmutter, »erinnerst du dich? Sie kam aus der Ukraine und wollte Lehrerin werden. Sie hatte Angst, dass Stalin sie nach Sibirien schicken würde, weil sie für die Deutschen gearbeitet hat, und konnte nach Kanada auswandern.«

Jeanne erinnerte sich nicht an eine Tatjana.

»Wie geht es denn dem Südermarschhof?«, fragte sie.

Das meiste erschien ihr unverändert. Vielleicht funktionierte der Betrieb dank moderner Technik mit weniger Arbeitskräften. In der Wohnküche hatte sie neue Übergardinen mit grafischen Mustern gesehen.

»Wir kommen zurecht«, antwortete Edo, »ganz ohne Kredit. Andere nehmen ja jetzt Kredite auf, wir nicht. Die Banken verlangen glatt fünfzehn Prozent.«

»Im Verzicht liegt auch Erwerb«, verkündete die Großmutter. »Wenn man fleißig ist und bescheiden und weiß, was gut ist für den Hof, dann geht das eine Weile. Ein paar Jahre jedenfalls, nicht ein Leben lang.«

»Die Zeiten ändern sich, wir werden in Zukunft sicher mehr Geld mit Feriengästen verdienen«, meinte Edo. »Die sollen hier nicht immer nur durchfahren zu den Inseln, sondern bei uns an der Küste bleiben. Greetsiel bietet zum Beispiel Milchkuren an.«

»Ich hab in meinem ganzen Leben nie wieder so viel Milch getrunken wie hier«, warf Jeanne lächelnd ein.

»Wir haben hier nie hungern müssen«, betonte die Großmutter. Sie schwiegen eine Weile. Jeanne dachte an die russischen Kriegsgefangenen, die aus der Munitionsfabrik fast verhungert als Arbeitskräfte zu den Bauern gekommen waren. »Hauptsache, der Krieg ist vorbei«, fügte die Altbäuerin hinzu. »Dieser verdammte Krieg.«

»Nie wieder Krieg!«, sagte Gesine.

»Nie wieder Krieg!« Edo hob sein Glas.

Sie stießen alle miteinander an, sogar Jan, der Apfelsaft in ein kleines Schnapsglas geschenkt bekommen hatte.

»Das war Schicksal«, sagte der Großvater.

Aha, so lautet also jetzt die offizielle Geschichtsschreibung, dachte Jeanne. Das sah sie anders. Zu gut erinnerte sie sich an bewundernde Sätze des Seniors über Hitler. Sie überlegte, ob sie ernsthaft in das Thema einsteigen, ob sie nach Schuld oder Mitschuld fragen sollte. Und nach den Konsequenzen. Aber sie war doch selbst nicht ohne Schuld, es gab so viele Grautöne, und sie war es leid. Folglich hielt sie den Mund. Viel entscheidender für sie war jetzt, wie und wann sie auf Gesines Lüge, auf ihren Sohn und seine Zukunft zu sprechen kommen konnte. Sie wartete auf eine Gelegenheit, aber es passte immer überhaupt nicht. Die ganze Zeit empfand Jeanne, dass zwar ihretwegen eine besondere Anspannung herrschte, die Bohlmanns insgesamt jedoch eine harmonische Familie waren. Sie behandelten einander liebevoll, mit Respekt und Wärme.

»Ja, die Zeit vergeht ...« Der Großvater seufzte. »Man sieht es an den Kindern.«

»Morgen fahren wir in die Stadt, nach Norden, um Jan lange Hosen für die Schule zu kaufen«, sagte Gesine, die ihre Nervosität nur schwer verbergen konnte. »Er wächst so schnell, hat schon wieder einen Schub gemacht.«

»Er ist unser ganzer Stolz, unser Stammhalter.« Der Großvater wuschelte Jan durchs Haar. »Mit den Bienen kommt er auch schon gut klar. Das hat er von mir.«

»Erika und Helga würden dich auch sehr gern treffen«, sagte Gesine, als sie beim Nachtisch angelangt waren. »Nimm doch noch ein Stück Mehlpütt und mehr Vanillesoße zu den Birnen! Hättest du am Sonntagnachmittag Zeit, zum Tee zu kommen?«

Gesine rutschte der Löffel aus der Hand, klirrend fiel er auf die Dessertschale. Verstohlen wischte sie sich die verschwitzte Hand am Rock ab. Edo sah seine Frau besorgt an.

Jeanne lobte den Mehlpütt. Sie musste von Frankreich erzählen, von ihrem Leben als Chansonsängerin in Paris. Alle machten runde Augen. Jan versuchte zwischendurch immer wieder, ihr unauffällig näherzukommen, um an ihr zu schnuppern. Ein Versuch fiel ausgerechnet in eine Gesprächspause. Gesine sah den Jungen mahnend mit einem Das-gehört-sich-nicht-Blick an.

»Sie riecht so gut«, verteidigte er sich treuherzig.

Alle mussten lachen.

»Ach, ich hab euch ja ein paar Kleinigkeiten mitgebracht«, sagte Jeanne.

Sie stand auf und holte eine große Badetasche, die sie an der Wohnzimmertür deponiert hatte. Am Nachmittag war sie schnell noch nach Norden gefahren, um einen richtig guten Lederfußball für Jan zu kaufen. Die anderen Mitbringsel hatte sie schon in Frankreich besorgt. Sie verteilte Chanel-Parfüms an die Damen, Flaschen mit echtem Cognac an die Herren und überreichte Edo ihre Schallplatten. Jeder roch ehrfürchtig an seiner Flasche. Zuletzt schenkte sie Jan den Fußball.

»Ich hoffe, der eiert nicht«, sagte sie.

»Was? Für mich?«

Begeistert betastete Jan das feste Leder. Dann klemmte er den Ball unter einen Arm, legte den anderen spontan um Jeannes Nacken und bedankte sich mit einem Kuss auf die Wange. Für wenige Sekunden drückte sie den frisch gebadeten Jungen an sich, fühlte seinen schmalen, doch kräftigen Körper. Ihr stiegen Tränen in die Augen.

Sie küsste ihn langsam auf beide Wangen. »So machen es die Franzosen.« Rasch suchte sie anschließend ein

Taschentuch aus ihrer Handtasche und schnäuzte sich. »Entschuldigung, eine hartnäckige Erkältung«, behauptete sie. »Ich müsste mir mal kurz die Nase pudern.«

Das Hausmädchen begann abzuräumen.

Gesine erhob sich. »Ich zeig dir, wo das Gäste-WC ist. Wir haben etwas modernisiert.«

Nachdem Jeanne sich auf dem stillen Örtchen eine Weile kaltes Wasser über ihre Pulsadern hatte laufen lassen, trat sie etwas ruhiger geworden auf den Flur. Gesine wartete am Fenster auf sie. Die Frauen blickten sich jetzt anders an.

»Wir müssen reden«, sagte Jeanne.

Gesine nickte. Sie schritt voran, in die Scheune. Das Vieh war draußen, frisches Heu füllte die Gulfen. An einem der mächtigen Holzständer, die das Dach trugen, blieb Gesine stehen.

»Davor hab ich elf Jahre lang Angst gehabt«, sagte sie. »Dass du eines Tages kommst und sagst …«

»… ich will meinen Sohn?« Jeanne sah sie beherrscht an. Sie wollte ihre Emotionen unter Kontrolle behalten. »Gesine, jahrelang hab ich geglaubt, dass du damals eine Freundin geworden bist. Und gestern erfahre ich, dass du Edo auf mich angesetzt hast, als wär ich eine Zuchtkuh. Von Anfang an wolltest du nur mein Fleisch und Blut, ich war dir völlig egal.« Beim Aussprechen dieser Ungeheuerlichkeit überkam sie doch wieder der Zorn der Gerechten. Feuer loderte in ihrem Bauch, ihr Puls begann zu rasten. »Wie kann man nur so was tun? *Incroyable!* So berechnend. Du verlogene Schlange!«

Sie schoss auf Gesine zu, blieb kurz vor ihr stehen, und schaute erschrocken auf ihre Hände, die sich schon bereitgemacht hatten, das Gesicht ihrer Rivalin zu zerkratzen.

Nun wallten auch in Gesine lange unterdrückte Gefühle

auf. »Du hast mit meinem Mann geschlafen, du französische Hure!«, schleuderte sie ihr entgegen.

»Weil du es darauf angelegt hast!« Jeanne schlug ihre
Fingernägel gegen den Holzpfeiler, einer brach ab. »*Merde!*«
Gesine lachte schadenfroh.

Jeannes Augen verengten sich zu Schlitzen. »Ich will
meinen Sohn. Heute kann ich für ihn sorgen, ich hab
genug Geld.«

»Er ist mein Sohn. So steht es in allen Unterlagen.«

»Die Verwandtschaft kann man heutzutage ganz leicht
mit medizinischen Tests nachweisen«, trumpfte Jeanne auf.
Sie atmete hastig. »Ich werde erklären, dass ich mich damals in einer Zwangslage befand. Bei Kriegsende in diesem
Chaos mit einem Neugeborenen nach Frankreich zurück,
ohne Geld und allein – da bin ich unter Druck gesetzt worden. Das wird jeder Richter verstehen.«

»Du bist nicht verheiratet, eine Künstlerin. Das spricht
gegen dich«, hielt Gesine giftig dagegen. Sie ballte ihre
Fäuste. »Du würdest ihn aus seinem Leben herausreißen,
das kannst du nicht machen, Jeanne!« Nun wurde ihre
Stimme flehentlicher. »Bitte Jeanne, nimm ihn mir nicht
weg. Er ist mein Ein und Alles. Jeder liebt ihn, und er
liebt uns. Wir sind eine glückliche Familie.« Gesines große
blaue Augen schimmerten herzerweichend. Sie ließ sich
auf einen Schemel sinken. »Versetz dich doch mal in meine
Lage, Jeanne«, flüsterte sie. »Erinnerst du dich noch an den
Herbst 1943? Damals warst du gerade ein halbes Jahr bei
uns. Ich ging zum Frauenarzt in Norden, und er hat mir alle
Hoffnung genommen, dass ich jemals ein Kind bekommen
könnte.« Jeanne zog sich eine Futterkiste als Sitzgelegen-
heit näher heran und setzte sich neben sie. »Ich war so
verzweifelt«, schluchzte Gesine. »Und dann ... dann kam
der Bulle zum Besamen, wir hatten zwei Kühe auf dem

Hof stehen, ich erinnere mich ... Da kam mir die Idee. Ich hab's doch nicht böse gemeint, Jeanne ... Die andere Kuh bin doch ich.« Sie lachte kurz unter Tränen über diesen seltsamen Vergleich. »Dumme Kuh!«

Jeanne konnte nicht anders, auch ihr Mund verzog sich bitter und belustigt zugleich. »Zwei dumme Kühe!«, sagte sie.

»Es war wirklich die pure Verzweiflung«, beteuerte Gesine. »Hab sogar daran gedacht, meinem Leben ein Ende zu bereiten. Ich wusste, wie sehr sich Edo und die Schwiegereltern einen Stammhalter wünschten, und ich selbst sehnte mich doch auch so nach einem Kind.« Sie sah Jeanne offen an. »Hast du eigentlich eine Ahnung, wie beschissen weh das getan hat, als ich merkte, dass sich zwischen dir und Edo mehr entwickelt? Nachdem ihr allein auf Norderney gewesen seid, war er ein anderer Mensch. So wie dich hat er mich nie angesehen.«

Jeanne spürte den Impuls, Gesine zu trösten. Sie legte den Arm um ihre Schultern. »Aber er hat immer gesagt, dass er dich liebt.«

»Ja? Ehrlich?«

»Ja.« Jeanne zog ihren Arm zurück. Was machte sie denn da? »Aber dass du ihm nie die Wahrheit gesagt hast, Gesine, das nehm ich dir wirklich übel. Seit elf Jahren belügst du ihn.«

»Wir haben geschworen, mit keinem Menschen darüber zu reden, erinnerst du dich nicht?«

»Aber ...«

»Es ist doch auch viel einfacher so. Und ...«, Gesine hob die Schultern, »... und ich wollte nicht, dass Edo jedes Mal, wenn er seinen Sohn ansieht, an eine andere Frau denken muss.«

Jeanne antwortete nicht. So gesehen, war es schon

einleuchtend. Offenbar spürte Gesine, dass sie weich wurde. »Du hast ihn geboren, Jeanne. Aber ich bin Jans Mutter geworden.«

»Phh! Was gibt dir eigentlich das Recht, so zu reden?«, fragte Jeanne empört, doch auch ein wenig verunsichert.

»Die Liebe gibt mir das Recht«, sagte Gesine mit fester Stimme. »Du weißt nicht, was Jan am liebsten isst, was ihm Angst oder Freude bereitet. Aber ich habe an seinem Bettchen gewacht, wenn er krank war. Nach mir ruft er, wenn ihm etwas wehtut oder wenn er etwas Neues gelernt hat und vorführen will.« Tränen strömten über Gesines Wangen. »Bitte, Jeanne, mach das alles nicht kaputt. Sag auch Edo nichts. Bitte.« Jeanne saß zusammengesunken neben ihr, das Herz wurde ihr immer schwerer. »Ein Elfjähriger passt doch gar nicht in dein schickes, aufregendes Leben. Und wie willst du eigentlich seine Fragen beantworten? Fürchtest du sie nicht? Was antwortest du, wenn er wissen will, weshalb du dich sein ganzes bisheriges Leben lang nicht um ihn gekümmert hast?«

Jeanne schniefte. »Du ziehst aber auch alle Register, Gesine.«

Die Bäuerin stieß heftig Luft durch die Nase aus. »Diese Unterhaltung führe ich schon seit Jahren in meinen schlaflosen Nächten.« Trotzig schob sie ihre Unterlippe vor. »Und in einem Punkt täuschst du dich. Ich hab dich damals wirklich gerngehabt, das war nicht gespielt. Edo weiß es zwar nicht, aber ich weiß es doch. Jeden Tag, wenn ich Jan sehe, oder wenn jemand meint, Ähnlichkeiten mit mir zu entdecken, muss ich an dich denken.«

»Du Ärmste!«

»Indem ich den Jungen liebe, hab ich doch auch immer einen Teil von dir gern.«

»*Mon Dieu!*«, rief Jeanne aus. »Ich will noch mal eine

Nacht darüber schlafen.« Sie erhob sich. »Morgen rufe ich dich an und sag dir, was ich tun werde.«

Den halben Tag verbrachte Jeanne im Café Remmers an einem Fensterplatz. Es gab in der Stadt Norden nicht viele Geschäfte, in denen man lange Hosen für Jungen kaufen konnte. Hier würden sie sicherlich vorbeikommen. Eigentlich hatte Jeanne ihre Entscheidung längst getroffen, ihr Herz hatte entschieden, aber sie wollte sie, weil sie lebenswichtig war, noch einmal überprüfen. Inzwischen hatte sie schon ein Kännchen Ostfriesentee und dann Kaffee getrunken, ein Stück Käsekuchen und ein Rosinenbrötchen gegessen.

Endlich erblickte sie Gesine und Jan auf dem Gehweg. Schnell legte sie das abgezählte Geld samt Trinkgeld auf den Tresen und folgte den beiden unauffällig. Gesine wirkte nervös, bedrückt, was schließlich kein Wunder war. Jan dagegen hüpfte fröhlich, lief immer mal ein paar Schritte vor oder zurück, guckte in Schaufenster, rief Gesine etwas zu. Sie antwortete lächelnd. Er strahlte sie an. Die beiden waren das perfekte Mutter-Sohn-Paar. Ihr Anblick schmerzte, doch dann plötzlich überflutete Jeanne ein großes, helles, klingendes Gefühl. Das war doch schön! Ihr Kind, von ihr auf die Welt gebracht, entwickelte sich zu einem freundlichen, wohlgeratenen Menschen. Nicht ihr Verdienst, aber nur durch sie möglich. Jan war ein Geschenk. Das dachte Jeanne nicht – sie empfand es, dankbar und demütig. Konnte es ein größeres Glück geben? Etwas Besseres würde sie im Leben nicht zustande bringen.

Sie blieb stehen. Textzeilen für ein neues Chanson gingen ihr durch den Kopf. Sie suchte in ihrer Handtasche nach einem Bleistift und ihrem Notizheft, sie hatte immer etwas zum Schreiben dabei. Im Stehen, im Eingang eines

Hutgeschäfts, notierte Jeanne schnell die Zeilen. Sie flossen nur so aus ihr heraus.

Ich hab dich gesehen,
aber du siehst mich nicht.
Ich hab dich gesehen,
wie du strahlst neben ihr.
Du strahlst
und ahnst nichts von meinem Schmerz.

Ich hab dich gesehen,
aber du siehst mich nicht.
Ich hab dich gesehen,
wie du strahlst neben ihr.
Du strahlst
und ahnst nichts von meiner Freude.

Ich hab dich gesehen,
aber du siehst mich nicht.
Ich hab dich gesehen,
wie du strahlst neben ihr.
Du strahlst
und ahnst nichts von meinem Glück.

Zufrieden steckte sie Stift und Papier wieder weg. Gesine und Jan waren nicht mehr zu sehen. Jeanne fuhr zurück nach Greetsiel. Kurz vor Beginn der Tagesschau rief sie von der Gaststätte aus bei den Bohlmanns an. Gesine nahm sofort ab.

»Ja?«, fragte sie atemlos.

»Gesine, ich wollte dir nur sagen, dass ich nicht bis Sonntag zum Tee mit Erika und Helga bleiben kann. Ich schicke dir meine Adresse. Wenn die zwei mir schreiben, antworte ich ihnen.«

»Ja?«

»Gesine, du hast recht ... Ich hab ihn geboren, du bist seine Mutter. Für deine schlaflosen Nächte kannst du dir jetzt mal ein anderes Thema vornehmen. Ich wünsche euch von Herzen alles Gute.«

»Ja«, hauchte Gesine kaum hörbar mit vor Erleichterung hoher Stimme, »danke, Jeanne.«

44

Cremont-sur-Crevette, Gegenwart

»Jetzt weiß ich es«, sagte Ella, als sie nach dem Abendessen mit den Freunden in der Bibliothek Oliviers Mann Alain zuhörten, der auf dem leicht verstimmten Cembalo spielte. »Ihren größten Hit hat Jeanne nicht aus Liebeskummer über einen untreuen Geliebten geschrieben.«

»Ach?« Henri Ballou, dem das Walken rosige Wangen und eine frühe Bettmüdigkeit beschert hatte, sah sie plötzlich hellwach an. »Sondern?«, fragte er gespannt.

Alain unterbrach sein Spiel.

»Für ihren Sohn, meinen Vater, damals elf Jahre alt«, verriet Ella. »Aus Liebe hat sie ihn nicht für sich beansprucht und sich weder ihm noch dem Vater ihres Kindes gegenüber als Mutter zu erkennen gegeben.« Nachdenklich nippte Ella an ihrem Mokka. »In dieser Dreiecksgeschichte hat eigentlich jeder jeden belogen oder betrogen – aus Liebe.« Ihr gingen die letzten Worte von Oma Ine an Jeanne durch den Kopf, und sie wiederholte sie halblaut, fast wie ein Wortspiel. »Danke, Jeanne. *Merci*, Jeanne.«

»Das ist es!«, rief Alain. »*Merci, Jeanne!* Wir veranstalten ein Chansonfestival zu ihren Ehren!«

Ella war sofort Feuer und Flamme. »Genial! Das machen wir!«

Die anderen schauten sich verblüfft an.

»So spontan?«, fragte Sina.

»Wir müssen was tun. Kämpfen heißt nicht nur Aus-halten oder Nichtweichen«, deklamierte Ella. »Kämpfen heißt Handeln.«

»Bist du nicht ein bisschen jung für solche Weisheiten?«, erwiderte Sina amüsiert.

»Nö, nur frühreif«, gab Ella zurück.

»Ich kenne viele Chansonsängerinnen und -sänger, alte, berühmte, vergessene, und hoffnungsvollen Nachwuchs!« Paul Ballous Augen funkelten vor Unternehmungslust. »Die kann ich alle fragen, ob sie mitmachen.«

»Eine super Idee!« Mark stellte sein Glas auf dem Kaminvorsprung ab und machte eine große Geste, als sähe er bereits Neonreklamen am Broadway vor sich. »Ich verbreite die Kunde überall in den sozialen Netzwerken. *#MerciJeanne* – DAS CHANSONFESTIVAL ZU EHREN EINER BEGNADETEN BARONIN.«

»Am besten legen wir es mit dem Fest der 1000 Lam-pions zusammen«, schlug Olivier vor. »Dann ist sowieso das ganze Dorf auf den Beinen, und alles wird geschmückt.«

Mark grinste. Sofort hatte er einen Slogan parat. »Kommt alle nach Cremont, und euch werden 1000 Lichter auf-gehen!«

Die Runde lachte.

»Aber die beleuchteten Elfen bleiben in unserer Instal-lation«, verlangte Antonia.

»Oh, wie sexy«, scherzte Jacko, »du wirst langsam spie-ßig, *chérie*!«

»Ich glaub, die Frau von Charles hat noch zig Kartons voll mit dem Zeug«, sagte Olivier. »Sie bastelt doch das ganze Jahr über an ihren Lichtdekorationen.«

Den Rest des Abends berieten sie über die Gestaltung des Festivals. Später im Bett überdachte Ella noch mal alle

Ideen – auch, um sich von dem Unbehagen abzulenken, das irgendwo im Hintergrund darauf lauerte, sich breitzumachen. Als das Fest der 1000 Lampions gefeiert wurde, war sie in Cremont-sur-Crevette angekommen. Wenn ihr Prüfungsjahr mit diesem Fest und einem Jeanne-Festival enden würde, wäre das ideal. Wenigstens ein Abgang, der es in sich hat, dachte sie, mit einer Hommage an Jeanne. Sicher würde das Festival den Ort beleben und auch auf längere Sicht für mehr Aufmerksamkeit und Einnahmen sorgen. Wenn sie den Cremontesern das hinterlassen könnte, das wäre immerhin etwas. Sie würde dafür sorgen, dass der Käufer der Immobilie die Dorfgemeinschaft erhielt.

Trotz der Aussicht auf das Festival fühlte Ella sich schlecht. Sie bemerkte, dass ihr Kopfkissen feucht geworden war. Ach, herrje, sie weinte, ohne es richtig zu bemerken. Ja, in Wirklichkeit war sie todunglücklich. Ella, Meisterin im Verdrängen. Siehst du, Jeanne, dachte sie, das kann deine Enkelin genauso gut wie du!

Was war denn nun mit Paul und den unbeantworteten Fragen? Sie hatte albern reagiert. Eine erwachsene Frau sollte sich anders verhalten. Keine Lebenszeit verschwenden, stattdessen die Dinge klären. Ella setzte sich auf. Sie nahm ihr Handy vom Nachttisch und schickte Paul eine Nachricht.

Bin wieder da.

Nur Sekunden später ertönte ihr U-Boot-Klingelton. Nachricht von Paul. Ein Adrenalinausstoß beschleunigte ihren Puls. *Vielen Dank. Ich bin verreist und lese meine Nachrichten nur sporadisch. In dringenden Fällen wenden Sie sich bitte an meinen Mitarbeiter.*

Es folgten E-Mail-Anschrift und Telefonnummer. Enttäuscht legte sie ihr Handy wieder weg. Dann eben nicht. Vielleicht unternahm er jetzt seine Traumreise, den

Segeltörn durch die Ägäis, von dem er ihr erzählt hatte. Ella griff erneut nach ihrem Smartphone und rief die Website von Simones Antiquitätenladen auf. *Im August geschlossen*, stand da. Das konnte alles oder nichts bedeuten. Vielleicht machte Simone nur wie ganz Frankreich im August Urlaub, vielleicht segelte sie aber auch gerade mit Paul von einer griechischen Insel zur nächsten.

Ella legte sich wieder hin, wälzte sich von einer Seite auf die andere, es pikste in der Herzgegend, ihre Galle blubberte, keine Position war angenehm. Wütend boxte sie sich ihr Kopfkissen zurecht und versuchte, mit zusammengekniffenen Augen einzuschlafen, ohne sich das glückliche Paar auf einem Segelschiff vorzustellen – was natürlich überhaupt nicht gelang.

Schon am frühen Morgen war es sehr warm. Ella streifte ein sonnengelbes ärmelloses Kleid über, raffte die Haare zu einem Knoten zusammen und frühstückte, obwohl sie kaum Appetit verspürte. Als sie hinterher durch die Empfangshalle in die Bibliothek gehen wollte, schlug Hugo an. Mark, der ihr gefolgt war, öffnete die Eingangstür, bevor der Besucher draußen geklingelt hatte. Der Gärtner Otto stand dort – mit seinem Gehilfen Pépin am Schlafittchen.

»Guten Morgen, dürfen wir hereinkommen?«

»Guten Morgen«, antwortete Ella erstaunt.

Ohne weitere Aufforderung ging Otto mit Pépin an ihr vorüber zum großen Tisch. Er drückte den armen Kerl in einen Lehnstuhl.

»Bist du so weit?«, fragte der Gärtner Mark.

Der grinste verschwörerisch und holte sein Smartphone hervor, zusätzlich stellte er noch ein iPad so auf, dass es den Gärtnergehilfen im Kamerablick hatte.

»Was ist hier los?«, fragte Ella.

Pépin machte Anstalten, aufzustehen und wegzulaufen, mit einem harten Griff hinderte Otto ihn daran. »Mir liegt daran, die Dinge schnell zu klären«, sagte er, »jetzt, da Sie wieder da sind.«

Mark sah ihn erwartungsvoll an. »Soll ich die Videoaufnahmen starten?«

»Habt ihr euch abgesprochen, oder was?« Ella sah irritiert von einem zum anderen. »Warum bin ich nicht eingeweiht?«

»Das wirst du ja jetzt. Setz dich und hör zu. Kann losgehen!«

Mark tippte auf Start. Otto nahm Pépin gegenüber Platz, Ella ließ sich am Kopf des Tisches nieder.

»So, Freundchen«, sagte Otto zu Pépin, der wirkte, als würde er gleich anfangen zu heulen, »jetzt wiederholst du das alles noch mal.«

»Aber Sie sagen doch meiner Mutter nichts, oder?«

»Das liegt ganz bei dir. Gesteh uns die Wahrheit. Madame Bohlmann wird entscheiden, ob sie die Polizei informiert oder nicht. Wenn allerdings die Polizei von der Geschichte erfährt, kommst du in den Knast, dann muss deine *maman* es wohl erfahren.«

An Pépins Schläfe pochte eine stark hervortretende Ader, auf seiner Oberlippe bildeten sich kleine Schweißtröpfchen.

»Ich … ich hab den Zaun aufgeschnitten. Und … im Park das Lockmittel für die Wildschweine verteilt«, stammelte er.

»Sehr gut. Ich hab das Pflanzengift und die Gartenscheren hinter Verschluss aufbewahrt. Zu beidem hattest du Zugang. Was würde wohl eine Untersuchung von Experten beweisen?«

»Ja, das war ich. Und Quasimodo.«

»Wer ist Quasimodo?«

»Der arbeitet beim Baron, so für dies und das.«

»Bei welchem Baron?«

»Wissen Sie doch. Bei Eugène de Cremont, dem Neffen vom verstorbenen. Der hat uns gesagt, wir sollen das tun.«

»Was sollt ihr tun?«

»Na, eben alles, was die Deutsche vergraulen könnte. Das Herrenhaus und das Dorf gehören der Familie de Cremont, immer schon. Das ist Tradition.«

»Und hat Eugène de Cremont euch dafür bezahlt?«

»Ja.«

»Hat er genau gesagt, was ihr machen sollt?«

»Na ja, ein paar Ideen hatten wir auch selbst. Aber er fand das gut. Von den alten Sachen hat er sich ausgesucht, was er leiden mochte, das steht ihm zu, hat er gesagt. Und den Rest durften wir verticken. Wir haben das Zeug nach und nach verkauft.«

»Das mit den Diebstählen läuft aber schon länger, oder? Nicht erst, seit Madame Bohlmann hier ist.«

»Ja, ein paar Dinger haben wir schon vorher mal mitgenommen.«

Ella hatte gespannt zugehört. »Und das Wehr?«, fragte sie nun. »Hast du im Herbst die Schotten so verstellt, dass der Bach über die Ufer treten musste?«

»Also, das war die Idee vom Baron! Ich hab's nur ausgeführt«, erklärte Pépin. »Dass Sie da beinah abgesoffen wär'n – na ja. War keine Absicht. Konnte doch kein Mensch ahnen.«

»Das glaub ich dir sogar«, sagte Ella. »Aber dass die Brücke beinahe mit den Fluten weggespült worden wäre, das war schon beabsichtigt, ja?«

»Nicht direkt, hätte mich aber nicht gestört.« Pépins Grinsen offenbarte einen Grad an Dummheit, der Ella

550

erschreckte. »Haben Sie 'ne Ahnung, wie viel Arbeit das immer ist, das blöde Ding winterfest zu machen?«

Ella schüttelte den Kopf. Mit solchen Menschen konnte man nicht reden. »Wie sind Sie darauf gekommen, dass Pépin beziehungsweise der Neffe des Barons hinter allem steckt?«, fragte sie Otto.

»Ich dachte mir, dass Pépin noch einen Schlüssel zum Lagerraum neben Pauls Materiallager haben könnte, aus der Zeit meines Vorgängers. Er maulte auch immer rum, wenn wir die Buchsfiguren nachschneiden mussten, er mochte sie nicht. Und ich hab seine Augen gesehen, als es brannte.«

»Was ist mit dem Feuer?«, wollte Mark von Pépin hören. Der Gärtnergehilfe druckste herum.

»Erzähl uns, wie es dazu gekommen ist«, forderte Otto ihn auf. »Hat der Baron dir auch aufgetragen, die Scheune abzufackeln? Oder wolltest du nur ein bisschen Kunst zerstören, dir vielleicht ein Spiegelei braten? Ist dir eigentlich klar, dass Menschen hätten umkommen können?«

»So wie das gelaufen ist, war's jedenfalls nicht geplant. Aber … Ich sag jetzt gar nichts mehr.« Pépin bockte plötzlich. Ängstlich sah er Ella an. »Rufen Sie jetzt doch die Polizei? Ich will nicht, dass *maman* was erfährt.«

Ella rutschte ein Stückchen tiefer in ihrem Stuhl, sie legte die gespreizten Finger gegeneinander und überlegte. »Ich glaub, ihr könnt die Aufnahmen jetzt beenden«, sagte sie. »Mark, schickst du mir das Video bitte gleich?«

Wenig später hatte sie das belastende Material auf ihrem Handy. Ella rief die E-Mail-Adresse von Eugène de Cremont auf und leitete das Video an ihn weiter.

Würde mich gern in Ruhe mit Ihnen unterhalten. Gruß, Ella Bohlmann, schrieb sie dazu.

»Halt!«, hörte sie da Mark rufen, gleichzeitig bellte Hugo los.

Pépin versuchte gerade, sich davonzustehlen. Doch Hugo schnappte sein Hosenbein, hielt es knurrend fest, Pépin trat mit dem anderen Fuß nach ihm. Schon war Mark bei ihm und verdrehte ihm einen Arm, Pépin schrie vor Schmerz auf. Otto kam Mark zu Hilfe, sie hielten den Gärtnergehilfen zwischen sich fest. Pépin spuckte seinem Chef auf die Schuhe.

Ellas Handy klingelte. Ihr Display zeigte Eugène de Cremont an. Sie sprach kurz mit ihm. »Gut, Baron, in einer halben Stunde vor Gastons Lokal«, schloss sie. Violetta fragte, ob sie die Polizei rufen sollte.

»Vorerst nicht. Ich schlage vor, Pépin verbringt jetzt mal ein Stündchen in der Stiefelkammer«, sagte Ella. »Ist doch viel zu heiß, um draußen im Park zu arbeiten, nicht? Statt Buchs zu beschneiden, kannst du ja Schuhe putzen.«

Otto grinste. »Ich werde dafür sorgen, dass die Tür der Stiefelkammer aus Versehen abgeschlossen ist, und das Fenster sichern.«

»Möchtest du, dass ich dich begleite?«, fragte Mark.

Ella lächelte. »Nein, danke. Ich möchte mir mein Erbe gern selbst verdienen.«

Der Baron, trotz der Temperaturen korrekt gekleidet, erwartete sie bereits nervös auf und ab gehend.

»*Bonjour*«, sagte Ella, »wie schön, dass Sie es so schnell einrichten konnten.« Sie erntete einen herablassenden Blick. Unbeeindruckt zeigte sie auf den Buchsbaum, der einst wie ein Hahn beschnitten gewesen war. »Ich finde ihn ja jetzt noch putziger als vorher. Was sehen Sie eher darin – eine Legehenne oder ein Küken?«

»Zur Sache«, erwiderte er kühl. »Was wollen Sie?«

»Sie haben das Video gesehen, nehme ich an?«

»Ja.«

»Wir haben jetzt zwei Möglichkeiten«, sagte Ella, während sie sich langsam zu einem Spaziergang am Flussufer in Bewegung setzte. »Entweder wir übergeben die Angelegenheit der Polizei. Dann wird man Sie anzeigen, verklagen, vor Gericht stellen, es kommt alles an die Öffentlichkeit. Und Brandstiftung ist keine Kleinigkeit.«

»Dieser *crétin*! Ich hab ihm nie gesagt, dass er die Scheune in Brand stecken soll.«

»Das liegt aber nahe und wird angesichts der anderen Beweise schwer zu widerlegen sein«, erwiderte Ella.

»Und die zweite Möglichkeit?«, fragte der Baron.

»Sie bezahlen die Instandsetzung der Scheune und alle übrigen Schäden, die durch Ihre perfiden Aktionen entstanden sind. Auch die Versicherung würde ja bei nachgewiesener Brandstiftung zusehen, dass sie sich das Geld vom Verursacher holt. Außerdem sorgen Sie dafür, dass Pépin mit seiner Mutter von hier wegzieht. Ich will ihn in unserem Dorf nicht mehr sehen.« Ella blieb stehen, sie schaute dem Baron direkt in die Augen. »Und Sie lassen mich und Cremont künftig in Ruhe. Falls nicht, geht das Video sofort an die Polizei, und zwar schon bei der kleinsten Gemeinheit, das versichere ich Ihnen.«

Die Mundwinkel des Barons verzogen sich nach unten. Ella staunte über sich selbst. Sie hatte immer angenommen, dass sie zu nachgiebig war für solche Auseinandersetzungen. Aber sie verspürte jetzt keinerlei Beißhemmung. Ja, es bereitete ihr sogar regelrecht Genugtuung, ihn so von Angesicht zu Angesicht schachmatt zu setzen.

»Warum sollten Sie so großmütig sein und darauf verzichten, mich anzuzeigen?«, fragte er überrascht.

Ella neigte nachdenklich den Kopf. »Ich glaube, es wäre im Sinne meiner Großmutter Jeanne de Cremont, wenn der Familie nach den vielen ehrenvollen Generationen die Schande erspart bliebe.«

Er rieb sich die Nase, überlegte. »Ich glaube, ich habe Sie falsch eingeschätzt«, sagte er schließlich. »*Alors*, ich bin einverstanden. Einigen wir uns auf die zweite Möglichkeit.«

Sie gaben einander die Hand darauf, auch wenn Ella dem Baron nicht abnahm, dass er sich einer unter Ehrenleuten geltenden Geste verpflichtet fühlen würde. Aber andererseits konnte es nicht schaden.

»Etwas beschäftigt mich noch«, sagte sie. »Sie sind ein vermögender Mann. Von Ihrem Vater haben Sie Unternehmensanteile geerbt, die deutlich mehr wert sind als das, was der Bruder Ihres Vaters, also Jeannes Ehemann, hier auf Cremont besaß, und es ist Ihnen gelungen, den Wert noch zu steigern. Zudem sind Sie als Mann mit feinem Geschmack und Expertise geschätzt, als Sammler von Antiquitäten, als Weinkenner. Warum nur wollten Sie unbedingt auch noch das heruntergekommene Manoir haben?«

Der Baron überlegte einen Moment. Die Art, wie er sie dann anschaute, kam er ihr sehr fremd und aristokratisch vor.

»Frau Bohlmann«, er sprach sie auf Deutsch an, »das kann jemand wie Sie nie verstehen.«

Ella hielt sich absichtlich in der Zeit bis zum Jeanne-Festival ständig beschäftigt. Sie schrieb die Biografie zu Ende, versuchte, Hugo zu erziehen, und bereitete das Großereignis vor. Das Haus glich jetzt einem Bienenstock. Freunde und Freunde von Freunden kamen und gingen.

Sie zahlten einen Selbstkostenpreis für ihren Aufenthalt und halfen mit, wo sie konnten. Violettas Lebensgefährte kümmerte sich um die erforderlichen Genehmigungen, Versicherungen und um mobile Toilettenwagen. Er dachte einfach an alles. Ella war so begeistert von ihm, dass sie sagte, sollte sie Cremont wider Erwarten halten können, würde sie ihn als Verwalter einstellen.

Lea kam in den Herbstferien ohne Wissen ihrer Mutter aus Hamburg mit dem Zug nach Cremont. »Ich ertrage diese Psychologin nicht mehr«, sagte sie zur Begrüßung an der Haustür, »bitte, kann ich die Ferien bei dir verbringen?«

Ella schloss sie in die Arme. »Natürlich kannst du das!«

»Mama plant immer alles perfekt durch, auch mein Leben«, klagte Lea. »Ständig kontrolliert sie mich, ich ersticke langsam!«

»Komm rein. Magst du einen Tee? Hast du Hunger?«, fragte Ella. Sie lächelte aufmunternd. »Das wird schon, das ist nur eine Phase. Die machen fast alle Teenagermütter mal durch. Sei ein bisschen nachsichtig mit ihr.«

Lea seufzte abgrundtief. Der Konflikt mit ihrer Mutter war aber nur ein Grund für ihren Besuch auf Cremont. Sie hatte sich, wie Ella später erfuhr, in einen der jungen Franzosen vom Hausboot verguckt.

Ella rief Anna an, damit sie sich keine Sorgen machte und zumindest wusste, wo ihre Tochter sich aufhielt. Seit Monaten hatten sie nicht mehr mit einander gesprochen. Anna klang schon etwas versöhnungsbereiter als beim letzten Telefonat. Ella lud sie zum Festival ein.

»Dann nimmst du Lea anschließend wieder mit nach Hause«, schlug sie vor, und Anna versprach zu kommen.

Sie rief auch Luc Durand an, um ihn über das geplante Festival zu informieren. »Was für eine coole Idee«, sagte der Fernsehjournalist. »Wir machen zwei Vorberichte, einen fürs Regionale und einen für unsere landesweite Kultursendung.«

Er kam noch einmal zu einem kurzen Dreh nach Cremont. Dabei verstanden sie sich sehr gut. Ella führte ihn durchs Dorf, stellte ihn vor, und er flirtete ein wenig mit ihr, was sie als wohltuend empfand. Die aktuellen Eindrücke vom Herrenhaus und von Cremont kombinierte er für seine Berichte mit Archivaufnahmen von Jeanne. Schon kurz nach den Ausstrahlungen waren sämtliche Tickets im Vorverkauf vergriffen.

An diesem Samstag im Oktober endete ihr Probejahr. Bei Sonnenaufgang ging Ella in den Rosengarten, um sich vor dem großen Ansturm zu erden und durchzuatmen. Die Herbstluft roch würzig-aromatisch. Noch wirkte das Licht über dem Flusstal durch den Hochnebel milchig. Aber das Wetter versprach, schön zu werden – an den vorangegangenen Tagen hatten sie Temperaturen von mehr als zwanzig Grad gehabt. Jeden Tag färbte sich das Herbstlaub mehr. Ein paar Vögel sangen, weiße Tauben flatterten auf. Ella blieb stehen. Das alles gehörte nun tatsächlich ihr. Und doch würde sie sich schon bald wieder davon trennen müssen. Darüber mochte sie in diesem Augenblick nicht nachdenken.

Schön sah es hier aus, gepflegter als ein Jahr zuvor, aber zum Glück immer noch eine Spur verwildert. Denn gerade das machte den Charme des Gartens aus. Die Damen der Rosengesellschaft waren extra früher zu ihrem Herbsteinsatz gekommen. Wieder hatte Ella viel von ihnen gelernt, unter anderem, dass sich Liebhaber von Rosen- und Clematisverschlingungen Clerotiker nannten. Sie war auf dem besten Wege, eine von ihnen zu werden. Otto hatte beizeiten Dutzende von Stecklingen vorbereitet. Die wollte Ella an diesem Wochenende verschenken.

Das Fest der 1000 Lampions war am Vorabend wie gewohnt mit einem Laternenumzug durch das geschmückte Dorf eröffnet worden. Wegen der Trockenheit und Brandgefahr hatte das Festkomitee, das aus Charles, Louise, Gaston, Almas Mann, der Frau des Charolais-Züchters und Olivier bestand, beschlossen, dieses Jahr auf ein Feuerwerk zu verzichten. In Absprache mit Ella und mit Unterstützung der Künstler war stattdessen zu Jeannes Musik eine Videoinstallation aus Zusammenschnitten ihrer alten Fernsehauftritte und Impressionen rund um Cremont auf die Fassade des Herrenhauses projiziert worden. Diese Einstimmung hatte viel Beifall erhalten.

Ella war klar, dass ein einzigartiges Jahr und Experiment endete. Es war nicht wiederholbar. Ihre eigene Blauäugigkeit am Anfang hatte Gutes und Nachteiliges gebracht. Sie konnte nicht erwarten, dass ihre Freunde ewig nur gegen günstiges Wohnen ihre Kreativität für Cremont einsetzten. Sie würden dazu wohl auch nicht mehr lange bereit sein. So funktionierte die Welt eben nicht, dass man es sich leisten konnte, ohne Bezahlung zu arbeiten. Es war nur eine kurze Zeitspanne gewesen, während der die richtigen Leute am richtigen Ort zusammengefunden hatten. Im Grunde war es sogar unbezahlbar, was sie und einige der Dorfbewohner geleistet hatten.

Dank Louis' Beziehungen hatte auch die Scheune noch rechtzeitig repariert werden können. Und der Baron hatte tatsächlich wenige Tage zuvor alles bezahlt, diese Ausgabe sogar öffentlich in der Lokalzeitung als Denkmalschutzspende aus seiner Verbundenheit mit Cremont deklariert. So viel Unverfrorenheit nötigte Ella schon wieder ein Lächeln ab.

Doch jetzt fieberte sie den Konzerten entgegen. Eine beeindruckende Reihe von Sängerinnen und Sängern hatte zugesagt. Der Clou war, dass Henri Ballou bei der Beerdigung von Charles Aznavour Anfang des Monats wirklich alle Leute getroffen hatte, die in der Szene Rang und Namen hatten, und dass er bei dieser Gelegenheit eine Legende des französischen Chansons für das Jeanne-Festival gewinnen konnte – der fünfundachtzigjährige Eric Ferron hatte spontan zugesagt, als Überraschungsgast und Star des Abends aufzutreten! Mit ihm war Jeanne Anfang der Sechzigerjahre ein paarmal aufgetreten.

Vier Bühnen waren vorbereitet – eine vor dem und eine im Festzelt, falls es doch regnete, eine im Monopteros oben im Park und eine im Amphitheater hinter dem Rosengarten. Ella hörte Gelächter aus dem Wintergarten, wo es schon Frühstück gab. Violetta hatte sich fürs Wochenende nicht nur Verstärkung von Alma, sondern noch von zwei anderen Französinnen organisiert. Außerdem wurde sie von der Kochgruppe unterstützt.

Ella ging zurück ins Haus, um sich um ihre persönlichen Gäste zu kümmern. Ihre Mutter, Ulfert und Tomke hatten es geschafft, für zwei Nächte dem Hof fernbleiben zu können. Ein Nachbar übernahm das Melken und Füttern der Tiere, die Kinder waren für die Zeit auf befreundete Familien verteilt worden. Odile würde gegen Mittag aus Paris anreisen. Henri Ballou wollte die alte Dame und ihre Großnichte, die als Begleitung mitfuhr, am Bahnhof abholen. Die Damen der Rosengesellschaft hatten sich für nachmittags angekündigt. Konstanze war bereits am Vortag eingetroffen und wohnte bei Otto. Viele der auftretenden Künstler übernachteten im Herrenhaus, auch die Fremdenzimmer im Dorf und in den umliegenden Ortschaften waren ausgebucht. Einige junge Leute hatten sich mit Feldbetten, Luftmatratzen und Schlafsäcken in den Nebengebäuden eingerichtet oder zelteten.

Ella ging zurück ins Manoir, wo es nach Kaffee, Birnen und Kuchenteig duftete. In der Empfangshalle prangte ein überdimensional großes herbstliches Blumengesteck von Lea.

Anna kam auf Ella zugelaufen. »Okay, ich gebe mich geschlagen«, verkündete sie ohne Begrüßung. Ihr Blick verriet, dass sie sich endlich mit der Freundin versöhnen wollte.

Ella umarmte sie. »Alles wieder gut?«

»Alles wieder gut«, antwortete Anna gerührt. »Hast mir ganz schön gefehlt, olle Ziege.«

»Gleichfalls. Ein bisschen hast du ja auch recht gehabt.«

»Womit?«

»Damit, dass ich lernen musste, Grenzen zu setzen.«

Anna lächelte selbstironisch. »Also gut, dann kann ich es ja zugeben: Ein bisschen recht hast du auch gehabt.«

»Womit?«

Anna machte eine ausladende Geste. »Na, wenn ich sehe, was sich in diesem einen Jahr alles verändert hat … Mit deinem Grundvertrauen.«

»Danke. Und vergiss nicht – auch mit Lea.« Ella gab ihr einen Kuss auf die Wange. »Ich hoffe, ihr bleibt länger.«

Anna wirkte gerührt. »Geht leider nicht«, erwiderte sie trotzdem mit Bedauern. »Montag fängt doch die Schule wieder an.« Sie hakte sich bei Ella unter und ging zu dem Gesteck. Andächtig betrachtete sie das Kunstwerk aus Birkenzweigen mit gold flirrenden Blättern, pinkfarbenen Cosmeen, Beerengesträuch und filigranem Senfkraut. »Ist das nicht umwerfend? Ich glaube, meine Tochter sollte eine Floristenausbildung machen.« Sie lachten.

»Hast du dich mit Lea ausgesprochen?«, fragte Ella.

Ihre Freundin nickte mit einem glücklichen Gesichtsausdruck. »Ja, gestern Abend, gleich nach meiner Ankunft. Ich hab dich gesucht, aber du warst so beschäftigt mit anderen Gästen, dass ich dich nicht stören wollte.« Dann wurde Anna ernst. »Ella, was ist denn eigentlich mit Paul? Du warst doch wahnsinnig verliebt.«

»Zu diesem Thema besteht aktuell kein Gesprächsbedarf.«

Anna hob beide Hände. »Okay, akzeptiert. Nächste Frage: Wie lange bleibst du denn noch in Frankreich?«

»Ich weiß es nicht genau.« Ella hatte immer nur bis zu diesem Stichtag gedacht, so wie sie sich früher als Schülerin ihr Leben immer nur bis zum Abitur hatte vorstellen können. »Ein paar Wochen bestimmt. Bis das Anwesen verkauft ist.«

Am späten Vormittag traf der Rechtsanwalt und Verwalter aus Amboise ein. Ella bat ihn in die Bibliothek. Dort bestätigte er ihr, dass sie das Probejahr erfolgreich abgeschlossen habe. »Cremont gehört jetzt Ihnen.« Er gratulierte und überreichte ihr einige Dokumente. Sie sprachen über die Notwendigkeit, das Anwesen trotz der »Spende« von Eugène de Cremont zu verkaufen. Einige kostspielige Reparaturen ließen sich nicht mehr lange aufschieben, hohe Steuern wurden zudem fällig. »Es tröpfeln zwar auch immer noch ein paar Tantiemen für Jeannes Chansons ein«, sagte er, »aber das wird nicht reichen.«

Er empfahl ihr einen Makler. Und dann gab er ihr den letzten Brief von Jeanne. Ella drückte den Umschlag an ihr Herz.

»Vielen Dank! Ich hoffe, Sie haben Zeit für das Festival mitgebracht. Fühlen Sie sich wie zu Hause. Im Wintergarten gibt's auch gleich Mehlpütt, eine Spezialität aus meiner Heimat.« Sie drückte ihm einen Programmzettel mit Lageskizze in die Hand. »Im Monopteros treten die Nachwuchstalente auf. Jeder singt etwas von Jeanne und etwas Eigenes. Im Freien haben wir noch zwei weitere Bühnen, und eine im Festzelt. Irgendwo findet immer ein Konzert statt.« Interessiert studierte der Verwalter die Namen der angekündigten Interpreten. »Sie können also nach Lust und Laune von einer Bühne zur nächsten flanieren oder sich die Übertragungen auf der Leinwand ansehen«, erklärte Ella ihm weiter. »Das Hauptkonzert heute Abend wird wohl im Amphitheater stattfinden können. Wir haben übrigens einen tollen Überraschungsgast!«

»Vielen Dank, ich bleibe sehr gern.« Kaum hatte sich der Anwalt auf den Weg zum Wintergarten gemacht, schlitzte Ella den Umschlag auf und setzte sich zum Lesen an den Schreibtisch.

Liebste Ella,

dein Jahr auf Cremont ist geschafft. Glückwunsch! Ahnst du inzwischen, weshalb ich dieses Kennenlernjahr zur Bedingung für die Erbschaft gemacht habe? Weil ich hoffe, dass dir der Ort, das Manoir, der Rosengarten, der Park und natürlich die Menschen von Cremont ans Herz wachsen. Hätte ich dir den Besitz ohne diese Bedingung vermacht, dann hättest du ihn gewiss sofort verkauft. Man muss auch erst lernen, mit diesen Dimensionen umzugehen, das braucht Zeit. So aber hege ich die Hoffnung, dass du bleiben möchtest. Es würde mich sehr glücklich machen, Cremont in deiner Obhut zu wissen.

Solltest du jedoch immer noch die Absicht haben zu verkaufen, dann hast du meinen Segen. Es wäre mir gegen den Strich gegangen, wenn Eugène de Cremont alles geerbt hätte. Ich halte ihn für einen miesen

Charakter. Du darfst ihm nicht trauen, aber das hast du vermutlich bereits festgestellt.

Ich selbst habe auch eine Weile gebraucht, bis ich Cremont richtig liebgewonnen hatte. Es begann mit dem Rosengarten. Die Arbeit darin half mir, die Medikamentenabhängigkeit zu überwinden, er ist zu meinem Rückzugsort geworden.

Es gibt fürwahr mehr Arten von Liebe, als die vier Varianten im Garten von Château de Villandry ahnen lassen. Der Baron wurde die Liebe meines Lebens. Diese Liebe ist langsam gewachsen. Das hatte ich nicht erwartet, als ich ihn heiratete. Ich empfand Freundschaft und Dankbarkeit, sah gemeinsame Interessen. Seine Beständigkeit und unerschütterliche Zuneigung gaben mir Sicherheit. Vielleicht war er ein wenig auch der starke Vater, den ich als Kind vermisst habe. Er brachte das Beste in mir zum Vorschein. Wir haben uns gegenseitig unterstützt, Schönes gewünscht, beschert und gegönnt. Und eines Tages stellte ich fest, dass es Liebe war. Ich hatte die Phase der Verliebtheit übersprungen!

Fréd de Cremont war humorvoll und gütig. Er machte sehr gern andere froh. Ich würde sagen, er war im besten Sinne ein feiner Mensch. Mein Mann hat viel Gutes getan, aber das hängte er nicht an die große Glocke. Je besser ich ihn kennenlernte, desto größer wurde meine Hochachtung. Für all das habe ich ihn, nachdem ich die Tabletten durch Rosen ersetzt und wieder Zugang zu meinen Gefühlen hatte, aus tiefstem Herzen geliebt. Ich war glücklich, seine Frau zu sein.

In einer der wenigen Stunden, da wir uns nicht gesiezt haben, sagte er einmal: »Du bist sehr sinnlich, Jeanne. Der Altersunterschied zwischen uns könnte irgendwann vielleicht zu einem Problem werden. Für den Fall gebe *ich dir jetzt meine Erlaubnis, dass du dir woanders holst, was ich dir dann nicht mehr geben kann. Aber lass es mich um Gottes willen niemals wissen. Sei so diskret, dass ich es nicht einmal erahnen werde.«*

So war er. Er ließ mir meine Freiheit. (Vielleicht fragst du dich, ob ich sie genutzt habe. Nun, ich denke, das tut überhaupt nichts zur Sache. Selbst eine Enkeltochter muss nicht alles erfahren.)

Ich hoffe, du nimmst es mir nicht übel, dass ich all die Jahre eine Privatdetektei beauftragt habe, Erkundigungen über deine Familie und dich einzuholen. Nachdem Erika und Helga mir nicht mehr schreiben konnten beziehungsweise nach deinem Fortgang aus Ostfriesland blieb mir keine andere Möglichkeit. Gesine mochte ich nicht fragen. Wir haben seit meinem Besuch, ohne es miteinander abzusprechen, keinen Kontakt mehr zueinander gesucht, es hätte uns zu sehr belastet. Dein Bruder Ulfert ist ein typischer Bohlmann, während ich in dir auch immer viel von mir gesehen habe.

Lieber Ulfert, ich bitte dich um Verzeihung dafür, dass ich deine Schwester als meine Erbin gewählt habe. Du hängst an deiner Scholle wie dein Großvater Edo, mehr brauchst du nicht zu deinem Glück, und das ist ja auch ganz wunderbar.

Liebste Ella, nun verstehst du hoffentlich alles besser. Ich hatte ein erfülltes Leben, und dafür bin ich dankbar, auch wenn darin immer diese eine große Lücke klaffte.

Jeder, der lebt, ist ein Sieger. Jeder, der keine Schmerzen hat, ein Glückspilz. Man muss es sich nur immer wieder bewusst machen.

Meine größten Glücksmomente durfte ich auf der Bühne erleben. Aber einen Gipfel kann man nur erklimmen, wenn man zuvor ein Tal durchschreitet. Das

*war mir irgendwann zu anstrengend. Meine größten
Wünsche sind, dass du glücklich wirst, ein zufriedenes
Leben lebst und dass die Magie und Schönheit von Cre-
mont erhalten bleiben, dass es wieder ein geselliger Ort
wird, ein Treffpunkt für verrückte, kreative, liebenswerte
Menschen.*

Du kannst das erreichen!

*In Liebe,
deine Großmutter Jeanne*

Liebste Jeanne, dachte Ella traurig, da hast du mich leider
gewaltig überschätzt. Ich würde ja gern, aber mir gelingt
es nicht, Cremont zu halten. Ich bin einfach keine Ge-
schäftsfrau oder Unternehmerin. Ella legte den Brief in
die Schublade zu den anderen. Sie straffte ihre Schultern.

Aber wir werden heute dir zu Ehren ein fulminantes
Fest feiern!

Gut gelaunt begrüßte Ella auf der Bühne neben dem Festzelt die Festivalbesucher – es waren mehrere Hundert, insgesamt hatten sie für beide Tage tausend Tickets verkauft.
Der Erlös sollte zur Hälfte für Renovierungen im Dorf
verwendet werden und zur anderen Hälfte zur Förderung
des Chansonnachwuchses. Eine Leinwand zeigte Ella, wie
später die Interpreten, in Großaufnahme. Sie hatte sich
sorgfältig geschminkt und trug einen eleganten schwarzen Hosenanzug nur mit einem Seidentop darunter und
einem schmalen schwarz-weißen Halstuch. Ella übergab
das Mikrofon an Henri Ballou, der Jeannes Lebensweg
schilderte und ihre Verdienste um das französische Chanson würdigte. Er knüpfte manche Verbindung, erwähnte
etwa, dass Georges Brassens als Zwangsarbeiter in einer

Motorenfabrik in einem brandenburgischen Dorf nahe Berlin seine ersten Lieder komponiert hatte, was dort seit fünfzehn Jahren mit einem Festival gefeiert werde.

»Die Zeit ist wieder reif für unsere Klassiker«, schloss er. »Zugleich möchten wir jungen Talenten eine Bühne geben.«

Dann begann das erste Konzert, von Alain moderiert. Ella kam nicht richtig dazu zuzuhören, denn ständig musste sie jemanden begrüßen oder wurde von anderen mit jemandem bekannt gemacht. Luc Durand war wieder mit seinem TV-Team da, um vom Event zu berichten. Sie begrüßten sich herzlich, fast schon wie alte Freunde. Er führte verschiedene Interviews mit Künstlern und Besuchern, eines auch mit Ella.

»Trinken wir heute noch ein Glas zusammen?«, fragte er sie danach.

»Auf jeden Fall!«, versprach Ella.

Auch andere Presseleute recherchierten, Mark kümmerte sich um sie. Zwischendurch ging Ella ins Haus, um zu schauen, ob dort alles wie geplant lief, unterhielt sich mit ihrer Mutter und zeigte Tomke den Salon und die Bibliothek. Draußen sangen die Leute den Refrain von *Ich lieb dich einfach so* mit. Es stimmte Ella melancholisch.

Sie ging in den Park hinauf zum Monopteros. Mit dem milden Oktoberwetter hatten sie wirklich Glück. Eine junge Frau, die nur ein übergroßes Männerjackett, Ballonmütze und hohe Stiefel trug, sang ganz ohne musikalische Begleitung. Ihre Zuhörer lauschten fasziniert. Der Text erschien Ella wie ein Kommentar zu ihrer Situation. Er variierte das berühmte Zitat des irischen Schriftstellers Samuel Beckett: *Immer gescheitert. Einerlei. Wieder versuchen. Wieder scheitern. Besser scheitern.*

Sie hörte sich mehrere Sängerinnen und Sänger an, geriet ins Träumen und merkte gar nicht, wie der Nachmittag verstrich.

»Da bist du ja!«, hörte sie irgendwann Annas Stimme. »Ich hab so'n Kohldampf. Je mehr ich probiere von den französischen Köstlichkeiten, desto größer wird mein Appetit.« Sie sah Ella besorgt an. »Du bist blass. Hast du eigentlich seit heute Morgen was gegessen?«

Ella schüttelte erstaunt den Kopf. »Hab ich ganz vergessen.«

»Dann komm mit. Vorne an den Buden gibt's reichlich.« Sie schlenderten zurück. Es dunkelte bereits.

»Ist es sehr schlimm für dich?«, fragte Anna einfühlsam.

»Du meinst, weil ich – wie gewonnen, so zerronnen – schon wieder Abschied nehmen muss?« Ella horchte in sich hinein. »Im Moment nicht. Ich glaube, das kommt noch. Im Moment freue ich mich über die vielen Lichter und die Gäste und die Musik.«

»Du hast recht, es ist ein besonderer Tag.«

Als sie sich neben das Festzelt auf eine Biergartenbank setzten und Crêpes aßen, kam wieder Luc Durand vorbei.

»Haben Sie es eigentlich schon mitbekommen, Madame Bohlmann?« Er tippte in sein Smartphone. »Seit unseren Vorberichten werden Jeannes Chansons wieder öfter im Radio gespielt. *Aber du siehst mich nicht* steht aktuell auf Platz drei der Charts.« Er hielt ihr den digitalen Beweis unter die Nase.

»Was?« Ella verschluckte sich. »Das ist ja unglaublich!«

»Wie toll!« Auch Anna freute sich.

»Das wird die Tantiemen zum Fließen bringen«, prophezeite der Journalist.

»Na ja«, wiegelte Ella ab, um zu hohe Erwartungen zu dämpfen.

Das Geld wird jedenfalls nicht ausreichen, um hier-bleiben zu können, dachte sie.

Luc Durand musste weiter, weil er jetzt Eric Ferron interviewen konnte. Er hob die Hand. »Wir sehen uns.«

»Bis später!«, sagte Ella freundlich.

Anna stand auf, um etwas zu trinken zu besorgen. Währenddessen kämpfte sich Henri Ballou mit einem Begleiter durch die Menge zu Ella durch und machte sie mit seinem Lektor bekannt, einem durchgeistigt wirkenden Mann um die fünfzig.

»Von meinem Freund Henri hörte ich neulich schon, dass Sie an Jeannes Biografie schreiben. Ich habe ihn so lange beredet, bis er mir Einblick in das Manuskript gewährt hat, das Sie ihm zum Gegenlesen gegeben haben.«

Henri Ballou trat verlegen von einem Fuß auf den anderen. »Ich hoffe, Sie verzeihen mir.«

»Madame Bohlmann, ich würde es gern veröffentlichen.« Der Lektor reichte ihr seine Visitenkarte. »Bitte melden Sie sich doch, damit wir über die Rahmenbedingungen sprechen können.«

Überrascht nahm Ella die Karte entgegen. Im Laternenlicht konnte sie entziffern, dass der Mann Cheflektor eines großen französischen Verlages war.

»Ja ... äh ... klar.« Sie stammelte, fing sich aber wieder. »Ich verzeihe Ihnen natürlich«, sagte sie mit einem charmanten Lächeln zu Ballou und wandte sich dann erneut dem Lektor zu. »Bei Ihnen melde ich mich gern nächste Woche, falls ich die Aufregungen hier überlebe.« Schmunzelnd zogen die beiden Männer weiter.

»Wir haben einen zweiten Grund anzustoßen.« Noch ganz ungläubig berichtete Ella Anna wenig später von dem Angebot, wobei ihr klar war, dass auch das nicht ausreichen würde, um auf Cremont bleiben zu können. »Ich weiß von Mark, dass die Honorare nicht umwerfend sind, aber ich bin trotzdem so froh! Stell dir nur vor, Anna, die drucken das tatsächlich ... Wow!«

Die Freundin, die nicht mehr ganz nüchtern war, umarmte sie und wirbelte mit ihr im Kreis herum. »Gratuliere!«

Ein Lautsprecher kündigte den Beginn des Hauptkonzertes im Amphitheater an. »Ach, herrje«, sagte Ella, »da muss ich ja auch noch ein paar Begrüßungsworte sprechen.« Sie zupfte sich die Kleidung zurecht, zog mit geübter Hand, ohne hinzusehen, die Lippen nach.

»Alles okay?«, sie zeigte Anna ihr Gesicht.

»Perfekt!«

Alle Plätze im Amphitheater waren besetzt, bis auf einen in der hintersten Reihe, der für Ella freigehalten war. Dort stand Luc Durand, der ihr zuzwinkerte, mit seinem Team. Viele Menschen versammelten sich hinter der Buchshecke im Park, obwohl sie von dort nur hören konnten. Die meisten hatten sich auf dem Rasen vor der Leinwand zusammengefunden, wo es Sitzgelegenheiten gab.

Aufgeregt betrat Ella die Bühne. Sie sah die Lichter im Park, die erwartungsvollen Gesichter im Publikum. Jacko hatte die gehbehinderte Odile kurzerhand auf dem Arm hergetragen. Sie saß nun mit einem koketten Lächeln neben ihm in der ersten Reihe. Ella warf ihr eine Kusshand zu.

»Henri Ballou hat uns in seiner Einführung von Georges Brassens erzählt, der während des Zweiten Weltkriegs zwei Jahre als Zwangsarbeiter in Deutschland verbrachte. Meine Großmutter Jeanne hat damals ebenfalls in Deutschland gearbeitet. Auch sie war nicht wirklich freiwillig auf dem Hof meines Großvaters in Ostfriesland an der Nordsee. Wie Brassens fühlte sie sich fremd, hatte Sehnsucht und schrieb in dieser Zeit ihre ersten Chansons. Sie verliebte sich in einen Deutschen und bekam ein Kind von ihm. Ich weiß, dass hier in Frankreich noch viel mehr Französinnen Kinder von den deutschen Besatzern bekommen haben. Bis vor gar nicht langer Zeit galt das als Schande und war ein Tabuthema. Wie in meiner Familie, wo die Dinge noch ein wenig komplizierter lagen, hat man daraus ein Geheimnis gemacht. Sicher nicht alle, aber viele dieser deutsch-französischen Paare haben sich geliebt, so wie Jeanne und mein Großvater. Ich finde es fürchterlich, wenn man ihre Geschichten und Gefühle heute noch unter den Teppich kehren will.

Die Liebe, der Verlust, der Trennungsschmerz, die Sehnsucht – das sind immer zentrale Themen für Jeanne geblieben. Man hört es in ihren Chansons. Ich sehe auch immer noch den weiten ostfriesischen Himmel und höre das Meer mit heraus. Jeanne hat sich bei der wichtigsten Entscheidung in ihrem Leben nicht von Angst leiten lassen, sondern von Liebe. Deshalb ist sie für mich ein Vorbild.

Ich bin in zweiter Generation das Produkt einer deutsch-französischen Liebe. Jeanne wäre bestimmt sehr glücklich, wenn unser Festival auch ein wenig der Freundschaft zwischen beiden Ländern dienen könnte. Gerade in Zeiten wie diesen. Lassen Sie uns wichtige Entscheidungen nicht aus Angst, sondern aus Liebe treffen, nicht gegen etwas, sondern für etwas.

Bei dieser Gelegenheit möchte ich mich auch für ein unvergessliches Jahr bedanken. Wie hier in Cremont-sur-Crevette alle an einem Strang gezogen haben und jeder das eingebracht hat, was er am besten kann, das war eine tolle Erfahrung.« Ella hielt einen Moment bewegt inne, sie fürchtete, ihre Stimme könnte kippen. Dann atmete sie durch und lächelte in die Runde. »So, und nun wünsche ich uns einen wunderbaren Chansonabend!«

Applaus begleitete sie zu ihrem Platz in der letzten Reihe, wobei sie mehrfach aufgehalten wurde, von Louis und Louise, von Antonia, Olivier und Alain, Sina, Alma, Konstanze und Otto, Violetta und ihrem Lebensgefährten, die sie umarmten und drückten. Luc Durand nahm sie ebenfalls wortlos in den Arm, er küsste sie auf die Wangen. Als sie sich setzte, reichte er ihr eine der Decken eines Sponsors.

»Danke«, flüsterte sie, bevor sie ihre Aufmerksamkeit auf die erste Künstlerin richtete.

Ich will leben! Jetzt! Mit dir!, sang eine Frau, die Ella seit Jahren aus dem Fernsehen kannte. Das Lied jagte ihr Schauer über den Rücken. Ach, Paul, wo bist du? Bei *Meine Rosen warten auf dich* schwenkten die Leute ihre wie Glühwürmchen leuchtenden Handys. Ella konnte nicht verhindern, dass ihr Tränen in die Augen stiegen. Gut, dass es im Dunkeln niemand sah. Warum hatte Paul sich denn noch immer nicht bei ihr gemeldet? Sie war schon ein paarmal um die Lagerscheune herumgeschlichen, hatte aber nur seine Arbeiter angetroffen, die auch nicht mehr wussten, als dass der Chef noch auf Reisen war. Vorsichtig, um ihr Make-up nicht zu ruinieren, tupfte sie sich mit dem Tuch unter die Augen.

Es folgte ein Hit auf den nächsten. *Crétin, Rose am Meer, Claque-claque, Ma maman, Ich bekenne mich schuldig* und *Im Zweifel für die Liebe.* Einige Leute tanzten am Rande des Theaters Walzer, Blues oder Freestyle. Ella legte den Kopf zurück, schaute in den Sternenhimmel und versuchte, einfach nur in diesem Moment zu sein. Neben sich hörte sie eine Frau flüstern, sie rieche den besungenen Rosenduft sogar. Die poetische Stimmung schien alle zu erfassen.

Stargast Eric Ferron wurde schon bejubelt, bevor er auch nur einen Ton gesungen hatte. Ihm als Vertreter jener Generation von Chansonsängern, zu der auch Jeanne gehört hatte, flogen die Herzen nur so zu. Er präsentierte drei Lieder, zuletzt, mit einer Leidenschaft, die man einem Mannes seines Alters nicht zugetraut hätte, Jeannes Überlebenshymne *Gib niemals auf.*

Die Zuhörer hielten den Atem an, als der voller Inbrunst gesungene Refrain langsam verhallte. Ella saß regungslos da, eingehüllt von Sehnsucht.

Sie dachte an das, was ihre Großmutter durchgemacht hatte, und sprach im Geiste zu ihr. Ich verstehe dich, liebe Jeanne. Entschuldige, dass ich dich nicht Oma nenn, aber der Titel ist nun mal für alle Zeiten an meine Oma Ine vergeben. Ich finde es großartig, was ihr Frauen geleistet habt! Da werde ich mit meinen Luxusproblemen jetzt nicht klein beigeben. Liebe Jeanne, ich möchte so gern auf Cremont bleiben. Bitte, gib mir noch einen Wink, wie ich das hinbekommen kann, oder lass von mir aus mal deine Kontakte da oben spielen. Wenn du bitte auch wegen Paul noch was drehen könntest, das wäre wunderbar. Ich hab dich sehr lieb, Großmutter Jeanne. Und ich werde bestimmt nicht aufgeben. Versprochen!

Eric Ferron verneigte sich. Die Leute standen auf und applaudierten, sie trampelten vor Begeisterung.

Am Sonntag hörte Ella, dass Paul zurück war. Einige hatten ihn am Vortag beim Festival gesehen. Warum war er denn nicht zu ihr gekommen? Ella hielt den ganzen Tag über Ausschau nach ihm und konnte deshalb die Konzerte nur halb genießen. Doch Paul ließ sich nicht wieder blicken. »Dann eben nicht«, sagte sie schließlich zu Hugo, »dann kann er uns mal!«

Am Montag, als die meisten Übernachtungsgäste wieder abgereist waren und das große Aufräumen bevorstand, wurde Hugo vermisst. Ella ging nach draußen. Das Amphitheater sah schlimm aus, auch der Rasen vor dem Manoir und der Hauptweg, auf dem die Massen zum Monopteros gepilgert waren, würden Wochen brauchen, um sich zu erholen. Aber es war ein sensationell schönes Fest gewesen.

»Hugo!« Ella lockte den Hund. Vielleicht hatte er Paul gewittert, vielleicht steckten die beiden in der Lagerscheune. Mit energischen Schritten ging sie hinüber. Pauls Auto parkte neben dem Eingang. Ellas Nervensystem schaltete in den Turbogang. Das Tor stand halb offen. Sie klopfte gegen das Holz, machte einen zögernden Schritt ins Lager. Dort wendete Paul geschnitzte Holzkassetten einer Deckenverkleidung um. Als er sie erblickte, hielt er abrupt in der Bewegung inne.

»Hallo, Ella«, sagte er mit rauer Stimme.

»Hallo, Paul.«

Alarm, Trommelwirbel, flaues Gefühl im Magen.

»Komm doch rein. Ich hab gerade Kaffee gemacht. Möchtest du eine Tasse?«

»Danke, jetzt nicht.« Super sah er aus. Zumindest auf den ersten Blick. Gebräunt, windzerzaustes Haar, noch umweht vom Flair eines Mannes, der auf Odysseus' Spuren gesegelt war. Bei näherem Hinsehen fand Ella allerdings, dass er auch gestresst wirkte, jedenfalls nicht wie jemand, der gerade ein paar Wochen Urlaub mit seiner Liebsten hinter sich hatte. »Du warst in Griechenland?«

»Ja. Ich fand die Gelegenheit günstig, jetzt endlich mal diesen Törn zu machen.«

»War sicher toll.« Sie sah um sich herum. »Eigentlich bin ich auch nur hier, weil Hugo verschwunden ist und ich fragen wollte, ob er hier ...«

»Hugo? Nee, der war heut noch nicht da. Vorgestern hat er mich begrüßt.«

Sein dunkler Blick berührte sie unangenehm. Er sagte das, als wollte er ihr zum Vorwurf machen, dass sie ihn zwei Tage zuvor nicht begrüßt hatte. Wie er die Dinge verdreht!, dachte Ella. Eher sollte ich ja wohl ihn fragen, weshalb er sich nicht bei mir gemeldet hat. Doch bevor sie einen dieser Gedanken formulieren und zur Diskussion stellen konnte, ging Paul an ihr vorbei nach draußen und rief nach dem Hund. Ella folgte ihm. Nebeneinander marschierten sie in Richtung Manoir, wo inzwischen auch Violetta, Mark, Sina und Antonia nach dem Hund suchten.

»Huuugo!«, tönte es von allen Seiten. Aus dem Gärtnerhäuschen kamen Konstanze und Otto, um bei der Suche zu helfen.

»Er ist doch noch so tapsig und unerfahren«, sagte Ella besorgt. »Hoffentlich ist ihm nichts passiert.«

Endlich vernahmen sie aus der Ferne ein gedämpftes Bellen. »Das klingt fast, als wäre er unter der Erde«, vermutete Paul. »Gibt's hier einen Keller oder Höhlen?«

Violetta zeigte in Richtung Küche. »Unser Hauskeller ist eine Tuffsteinhöhle, aber die liegt ja dahinten.«

»Ich hab was in Jeannes Aufzeichnungen gelesen«, fiel es Ella ein. »Bei ihrem ersten Besuch hier hat der Baron ihr von einem Keller erzählt, in dem sie während der Besatzungszeit manchmal Verfolgte versteckt haben.«

»Was weißt du noch darüber?«, fragte Paul.

»Der Zugang lag draußen im Gemüsegarten, im Beet mit den Stangenbohnen.«

»Na toll«, Mark verdrehte die Augen, »jetzt müssen wir nur noch herausfinden, wo vor fünfundsiebzig Jahren die Bohnen standen.«

Was hatte Jeanne noch notiert? Ella versuchte sich zu

erinnern. »Ach, jetzt weiß ich wieder!«, rief sie. »Es muss da sein, wo heute das Amphitheater ist. Er hat den Garten Jeanne zuliebe umgestaltet, damit sie auch hier noch auf einer Bühne stehen konnte.«

Alle liefen hinüber zum zertrampelten Amphitheater. Hugos Bellen war immer deutlicher zu hören. Violetta entdeckte als Erste ein Loch, das in der Nähe der Bühne zwischen zwei Sitzstufen klaffte. Otto holte eine Schubkarre mit Spaten. Die Männer schaufelten Erde und Geröll zur Seite, und auf einmal öffnete sich der Zugang zu einer Höhle. Paul kletterte eine Treppe hinunter. Ella beugte sich über den Eingang.

»Sei vorsichtig!«

Er schaltete seine Handytaschenlampe ein und verschwand aus ihrem Sichtfeld.

»Anscheinend eine stillgelegte Verlängerung des Küchenkellers«, sagte Antonia.

Ella war so neugierig, dass sie es nicht länger aushielt. Sie stieg auch in die Höhle hinunter. »Paul? Wo bist du?«, rief sie.

Er leuchtete um eine Ecke. »Bleib oben!«

»Phh!«, sagte sie. Und nach oben hin zu den Freunden: »Bleibt ihr mal lieber hier.«

»Ich hab doch gesagt, bleib oben!«, schimpfte Paul.

Sie folgte ihm trotzdem. »Echt? Das muss ich überhört haben. Und wenn ich schon mal da bin …« Paul schüttelte den Kopf. Der Hund bellte wieder. Die Luft war kühl und feucht, es roch modrig. Hugo konnte nicht mehr weit entfernt sein. In der zweiten Höhle, die sich durch einen Gang anschloss, standen noch ein Feldbett mit Wolldecke, ein Schrank, ein Tisch, ein Stuhl, sogar eine Waschschüssel und ein Nachttopf. Wahrscheinlich stammte alles aus den Kriegsjahren. »Unheimlich, oder?«, flüsterte Ella.

In diesem Moment fegte Hugo um die Ecke, sein Fell war ganz hell vom Tuffsteinstaub. Er bellte und jaulte vor Freude, sprang erst Paul, dann Ella an.

»Jetzt wollen wir aber mal sehen, wo du gewesen bist«, sagte Paul.

Er ging weiter. Man konnte überall aufrecht gehen. Ella hob Hugo auf den Arm, befestigte die Leine an seinem Halsband und schlich hinter Paul her. In der nächsten Höhle fühlte sich ihr Pullover schon klamm auf der Haut an.

»Hast du auch genug Akku?«, fragte sie vorsichtshalber. »Nicht dass es plötzlich duster wird und wir nicht zurückfinden.«

Paul antwortete nicht. Er lenkte den Lichtstrahl auf eine Tuffsteinwand. Dort hinein waren Ablagefächer geschlagen, und darinnen lagerten von Staub und Spinnweben überzogen Hunderte von Weinflaschen.

»*Mon Dieu!*«, entfuhr es Paul. »Sieh dir das an!«

Verblüfft starrte Ella auf die Wand. »Alte Loire-Weine aus der Kellerei der Cremonts«, vermutete sie.

»Wenn sie aus der Kriegszeit stammen, sind die kaum mehr genießbar«, sagte Paul. »Loire-Weine halten nicht so lange.«

»Och, wie schade.« Ella nahm eine der Flaschen, wischte vorsichtig den Staub vom Etikett und las vor. »Château d'Avril, Premier Grand Cru Classé, Jahrgang 1929.« Sie sah Paul an. »Nee, das glaub ich nicht. Das ist ja der Wahnsinn!«

Er schaute auf die anderen Flaschen. »Zumindest alle, die oben liegen, tragen das gleiche Etikett. *Incroyable!*«

»Ich hab eine Gänsehaut, Paul. Das finde ich jetzt echt spooky«, flüsterte Ella. »Weißt du, Jeanne hat als junges Mädchen bei den d'Avrils geholfen, minderwertige

Weine mit genau diesem Etikett zu versehen und auf alt zu trimmen. Die haben sie damals den Deutschen, die alle Grand Crus für sich beanspruchten, als Spitzenwein angedreht.«

»Meinst du, das könnten die minderwertigen Weine sein?« Paul überlegte. »Die müssten dann aber doch nach Deutschland geschickt worden sein.«

»Kann sein. Oder auch nicht«, erwiderte Ella. »Soweit ich mich erinnere, hat Monsieur d'Avril die echten Spitzenweine einem Franzosen verkauft. Zu einem nicht allzu hohen Preis, aber dafür mit Vorkaufsrecht nach dem Krieg.« Je mehr sie begriff, desto aufgeregter wurde sie. »Und wenn Baron de Cremont schon einen so guten Draht zur Familie d'Avril hatte, dass er von ihnen oder durch ihre Vermittlung Verfolgte aufnahm und versteckte, dann vermute ich ja fast …«

Sie sprach nicht zu Ende, es war einfach ungeheuerlich – dann könnten diese Flaschen die echten Abfüllungen sein.

»Da hilft nur eines«, sagte Paul, ganz Franzose, »wir müssen den Wein verkosten.«

Er nahm zwei Flaschen, Jeanne nur eine, weil sie den Hund auf dem Arm behalten wollte, und sie machten sich auf den Rückweg. Als sie wieder zum Unterschlupf für Verfolgte kamen, blieb Ella stehen. Sie hatte wenig geschlafen, kaum gefrühstückt. Ihr war etwas schwindlig, und sie lehnte sich gegen die Wand.

»Kannst du dir das vorstellen?«, sagte sie, um von ihrer kleinen Schwäche abzulenken. »Hier haben wirklich Menschen gelebt. Keine Ahnung, wie lange. Aber was müssen die für Angst gehabt haben.« Nun wurde ihr noch schwindliger. »Entschuldige, ich muss mich mal kurz setzen.«

Besorgt schob Paul ihr den Stuhl entgegen, sie ließ sich

darauf nieder. Er stellte die Flaschen auf den Tisch, legte sein Handy ab und übernahm Hugo.

»Besser?«, fragte er.

Sie nickte. »Ja, ist nur der Kreislauf. Viel Aufregung in letzter Zeit. Kleinen Moment noch.«

Paul drückte mit der Hand aufs Feldbett, es schien stabil. Er nahm darauf Platz.

»Hast du mir das wirklich zugetraut?«, fragte er ganz unvermittelt.

»Den Diebstahl? Nein.«

»Warum dann also? Warum hast du nicht auf meine Mails, Anrufe, Nachrichten reagiert?« Ella zögerte mit der Antwort. »Nicht erschrecken«, sagte Paul, »ich stell das Licht schwächer ein, solange wir hier sitzen, um Energie zu sparen.«

Nun fiel es ihr leichter zu reden. »Weil ich dich mit Simone gesehen hab, wie ihr euch geküsst habt.«

»Ach, Ella!«, rief er aus. »Wir haben uns ausgesöhnt, nach der Trennung im Streit. Du hast unseren Abschiedskuss gesehen. Er bedeutete: Es war eine schöne Zeit mit dir, jetzt ist sie vorbei, und ich wünsche dir alles Gute für den Rest deines Leben.«

»Wirklich?« Ella fühlte sich schon viel besser.

»Hey, ihr da unten?«, brüllte Mark von oben in die Höhle. »Lebt ihr noch? Was ist los?«

»Alles okay«, rief Paul zurück. »Wir brauchen noch etwas, bleibt bitte oben!«

»Und warum bist du auf dem Festival nicht zu mir gekommen?«, fragte Ella.

»Weil du dich ja verdammt schnell getröstet hast«, erwiderte Paul, »mit diesem Kerl vom Fernsehen!«

»Das war nichts, gar nichts!«

»Aber ich hab von meinen Angestellten gehört, dass Luc Durand schon vor dem Festival bei dir war!«

»Ja, um zwei Vorberichte zu produzieren!«

»Und mehr nicht?«

»Mehr nicht.«

Eine Weile war es still. Sie hörte Paul leise schnauben.

»Was macht dein Kreislauf?« Er stand auf und befestigte Hugos Leine am Bett.

Auch Ella erhob sich. »Ist wieder stabil, glaub ich.«

Paul kam näher und zog sie an sich, sie spürte seine kratzige Wange an ihrer, ihre Körper schmiegten sich eng aneinander. Sie schloss die Augen, als er langsam begann, sich mit ihr hin und her zu wiegen. Ihre Wahrnehmung reduzierte sich auf das Elementarste. Ja, Paul, dachte sie nur. Endlich. Innig. Bei dir sein.

»Ella«, sagte er leise, »ich lieb dich schon seit tausend Jahren, und in tausend Jahren werde ich dich noch immer lieben.«

»Ich liebe dich auch«, flüsterte sie. Seine Lippen berührten ihre, und Ella wusste, dass es sich um einen Bleib-für-immer-bei-mir-Kuss handelte. Sie vergaß alles um sich herum. Nach himmlischen Momenten, deren Dauer wegen Glückseligkeit nicht messbar war, rissen Störgeräusche sie aus dem Paradies. Hugo jaulte, und Mark brüllte wieder von oben in die Höhle hinein. Sie lösten sich voneinander.

»Komm«, sagte Paul, »oben ist die Luft besser.«

»Der Wein«, erinnerte Ella ihn.

»Ach ja«, murmelte er.

Vorsichtig tapsten sie zurück.

Am Ausstieg nahmen ihnen die Freunde die Flaschen ab.

»Ganz, ganz vorsichtig!«, verlangte Paul. »Nicht schütteln.«

Ella ließ Hugo frei, der sofort wie ein Neujahrsböller durch den Park sauste.

Offenbar sah man ihnen an, dass sie sich versöhnt hatten. Alle grienten vielsagend.

»Was habt ihr da gefunden?«

»Das müssen wir noch genauer untersuchen«, sagte Paul.

Ella bat Otto, das Loch zu sichern.

Sie saßen im Salon auf dem Sofa und hielten sich an den Händen. Ella und Paul konnten nicht voneinander lassen. Sie sahen sich an, lächelten, hörten kaum richtig hin, was die anderen besprachen. Violetta stellte für jeden ein Kristallglas auf den Tisch. Sie holte außerdem eine schmale Dekantierkaraffe.

»Ich weiß nicht, ob wir die brauchen«, sagte sie unsicher, »alte Bordeaux-Weine sollen, glaub ich, nicht atmen. Zu viel Sauerstoff könnte sie kaputtmachen.«

»Wir wollen doch nur erst mal wissen, ob er überhaupt noch genießbar ist«, sagte Sina.

Mark recherchierte hochkonzentriert im Internet.

»Ein bisschen komisch war das aber schon mit Simone«, sagte Ella leise zu Paul. »Der nächtliche Anruf und eurer Treffen am Fluss. Und ihr seid immer noch beide auf ihrer Website zu sehen wie ein glückliches Paar.«

»Das Foto ist uralt, ich werde sie bitten, ein anderes einzustellen.« Paul rieb sich über die Bartstoppeln. »Simone hat von meinem Beifang profitiert und umgekehrt. Wenn ich in Abbruchhäuser komme, fallen oft auch Antiquitäten an«, erklärte er. »Sie rief mich neulich an, weil sie bei einem Kollegen in Tours antike Zaunverzierungen gesehen hatte, die ihr von den Besuchen bei mir auf Cremont bekannt vorkamen. Der Verkäufer war nach Auskunft ihres Kollegen Baron Eugène de Cremont gewesen. Das kam uns beiden verdächtig vor, weil hier doch so viel gestohlen worden ist in letzter Zeit.«

»Warum hast du mir nichts davon erzählt?«

»Simone war sich nicht sicher. Sie hat mir die Fotos erst in der Nacht vor dem Feuer geschickt. Sie wollte sich vor Ort vergewissern, ob die Arbeiten wirklich von hier stammen, einige Elemente sind ja noch vorhanden.«

»Und? Sind die Teile aus Cremont?«

»Ja.«

»Soso. Na, dann darf der feine Herr noch einen Nachschlag spenden«, sagte Ella mit einem genüsslichen Grinsen.

»Wie meinst du das?«

»Ach, das erklär ich dir später. Und wie war's in der griechischen Inselwelt?«

»Ich hab ständig an dich gedacht.«

»Wunderbar, so gehört sich das!«, erwiderte sie übermütig. »Ich übrigens auch an dich, egal, wo ich war. Du riechst irgendwie«, sie schnupperte an seinem Hemd, »nach Wald und Lagerfeuer.«

»Kein Wunder. Die letzten beiden Nächte hab ich auf der Flussinsel verbracht, in meinem Millionen-Sterne-Hotel. Ich musste einen klaren Kopf bekommen.«

»Und hast du?«

»Ich weiß nicht, es fühlt sich auf jeden Fall besser an …«

Pauls Gesicht war jetzt ganz nah, in seinen Augen sah Ella Erleichterung und Liebe. Sein Lächeln, so sanft, rührte ihr Herz, löste alle Zweifel auf. »Ella, Ella«, flüsterte er zärtlich, sehnsüchtig, triumphierend. »Wie schön, dass du da bist. *Ella est là.*« Sie erwiderte seinen Blick.

»Hey, ihr Turteltäubchen, hört mal«, rief Mark ihnen zu. »Hört, was ich gefunden hab: *Die Bordeaux-Jahrgänge 1928 und 1929 waren Jahrhundertweine.* Wenn die echt sind und noch schmecken, sind sie ein Vermögen wert.«

»Wer entkorkt die erste Flasche?«, fragte Violetta.

»Ich bestimmt nicht«, sagte Ella.

Paul übernahm die Aufgabe, er wischte sorgfältig den Flaschenhals sauber. Ganz vorsichtig schenkte er jedem eine Fingerhutfüllung Rotwein aus. Er hob sein Glas, hielt es gegen das Licht, schaute nach Schwebteilchen, schwenkte den Wein, schnupperte daran, kostete und schloss die Augen.

Ella beobachtete erst mal lieber ihn, statt selbst zu probieren. Sie sah, wie sich seine Züge entspannten, dann in Verzückung gerieten, wie sie es bei ihm bislang nur in sehr intimen Momenten erlebt hatte. Er atmete tief aus.

»Sanft und vielschichtig. Ausgewogen und finessenreich.« Paul öffnete die Augen, er schmeckte noch mal nach. »Göttlich!«

Nun kosteten auch die anderen, Ella folgte ihrem Beispiel. Und sogar sie konnte es schmecken. Dieser fast neunzig Jahre alte Bordeaux war außergewöhnlich.

Mark tackerte auf seinem Handy herum. »Letzte durchschnittlich erzielte Preise«, sagte er, und seine Stimme stieg in die Höhe, »pro Flasche rund … zweitausendfünfhundert Euro.«

»Pro Flasche?«, echoten Ella, Violetta, Sina und Antonia fast gleichzeitig.

»Dass an diesen Flaschen die Geschichte mit den gefoppten Deutschen hängt, macht sie bestimmt noch wertvoller«, vermutete Mark.

Paul nickte. »Diese Flaschen sind gewissermaßen ein Nationalheiligtum.«

»Jetzt dämmert mir langsam, weshalb der Neffe des Barons so scharf auf Cremont war«, sagte Ella. »Er muss davon gewusst haben, vielleicht von seinem Vater. Und hat wohl immer damit gerechnet, dass er die Weinschätze eines Tages erben würde.« Sie versuchte zu überschlagen, wie viel ihr Fund wert sein könnte. Angenommen, unten in der Höhle wären nur zweihundert Flaschen. Mal zweitausendfünfhundert. Sie schaute an die Decke. »Zweihundert mal ...« Oh, sie war immer schon schlecht in Mathe gewesen, aber im Moment waren auch noch all ihre Synapsen anderweitig besetzt.

Mark grinste. »Eine halbe Million Euro«, sagte er.

Für einen Moment verschlug es Ella die Sprache. Das war wie ein Lottogewinn. Und doch viel mehr. Denn damit schloss sich ein Kreis. Mit diesem Wein hatte Jeannes Geschichte begonnen, und nun gab er ihrem Leben die entscheidende Wendung.

»Das dürfte ausreichen, um auf Cremont bleiben zu können. Paul, kannst du mich bitte mal kneifen?«

»Da fällt mir bestimmt noch was Besseres ein.«

Sie lächelte. »Aber erst stoßt mit mir an – auf Jeanne!«

»Auf die Baronin!«, rief Violetta.

»Auf deine Großmutter!« Die Gläser klirrten.

»*Merci, Jeanne!*«

Nachwort

Die handelnden Personen und die Hauptschauplätze in diesem Roman sind erfunden. Das Drumherum allerdings ist gründlich recherchiert, auf Reisen ins Loire-Tal und an die ostfriesische Küste, durch vielfältige Lektüre von wissenschaftlichen Arbeiten bis zu privaten Kriegstagebüchern, durch Museumsbesuche und zahlreiche Gespräche mit Experten sowie Zeitzeugen.

Viel Inspiration für die ersten Kapitel über das fiktive Weingut Château d'Avril verdanke ich dem Buch von Don und Petie Kladstrup: *Wein & Krieg – Bordeaux, Champagner und die Schlacht um Frankreichs größten Reichtum* (dtv, 2004).

Mein erfundenes Südermarsch habe ich irgendwo an der Küste zwischen Greetsiel und der Stadt Norden angesiedelt. Was im Roman auf dem Südermarschhof und bei dessen Nachbarn geschehen ist, hat sich dort nicht in Wirklichkeit abgespielt. Die Ereignisse zum Kriegsende in der Stadt Norden sind allerdings dem wahren Geschehen nachempfunden. Besonders hilfreich waren hierfür ebenso wie für die Schilderung des Alltags allgemein die im Verlag Soltau Kurier erschienenen Bücher von Johann Haddinga über die Kriegs- und Nachkriegszeit in Ostfriesland. Der ehemalige Chefredakteur des *Ostfriesischen Kuriers* in Norden hat mir dankenswerterweise auch telefonisch einige Fragen beantwortet.

Sehr aufschlussreich waren auch die Gespräche, die ich dank Hans Hajo Janssen vom Deutschen Sielhafenmuseum Carolinensiel mit etlichen Altbauern beziehungsweise -bäuerinnen aus der Region führen konnte. Dank ihrer Schilderungen vermochte ich mir vieles besser vorzustellen. Auch Verwandte und frühere Nachbarn in meiner alten Heimat Ostfriesland haben mir erzählt, wie sie die Zeit damals erlebt und was sie beobachtet haben.

Herzlichen Dank an Gottfried Becker aus Berdumer Altengroden, Hannchen Behrends aus Altharlingersiel, Rudi Bruns (†) aus Augustfehn, Hermann Dirks aus Groß Charlottengroden, Martin Kaling aus Hollen und Gerda Reershemius aus Krummhörn-Campen.

Cremont-sur-Crevette ist ein Fantasieort, der zum großen Teil von Apremont-sur-Allier, etwas auch von den Orten Candes-Saint-Martin und Chédigny angeregt wurde.

Die Informationen über das Nachtleben im zerstörten Bremen anno 1944 verdanke ich dem auf persönlichen Erinnerungen basierenden Roman eines Franzosen, der damals dort seinen (Zwangs-)Arbeitsdienst leistete – Yves Bertho: *Ich war Pierre, Peter, Pjotr* Kellner Verlag, Bremen/ Boston 2016 (erstmals veröffentlicht unter dem Titel *Ingrid* 1976 im Verlag Editions Gallimard, Paris).

Besonderen Dank schulde ich der Bremer Professorin Dr. Helga Bories-Sawala, Expertin zum Thema *Franzosen im »Reichseinsatz«* (so auch der Titel ihrer dreibändigen Studie, erschienen in Frankfurt am Main 1996). Sie hat mir geholfen, einen glaubhaften, wenn auch seltenen Dreh für Jeannes Geschichte zu finden.

Für mich war bei der Recherche zu diesem Roman speziell die Frage nach ausländischen Zwangsarbeitern in der ostfriesischen Landwirtschaft spannend, lehrreich und immer wieder auch von Irritationen begleitet. Das hängt mit dem unterschiedlichen Sprachgebrauch und unterschiedlichen Assoziationen zum Begriff »Zwangsarbeit« zusammen. Heute verbinden wir damit KZ-ähnliche Zustände, denken an Vernichtung durch Arbeit. Doch es gab in sehr vielen, auch kleinen Betrieben ausländische Arbeitskräfte. Zur NS-Zeit benutzte man für sie nicht das Wort Zwangsarbeiter. Ihre Behandlung umfasste die ganze Bandbreite des menschlichen Umgangs, sie reichte von grausam bis freundschaftlich. Manchmal waren die damals als »Zivilarbeiter«, »Fremdarbeiter« oder »ausländische Arbeiter« bezeichneten Menschen nicht in Lagern, sondern direkt beim Arbeitgeber untergebracht. »Zivilarbeiter« sagt nichts darüber aus, ob jemand freiwillig oder unfreiwillig in Deutschland war.

Die Grenzen verschwammen zuweilen, wenn es sich um Dienstverpflichtungen handelte. Wohl auch deshalb zögerten Gesprächspartner zu Beginn gelegentlich, wenn sie nach Zwangsarbeitern oder Kriegsgefangenen gefragt wurden. Sobald aber jemand begann, von »unserem Polen« zu erzählen, häuften sich Geschichten, denen eher etwas Privates als etwas Politisches anhaftete. Hier besteht eine Lücke in der Wahrnehmung und Wissensvermittlung, die mich immer wieder verwirrt hat.

Mit der Schilderung von Jeannes Leben auf dem Südermarschhof möchte ich keineswegs das Schicksal von Zwangsarbeitern verharmlosen. Es handelt sich hier um einen Sonderfall, der so eben auch durchaus hätte möglich sein können.

Für ihre Auskünfte zu oft ziemlich speziellen Fragen möchte ich mich auch bedanken bei Manfred Bätje vom Stadtarchiv Norderney, Dr. Jan Detterer vom Verein Ostfriesischer Stammviehzüchter, Dr. Heiko Suhr vom Fehnmuseum Eiland in Großefehn, Dipl.-Ing. Friedrich-Karl Tiesler, Zuchtobmann im Landesverband der Imker Weser-Ems, und Dr. Rolf Uphoff vom Stadtarchiv Emden.

Es ist wunderbar, dass mir auch bei meinem siebten Roman für Blanvalet ein bewährtes Team zur Seite stand – meine Literaturagentin Petra Hermanns, die wieder alles perfekt eingefädelt hat, meine Lektorin bei Blanvalet, Johanna Bedenk, die eine tolle Art hat, so zu kritisieren, dass es nicht wehtut, sondern einfach nur die Geschichte besser macht, und die Schlussredakteurin Margit von Cossart, die dem Roman einfühlsam und kenntnisreich den letzten Schliff verliehen hat. Auch allen anderen Blanvalet-Mitarbeitern von der Pressestelle bis zum Vertrieb herzlichen Dank für ihr Engagement.

Und was wäre ich während des Schreibens ohne die Rückmeldungen meiner Testleser/innen? Schön, dass ihr euch wieder mit Unfertigem auseinandergesetzt und mich unterstützt habt – Daniel, Johanne, Martina und Tjalda.

Jetzt wünsche ich mir, dass viele Leserinnen und Leser des Romans *Die Rosengärtnerin* Jeanne mit Freude und Spannung durch ihre vier Leben begleiten. Vielleicht machen Sie es so wie meine Agentin – sie hat sich zur Lektüre eine duftende Rose auf den Tisch gestellt.

Herzlich
Ihre Sylvia Lott

Ostfriesischer Mehlpütt

(auch Puffert, Hüddel, Klütje
oder Duftkuchen genannt)

4 Personen

Zutaten für den Mehlpütt:
30 g Hefe
1 TL Zucker
½ l Milch plus 4 EL Milch
800 g Mehl
3 Eier (Größe M)
1 EL Butter (wahlweise Schmalz)
1 Pr. Salz

Zutaten für die Beilagen:
1½ Kilo Birnen (frische Williams Christ oder Birnen aus
der Dose)
1 Päckchen Vanillepudding
2 EL Zucker
¾ l Milch plus 4 EL Milch

Zubereitung:

Mehlpütt:
In einer kleinen Schlüssel Hefe und Zucker mit 4 Esslöffeln lauwarmer Milch verrühren. Das Mehl in eine größere Schüssel geben, mit der lauwarmen Milch, den Eiern,
Butter, Salz und der angerührten Hefe vermengen. Kräftig

durchkneten und zwischendurch immer wieder schlagen, dann mit einem sauberen Handtuch abgedeckt an einem warmen Ort (etwa in den auf 50 Grad vorgewärmten Backofen) stellen und ca. 20 Minuten gehen lassen. Herausnehmen, erneut kneten und auf die Arbeitsfläche schlagen, damit Luft hineinkommt – so wird die Konsistenz weicher und der Mehlpütt lockerer.

Der Teig sollte nach insgesamt 45-60 Minuten doppelt so groß aufgegangen sein. Dann ein drittes Mal schlagen, bis er nicht mehr klebt. Traditionell wird der Teig zu einer Halbkugel geformt, auf ein großes sauberes Leinengeschirrtuch gelegt und unter den Deckel des größten Topfes, den man hat, gehängt, indem man die vier Enden des Tuches am Deckelgriff oben verknotet. In den Topf kommen 1–1½ l kochendes Wasser (je nach Topfgröße). Wichtig ist, dass der Teigbeutel nicht das Wasser berührt. Ca. eine Stunde im Wasserdampf garen. Ab und zu kontrollieren, ob noch genug Wasser im Topf ist.

Man kann den Teig auch in eine Rodonkuchenform legen und diese in ein Wasserbad stellen.

Beilagen:
Frische Birnen schälen und vierteln. In Wasser bzw. im Birnensaft ca. 20 Minuten weichkochen. Von der Flüssigkeit gut ½ l durch ein Sieb in einen Kochtopf geben. 4 Esslöffel abnehmen und darin ½ Packung Vanillepuddingpulver anrühren. Die angerührte Mischung ins heiße Wasser geben, kurz aufkochen und rühren, bis der Saft dickflüssig ist. Über die Birnen gießen.

Man kann die andere Hälfte des Puddingpulvers mit 4 Esslöffeln Milch und 2 Esslöffeln Zucker anrühren, dann in ¾ l kochende Milch einrühren, noch mal kurz aufkochen und als Vanillesoße zum Mehlpütt reichen. Noch besser schmeckt natürlich eine mit echter Vanilleschote, Ei und Sahne selbst gemachte Vanillesoße.

Tipps:

- Der Mehlpütt wird nach Ostfriesenart in ca. 1½ cm dicke Scheiben geschnitten und mit den Birnen und der Vanillesoße gegessen.
- In manchen Familien wird dazu Herzhaftes wie Zuckererbsen und Mettwurst serviert.
- Auch erkaltet schmeckt der Mehlpütt köstlich. Übrig gebliebene Scheiben kann man am nächsten Tag noch mit Butter und (am besten) selbst gemachter Marmelade bestrichen genießen.

WeLove
blanvalet

www.blanvalet.de

facebook.com/blanvalet

twitter.com/BlanvaletVerlag

Hundert Jahre, drei Generationen, ein Traum – die große Familiensaga vor der dramatischen Kulisse des 20. Jahrhunderts.

528 Seiten. ISBN 978-3-7341-0571-5

Die Goldenen Zwanziger, spektakuläre Modekollektionen und ... Coco Chanel. Fanny hat genug von der altbackenen Mode im familieneigenen Imperium und will in Paris als Modeschöpferin durchstarten. Am Ende hat sie nur als Mannequin Erfolg, und auch dieser glitzernde Traum zerplatzt. 1946 kämpft Tochter Lisbeth im zerbombten Frankfurt ums nackte Überleben – und um das Modehaus ihrer Vorfahren. Erfindungsreich führt sie es in eine neue Zeit, zahlt dafür jedoch einen hohen Preis. 1971 ist Rieke die Liebe wichtiger als das Geschäft. Doch dann steht das Familienunternehmen vor dem Bankrott – und sie vor einer folgenschweren Entscheidung ...

Lesen Sie mehr unter: **www.blanvalet.de**